BEN O YUM

SRİ NİSARGADATTA MAHARAJ
İle Söyleşiler

Maurice Frydman *tarafından*
Marathi teyp kayıtlarından İngilizce'ye çevrilmiştir.

Çeviren:
Semra Ayanbaşı

(Gözden Geçirilmiş Baskı)

AKAŞA®

Kitabın Orijinal Adı:
I am That - (Sri Nisargadatta Maharaj)

Baskı: *Avcı Ofset / Matbaa Sertifika No:45259*
Davutpaşa Cad. İpek İş Merkezi No:2/13 Topkapı İstanbul
Kapak Düzeni: *Uğurhan Betin*
Kapak Baskısı: *Karadeniz Basım A.Ş.*
Cilt: *Evren Ciltevi*
Yayıncılık Sertifika No:44354
ISBN:978-975-6793-98-5

AKAŞA
Yayın Dağıtım Tanıtım Tur. Dış Tic. Ltd. Şti.
Lamartin Cad. No:40 Asma Kat Taksim - İstanbul
Tel: (0212) 235 99 73 Fax: 235 99 70
http://www.akasa.com.tr

Altıncı Basım
İstanbul, 2020

İçinde tüm varlıkların yer aldığı ve tüm varlıkların için-de yer alan, hepsini kutsayan, evrenin En Yüce Ruhu, sınırsız varlık -ben o'yum.

-Amritbindu Upanişad

Her şeye nüfuz eden, hiçbir şeyin aşamadığı ve çevremiz-deki uzay gibi, her şeyi içten ve dıştan tamamen dolduran, o En Yüce ve Bir olan Brahman -sen o'sun.

-Sankaracharya

Arayan kendini arayandır.

Biri dışında tüm sorulardan vazgeç: "Ben kimim?"

Sonuçta, emin olduğun tek olgu senin var olduğundur. "Ben" kesindir. "Ben buyum" ise değildir. Gerçekte ne olduğunu bulmak için uğraş.

Ne olduğunu bilmek için, önce ne olmadığını araştırıp bilmelisin.

Sen olmayan her şeyi -bedeni, hisleri, düşünceleri, zamanı, uzayı, şunu ya da bunu- keşfet; somut ya da soyut, algılayabildiğin hiçbir şey sen olamazsın. Algılama fiilinin kendisi, senin algıladığın şey olmadığını gösterir.

Zihin düzeyinde, sadece olumsuz (sen olmayan) terimlerle tarif edilebileceğini ne kadar açık bir biçimde anlarsan, arayışının sonuna da o kadar çabuk ulaşırsın ve sınırsız varlık olduğunu idrak edersin.

-Sri Nisargadatta Maharaj

İçindekiler

Önsöz

BEN O'YUM'un sürekli yeni baskılar yapması hiç de şaşırtıcı değil, çünkü Sri Nisargadatta Maharaj'ın sözlerindeki yücelik, onun En Yüce Olan'dan söz edişindeki açıklık ve berraklık, bu kitabı olağanüstü öneme sahip bir eser kılmıştır. Aslında, birçokları onu gerçekten incelenmeye değer tek spiritüel öğreti kitabı olarak görmektedirler.

İnsan hayatına anlam kazandırdığını iddia eden çeşitli dinler ve felsefe sistemleri vardır. Ama onlar doğalarında mevcut olan belirli sınırlamaların sıkıntısını çekmektedir. Onlar, teolojik ya da filozofik geleneksel inançları ve ideolojileri kulağa hoş gelen sözlerle ifade eder. Bununla birlikte, inananlar er ya da geç, bu sözlerin ve onların uygulanabilirliğinin sınırlılığını keşfederler. Onlar düş kırıklığına uğrar ve tıpkı bilimsel kuramların aşırı çelişkili deneysel veriler yüzünden sorgulandıklarında terk edilmeleri gibi, onlar da sistemlerini terk ederler.

Bir spiritüel yorum sisteminin inandırıcı ve mantıkla kabul edilebilir olmadığı anlaşıldığında, onun takipçilerinin çoğu başka bir sisteme yönelir. Ancak, bir süre sonra, onlar diğer sistemde de sınırlamalar ve çelişkiler bulurlar. Bu kabul ve ret etmelerden oluşan verimsiz arayıştan onlara kalan sadece kuşkuculuk ve varoluşun gerçeğinin bilinemeyeceği inancıdır; bu da onları sadece hayatın kaba ihtiyaçlarıyla ve maddi kazanımlarla ilgilenen aptalca bir yaşam biçimine yönlendirir. Bununla birlikte, kuşkuculuk bazen, nadiren de olsa, sözlerin, dinlerin ya da felsefi sistemlerin gerçeğine kıyasla daha esasa ait olan temel bir gerçekle ilgili bir sezgiye yol açar. Bu da kuşkuculuğun olumlu bir veçhesidir. İşte ben de böyle bir kuşkuculuk hali içinde, ama aynı zamanda öğretideki temel gerçeği sezerek Sri Nisargadatta Maharaj'ın "BEN O'YUM" adlı kitabını okudum. Onun sözlerinin kesinliği ve itiraz edilemez kuşkusuzluğu beni hemen etkilemişti. Sözcükler doğaları gereği her ne kadar sınırlı olsa da, Maharaj'ın ifadeleri adeta saydam, pırıl pırıl parlatılmış pencereler gibiydi.

Bununla birlikte, hiçbir spiritüel öğretiler kitabı, öğretmenin mevcudiyetinin yerini tutamaz. Ancak Guru tarafından size direkt olarak söylenen sözler tamamen saydam olabilir. Bir Guru'nun huzurunda, zihnin çizdiği son sınırlar da yok olur. Sri Nisargadatta Maharaj gerçekten böyle bir Guru'dur. O bir vaiz değildir, ama tam olarak arayan-kişinin ihtiyacı olan sözleri söyler. Ondan yayılan gerçek, yadsınamayacak bir tamlık ve mutlaklık içerir. O güvenilir bir gerçektir. BEN O'YUM'un sayfalarında onun sözlerinin doğruluğunu hissetmiş, onlardan ilham almış olan birçok Batılı, aydınlanma arayışıyla Maharaj'ın yanına gitmiştir.

Maharaj'ın gerçeği yorumlayışı *Gnana Yoga/Advaita Vedanta*'dakinden farklı değildir. Ama o kendine özgü bir ifade biçimine sahiptir. O, çevremizdeki çeşitli formların beş unsurdan oluştuğunu söyler. Onlar, geçicidir ve sürekli akış halindedir. Ayrıca onlar neden-sonuç yasasına tâbidir. Tüm bunlar beden ve zihin için geçerlidir, her ikisi de geçicidir, doğuma ve ölüme tâbidir. Biz dünyanın sadece bedensel duyular ve zihin aracılığıyla bilinebileceğini biliyoruz. Bu, zamanın, uzayın ve nedenselliğin "nesnel" ya da dışsal varlıklar değil, içinde her şeyin şekillendirildiği zihinsel kategoriler oldukları anlamına gelir. Her şeyin varoluşu ve formu zihne bağlıdır. Bilmek zihinsel bir üründür. Ve zihinden görülen dünya, zihnin huzursuzluğuna uygun olarak sürekli değişen öznel ve kişisel bir dünyadır.

Sınırlı kategorileri -amaçlılığı, öznelliği, dualitesi vs.- ile huzursuz zihne karşı olarak, sınırsız "Ben'im" duygusu tüm gücüyle durur. Emin olabileceğim tek şey bu "Ben'im"dir; Dekartçı anlamda düşünen bir "ben" değil, hiçbir yüklemi olmayan bir "Ben'im." Maharaj, "Ben'im-liğimizi" idrak etmemiz ve böylece kendi yarattığımız hapishaneden kurtulmamız için, dikkatimizi tekrar tekrar bu temel olguya çekiyor. O diyor ki: Tek doğru bildirim "Ben'im"dir. Başka her şey sadece sonuç çıkarmaktır. Hiçbir çabayla "Ben'im"i "Ben değilim"e çeviremezsiniz.

Gerçek deneyimleyici zihin değil, ben, yani içinde her şeyin belirdiği ışıktır. Benlik tüm deneyimin kökenindeki ortak etkendir; içinde her şeyin vuku bulduğu farkındalıktır. Tüm bilinç alanı "Ben'im"in içinde sadece bir film ya da bir nokta gibidir. Bu "Ben'im-lik," bilincin bilincinde olmak, kendinin farkında olmaktır. Ve o tanımlanamaz, çünkü onun hiçbir niteliği yoktur. O sadece kendi benliğim olmaktır ve kendi benliğim olmak var olan tüm şeydir. Var olan her şey, benim benliğim olarak vardır. Benden farklı hiçbir şey yoktur. Dualite (ikilik) yoktur, dolayısıyla acı ve ıstırap da yoktur. Hiçbir sorun yoktur. Bu, içinde her şeyin mükemmel olduğu bir sevgi küresidir. Olan her şey -sindirim ya da saçın uzaması gibi- kendiliğinden olur. Bunu idrak edin ve zihnin sınırlamalarından kurtulun.

İçinde şu ya da bu olma kavramının bulunmadığı derin uykuyu düşünün. Ama o uykuda "Ben'im" yine vardır. Ve sonsuz *şimdi*'yi görün. Bellek geçmişteki şeyleri şimdiye getirir gibi görünür, ama olan her şey yalnızca şimdide olur. Fenomenler ancak zamansız *şimdi*'de tezahür edebilir. Böylece, zaman ve neden-sonuç ilişkisi gerçekte geçerli değildir. *Ben'im* dünyadan, bedenden ve zihinden önce de vardı. *Ben'im,* içinde onların belirip kayboldukları küredir. *Ben'im*, onların hepsinin kaynağıdır, dünyanın şaşırtıcı çeşitliliğiyle tezahür etmesine olanak veren evrensel güçtür.

Ancak, "Ben'im" duygusu, ilkselliğine rağmen, En Yüksek olan değildir. Mutlak değildir. "Ben'im" duygusu zamanın tamamen ötesinde değildir. Beş unsurun özü olarak o, bir biçimde, dünyaya bağlıdır. O, beş unsurdan oluşan besinle inşa edilmiş olan bedenden kaynaklanır. O, beden öldüğünde, tütsü çubuğu yanıp bittiğinde sönen kıvılcım gibi kaybolur. Saf farkındalığa erişildiğinde, artık hiçbir şeye -sadece Mutlak'ın yönünü gösteren yararlı bir ibre olan "Ben'im"e bile- ihtiyaç olmaz. O zaman "Ben'im" farkındalığı kolayca sona erer. Hüküm süren ise tarif edilemez olan, sözcüklerin ötesinde olandır. İşte en gerçek olan bu "hal"dir, her şeyden önce gelen bir saf olanak hali. "Ben'im" ve evren sadece onun yansımalarıdır. Bir *gnani*'nin (ermişin) idrak etmiş olduğu işte bu gerçektir.

Yapabileceğiniz en iyi şey -Sri Nisargadatta'nın canlı bir örneğini oluşturduğu- *gnani*'yi dikkatle dinlemek ve ona inanmaktır. Böyle bir dinleyişle, onun gerçeğinin sizin gerçeğiniz olduğunu idrak edersiniz. O sizin dünyanın ve "Ben'im"in doğasını görmenize yardımcı olur. O sizi bedenin ve zihnin işleyişini ciddi ve yoğun bir konsantrasyonla incelemeye, onların hiçbiri olmadığınızı fark etmeye ve onları kendiniz olarak kabul etmemeye teşvik eder. O size tekrar tekrar "Ben'im"e dönmenizi tavsiye eder, ta ki o -dışında hiçbir şeyin var olmadığı- tek konutunuz olana dek; ta ki "Ben'im"i kısıtlayan ego yok olana dek. İşte o zaman en yüksek idrak çabasız biçimde oluşacaktır.

Gnani'nin tüm kavramları ve dogmaları kesip geçen sözlerini dikkate alın. Maharaj diyor ki: "İnsan kendini idrak edene, benliği bilene, benliği aşana dek tüm bu kavramlar ona sunulur." Evet, onlar kavramlardır, "Ben'im" bile bir kavramdır, ama kuşkusuz, onlardan daha değerli kavramlar yoktur. Arayan kimsenin onları büyük bir ciddiyetle dikkate alması gerekir, çünkü onlar En Yüksek Gerçeği işaret eder.

Editör Sudhaka S. Dikshit'e, benden BEN O'YUM'un bu yeni baskısı için bir önsöz yazmamı isteyerek, bana, en yüksek bilgiyi en sade, berrak ve inandırıcı sözlerle açıklamış olan Sri Nisargadatta Maharaj'a saygılarımı sunma fırsatı verdiği için teşekkür ediyorum.

Douwe Tiemersma
Erasmus Üniversitesi, Felsefe Bölümü
Rotterdam, Hollanda, Haziran 1981

Nisargadatta Maharaj Kimdir?

Kendisine doğum tarihi sorulduğunda, Üstat yumuşak bir biçimde, asla doğmadığını söyledi!

Sri Nisargadatta'nın yaşam öyküsünü yazmak çok zor bir görev. Çünkü onun kesin doğum tarihi bilinmemekle kalmıyor, hayatının ilk yıllarına ait doğrulanmış bilgiler de bulunamıyor. Bununla birlikte, bazı yaşlı akrabaları ve dostları onun 1897 yılının Mart ayında, Hindular'ın, Ramayana efsanesinin maymun-tanrısı (Maruti olarak da adlandırılan) Hanuman'a saygılarını sundukları Hanuman Jayanti festivaline rastlayan bir dolunay gününde doğmuş olduğunu ve onun doğumunu bu kutlu günle ilişkilendirmek için ebeveynlerinin ona Maruti adını verdiklerini söylüyorlar.

Sri Nisargadatta'nın çocukluğu ve ilk gençliği hakkındaki bilgiler bölük pörçük ve birbirleriyle bağlantısızdır. Babası Shivrampant'ın yoksul bir adam olduğunu, bir süre Bombay'da hizmetkârlık yaptığını ve daha sonra Maharashtra'nın Ratnagiri bölgesinde küçük bir köy olan Kandalgaon'da küçük bir çiftçi olarak hayatını kazanmaya çalıştığını öğrendik. Maruti neredeyse hiç öğrenim görmeden büyüdü. Çocukken babasına, gücünün yettiği işlerde yardımcı oldu; sığırlara baktı, öküzleri güttü, tarlalarda çalıştı ve ayak işlerine koştu. Zevkleri işleri gibi basitti, ama araştırıcı, her türlü soruyla kaynayıp duran bir zihne sahipti.

Babasının, dindar ve kırsal kesim ölçülerine göre bilgili bir adam olan Vishnu Haribhau Gore adlı bir Brahmin arkadaşı vardı. Gore, sık sık dinî konularda konuşur ve küçük Maruti de dikkatle dinler ve bu konular üzerinde herkesin sandığından fazla durup düşünürdü. Gore onun için ideal insandı -samimi, iyi ve bilge.

Maruti on sekiz yaşına geldiğinde, babası, ardında bir eş,

dört oğul ve iki kız evlat bırakarak öldü. Küçük çiftlikten sağlanan kıt gelir gittikçe azaldı ve o kadar boğazı beslemeye yetmedi. Maruti'nin ağabeyi iş aramak için Bombay'a gitti, kısa bir süre sonra Maruti de onu izledi. Bombay'da düşük ücretli bir kâtip olarak bir ofiste birkaç ay çalıştı, ama bıkkınlık duyarak bu işi bıraktı. Sonra tuhafiyeci olarak küçük bir iş kurdu ve çocuk giysileri, tütün ve el yapımı yerli sigaralar satan bir dükkân açtı. Bu iş zaman içinde gelişti ve ona bir ölçüde mali güvence sağladı. Bu dönem esnasında evlendi ve bir oğlu ile üç kızı oldu.

Çocukluk, gençlik, evlilik, çoluk çocuk derken Maruti orta yaşa kadar sıradan bir insanın tekdüze ve olaysız hayatını yaşadı, bunu izleyecek olan ermişlik dönemiyle ilgili hiçbir işaret vermiyordu henüz. Bu dönemde onun arkadaşları arasında, Hinduizm'in bir mezhebi olan Navnath Sampradaya'nın bir öğretmeninin, Sri Siddharameshwar Maharaj'ın müridi olan Yashwantrao Baagkar adlı biri vardı. Bir akşam Baagkar Maruti'yi kendi Gurusu'na götürdü ve o akşam Maruti'nin hayatında bir dönüm noktası oldu. Guru ona bir *mantra* ve meditasyonla ilgili talimatlar verdi. Yaptığı uygulamanın başlangıcında Maruti vizyonlar görmeye ve ara sıra transa girmeye başladı. Sanki onun içinde bir şey patlamış ve kozmik bir bilincin, bir sonsuz hayat duygusunun doğmasına yol açmıştı. Küçük esnaf Maruti'nin kimliği yok olurken, Sri Nisargadatta'nın aydınlatan kişiliği ortaya çıkmıştı.

Çoğu kişi ego-bilincinin dünyasında yaşar ve onu terk edecek arzuya veya güce sahip değildir. Onlar sadece kendileri için yaşarlar; tüm çabaları kendilerini tatmin etmeye ve yüceltmeye yöneliktir. Bunun yanı sıra bir de kâhinler, öğretmenler ve gerçekleri açıklayanlar vardır ki, bunlar görünüşte aynı dünyada yaşarlarken, aynı zamanda bir başka dünyada da -sonsuz bilgiyle parlayan kozmik bilinç dünyasında- yaşarlar. Aydınlanma deneyiminden sonra Sri Nisargadatta Maharaj işte böyle ikili bir hayat yaşamaya başladı. O, dükkânını işletmeye devam etti, ama artık kâr amaçlayan bir tüccar değildi. Daha sonra ailesini ve işini terk ederek, Hindistan'ın dinî sahnesinin genişliği ve çeşitliliği üzerinde sadakayla geçinen bir gezgin oldu. Himalayalar'a doğru yalınayak yoluna devam etti; orada hayatının geri kalan kısmını ebedi bir hayatı arayarak geçirmeyi plânlıyordu. Ama kısa bir süre sonra, böyle bir arayışın yararsızlığını kavrayarak evine geri döndü. Ebedi hayatı aramasının gerekmediğini anlamıştı, çünkü ona zaten sahipti. "Ben bedenim" fikrinin ötesine geçerek, öylesine sevinçli, huzurlu ve muhteşem bir zihinsel hale erişmişti ki, bununla kıyaslandığında her şey değersiz görünüyordu. O, kendini idrak etmişti (ermişti).

Öğrenim görmemiş olmasına rağmen, üstadın sohbetleri olağanüstü derecede aydınlatıcıdır. Yoksulluk içinde doğup büyümüş olmasına rağmen zenginler zenginidir, çünkü sonsuz bilginin sınırsız servetine sahiptir ki onunla kıyaslandığında en efsanevi hazineler bile değersiz kalır. O sevecen ve şefkatlidir, keskin bir mizah duygusuna sahiptir, kesinlikle korkusuzdur ve kesinlikle dürüsttür, ona gelen herkese ilham verir, yol gösterir ve desteğini esirgemez.

Böyle bir insanın yaşam öyküsünü yazmaya çalışmak anlamsız ve boşuna bir çaba olur. Çünkü o, geçmişi ve geleceği olan bir insan değildir; o yaşayan şimdidir -ebedi ve değişmez olandır. O her şey haline gelmiş olan benliktir.

İngilizce'ye Çevirenin Notu

Sri Nisargadatta Maharaj ile birkaç yıl önce tanıştım ve onun görünüşünün ve davranışının doğal sadeliğinden ve deneyimini açıklayışındaki derin ve gerçek samimiyetten çok etkilendim.

Onun Bombay'ın bir kenar semtindeki evi mütevazı ve keşfedilmesi zor olsa da, birçokları oraya ulaşmanın yolunu bulmuşlardır. Gelenlerin çoğu Hintli'dir ve anadilleri ile serbestçe söyleşebiliyorlar; ama orada bir çevirmene ihtiyaç duyan birçok yabancı da olurdu. Benim orada bulunduğum zamanlarda bu görev bana düşerdi. Sorulan soruların ve verilen yanıtların birçoğu öylesine ilginç ve önemliydi ki onları kaydetmek için bir teyp de getirilirdi. Teyp bantlarından çoğu Marathi-İngilizce türünde ise de, bazıları çeşitli Hint ve Avrupa dillerinin bir karışımını içerirdi. Daha sonra her bant deşifre ediliyor ve İngilizce'ye çevriliyordu.

Hem sözcüğü sözcüğüne çeviri yapmak, hem de sıkıcı tekrarlardan kaçınmak kolay değildi. Umarım teyp kayıtlarının bu çevirisi, bu berrak zihinli, yüce gönüllü ve birçok bakımdan olağandışı insanın sözlerindeki güçlü etkiyi azaltmamıştır.

Bu konuşmaların Sri Nisargadatta Maharaj tarafından doğrulanmış olan bir Marathi versiyonu da yayınlanmıştır.

Maurice Frydman
Bombay
16 Ekim 1973

1
Ben'im Duygusu

Soran: Bu her gün yaşanan bir deneyimdir: Sabah uyandığımızda dünya birden belirir. Peki, o nereden gelir?
Maharaj: Bir şeyin var olabilmesi için, o şeyin geleceği birinin olması gerekir. Tüm beliriş ve kayboluş değişmez bir fon önündeki değişime dayanır.
S: Ben uyanmadan önce bilinçsizdim.
M: Hangi anlamda? Uykuda yaşadıklarınızı unutmanız ya da bilinçli olarak deneyimlemememeniz anlamında mı? Siz bilinçsizken bile bir şeyleri deneyimlemez misiniz? Bilmeksizin var olabilir misiniz? Bellekte bir boşluk var olmayışın kanıtı olabilir mi? Ve kendi var olmayışınızdan gerçek bir deneyim olarak söz edebilir misiniz? Siz zihninizin uykuda mevcut olmadığını bile söyleyemezsiniz. Hiç size seslenilerek uyandırılmadınız mı? Ve uyandığınızda ilk hissettiğiniz "Ben'im" duygusu değil miydi? Uyku esnasında veya baygınken bile bir tohum bilinç mevcut olmalı. Uyandığınızda şu deneyim başlar: "Ben-bedenim-dünyada." Onlar art arda belirir gibi görünebilir, ama aslında bir dünyada bir bedene sahip olma fikri tek bir fikir olarak, aynı anda ortaya çıkar. Siz birisi olmadan "Ben'im" duygusu var olabilir mi?
S: Ben daima anıları ve alışkanlıkları ile birisiyim. Başka bir "Ben" bilmiyorum.
M: Belki bir şey sizin bilmenizi engelliyordur. Başkalarının bildikleri bir şeyi bilmediğiniz zaman ne yaparsınız?
S: Onların talimatlarıyla onların bilgilerinin kaynağını ararım.

M: Sizin sadece bir beden mi, başka bir şey mi -veya belki hiçbir şey- olduğunuzu bilmek sizin için önemli değil mi? Sizin -besin, giysi, barınak, aile, arkadaşlar, isim, ün, güvenlik, hayatta kalma gibi- tüm sorunlarınızın bedeninizin sorunları olduğunu ve siz bir bedenden ibaret olmadığınızı anladığınız anda hepsinin anlamını yitireceğini görmüyor musunuz?

S: Benim beden olmadığımı bilmemde ne yarar var?

M: Sizin beden olmadığınızı söylemek de tam doğru değildir. Bir bakıma siz tüm bedenler, kalpler, zihinlersiniz ve çok daha fazlasısınız. "Ben'im" duygusuna derinlemesine girdiğinizde bunu bulacaksınız. Yanlış yere koyduğunuz ya da unuttuğunuz bir şeyi nasıl bulursunuz? Onu hatırlayıncaya dek zihninizde tutarsınız. Var'lık hissi, "Ben'im" duygusu ilk ortaya çıkacak olandır. Onun nereden geldiğini kendinize sorun veya onu sessizce izleyin. Zihniniz sürekli olarak, sabit bir biçimde "Ben'im"de kaldığında, siz sözle ifade edilemeyen, ama deneyimlenebilen bir hale girersiniz. Yapmanız gereken tek şey tekrar tekrar denemektir. Sonuçta "Ben'im" duygusu daima sizinledir, sadece siz ona -beden, duygular, düşünceler, fikirler, sahip olduğunuz mal mülk gibi- her türlü şeyi bağlamışsınızdır. Tüm bu özdeşleşmeler yanıltıcıdır. Onlar yüzünden siz kendinizi aslında olmadığınız şey sanırsınız.

S: Öyleyse ben neyim?

M: Ne olmadığınızı bilmek yeterlidir. Ne olduğunuzu bilmeniz gerekmez. Çünkü bilgi, algısal ya da kavramsal olarak zaten bildiğiniz şeyle yapılan tarif anlamına geldiği sürece, benlik-bilgisi diye bir şey olamaz, çünkü sizin ne *olduğunuz* toptan ret dışında tarif edilemez. Sizin söyleyebileceğiniz tüm şey, "Ben şu değilim, ben bu değilim"dir. Siz anlamlı bir biçimde "Ben buyum" diyemezsiniz. Bu mantıklı olmaz. Sizin "bu" ya da "şu" olarak işaret edebildiğiniz şey kendiniz olamaz. Kuşkusuz, siz başka "bir şey" olamazsınız. Siz algılanabilir ya da hayal edilebilir bir şey değilsiniz. Ancak, siz olmazsanız ne algılama ne de hayal gücü olabilir. Siz kalbin hissettiğini, zihnin düşündüğünü, bedenin hareket ettiğini gözlemlersiniz; bu algılama eylemi sizin algıladığınız şey olmadığınızı gösterir. Siz olmadan algılama deneyimi olabilir mi? Bir deneyimin, birisine "ait olması" gerekir. Birisinin o deneyimin sahibi olduğunu beyan etmesi gerekir. Bir deneyimleyen olmadan, deneyim gerçek değildir. Deneyime gerçeklik veren, onu deneyimleyendir. Sahip olamadığınız bir deneyimin sizin için ne değeri olabilir?

S: Bir deneyimleyici olma hissi, "Ben'im" duygusu da bir deneyim değil midir?

M: Açıkça, deneyimlenen her şey bir deneyimdir. Ve her deneyimde onu deneyimleyen ortaya çıkar. Bellek süreklilik illüzyonunu yaratır. Gerçekte her deneyimin kendi deneyimleyeni vardır ve kimlik duygusu tüm deneyimleyen-deneyim ilişkilerinin kökenindeki ortak etkenden kaynaklanır. Kimlik ve süreklilik aynı şey değildir. Tıpkı her çiçeğin kendi rengine sahip olması, ama tüm renklere aynı ışığın neden olması gibi, birçok deneyim de bölünmemiş ve bölünmez farkındalıkta ortaya çıkar; her biri bellekte ayrı, özde aynıdır. Bu öz tüm deneyimlerin kökü, temeli, zamansız ve uzaysız "olanağı"dır.

S: Ona nasıl ulaşırım?

M: Ona ulaşmanız gerekmez, çünkü siz *o'sunuz*. Eğer ona bir şans verirseniz, o size ulaşacaktır. Gerçek-olmayana olan bağlılığınızı bırakın, o zaman gerçek-olan hızla ve pürüzsüzce yerini alacaktır. Kendinizi şu ya da bu olarak, şunu ya da bunu yapan olarak düşünmekten vazgeçin, o zaman sizin her şeyin kaynağı ve özü olduğunuzu idrak edebilirsiniz. Bu idrakle birlikte, seçime ve bağımlılığa bağlı olmayan büyük bir sevgi, her şeyi sevilmeye değer ve sevilebilir kılan bir güç gelecektir.

2
Bedene Olan Saplantı

Soran: Maharaj, sizinle benim aramdaki temel fark nedir?
Maharaj: Temelde bir fark yoktur
S: Yine de gerçek bir fark olması gerekir; çünkü siz bana değil, ben size geliyorum.
M: Çünkü siz farklar hayal ediyor, "üstün" insanlar bulmak için oraya buraya gidiyorsunuz.
S: Siz de üstün bir kişisiniz. Siz gerçek-olanı bildiğinizi iddia ediyorsunuz, ben bunu iddia etmiyorum.
M: Ben size bilmediğinizi, bu yüzden de aşağı olduğunuzu hiç söyledim mi? Böyle ayrımları onları icat edenler kanıtlasınlar. Ben sizin bilmediğiniz şeyi bildiğimi iddia etmiyorum.
S: Sizin sözleriniz bilgece, davranışınız asil, inayetiniz güçlü.
M: Ben tüm bunlar hakkında hiçbir şey bilmiyor ve sizinle benim aramda hiçbir fark görmüyorum. Benim hayatım, tıpkı sizinki gibi, birbirini izleyen olaylardır. Sadece, ben herhangi bir şeye bağlı değilim ve gelip geçici gösteriyi, gelip geçici bir gösteri olarak görüyorum; siz ise bir şeylere yapışıyor ve onlarla birlikte hareket ediyorsunuz.
S: Sizi bu kadar tutkusuz ve tarafsız hale getirmiş olan nedir?
M: Belli bir şey değil. Ben Gurum'a güven duydum. O bana kendimden başka bir şey olmadığımı söyledi ve ben ona inandım. Ona güvenerek buna göre davrandım ve ben olmayanla ve benim olmayanla ilgilenmekten ve onu istemekten vazgeçtim.
S: Bizim güvenimiz sözde kalırken, siz neden öğretmeninize tam olarak güvenecek kadar şanslıydınız?
M: Kim söyleyebilir? Böyle oldu. Olaylar nedensiz bir biçimde vuku bulur ve sonuçta kimin kim olduğu önemli değildir. Benimle ilgili yüksek görüşünüz sadece sizin görüşünüzdür. Onu her an değiştirebilirsiniz. Görüşlere, hatta kendi görüşünüze

neden önem atfetmeli?

S: Yine de siz farklısınız. Zihniniz daima sakin ve mutlu görünüyor ve çevrenizde mucizeler meydana geliyor.

M: Ben mucizeler hakkında hiçbir şey bilmiyorum ve -biz her şeyin bir mucize olduğunu kabul etmedikçe- doğanın kendi yasalarının bazen ihlâl edilmesini (mucizeleri) kabul edip etmediğini merak ediyorum. Benim anlayışıma göre böyle bir şey yoktur. Her şeyin onun içinde meydana geldiği bilinç vardır. Bu oldukça aşikârdır ve herkesin deneyim alanı içindedir. Sadece siz yeterince dikkatle bakmıyorsunuz. İyi bakın ve benim gördüğümü görün.

S: Siz ne görüyorsunuz?

M: Ben burada ve şimdi sizin de görebileceğiniz, ama dikkatinizi yanlış odakladığınız için göremediğiniz şeyi görüyorum. Siz dikkatinizi kendinize hiç vermiyorsunuz. Zihniniz daima olaylarla, insanlarla, fikirlerle meşgul, ama asla kendi benliğinizle meşgul değil. Dikkatinizi kendi benliğiniz üzerinde odaklayın, kendi var'lığınızın farkına varın. Nasıl işlev yaptığınızı görün; eylemlerinizin nedenlerini ve sonuçlarını izleyin. Dikkatsizliğiniz yüzünden çevrenize inşa etmiş olduğunuz hapishaneyi inceleyin. Siz ne olmadığınızı bilerek benliğinizi bilirsiniz. Kendi benliğinize geri dönüş yolu reddetmekten geçer. Bir şey kesindir: Gerçek-olan hayal ürünü değildir, o zihnin bir ürünü değildir. "Ben'im" duygusu bile, yararlı bir yön-gösterici olsa da, sürekli değildir; o nerede arayacağınızı gösterir, neyi arayacağınızı değil. Ona iyice bir bakın. Siz kendi benliğiniz hakkında "Ben'im" dışında doğru bir şey söyleyemeyeceğinize ve işaret edebileceğiniz hiçbir şeyin kendi benliğiniz olamayacağına bir kez ikna olduğunuzda, "Ben'im"e duyulan ihtiyaç da biter; siz artık ne olduğunuzu sözle ifade etmeyi amaçlamazsınız. Sizin tüm ihtiyacınız kendi benliğinizi tanımlama eğiliminden kurtulmaktır. Tüm tanımlar sadece bedeniniz ve onun ifadeleri için geçerlidir. Bedenle ilgili bu saplantıdan bir kez kurtulduğunuzda, doğal halinize kendiliğinden ve çabasızca geri döneceksiniz. Aramızdaki tek fark, benim doğal halimin farkında olmam, sizin ise kafanızın karışmış olmasıdır. Tıpkı zihin öyle düşünmedikçe, süs eşyası haline getirilmiş altının altın tozundan daha üstün olmaması gibi, biz de varlık olarak biriz, sadece görünüşümüz farklıdır. Biz onu, her gün, her saat samimiyetle araştırarak ve sorgulayarak, hayatımızı bu keşfe adayarak keşfederiz.

3

Yaşayan Şimdi

Soran: Görebildiğim kadarıyla, bedenimde ve gerçek varlığımda yanlış bir şey yok. Her ikisi de benim eserim değil ve düzeltilmeye ihtiyaçları yok. Yanlış gitmiş olan -ona ister zihin, ister bilinç, isterse *antahkarana* deyin- "içsel beden"dir.

Maharaj: Zihninizde neyin yanlış olduğunu düşünüyorsunuz?

S: O huzursuzdur, hoş olana karşı açgözlüdür ve nahoş olandan korkar.

M: Onun hoş olanı aramasında ve nahoş olandan kaçınmasında ne yanlışlık var? Hayat nehri acı ve zevk kıyıları arasında akar. Sadece zihin hayatla birlikte akmayı reddettiği ve kıyılara yapışıp kaldığında bu bir sorun haline gelir. Hayatla birlikte akmak derken, kabullenmeyi -gelenin gelmesine, gidenin gitmesine izin vermeyi- kastediyorum. Arzu etmeyin, korkmayın, olanı olduğu gibi ve vuku bulduğu zaman gözlemleyin, çünkü siz vuku bulan şey değil, onu izleyensiniz. Nihai olarak, siz gözlemci bile değilsiniz. Siz her şeyi kucaklayan bilincin onun tezahürü ve ifadesi olduğu temel potansiyelsiniz.

S: Ancak, beden ile benlik arasında, ne bedene ne de benliğe hizmet eden bir düşünceler ve duygular bulutu vardır. Bu düşünceler ve duygular güçsüz, geçici ve anlamsızdır, kör edici ve boğucu bir zihinsel tozdan ibarettir; ama onlar her şeyi karartarak ve tahrip ederek varlıklarını sürdürüyor.

M: Kuşkusuz, bir olayın anısı ve beklentisi o olayın yerine geçemez. Şimdi cereyan eden olayda -önceki veya sonraki olayın sahip olmadığı- olağanüstü ve özgün bir şey vardır. Şimdiki olayın çevresinde bir canlılık, bir gerçeklik vardır; o aydınlatılmışçasına öne çıkar. Şimdi vuku bulan olayda "gerçeğin damgası" vardır ki geçmiş ve gelecek onu içermez.

S: Şimdi'ye bu "gerçeklik damgası"nı vuran nedir?

M: Şimdiki olayda, onu geçmişten ve gelecekten farklı kılan özel bir şey yoktur. Bir an için geçmiş şimdi idi ve gelecek de bir an sonra öyle olacak. Şimdi'yi bu kadar farklı kılan nedir? Açıkça, benim mevcudiyetim. Ben gerçeğim, çünkü ben daima *şimdi'*deyim, şimdiki andayım ve şimdi benimle birlikte olan da benim gerçekliğimi paylaşır. Geçmiş bellektedir, gelecek hayal gücündedir. Şimdiki olayın kendisinde, onun gerçek olarak öne çıkmasını sağlayan bir şey yoktur. O, saatin tik tak vuruşu gibi, basit, belli aralıklarla gerçekleşen bir olay olabilir. Peş peşe vuruşların aynı olduklarını bilmemize rağmen, şimdiki vuruş öncekinden ve sonrakinden -hatırlanandan veya beklenenden- oldukça farklıdır. Şimdi'de odaklanmış bir şey benimle birliktedir, çünkü ben ebediyen varım; şimdiki olaya verdiğim benim kendi gerçekliğimdir.

S: Ama biz hatırladığımız şeylerle de, onlar sanki gerçekmiş gibi ilgileniriz.

M: Anıları sadece onlar şimdiki anda geldiklerinde düşünürüz. Unutulmuş anılar hatırlanana, yani *şimdi'*ye getirilene kadar önemli değildirler.

S: Evet, şimdi'de her şeye geçici olarak gerçeklik kazandıran, bilinmeyen bir etkenin bulunduğunu görebiliyorum.

M: Onun bilinmeyen olduğunu söylemeyin, çünkü onu sürekli iş başında görürsünüz. Siz doğduğunuzdan beri o hiç değişti mi? Olaylar, durumlar ve düşünceler her zaman değişmektedir. Ama şimdi olanın gerçek olduğu hissi -rüyalarda bile- asla değişmemiştir.

S: Derin uykuda şimdiki gerçeğin hiçbir deneyimi yok.

M: Derin uykunun boşluğu tamamen belirli anıların yokluğundan dolayıdır. Ama genel bir esenlik anısı mevcuttur. "Derin uykuda" olma hissi, "orada bulunmama, yok olma" hissinden farklıdır.

S: Baştaki sorumu yineleyeceğim: Hayatın kaynağı ile hayatın ifadesi (beden) arasında zihin ve onun daima değişen halleri var. Zihinsel hallerin akışı sonsuz, anlamsız ve acı verici. Acı daimi bir etken. Bizim zevk dediğimiz şey iki acı verici hal arasındaki bir aralık. Arzu ve korku yaşamın örgüsünü oluşturan iplikler gibi ve her ikisi de acıdan oluşuyor. Sorum şu: Mutlu bir zihin olabilir mi?

M: Arzu zevkin, korku da acının anısıdır. Her ikisi de zihni huzursuz eder. Zevk anları, acı akışı içinde sadece aralıklardır. Zihin nasıl mutlu olabilir ki?

S: Biz zevki arzuladığımızda veya acıyı beklediğimizde bu doğrudur. Ama beklenmedik ve umulmadık sevinç anları vardır. Bu, arzu tarafından kirletilmemiş -aranmamış, hak edilmemiş, Tanrı vergisi olan- saf sevinçtir.

M: Yine de, sevinç sadece bir acı fonu önündeki sevinçtir.

S: Acı kozmik bir olgu mudur, yoksa tamamen zihinsel midir?

M: Evren tamamdır ve tamamlığın olduğu, hiçbir eksikliğin bulunmadığı yerde ne acı verebilir?

S: Evren bir bütün olarak tamam olabilir, ama ayrıntılarında eksiktir.

M: Bütünün, bütünle ilişkili olarak görülen parçası da tamamdır. O sadece bütünden ayrı olarak görüldüğünde eksik ve dolayısıyla acı verici hale gelir. Ayrılığa neden olan nedir?

S: Zihnin sınırlamaları, elbette. Zihin parçalara baktığından bütünü göremez.

M: Peki. Zihin, doğası gereği böler ve karşı koyar. Birleştiren ve uyumlu kılan, parçada bütünü gören, parçayı bütünle ilişkili gören başka bir zihin var olabilir mi?

S: Başka bir zihin mi? Onu nerede aramalı?

M: Sınırlayan, bölen, ayıran, karşı koyan zihnin ötesine geçerek. Bildiğimiz şekliyle zihinsel süreci sona erdirerek. O sona erdiğinde, bu zihin doğar.

S: O zihinde artık sevinç ve üzüntü sorunu yok mudur?

M: Onları bildiğimiz gibi, yani arzu edilen veya istenmeyen halleriyle değil. O daha çok, kendini ifade etmeye çalışan ve engellerle karşılaşan bir sevgi meselesi haline gelir. Kapsayıcı zihin -koşullara karşı savaşan, başlangıçta düş kırıklığına uğrayan, ama sonunda zafere ulaşan- eylem halindeki sevgidir.

S: Ruh ile beden arasındaki köprüyü sağlayan sevgi midir?

M: Başka ne olabilir? Zihin dipsiz uçurumu yaratır, kalp onu aşıp geçer.

4

Gerçek Dünya Zihnin Ötesindedir

Soran: Çeşitli vesilelerle, evrenin neden-sonuç yasasına mı tâbi olduğu, yoksa yasa dışında mı var olduğu ve işlev yaptığı sorulmuştur. Siz onun neden ötesi olduğu, her şeyin, ne kadar küçük olursa olsun, nedensiz olduğu, bilinen herhangi bir neden olmadan belirip kaybolduğu görüşünü benimsiyor gibisiniz.

Maharaj: Neden-sonuç ilişkisi, olayların zaman içinde -fiziksel veya zihinsel- uzayda birbirini izlemesi anlamına gelir. Zaman, uzay, neden-sonuç ilişkisi zihinle birlikte ortaya çıkan ve yok olan zihinsel kategorilerdir.

S: Zihin işlediği sürece, neden-sonuç geçerli bir yasadır.

M: Zihinsel olan her şey gibi, neden-sonuç yasası da kendisiyle çelişir. Var olan hiçbir şeyin belirli bir nedeni yoktur; en küçük şeyin varoluşuna bile tüm evren katkıda bulunur; evren olduğu gibi olmadan hiçbir şey olduğu gibi olamazdı. Her şeyin kaynağı ve zemini (fonu) her şeyin tek nedeni olduğundan, nedensellikten evrensel bir yasa olarak söz etmek yanlıştır. Evren içeriği ile sınırlanmamıştır, çünkü onun potansiyelleri sonsuzdur; üstelik o, esasen ve tamamen özgür olan bir prensibin tezahürü ya da ifadesidir.

S: Evet, bir şeyin başka bir şeyin tek nedeni olduğunu söylemenin sonuçta tamamen yanlış olduğunu görebiliyorum. Yine de, gerçek hayatta biz her zaman bir eylemi başlatırken bir sonuç öngörürüz.

M: Evet, cehalet yüzünden sürüp giden böyle pek çok faaliyet var. İnsanlar, bir şeyin gerçekleşmesine tüm evren katkıda bulunmadıkça o şeyin gerçekleşmeyeceğini bilseler, çok daha az enerji harcayarak çok daha fazla şey başarabilirler.

S: Eğer her şey nedenler bütününün bir ifadesi ise, biz bir başarıya ulaşmak için amaçlı bir eylemden nasıl söz edebiliriz?

M: Başarma dürtüsü de tüm evrenin bir ifadesidir. O sadece, enerji potansiyelinin belirli bir noktaya yükselmiş olduğunu gösterir. Sizin nedensellikten söz etmenize neden olan şey zaman illüzyonudur. Geçmiş ve gelecek sonsuz *şimdi*'de ortak bir kalıbın parçaları olarak görüldüklerinde, neden-sonuç fikri geçerliliğini yitirir ve onun yerini yaratıcı özgürlük alır.

S: Ama bir neden olmadan herhangi bir şeyin nasıl meydana gelebildiğini anlayamıyorum.

M: Ben bir şeyin nedensiz olduğunu söylediğimde, onun belirli bir neden olmadan meydana gelebileceğini kastediyorum. Sizi dünyaya getirmesi için anneniz gerekliydi. Ama siz güneş ve dünya olmadıkça doğamazdınız. Bunlar bile, sizin doğma arzunuz olmasaydı, doğumunuza neden olamazdı. Doğumu sağlayan, isim ve form veren şey arzudur. Arzu edilen şey hayal edilir, istenir ve somut veya kavranabilir bir şey olarak tezahür eder. İçinde yaşadığımız dünya, kişisel dünyamız böyle yaratılmıştır. Gerçek dünya zihnin görüş alanının ötesindedir; biz onu arzularımızın -zevke ve acıya, doğruya ve yanlışa, iç ve dışa- bölünmüş ağının içinden görürüz. Evreni olduğu gibi görmek için, ağın ötesine adım atmalısınız. Bunu yapmak zor değildir, çünkü ağ deliklerle doludur.

S: Delikler sözcüğüyle neyi kastediyorsunuz? Ve onları nasıl bulabiliriz?

M: Ağa ve onun birçok çelişkisine bakın. Siz her adımda yapar ve bozarsınız. Huzur, sevgi, mutluluk ister, ama acı, nefret ve savaş yaratmak için uğraşırsınız. Uzun yaşamak ister, ama aşırı yemek yersiniz; dostluk ister ve onu istismar edersiniz. Ağınızın böyle çelişkilerden oluştuğunu görün ve onlardan kurtulun; onları görmeniz onlardan kurtulmanızı sağlayacaktır.

S: Benim çelişkiyi görmem onu ortadan kaldırıyorsa, benim onu görmem ile onun ortadan kalkması arasında nedensel bir bağ yok mudur?

M: Neden-sonuç ilişkisi bir kavram olarak dahi kaos ile bağdaşamaz.

S: Arzu ne dereceye kadar nedensel bir etkendir?

M: Arzu birçok etkenden biridir. Her şey için sayısız nedensel etken vardır. Ama var olan her şeyin kaynağı, sizin içinizde bulunan ve her deneyime gücünü, ışığını ve sevgisini aktaran Sonsuz Olanak, En Yüce Gerçek'tir. Ama bu kaynak bir neden değildir ve hiçbir neden bir kaynak değildir. Bu yüzden, her şeyin nedensiz olduğunu söylüyorum. Bir şeyin nasıl meydana geldiğini izlemeye çalışabilirsiniz, ama o şeyin neden öyle (olduğu gibi) *olduğunu* bulamazsınız. Bir şey olduğu gibidir, çünkü evren olduğu gibidir.

5 Doğan Ölmek Zorundadır

Soran: Tanık-bilinci daimi midir, değil midir?

Maharaj: O daimi değildir. Bilen, bilinenle birlikte doğar ve batar. İçinde bilenin ve bilinenin doğup battığı şey ise zamanın ötesindedir. Daimi ya da ebedi sözcükleri burada geçerli değildir.

S: Uykuda ne bilinen ne de bilen vardır. Bedeni duyarlı ve alıcı halde tutan nedir?

M: Uykuda bilen yoktur diyemezsiniz. Orada şeylerin ve düşüncelerin deneyimi yoktur, o kadar. Ama deneyimin yokluğu da deneyimdir. Bu karanlık bir odaya girip de "Hiçbir şey görmüyorum" demek gibidir. Doğuştan kör olan biri karanlığın ne anlama geldiğini bilmez. Benzer şekilde, sadece bilen bilmediğini bilir. Uyku yalnızca bir bellek aralığıdır. Yaşam devam eder.

S: Peki, ölüm nedir?

M: O belirli bir bedenin yaşam sürecindeki değişimdir. Bütünlük (entegrasyon) sona erer ve parçalanıp dağılma başlar.

S: Peki, bilene ne olur? Bedenin yok olmasıyla birlikte, bilen de yok olur mu?

M: Bedenin bilicisi, doğumda belirdiği gibi, ölümde de kaybolur.

S: Geriye hiçbir şey kalmaz mı?

M: Hayat kalır. Bilincin, tezahür etmek için bir taşıta, bir araca ihtiyacı vardır. Hayat bir başka beden ürettiğinde, bir başka bilen var olur.

S: Birbirlerini art arda izleyen beden-biliciler ya da beden-zihinler arasında nedensel bir bağ var mıdır?

M: Evet, bellek bedeni ya da nedensel beden denebilecek bir şey vardır; o düşünülmüş, istenmiş ve yapılmış olan her şeyin bir kaydıdır. O bir arada tutulan bir imgeler bulutu gibidir.

S: Bu, ayrı bir varoluş duygusu nedir?

M: O tek gerçeğin ayrı bir bedendeki yansımasıdır. Bu yansıma içinde, sınırsız olanla sınırlı olan birbirine karıştırılır ve aynı şey olarak görülür. Bu karışıklığı gidermek *Yoga*'nın amacıdır.

S: Ölüm bu karışıklığı gidermez mi?

M: Ölümde yalnızca beden ölür. Yaşam, bilinç, gerçek ölmez. Ve yaşam asla ölümden sonraki kadar canlı değildir.

S: Ama insan yeniden doğar mı?

M: Doğmuş olan ölmek zorundadır. Sadece doğmamış olan ölümsüzdür. Asla uyumayan ve uyanmayanı ve "Ben" duygumuzun neyin soluk bir yansıması olduğunu keşfedin.

S: Bu keşfi nasıl yapacağım?

M: Kaybettiğiniz bir şeyi bulmak için ne yaparsınız? Zihninizi ve kalbinizi ona odaklarsınız. İlgi ve sürekli hatırlama gereklidir. Hatırlanması gerekeni hatırlamak başarının sırrıdır. Siz ona ciddiyet ve samimiyetle ulaşabilirsiniz.

S: Sadece bulmayı istemenin yeterli olduğunu mu söylüyorsunuz? Kuşkusuz, hem gerekli niteliklere, hem de fırsatlara ihtiyaç vardır.

M: Bunlar ciddiyet ve samimiyet ile gelecektir. En önemli şey çelişkilerden kurtulmaktır: Hedef ile yol farklı düzeylerde bulunmamalı, hayat ve ışık birbiriyle tartışmamalı, davranış inanca ihanet etmemelidir. Buna ister dürüstlük, ister bütünlük deyin; siz geriye dönmemeli, yaptığınızı bozmamalı, kazandığınız alanı terk etmemelisiniz. Amacınızın kararlılığı ve arayışınızın dürüstlüğü sizi hedefinize ulaştıracaktır.

S: Kararlılık ve dürüstlük Tanrı vergisi niteliklerdir! Bende onların zerresi yok.

M: Siz devam ettikçe hepsi gelir. Önce ilk adımı atın. Tüm kutsamalar insanın içinden kaynaklanır. İçinize dönün. Bildiğiniz "Ben'im" duygusuna odaklanın. Ayırabildiğiniz tüm zamanınızda onunla olun, ta ki ona kendiliğinizden geri dönene kadar. Bundan daha basit ve kolay bir yol yoktur.

Meditasyon

Soran: Tüm spiritüel öğretmenler meditasyon yapmayı öğütlerler. Meditasyonun amacı nedir?

Maharaj: Biz duyumların ve eylemlerin dış dünyasını biliyoruz, ama düşüncelerin ve hislerin iç dünyasını çok az tanıyoruz. Meditasyonun temel amacı içsel hayatımızın bilincine varıp, ona aşina olmamızdır. Nihai amaç, hayatın ve bilincin kaynağına erişmektir. Ayrıca, meditasyon uygulaması karakterimizi derin biçimde etkiler. Biz bilmediklerimizin esiri, bildiklerimizin efendisiyiz. İçimizde her ne kusur ya da zayıflık keşfeder ve onun nedenini ve işleyiş biçimini anlarsak, bu biliş yoluyla onu yenebiliriz; bilinçsiz olan, bilinç düzeyine çıkarıldığında yok olur. Bilinçsiz olanın yok olması enerjiyi serbest bırakır; zihin kendini yeterli hisseder ve sessizleşir.

S: Sessiz ve sakin bir zihnin yararı nedir?

M: Zihin sessizleştiğinde kendimizi saf tanık olarak biliriz. Deneyimden ve onu deneyimleyenden geri çekilir, ikisinin arasında ve ötesinde bulunan saf farkındalık içinde ayrı dururuz. Benliğin "Ben buyum, ben şuyum" şeklinde bir şeyle özdeşleştirilmesine dayanan kişilik devam eder, ama sadece nesnel dünyanın bir parçası olarak. Onun tanık ile özdeşleşmesi kırılır.

S: Anlayabildiğim kadarıyla, ben birçok düzeyde yaşıyorum ve her bir düzeydeki yaşam enerji gerektirir. Benlik, doğası gereği, her şeyden zevk alır ve onun enerjileri dışarıya doğru akar. Meditasyonun amacı enerjileri daha yüksek düzeylerde tutmak ya da onları geriye ve yukarı doğru iterek yüksek düzeylerin de gelişip güçlenmelerini sağlamak değil midir?

M: Bu, düzeylerden daha çok, *gunalar* (nitelikler) meselesidir. Meditasyon *sattvik* bir faaliyettir ve *tamas* (atalet) ve *rajas* (hareketlilik) hallerinin tamamen giderilmesini amaçlar. Saf *satt-*

va (uyum) tembellikten, huzursuzluktan ve hareketsiz kalamamaktan tamamen özgür olmaktır.

S: *Sattva*'yı nasıl güçlendirebilir ve arındırabiliriz?

M: *Sattva* daima saf ve güçlüdür. O güneş gibidir. Bulutlar ve toz tarafından karartılmış görünebilir, ama bu sadece algılayanın görüş noktasından böyledir. Güneşle değil, kararmanın nedenleriyle ilgilenin.

S: *Sattva*'nın yararı nedir?

M: Gerçeğin, iyiliğin, uyumun, güzelliğin yararı nedir? Onların hedefleri yine kendileridir. Onlar -her şey kendi haline bırakıldığında, engellenmediğinde, kavramlaştırılmadığında, onlardan kaçınılmadığında ya da peşlerine düşülmediğinde, sadece tam farkındalıkla deneyimlendiklerinde- kendiliğinden ve çabasızca tezahür ederler; böyle bir farkındalığın kendisi *sattva*'dır. O insanları kullanmaz, onlara doyum verir ve onları tamamlar.

S: *Sattva*'yı düzeltemeyeceğime göre, sadece *tamas* ve *rajas* ile mi ilgilenmeliyim? Onlarla nasıl ilgilenebilirim?

M: Onların sizin içinizdeki ve üzerinizdeki etkilerini izleyerek. Onların işleyişlerini fark edin, onların sizin düşüncelerinizdeki, sözlerinizdeki ve davranışlarınızdaki ifadelerini izleyin, o zaman yavaş yavaş onların üzerinizdeki kontrolleri azalacak ve *sattva*'nın berrak ışığı ortaya çıkacaktır. Bu zor ve uzun süren bir süreç değildir; ciddiyet ve samimiyet başarının tek koşuludur.

7

Zihin

Soran: Görünüşte çok yetkili kişiler tarafından yazılmış çok ilginç kitaplar var ve onlar dünyanın -geçiciliğini olmasa daillüzyonî olduğunu reddediyor. Onlara göre, en düşükten en yükseğe kadar bir varlıklar hiyerarşisi vardır; her bir düzeyde organizmanın karmaşıklığı bilincin -görünen veya bilinen bir sonuç olmadan- derinliğini, genişliğini, yoğunluğunu sağlar ve onları yansıtır. En yüce yasa her şeye hükmeder: Bilincin gelişmesi, zenginleşmesi ve sonsuz potansiyelinin tezahür etmesi için formların evrimi bu yasanın gereğidir.

Maharaj: Bu böyle olabilir ya da olmayabilir. Öyle olsa bile, sadece zihnin görüş noktasından öyledir, ama aslında tüm evren (*mahadakash*) sadece bilinçte (*chidakash*) mevcuttur, ben ise Mutlak'ta (*paramakash*) bulunuyorum. Saf var'lıkta bilinç ortaya çıkar; bilinçte dünya belirir ve kaybolur. Tüm *var olan* ben'im, tüm *var olan* benim'dir. Tüm başlangıçlardan öncesi ve tüm bitişlerden sonrası Ben'im. Her şeyin varlığı benim içimdedir, her varlığın içinde parlayan "Ben'im"dir. Var olmamak bile bensiz düşünülemez. Her ne vuku bulursa, ben ona tanık olarak oradayımdır.

S: Dünyanın var olduğunu neden inkâr ediyorsunuz?

M: Ben dünyayı inkâr etmiyorum. Ben onu bilinçte beliriyor olarak görüyorum ki bu bilinç bilinmeyenin sınırsızlığı içinde bilinenin bütünüdür.

Başlayan ve biten sadece görünüştür. Dünyanın göründüğü söylenebilir, ama var olduğu söylenemez. Görünüş bir zaman ölçüsüne göre çok uzun, bir diğerine göre çok kısa sürebilir, ama sonuç aynıdır. Zamana bağlı olan her şey geçicidir ve gerçeklikten yoksundur.

S: Kuşkusuz, sizi kuşatan mevcut dünyayı da -bizim gördüğümüz gibi- görüyorsunuz, çünkü çok normal davranıyor görünüyorsunuz!

M: Bu size öyle görünüyor. Sizin durumunuzda tüm bilinç alanını işgal eden şey, benimkinde sadece bir noktadır. Dünya sadece bir an sürer. Dünyanın devam ettiğini size düşündüren şey belleğinizdir. Ben bellekle yaşamam. Ben dünyayı olduğu gibi, bilinçte anlık, geçici bir görünüş olarak görürüm.

S: *Sizin* bilincinizde mi?

M: "Ben," "benim," hatta "Ben'im" fikri bilinçte bulunur.

S: Öyleyse sizin "mutlak var'lığınız" (*paramakash*) bilinçsizlik midir?

M: Bilinçsizlik, bilinçdışı fikri de sadece bilinçte bulunur.

S: Öyleyse siz en yüce hal içinde olduğunuzu nasıl biliyorsunuz?

M: Çünkü onun içindeyim. O tek doğal haldir.

S: Onu tarif edebilir misiniz?

M: Ancak olumsuzlukla: Nedensiz, bağımsız, bağlantısız, bölünmemiş, oluşturulmamış, sarsılamaz, sorgulanamaz, çaba sarf ederek ulaşılamaz. Her olumlu tanım bellekten gelir, dolayısıyla onu tarifte geçersizdir. Ancak, benim halim son derece gerçektir, bu yüzden de mümkün, gerçekleştirilebilir ve erişilebilirdir.

S: Siz bir tür soyutlamaya sonsuzca gömülmüş olmayasınız?

M: Soyutlama zihinsel ve sözeldir ve uykuda ya da baygınlık halinde kaybolur; zamanda yeniden ortaya çıkar; ben *şimdi*'de ebediyen kendi halimdeyim (*swarupa*). Geçmiş ve gelecek yalnızca zihindedir, ben ise *şimdi*'yim.

S: Dünya da *şimdi*'dir.

M: Hangi dünya?

S: Çevremizdeki dünya.

M: O sizin zihninizdeki sizin dünyanızdır, benimki değil. Sizinle konuşmam bile sadece sizin dünyanızda yer alırken siz benim hakkımda ne biliyorsunuz? Benim dünyamın sizinki ile aynı olduğuna inanmanız için hiçbir nedeniniz yok. Benim dünyam gerçektir, doğrudur, algılandığı gibidir; sizin dünyanız ise sizin zihinsel halinize göre görünür ve kaybolur. Sizin dünyanız yabancı bir şeydir ve siz ondan korkarsınız. Benim dünyam ise kendimim. Ben evimdeyim.

S: Eğer siz dünya iseniz, nasıl onun bilincinde olabilirsiniz? Bilincin öznesi onun nesnesinden farklı değil midir?

M: Bilinç ve dünya birlikte görünür ve kaybolur, dolayısıyla onlar aynı halin iki veçhesidir.

S: Uykuda ben yokum ve dünya devam ediyor.

M: Bunu nasıl biliyorsunuz?

S: Uyandığımda biliyorum. Belleğim bana söylüyor.

M: Bellek zihindedir. Zihin uykuda devam eder.

S: O kısmen kullanılmamaktadır.

M: Ama ondaki dünyayla ilgili görüntü etkilenmemiştir. Zihin orada oldukça, bedeniniz ve dünyanız da oradadır. Sizin dünyanız zihin-ürünü, öznel, zihnin hapsinde, eksik, geçici, kişisel, bellek ipliğine asılı bir dünyadır.

S: Sizinki de öyle değil mi?

M: Hayır. Ben bir gerçekler dünyasında yaşıyorum, sizinki ise hayal ürünü bir dünyadır. Sizin dünyanız kişisel, özel, paylaşılamazdır ve mahrem bir biçimde size aittir. Kimse ona giremez, sizin gördüğünüz gibi göremez, işittiğiniz gibi işitemez, sizin duygularınızı hissedemez ve düşüncelerinizi düşünemez. Dünyanızda siz gerçekten yalnızsınız, yaşam diye kabul ettiğiniz, daima-değişen rüyanızın içine kapanmış durumdasınız. Benim dünyam ise açık, herkesle ortak, herkesin erişebileceği bir dünyadır. Benim dünyamda ortaklık, içgörü, sevgi, gerçek nitelik vardır; birey bütündür ve bütünlük bireyde yer alır. Her şey birdir ve Bir her şeydir.

S: Sizin dünyanız da benimki gibi nesneler ve insanlarla dolu mudur?

M: Hayır, o kendimle doludur.

S: Ama bizim gibi görür ve duyar mısınız?

M: Evet, ben işitir, görür, konuşur ve hareket eder görünürüm, ama bana göre bu -sizin sindiriminiz veya terlemeniz gibi- kendiliğinden olmaktadır. Beden-zihin makinesi bununla ilgilenir, ama beni o işin dışında tutar. Tıpkı sizin saçınızın uzaması konusunda kaygılanmanızın, merak duymanızın gerekmemesi gibi, benim de sözler ve eylemlerle ilgili meraklanmam, kaygılanmam gerekmez. Onlar vuku bulur ve benim onlarla ilgilenmem gerekmez, çünkü benim dünyamda hiçbir şey ters gitmez.

8

Benlik Zihnin Ötesindedir

Soran: Çocukken sık sık neredeyse vecit haline varan mutluluk halleri yaşardım. Daha sonra onlar kesildi. Ama Hindistan'a geldiğimden beri, özellikle sizinle tanıştıktan sonra bu haller yeniden başladı. Ancak bu hal, ne kadar harika olsa da, sürekli değil. Bu hal gelip gidiyor, tekrar ne zaman geleceğini bilmek de mümkün değil.

Maharaj: Kendisi istikrarlı olmayan bir zihinde herhangi bir şey nasıl istikrarlı olabilir?

S: Zihnimi nasıl istikrarlı hale getirebilirim?

M: İstikrarsız bir zihin kendini nasıl istikrarlı kılabilir? Elbette o bunu yapamaz. Dolaşıp durmak zihnin doğasıdır. Sizin yapabileceğiniz tüm şey bilincinizi zihnin ötesine odaklamaktır.

S: O nasıl yapılır?

M: "Ben'im" düşüncesi dışında tüm düşünceleri reddedin. Zihin başlangıçta isyan edecektir, ama sabır ve sebatla sonunda baş eğecek ve sessiz kalacaktır. Sessizliğe ulaştığınızda, her şey -sizin herhangi bir müdahaleniz olmadan- kendiliğinden ve doğal biçimde vuku bulmaya başlayacaktır.

S: Zihnim ile aramda süren bu savaştan kaçınabilir miyim?

M: Evet, bunu yapabilirsiniz. Hayatınızı geldiği gibi, ama uyanık ve dikkatli biçimde, her şeyin olduğu gibi olmasına izin vererek, doğal şeyleri doğal biçimde yaparak, ıstırap çekerek, sevinerek -hayatın getirdiği gibi- yaşayın. Bu da bir yoldur.

S: Eh, öyleyse evlenebilirim, çocuklarım olabilir, bir iş kurabilirim ve mutlu olabilirim.

M: Elbette. Ama mutlu olabilirsiniz ya da olmayabilirsiniz.

S: Ama ben mutluluk istiyorum.

M: Gerçek mutluluk, değişen ve sona eren şeylerde bulunamaz. Zevk ve acı önlenemez bir biçimde birbirinin yerini alır. Mutluluk gerçek benlikten gelir ve sadece onda bulunabilir. Gerçek benliğinizi (*swarupa*) bulun, diğer her şey onunla birlikte gelecektir.

S: Eğer gerçek benliğim huzur ve sevgi ise o neden o kadar huzursuz?

M: Huzursuz olan gerçek varlığınız değildir, ama onun zihindeki yansıması huzursuz görünür, çünkü zihin huzursuzdur. Bu tıpkı rüzgârın dalgalandırıp karıştırdığı suya yansıyan ayın görüntüsü gibidir. Arzu rüzgârı zihni karıştırır ve Benliğin zihindeki yansımasından ibaret olan "ben" değişken görünür. Fakat bu hareket, huzursuzluk, zevk ve acı fikirleri, hepsi zihindedir. Benlik ise zihnin ötesinde, farkında, ama kaygısız ve kayıtsız bir şekilde durmaktadır.

S: Ona nasıl ulaşmalı?

M: Siz şimdi ve burada Benlik'siniz. Zihni rahat bırakın, farkında, ama kayıtsız olun. O zaman anlayacaksınız ki, uyanık, ama tarafsız olmak, olayların gelip geçişini izlemek gerçek doğanızın bir veçhesidir.

S: Diğer veçheler nelerdir?

M: Veçheler sonsuz sayıdadır. Birini idrak edince hepsini idrak etmiş olursunuz.

S: Bana yardımcı olacak bir şey söyleyin.

M: Neye ihtiyacınız olduğunu en iyi siz bilirsiniz.

S: Ben huzursuzum. Huzura nasıl kavuşabilirim?

M: Huzura neden ihtiyaç duyuyorsunuz?

S: Mutlu olmak için.

M: Sizi mutsuz eden ne?

S: İstemediğim şeye sahibim ve sahip olmadığım şeyi istiyorum.

M: Neden bunu tersine çevirmiyorsunuz? Sahip olduğunuz şeyi isteyin ve sahip olmadığınız şeyi umursamayın.

S: Hoş olanı istiyorum ve acı verici olanı istemiyorum.

M: Neyin hoş olduğunu, neyin olmadığını nasıl biliyorsunuz?

S: Geçmiş deneyimden, elbette.

M: Bellek tarafından yönlendirilerek hoş olanı arıyor ve nahoş olandan kaçınıyordunuz. Peki, başarılı oldunuz mu?

S: Hayır olamadım. Hoş olan devam etmiyor ve acı yeniden gelip yerleşiyor.

M: Hangi acı?

S: Zevk duyma arzusu, acı çekme korkusu, her ikisi de üzüntü ve yılgınlığa neden oluyor. Katışıksız bir zevk hali var mıdır?

M: Fiziksel ya da zihinsel her zevkin bir araca ihtiyacı vardır. Hem fiziksel hem de zihinsel araçlar maddeseldir; onlar yorulur ve yıpranır. Onların verdikleri zevk yoğunluk ve süre bakımından ister istemez sınırlıdır. Acı sizin tüm zevklerinizin fonudur. Siz ıstırap çektiğiniz için o zevkleri istersiniz. Öte yandan, zevki aramak acının nedenidir. Bu bir kısır döngüdür.

S: Ben yaşadığım karışıklığın mekanizmasını görebiliyorum, ama ondan çıkış yolunu göremiyorum.

M: Mekanizmanın incelenmesi yolu gösterir. Sonuçta sizin yaşadığınız karışıklık sadece zihninizdedir; zihniniz şimdiye dek bu karışıklığa asla isyan etmemiş ve onu ciddiyetle ele almamıştır. O sadece acıya isyan etmiştir.

S: Öyleyse yapabileceğim tüm şey karışıklık içinde kalmak olacak.

M: Uyanık ve dikkatli olun. Karışıklığı gözlemleyin, sorgulayın, araştırın, onun nasıl işlediğini, size ve diğerlerine ne yaptığını öğrenin. Karışıklığın ne olduğunu açıkça anlayarak ondan kurtulursunuz.

S: Kendi içime baktığımda, en güçlü arzumun bir anıt yaratmak, benden çok daha kalıcı olacak bir şey inşa etmek olduğunu görüyorum. Evlenip çocuk sahibi olmayı düşünmemin bile nedeni onları benim kalıcı, somut kanıtım olarak görmemdir.

M: Pekâlâ, kendinize bir anıt inşa edin. Onu nasıl yapmayı önerirsiniz?

S: Ne inşa edeceğim o kadar önemli değil, yeter ki o kalıcı olsun.

M: Kuşkusuz, siz de hiçbir şeyin kalıcı olmadığını görebilirsiniz. Her şey eskir, yıpranır, kırılır, erir. Üstüne bina inşa ettiğiniz toprak çöker. Her şeyden çok daha kalıcı olacak ne inşa edebilirsiniz?

S: Aklî ve sözel olarak her şeyin geçici olduğunun farkındayım. Ama her nedense kalbim kalıcılık istiyor. Kalıcı bir şey yaratmak istiyorum.

M: O zaman onu kalıcı bir şeyle inşa etmelisiniz. Sizde kalıcı olan ne var? Ne bedeniniz ne de zihniniz kalıcıdır. Başka bir yere bakmalısınız.

S: Kalıcılığı özlüyorum, ama onu hiçbir yerde bulamıyorum.

M: Siz, kendiniz kalıcı değil misiniz?

S: Ben doğdum ve öleceğim.

M: Siz doğmadan önce var olmadığınızı söyleyebilir misiniz ve öldüğünüzde "Artık ben yokum" diyebilir misiniz? Siz var olmadığınızı kendi deneyiminize dayanarak söyleyemezsiniz. Siz ancak "Ben'im" diyebilirsiniz. Başkaları da size "Sen yoksun" diyemezler.

S: Uykuda "Ben'im" duygusu yok.

M: Böyle kesin bildirimlerde bulunmadan önce uyanıklık halinizi dikkatle inceleyin. Çok geçmeden, uyanıklık halinizin -zihnin dalgınlaştığı anlardan meydana gelen- boşluklarla dolu olduğunu keşfedeceksiniz. Tamamen uyanık olduğunuzda bile ne kadar az şey hatırlayabildiğinize dikkat edin. Uyurken bilinçsiz olduğunuzu söyleyemezsiniz. Sadece hatırlamıyorsunuz. Bel-

lekteki bir boşluk ille de bilinçteki bir boşluk değildir.
S: Derin uyku halimi hatırlamayı başarabilir miyim?
M: Elbette! Uyanıklık saatlerinizde dikkatsizlik içinde geçirdiğiniz zaman aralıklarını gidererek, uyku dediğiniz uzun dalgınlık hallerini yavaş yavaş ortadan kaldırabilirsiniz. O durumda artık uyuduğunuzun farkında olursunuz.
S: Yine de var'lığın kalıcılığı, sürekliliği sorunu çözümlenmiş olmuyor.
M: Kalıcılık zaman eyleminden doğan bir fikirden ibarettir. Zaman, yine belleğe bağlıdır. Kalıcılıkla, siz sonsuz zaman boyunca zayıflamayan bir belleği kastediyorsunuz. Siz zihni ebedileştirmek istiyorsunuz ki bu mümkün değildir.
S: Öyleyse ebedi olan, ölümsüz olan nedir?
M: Zamanla değişmeyen. Siz geçici bir şeyi ebedi kılamazsınız, yalnızca değişmez olan ebedidir.
S: Söylediklerinizin genel anlamına aşinayım. Daha fazla bilginin açlığını çekmiyorum. Tüm istediğim huzur.
M: Tüm huzuru istemekle bulabilirsiniz.
S: İstiyorum.
M: Tüm kalbinizle istemeli ve bütünlük içinde bir yaşam sürmelisiniz.
S: Nasıl?
M: Zihninizi huzursuz eden her şeyden kendinizi ayırmalı, bağlılıklarınızdan kurtulmalı, adeta tutkusuz olmalısınız. Zihnin huzurunu bozan her şeyi reddetmelisiniz. Eğer huzur istiyorsanız, onu hak edin.
S: Kuşkusuz, herkes huzuru hak eder.
M: Onu ancak huzuru bozmayanlar hak ederler.
S: Ben huzuru nasıl bozuyorum?
M: Arzularınızın ve korkularınızın kölesi olarak.
S: Haklı nedenlerden kaynaklandıkları zaman bile mi?
M: Cehaletten veya dikkatsizlikten doğan duygusal tepkiler asla haklı değildir. Berrak bir zihin ve temiz bir kalp için çaba

gösterin. Tüm ihtiyacınız sessiz bir uyanıklığı koruyarak kendi gerçek doğanızı araştırmaktır. Huzura ulaştıran tek yol budur.

9
Belleğin Karşılıkları

Soran: Bazıları evrenin yaratıldığını söylüyorlar. Diğerleri ise evrenin daima var olduğunu, başlangıcı bulunmadığını, sürekli değişim-dönüşüm geçirmekte olduğunu söylüyorlar. Bazıları onun ebedi yasalara tâbi olduğunu söylerken, diğerleri neden-sonuç yasasını bile yadsıyorlar. Bazıları dünyanın gerçek olduğunu söylüyorlar, diğerleri ise onun bir varlığının olmadığını iddia ediyorlar.

Maharaj: Hangi dünya hakkında soru soruyorsunuz?

S: Kendi algıladığım dünya hakkında tabii.

M: Sizin algılayabildiğiniz dünya gerçekten çok küçük bir dünya. Ve o tümüyle size özeldir. Onu bir rüya olarak kabul edin ve bırakın.

S: Onu nasıl bir rüya olarak kabul edebilirim? Rüya kalıcı değildir ki!

M: Sizin kendi dünyanız ne kadar devam edecektir?

S: Ne de olsa, benim küçük dünyam bütünün bir parçasıdır.

M: Sizin "bütün" dünya fikriniz de kendi kişisel dünyanızın bir parçası değil midir? Evren gelip de size onun bir parçası olduğunuzu söylemez. Sizi bir parçası olarak içeren bir bütünlüğü icat eden sizsiniz. Aslında, sizin tüm bildiğiniz -hayalleriniz ve beklentilerinizle döşemiş olduğunuz- kendi özel dünyanızdır.

S: Kuşkusuz, algılama imgeleme değildir!

M: Başka nedir ki? Algılamak tanımaktır, öyle değil mi? Tamamen yabancı olan bir şey duyumsanabilir, ama algılanamaz. Algılama belleği gerektirir.

S: Evet, ama bellek onu illüzyon kılmaz.

M: Algılama, imgeleme, bekleme, tahmin etme, illüzyon, hepsi belleğe dayanır. Onların arasında herhangi bir sınır çizgisi yoktur. Onlar birbirine karışır. Hepsi belleğin karşılıklarıdır.

S: Yine de, bellek varlığıyla benim dünyamın gerçekliğini kanıtlıyor.

M: Siz ne kadar hatırlıyorsunuz? Belleğinize dayanarak, geçen ayın otuzunda ne düşündüğünüzü, ne söylediğinizi ve ne yaptığınızı yazmaya çalışın.

S: Evet, bir boşluk var.

M: O kadar da kötü değil. Siz bir sürü şeyi hatırlarsınız; bilinçdışı bellek, sizi içinde yaşadığınız dünyaya çok aşina kılar.

S: İçinde yaşadığım dünyanın öznel ve kısmî olduğunu kabul ediyorum. Ya siz? Siz ne tür bir dünyada yaşıyorsunuz?

M: Benim dünyam tıpkı sizinki gibidir. Ben de, tıpkı sizin gibi, algıladığım bir dünyada görür, işitir, hisseder, düşünür, konuşur ve eylemde bulunurum. Ama sizin için o her şeydir, benim içinse hiçbir şey. Dünyanın benim bir parçam olduğunu bildiğimden, ona verdiğim dikkat, sizin yemiş olduğunuz yemeğe verdiğiniz dikkatten daha fazla değildir. Yemek hazırlanırken ve yenirken sizden ayrıdır ve zihniniz onunla meşgul olur; bir kez yiyip yuttuktan sonra onu tümüyle unutursunuz. Ben de dünyayı yiyip yuttum ve artık onu düşünmem gerekmiyor.

S: Tamamen sorumsuz hale gelmiyor musunuz?

M: Nasıl olabilirim? Benimle bir olan bir şeyi nasıl incitebilirim? Tam tersine, dünyayı düşünmeden her ne yaparsam dünyanın yararına olacaktır. Tıpkı bedenin kendini bilinçdışı olarak düzene sokması gibi, ben de bilinçdışı olarak hiç durmaksızın dünyayı düzeltme faaliyeti içindeyim.

S: Bununla birlikte, dünyanın çektiği ıstırabın farkında mısınız?

M: Elbette, sizden çok daha fazla farkındayım.
S: Öyleyse ne yapıyorsunuz?
M: Ben ona Tanrı'nın gözünden bakıyor ve her şeyin yolunda olduğunu görüyorum.
S: Her şeyin yolunda olduğunu nasıl söyleyebilirsiniz? Savaşlara, sömürüye, yurttaş ile devlet arasındaki acımasız kavgaya bakın.
M: Tüm bu ıstıraplar insan ürünüdür ve onlara son vermek de insanın gücü dahilindedir. Tanrı, insanı kendi eylemlerinin sonuçlarıyla yüz yüze getirerek ve dengenin yeniden sağlanmasını talep ederek insana yardım eder. *Karma,* doğruluk için çalışan bir yasadır; o Tanrı'nın iyileştirici elidir.

10
Tanıklık

Soran: Ben arzularla doluyum ve onları gerçekleştirmek istiyorum. Bunu nasıl yapabilirim?
Maharaj: Arzuladığınız şeyi hak ediyor musunuz? Arzularınızın gerçekleşmesi için şu ya da bu şekilde çalışmanız gerekir. Enerjinizi koyun ve sonuçları bekleyin.
S: Enerjiyi nereden alacağım?
M: Arzunun kendisi enerjidir.
S: O zaman neden her arzu gerçekleşmez?
M: Belki o yeterince güçlü ve kalıcı bir arzu değildi.
S: Evet, benim sorunum bu. Ben bir şeyler istiyorum, ama iş eyleme gelince tembelim.
M: Arzunuz, net ve güçlü olmadığı zaman şekillenemez. Üstelik, eğer arzularınız kişiselse, kendi zevkiniz ve yararınız için-

se, onlara verebileceğiniz enerji ister istemez sınırlıdır; o sizin sahip olduğunuz enerjiden daha fazla olamaz.

S: Ama çoğu kez sıradan insanlar arzu ettikleri şeylere erişiyorlar.

M: Onu uzun bir süre boyunca ve çok fazla istedikten sonra. O zaman bile onların başarıları sınırlıdır.

S: Bencil olmayan arzular için ne diyeceksiniz?

M: Siz bütünün hayrını arzu ettiğinizde, bütün dünya sizinle birlikte arzu eder. İnsanlığın arzusunu kendi arzunuz edinin ve onun için çalışın. O zaman asla başarısızlığa uğramazsınız.

S: İnsanlık Tanrı'nın işidir, benim değil. Ben kendimle ilgiliyim. Meşru arzularımın gerçekleştiğini görmeye hakkım yok mu? Onlar kimseyi incitmeyecek ki. Onlar meşru ve doğru arzulardır, öyleyse neden gerçekleşmezler?

M: Arzular koşullara göre doğru ya da yanlıştırlar; bu sizin onlara nasıl baktığınıza bağlıdır. Doğru ve yanlış arasındaki ayrım sadece birey için geçerlidir.

S: Böyle bir ayrım için kıstaslar nelerdir? Arzularımın hangilerinin doğru, hangilerinin yanlış olduğunu nasıl bileceğim?

M: Sizin durumunuzda, kedere götüren arzular yanlış, mutluluğa götüren arzular doğrudur. Ama başkalarını unutmamalısınız. Onların kederleri ve mutlulukları da hesaba dahildir.

S: Arzuların sonuçları gelecekte yer alırlar. O sonuçların ne olacağını nasıl bilebilirim?

M: Zihninizi kullanın. Hatırlayın. Gözlemleyin. Siz başkalarından farklı değilsiniz. Onların deneyimlerinin çoğu sizin için de geçerlidir. Berrak ve derin bir biçimde düşünün, arzularınızın tüm yapısını ve dallanıp budaklanışlarını derinlemesine inceleyin. Onlar sizin zihinsel ve duygusal yapınızın en önemli parçalarıdır ve eylemlerinizi güçlü bir biçimde etkilerler. Hatırlayın, bilmediğiniz bir şeyi terk edemezsiniz. Kendinizi aşmak için kendinizi bilmeniz gerekir.

S: Kendimi bilmek ne anlama geliyor? Kendimi bilmekle tam

olarak neyi bilmiş olurum?
M: Olmadığınız her şeyi.
S: Ne olduğumu bilmiş olmaz mıyım?
M: Siz neyseniz zaten o'sunuz. Ne olmadığınızı bilmekle siz olmadıklarınızdan kurtulur, kendi doğal halinizde kalırsınız. Bu kendiliğinden, çaba harcamadan gerçekleşir.
S: Ve neyi keşfederim?
M: Keşfedilecek bir şeyin bulunmadığını keşfedersiniz. Siz neyseniz o'sunuz ve hepsi budur.
S: Ama nihai olarak ben neyim?
M: Bütün olmadıklarınızın nihai reddisiniz.
S: Anlamıyorum!
M: Sizi kör eden, illa şu ya da bu şey olmanız gerektiğiyle ilgili sabit fikrinizdir.
S: Bu fikirden nasıl kurtulabilirim?
M: Eğer bana güveniyorsanız, sizin, bilinci ve onun sonsuz içeriğini aydınlatan saf farkındalık olduğunuzu söylediğim zaman bana inanın. Bunu idrak edin ve ona uygun yaşayın. Eğer bana inanmazsanız, o zaman "Ben neyim?" diye sorarak içinize yönelin ya da zihninizi saf ve sade var'lık olan "Ben'im" üzerinde odaklayın.
S: Size olan inancım neye dayanır?
M: Başka insanların kalplerini görmenize. Eğer benim kalbime bakamazsanız, kendi kalbinize bakın.
S: İkisini de yapamam.
M: İyi düzenlenmiş, yararlı bir yaşam sürerek kendinizi arındırın. Düşüncelerinizi, duygularınızı, sözlerinizi ve eylemlerinizi izleyin. Bu sizin görüşünüzü berraklaştıracaktır.
S: Önce her şeyden vazgeçip, evsiz barksız bir yaşam sürmem gerekmiyor mu?
M: Siz vazgeçemezsiniz. Siz belki evinizden ayrılır ve ailenizi sıkıntıya düşürebilirsiniz, ama bağlılıklar zihindedir ve siz zihninizi içiyle dışıyla bilmedikçe, bağlılıklar sizi terk etmeyecek-

tir. Önde gelmesi gereken öne alınmalıdır: Kendinizi bilin, diğer her şey onunla birlikte gelecektir.
S: Ama siz bana En Yüce Gerçek olduğumu zaten söylediniz, bu kendini-biliş değil midir?
M: Elbette siz En Yüce Gerçek'siniz! Ama bundan ne çıkar? Her kum taneciği Tanrı'dır; bunu bilmek çok önemlidir, ama bu sadece başlangıçtır.
S: Pekâlâ, siz bana En Yüce Gerçek olduğumu söylediniz. Size inanıyorum. Bundan sonra ne yapmam gerekir?
M: Bunu size söyledim. Neler olmadığınızı keşfedin. Beden, hisler, düşünceler, fikirler, zaman, uzay, oluş, olmayış, şu ya da bu -soyut ya da somut, "bu ben'im" diye gösterebileceğiniz hiçbir şey- siz değilsiniz. Sadece sözel bir bildirimde bulunmanız yetmez, o zaman hiçbir sonuç almaksızın, bir formülü sonsuza dek tekrarlayıp durabilirsiniz. Siz kendinizi -özellikle zihninizi- anbean, hiçbir şeyi gözden kaçırmadan sürekli izlemelisiniz. Bu tanıklık, benliğin benlik-olmayandan ayrılması için gereklidir.
S: Tanıklık benim gerçek doğam değil mi?
M: Tanıklık için, tanıklık edilecek başka bir şeyin olması gerekir. Hâlâ dualite içindeyiz!
S: Tanığa tanık olmaya ya da farkındalığın farkındalığına ne dersiniz?
M: Sözcükleri bir araya getirmek size ilerleme kaydettirmez. İçinize yönelin ve ne olmadığınızı keşfedin. Başka hiçbir şey önemli değildir.

11 Farkındalık ve Bilinç

Soran: Uyurken ne yaparsınız?
Maharaj: Uyuduğumun farkında olurum.
S: Uyku bir bilinçsizlik hali değil midir?
M: Evet, bilinçsiz olduğumun farkındayımdır.
S: Peki, uyanık olduğunuz zaman ya da rüya görürken?
M: Uyanık olduğumun veya rüya gördüğümün farkındayımdır.
S: Söylediklerinizi kavrayamıyorum. Tam olarak ne demek istiyorsunuz? Terimlerimi açıklamama izin verin: Ben uykuda olmaktan bilinçsiz olmayı kastediyorum; uyanık olmaktan ise bilinçli olmayı; rüya görmek derken, insanın zihninin bilincinde olduğu, ama çevresinin bilincinde olmadığı hali kastediyorum.
M: Bu benim için de aşağı yukarı böyle. Ancak, arada bir fark var gibi görünüyor. Siz her bir haldeyken diğer ikisini unutuyorsunuz; bana göre ise -uyku, uyanıklık ve rüya görme zihinsel hallerini içeren ve aşan- tek bir var'lık hali vardır.
S: Dünyada bir yön ve bir amaç görüyor musunuz?
M: Dünya sadece benim imgelemimin bir yansımasıdır. Ben her neyi görmek istersem onu görebilirim. Ama neden yaratılış, tekâmül ve yıkım kalıpları icat edeyim? Onlara ihtiyacım yok. Dünya benim içimdedir, dünya ben'im. Ben ondan korkmam ve onu zihinsel bir filme hapsetmek istemem.
S: Uykuya geri dönelim. Siz rüya görür müsünüz?
M: Elbette.
S: Rüyalarınız nelerdir?
M: Uyanıklık halimin yankıları.
S: Peki, derin uykunuz?
M: O sırada beyin bilinci askıdadır.
S: O zaman bilinçsiz misiniz?
M: Çevremle ilgili olarak bilinçsizim.

S: Tam bilinçsiz değil misiniz?

M: Bilinçsiz olduğumun farkındayımdır.

S: "Farkında" ve "bilinçli" sözcüklerini kullanıyorsunuz. Onlar aynı değil mi?

M: Farkındalık başlangıçta var olandır; o, başlangıcı, sonu ve nedeni olmayan, hiçbir şey tarafından desteklenmeyen, parçaları olmayan, değişmez olan, aslî haldir. Bilinç temasta olan, bir yüzeyde yansıyandır, bir dualite halidir. Farkındalık olmadan bilinç de olamaz. Ama -derin uykuda olduğu gibi- bilinç olmadan da farkındalık olabilir. Farkındalık mutlaktır, bilinç ise görecelidir, içeriğine göredir; bilinç daima bir şeye ait bilinçtir. Bilinç kısmî ve değişkendir, farkındalık ise bütün, değişmez, sakin ve sessizdir. Ve o her deneyimin ortak matriksidir.

S: İnsan bilincin ötesine, farkındalığa nasıl erişebilir?

M: Bilinci mümkün kılan şey farkındalık olduğundan, her bilinç halinde farkındalık vardır. Dolayısıyla, bilinçli olma bilinci farkındalık içindeki bir harekettir. Kendi bilinç akışınıza olan ilginiz sizi farkındalığa götürür. O yeni bir hal değildir. O, hayatın kendisi olan, sevgi ve sevinç olan, orijinal, temel varoluş hali olarak hemen tanınır.

S: Gerçek her zaman bizimle birlikteyse, kendini-idrak ne'den oluşur?

M: Kendini-idrak, cehaletin zıddıdır. İnsanın dünyayı gerçek ve kendisini gerçek-dışı sayması cehalettir, keder nedenidir. Gerçek benliğin tek gerçek olduğunu ve diğer her şeyin geçici olduğunu bilmek ise özgürlük, huzur ve sevinçtir. Bu tümüyle çok basittir. Şeyleri hayal ettiğiniz gibi görmek yerine, onları oldukları gibi görmeyi öğrenin. Her şeyi olduğu gibi görebildiğinizde, kendinizi de olduğunuz gibi göreceksiniz. Bu bir aynayı temizlemek gibidir. Dünyayı size olduğu gibi gösteren aynı ayna, size kendi yüzünüzü de gösterecektir. "Ben'im" düşüncesi onu temizleyen bezdir. Onu kullanın.

12

Kişi Gerçek Değildir

Soran: Lütfen bize söyleyin, kendinizi nasıl idrak ettiniz?

Maharaj: Otuz dört yaşında Gurum ile karşılaştım, otuz yedi yaşında kendimi idrak ettim.

S: Ne oldu? Değişen neydi?

M: Zevk ve acı üzerimdeki etkilerini ve egemenliklerini yitirdi. Arzudan ve korkudan kurtulmuştum. Kendimi hiçbir şeye ihtiyaç duymayan, bütünlük içinde bir varlık olarak hissediyordum. Saf farkındalık okyanusunda, evrensel bilincin yüzeyinde fenomenler dünyasının sayısız dalgasının başlangıçsız ve bitimsiz bir şekilde (ezelden ebede) yükselip alçaldığını gördüm. Bilinç olarak, onların hepsi ben'im. Bütün olaylar ben'im. Onları idare eden gizemli bir güç var. O güç farkındalıktır, Benlik'tir, Hayat'tır, Tanrı'dır; ona her ne isim verirseniz odur. Tıpkı altının tüm altın takıların temeli oluşu gibi, o tüm var olanın temeli ve en yüksek desteğidir. Ve o çok derinlemesine bir biçimde bizimdir! İsmi ve şekli takıdan soyutlayın, altın aşikâr hale gelir. İsimden, formdan ve onların yarattıkları arzulardan ve korkulardan kurtulduğunuzda geriye ne kalır?

S: Hiçlik.

M: Evet, boşluk kalır. Ama o boşluk ağzına kadar doludur. O ebedi potansiyeldir.

S: Potansiyel derken, geleceği mi kastediyorsunuz?

M: Geçmiş, şimdi ve gelecek, hepsi, tüm potansiyel oradadır.

S: Ama boşluk, boşluk olduğuna göre, bize pek yararı olmaz.

M: Nasıl böyle söyleyebilirsiniz? Süreklilikte bir kesinti olmadan yeniden doğuş nasıl olabilir? Ölüm olmadan yenilenme olabilir mi? Uykunun karanlığı bile tazeleyici ve gençleştiricidir. Ölüm olmasaydı, biz sonsuza dek ebedi ihtiyarlığın bataklığında gömülü kalırdık.

S: Ölümsüzlük diye bir şey yok mudur?

M: Hayat ve ölüm, bir varlığın iki veçhesi olarak, birbirleri için gerekli olarak görüldüğünde, bu ölümsüzlüktür. Başlangıçta sonu ve sonda başlangıcı görmek sonsuzluğun haberidir. Ölümsüzlük süreklilik demek değildir. Sadece değişim süreci devam eder. Hiçbir şey kalıcı değildir.

S: Farkındalık kalıcı değil midir?

M: Farkındalık zamana ait değildir. Zaman sadece bilinçte var olur. Bilincin ötesinde zaman ve uzay yoktur.

S: Sizin bilinç alanınız içinde bedeniniz de var.

M: Elbette. Ama başka bedenlerden farklı olarak "benim bedenim" fikri orada yoktur. Bana göre o "bir beden"dir, "benim bedenim" değil; "bir zihin"dir, "benim zihnim" değil. Zihin bedeni pekâlâ gözetmektedir, benim müdahale etmem gerekmez. Yapılması gereken şey normal ve doğal biçimde yapılmaktadır.

Siz fizyolojik işlevlerinizin tam bilincinde olmayabilirsiniz, ama düşünceleriniz, hisleriniz, arzularınız ve korkularınız söz konusu olduğunda, onların aşırı derecede farkında olursunuz. Benim için bunlar da büyük ölçüde bilinçdışıdır. Ben bu şeylerin çok fazla bilincinde olmadan insanlarla konuştuğumu ya da işleri oldukça doğru ve uygun biçimde yaptığımı görürüm. Sanki günlük hayatımı otomatik bir biçimde yaşar, spontane ve doğru biçimde tepkiler gösteririm.

S: Bu spontane karşılıklar kendini idrakin sonucu olarak mı gelir, yoksa bir tür eğitimle mi elde edilir?

M: Her ikisinin de sonucudur. Hedefinize olan bağlılığınız sizi temiz, düzenli, gerçeğin arayışına ve insanlara yardım etmeye adanmış bir hayat sürmeye sevk eder ve kendini-idrak hali de arzular, korkular ve yanlış fikirler biçimindeki engelleri kaldırarak, asil erdemi kolayca, kendiliğinden erişilebilir hale getirir.

S: Sizin artık arzularınız ve korkularınız yok mu?

M: Benim kaderim sıradan, basit bir adam olarak doğup, çok az resmi öğrenim görüp, mütevazı bir esnaf olarak yaşamaktı.

Hayatım sıradan arzular ve korkularla yaşanan, sıradan bir hayattı. Üstadıma olan inancım ve onun sözlerine itaatim sayesinde gerçek varlığımı idrak ettiğimde, kaderi sona erinceye dek kendi başının çaresine bakması için insan doğamı geride bıraktım. Bazen zihinsel ya da duygusal eski bir tepki zihinde belirir, ama derhal fark edilerek giderilir. Ne de olsa insan bir kişi olarak yaşadığı sürece, kişisel özelliklere ve alışkanlıklara maruz kalır.

S: Siz ölümden korkmaz mısınız?

M: Ben zaten ölmüşüm.

S: Ne anlamda?

M: Ben iki kere ölmüşüm. Sadece bedenime değil, zihnime de ölmüşüm.

S: Hiç de ölü görünmüyorsunuz!

M: Bunu siz söylüyorsunuz. Sanki benim halimi benden daha iyi biliyorsunuz!

S: Affedersiniz. Ama hiç anlamıyorum. Ben sizi çok canlı ve açık seçik konuşur görürken, siz bedensiz ve zihinsiz olduğunuzu söylüyorsunuz.

M: Sizin beyninizde ve bedeninizde her zaman son derece karmaşık bir çalışma sürüp gidiyor, bunun bilincinde misiniz? Kesinlikle değilsiniz. Ama dışarıdan birine her şey zekice ve amaçlı bir biçimde sürüp gidiyor görünüyor. Bireyin tüm kişisel hayatının, büyük ölçüde bilinç eşiğinin altına gömülebileceğini, ancak o hayatın sağlıklı ve düzgün biçimde sürebileceğini neden kabul etmemeli?

S: Bu normal midir?

M: Normal nedir? Sizin -arzular korkular, çekişme ve mücadeleyle dolu, anlamsız ve sevinçsiz- hayatınız mı normal? Bedeninizin aşırı derecede farkında olmanız mı normal? Duygular tarafından hırpalanmak, düşünceler tarafından işkence edilmek mi normal? Sağlıklı bir beden ve sağlıklı bir zihin büyük ölçüde sahibi tarafından algılanmadan yaşar; onlar ancak ara sıra acı ve ıstırap nedeniyle dikkati çeker. Aynı şey neden tüm kişisel hayatı kapsamasın? İnsan doğru biçimde işlev yapabilir, olup bitenlere -onları farkındalık odağına getirmeden- iyi ve tam olarak karşılık verebilir. "Kendine hâkimiyet" insanın ikinci doğası haline geldiğinde, farkındalık varoluşun ve eylemin daha derin düzeylerine odaklanabilir.

S: O zaman siz bir robot haline gelmez misiniz?

M: Alışılmış ve tekrarlanıp duran bir şeyi otomatikleştirmekte ne zarar var? O nasılsa otomatiktir. Ama o bir de kaotik olduğunda, sıkıntı ve acıya neden olur ve dikkat ister. Temiz ve iyi düzenlenmiş bir hayatın tüm amacı, insanı kaosun esaretinden ve kederin yükünden kurtarıp özgürleştirmektir.

S: Bilgisayarla programlanmış bir hayattan yana görünüyorsunuz.

M: Sorunlardan arınmış bir hayatta ne yanlışlık vardır? Kişilik sadece gerçek olanın bir yansımasıdır. Neden yansıma orijinale otomatik olarak sadık kalmasın? Kişinin kendine ait tasarımlara sahip olması gerekir mi? Hayat -ki kişi onun bir ifadesidir- kişiye rehberlik edecektir. Kişinin sadece gerçeğin bir gölgesi olduğunu, ama gerçeğin kendisi olmadığını bir kez idrak ettiğinizde, üzülüp endişelenmeyi bırakırsınız. Kendi içinizden, içsel rehberiniz tarafından yönlendirilmeyi kabul edersiniz ve hayat bilinmeyene doğru bir yolculuk haline gelir.

13

En Yüce, Zihin ve Beden

Soran: Bize söylediklerinizden öyle görünüyor ki siz çevrenizin tam olarak bilincinde değilsiniz. Halbuki bize son derece uyanık ve aktif görünüyorsunuz. Sizin, geride hiçbir anı bırakmayan bir tür hipnotik halde bulunduğunuza inanmamız mümkün değil. Tam tersine, sizin belleğiniz mükemmel görünüyor. Dünyanın ve onun içindekilerin sizin için var olmadığı beyanınızı nasıl anlamalıyız?

Maharaj: Bu tümüyle bir odaklanma meselesidir. Sizin zihniniz dünyaya odaklanmış, benimki ise gerçeğe odaklanmış bulunuyor. Bu, gün ışığındaki ay gibidir, güneş parlarken ay görünmez. Ya da yemek yiyişinize bakın; lokma ağzınızda olduğu sürece onun bilincindesinizdir, yuttuğunuz andan itibaren o artık sizi ilgilendirmez. Onu bedenden atıncaya dek hep zihinde tutmak sıkıntılı olurdu. Zihin normal olarak askıda (kullanılmaz durumda) kalmalıdır, aralıksız faaliyet marazi bir haldir. Evren kendi kendine işler, bunu biliyorum. Başka neyi bilmeye ihtiyacım var?

S: Öyleyse bir *gnani* ancak yapmakta olduğu şeye zihnini yönelttiğinde ne yapmakta olduğunu bilir; aksi takdirde, ilgilenmeksizin sadece eylemde bulunur.

M: Aslında, ortalama insan bedeninin bilincinde değildir. O duyumlarının, hislerinin ve düşüncelerinin bilincindedir. Bunlar bile, bir kez bağlılıklardan kurtulunduğunda, bilincin merkezinden uzaklaşarak kendiliğinden ve çabasız biçimde vuku bulur.

S: Öyleyse bilinç merkezinde ne bulunur?

M: İsim ve form verilemeyen, çünkü o nitelikten yoksundur ve bilincin ötesindedir. Onun bilinçte bulunan bilinç-ötesi bir nokta olduğunu söyleyebiliriz. Bir kâğıttaki bir deliğin hem kâğıtta oluşu hem de kâğıttan olmayışı gibi, en yüce hal de bilincin tam merkezinde bulunur, ama bilincin ötesindedir. O zihindeki bir delik gibidir ki oradan ışık zihne sel gibi dolar. Bu delik ışık bile değildir. O yalnızca bir deliktir.

S: Bir delik sadece bir boşluk, bir yokluktur.

M: Aynen öyle. Zihnin görüş noktasından o, farkındalık ışığının zihinsel alana girmesi için bir deliktir. Kendi başına ışık sadece -zihinsel isim ve şekil kalıplarından arınmış- katı, yoğun, kaya gibi, homojen ve değişmez bir saf farkındalık kütlesiyle kıyaslanabilir.

S: Zihinsel alan ile en yüce mekân arasında herhangi bir bağlantı var mıdır?

M: En yüce olan zihne varlık verir. Zihin bedene varlık verir.

S: Peki, ötede ne vardır?

M: Bir örnek vereyim. Diyelim ki, uzun yaşama sanatında bir üstat olmuş, bin yaşında saygın bir *Yogi* sanatını öğretmek için bana gelir. Ben onun başardıklarına saygı ve samimi bir hayranlık duyarım, ancak ona söyleyebileceğim tüm şey uzun ömrün bana ne yararının olduğudur. Ben zamanın ötesindeyim. Bir hayat ne kadar uzun olursa olsun, o sadece bir an süren bir rüyadır. Aynı şekilde, ben tüm niteliklerin ötesindeyim. Onlar benim ışığımın içinde görünür ve kaybolur, ama beni tanımlayamaz. Evren niteliklere ve onların farklılıklarına dayanan isimler ve formlarla doludur, ben ise onların ötesindeyim. Dünya benden ötürü vardır, ama ben dünya değilim.

S: Siz dünyada yaşıyorsunuz!

M: Bunu siz söylüyorsunuz! Ben bu bedeni ve bu zihni de içeren bir dünyanın olduğunu biliyorum, ama ben bu bedeni ve zihni diğer zihinlerden ve bedenlerden daha fazla "benim" olarak görmüyorum. Onlar zamanda ve uzayda bulunur, ama ben zamansız ve uzaysızım.

S: Ama her şey sizin ışığınız sayesinde mevcutsa, siz dünyanın yaratıcısı değil misiniz?

M: Ben var olan şeylerin ne potansiyel hali, ne de tezahür etmiş haliyim. Benim ışığımda onlar güneş ışınında dans eden toz zerreleri gibi gelir ve gider. Işık o zerreleri aydınlatır, ama onlara bağlı değildir. Işığın onları yarattığı da söylenemez. Hatta onları bildiği bile söylenemez.

S: Ben size bir soru soruyorum, siz de yanıtlıyorsunuz. Sorunun ve yanıtın bilincinde misiniz?

M: Gerçekte ben ne işitiyor ne de yanıt veriyorum. Olaylar dünyasında soru vaki oluyor ve yanıt vaki oluyor. Bana bir şey olduğu yok. Her şey vaki oluyor, o kadar.

S: Siz tanık mısınız?

M: Tanık ne demektir? Sadece bilgi. Demin yağmur yağdı ve şimdi kesildi. Ben ıslanmadım. Ben yağmurun yağdığını biliyorum, ama etkilenmedim. Sadece yağmura tanık oldum.

S: Kendini tam olarak idrak etmiş (ermiş) ve kendiliğinden en yüce halde bulunan bir insan yer, içer vs. görünüyor. O bunun farkında mıdır, değil midir?

M: İster evrensel bilinç, ister zihin olsun, bilincin yer aldığı ortama biz bilinç eteri deriz. Tüm bilinç nesneleri evreni oluşturur. Her ikisinin de ötesinde olan, her ikisini de destekleyen en yüce haldir ki o mutlak bir dinginlik ve sessizlik halidir. Oraya her kim girerse gözden kaybolur. O, sözcüklerle ya da zihinle erişilmez olandır. Siz onu Tanrı, *Parabrahman,* veya En Yüce Gerçek olarak adlandırabilirsiniz, ama bunlar zihnin verdiği adlardır. O, var olmanın ve olmamanın ötesinde bulunan, isimsiz, içeriksiz, çabasız ve spontane bir haldir.

S: O hale erişen biri bilinçli kalır mı?

M: Evren nasıl zihnin bedeni ise, bilinç de en yüce olanın bedenidir. O bilinçli değildir, ama bilince neden olur.

S: Benim günlük faaliyetlerim çoğunlukla alışkanlıklarıma bağlı olarak otomatik şekilde devam eder. Genel amacın farkındayımdır, ama her bir hareketi ayrıntılarıyla fark edemem. Bilincim genişleyip derinleştikçe ayrıntılar kaybolur ve beni genel yönelimler için serbest bırakır. Bir *gnani* için de bu -daha büyük ölçüde olmak üzere- böyle mi olur?

M: Bilinç düzeyinde evet. En yüce halde ise hayır. Bu hal tamamen bir ve bölünmez, tek bir gerçek bloğudur (yekpare, külli bir realitedir). Onu bilmenin tek yolu o *olmaktır.* Zihin ona erişemez. Onu algılamak için duyulara, onu bilmek için zihne ihtiyaç yoktur.

S: Tanrı dünyayı böyle mi yönetir?

M: Tanrı dünyayı yönetmiyor.

S: Öyleyse bunu kim yapıyor?

M: Hiç kimse. Her şey kendiliğinden vaki olur. Siz soruyu soruyor ve yanıtı sağlıyorsunuz. Siz soruyu sorarken yanıtı da biliyorsunuz. Hepsi bilinç içindeki bir oyundur. Tüm bölünmeler illüzyonîdir. Siz ancak sahte, asılsız olanı bilebilirsiniz. Gerçeği ise bilmek değil, *olmak* zorundasınız.

S: Bir tanık olunan bilinç var, bir de tanık olan bilinç var. En yüce olan ikincisi midir?

M: Kişi ve tanık, yani gözlemci vardır. Siz ikisini bir olarak gördüğünüzde ve ötesine geçtiğinizde, en yüce halde olursunuz. O algılanamaz, çünkü algılamayı mümkün kılan odur. O var olmanın ve olmamanın ötesindedir. O ne aynadır ne de aynadaki görüntüdür. O olandır, yani ebedi gerçektir.

S: *Gnani* tanık mıdır, En Yüce Olan mıdır?

M: O, En Yüce'dir elbette, ama aynı zamanda evrensel tanık olarak da düşünülebilir.

S: Ama o bir kişi olarak kalır mı?

M: Siz bir kişi olduğunuza inandığınızda, her yerde kişiler görürsünüz. Gerçekte ise kişiler yoktur, sadece anılar ve alışkanlıklar silsileleri vardır. Kendini-idrak (erme) anında kişi sona erer. Kimlik kalır, ama kimlik bir kişi değildir, o gerçeğin aslında mevcuttur. Kişinin kendi başına hiçbir varlığı yoktur; o -yine bir var'lık hali olan- tanığın, "Ben'im"in zihninde bir yansımadır.

S: En Yüce Olan bilinçli midir?

M: Ne bilinçlidir ne de bilinçsiz. Bunu deneyimime dayanarak söylüyorum.

S: *Pragnanam Brahma*. Bu *Pragna* nedir?

M: O, benlik duygusuyla sınırlı olmayan yaşam bilgisidir.

S: O canlılık mıdır, yaşam enerjisi midir?

M: Enerji önce gelir. Çünkü her şey bir enerji formudur. Bilinç en çok uyanıklık halindeyken ayırt edilir. Rüya halinde ise daha az. Uyku halinde daha da az. Dördüncü halde ise homojendir. Onun ötesinde ise tarif edilemez bir yekpare gerçek vardır, o *gnani*'nin yeridir.

S: Elimi kestim. O iyileşti. O hangi güçle iyileşti?

M: Yaşam gücüyle.

S: O güç nedir?

M: Bilinçtir. Her şey bilinçlidir.

S: Bilincin kaynağı nedir?

M: Bilincin kendisi her şeyin kaynağıdır.

S: Bilinçsiz hayat olabilir mi?

M: Hayır, hayatsız bilinç de olamaz. Onların ikisi birdir. Ama gerçekte sadece Nihai Olan vardır. Gerisi isim ve form meselesidir. Siz ancak ismi ve şekli olanın var olduğu fikrine tutunduğunuz sürece, En Yüce Olan size var-olmayan gibi görünecektir. İsimlerin ve şekillerin hiçbir içeriği bulunmayan, içi boş kabuklar olduğunu, gerçek olanın isimsiz ve şekilsiz, saf yaşam enerjisi ve bilinç ışığı olduğunu anladığınızda huzura kavuşacak, gerçeğin derin sessizliğine dalmış olacaksınız.

S: Eğer zaman ve uzay illüzyondan başka bir şey değilse ve siz onların ötesindeyseniz, lütfen bana söyleyin, New York'da hava nasıl? Sıcak mı, yağmurlu mu?

M: Bunu size nasıl söyleyebilirim? Böyle şeyler özel eğitim gerektirir. Ben zamanın ve uzayın ötesinde olduğumdan emin olabilirim, ama istediğim anda kendimi zamanın ve uzayın bir noktasına konduramayabilirim. Bu konu yeterince ilgimi çekmiyor; bu özel *Yoga* eğitimine katlanmak için bir amaç görmüyorum. Ben New York'u şimdi işittim. Benim için o bir sözcüktür. Sözcüğün ifade ettiğinden daha fazlasını neden bilmem gereksin? Her atom bizimki kadar karmaşık bir evren olabilir. Onların hepsini bilmek zorunda mıyım? Eğer bunun eğitimini görürsem, bilebilirim de.

S: New York'daki havayı sorarken nerede hata yaptım?

M: Dünya ve zihin var'lık halleridir. En yüce olan ise bir hal değildir. O tüm hallere nüfuz eder, ama o başka bir şeyin hali değildir. O tamamen nedensizdir (bir nedenden hasıl olmuş bir sonuç değildir), bağımsızdır, kendi içinde tamamdır; zamanın, uzayın, zihnin ve maddenin ötesindedir

S: Onu hangi işaretinden tanırsınız?

M: İşte mesele bu, o hiçbir iz bırakmaz. Onu tanımamıza aracı olacak hiçbir şey yoktur. O, işaretler ve yaklaşımlar için yapılan tüm arayıştan vazgeçilerek, direkt olarak görülmelidir. Tüm isimler ve şekiller bırakıldığında gerçek-olan sizinledir. Onu aramanız gerekmez. Çokluk ve çeşitlilik yalnızca zihnin oyunlarıdır. Gerçek tektir.

S: Eğer gerçek hiçbir kanıt bırakmıyorsa, onun hakkında konuşulamaz da.

M: O *vardır*. O yadsınamaz. O derin ve karanlıktır, gizemin ötesindeki gizemdir. Ama başka her şey sadece vaki olurken, o *vardır*.

S: O, Bilinmeyen midir?

M: O bilinenin ve bilinmeyenin ötesindedir. Ama onu bilinen olarak adlandırmayı tercih ederim. Çünkü bir şey bilindiğinde, bilinen gerçektir.

S: Sessizlik gerçek-olanın bir niteliği midir?

M: Bu da zihne aittir. Tüm haller ve koşullar zihne aittir.

S: *Samadhi*'nin yeri nedir?

M: İnsanın bilincini kullanmaması *samadhi*'dir. Siz zihninizi rahat bırakırsınız. Ne bedeninizden, ne de zihninizden bir şey istersiniz.

14
Görünüşler ve Gerçek

Soran: Olayların nedensiz olduklarını, bir şeyin sadece vaki olduğunu ve ona bir nedenin atfedilemeyeceğini söylüyorsunuz. Kuşkusuz, her şeyin bir ya da birkaç nedeni vardır. Şeylerin nedensizliğini nasıl anlamalıyım?

Maharaj: En yüksek görüş noktasından görüldüğünde, dünyanın bir nedeni yoktur.

S: Ama sizin kendi deneyiminize göre nasıldır?

M: Her şey nedensizdir. Dünyanın bir nedeni yoktur.

S: Ben dünyanın yaratılışını gerçekleştiren nedenleri sormuyorum. Dünyanın yaratılışını kim görmüştür? Hatta o başlangıçsız olabilir, her zaman var olmuş olabilir. Ama ben dünyadan söz etmiyorum. Ben dünyanın her nasılsa var olduğunu kabul ediyorum. O birçok şeyi içeriyor. Kuşkusuz, her birinin bir ya da birkaç nedeni olmalı.

M: Siz kendiniz için zaman ve uzayda nedensellikle (neden-sonuç yasasıyla) yönetilen bir dünya yarattığınızda, her şey için bir neden aramak ve bulmak zorunda olursunuz. Bir soru sorar ve bir yanıtı kabul edersiniz.

S: Benim sorum çok basit: Ben her çeşit şeyi görüyor ve her birinin bir veya birkaç nedeninin olması gerektiğini anlıyorum. Siz -kendi görüş noktanızdan- onların nedensiz olduklarını söylüyorsunuz. Ama size göre hiçbir şey varlığa sahip değildir, dolayısıyla neden-sonuç meselesi ortaya çıkmaz. Ancak, şeylerin (geçici) varoluşunu kabul eder görünüyor, ama onlara bir neden tanımıyorsunuz. İşte benim kavrayamadığım da bu. Şeylerin varoluşunu kabul ettiğinize göre, (onları yaratan) nedenleri neden reddediyorsunuz?

M: Ben sadece bilinci görür ve her şeyin bilinçten başka bir şey olmadığını bilirim, sizin sinema perdesindeki görüntünün

ışıktan başka bir şey olmadığını bildiğiniz gibi.
S: Yine de ışık hareketlerini yaratan bir neden vardır.
M: Işık hiç hareket etmez. Çok iyi biliyorsunuz ki filmdeki hareket illüzyonîdir, o film karelerinin birbirini izlemesiyle oluşur. Hareket eden (göstericinin önünden geçirilen) filmdir; işte burada da o zihindir.
S: Bu, filmi nedensiz kılmaz. Oyuncuları, teknisyenleri, yönetmeni, yapımcısıyla film oradadır. Dünya neden-sonuç yasasıyla yönetilir. Her şey birbirine bağlıdır.
M: Elbette, her şey birbirine bağlıdır. Dolayısıyla, her şeyin sayısız nedeni vardır. En küçük bir şey için tüm evren katkıda bulunur. Bir şey olduğu gibidir, çünkü dünya olduğu gibidir. Bakın, siz altın takılarla meşgulsünüz, ben ise altınla. Farklı takılar arasında nedensel (neden oluşturan) bir ilişki yoktur. Siz ondan başka bir takı yapmak için bir takıyı erittiğinizde, ikisi arasında nedensel bir ilişki yoktur. Ortak etken altındır. Ama siz altının bir neden olduğunu söyleyemezsiniz, çünkü o kendi başına hiçbir şeye neden olmaz. O, zihne takının ismi ve şekli olarak yansır. Yine de hepsi sadece altındır. Aynı şekilde, *gerçek* her şeyi mümkün kılar, ama bir şeyin o hale gelmesi, onun ismi ve formu gerçek'ten kaynaklanmaz

Ama neden-sonuç ilişkisini niçin bu kadar çok merak ediyorsunuz? Şeyler geçici olduğuna göre, nedenlerin ne önemi vardır? Bırakın gelen gelsin, giden gitsin, niçin şeylere sımsıkı sarılıp da onların nedenlerini sormalı?
S: Göreceli görüş noktasından bakıldığında, her şeyin bir nedeni olması gerekir.
M: Göreceli görüşün size ne yararı var? Siz mutlak görüş noktasından bakabilirsiniz, neden göreceli görüşe geri dönüyorsunuz? Mutlak'tan korkuyor musunuz?
S: Ben korkuyorum. Ben sözde mutlak kesinlikler üzerinde uyuyakalmaktan korkuyorum. Çünkü mutlaklar doğru dürüst bir hayat sürmeye yardımcı olmaz. Bir gömleğe ihtiyacınız oldu-

ğunda, kumaş satın alır, bir terziye gidersiniz vs.
M: Tüm bu konuşma bilgisizliğinizi gösteriyor.
S: Peki, bilenin görüşü nedir?
M: Sadece ışık vardır ve ışık her şeydir. Geri kalan her şey ışıktan yapılmış bir filmden ibarettir. Film ışığın, ışık da filmin içindedir. Hayat ve ölüm, ben ve ben-olmayan gibi fikirleri terk edin. Onların size bir yararı yoktur.
S: Hangi görüş noktasından neden-sonucu reddediyorsunuz? Göreceli görüş noktasından, evren her şeyin nedenidir. Mutlak görüş noktasından ise hiçbir şey mevcut değildir.
M: Bunu hangi halden soruyorsunuz?
S: Tüm bu konuşmaların yapıldığı uyanıklık halinden.
M: Uyanıklık halinde tüm bu sorunlar ortaya çıkar, çünkü onun doğası budur. Ama siz her zaman o hal içinde değilsiniz. Elinizde olmadan içine düştüğünüz ve dışına çıktığınız bir hal içinde siz iyi olan ne yapabilirsiniz? Şeylerin -uyanıklık halinizde size göründükleri gibi- birbirleriyle nedensel olarak ilişkili olduklarını bilmek size ne şekilde yardımcı olur?
S: Dünya ve uyanıklık hali birlikte beliriyor ve kayboluyor.
M: Zihin dingin, kesinlikle sessiz olduğunda artık uyanıklık hali yoktur.
S: Tanrı, evren, mutlak, en yüce olan gibi sözcükler sadece havadaki seslerdir, çünkü onlar üzerinde bir eylem yapılamaz.
M: Sadece kendinizin yanıtlayabileceği sorular soruyorsunuz.
S: Beni böyle başınızdan savmayın! Siz bütün, evren ve böyle hayalî şeyler adına konuşmakta çok hızlısınız! Onlar gelip sizin kendileri adına konuşmanızı yasaklayamaz. Ben bu sorumsuzca genelleştirmelerden nefret ediyorum! Ve siz onları kişiselleştirmeye çok yatkınsınız. Neden-sonuç ilişkisi olmadan hiçbir düzen olamaz, hiçbir amaçlı eylem mümkün olamaz.
M: Her bir olayın tüm nedenlerini bilmek mi istiyorsunuz? Bu mümkün müdür?
S: Bunun mümkün olmadığını biliyorum! Tüm bilmek istedi-

ğim, her şeyin bir nedeninin olup olmadığı ve nedenleri etkileyerek olayların değiştirilip değiştirilemeyeceği?

M: Olayları etkilemek için nedenleri bilmeniz gerekmez. Bu, işleri yapmanın ne kadar dolambaçlı bir yolu! Siz her olayın kaynağı ve sonu değil misiniz? Onu kaynağında kontrol edin.

S: Her sabah gazeteyi alıp, dünyanın yoksulluk, nefret ve savaş gibi dertlerinin azalmaksızın devam ettiğini umutsuzluk içinde okuyorum. Benim sorularım keder olgusu, onun nedeni ve çaresiyle ilgili. Çarenin Budizm olduğunu söyleyerek beni başınızdan savmayın! Beni etiketlemeyin. Sizin nedensizlik üzerinde ısrar etmeniz, dünyanın değişebileceğiyle ilgili tüm umutları yok ediyor.

M: Siz karmaşa içindesiniz, çünkü dünyanın sizin içinizde olduğuna değil, sizin dünyada olduğunuza inanıyorsunuz. Önce kim geldi, siz mi, ebeveynleriniz mi? Siz belirli bir zamanda ve yerde doğduğunuzu, bir babanızın ve annenizin, bir bedeninizin ve isminizin olduğunu imgeliyorsunuz. İşte bu sizin günahınız ve felâketinizdir. Kuşkusuz, eğer onun üstünde çalışırsanız dünyanızı değiştirebilirsiniz. Elbette bunun için çalışın. Sizi kim durduruyor? Ben sizin cesaretinizi ve hevesinizi asla kırmadım. Nedenli olsun ya da olmasın, bu dünyayı siz yaptınız ve onu değiştirebilirsiniz.

S: Nedensiz bir dünya tümüyle benim kontrolümün ötesindedir.

M: Tam tersine, tek kaynağı ve zemini siz olan bir dünyayı değiştirmek tam olarak sizin gücünüz dahilindedir. Yaratılmış olan daima yok edilip yeniden yaratılabilir. Eğer gerçekten isterseniz, her şey sizin onu istediğiniz gibi vaki olacaktır.

S: Bütün bilmek istediğim, dünyanın dertleriyle nasıl başa çıkabileceğimizdir.

M: Siz onları kendi arzularınız ve korkularınızla yarattınız, siz onlarla başa çıkın. Hepsi kendi gerçek varlığınızı unutmuş olmanızdan dolayı vardır. Perdedeki filme gerçeklik verdiğinizden, oradaki insanları seviyor, onlar için acı çekiyor ve onları

kurtarmaya çalışıyorsunuz. Bu yüzden işe kendinizle başlamalısınız. Bunun başka yolu yoktur.
S: Sizin evreniniz mümkün olan her deneyimi içerir görünüyor. Birey onun içinde bir yol izler, hoş ve nahoş halleri deneyimler. Bu sorgulamaya ve arayışa yol açar; o da görüş açısını genişletir ve bireyin kendi yarattığı dar, sınırlı ve ben-merkezli dünyanın ötesine geçmesini sağlar. Bu kişisel dünya zamanla değişebilir. Evren ise zamansız, sonsuz ve mükemmeldir.
M: Görünüşü gerçekmiş gibi kabul etmek çok büyük bir günahtır ve tüm felâketlerin nedenidir. Siz her şeyi kaplayan, ebedi ve sonsuz yaratıcılıktaki farkındalıksınız, bilinçsiniz. Başka her şey yerel ve geçicidir. Ne olduğunuzu unutmayın. Bu arada içinizden geldiği gibi çalışın. Çalışma ve bilgi el ele yürümelidir.
S: Ruhsal gelişimimin benim elimde olmadığını hissediyorum. İnsanın kendi plânlarını yapması ve onları gerçekleştirmesi onu hiçbir yere götürmez. Sadece kendi çevremde daireler çizer dururum. Tanrı, meyvenin olgunlaştığına karar verince onu koparıp yiyecektir. O'na henüz ham görünen meyve dünya ağacında bir gün daha kalacaktır.
M: Tanrı'nın sizi bildiğini mi düşünüyorsunuz? O dünyayı bile bilmez.
S: Sizinki farklı bir Tanrı. Benimki farklı. Benimki merhametlidir. O bizimle birlikte acı çeker.
M: Binlerce kişi ölürken, siz birini kurtarmak için dua edersiniz. Eğer herkes ölmeyecek olursa dünyada yer kalmayacaktır.
S: Ben ölümden korkmuyorum. Ben üzüntü ve ıstırapla ilgileniyorum. Benim Tanrım basit ve çaresiz bir Tanrı'dır. Onun bizi bilge olmaya zorlayacak gücü yoktur. O sadece durup bekleyebilir.
M: Eğer siz ve Tanrınız, her ikiniz de çaresizseniz, bu dünyanın rastlantısal olduğu anlamına gelmez mi? Eğer öyle ise yapabileceğiniz tek şey onun ötesine geçmektir.

15
Gnani

Soran: Tanrı'nın gücü olmadan hiçbir şey yapılamaz. O olmasa, siz bile burada oturup bizimle konuşamazdınız.

Maharaj: Hiç kuşkusuz, her şeyi O yapar. Ben bir şey istemediğime göre, bu benim için ne ifade eder? Tanrı bana ne verebilir ya da benden ne alabilir? Benim olan benimdir ve o Tanrı yokken bile benimdi. Elbette, "Ben'im" duygusu, var'lık olgusu çok küçük bir şey, bir noktadır. Bu benim kendi yerimdir, onu bana kimse vermedi. Toprak benimdir; onun üstünde yetişenler ise Tanrı'nındır.

S: Tanrı toprağı sizden mi kiraladı?

M: Tanrı kendini bana adamıştır ve tüm bunları benim için yapmıştır.

S: Sizden ayrı bir Tanrı yok mudur?

M: Nasıl olabilir? "Ben'im" köktür, Tanrı ağaçtır. Kime ve ne için tapmam gerekiyor?

S: Siz kendini adayan mı, yoksa kendisine adanılan mısınız?

M: Hiçbiri, ben adanmışlığın kendisiyim.

S: Dünyada yeterince adanmışlık yok.

M: Siz hep dünyayı düzeltmenin peşindesiniz. Dünyanın sizin tarafınızdan kurtarılmayı beklediğine gerçekten inanıyor musunuz?

S: Dünya için ne kadar çok şey yapabileceğimi bilmiyorum. Yapabileceğim tüm şey bunu yapmaya çalışmaktır. Benden yapmamı istediğiniz başka bir şey var mı?

M: Siz olmadan bir dünya olabilir mi? Dünya hakkında her şeyi biliyorsunuz, ama kendiniz hakkında hiçbir şey bilmiyorsunuz. Çalışmanızın aletleri sizsiniz, başka aletiniz yoktur. Çalışmanızı düşünmeden önce neden aletlerinizle ilgilenmiyorsunuz?

S: Ben bekleyebilirim, ama dünya bekleyemez.

M: Araştırıp incelemediğiniz için siz dünyayı bekletiyorsunuz.

S: O neyi bekliyor?

M: Onu kurtarabilecek birini.

S: Tanrı dünyayı yönetiyor, onu Tanrı kurtaracak.

M: Bunu siz söylüyorsunuz! Tanrı gelip size dünyanın O'nun yaratımı ve meselesi olduğunu söyledi mi?

S: Bu neden benim meselem olsun?

M: Düşünün. Sizin içinde yaşadığınız dünyayı başka kim biliyor?

S: Siz biliyorsunuz. Herkes biliyor.

M: Sizin dünyanızın dışından biri gelip de size bunu söyledi mi? Ben ve diğer herkes sizin dünyanızda görünüp kaybolur. Biz hepimiz sizin merhametinize kalmışız.

S: Bu o kadar kötü bir şey olamaz! Siz benim dünyamda var olduğunuz gibi, ben de sizin dünyanızda var oluyorum.

M: Benim dünyam hakkında bir kanıtınız yok. Siz tamamen kendi kurduğunuz bir dünya ile sarılıp sarmalanmış haldesiniz.

S: Anlıyorum. Tamamen, ama umutsuzca mı?

M: Sizin dünyanızın hapishanesinde bir adam belirip, sizin yarattığınız acı verici çelişkiler dünyasının sürekli ve kalıcı olmadığını ve onun bir yanlış anlamaya dayandığını söylüyor. O size, o hapishaneden -ona girdiğiniz aynı yolla- dışarı çıkmanızı rica ediyor. Siz ne olduğunuzu unuttuğunuz için oraya girdiniz ve kendinizi olduğunuz gibi idrak ederek oradan çıkacaksınız.

S: Bu, dünyayı nasıl etkiler?

M: Siz dünyadan kurtulup özgürleştiğinizde, onun için bir şeyler yapabilirsiniz. Siz onun bir tutsağı olduğunuz sürece, onu değiştirmek için elinizden bir şey gelmez. Tam tersine, yaptığınız her şey durumu daha da ağırlaştıracaktır.

S: Doğruluk ve dürüstlük beni özgürleştirecektir.

M: Doğruluk ve dürüstlük hiç kuşkusuz sizi ve dünyanızı rahat, hatta mutlu bir yer yapacaktır. Ama bunun ne yararı vardır? Onun içinde bir gerçek yoktur. O kalıcı değildir.

S: Tanrı yardım edecektir.

M: Tanrı'nın size yardım etmesi için sizin var olduğunuzu bilmesi gerekir. Ama siz ve dünyanız rüya halleridir. Rüyada siz türlü azap çekebilirsiniz. Onları kimse bilmez ve size kimse yardım edemez.

S: Öyleyse benim bütün sorularım, araştırmam ve incelemem yararsız mı?

M: Bunlar uyumaktan bıkıp usanan bir insanın kıpırtılarıdır. Onlar uyanışın nedenleri değil, onun ilk işaretleridir. Ama yanıtlarını zaten bildiğiniz boş sorular sormamalısınız.

S: Doğru bir yanıtı nasıl alabilirim?

M: Doğru bir soru sorarak. Bunu sözel olarak değil, ışığınıza göre yaşamaya cüret ederek yapabilirsiniz. Gerçek uğruna ölmeye gönüllü olan bir insan onu elde edecektir.

S: Bir başka soru: Kişi var. Kişiyi bilen var. Tanık var. Bilen ile tanık aynı mıdır, yoksa onlar ayrı haller midir?

M: Bilen ile tanık iki midir, bir midir? Bilen bilinenden ayrı görüldüğünde, tanık yalnız durur. Bilen ile bilinen bir olarak görüldüğünde, tanık onlarla bir olur.

S: Hangisi *gnani'*dir? Tanık mı, en yüce olan mı?

M: *Gnani* hem en yüce olandır, hem de tanıktır. O hem var'lık, hem de farkındalıktır. Bilinçle ilişkili olarak o farkındalıktır. Evrenle ilişkili olarak o saf var'lıktır.

S: Peki, kişi için ne diyeceksiniz? Hangisi önce gelir, kişi mi yoksa bilen mi?

M: Kişi çok küçük bir şeydir. Aslında o bir bileşimdir, kendi başına var olamaz. Algılanmadığında, o orada değildir. O zihnin gölgesi, anıların toplamıdır. Saf var'lık zihnin aynasına biliş olarak yansır. Bilinen, belleğe ve alışkanlığa dayanan bir kişi şeklini alır. O bir gölgedir ya da bilenin zihin ekranına yansıyan izdüşümüdür.

S: Ayna var, yansıma var. Ama güneş nerede?

M: En yüce olan, güneştir.
S: O bilinçli olmalı.
M: O ne bilinçli ne de bilinçsizdir. Onu bilinç veya bilinçsizlik kavramları içinde düşünmeyin. O, her ikisini de içeren ve her ikisinin de ötesinde olan hayattır.
S: Hayat çok zekidir. O nasıl bilinçsiz olur?
M: Siz bellekte bir kesinti olduğu zaman buna bilinçsizlik diyorsunuz. Gerçekte sadece bilinç vardır. Tüm hayat bilinçlidir; tüm bilinç canlıdır.
S: Taşlar bile mi?
M: Taşlar bile bilinçli ve canlıdır.
S: Beni üzen yanım şu: Ben hayal edemediğim şeyi yadsıma, reddetme eğilimindeyim.
M: Hayal ettiklerinizin varlığını reddetmeniz daha bilgece olurdu. Gerçek-olmayan hayal edilendir.
S: Hayal edilebilir her şey gerçekdışı mıdır?
M: Anılara dayanan imgeleme gerçekdışıdır. Gelecek tamamen gerçekdışı değildir.
S: Geleceğin hangi bölümü gerçek, hangi bölümü gerçekdışıdır?
M: Beklenmeyen ve öngörülemeyen gerçektir.

16

Arzusuzluk En Yüksek Mutluluktur

Soran: Ben kendini idrak etmiş birçok insanla karşılaştım, ama özgürleşmiş bir insan hiç görmedim. Siz hiç özgürleşmiş bir insanla karşılaştınız mı, yoksa özgürleşme, başka şeylerin yanı sıra, bedeni terk etmek anlamına da mı geliyor?
Maharaj: Kendini-idrak ve özgürleşmeyle neyi kastediyorsunuz?

S: Ben kendini idrak etmek ya da gerçeğe erişmek derken, dünyanın bir anlam taşıdığı, madde ile özün her şeye nüfuz eden bir birlik halinde olduğu harika bir huzur, iyilik ve güzellik deneyimini kastediyorum. Böyle bir deneyim, kalıcı olmasa da, unutulamaz. O zihinde hem bir anı, hem de bir özlem olarak parlar. Ben neden söz ettiğimi biliyorum, çünkü böyle deneyimler yaşadım.

Özgürleşme derken de bu harika halde sürekli kalmayı kastediyorum. Sorduğum şu: Özgürleşme bedenin hayatta kalması ile bağdaşabilir mi?

M: Bedende ne yanlışlık var?

S: Beden çok güçsüz ve kısa ömürlü. O ihtiyaçlar ve şiddetli arzular yaratıyor. Ve insanı ağır bir biçimde sınırlıyor.

M: Ne fark eder? Bırakın fiziksel ifadeler sınırlı olsun. Ama özgürleşme, benliğin kendi kendine empoze ettiği yanlış fikirlerden kurtulmasıdır. Ne denli görkemli olursa olsun, bir deneyim onu kapsayamaz.

S: O ebediyen devam eder mi?

M: Tüm deneyimler zamana bağlıdır. Başlangıcı olan her şeyin sonu da olması zorunludur.

S: Öyleyse benim düşündüğüm anlamda bir özgürleşme yoktur.

M: Tam tersine, insan daima özgürdür. Siz hem bilinçlisiniz hem de bilinçli olmakta özgürsünüz. Bunu sizden hiç kimse alamaz. Sizin kendinizi yok (var olmayan) ya da bilinçsiz bildiğiniz hiç olur mu?

S: Hatırlamayabilirim, ama bu benim zaman zaman bilinçsiz olabileceğimin aksini kanıtlamaz.

M: Neden dikkatinizi deneyimden ayırıp deneyimleyene çevirmiyor ve yapabileceğiniz tek doğru bildirimin tam önemini idrak etmiyorsunuz: "Ben'im."

S: Bu nasıl yapılır?

M: Burada "nasıl" yoktur. Sadece "Ben'im" hissini zihninizde tutun, onunla birleşin, ta ki zihniniz ve hissiniz bir olana dek. Tekrarlanan girişimlerle dikkat ve sevginin doğru dengesini bulacaksınız ve zihniniz "Ben'im" düşünce-hissine sağlam bir biçimde yerleşecektir. Sizin tüm düşüncelerinizde, sözlerinizde ve davranışlarınızda bu değişmez ve sevgi dolu var'lık duygusu zihninizin ebedi zemini olarak kalır.

S: Ve siz buna özgürleşme mi diyorsunuz?

M: Ben buna normal hal diyorum. Çabasız ve mutlu bir biçimde var olmakta, bilmekte ve davranmakta ne yanlışlık var? Bunu, neden bedenin hemen yok olmasını bekleyecek kadar olağandışı bir şey olarak görüyorsunuz? Bedende ne yanlışlık var ki ölmesi gereksin? Bedeninize karşı tutumunuzu düzeltin ve onu rahat bırakın. Onu şımartmayın ve ona işkence etmeyin. Sadece, onun -çoğunlukla bilinçli dikkatin eşiği altında- varlığını sürdürmesin sağlayın.

S: O harika deneyimlerimin anıları hiç aklımdan çıkmıyor. Onları tekrar yaşamak istiyorum.

M: Onları tekrar yaşamak istediğiniz için onları yaşayamıyorsunuz. Bir şeyi şiddetle arzu etme hali tüm daha derin deneyimleri engeller. Ne istediğini tam olarak bilen bir zihin değerli bir deneyim yaşayamaz, çünkü zihnin hayal edebileceği ve isteyebileceği hiçbir şey çok değerli değildir.

S: O halde ne istemeye değer?

M: En iyiyi isteyin. En yüksek mutluluğu, en büyük özgürlüğü. Arzusuzluk en büyük mutluluktur.

S: Benim istediğim özgürlük arzulardan kurtulmuşluk değil. Ben özlemlerimi gerçekleştirmek için özgürlük istiyorum.

M: Özlemlerinizi gerçekleştirmekte özgürsünüz. Doğrusunu isterseniz, zaten başka bir şey yapmıyorsunuz.

S: Çalışıyorum, ama beni umutsuzluğa düşüren engeller var.

M: O engelleri aşın.

S: Yapamıyorum, çok güçsüzüm.

M: Sizi güçsüz kılan nedir? Güçsüzlük nedir? Başkaları arzularını gerçekleştiriyorlar, siz neden yapamıyorsunuz?

S: Enerjiden yoksun olmalıyım.

M: Enerjinize ne oldu? Nereye gitti? Siz onu birbirleriyle çatışan birçok arzu ve arayış içinde dağıtmadınız mı? Sizin sonsuz enerji birikiminiz yok ki.

S: Neden yok?

M: Amaçlarınız küçük ve düşük düzeyli. Onlar kendilerine fazla enerji çekmezler. Ancak Tanrı'nın enerjisi sonsuzdur, çünkü O kendisi için hiçbir şey istemez. O'nun gibi olun, o zaman tüm arzularınız gerçekleşir. Amaçlarınız ne kadar yüksek, arzularınız ne kadar engin ise onların gerçekleşmeleri için o kadar çok enerjiye sahip olursunuz. Bütünün hayrını arzulayın, o zaman tüm evren sizinle birlikte çalışacaktır. Ama eğer kendi zevkinizin peşindeyseniz, onu zor yoldan kazanmak zorundasınız. Arzulamadan önce, hak edin.

S: Ben felsefe, sosyoloji ve eğitim üzerinde çalışıyorum. Kendini-idrake ulaşmayı hayal edebilmek için önce, daha fazla zihinsel gelişime ihtiyacımın olduğunu düşünüyorum. Doğru yol üstünde miyim?

M: Hayatınızı kazanmak için bir uzmanlık bilgisine sahip olmanız gerekir. Genel bilgi, kuşkusuz, zihni geliştirir. Ama hayatınızı bilgi yığıntısı yaparak geçirirseniz, çevrenize bir duvar örersiniz. Zihnin ötesine geçmek için iyi-donanmış bir zihne ihtiyaç yoktur.

S: Öyleyse neye ihtiyaç vardır?

M: Zihninize güvenmeyin ve onun ötesine geçin.

S: Zihnin ötesinde ne bulacağım?

M: Var olmanın, bilmenin ve sevmenin direkt deneyimini.

S: İnsan zihnin ötesine nasıl geçer?

M: Birçok başlangıç noktası vardır ve hepsi aynı hedefe götürür. Diğerkâm çalışmayla başlayabilir, eylemin meyvelerini terk edersiniz; sonra düşünmeyi bırakabilir ve tüm arzulardan vazgeçerek bitirebilirsiniz. Burada, bırakmak, vazgeçmek (*tya-*

ga) kullanılmaya hazır etkendir. Ya da istediğiniz, düşündüğünüz ve yaptığınız hiçbir şeyi dert edinmez ve zihnen sadece "Ben'im" düşünce ve hissine odaklanırsınız. Her türlü deneyim size gelebilir, ama siz algılanabilir her şeyin geçici olduğu, sadece "Ben'im"in kalıcı olduğu bilgisi içinde sabit kalırsınız.

S: Tüm hayatımı böyle uygulamalara adayamam. İlgilenmem gereken görevlerim var.

M: Görevlerinizi elbette yerine getirin. Duygusal olarak katılmadığınız, yararlı olan ve ıstıraba neden olmayan eylemler sizi bağlamayacaktır. Siz çeşitli işlerle uğraşabilir ve büyük bir zevkle ve şevkle çalışabilir, ama her şeyi etkilenmeden yansıtan ayna gibi bir zihinle, içsel olarak özgür ve sessiz kalabilirsiniz.

S: Böyle bir hal gerçekleştirilebilir mi?

M: Bu mümkün olmasaydı ondan söz etmezdim. Fantezilerle neden uğraşayım?

S: Herkes kutsal metinlerden sözler aktarıyor.

M: Sadece kutsal metinleri bilenler hiçbir şey bilmezler. Bilmek *olmaktır*. Ben neden söz ettiğimi biliyorum; bu okunanlardan ve söylenenlerden alıntı değildir.

S: Ben bir profesörün öğretimi altında Sanskritçe öğreniyorum, ama aslında sadece kutsal metinleri okuyorum. Kendi-mi-idrakin arayışı içindeyim ve rehberliğe ihtiyacım var. Lütfen söyleyin bana, ne yapmalıyım?

M: Kutsal metinleri okuduğunuza göre, neden bana soruyorsunuz?

S: O metinler genel yönleri gösteriyor, ama bireyin kişisel talimatlara ihtiyacı vardır.

M: Sizin kendi gerçek benliğiniz sizin en yüksek öğretmeninizdir (*sadguru*). Dıştaki öğretmen (guru) sadece bir kilometre taşıdır. Sizinle birlikte hedefe yürüyecek olan sadece içteki öğretmendir; çünkü o hedefin ta kendisidir.

S: İçteki öğretmene kolayca erişilmiyor.

M: O sizin içinizde ve sizinle olduğundan, bu ciddi bir zorluk olamaz. İçinize bakın, onu bulacaksınız.

S: Ben içime baktığımda, duyumlar ve algılar, düşünceler ve hisler, arzular ve korkular, anılar ve beklentiler buluyorum. Ben bu buluta gömülmüş haldeyim ve başka bir şey görmüyorum.

M: Tüm bunları -ve onların hiçbir şey olduğunu- gören içteki öğretmendir. Yalnızca o *vardır*, başka her şey sadece var gibi görünür. O sizin kendi benliğinizdir (*swarupa*), sizin umudunuz ve özgürlük güvencenizdir; onu bulun, ona sarılın, o zaman kurtulacak ve emin ellerde olacaksınız.

S: Size inanıyorum, ama iş bu iç benliği gerçekten bulmaya gelince, onun benden kaçtığını görüyorum.

M: Bu "o benden kaçıyor" fikri nerede ortaya çıkıyor?

S: Zihinde.

M: Zihni kim biliyor?

S: Zihnin tanığı zihni biliyor.

M: Herhangi biri gelip de size "Ben senin zihninin tanığıyım" dedi mi?

S: Elbette hayır. O da zihinde sadece bir başka fikir olurdu.

M: Öyleyse tanık kimdir?

S: Ben'im.

M: Öyleyse tanığı biliyorsunuz, çünkü tanık sizsiniz. Sizin tanığı önünüzde görmeniz gerekmez. Burada da yine *olmak*, bilmektir.

S: Evet, benim tanık olduğumu, farkındalığın kendisi olduğumu görüyorum. Ama bunun bana nasıl bir yararı olur?

M: Ne soru ama! Ne tür bir yarar bekliyorsunuz? Ne olduğunuzu bilmek yeterince iyi bir şey değil midir?

S: Kendini-bilmenin yararları nedir?

M: Bu sizin ne olmadığınızı anlamanıza yardım eder ve sizi yanlış fikirlerden, arzulardan ve eylemlerden azade kılar.

S: Eğer ben sadece tanıksam, doğrunun ve yanlışın ne önemi olur?

M: Kendinizi bilmenize yardımcı olan şey doğrudur. Bunu engelleyen şey de yanlıştır. İnsanın gerçek benliğini bilmesi mutluluktur. Onu unutmak ıstıraptır.

S: Tanık bilinci gerçek Benlik midir?

M: O gerçek-olanın zihindeki yansımasıdır (*buddhi*). Gerçek-olan ötededir. Tanık, sizin öteye geçmenizi sağlayan kapıdır.

S: Meditasyonun amacı nedir?

M: Yanlış olanı yanlış olarak görmek meditasyondur. Bu her zaman devam etmelidir.

S: Bize düzenli olarak meditasyon yapmamız söylendi.

M: Doğru ile yanlışı ayırt etme ve yanlış olanı bırakma yolunda yapılan günlük uygulama meditasyondur. Başlangıç için birçok meditasyon türü vardır, ama onlar en sonunda birbirine karışarak bir olur.

S: Lütfen bana söyleyin, kendini-idrake götüren en kısa yol hangisidir?

M: Hiçbir yol kısa ya da uzun değildir; ama bazı insanlar diğerlerine kıyasla daha samimi ve azimlidirler. Size kendimden söz edebilirim. Ben basit bir insandım, ama Gurum'a güvendim. Onun bana yapmamı söylediği şeyi yaptım. O bana, "Ben'im" düşüncesi ve duygusu üzerinde konsantre olmamı söyledi, ben de öyle yaptım. O bana bütün algılanabilir ve kavranabilir olanların ötesinde olduğumu söyledi, ben de ona inandım. Ona kalbimi, ruhumu, tüm dikkatimi ve bütün boş vaktimi verdim (aileme bakmak için çalışmak zorundaydım). İnanç ve samimiyetle uygulama sonucunda üç yıl içinde gerçek benliğimi (*swarupa*) idrak ettim.

Siz size uygun olan herhangi bir yolu seçebilirsiniz; ciddiyetiniz ve samimiyetiniz ilerleme hızınızı belirleyecektir.

S: Bana bir ipucu veremez misiniz?

M: Sürekli "Ben'im" farkındalığını sürdürmeye çalışın. Bu tüm çabaların başlangıcı ve sonudur.

17 Daima Var Olan

Soran: Zihnin en yüksek güçleri anlayış, zekâ ve içgörüdür. İnsanın üç bedeni vardır: Fiziksel, zihinsel ve nedensel beden (*prana, mana, karana*). Fiziksel beden insanın varoluşunu, zihinsel beden onun bilişini, nedensel beden ise onun sevinçli yaratıcılığını yansıtır. Elbette, bunlar tümüyle bilinçteki formlardır. Ama onlar kendilerine ait niteliklerle ayrı gibi görünürler. Zekâ (*buddhi*) bilme (*chit*) gücünün zihindeki yansımasıdır. Zihni bilgili kılan odur. Zekâ parlaklaştıkça, bilgi daha geniş, daha derin ve daha doğru olur. Şeyleri bilmek, insanları bilmek ve kendini bilmek zekânın işlevleridir; sonuncusu en önemli olandır ve önceki ikisini içerir. Kendini ve dünyayı yanlış anlamak yanlış fikirlere ve arzulara yöneltir ki bunlar da insanı esarete götürür. Kendini doğru anlamak illüzyonun esaretinden özgürleşmek için gereklidir. Tüm bunları teoride anlıyorum, ama sıra uygulamaya gelince, durumlara ve insanlara verdiğim karşılıklarda umutsuz bir biçimde başarısız olduğumu ve bu uygunsuz tepkilerimle sadece esaretimi artırdığımı görüyorum. Hayat benim yavaş işleyen zihnime göre çok hızlı. Eski hataları tekrarladığımda, bunu çok geç anlıyorum.

Maharaj: Öyleyse sorununuz nedir?

S: Hayata sadece zekice değil, aynı zamanda çok hızlı karşılık vermeye ihtiyacım var. O tamamen spontane olmadıkça hızlı olamaz. Böyle bir spontaneliğe nasıl ulaşabilirim?

M: Ayna güneş ışığını çekmek için hiçbir şey yapamaz. O sadece parlaklığını koruyabilir. Zihin de hazır olur olmaz, güneş onun içinde parlar.

S: Bu ışık Benliğin midir, zihnin mi?

M: Her ikisinin de. O nedensiz ve kendi başına değişmez olandır, zihin hareket edip değiştikçe ışığı renklendirir. Bu bir filme çok benzer. Işık filmin içinde değildir, ama film ışığı renklendirir ve ışığı yakalayarak, hareket ediyormuş gibi görünür.

S: Siz şimdi mükemmel halde misiniz?

M: Mükemmellik zihnin saf olduğu halidir. Ben ise her haliyle zihnin ötesindeyim. Farkındalık benim doğamdır; sonuçta ben var olmanın ve olmamanın ötesindeyim.

S: Meditasyon sizin halinize ulaşmama yardımcı olur mu?

M: Meditasyon sizi esir eden bağları bulmanıza, onları çözmenize ve o esaret limanından ayrılmanıza yardımcı olacaktır. Siz artık herhangi bir şeye bağlı olmadığınızda, üstünüze düşeni yapmışsınız demektir. Gerisi sizin için yapılacaktır.

S: Kim tarafından?

M: Sizi buraya kadar getirmiş olan, kalbinizi gerçeği arzulamaya, zihninizi de onu aramaya yönlendiren güç tarafından. O sizi canlı tutan güçtür. Siz ona Hayat ya da En Yüce Olan diyebilirsiniz.

S: Aynı güç, vakti geldiğinde beni öldürecek.

M: Siz doğumunuzda orada değil miydiniz? Ölümünüzde de orada olmayacak mısınız? Her zaman orada mevcut olanı bulun; o zaman yaşama spontane ve kusursuz biçimde karşılık verme sorununuz çözülecektir.

S: Ebedi olanı idrak etmek ve daima değişen geçici olaylara çabasızca yeterli karşılığı verebilmek iki farklı konudur. Siz bu ikisini birleştirir görünüyorsunuz. Neden?

M: Ebedi olanı idrak etmek, ebedi olmak, bütün olmak, tüm içeriği ile evren olmaktır. Her olay bütünün etkisi ve ifadesidir ve bütün ile temelde uyum içindedir. Bütünden gelen her yanıt ise doğru, çabasız ve anında olmalıdır.

Eğer yanıt doğruysa, başka türlü olamaz. Geciken yanıt yanlış yanıttır. Düşünce, his ve eylem, onları gerektiren durumla bir ve eşzamanlı olmalıdır.

S: Bu nasıl olur?

M: Size söylemiştim. Sizin doğumunuzda bulunanı ve ölümünüze tanık olacak olanı bulun.

S: Babam ve annem mi?

M: Evet, sizin anne ve babanız, sizin gelmiş olduğunuz kaynak. Bir sorunu çözmek için onun kaynağına gitmelisiniz.

18
Ne Olduğunuzu Bilmek İçin Ne Olmadığınızı Bulun

Soran: Siz evreni madde, zihin ve ruhtan (öz) oluşuyor olarak tarif ediyorsunuz ki bu birçok tariften biridir. Evrenin uyması beklenen başka kalıplar da var ve insan bu kalıplardan hangisinin doğru, hangisinin yanlış olduğunu bilemiyor. İnsan sonunda tüm kalıpların (tariflerin) sözcüklerden ibaret olduğundan ve hiçbirinin gerçeği içermediğinden kuşkulanmaya başlıyor. Size göre gerçek üç alandan oluşmaktadır: Madde-enerji alanı (*mahadakash*); bilinç alanı (*chidakash*) ve saf ruh (*paramakash*). Birincisi hem harekete, hem atalete sahip olan ve algıladığımız bir şeydir. Onu algıladığımızı da biliriz; biz bilinçliyiz ve bilinçli olduğumuzun da farkındayız. Böylece, ikisine sahibiz: Madde-enerji ve bilinç. Madde uzayda bulunuyor görünürken, enerji -değişimle bağlantılı olduğundan ve değişimin hızıyla ölçüldüğünden- daima zamanda bulunur. Bilinç, her nasılsa, zaman ve uzayın tek bir noktasında, şimdi, burada gibi görünüyor. Ama siz, bilincin de evrensel olduğunu öne sürer görünüyorsunuz ki bu da onu zamansız, uzaysız ve kişisel-olmayan bir şey yapıyor. Ben zamansız-uzaysız ve şimdi-burada olmak arasında bir çelişki olmadığını bir ölçüde anlayabilirim, ama kişisel-olmayan bir bilinci kavrayamıyorum. Bana göre bilinç her zaman odaklanır, merkezlenir, bireyselleşir; o bir kişidir. Siz bir algılayan bulunmadan algılamanın, bir bilen bulunmadan bilmenin, bir seven olmadan sevginin, bir eylemci olmadan eylemin olabileceğini söyler görünüyorsunuz. Ben biliş-bilen-bilinen üçlüsünün hayatın her hareketinde görülebileceğini düşünüyorum. Bilinç, bilinçli bir varlığı, bilincin bir objesini ve bilinçli olma olgusunu gerektirir. Ben bilinçli olanı bir kişi olarak adlandırırım. Bir kişi dünyada yaşar, onun bir parçasıdır, onu etkiler ve onun tarafından etkilenir.

Maharaj: Dünyanın ve kişinin ne kadar gerçek olduğunu neden sorgulamıyorsunuz?

S: Oh, hayır! Sorgulamam gerekmez. Kişinin içinde bulunduğu dünyadan daha az gerçek olmaması yeterlidir.

M: Öyleyse sorunuz nedir?

S: Kişiler gerçek ve evrenseller kavramsal mıdır, yoksa evrenseller gerçek, kişiler hayal ürünü müdür?

M: Hiçbiri gerçek değildir.

S: Kuşkusuz, ben sizin yanıtınıza lâyık olacak kadar gerçeğim ve ben bir kişiyim.

M: Uyurken değil.

S: Uykuya dalmak yok olmak değildir. Uykudayken de ben varım.

M: Bir kişi olmak için kendinizin bilincinde olmalısınız. Siz her zaman öyle misiniz?

S: Uyurken, baygınken ya da uyuşturulmuşken değilim, tabii.

M: Uyanıklık saatlerinizde sürekli olarak kendinizin bilincinde misiniz?

S: Hayır. Bazen dalgın ya da bir şeyle meşgul halde olabiliyorum.

M: Bu kendinin bilincinde olma durumunda kesintiler olduğunda siz bir kişi misiniz?

S: Tabii, ben hep aynı kişiyim. Ben dünkü ve geçen yıldaki kendimi hatırlıyorum; kesinlikle ben aynı kişiyim.

M: Öyleyse bir kişi olmak için belleğe ihtiyacınız var.

S: Elbette.

M: Eğer bellek yoksa siz nesiniz?

S: Eksik bellek eksik kişiliğe neden olur. Bellek olmadan ben bir kişi olarak var olamam.

M: Elbette var olabilirsiniz. Uykuda oluyorsunuz.

S: Sadece canlı kalmak anlamında. Bir kişi olarak değil.

M: Bir kişi olarak kesintili bir varoluşa sahip olduğunuzu kabul ettiğinize göre, kendinizi kişi olarak hissettiğiniz süreler arasındaki kesintilerde ne olduğunuzu bana söyleyebilir misiniz?

S: O zaman da varım, ama kişi olarak değilim. Aralıklarda kendimin bilincinde olmadığımdan, sadece var olduğumu söyleyebilirim, ama bir kişi olarak değil.

M: Onu kişisel-olmayan varoluş olarak adlandıralım mı?

S: Onu bilinçsiz varoluş olarak adlandırmayı yeğlerim; yani ben'im, ama ben olduğumu bilmiyorum.

M: Şimdi "Ben'im, ama ben olduğumu bilmiyorum" dediniz. Bunu bilinçsiz bir haldeki varlığınız hakkında söyleyebilir miydiniz?

S: Hayır, söyleyemezdim.

M: Siz onu ancak geçmiş zaman kipinde tarif edebilirsiniz. Hatırlamayışınızı, "Bilmiyordum, bilinçsizdim" şeklinde tarif edebilirsiniz

S: Bilinçsiz olmuş olduğuma göre nasıl hatırlayabilirim ve neyi hatırlayabilirim?

M: Gerçekten bilinçsiz miydiniz, yoksa sadece hatırlamıyor musunuz?

S: Nasıl ayırt edebilirim?

M: Düşünün bakalım, dünün her saniyesini hatırlıyor musunuz?

S: Elbette, hayır.

M: O zaman bilinçsiz miydiniz?

S: Elbette, hayır.

M: Öyleyse bilinçlisiniz, ama hatırlamıyorsunuz.

S: Evet.
M: Belki uykuda da bilinçliydiniz, ama hatırlamıyorsunuz.
S: Hayır, bilinçli değildim. Uykudaydım. Bilinçli bir kişi gibi davranmıyordum.
M: Yine, nereden biliyorsunuz?
S: Beni uyurken görenler bunu bana söylediler.
M: Onların söyleyebilecekleri tüm şey, sizin gözleriniz kapalı, sessizce yattığınız ve düzenli bir biçimde nefes aldığınız olabilir. Onlar sizin bilinçli olup olmadığınızı ayırt edemezlerdi. Sizin tek kanıtınız kendi belleğinizdir. O da hiç kesin olmayan bir kanıttır!
S: Evet, benim sadece uyanık olduğum saatlerde bir kişi olduğumu kabul ediyorum. Aradaki zamanda ne olduğumu bilmiyorum.
M: Hiç olmazsa bilmediğinizi biliyorsunuz! Uyanıklık saatleriniz arasındaki zamanlarda bilinçli olmadığınızı iddia ettiğinizden, o zamanları bir kenara koyalım. Sadece uyanıklık saatleriyle ilgilenelim.
S: Ben rüyalarımda da aynı kişiyim.
M: Tamam. Şimdi uyanıklık ve rüya görme hallerini birlikte düşünelim. Fark sadece sürekliliktedir. Rüyalarınız tutarlı biçimde devamlı olsaydı, her gece aynı çevreyi ve aynı kişileri görseydiniz, hangisinin rüya, hangisinin uyanıklık hali olduğunu bilemeyecektiniz. Bundan böyle, uyanıklık halinden söz ederken buna rüya halini de dahil edeceğiz.
S: Anlaştık. Ben bir dünya ile bilinçli bir ilişki içinde olan bir kişiyim.
M: Sizin bir kişi olmanız için dünya ve onunla bilinçli bir ilişki şart mı?
S: Kendimi bir mağaraya kapamış olsam bile bir kişi olarak kalırım.
M: Bu bir bedeni, bir mağarayı ve onların içinde var olabilecekleri bir dünyayı gerektirir.

S: Evet, anlıyorum. Bir kişi olarak var olabilmem için dünya ve dünya hakkındaki bilinç gereklidir.

M: Bu da kişiyi dünyanın bir parçası yapar ya da dünyayı kişinin bir parçası yapar. İkisi birdir.

S: Bilinç ayrıdır. Kişi ve dünya bilinçte belirirler.

M: "Belirir" dediniz. "Kaybolur" sözcüğünü de ekleyebilir misiniz?

S: Hayır, yapamam. Ben sadece kendimin ve kendi dünyamın görünüşünün farkında olabilirim. Bir kişi olarak, ben "Dünya yoktur" diyemem. Bir dünya olmasa, ben bunu söylemek için orada olmazdım. Bir dünya bulunduğundan, ben orada "Bir dünya vardır" diyorum.

M: Belki de bunun aksidir. Belki sizden dolayı bir dünya vardır.

S: Bana böyle bir bildirim anlamsız geliyor.

M: İncelendiğinde, onun anlamsızlığı kaybolabilir.

S: Buna nereden başlarız?

M: Tüm bildiğim, bir şeye bağlı, ona tâbi olanın gerçek olmadığıdır. Gerçek olan hakikaten bağımsızdır. Kişinin varoluşu dünyanın varoluşuna bağlı olduğundan, dünya tarafından sınırlandığından ve tanımlandığından, o gerçek olamaz.

S: O, kuşkusuz, bir rüya da olamaz.

M: Bir rüya bile görüldüğü, zevk alındığı ya da devam ettiği sürece varoluşa sahiptir. Her neyi düşünür ve hissederseniz o vardır. Ama o sizin kabul ettiğiniz gibi olmayabilir. Sizin bir kişi olarak kabul ettiğiniz de çok farklı bir şey olabilir.

S: Ben kendimi ne olarak biliyorsam, o'yum.

M: Ne olduğunuzu düşünüyorsanız o olduğunuzu söyleyemezsiniz! Sizin kendinizle ilgili düşünceleriniz günbegün ve anbean değişir. Sizin öz-imajınız sahip olduğunuz en değişken şeydir. O son derece savunmasızdır, gelip geçenlerin insafına kalmıştır. Bir yakınınızın ölümü, işinizi kaybetmeniz, bir hakaret karşısında sizin kendinizle ilgili -kişiliğim dediğiniz- imajınız derin bir biçimde değişir. Ne olduğunuzu bilmek için önce ne olmadığınızı araştırmalı ve bilmelisiniz. Ve ne olmadığınızı bilebilmek için de kendinizi dikkatle izlemeli ve "Ben'im" temel olgusuna uymayan her şeyi reddetmelisiniz. Ben şu yerde, şu zamanda doğdum ve şimdi falancayım, şurada yaşıyorum, filan ile evliyim, falanın babasıyım, filan işverenin yanında çalışıyorum vb. gibi fikirler "Ben'im" duygusunun doğasında yoktur. Bizim olağan tutumumuz "Ben buyum" şeklindedir. "Ben'im"i sürekli ve sebatla "bu" ya da "şu"dan ayırın ve *var olmanın,* "şu" ya da "bu" olmadan sadece *var olmanın* ne anlama geldiğini hissetmeye çalışın. Tüm alışkanlıklarımız buna karşı çıkar ve onlarla savaşmak uzun sürer ve bazen de zor olur, ama berrak anlayışın çok yardımı olur. Zihin düzeyinde sizin ancak olumsuz terimlerle tarif edilebileceğinizi ne kadar berrak bir biçimde anlarsanız, arayışınızın sonuna o kadar çabuk ulaşır ve sınırsız varlığınızı idrak edersiniz.

19

Gerçek Nesnellikte Yatar

Soran: Ben bir ressamım ve resim yaparak para kazanırım. Bunun spiritüel görüş noktasından bir değeri var mıdır?

Maharaj: Resim yaparken ne düşünürsünüz?

S: Ben resim yaparken, orada sadece resim ve ben varım.

M: Siz orada ne yaparsınız?

S: Resim yaparım.

M: Hayır. Siz sadece resmin yapıldığını görürsünüz. Siz sadece izlersiniz, diğer her şey vaki olur.

S: Resim kendi kendini mi yapar? Yoksa daha derindeki bir

"ben" veya bir tanrı mı resim yapmaktadır?
M: Bilincin kendisi en büyük ressamdır. Tüm dünya bir tablodur.
S: Dünyanın resmini kim yaptı?
M: Ressam resmin içindedir.
S: Resim ressamın zihnindedir ve ressam resmin içindedir; resim resmin içindeki ressamın zihnindedir! Hallerin ve boyutların bu sonsuzluğu anlamsız değil mi? Resmin içindeki zihindeki resimden söz ettiğimiz anda, daha yüksek tanığın daha düşük tanığa tanıklık ettiği sonsuz bir tanıklar silsilesiyle karşı karşıya kalırız. Bu iki ayna arasında durup da, görünen kalabalığa hayretle bakmaya benzer!
M: Çok doğru. Orada sadece siz ve o çift ayna var. İkisi arasında sizin sayısız formlarınız ve isimleriniz vardır.
S: Siz dünyaya nasıl bakıyorsunuz?
M: Ben bir ressamın bir resim yaptığını görüyorum. Resme dünya diyorum, ressama da Tanrı. Ben ikisi de değilim. Ben yaratmam, yaratılmadım da. Ben her şeyi içeririm, hiçbir şey beni içermez.
S: Ben bir ağaç, bir yüz, bir günbatımı gördüğümde görüntü mükemmeldir. Gözlerimi kapattığımda, zihnimdeki görüntü soluk ve belirsizdir. Eğer görüntüyü yansıtan benim zihnimse, güzel bir çiçeği görmek için neden gözlerimi açmam gerekir ve neden gözlerim kapalıyken onu belli belirsiz görürüm?
M: Çünkü sizin dıştaki gözleriniz içteki gözlerinizden daha iyi. Zihniniz tümüyle dışa dönmüş. Zihinsel dünyanızı izlemeyi öğrendikçe, onu bedenin sağlayabildiğinden daha da renkli ve kusursuz bulacaksınız. Elbette, biraz eğitime ihtiyacınız olacaktır. Ama neden tartışmalı ki? Siz resmin bir ressamdan kaynaklanması gerektiğini düşünüyorsunuz. Hep kökenler, başlangıçlar ve nedenler arıyorsunuz. Nedensellik sadece zihindedir; bellek süreklilik illüzyonu verir, tekrarlanış ise nedensellik fikrini yaratır. Bazı şeyler tekrar tekrar birlikte meydana geldik-

lerinde, biz onlar arasında nedensel bir bağ, bir neden-sonuç ilişkisi görme eğiliminde oluruz. Bu, zihinsel bir alışkanlık yaratır, ama bir alışkanlık bir gereklilik değildir.
S: Az önce, dünyanın Tanrı tarafından yaratıldığını söylediniz.
M: Hatırlayın, lisan zihnin kullandığı bir araçtır. O zihin tarafından, zihin için yaratılmıştır. Bir kez bir nedeni kabul ettiğinizde, Tanrı temel neden, dünya ise sonuç olur. Onlar farklıdır, ama ayrı değildir.
S: İnsanlar Tanrı'yı görmekten söz ediyorlar.
M: Dünyayı gördüğünüzde, Tanrı'yı da görürsünüz. Dünyadan ayrı olarak Tanrı'yı görüş yoktur. Dünyanın ötesinde Tanrı'yı görmek, Tanrı olmaktır. Dünyayı görmenizi sağlayan -aslında Tanrı olan- ışık, "Ben'im," görünüşte çok küçük bir kıvılcımdır, ancak her bilme ve sevme eyleminde ilk ve son olan odur.
S: Tanrı'yı görmek için dünyayı görmek zorunda mıyım?
M: Başka nasıl olabilir? Dünya yoksa Tanrı da yoktur.
S: Geriye ne kalır?
M: Saf var'lık olarak siz kalırsınız.
S: Dünya ve Tanrı ne olur?
M: Saf var'lık (*avyakta*).
S: O Büyük Enginlik (*paramakash)* ile aynı şey midir?
M: Öyle diyebilirsiniz. Sözcüklerin bir önemi yoktur, çünkü ona ulaşamazlar. Onlar kesin bir retle geri çevrilir.
S: Dünyayı nasıl Tanrı olarak görebilirim? Dünyayı Tanrı olarak görmek ne anlama gelir?
M: Bu karanlık bir odaya girmek gibidir. Hiçbir şey görmezsiniz; dokunabilirsiniz, ama renkleri ve şekilleri göremezsiniz. Pencere açılır, oda ışıkla dolar. Renkler ve şekiller ortaya çıkar. Pencere ışığı verendir, ama onun kaynağı değildir. Kaynak güneştir. Benzer şekilde, madde karanlık oda gibidir; bilinç, yani pencere maddeyi duyumlarla ve algılarla doldurur; En Yüce ise hem maddenin, hem ışığın kaynağı olan güneştir. Pencere kapalı ya da açık olabilir, ama güneş her zaman parlar. Bu oda

için tüm farkı oluşturur, ama güneş için hiçbir fark oluşturmaz. Ama tüm bunlar o küçücük şey, yani "Ben'im" yanında ikinci derecede kalır. "Ben'im" olmadıkça hiçbir şey yoktur. Tüm bilgi "Ben'im" hakkındadır. "Ben'im" hakkındaki yanlış fikirler esarete, doğru bilgi ise özgürlüğe ve mutluluğa götürür.

S: "Ben'im" (varım) ve "vardır" aynı şey midir?

M: "Ben'im" içsel olanı, "vardır" ise dışsal olanı ifade eder. Her ikisi de var'lık duygusuna dayanır.

S: Eğer ben dünyayı yarattıysam, onu neden kötü yaptım?

M: Herkes kendi dünyasında yaşar. Bütün dünyalar eşit ölçüde iyi ya da kötü değildir.

S: Farkı ne belirler?

M: Dünyayı projekte eden zihin onu kendi bildiğince renklendirir. Siz bir insanla karşılaştığınızda o bir yabancıdır. Onunla evlendiğinizde o sizin kendi benliğiniz olur. Kavga ettiğinizde ise o sizin düşmanınız olur. Onun sizin için ne olduğunu belirleyen sizin zihinsel tutumunuzdur.

S: Kendi dünyamın öznel olduğunu görebiliyorum. Bu onu aynı zamanda illüzyonî kılar mı?

M: O öznel olduğu sürece ve öznel olduğu ölçüde illüzyonîdir. Gerçek nesnellikte yatar.

S: Nesnellik ne anlama gelir? Siz dünyanın öznel olduğunu söylediniz ve şimdi nesnellikten söz ediyorsunuz. Her şey öznel değil mi?

M: Her şey özneldir, ama gerçek nesneldir. O anılara ve beklentilere, arzulara ve korkulara, sempati ve antipatilere bağlı değildir. Her şey olduğu gibi görünür.

S: Bu sizin dördüncü hal (*turiya*) dediğiniz hal midir?

M: Onu istediğiniz gibi adlandırın. O sürekli, tam, değişmez, başlangıcı ve sonu olmayan, daima yeni, daima taze olandır.

S: Ona nasıl erişilir?

M: Arzusuzluk ve korkusuzluk sizi oraya götürecektir.

20 En Yüce Her Şeyin Ötesindedir

Soran: Gerçek birdir diyorsunuz. Bir'lik, birlik kişinin niteliğidir. Öyleyse gerçek -bedeni evren olan- bir kişi midir?

Maharaj: Söyleyebileceğiniz her şey hem doğru, hem de yanlış olacaktır. Sözcükler zihnin ötesine erişemez.

S: Sadece anlamaya çalışıyorum. Siz bize Kişi'den, Benlik'ten, En Yüce'den (*vyakti, vyakta, avyakta*) söz ediyorsunuz. Benlik'te (*jivatma*) "Ben'im" olarak odaklanan Saf Farkındalığın (*pragna*) ışığı, bilinç (*chetana*) olarak zihni (*antahkarana*) aydınlatır ve yaşam (*prana*) olarak da bedeni (*deha*) canlandırır. Bütün bunlar sözcüklerde pek âlâ, ama sıra kendi içimde kişiyi Benlik'ten, Benliği de En Yüce'den ayırt etmeye geldiğinde, kafam karışıyor.

M: Kişi asla özne değildir. Siz bir kişi görebilirsiniz, ama siz kişi değilsiniz. Siz daima En Yüce'siniz ki O zamanın ve uzayın belli bir noktasında tanık olarak -En Yüce'nin saf farkındalığı ile kişinin çok katmanlı bilinci arasında bir köprü olarak- belirir.

S: Kendime baktığımda, bedeni kullanma konusunda birbiriyle dövüşen birkaç kişi olduğumu görüyorum.

M: Onlar zihnin çeşitli eğilimlerine (*samskara*) tekabül ederler.

S: Onlar arasında barış sağlayabilir miyim?

M: Nasıl sağlayabilirsiniz? Onlar çok çelişkilidirler! Onları oldukları gibi görün: Sadece düşünce ve duygu alışkanlıkları, anılar ve dürtüler yumağı olarak.

S: Ama hepsi "Ben'im" diyor.

M: Bunun nedeni sadece sizin kendinizi onlarla özdeşleştirmenizdir. Siz önünüzde belirenlerin siz olamayacaklarını ve "Ben'im" diyemeyeceklerini idrak ettiğinizde, tüm "kişileriniz" den ve onların taleplerinden kurtulursunuz. "Ben'im" duygusu size aittir. Siz ondan ayrılamazsınız, ama herhangi bir şeye ondan verebilirsiniz; örneğin, "Ben gencim," "Ben zenginim" vb. derken olduğu gibi. Ama böyle özdeşleşmeler açıkça yanlıştır ve esaretin nedenidir.

S: Artık benim kişi olmadığımı, ama kişiye yansıdığında ona bir varlık duygusu veren olduğumu anlayabiliyorum. Şimdi En Yüce'ye gelelim. Kendimi En Yüce olarak nasıl bilebilirim?

M: Bilincin kaynağı bilinç içindeki bir nesne olamaz. Kaynağı bilmek, kaynak olmak demektir. Siz kişi olmadığınızı, saf ve dingin tanık olduğunuzu ve o korkusuz farkındalığın sizin asıl varlığınız olduğunu idrak ettiğinizde, o varlık *olursunuz.* O kaynaktır, Tükenmez Olanak'tır.

S: Birçok kaynak mı vardır, yoksa her şey için tek bir kaynak mı?

M: Bu ona nasıl, hangi uçtan baktığınıza bağlıdır. Dünyada birçok nesne vardır, ama onları gören göz tektir. Daha yukarıda olan daha aşağıda olana daima bir gibi görünür; daha aşağıdaki de daha yukarıdakine birçok gibi görünür.

S: Tüm şekiller ve isimler bir ve aynı Tanrı'nın mıdır?

M: Yine bu ona nasıl baktığınıza bağlıdır. Sözel düzeyde her şey görecelidir. Mutlaklar tartışılmamalı, deneyimlenmelidir.

S: Mutlak nasıl deneyimlenir?

M: O görülüp, tanınıp, bellekte depolanacak bir nesne değildir. O daha çok şimdide ve hissediştedir. "Ne" den çok, "nasıl" ile ilgilidir. O, niteliktedir, değerdedir; her şeyin kaynağı olduğundan da her şeydedir.

S: Eğer o kaynaksa kendini neden ve nasıl tezahür ettirir?

M: O bilinci doğurur. Diğer her şey bilinçtedir.

S: Neden bu kadar çok bilinç merkezi var?

M: Nesnel evren (*mahadakash*) sürekli hareket eder, sayısız formları projekte eder ve dağıtır. Her ne zaman bir form yaşam (*prana*) ile dolarsa, farkındalığın maddeye yansımasıyla bilinç (*chetana*) tezahür eder.

S: En Yüce nasıl etkilenir?

M: Onu ne ve nasıl etkileyebilir? Kaynak nehirdeki geçici değişikliklerden, maden de mücevherin şeklinden etkilenmez. Işık perdedeki filmden etkilenir mi, o yüzden değişime uğrar mı? En Yüce her şeyi mümkün kılar, o kadar.

S: Nasıl oluyor da bazı şeyler vuku buluyor ve bazıları vuku bulmuyor?

M: Nedenler aramak zihnin meşgalesi ve eğlencesidir. Neden ve sonuç dualitesi yoktur. Her şey kendi kendinin nedenidir.

S: Öyleyse amaçlı bir eylem mümkün değil midir?

M: Bütün söyleyeceğim, bilincin her şeyi içerdiğidir. Bilinçte her şey mümkündür. Eğer isterseniz, *kendi* dünyanızda nedenler edinebilirsiniz. Bir başkası tek bir nedenle -Tanrı'nın iradesi açıklamasıyla- yetinebilir. Kök neden bir'dir: "Ben'im" duygusu.

S: Benlik (*Vyakta*) ile En Yüce (*Avyakta*) arasındaki bağlantı halkası nedir?

M: Benliğin görüş noktasından, dünya bilinendir, En Yüce ise Bilinmeyen'dir. Bilinmeyen bilineni doğurur, ama Bilinmeyen olarak kalır. Bilinen sonsuzdur, ama Bilinmeyen sonsuzlukların sonsuzluğudur. Nasıl, bir ışık huzmesi toz zerrecikleri tarafından yakalanıncaya kadar görünmez ise, En Yüce de her şeyi bilinir kılar, kendisi bilinmez olarak kalır.

S: Bu, Bilinmeyen'in erişilmez olduğu anlamına mı gelir?

M: Hayır, En Yüce en kolay erişilebilendir, çünkü o sizin varlığınızdır. En Yüce'den başka her şeyi düşünmeyi ve arzulamayı bırakmak yeter.

S: Ya ben hiçbir şeyi, En Yüce'yi bile arzulamıyorsam?

M: O zaman ya bir ölü gibisinizdir ya da En Yüce'sinizdir.

S: Dünya arzularla dolu. Herkes şunu ya da bunu istiyor. Arzulayan kimdir? Kişi mi, benlik mi?

M: Benlik. Kutsal ya da değil, tüm arzular benlikten kaynaklanır; hepsi "Ben'im" duygusuna tutunur.

S: Kutsal arzuların (*satyakama*) benlikten kaynaklanmasını anlayabilirim. O, Benliğin *Sadchitananda*'sının (Var'lık-Farkındalık-Mutluluk) mutluluk veçhesinin ifadesi olabilir. Ama kutsal olmayan arzular ne oluyor?

M: Tüm arzular mutluluğu amaçlar. Onların biçimi ve niteliği psişeye (*antahkarana*) bağlıdır. Ataletin (*tamas)* baskın olduğu durumlarda sapkınlıklar görürüz. Enerjiyle (*rajas*) birlikte tutkular ortaya çıkar. Berraklıkla (*sattva*) birlikte, arzuların ardındaki güdü iyi niyet, şefkat, mutlu olmaktan çok mutlu etme dürtüsü olur. Ama En Yüce hepsinin ötesindedir, ancak onun sonsuz geçirgenliği (nüfuz edilebilirliği) yüzünden tüm güçlü arzular gerçekleştirilebilir.

S: Hangi arzular güçlüdür?

M: Öznelerini ya da nesnelerini tahrip eden veya tatmin edildiklerinde yatışmayan arzular kendileriyle çelişir ve tatmin edilemez. Sadece sevgi, iyi niyet ve şefkat tarafından güdülenmiş arzular hem özne hem nesne için yararlıdır ve tam olarak tatmin edilebilir.

S: Kutsal olsun ya da olmasın, tüm arzular acı vericidir.

M: Onlar aynı değildir ve acı da aynı değildir. Tutku ve hırs acı vericidir, şefkat asla. Tüm evren şefkatten doğan bir arzuyu yerine getirmek için uğraşır.

S: En Yüce kendini bilir mi? Kişisel-ötesi Olan bilinçli midir?

M: Her şeyin kaynağı her şeye sahiptir. Ondan akıp gelen her şey orada zaten tohum formunda bulunmalıdır. Ve nasıl bir tohum sayısız ormanın deneyimini ve vaadini içermekteyse, Bilinmeyen de tüm olmuş ve olacak olanları içerir. Tüm tezahür alanı açık ve erişilebilirdir; geçmiş ve gelecek ebedi *şimdi*'de birlikte var olur.

S: Siz En Yüce Bilinmeyen'de mi yaşıyorsunuz?

M: Başka nerede olabilirdi?

S: Böyle söylemenizin nedeni nedir?

M: Zihnimde hiçbir zaman hiçbir arzu ortaya çıkmıyor.

S: Öyleyse siz bilinçsiz misiniz?

M: Elbette değilim! Ben tamamen bilinçliyim, ama zihnime hiçbir arzu ya da korku girmediği için orada tam bir sessizlik ve sükûnet var.

S: Sessizliği kim biliyor?

M: Sessizlik kendini biliyor. Bu, tutkular, hırslar ve arzular susturulduğunda sükûnete kavuşan zihnin sessizliğidir.

S: Ara sıra arzu duyduğunuz olur mu?

M: Arzular sadece zihindeki dalgalardır. Siz bir dalga gördüğünüzde onu tanırsınız. Bir arzu, birçok şey arasında bir şeydir yalnızca. Ben onu tatmin etme dürtüsü hissetmem, onun için eyleme geçmem gerekmez. Arzulardan özgürleşmek şu demektir: Onu tatmin etmek için içten gelen itici bir hissin, bir zorlamanın olmaması.

S: Arzular neden ortaya çıkar?

M: Çünkü siz doğmuş olduğunuzu, eğer bedeninize iyi bakmazsanız öleceğinizi imgelersiniz. Bedenli varoluş için duyulan arzu sıkıntının kök nedenidir.

S: Ama çok fazla sayıda *jiva* (bireysel ruh) bedenleniyor. Kuşkusuz, bu bir muhakeme hatası olamaz. Bir amaç olmalı. O ne olabilir?

M: Benlik kendini bilmek için zıddıyla -benlik olmayanla- yüz yüze gelmelidir. Arzu deneyime götürür. Deneyim de ayırt etmeye, bağlılıklardan kopuşa, kendini-bilmeye, yani özgürlüğe götürür. Özgürleşme sonuçta nedir? Sizin doğumun ve ölümün ötesinde olduğunuzu bilmektir. Kim olduğunuzu unutarak ve kendinizi ölümlü bir yaratık olarak imgeleyerek kendiniz için o kadar çok dert yarattınız ki, kötü bir rüyadan uyanır gibi, uyanmanız gerekiyor.

Sorgulama ve inceleme de sizi uyandırır. Istırap çekmeyi beklemeniz gerekmez; sorgulayıp inceleyerek mutluluğa erişmek daha iyidir, çünkü o zaman zihin uyum ve huzur içinde olur.

S: Nihai deneyimleyici tam olarak kimdir, Benlik mi, Bilinmeyen mi?
M: Elbette Benlik.
S: Öyleyse En Yüce Bilinmeyen kavramını takdim etmeye ne gerek var?
M: Benliği açıklamak için.
S: Ama Benliğin ötesinde bir şey var mı?
M: Benliğin dışında hiçbir şey yoktur. Her şey bir'dir ve "Ben' im" her şeyi kapsar. O, uyanıklık ve rüya hallerinde kişi olarak tezahür eder. Derin uyku ve *turiya** halinde o Benlik'tir. *Turiya*'nın, uyanık ve keskin dikkat halinin ötesinde ise En Yüce'nin büyük, sessiz huzuru vardır. Ama aslında her şey özünde birdir ve görünüşte birbiriyle ilişkilidir. Cehalette, gören görünen haline gelir ve bilgelikte o görüş olur.

Ama neden En Yüce ile ilgileniyorsunuz? Bilenleri bilin, o zaman her şey bilinecektir.

21

Ben Kimim?

Soran: Bize Tanrı ya da Mükemmel İnsan olarak kişileştirilmiş gerçeğe ibadet etmemiz öğütlenmiştir. Bize Mutlak'a ibadet etmeye kalkışmamamız, çünkü bunun beyinde merkezlenmiş bir bilinç için çok zor olacağı söylenmiştir.
Maharaj: Gerçek basittir ve herkese açıktır. Onu neden karmaşık hale getiriyorsunuz? Gerçek, sevecendir ve sevilebilirdir. O her şeyi içerir, her şeyi kabul eder, her şeyi arındırır.

*İtalik harflerle yazılmış ve parantez içinde açıklanmamış olan terimler için lütfen kitabın sonundaki sözlüğe bakınız. (Ç.N.)

Asıl gerçek-olmayan zordur ve sıkıntı kaynağıdır. O daima ister, bekler, talep eder. Sahte olduğundan boştur, daima doğrulama ve güvence arayışı içindedir. Sorgulanmaktan korkar ve kaçınır. O kendisini -o destek ne kadar zayıf ve geçici olursa olsun- her destekle özdeşleştirir. Her ne elde ederse onu kaybeder ve daha fazlasını ister. Bu yüzden, bilince inanmayın. Görebildiğiniz, hissedebildiğiniz veya düşünebildiğiniz hiçbir şey öyle değildir. Hatta günah ve erdem, liyakat ve liyakatsizlik göründükleri gibi değildir. Genelde kötü ve iyi, bir adet ve gelenek meselesidir ve sözcüklerin nasıl kullanıldığına göre, ya sakınılır ya da iyi karşılanırlar.

S: İyi ve kötü arzular, yüksek ve alçak olan arzular yok mudur?

M: Bütün arzular kötüdür, ama bazıları diğerlerinden daha kötüdür. Herhangi bir arzunun peşine düşün, o size daima sıkıntı ve dert getirecektir.

S: Arzulardan kurtulma arzusu bile mi?

M: Neden arzulamalı? Arzulardan kurtulma arzusu sizi özgür kılmayacaktır. Hiçbir şey sizi özgür kılamaz, çünkü siz zaten özgürsünüz. Kendinizi arzusuz bir berraklıkla görün, o kadar.

S: Kendini bilmek (idrak etmek) zaman alıyor.

M: Zaman size nasıl yardım edebilir? Zaman anların birbirini izlemesidir; her bir an hiçlikten ortaya çıkar ve hiçliğe karışıp kaybolur. Bu kadar çabuk geçen, böylesine kısa bir şeyin üzerine nasıl bir yapı kurabilirsiniz?

S: Kalıcı olan nedir?

M: Kalıcı olanı kendinizde arayın. İçinize, derine dalın ve sizde neyin gerçek olduğunu bulun.

S: Kendimi nasıl arayayım?

M: Olan her şey size olur. Ne yaparsanız, yapan içinizdedir. Bir kişi olarak olduğunuz her şeyin öznesini bulun.

S: Ben başka ne olabilirim ki?

M: Bulun. Ben size tanık olduğunuzu, sessiz izleyici olduğunu-

zu söylesem bile, siz kendi varlığınıza giden yolu bulmadıkça bu sizin için bir şey ifade etmeyecektir.
S: Benim sorum şu: İnsan kendini kendi varlığına götürecek yolu nasıl bulabilir?
M: Şu soru dışında tüm soruları bırakın: "Ben kimim?" Sonuçta, emin olduğunuz tek olgu sizin var olduğunuzdur. "Ben' im" (varım) kesindir. "Ben buyum" ise değildir. Gerçekte ne olduğunuzu bulmak için uğraşın.
S: Ben son altmış yıldır başka bir şey yapmıyorum.
M: Uğraşmakta ne yanlışlık var? Neden sonuçlar arıyorsunuz? Uğraşmak sizin gerçek doğanızdır.
S: Uğraşmak acı verici.
M: Siz sonuçlar arayarak onu acı verici kılıyorsunuz. Sonuç beklemeden uğraşın, hırstan yoksun bir çaba gösterin.
S: Tanrı beni neden olduğum gibi yarattı?
M: Siz hangi Tanrı'dan söz ediyorsunuz? Tanrı nedir? O sizin soru sormanızı mümkün kılan ışığın ta kendisi değil mi? "Ben' im"in kendisi Tanrı'dır. Arayışın kendisi Tanrı'dır. Arayış sürecinde siz ne beden, ne de zihin olduğunuzu ve içinizdeki benlik sevgisinin herkesteki (gerçek) benliğe yönelik bir sevgi olduğunu keşfedersiniz. İkisi birdir. Sizdeki bilinç ve bendeki bilinç -görünüşte iki, gerçekte bir olan bilinç- birliği arar ki o sevgidir.
S: Ben o sevgiyi nasıl bulacağım?
M: Şimdi neyi seviyorsunuz? "Ben'im." Kalbinizi ve zihninizi ona verin, başka bir şey düşünmeyin. Bu, çabasız ve doğal olduğunda, en yüksek haldir. Onun içinde sevginin kendisi hem seven, hem de sevilendir.
S: Herkes, yaşamak, var olmak ister. Bu benlik sevgisi değil midir?
M: Tüm arzuların kaynağı benliktir. Bu tümüyle doğru arzuyu seçme meselesidir.
S: Neyin doğru, neyin yanlış olduğu adetlere ve alışkanlıklara

göre değişir. Standartlar toplumdan topluma değişir.
M: Tüm geleneksel standartları terk edin. Onları ikiyüzlülere bırakın. Sadece sizi arzudan, korkudan ve yanlış fikirlerden kurtaran şey iyidir. Günah ve erdem konusunda kaygılandıkça huzur bulamayacaksınız?
S: Kabul ediyorum ki günah ve erdem sosyal değerlerdir. Ama spiritüel günahlar ve erdemler de olabilir. Spiritüel derken mutlak olanı kastediyorum. Mutlak günah ya da mutlak erdem diye bir şey var mıdır?
M: Günah ve erdem bir kişiyle ilişkilidir. Günahkâr ya da erdemli bir kişi olmadan, günah ve erdem nedir? Mutlak'ın düzeyinde kişiler yoktur; saf farkındalığın okyanusu ne erdemlidir ne de günahkâr. Günah ve erdem her zaman görecelidir.
S: Böyle gereksiz kavramlardan kurtulabilir miyim?
M: Kendinizi bir kişi olarak düşündüğünüz sürece, hayır.
S: Günahın ve erdemin ötesinde olduğumu hangi işaretle anlayacağım?
M: Tüm arzulardan ve korkulardan ve bir kişi olduğunuz fikrinden kurtulmuş olmanızla. "Ben günahkârım" veya "Ben günahkâr değilim" gibi fikirleri beslemek günahtır. İnsanın kendisini belirli bir şeyle özdeşleştirmesi var olan tek günahtır. Kişisel-ötesi olan gerçektir; kişisel olan ise belirir ve kaybolur. "Ben'im" kişisel-ötesi Var'lıktır. "Ben buyum" ise kişidir. Kişi görecelidir, saf Var'lık ise esas olandır.
S: Kuşkusuz, saf Var'lık bilinçsiz ve ayırt etme yeteneğinden yoksun değildir. O nasıl günahın ve erdemin ötesinde olabilir? Söyleyin lütfen, o bir zekâya sahip değil midir?
M: Tüm bu sorular sizin bir kişi olduğunuza inanmanızdan kaynaklanıyor. Kişisel olanın ötesine geçin ve görün.
S: Bir kişi olmaktan vazgeçin derken tam olarak neyi kastediyorsunuz?
M: Ben size var olmaktan vazgeçin demiyorum, bunu zaten yapamazsınız. Ben sadece, doğmuş olduğunuzu, ebeveynlerinizin

olduğunu, bir beden olduğunuzu, öleceğinizi vb. imgelemekten vazgeçin diyorum. Sadece deneyin, bir başlangıç yapın, bu sandığınız kadar zor değildir.

S: Kendini kişi gibi düşünmek, kişilik-ötesi olanın günahıdır.

M: İşte yine kişisel bir görüş noktası! Neden kişisel-ötesi olanı günah ve erdem fikirlerinizle kirletmekte ısrar ediyorsunuz? Bu geçersizdir. Kişisel-ötesi olan, iyi ya da kötü olarak tanımlanamaz. O, Var'lık-Bilgelik-Sevgi'dir, bunların hepsi mutlaktır. Burada günah için yer var mıdır? Ve erdem sadece günahın karşıtıdır.

S: Biz tanrısal erdemden söz ediyoruz.

M: Gerçek erdem, tanrısal doğa'dır (*swarupa*). Gerçekte olduğunuz şey sizin erdeminizdir. Ama sizin erdem dediğiniz günahın-karşıtı (sevap) sadece korkudan kaynaklanan itaattir.

S: Öyleyse, iyi olmak için neden onca çaba gösterelim?

M: O sizi hareket halinde tutar. Siz Tanrı'yı bulana kadar sürekli ilerlersiniz. O zaman Tanrı sizi kendine katar ve sizi kendi gibi yapar.

S: Aynı eylem bir noktada doğal, bir başka noktada günah olarak görülüyor. Onu günahkâr kılan nedir?

M: Daha yüksek bilginize ters düşen her ne yaparsanız, o günahtır.

S: Bilgi belleğe dayanır.

M: Gerçek benliğinizi hatırlamak erdemdir, onu unutmak ise günahtır. Bu konunun en temel veçhesi ruh (öz) ve madde arasındaki zihinsel veya psikolojik bağlantıdır. Biz bu bağlantıyı psişe (*antahkarana*) olarak adlandırabiliriz. Psişe ham, gelişmemiş ve oldukça ilkelken, kaba illüzyonlara maruzdur; genişledikçe ve duyarlılığı arttıkça, saf madde ile saf ruh arasında kusursuz bir bağlantı oluşturur, maddeye anlam kazandırır, ruha kendini ifade olanağı verir.

Maddesel dünya (*mahadakash*) ve ruhsal dünya (*paramakash)* vardır. İkisi arasında evrensel zihin (*chidakash*) bulunur ki o aynı zamanda evrensel kalptir (*premakash*). İkisini bir eden ise bilge sevgidir.

S: Bazı insanlar aptal, bazıları ise akıllıdır. Fark onların psişelerinden kaynaklanır. Olgun varlıklar daha fazla deneyim birikimine sahiptirler. Tıpkı bir çocuğun beslenerek, uyuyarak ve oyun oynayarak büyümesi gibi, insan psişesi de tüm düşündükleri, hissettikleri ve yaptıklarıyla şekillenir, sonunda ruh ile madde arasında bir köprü olarak hizmet edecek kadar kusursuz hale gelir. Bir köprünün iki yaka arasındaki trafiğe olanak vermesi gibi, psişe de kaynak ile onun ifadesini (tezahürünü) bir araya getirir.

M: Ona sevgi deyin. O köprü sevgidir.

S: Sonuç olarak her şey deneyimdir. Düşündüğümüz, hissettiğimiz, yaptığımız her şey deneyimdir. Deneyimin ardında deneyimleyen vardır. Öyleyse tüm bildiklerimiz bu ikisinden, deneyimleyen ile deneyimden oluşur. Ama ikisi aslında birdir -deneyimleyen tek başına deneyimdir. Yine de, deneyimleyen deneyimi kendi dışında görür. Aynı şekilde, ruh ve beden birdir; onlar sadece iki olarak görünür.

M: Ruha (öz, spirit) göre bir ikinci yoktur.

S: Öyleyse ikinci kime görünür? Bana öyle görünüyor ki dualite psişenin kusursuz olmayışının neden olduğu bir illüzyondur. Psişe kusursuz olduğunda dualite artık görülmez.

M: Sorunuzu kendiniz yanıtladınız.

S: Yine de basit sorumu tekrarlamak zorundayım: Günah ile erdem arasındaki ayırımı kim yapar?

M: Bedeni olan bedenle günah işler, zihni olan zihinle günah işler.

S: Kuşkusuz, sadece bedene ve zihne sahip olmak insanı günaha zorlamaz. İşin kökeninde üçüncü bir etken bulunmalıdır. Bu günah ve erdem konusuna tekrar tekrar dönüyorum, çünkü günümüzde gençler günah diye bir şeyin olmadığını, insanın anın getirdiği arzuları çekinmeden gerçekleştirmesi gerektiğini söyleyip duruyorlar. Onlar ne geleneği ve ne otoriteyi kabul ediyorlar; sadece somut, dürüst düşüncelerle etkilenebiliyorlar. Eğer bazı eylemlerden uzak duruyorlarsa, bunun nedeni onun doğru olduğuna inanmalarından çok polis korkusudur. Kuşkusuz, onların söylediklerinde bir hakikat payı var, çünkü biz de kendi değerlerimizin bir yerden bir yere ve bir zamandan bir zamana nasıl değiştiğini görebiliriz. Örneğin, bugün savaşta öldürmek büyük erdem sayılıyor, ama bu gelecek yüzyılda korkunç bir suç olarak görülebilir.

M: Dünya ile birlikte hareket eden bir insan ister istemez gündüzü ve geceyi deneyimleyecektir. Güneşle kalan biri ise karanlık nedir bilmeyecektir. Benim dünyam sizinki değildir. Benim gördüğüm kadarıyla, sizler hepiniz bir sahnede rol yapıyorsunuz. Sizin geliş gidişlerinizde hiçbir gerçeklik yok. Ve sorunlarınız çok gerçekdışı!

S: Biz uyurgezerler olabiliriz ya da kâbuslar görüyor olabiliriz. Yapabileceğiniz bir şey yok mu?

M: Yapıyorum: Size şunu söylemek için rüya haliniz içine girdim: "Kendinizi ve birbirinizi incitmeyi bırakın, ıstırap çekmeyi bırakın, uyanın."

S: Öyleyse neden uyanmıyoruz?

M: Uyanacaksınız. Bu biraz zaman alabilir. Rüyanızı sorgulamaya başladığınızda, uyanışınız uzak olmayacak.

22

Hayat Sevgidir ve Sevgi Hayattır

Soran: *Yoga* uygulaması her zaman bilinçli midir? O farkındalık eşiğinin altında, yani bilinçdışı olabilir mi?

Maharaj: Yeni başlayanlar için *Yoga* uygulaması çoğunlukla düşünerek, dikkat göstererek yapılan bir şeydir ve büyük bir kararlılık gerektirir. Ama yıllar boyunca içtenlikle *Yoga* uygulayanlar, her zaman, bilinçli ya da bilinçsiz olarak, kendini-idrak amacına odaklanırlar. Bilinçdışı *sadhana,* spontane ve devamlı olduğu için çok etkilidir.

S: Bir süre samimi bir *Yoga* öğrencisiyken sonra cesareti kırılıp tüm çabalardan vazgeçen bir insanın pozisyonu nedir?

M: Bir insanın bir şeyi yapıyor ya da yapmıyor gibi görünmesi çoğu zaman yanıltıcıdır. Onun görünürdeki uyuşukluk hali sadece o sırada kuvvet toplamakta olmasından kaynaklanabilir. Davranışlarımızın nedenleri çok süptildir. Kınamakta, hatta övmekte acele etmemelisiniz. Unutmayın ki *Yoga* iç benliğin (*vyakta*) dış benlik (*vyakti*) üzerinde çalışmasıdır. Dış benlik her şeyi iç benlikten gelen tesire karşılık olarak yapar.

S: Yine de dış benliğin yardımı olur.

M: O ne kadar ve ne şekilde yardım edebilir? O beden üzerinde bir kontrole sahiptir ve onun duruşunu ve solunumunu düzeltebilir. Zihnin düşünceleri ve hisleri üzerinde çok az hâkimiyete sahiptir, çünkü o kendisi zihindir. Ancak iç benlik dış benliği yönetebilir. Dış benliğin itaat etmesi akıllıca olur.

S: İnsanın ruhsal gelişiminden nihai olarak iç benlik sorumluysa, dış benlik neden bu konuda bu kadar çok teşvik ediliyor ve ona öğüt veriliyor?

M: Dış benlik sessiz kalarak, arzudan, korkudan kurtularak yardım edebilir. Farkına varmış olmalısınız ki dış benliğe verilen tüm öğütler olumsuz biçimdedir: Yapma, bırak, sakın, terk et, vazgeç, feda et, teslim ol, yanlışın yanlışlığını gör. Hatta verilmiş olan gerçek tarifi bile yadsımayı içerir: "O değil," "bu değil" (*neti, neti*). Tüm olumlular iç benliğe aittir, tüm mutlakların Gerçeğe ait olmaları gibi...

S: Günlük deneyimde iç ile dış benliği birbirinden nasıl ayırt ederiz?

M: İç benlik ilhamın kaynağıdır, dış benlik ise bellek ile hareket eder. Kaynağın başlangıcı bulunamaz, oysa tüm bellek bir yerde başlar. Böylece, dış benlik daima belirlenir ve saptanır, ama iç benlik sözcüklerle ifade edilemez. Öğrencilerin hatası iç benliği elle tutulabilir bir şey olarak hayal etmeleri ve algılanabilir olan her şeyin geçici olduğunu, dolayısıyla gerçek olmadığını unutmalarıdır. Sadece algıyı mümkün kılan gerçektir ki siz onu Hayat ya da *Brahman* olarak ya da istediğiniz gibi adlandırabilirsiniz.
S: Hayat kendisini ifade etmek için bir bedene sahip olmak zorunda mıdır?
M: Beden yaşamanın peşindedir. Hayatın bedene ihtiyacı yoktur; bedenin hayata ihtiyacı vardır.
S: Hayat bunu kasıtlı olarak mı yapar?
M: Sevgi kasıtlı olarak mı hareket eder? Hem evet, hem hayır. Hayat sevgidir, sevgi de hayat. Bedeni sevgiden başka ne bir arada tutabilir? Arzu kendinize duyduğunuz sevgiden başka nedir? Korku, koruma dürtüsünden başka nedir? Ve bilgi, gerçek sevgisinden başka nedir? Kullanılan araçlar ve biçimler yanlış olabilir, ama arkadaki güdü her zaman benlik sevgisidir. Benlik küçük olabilir ya da patlayıp tüm evreni kucaklayabilir, ama sevgi olduğu gibi kalır.
S: Tanrı adının bir *mantra* olarak tekrarlanması Hindistan'da çok yaygın. Bunun bir gücü ve etkisi var mıdır?
M: Siz bir şeyin ya da bir kişinin adını bilirseniz onu kolayca bulabilirsiniz. Tanrı'yı adı ile çağırarak, O'nun size gelmesini sağlarsınız.
S: O ne şekilde gelir?
M: Beklentilerinize uygun olarak. Eğer şansınız ters gidiyorsa ve mübarek biri size iyi şans için bir *mantra* verirse ve siz onu inançla ve sadakatle tekrarlarsanız, kötü talihiniz dönmek zorundadır. Sürekli ve kararlı inanç kaderden daha güçlüdür. Kader çoğunlukla rastlantısal nedenlerin sonucudur ve dolayısıy-

la gevşek bir örgüdür. Güven ve umut onu kolayca yenebilir.
S: Bir *mantra* makamla söylendiğinde tam olarak ne olur?
M: *Mantra*'nın sesi Benliği temsil edecek şekli yaratır. Benlik herhangi bir şekle bürünebilir ve onun vasıtasıyla iş görebilir. Sonuçta, Benlik kendisini eylem içinde ifade eder ve bir *mantra* aslında eyleme geçmiş enerjidir. O sizi ve çevrenizi etkiler.
S: *Mantra* geleneekseldir. Böyle olması mı gerekir?
M: Çok eski zamandan beri belirli sözcükler ile onlara karşılık gelen enerjiler arasında bir bağlantı yaratılmış ve sayısız tekrarlarla da bu bağlantı güçlendirilmiştir. O tıpkı üzerinde yürünecek bir yol gibidir. O kolay bir yoldur, sadece inanç gereklidir. Siz yolun sizi hedefinize götüreceğine güvenirsiniz.
S: Avrupa'da, tefekkürü benimsemiş bazı tarikatlar dışında, bir *mantra* geleneği yoktur. *Mantra*'nın genç ve modern bir Batılı'ya ne yararı olur?
M: Eğer o çok fazla çekim hissetmiyorsa hiçbir yararı olmaz. O kişi için doğru yöntem, kendisinin tüm bilginin zemini, duyulara ve zihne olan her şeyin değişmez ve sürekli farkındalığı olduğu düşüncesine bağlı kalmaktır. Eğer o bunu her zaman aklında tutarsa, uyanık ve farkında olursa, farkındalığı engelleyen zincirleri kırması ve saf hayat, ışık ve sevgi içine girmesi kesindir. "Ben sadece tanığım" fikri bedeni ve zihni arındıracak ve bilgelik gözünü açacaktır. O zaman insan illüzyonun ötesine geçer ve kalbi tüm arzulardan arınır. Tıpkı buzun suya, suyun buhara dönüşmesi ve buharın havada dağılıp kaybolması gibi, beden de eriyerek saf farkındalığa (*chidakash*) dönüşür ve sonra tüm var oluşun ve olmayışın ötesindeki saf var'lığa (*paramakash*) katılır.
S: Kendini idrak etmiş insan da yer, içer ve uyur. Onun böyle yapmasına ne neden olur?
M: Evreni hareket ettiren aynı güç onu da hareket ettirir.
S: Her şeyi aynı güç hareket ettiriyorsa, aradaki fark nedir?
M: Sadece şudur: Başkalarının sadece işittikleri, ama dene-

yimlemedikleri şeyi, kendini idrak etmiş insan bilir. Onlar aklî olarak ikna olmuş görünebilirler, ama eylemleri esaretlerini belli eder; kendini idrak etmiş insan ise her zaman dosdoğrudur.

S: Herkes "Ben'im" diyor. Kendini idrak etmiş insan da "Ben' im" diyor. Fark nerededir?

M: Fark "Ben'im" sözcüğüne verilen anlamdadır. Kendini idrak etmiş insanın: "Ben dünyayım, dünya benimdir" deneyimi son derece sağlam ve geçerlidir. O bütünlük içinde -ve yaşayan her şeyle birlik içinde- düşünür, hisseder ve davranır. O kendini idrakin teori ve pratiğini bile bilmeyebilir, dinî ve metafiziksel kavramlardan habersiz olarak yetişmiş olabilir. Ama onun anlayışında ve şefkatinde en küçük bir kusur bulunmayacaktır.

S: Ben aç ve çıplak bir dilenciyle karşılaşıp ona "Sen kimsin?" diye sorabilirim. O da, "Ben En Yüce Benliğim" diye yanıt verebilir. Ben ona, "Eğer En Yüce isen, içinde bulunduğun hali değiştir" dersem, o ne yapacaktır?

M: O size şöyle soracaktır: "Hangi hal? Değişmesi gereken nedir? Bende ne yanlışlık var?"

S: O neden böyle yanıtlasın?

M: Çünkü o artık dış görünüşlerle sınırlı değildir, kendisini isimle ve şekille özdeşleştirmez. O, belleği kullanır, ama bellek onu kullanamaz.

S: Tüm bilgi belleğe dayanmaz mı?

M: Daha düşük bilgi, evet. Daha yüksek bilgi, Gerçeğin Bilgisi ise insanın gerçek doğasında bulunur.

S: Ben bilincinde olduğum şey değilim, bilincin kendisi de değilim diyebilir miyim?

M: Siz gerçeği arayan biri olduğunuz sürece, tüm içerikten yoksun saf bilinç olduğunuzu düşünmeniz daha iyi olur. Bilincin ötesine geçmek ise en yüce haldir.

S: Kendini idrak etme arzusu bilinçten mi, onun ötesinden mi kaynaklanır?

M: Bilinçten, elbette. Tüm arzu bellekten kaynaklanır ve bilinç âlemi içinde bulunur. Onun ötesinde olan ise tüm uğraşlardan ve çabalardan azadedir. Bilincin ötesine geçme arzusu bile bilinçte yer alır.

S: Bilincin ötesiyle ilgili herhangi bir iz veya belirti var mıdır?

M: Hayır, olamaz.

S: Öyleyse ikisi arasındaki bağlantı nedir? Hiçbir ortak yanı bulunmayan iki hal arasında bir geçit nasıl bulunabilir? Saf farkındalık hali ikisi arasındaki bağlantı değil midir?

M: Saf farkındalık bile bir bilinç formudur.

S: Öyleyse ötesi nedir? Boşluk mu?

M: Boşluk da yine sadece bilinçle ilgilidir. Doluluk ve boşluk göreceli terimlerdir. Gerçek olan ise sadece bilincin değil, her türlü ilişkinin ötesindedir. Zorluk "hal" sözcüğünden kaynaklanır. Gerçek bir başka şeyin bir hali değildir; o bir zihin, bilinç veya psişe hali değildir; bir başlangıcı ve sonu olan, var olan ve olmayan bir şey değildir. O tüm karşıtları içerir, ama karşıtların oyunu içinde değildir. Siz onu bir geçişin, bir değişimin sonu olarak düşünmemelisiniz. Artık bilinç var olmadığında da o kendisidir. O zaman "Ben insanım" veya "Ben Tanrı'yım" gibi sözler bir anlam taşımaz. O sadece sessizlikte ve karanlıkta işitilebilir ve görülebilir.

23

Ayırt Edebilmek Bağsızlığa Götürür

Maharaj: Hepiniz sırılsıklam olmuşsunuz, çünkü yağmur çok şiddetli yağıyor. Benim dünyamda hava her zaman güzeldir. Gece ve gündüz, sıcak ve soğuk yoktur. Orada beni ne üzüntüler, ne de pişmanlıklar rahatsız eder. Zihnim düşüncelerden azadedir, çünkü beni esir edecek arzular yoktur.

Soran: İki dünya mı var?

M: Sizin dünyanız geçicidir, değişkendir. Benim dünyam ise kusursuzdur ve değişmez. Dünyanızın nesinden hoşlandığınızı bana anlatabilirsiniz, sizi dikkatle ve ilgiyle dinleyeceğim, ama dünyanızın var olmadığını ve sizin rüya görmekte olduğunuzu bir an bile unutmayacağım.

S: Sizin dünyanızı benimkinden farklı kılan nedir?

M: Benim dünyamın onu tanımlayabilecek özellikleri yoktur. Onun hakkında hiçbir şey söyleyemezsiniz. Ben dünyamım. Benim dünyam kendimim. O tamam ve kusursuzdur. Her izlenim silinmiş, her deneyim reddedilmiştir. Benim hiçbir şeye, kendime bile ihtiyacım yoktur, çünkü kendimi kaybetmem mümkün değildir.

S: Tanrı'ya bile ihtiyacınız yok mu?

M: Tüm bu fikirler ve ayrımlar sizin dünyanızda vardır; benimkinde o tür bir şey yoktur. Benim dünyam tektir ve çok sade ve basittir.

S: Orada hiçbir şey olmaz mı?

M: Sizin dünyanızda her ne olursa, o sadece orada geçerlidir ve bir karşılığı davet eder. Benim dünyamda hiçbir şey olmaz.

S: Sizin kendi dünyanızı deneyimlemeniz olgusu, tüm deneyimin doğasında var olan dualiteyi ima eder.

M: Sözel olarak, evet. Ama sizin sözcükleriniz bana erişmez. Benimki sözel-olmayan bir dünyadır. Sizin dünyanızda, söylenmemiş-olan bir varoluşa sahip değildir. Benimkinde ise sözcükler ve onların içerikleri varlığa sahip değildir. Sizin dünyanızda hiçbir şey kalmaz, benimkinde hiçbir şey değişmez. Benim dünyam gerçektir, oysa sizinki rüyalardan oluşur.

S: Ama yine de biz sizinle konuşuyoruz.

M: Konuşma sizin dünyanızda. Benimkinde ebedi sessizlik var. Benim sessizliğim şarkı söyler, benim boşluğum doludur, ben hiçbir şeyden yoksun değilim. Siz benim dünyamda olmadıkça onu bilemezsiniz.

S: Dünyanızda sanki yalnızmışsınız gibi görünüyor.

M: Sözcükler geçerli olmadığında nasıl yalnız veya yalnız değil diyebilirsiniz? Elbette yalnızım, çünkü ben her şeyim.

S: Hiç bizim dünyamıza geldiğiniz oluyor mu?

M: Benim için geliş ve gidiş nedir? Bunlar yine sözcüklerdir. Ben Ben'im. Nereden gelip nereye gideceğim?

S: Sizin dünyanızın bana ne yararı var?

M: Siz kendi dünyanızı daha yakından ve eleştirel biçimde incelemelisiniz ve bir gün aniden kendinizi benim dünyamda bulacaksınız.

S: Bununla ne kazanırız?

M: Hiçbir şey kazanmazsınız. Size ait olmayanı geride bırakır ve asla kaybetmemiş olduğunuzu bulursunuz: Kendi varlığınızı.

S: Sizin dünyanızın yöneticisi kim?

M: Burada yöneten ve yönetilen yoktur. Burada herhangi bir dualite (ikilik) yoktur. Siz sadece kendi fikirlerinizi yansıtıyorsunuz. Sizin kutsal metinlerinizin ve tanrılarınızın burada hiçbir anlamı yoktur.

S: Yine de sizin bir adınız ve bir şekliniz var, bilinç ve faaliyet sergiliyorsunuz?

M: Sizin dünyanızda böyle görünüyorum. Benimkinde sadece varlığım var. Başka hiçbir şey yok. Siz mülkiyet, nitelik ve nicelik fikirleriyle dolusunuz. Ben ise tamamen fikirsizim.

S: Benim dünyamda kargaşa, üzüntü ve umutsuzluk var. Siz gizli bir gelirle yaşıyor görünüyorsunuz, ama ben yaşamak için köle gibi çalışmak zorundayım.

M: İstediğiniz gibi yapın. Kendi dünyanızı terk edip benimkine gelmekte özgürsünüz.

S: Bu geçiş nasıl yapılır?

M: Dünyanızı olduğu gibi görün, olduğunu hayal ettiğiniz gibi değil. Ayırt etme sizi bağsızlığa götürecektir; bağsızlık ise doğru eylemi sağlayacaktır; doğru eylem ise sizi gerçek varlığınıza ulaştıran içsel köprüyü kuracaktır. Eylem ciddiyet ve samimiyetin bir kanıtıdır. Size söyleneni gayretle ve sadakatle yapın, tüm engeller ortadan kalkacaktır.

S: Mutlu musunuz?

M: Sizin dünyanızda çok mutsuz olurdum. Uyanmak, yemek yemek, konuşmak, yeniden uyumak çok sıkıcı!

S: Demek yaşamak bile istemiyorsunuz.

M: Yaşamak, ölmek, bunlar ne anlamsız sözler! Siz beni canlı gördüğünüzde, ben ölüyüm. Siz benim ölü olduğumu düşündüğünüzde, ben canlıyım. Nasıl karmaşa içindesiniz!

S: Siz ne kadar kayıtsızsınız? Dünyanın tüm ıstırap ve dertleri sanki size göre hiçbir şey değil.

M: Dertlerinizin çok bilincindeyim.

S: Peki onlarla ilgili olarak ne yapıyorsunuz?

M: Yapmam gereken hiçbir şey yok. Onlar gelir ve gider.

S: Onlar, onlara dikkatinizi vermenizle gider mi?

M: Evet. Zorluk fiziksel, zihinsel ya da duygusal olabilir; ama o her zaman bireyseldir. Büyük çaptaki felâketler sayısız bireysel kaderin toplamıdır ve düzeltilmeleri zaman alır. Ama ölüm asla bir felâket değildir.

S: Bir insan öldürüldüğü zaman bile mi?

M: Felâket öldürenindir.

S: Yine de iki dünya var gibi görünüyor, benimki ve sizinki.

M: Benimki gerçektir, sizinki zihin ürünü.

S: Bir kaya, kayanın içinde bir oyuk ve oyuğun içinde bir kurbağa düşünün. Kurbağa hayatını hiç rahatsız olmadan ve endişe duymadan, büyük bir mutlulukla geçirebilir. Kayanın dışında dünya devam eder. Eğer oyuktaki kurbağaya dış dünyadan söz edilseydi, o da, "Böyle bir şey yoktur. Benim dünyam huzur ve mutluluk dolu. Sizin dünyanız sadece sözcüklerden oluşuyor, onun hiçbir varlığı yok" diyebilirdi. Aynı şey sizin için de geçerli. Siz bizim dünyamızın var olmadığını söylediğinizde, tartışma için ortak bir zemin kalmıyor. Başka bir örnek vereyim: Ben bir doktora gidiyorum ve mide ağrısından şikâyet ediyorum. O beni muayene ediyor ve "Siz iyisiniz" diyor. "Ama midem ağrıyor" diyorum. O, "Ağrınız zihinsel" diye iddia ediyor. Ben de "Ağrımın zihinsel olduğunu bilmemin bana bir yardımı olmuyor. Siz bir doktorsunuz, beni iyileştirip bu ağrıdan kurtarın. Eğer beni iyileştiremezseniz, benim doktorum değilsiniz" diyorum.

M: Çok doğru.

S: Siz bir demiryolu döşediniz, ama bir köprü bulunmadığı için hiçbir tren geçemiyor. Köprüyü kurun.

M: Bir köprüye ihtiyaç yok.

S: Sizin dünyanızla benimki arasında bir bağlantı olması gerekir.

M: Gerçek dünya ile hayalî bir dünya arasında bir bağlantıya gerek yoktur, çünkü öyle bir bağlantı olamaz.

S: Öyleyse ne yapmalıyız?

M: Dünyanızı inceleyin, zihninizi ona odaklayın, onu eleştirel biçimde inceleyin, onunla ilgili her fikri dikkatle irdeleyin; bu işe yarayacaktır.

S: Dünya araştırma yapmak için fazla büyük. Tüm bildiğim, ben varım, dünya var, dünya bana sıkıntı veriyor ve ben de dünyaya sıkıntı veriyorum.

M: Benim deneyimim her şeyin mutluluk olduğudur. Ama mutluluk arzusu ıstırap yaratır. Böylece mutluluk, ıstırabın tohumu olur. Tüm ıstırap dünyası arzudan doğar. Zevk için duyduğunuz arzudan vazgeçin, acı nedir bilmeyeceksiniz.

S: Zevk neden acının tohumu olsun?

M: Çünkü zevk uğruna birçok günah işlersiniz. Ve günahın meyveleri de ıstırap ve ölümdür.

S: Siz dünyanın bize hiçbir yararının olmadığını, onun sadece ıstırap kaynağı olduğunu söylüyorsunuz. Ben bunun böyle olamayacağını düşünüyorum. Tanrı öylesine budala olamaz. Dünya bana büyük bir girişim olarak görünüyor: Potansiyel olanı gerçeğe, maddeyi hayata, bilinçsizliği tam farkındalığa dönüştürme girişimi olarak. En Yüce'yi idrak edebilmek için onun karşıtlarını deneyimlemeye ihtiyacımız var. Nasıl bir tapınak inşa etmek için taşa ve harca, tahtaya ve demire, cama ve kiremite ihtiyacımız varsa, bir insanı tanrısal bir bilgeye, yaşamın ve ölümün efendisine dönüştürmek için de her türlü deneyim malzemesine ihtiyaç vardır. Bir hizmetkâr nasıl çarşıya gider, her türlü erzağı satın alır, eve gelip yemek pişirir ve efendisini beslerse, biz de kendimizi hayatın ateşinde iyice pişirir ve Tanrımız'ı besleriz.

M: Pekâlâ, eğer öyle düşünüyorsanız, öyle yapın. Tanrınız'ı besleyin elbette.

S: Bir çocuk okula gider ve ona daha sonra hiçbir yararı olmayacak birçok şey öğrenir. Ama öğrenim sürecinde o büyür. Biz de öyle sayısız deneyimden geçer ve hepsini unuturuz, ama bu arada büyümeye devam ederiz. Ve bir *gnani* gerçek konusunda bir deha olan insandan başka nedir! Benim dünyam rastlantısal olamaz. Onun bir anlamı var, onun ardında bir plân bulunuyor olmalı. Benim Tanrım'ın bir plânı vardır.

M: Eğer dünya sahte, asılsız ise, o zaman o plân ve onun yaratıcısı da sahtedir.

S: Yine dünyayı inkâr ediyorsunuz. Aramızda bir köprü yok.

M: Bir köprüye gerek yok. Sizin yanılgınız sizin doğmuş olduğunuza inanmanızdan kaynaklanıyor. Siz asla doğmadınız ve asla ölmeyeceksiniz, ama siz belirli bir tarihte ve yerde doğduğunuza ve belirli bir bedenin size ait olduğuna inanıyorsunuz.

S: Dünya var, ben varım. Bunlar olgulardır.

M: Kendinizle ilgilenmeden neden dünya için kaygılanıyorsunuz? Siz dünyayı kurtarmak istiyorsunuz, öyle değil mi? Kendinizi kurtarmadan dünyayı kurtarabilir misiniz? Ve kurtarılmak ne anlama gelir? Ne'den kurtarılmak? İllüzyondan. Kurtuluş her şeyi olduğu gibi görmektir. Ben kendimi gerçekten herhangi bir kişiyle ve şeyle ilişkili görmüyorum. Hatta bir benlikle -o benlik her ne olursa olsun- ilişkili değilim. Ben ebediyen tanımlanmamış olarak kalırım. Ben içteyim ve ötedeyim, çok yakınım ve erişilmezim.

S: Ona nasıl eriştiniz?

M: Gurum'a güvenerek. O bana "Yalnızca sen varsın" dedi ve ben ondan kuşku duymadım. Sadece bunun üzerinde düşünüyordum, sonunda onun kesinlikle doğru olduğunu idrak ettim.

S: Tekrarlama yoluyla mı ikna oldunuz?

M: Kendimi idrak yoluyla. Kesinlikle ve tamamen bilinçli ve mutlu olduğumu, var'lık-bilinç-mutluluk halini bedene ve bedenler dünyasına borçlu olduğumu düşünmekle yanıldığımı keşfettim.

S: Siz öğrenim görmüş bir insan değilsiniz. Fazla kitap okumadınız, okuduklarınız ve işittikleriniz belki birbiriyle çelişmiyordu. Ben oldukça iyi bir öğrenim gördüm ve bir sürü kitap okudum ve kitapların ve öğretmenlerin birbirleriyle umutsuz bir biçimde çeliştiklerini gördüm. Bu yüzden, her ne okur ya da işitirsem, onu kuşkuyla karşılıyorum. İlk tepkim "Bu böyle olabilir de, olmayabilir de" şeklinde oluyor. Ve zihnim neyin doğru olduğuna, neyin doğru olmadığına karar veremediği için, kuşkularımla çaresiz bir durumda kalıyorum. *Yoga*'da kuşku duyan bir zihin muazzam bir dezavantajdadır.

M: Bunu duyduğuma memnun oldum; ama benim Gurum bana her şeyden kesinlikle kuşku duymayı öğretti. Dedi ki: "Kendi benliğin dışında her şeyin varlığını reddet." Siz acıları ve zevkleri ile bu dünyayı arzularınızla yarattınız.

S: Dünyanın acı verici olması da gerekiyor mu?

M: Başka nasıl olabilir? Doğası gereği zevk sınırlı ve geçicidir. Acıdan arzu doğar, arzu acıyla doyum arar ve o düş kırıklığının ve çaresizliğin acısıyla son bulur. Acı zevkin arka fonudur, tüm zevk arayışları acı içinde doğar ve acı içinde son bulur.

S: Söylediğiniz her şey benim için açık. Ama fiziksel ya da zi-

hinsel bir sorunla karşılaştığımda zihnim durgunlaşıyor ya da o sorundan kurtulmak için çılgınca bir arayış içine giriyor.
M: Ne önemi var ki? Durgun ya da huzursuz olan zihindir, siz değil. Bu odada olup biten şeylere bakın. Onların vuku bulmasına ben mi neden oluyorum? Onlar vuku buluyor, o kadar. Sizin için de böyledir, kaderin yumağı açılır ve kaçınılmaz olanı gerçekleştirir. Siz olayların seyrini değiştiremezsiniz, ama kendi tutumunuzu değiştirebilirsiniz ki önemli olan da çıplak olay değil, tutumdur. Dünya arzuların ve korkuların mekânıdır. Siz dünyada huzur bulamazsınız. Huzur için dünyanın ötesine gitmelisiniz. Dünyanın kök nedeni öz-sevgisidir. Bu yüzden biz zevki arar, acıdan kaçınırız. Öz-sevgisinin yerine, Benliğin sevgisini koyun, o zaman manzara değişir. Yaratıcı *Brahma* tüm arzuların toplamıdır. Dünya arzuların tatmin edilmeleri için bir vasıtadır. İnsanlar arzuladıkları zevkleri elde eder, bedelini de gözyaşlarıyla öderler. Zaman tüm hesapları görür. Denge yasası her zaman yürürlüktedir.
S: İnsan üstün bir insan olabilmek için önce insan olmalıdır. İnsanlık sayısız deneyimin meyvesidir. Arzu deneyime sürükler. Bu yüzden, kendi zamanında ve düzeyinde arzu doğru ve uygundur.
M: Tüm bunlar bir bakıma doğrudur. Ama artık yeterince malzemeye (deneyim birikimine) sahip olduğunuz ve inşaata başlamanız gereken bir gün gelir. O zaman seçip ayıklamak ve fazlalıkları atmak (*viveka-vairagya*) kesinlikle gereklidir. O zaman her şey iyice incelenmeli ve gereksiz olanlar hiç acımadan yok edilmelidir. İnanın bana, ne kadar çok şeyi yok etseniz yetmez. Çünkü aslında hiçbir şey değerli değildir. Tutkuyla tarafsız olun, o kadar.

24

Tanrı Her Şeyi Yapandır, *Gnani* Hiçbir Şey Yapmayandır

Soran: Bazı *Mahatmalar* (aydınlanmış varlıklar) dünyanın rastlantıyla ortaya çıkmadığı ya da Tanrı'nın bir oyunu olmadığı, tüm evrende bilinci uyandırmayı ve geliştirmeyi amaçlayan büyük bir plânın sonucu ve ifadesi olduğu görüşünü savunuyorlar. Dünya sürekli olarak ve hiç durmadan cansızlıktan hayata, bilinçsizlikten bilince, durgunluktan parlak zekâya, yanlış anlamadan berrak anlayışa doğru ilerler. Elbette, evrenin uykuda göründüğü bazı dinlenme ve karanlık anları vardır, ama bu dinlenme sona erer ve bilinç üzerindeki çalışma yeniden başlar. Bizim görüş noktamızdan dünya bir gözyaşı vadisidir, mümkün olduğunca çabuk ve her çareye başvurarak kaçılması gereken bir yerdir. Aydınlanmış varlıklara göre dünya iyi bir yerdir ve iyi bir amaca hizmet eder. Onlar dünyanın zihinsel bir yapı olduğunu, nihai olarak her şeyin bir olduğunu yadsımaz, ama o yapının bir anlamı olduğunu ve son derece arzu edilir bir amaca hizmet ettiğini görür ve söylerler. Bizim Tanrı'nın iradesi dediğimiz şey şakacı bir tanrının geçici hevesi değil, sevgi, bilgelik ve güç bakımından gelişmenin, sonsuz yaşam ve bilinç potansiyellerini gerçekleştirmenin mutlak gerekliliğinin ifadesidir.

Tıpkı bir bahçıvanın minnacık tohumlardan muhteşem çiçekler yetiştirmesi gibi, Tanrı da kendi bahçesinde, başka varlıkların yanı sıra, insanlardan O'nunla birlikte bilen seven, çalışan üstün-insanlar yetiştirir.

Tanrı dinlendiğinde (*pralaya*), gelişimleri tamamlanmamış olanlar bir süre bilinçsiz kalırlar, tüm bilinç formlarının ve içeriklerinin ötesine geçmiş olan mükemmel varlıklar ise evrensel sessizliğin farkında kalırlar. Yeni bir evrenin ortaya çıkma zamanı geldiğinde, uyuyanlar uyanırlar ve onların işleri başlar. Daha çok gelişmiş olanlar ilk önce uyanır ve yeri daha az gelişmiş olanlar için hazırlarlar; böylece az gelişmiş olanlar daha fazla gelişmeleri için uygun olan formları ve davranış kalıplarını hazır bulurlar.

Öykü böylece devam eder. Sizin öğretinizin farklılığı şu: Siz dünyanın bir yararı olmadığı ve ondan kaçınılması gerekliliği üzerinde ısrar ediyorsunuz. Onlar ise dünyadan hoşlanmamanın gerekli, ama geçici bir aşama olduğunu ve çok geçmeden onun yerini her şeyi kaplayan bir sevgiye ve daima Tanrı ile çalışma iradesine bırakacağını söylüyorlar.

Maharaj: Tüm söyledikleriniz gidiş *(pravritti)* yolu için doğrudur. Dönüş yolu (*nivritti*) için kendini (egoyu) hiçe indirgemek, sıfırlamak gereklidir. Ben, hiçbir şeyin *(paramakash)* olmadığı yerde duruyorum; oraya ne sözcükler ne de düşünceler erişir. Zihne göre o tümüyle karanlık ve sessizliktir. Sonra bilinç kımıldamaya başlar ve zihni (*chidakash*) uyandırır; zihin de bellek ve imgelemeden oluşan dünyayı (*mahadakash)* projekte eder. Bir kez dünya var olduğunda, sizin tüm söyledikleriniz söylediğiniz gibi olabilir. Hedefler hayal etmek, onlara erişmek için çabalamak, vasıtalar ve yollar bulmak, vizyon, enerji ve cesaret sergilemek zihnin doğasında vardır. Bunlar tanrısal niteliklerdir ve ben onları yadsımam. Ama ben hiçbir farklılığın bulunmadığı, şeylerin ve onları yaratan zihinlerin var olmadığı bir yerde bulunuyorum. Orada ben yuvamdayım. Olan hiçbir şey beni etkilemez; şeyler şeyleri etkiler, o kadar. Anılardan ve beklentilerden (geçmişten ve gelecekten) bağımsız, ben taze, masum ve içtenim. Zihin büyük işçidir (*mahakarta*) ve onun dinlenmeye ihtiyacı vardır. Ben hiçbir şeye ihtiyaç duymadığım için korkusuzum. Kimden korkacağım ki? Hiçbir ayrılık yoktur, bizler ayrı benlikler değiliz. Onun içinde kişisel olan ile olmayanın bir olduğu tek bir Benlik, En Yüce Gerçek vardır.

S: Benim tüm isteğim dünyaya yardım edebilmektir.

M: Yardım edemeyeceğinizi kim söylüyor? Siz yardımın ne anlama geldiği ve yardım etmek için neler yapmanız gerektiği konusunda bir karara varmış ve kendinizi yapmanız gerekenler ile yapabilecekleriniz, yani gereklilik ile yetenek arasında bir çatışmaya sokmuşsunuz.

S: Ama neden böyle yapıyoruz?

M: Zihniniz bir yapı projekte eder ve siz kendinizi onunla özdeşleştirirsiniz. Tatmin olmak için zihni bir dünya yaratmaya yönlendirmek arzunun doğasında vardır. Küçük bir arzu bile uzun bir eylem çizgisini başlatabilir. Arzu bir evren üretebilir; onun güçleri mucizevîdir. Tıpkı küçük bir kibritin koskoca bir ormanı ateşe verebilmesi gibi, bir arzu da tezahür ateşlerini yakabilir. Yaratılışın amacı arzuyu gerçekleştirmektir. Arzu asil ya da aşağılık olabilir, uzay-boşluk (*akash*) nötrdür, insan onu istediği şeyle doldurabilir: Neyi arzu edeceğiniz konusunda çok dikkatli olmalısınız. Yardım etmek istediğiniz kişilere gelince, onlar kendi arzuları uğruna kendi dünyalarındalar; kendileri bunu arzu etmeden onlara yardım etmenin hiçbir yolu yoktur. Siz onlara sadece doğru arzulara sahip olmalarını öğretebilirsiniz ki böylece egolarını aşabilsinler ve tekrar tekrar arzu dünyaları, acı ve zevk ortamları yaratma dürtüsünden kurtularak özgürleşebilsinler.

S: Gösterinin sona erdiği, bir insanın ölmek zorunda olduğu ve evrenin son bulduğu bir gün mutlaka gelecektir.

M: Tıpkı uyuyan bir adamın her şeyi unutması ve yeni bir güne başlamak üzere uyanması ya da ölerek başka bir hayata doğması gibi, arzu ve korku dünyaları da dağılıp kaybolurlar. Ama evrensel tanık, En Yüce Benlik asla uyumaz ve asla ölmez. Büyük Kalp ebediyen atar ve onun her atışında yeni bir evren meydana gelir.

S: O bilinçli midir?

M: O zihnin kavradığı her şeyin ötesindedir. Var olmanın ve olmamanın ötesidir. O her şeye Evet ve Hayır diyendir, ötede ve içtedir, yaratan ve yok edendir ve hayal edilemezcesine gerçektir.

S: Tanrı ve *Mahatma*, onlar bir midir, iki mi?

M: Onlar birdir.

S: Arada bir fark olmalı.

M: Tanrı Her-Şeyi-Yapan'dır, *gnani* ise yapmayan'dır. Tanrı kendisi "Ben her şeyi yapıyorum" demez. O'na göre her şey kendi doğası gereği meydana gelir. *Gnani*'ye göre her şey Tanrı tarafından yapılır. O, Tanrı ile doğa arasında bir fark görmez. Hem Tanrı, hem *gnani* kendisini hareket edebilenin hareketsiz, sabit merkezi olarak, geçici olanın ebedi tanığı olarak bilir. Merkez bir boşluk noktasıdır ve tanık bir saf farkındalık noktasıdır; onlar kendilerini hiçbir şey olarak bilirler, dolayısıyla hiçbir şey onlara direnemez.

S: Sizin kişisel deneyiminizde bu nasıl görünüyor ve hissediliyor?

M: Hiçbir şey olarak, ben her şeyim. Her şey ben'dir, her şey benimdir. Tıpkı bedenimin benim hareketi düşünmemle hareket etmesi gibi, düşündüğüm şeyler de ben düşünürken vuku bulur. Dikkat edin, ben bir şey yapmıyorum. Ben sadece onların meydana geldiğini görüyorum.

S: Şeyler (olaylar) sizin olmalarını istediğiniz gibi mi oluyor, yoksa siz onların oldukları gibi olmalarını mı istiyorsunuz?

M: Her ikisi de. Ben kabul ederim ve kabul edilirim. Ben her şeyim ve her şey bendir. Ben dünya olduğumdan, dünyadan korkmam. Her şey olduğuma göre ne'den korkacağım? Su sudan, ateş de ateşten korkmaz. Ben de korkmam, çünkü ben korkuyu deneyimleyecek ya da tehlikede olabilecek bir şey değilim. Benim ne şeklim var, ne de ismim. Korkuyu doğuran, bir isme ve şekle bağlı olmaktır. Ben bağlı değilim. Ben hiçbir şeyim ve hiçbir şey hiçbir şeyden korkmaz. Tam tersine her şey Hiçbir-şey'den korkar, çünkü bir şey Hiçbir-şey'e dokundu-

ğunda hiçbir şey olur. O dipsiz bir kuyu gibidir, onun içine ne düşerse kaybolur.
S: Tanrı bir kişi değil midir?
M: Siz kendinizi bir kişi olarak düşündüğünüz sürece, O da bir kişidir. Siz her şey olduğunuzda, O'nu da her şey olarak görürsünüz.
S: Tutumu değiştirerek olguları değiştirebilir miyim?
M: Tutum olgudur. Örneğin, öfkeyi alın. Öfkeyle odada volta atıyor olabilirim; aynı zamanda da ne olduğumu bilirim; bir bilgelik ve sevgi merkezi, bir saf varoluş atomu olduğumu bilirim. O zaman her şey yatışır ve zihin sessizliğe gömülür.
S: Yine de, bazen öfkelenirsiniz.
M: Kime ve ne için öfkeleneceğim? Öfke geldi ve benim kendimi hatırlamamla dağılıp yok oldu. Bu tümüyle *gunalar*'ın (kozmik madde niteliklerinin) bir oyunudur. Ben kendimi onlarla özdeşleştirdiğimde, onların kölesi olurum. Onlardan ayrı durduğumda, onların efendisi olurum.
S: Siz tutumunuzla dünyayı etkileyebilir misiniz? Kendinizi dünyadan ayırırsanız ona yardım etme konusunda tüm umudunuzu yitirirsiniz.
M: Bu nasıl olabilir? Her şey ben'im, ben kendime yardım edemez miyim? Ben kendimi herhangi bir kişiyle özdeşleştirmem, çünkü ben hem özel, hem evrensel olarak her şeyim.
S: Öyleyse belirli bir kişi olarak bana yardım edebilir misiniz?
M: Ama size daima -içinizden- yardım ediyorum. Benim benliğim ve sizin benliğiniz bir'dir. Ben bunu biliyorum, ama siz bilmiyorsunuz. Tüm fark budur ve o süremez.
S: Peki, tüm dünyaya nasıl yardım ediyorsunuz?
M: Gandi öldü, ama onun zihni (ruhu) dünyayı kaplıyor. Bir *gnani*'nin düşüncesi insanlığı kaplar ve durmadan hayır için çalışır. Anonim olduğu, içten kaynaklandığı için daha da güçlü ve zorlayıcıdır. Dünya işte böyle gelişip ilerler: İçteki dıştakine yardım eder ve onu kutsar. Bir *gnani* öldüğünde, bir neh-

rin denize karışması gibi yok olur; isim, şekil artık yoktur, ama su kalır ve okyanusla bir olur. Bir *gnani* evrensel zihne katıldığında, onun tüm iyiliği ve bilgeliği insanlığın mirası haline gelir ve her insanı yükseltir.

S: Biz kişiliğimize bağlıyız. Bireyselliğimize, başkalarından farklı olmaya çok değer veririz. Siz her ikisini de yararsız olmakla itham eder görünüyorsunuz. Sizin tezahür etmemiş âleminizin bize ne yararı var?

M: Tezahür etmemiş, tezahür etmiş, bireysellik, kişilik (*nirguna, saguna, vyakta, vyakti*); tüm bunlar sadece sözcükler, görüş noktaları, zihinsel tutumlardır. Onlarda bir gerçeklik yoktur. Gerçek sessizlik içinde deneyimlenir. Siz kişiliğe sarılıyorsunuz, ama ancak başınız dertte olduğunda siz bir kişi olmanın bilincinde oluyorsunuz, başınız dertte olmadığında kendinizi düşünmüyorsunuz.

S: Bana Tezahür-etmemiş olanın yararlarını söylemediniz.

M: Kuşkusuz, siz uyanmak için uyumak zorundasınız. Yaşamak için ölmek, yeniden şekillenmek için erimek zorundasınız. İnşa etmek için yıkmak, yaratmak için önce yok etmek zorundasınız. En Yüce, evrensel eriticidir, o her kabı eritir, her engeli yok eder. Her şey kesinlikle reddedilmedikçe, "şeyler"in zorbalığı kesin olacaktır. En Yüce büyük armonize edicidir, en üst düzeyde ve kusursuz dengenin ve özgür yaşamın garantisidir. O sizi eritir ve gerçek varlığınızı yeniden ortaya koyar.

S: Her şey kendi düzeyinde iyidir. Ama günlük hayatta bu nasıl işler?

M: Günlük hayat bir eylem hayatıdır. Hoşunuza gitse de gitmese de işlev yapmanız gerekir. Kendiniz için yaptığınız her şey birikir ve patlayıcı hale gelir; bir gün patlar ve size ve dünyanıza çok zarar verir. Herkesin hayrı için çalıştığınız düşüncesiyle kendinizi aldattığınızda, bu durumu daha da kötüleştirir, çünkü başkaları için neyin iyi olduğuyla ilgili fikirleriniz daima yanıltıcı olabilir. Başkaları için neyin iyi olduğunu bildiği-

ni iddia eden kişi tehlikeli biridir.
S: Öyleyse insan nasıl çalışmalıdır?
M: Ne kendiniz, ne başkaları için, ama çalışmak için çalışmak. Yapılmaya değer bir şey kendi amacını ve anlamını içerir. Hiçbir şeyi başka bir şeye vasıta etmeyin. Bağlamayın (tutsak etmeyin). Tanrı bir şeyi başka bir şeye hizmet etsin diye yaratmaz. Her şey kendisi için yaratılmıştır. Kendisi için yaratıldığından, diğerlerine müdahale etmez. Siz şeyleri ve insanları onlara yabancı amaçlar için kullanıyor ve hem dünyaya hem kendinize büyük zarar veriyorsunuz.
S: Siz gerçek varlığımızın her zaman bizimle olduğunu söylüyorsunuz. Nasıl oluyor da onu fark etmiyoruz?
M: Evet, siz her zaman En Yüce'siniz. Ama dikkatiniz fiziksel ya da zihinsel şeylere keskin bir biçimde odaklanmış. Dikkatiniz bir şeyden ayrıldığında ve henüz başka bir şeye odaklanmadığında, o arada siz saf var'lıksınızdır. Ayırt etme (*viveka*) ve bağsızlık (*vairagya*) uygulamasıyla duyusal ve zihinsel halleri artık görmez olduğunuzda, saf var'lık doğal hal olarak ortaya çıkar.
S: İnsan bu ayrılık duygusuna nasıl son verir?
M: Zihni "Ben'im" üzerinde, var'lık duygusu üzerinde odakladığınızda, "Ben falan ve filanım" duygusu yok olur; "Ben sadece bir tanığım" duygusu kalır ve o da "Ben her şeyim" duygusuna katılır. Sonra her şey Bir olur ve Bir benden ayrı olmayan sizdir. Ayrı bir "ben" fikrinden kurtulun, o zaman "kimin deneyimi" sorusu da ortaya çıkmayacaktır.
S: Siz kendi deneyiminizden konuşuyorsunuz. Onu nasıl kendi deneyimim yapabilirim?
M: Siz benim deneyimim sizin deneyiminizden farklıymış gibi konuşuyorsunuz, çünkü bizim ayrı olduğumuza inanıyorsunuz. Ama değiliz. Daha derin bir düzeyde benim deneyimim sizin deneyiminizdir. Kendi içinizin derinliklerine dalın, onu kolayca bulacaksınız. "Ben'im" yönünde gidin.

25
"Ben'im"e Tutunun

Soran: Siz hiç hoşnut ya da hüzünlü olur musunuz? Sevinci ve üzüntüyü bilir misiniz?

Maharaj: Onları istediğiniz gibi adlandırın. Bana göre onlar sadece zihin halleridir ve ben zihin değilim.

S: Sevgi bir zihin hali midir?

M: Yine bu sizin sevgi sözcüğüyle neyi kastettiğinize bağlıdır. Arzu, elbette bir zihin halidir. Ama birliğin idraki zihnin ötesindedir. Bana göre, hiçbir şey kendi başına var olmaz. Her şey Benlik'tir, her şey benim. Kendimi herkeste ve herkesi kendimde görmek kesinlikle sevgidir.

S: Ben hoş bir şey gördüğümde, onu istiyorum. Onu tam olarak kim istiyor? Benlik mi, zihin mi?

M: Soru yanlış ifade edildi. "Kim" yoktur. Arzu, korku, öfke vardır ve zihin "Bu ben'im, bu benim" der. "Ben" veya "benim" denebilecek hiçbir şey yoktur. Arzu, zihin tarafından algılanan ve isimlendirilen bir zihin halidir. Zihnin algılaması ve isimlendirmesi olmadan, arzu nerededir?

S: Ama isimlendirmeden algılama diye bir şey var mıdır?

M: Elbette. İsimlendirme zihnin ötesine geçemez, oysa algılama bilinçtir.

S: Bir kimse öldüğünde tam olarak ne olur?

M: Hiçbir şey olmaz. Bir şey hiçbir şey olur. Hiçbir şey idi ve geriye hiçbir şey kalır.

S: Kuşkusuz, canlı ile ölü arasında bir fark vardır. Siz canlıdan ölü, ölüden ise canlıymış gibi söz ediyorsunuz.

M: Neden, her gün ölen milyonlarca insanı hiç umursamayıp, bir insan ölecek diye kaygılanıyorsunuz? Her an evrenler içeriye ve dışarıya doğru patlıyor, onlar için ağlamam mı gerekir? Bir şey benim için çok açık: Her şey bilinç içinde yaşar, hareket eder ve var olur ve ben o bilincin içindeyim ve ötesindeyim. Tanık olarak, onun içindeyim. Var'lık olarak, onun ötesindeyim.

S: Elbette, çocuğunuz hastalandığında bunu umursarsınız, öyle değil mi?

M: Ben telaşlanmam. Sadece gerekli olanı yaparım. Gelecek için endişelenmem. Her duruma doğru karşılık vermek benim doğamda vardır. Ne yapacağımı düşünmek için durmam. Ben eylemde bulunur ve devam ederim. Sonuçlar beni etkilemez. Onların iyi ya da kötü olmalarını bile umursamam. Onlar her neyseler o'durlar, eğer bana geri dönerlerse onlarla yeniden ilgilenirim. Benim herhangi bir şey yapmamda bir amaç duygusu yoktur. Olaylar oldukları gibi olurlar; ben onları oldurduğum için değil, ben *var* olduğum için onlar olurlar. Gerçekte hiçbir şey olmaz. Zihin huzursuzken -gölün dalgalı suyunun ayı (yansımasını) dans ettirişi gibi- *Shiva*'nın dans etmesine neden olur. Bunlar tümüyle yanlış fikirlerin neden olduğu görünüşlerdir.

S: Kuşkusuz, siz birçok şeyin farkındasınız ve onların doğasına göre davranırsınız. Bir çocuğa çocuk gibi, bir yetişkine yetişkin gibi muamele edersiniz.

M: Tıpkı tuzun tadının tüm okyanusa yayılması ve deniz suyunun her damlasının aynı tadı taşıması gibi, her deneyim bana gerçeğin dokunuşunu, kendi var'lığımın her zaman taze idrakini verir.

S: Sizin benim dünyamda var oluşunuz gibi, ben de sizin dünyanızda var mıyım?

M: Elbette, siz varsınız ve ben varım. Ama yalnızca bilinçte noktalar olarak; biz bilinçten ayrı bir şey değiliz. Bunun iyi kavranması gerekir: Dünya bilinç ipliğinde asılıdır; bilinç yoksa dünya da yoktur.

S: Bilinçte birçok nokta vardır; o kadar çok dünya var mıdır?

M: Örnek olarak rüyayı alalım. Bir hastanede birçok hasta uyumakta ve hepsi kendi farklı, kişisel rüyasını görmektedir;

bu rüyaların tek bir ortak yanı vardır: Hastalık. Benzer şekilde, biz hayalimizde kendimizi ortak deneyimin gerçek dünyasından ayırmış ve kişisel arzular, korkular, imgeler, düşünceler, fikirler ve kavramlardan oluşan bir bulutla kuşatmışızdır.
S: Bunu anlayabilirim. Ama kişisel dünyaların muazzam çeşitliliğinin nedeni ne olabilir?
M: Çeşitlilik o kadar büyük değildir. Tüm rüyalar ortak bir dünyanın üzerine yüklenmiştir. Bir dereceye kadar onlar birbirini şekillendirir ve etkiler. Temel birlik her şeye rağmen işler. Tüm bunların kökeninde kendini (gerçek benliğini) unutma, kim olduğunu bilmeme yatar.
S: Unutmak için, insanın bilmiş olması gerekir. Ben onu unutmadan önce, kim olduğumu biliyor muydum?
M: Elbette. Kendini unutma kendini bilmenin doğasında vardır. Bilinç ve bilinçsizlik bir hayatın iki veçhesidir. Onlar birlikte var olur. Dünyayı bilmek için gerçek benliği unutursunuz; benliği bilmek için dünyayı unutursunuz. Sonuçta dünya nedir ki? Bir anılar koleksiyonu. Önemli olan tek şeye sarılın, "Ben' im"e sıkıca tutunun ve diğer her şeyi bırakın. Bu *sadhana*'dır. Kendini-idrakte tutunulacak ve unutulacak hiçbir şey yoktur. Her şey bilinir, hiçbir şey hatırlanmaz.
S: Kendini unutmanın nedeni nedir?
M: Hiçbir neden yoktur, çünkü unutma yoktur. Zihinsel haller birbirinin yerine geçer ve öncekileri siler. Kendini hatırlama ve kendini unutma zihinsel hallerdir. Onlar gece ve gündüz gibi birbirinin yerini alır. Gerçek ise her ikisinin de ötesindedir.
S: Kuşkusuz, unutmak ile bilmemek arasında bir fark olmalı. Bilmemenin bir nedeni olması gerekmez. Unutmak ise önceden bilmeyi ve unutma eğilimini veya yeteneğini gerektirir. Bilmemenin nedenini sorgulayamayacağımı kabul ediyorum, ancak unutmanın bir nedeni olmalı.
M: Bilmeme diye bir şey yoktur. Sadece unutma vardır. Unutmakta yanlış olan nedir? Unutmak hatırlamak kadar basittir.

S: İnsanın kendini unutması bir felâket değil midir?

M: Bu, kendini (egoyu) sürekli olarak hatırlamak kadar kötüdür. Unutmanın ve unutmamanın ötesinde bir hal vardır: Doğal hal. Hatırlamak, unutmak düşünceye bağlı, sözcüğe bağlı zihin halleridir. Örneğin, doğmuş olma fikrini ele alalım. Bana doğduğum söylendi. Ben hatırlamıyorum. Bana öleceğim söylendi. Bunu beklemiyorum. Siz bana unuttuğumu veya hayal gücümün olmadığını söylüyorsunuz. Ama ben asla olmamış bir şeyi hatırlayamam ve açıkça imkânsız olan bir şeyi bekleyemem. Bedenler doğar ve ölürler, ama bundan bana ne? Bedenler bilincin içinde gelir ve giderler, bilinç ise benden kaynaklanır. Ben hayatım ve zihin ve beden benimdir.

S: Siz dünyanın kökeninde benliği unutuşun yattığını söylüyorsunuz. Unutmak için hatırımda bir şeylerin bulunmuş olması lazım. Hatırlanacak neyi unuttum? Ben, ben olduğumu unutmuş değilim.

M: Bu "Ben'im" dahi illüzyonun bir parçası olabilir.

S: Bu nasıl olabilir! Siz bana benim olmadığımı kanıtlayamazsınız. Ben olmadığıma ikna edilsem bile varım.

M: Gerçek ne kanıtlanabilir ne de çürütülebilir. Gerçeği zihin yoluyla kanıtlayamazsınız, zihnin ötesinde ise kanıtlama ihtiyacı duymazsınız. Gerçek olan içinde "Gerçek olan nedir" sorusu ortaya çıkmaz. Tezahür etmiş (*saguna*) ve tezahür etmemiş (*nirguna*) farklı değildir.

S: Bu durumda her şey gerçek demektir.

M: Ben her şeyim. Ben olarak her şey gerçektir. Benden ayrı, hiçbir şey gerçek değildir.

S: Ben dünyanın bir hatanın sonucu olduğunu düşünmüyorum.

M: Bunu ancak tam bir inceleme ve sorgulamadan sonra söyleyebilirsiniz, daha önce değil. Elbette, gerçek olmayan her şeyi ayırt edip bıraktıktan sonra, geriye kalan gerçektir.

S: Çok eski zamandan beri, sayısız doğumlar esnasında, dünyamı kurdum, geliştirdim ve güzelleştirdim. O ne kusursuzdur ne de gerçekdışıdır. O bir süreçtir.

M: Yanılıyorsunuz. Dünya sizden ayrı bir varoluşa sahip değildir. Her an o sizin bir yansımanızdır. Onu siz yaratır, siz yok edersiniz.

S: Ve onu yeniden, daha düzgün bir şekilde inşa ederim.

M: Onu düzeltmek için onu reddetmelisiniz. İnsan yaşamak için ölmelidir. Ölüm yoluyla olan dışında yeniden-doğuş yoktur.

S: Sizin evreniniz kusursuz olabilir. Benim kişisel evrenim ise gelişmekte, gittikçe iyileşmekte.

M: Sizin kişisel evreniniz kendi başına mevcut değildir. O sadece gerçeğin sınırlı ve çarpıtılmış bir görünüşüdür. Düzeltilmesi gereken evren değil, sizin görüş biçiminizdir.

S: Siz onu nasıl görüyorsunuz?

M: O üzerinde bir dünya oyununun oynandığı bir sahnedir. Önemli olan gösterinin niteliğidir; oyuncuların ne söyledikleri ve ne yaptıkları değil, onu nasıl söyledikleri ve yaptıklarıdır.

S: Bu *lila* (oyun) fikrinden hoşlanmıyorum. Ben dünyayı bizim içinde inşaatçılar olarak yer aldığımız bir çalışma alanına benzetmeyi yeğlerim.

M: Siz onu çok ciddiye alıyorsunuz. Hem oyunun nesi yanlıştır? Siz sadece tamam *(purna)* olmadığınız sürece bir amaca sahipsinizdir; o zamana dek tamamlık, kusursuzluk amaç olur. Ama kendi içinizde tamam olduğunuzda, içsel ve dışsal olarak tümüyle bütünlendiğinizde evrenin tadını çıkarırsınız; onun içinde uğraşıp didinmezsiniz. Henüz bütünlüğe ulaşmamış olanlara siz çok çalışıyor görünebilirsiniz, ama bu onların illüzyonudur. Sporcular muazzam bir çaba harcar görünürler, ama onların tek güdüleri oyun oynamak ve o oyunu sergilemektir.

S: Yani siz Tanrı'nın sadece eğlendiğini, amaçsız bir eylemle meşgul olduğunu mu söylemek istiyorsunuz?

M: Tanrı yalnızca doğru ve iyi değil, güzeldir (*satyam-shivam-sundaram*) de. O, onu yaratmanın hazzı için güzelliği yaratır.

S: Öyleyse, O'nun amacı güzelliktir!

M: İşin içine neden sürekli amaç sokuyorsunuz? Amaç hareketi, değişimi, bir eksiklik duygusunu ima eder. Tanrı güzelliği amaçlamaz, O'nun yaptığı her şey zaten güzeldir. Bir çiçeğin güzel olmaya çalıştığını söyleyebilir misiniz? O doğası gereği güzeldir. Aynı şekilde, Tanrı mükemmelliktir, mükemmel olma çabası değil.

S: Amaç kendini güzellikte gerçekleştirir.

M: Güzel nedir? Mutluluk içinde algılanan her şey güzeldir. Mutluluk güzelliğin özüdür.

S: Siz *Sat-Chit-Ananda*'dan söz ediyorsunuz. "Ben'im" aşikârdır. "Ben biliyorum" aşikârdır. "Ben mutluyum" ise hiç de aşikâr değildir. Benim mutluluğum nereye gitti?

M: Kendi var'lığınızın tam olarak farkında olun, o zaman bilinçli olarak mutlu olursunuz. Zihninizi kendinizden ayırıp, siz olmayan şeylerle meşgul ettiğiniz için mutluluk ve esenlik duygunuzu yitirirsiniz.

S: Önümüzde iki yol var: Çaba yolu (*yoga marga*) ve kolaylık yolu (*bhoga marga*). Her ikisi de aynı hedefe, özgürleşmeye götürür.

M: Neden *bhoga*'yı bir yol olarak adlandırıyorsunuz? Kolaylık size nasıl mükemmellik getirebilir?

S: *Yogi* (terk eden, vazgeçen kişi) gerçeği bulacaktır. *Bhogi* (dünyevi sevinçler ve kederlerin peşinde olan, onlarla hemhal olan kişi) de gerçeğe ulaşacaktır.

M: Bu nasıl olabilir? Onlar birbirine aykırı değil mi?

S: Zıt uçlar buluşur. Mükemmel bir *Bhogi* olmak, mükemmel bir *Yogi* olmaktan daha zordur. Ben kendi halinde bir adamım ve değer yargılarında bulunmaya cüret edemem. *Yogi* ve *Bhogi*, her ikisi de sonuçta mutluluk aramakla meşguldür. *Yogi* onun kalıcı olmasını ister, *Bhogi* ise kesintili olanla tatmin olur. Çoğu kez *Bhogi Yogi*'den daha çok çaba gösterir.

M: Onun için uğraşıp çaba harcamak zorunda olduğunuzda mutluluğunuzun değeri nedir? Gerçek mutluluk spontane olan ve çaba gerektirmeyendir.

S: Tüm varlıklar mutluluğu ararlar. Sadece araçlar farklıdır. Bazıları onu içlerinde ararlar, dolayısıyla onlara *Yogi* denir; bazıları onu dışarıda arar ve *Bhogi* olmakla itham edilir ve kınanırlar. Ama onların birbirlerine ihtiyaçları vardır.

M: Zevk ve acı birbirinin yerini alır. Mutluluk ise sarsılmazdır. Arayıp bulabildiğiniz şey gerçek olan değildir. Asla kaybetmemiş olduğunuzu bulun, sizden alınamaz olanı bulun.

26

Kişilik Bir Engeldir

Soran: Görebildiğim kadarıyla dünya bir *Yoga* okulu ve hayatın kendisi *Yoga* uygulaması. Herkes mükemmelliğe ulaşmak için çabalıyor ve *Yoga* çaba harcamaktan başka nedir? "Sıradan" insanlar ve onların "sıradan" hayatlarında aşağılanacak bir şey yok. Onlar da *Yogi* kadar uğraşır ve ıstırap çekerler; sadece onlar gerçek amaçlarının bilincinde değildirler.

Maharaj: Sıradan insan ne bakımdan Yogi'dir?

S: Onların nihai hedefleri aynıdır. *Yogi*'nin vazgeçme ve terk etme (*tyaga*) yoluyla bulduğunu, sıradan insan deneyim (*bhoga*) yoluyla idrak eder. *Bhoga* yolu bilinçsizdir ve dolayısıyla tekrarlanan ve uzun süren bir yoldur; öte yandan, *Yoga* yolu bilerek, karar verilerek seçilmiş yoğun bir yoldur, dolayısıyla daha hızlı olabilir.

M: Belki *Yoga* ve *Bhoga* dönemleri birbirini izler. Önce *Bhogi*, sonra *Yogi*, sonra yine *Bhogi* ve sonra yine *Yogi* olunur.

S: Amaç ne olabilir?

M: Zayıf arzular iç-gözlem ve meditasyonla giderilebilir, ama kökü derinde olan güçlü arzuların tatmin edilmesi, acı ya da tatlı meyvelerinin tadılması gerekir.

S: Öyleyse neden *Yogileri* övüp, *Bhogileri* yerelim? Hepsi bir bakıma *Yogi*'dir.

M: İnsani değerler ölçeğinde maksatlı çaba övgüye lâyık görülür. Gerçekte hem *Yogi* hem *Bhogi*, koşullara ve fırsatlara göre, kendi doğasını izler. *Yogi*'nin hayatını tek bir arzu yönetir: Gerçeği bulmak. *Bhogi* ise birçok efendiye hizmet eder. Ama *Bhogi* bir *Yogi* olur ve *Yogi* de dönüp dolaşıp kendini *Bhogi* devresi içinde bulabilir. Nihai sonuç aynıdır.

S: Buda'nın, aydınlanmanın, yani bilinçte tam bir değişim ve dönüşümün mümkün olduğunu öğrenmenin çok önemi olduğunu söylediği anlatılır. Bu müjde bir gemi yükü pamuk içinde bir kıvılcıma benzetilir; yükün tümü yavaş yavaş, ama amansızca küle dönecektir. Aynı şekilde, aydınlanma müjdesi er ya da geç bir dönüşüme neden olacaktır.

M: Evet, önce işitmek (*shravana*), sonra hatırlamak (*smarana*), düşünmek (*manana*) vb. Diğerleri *Bhogaları* içinde devam ederlerken, müjdeyi işiten kişi *Yogi* olur.

S: Ama siz dünyanın monoton hayatını yaşamanın, ölmek üzere doğmanın, doğmak üzere ölmenin insanı -tıpkı bir nehrin topladığı su kütlesinin etkisiyle denize ulaşması gibi- sırf hayatın akış hacmiyle ileri götürdüğünü kabul edersiniz.

M: Dünya var olmadan önce bilinç vardı. Dünya bilincin içinde oluşur, bilinç içinde devam eder ve saf bilinç içinde erir. Her şeyin kökeninde "Ben'im" (varım) hissi vardır. "Bir dünya vardır" şeklindeki zihin hali ise ikinci derecede gelir, çünkü *olmak* için benim dünyaya ihtiyacım yoktur, dünyanın ise bana ihtiyacı vardır.

S: Yaşama arzusu muazzam bir şeydir.

M: Daha da büyük olan, yaşama dürtüsünden özgürleşmektir. Bu sınırsız ve bilinçli bir özgürlüktür.

S: Deneyim biriktirmek için kişilik gerekli değil midir?

M: Kişilik sadece bir engeldir. Kendini bedenle özdeşleştirmek bir bebek için iyi olabilir, ama gerçek gelişim bedeni yoldan çekmeye bağlıdır. Normal olarak, insanın bedene dayalı arzuları erken yaşta bırakması gerekir. Bedensel zevkleri reddetmeyen bir *Bhogi*'nin bile tattığı zevklerin özlemini çekmesine gerek yoktur. Alışkanlık, tekrarlama arzusu hem *Yogi*'yi hem de *Bhogi*'yi düş kırıklığına uğratır.

S: Neden kişiyi (*vyakti*) sanki hiç önemi yokmuş gibi reddediyorsunuz? Kişilik bizim varoluşumuzun başlıca olgusudur. O bütün sahneyi işgal eder.

M: Siz onun bellek üzerine kurulmuş, arzular tarafından harekete geçirilen alışkanlıktan başka bir şey olmadığını görmedikçe, kendinizi -yaşayan, hisseden, düşünen, aktif, pasif, hoşnut ya da acı çeken- bir kişi olarak düşüneceksiniz. Kendinizi sorgulayın; kendinize "Bu böyle mi?", "Ben kimim?", "Tüm bunların ardında ve ötesinde ne var?" diye sorun. Çok geçmeden yanılgınızı göreceksiniz. Ve görüldüğünde yok olmak yanılgının doğasıdır.

S: *Yaşam Yogası*'na, yaşamın kendisine *Doğal Yoga* (*nisarga yoga)* diyebiliriz. O bana Rig-Veda'da sözü edilen ve hayatın zihinle evlenmesi olarak tarif edilen *Esas Yoga*'yı (*adhi yoga*) hatırlatıyor.

M: Dikkatle, tam bir farkındalık içinde yaşanan bir hayat başlı başına *Nisarga Yoga*'dır.

S: Hayat ile zihnin evliliği ne anlama gelir?

M: Kendiliğinden bir farkındalık içinde yaşamak, çabasız yaşama bilinci, insanın hayatıyla tam olarak ilgilenmesi anlamına gelir.

S: Sri Ramakrishna Paramahamsa'nın eşi Sharada Devi, kocasının öğrencilerini çok fazla çaba harcadıkları için azarlardı. Öğrencileri olgunlaşmadan dalından kopartılan meyvelere benzetirdi. "Neden acele etmeli?" derdi, "Tam olarak olgunlaşana, yumuşayana ve tatlılaşana dek bekleyin."

M: O çok haklıydı! Şafak vaktini öğle vakti, bir anlık deneyimi de tam idrake erme sanan ve aşırı gurur ve kibir yüzünden kazandıkları azıcık şeyi bile yok eden birçok kişi var. Alçakgönüllülük ve sessizlik, ne kadar ilerlemiş olursa olsun, bir *sadhaka* için gereklidir. Ancak tam olarak olgunlaşmış bir *gnani* kendisinin tamamen spontane davranmasına izin verebilir.

S: Bazı *Yoga* okullarında öğrenci aydınlandıktan sonra yedi, on iki, on beş, hatta yirmi beş yıl sessiz kalmak zorunda oluyor. Hatta Sri Ramana Maharshi öğretmenliğe başlamadan önce yirmi yıl sessizlik uygulaması yapmış.

M: Evet, iç meyve olgunlaşmalıdır. O zamana kadar disiplin ve farkındalık içinde yaşama sürmelidir. Bu uygulama gittikçe süptilleşir, sonunda tamamen formsuz hale gelir.

S: Krişnamurti de farkındalık içinde yaşamaktan söz eder.

M: O daima doğrudan "nihai" olanı hedefler. Evet, nihai olarak tüm *Yogalar* sizin *adhi yoga*'da sona erer: Bilinç (gelin) ile hayatın (güvey) evlenmesinde. Bilinç ve varlık (*sad-chit*) mutlulukta (*ananda*) buluşurlar. Mutluluğun ortaya çıkması için dualitede buluşma, temas kurma ve birliği teyit etme gerekir.

S: Buda da, *nirvana*'ya ulaşmak için insanın canlı varlıklarla hemhal olması gerektiğini söylemişti. Bilinç gelişmek için hayata muhtaçtır.

M: Dünyanın kendisi temastır, bilinçte gerçekleştirilen tüm temasların bütünüdür. Ruh maddeyle temas eder, bunun sonucunda bilinç ortaya çıkar. Böyle bir bilinç, anılar ve beklentiyle lekelendiğinde esaret haline gelir. Saf deneyim bağlamaz, engellemez; arzu ve korku arasında sıkışıp kalmış olan deneyim saflığını yitirmiştir ve *karma* yaratır.

S: Birlik'te mutluluk olabilir mi? Tüm mutluluk teması, dolayısıyla dualiteyi (ikiliği) içermez mi?

M: Çatışma yaratmadığı sürece dualitede bir yanlışlık yoktur. Çekişmesiz çokluk ve çeşitlilik sevinç vericidir. Saf bilinçte ışık vardır. Sıcaklık için temas gereklidir. Var'lık birliğinin üze-

rinde sevgi birliği vardır. Sevgi dualitenin anlamı ve amacıdır.
S: Ben evlat edinilmiş bir çocuğum. Öz babamı tanımıyorum. Annem ben doğarken ölmüş. Üvey babam, çocuğu olmayan üvey annemi memnun etmek için beni evlat edinmiş. O basit bir insandır, bir kamyon sahibi ve sürücüsüdür. Annem ev işlerine bakar. Ben yirmi dört yaşındayım. Son iki buçuk yıldır huzursuz bir halde, arayış içinde seyahat ediyorum. İyi ve kutsal bir hayat yaşamak istiyorum. Ne yapmalıyım?
M: Eve gidin, babanızın işini üstlenin, yaşlılıklarında ebeveynlerinize bakın. Sizi bekleyen kızla evlenin; sadık, sade ve alçakgönüllü olun. Erdemlerinizi gizleyin, sessiz bir biçimde yaşayın. Beş duyu ve üç nitelik (*gunalar*) sizin *Yoga*'daki sekiz basamağınızdır. Ve "Ben'im" Büyük Hatırlatıcı'dır (*mahamantra*). Bilmeniz gereken her şeyi onlardan öğrenebilirsiniz. Dikkatli olun ve hep sorgulayın. Hepsi budur.
S: Eğer sadece insanın hayatını yaşaması onu özgürleştiriyorsa, neden herkes özgürleşmiyor?
M: Herkes özgürleşiyor. Önemli olan ne yaşadığınız değil, nasıl yaşadığınızdır. Aydınlanma fikri son derece önemlidir. Sadece böyle bir olanağın var olduğunu bilmek bile insanın tüm görüşünü değiştirir. O bir rende tozu öbeği içinde yanan bir kibritin yaptığını yapar. Tüm büyük öğretmenler bundan başka bir şey yapmamışlardır. Bir gerçek kıvılcımı bir yalanlar dağını yakıp yok edebilir. Bunun tersi de doğrudur. Gerçek güneşi, kendini bedenle özdeşleştirme bulutunun ardında saklı kalır.
S: Aydınlanma müjdesini yaymak çok önemli görünüyor.
M: Onu sadece işitmek bile bir aydınlanma vaadidir. Bir Guru ile karşılaşmak bile özgürleşme güvencesidir. Mükemmellik (kemâl) yaşam verici ve yaratıcıdır.
S: Kendini idrak etmiş bir insan hiç "Ben kendimi idrak ettim" diye düşünür mü? O, insanların kendisine çok önem vermeleri karşısında hayrete düşmez mi? O kendisini sıradan bir

insan olarak görmez mi?

M: O kendini ne sıradan, ne de sıra-dışı görür. O sadece farkında ve son derece sevecendir. Kendine, kendini tanımlamadan ve herhangi bir şeyle özdeşleştirmeden bakar. Kendisini dünyadan ayrı bir şey olarak bilmez. O dünyadır. O, çok zengin olan, ama servetini sürekli başkalarına dağıtan bir adam gibi, kendinden tamamen kurtulmuştur. Zengin değildir, çünkü hiçbir şeye sahip değildir; yoksul da değildir, çünkü bol bol vermektedir. O sadece mülksüzdür. Benzer şekilde, kendini idrak etmiş insan egosuzdur; o kendini herhangi bir şeyle özdeşleştirme kapasitesini yitirmiştir. Onun yeri yoktur, o uzayın ve zamanın ötesindedir, dünyanın ötesindedir. Sözlerin ve düşüncelerin ötesindedir.

S: Eh, bu benim için derin bir gizem. Ben basit bir insanım.

M: Derin biçimde karmaşık, gizemli, anlaşılması zor olan sizsiniz. Size kıyasla ben sadeliğin ta kendisiyim. Ben -iç ve dış, benim ve senin, iyi ve kötü gibi ayrımlardan yoksun olarak- var olanım. Dünya ne ise ben o'yum ve ben neysem dünya o'dur.

S: Nasıl oluyor da her insan kendi dünyasını yaratıyor?

M: Birkaç kişi uyurken, her biri kendi rüyasını görür. Ancak uyandıklarında, farklı rüyalar sorusu ortaya çıkar ve onlar rüyalar, yani imgelenmiş şeyler olarak görüldüğünde bu soru ortadan kalkar.

S: Rüyaların bile bir temeli vardır.

M: Bellekte. O zaman bile, hatırlanan başka bir rüyadır. Sahte olanın anısı sahte olandan başka bir şey oluşturamaz. Aslında bellekte bir yanlışlık yoktur. Yanlış olan onun içeriğidir. Olguları hatırlayın, görüşleri ve kanıları unutun.

S: Bir olgu nedir?

M: Saf farkındalıkla algılanan, arzudan ve korkudan etkilenmemiş olandır.

27

Başlangıçsız Olan Sürekli Başlar

Soran: Geçen gün size tekâmülün iki yolu -dünya nimetlerini reddetmek ya da onlardan zevk almak (*yoga* ve *bhoga*)- ile ilgili soru soruyordum. Fark göründüğü kadar büyük değildir: *Yogi* zevk almak için reddeder; *Bhogi* ise reddetmek için zevk alır. *Yogi* önce reddeder, *Bhogi* önce zevk alır.

Maharaj: Ne fark eder? *Yogi*'yi *Yogası* ile, *Bhogi*'yi *Bhogası* ile bırakın.

S: *Bhoga* yolu bana daha iyi görünüyor. *Yogi,* dalından erken kopartılmış ve olgunlaşması için bir sepet saman içine koyulmuş bir mango gibidir. O havasız ve aşırı ısıtılmış bu ortamda olgunlaşır, ama gerçek tadı ve kokusu kaybolur. Ağaçta bırakılan mango ise gittikçe gelişerek tam ölçüsüne, rengine ve lezzetine kavuşur, her bakımdan haz verir. Ama her nedense tüm övgüleri *Yoga,* tüm yergileri de *Bhoga* alır. Benim gördüğüm kadarıyla, *Bhoga* daha iyi bir yoldur.

M: Size böyle söyleten nedir?

S: *Yogileri* ve onların muazzam çabalarını izledim. Onlar kendilerini idrak-ettiklerinde bile, onunla ilgili acı veya keskin bir şey var. Onlar zamanlarının çoğunu transta geçiriyor, ama konuştuklarında sadece kutsal metinleri seslendiriyorlar. En iyi hallerinde, böyle *gnani*'ler çiçeklere benziyorlar: Mükemmel, ama sadece -kokularını küçük bir çevreye yayabilen- küçük çiçekler. Ormanlar gibi -zengin çeşitli, çok büyük, sürprizlerle dolu, kendi içlerinde bir dünya- olan başka varlıklar da var. Bu farkın bir nedeni olmalı.

M: Bu size göre böyle. Size göre biri *Yoga* içinde gelişmeden kalmış, diğeri *Bhoga* içinde gelişmiş.

S: Öyle değil mi? *Yogi* hayattan korkar ve huzur arar, oysa *Bhogi* serüvencidir, coşku doludur, ileri gidicidir. *Yogi* bir ideal tarafından kısıtlanmıştır, *Bhogi* ise hep keşfetmeye hazırdır.

M: Bu bir, çok şey isteme ya da azla tatmin olma meselesidir. *Yogi* hedefine ulaşma konusunda çok istekli ve hırslıdır, *Bhogi* ise sadece serüvencidir. Sizin *Bhoginiz* daha zengin ve daha ilginç görünür, ama gerçekte durum böyle değildir. *Yogi* bıçağın keskin ağzı gibi dardır. Derin ve düzgün biçimde kesmek, sahte olanın katmanlarına hatasız biçimde nüfuz edebilmek için öyle olmak zorundadır. *Bhogi* birçok mihraba tapınır; *Yogi* ise kendi gerçek Benliği'nden başka bir şeye hizmet etmez.

Yogi ile *Bhogi*'yi karşı karşıya getirmenin bir yararı yoktur. Gidiş yolu (*pravritti),* zorunlu olarak, dönüş yolundan (*nivritti*) önce gelir. Yargılamak ve notlar vermek saçmadır. Her şey nihai mükemmelliğe katkıda bulunur. Bazıları gerçeğin üç veçhesinin bulunduğunu söylerler: Gerçek-Bilgelik-Mutluluk. Gerçeği arayan biri *Yogi* olur; bilgeliği arayan biri *gnani* olur; mutluluğu arayan biri ise eylem insanı olur.

S: Bize dualitesizliğin mutluluğundan söz edildi.

M: Böyle bir mutluluğun doğası, daha çok, büyük bir huzurdur. Zevk ve acı, doğru ve yanlış eylemlerin meyveleridir.

S: Farkı oluşturan nedir?

M: Fark, vermek ile ele geçirmek arasındaki farktır. Yaklaşım yolu her ne olursa olsun, sonunda hepsi bir olur.

S: Eğer hedefte fark olmayacaksa, neden çeşitli yaklaşımlar arasında ayrım yapmalı?

M: Bırakın herkes kendi doğasına göre davransın. Her durumda nihai amaca hizmet edilmiş olacaktır. Sizin tüm ayırt etme ve sınıflandırmalarınız pek âlâdır, ama onlar benim için mevcut değildir. Bir rüyanın anlatımının -ayrıntılı ve doğru olsa da- bir temele sahip olmaması gibi, sizin kalıplarınız da kendi varsayımlarınızdan başka bir şeye uymaz. Siz bir fikirle başlar ve farklı bir kılığa bürünmüş aynı fikirle bitirirsiniz.

S: Siz şeyleri nasıl görüyorsunuz?

M: Biri ve hepsi benim için aynıdır. Aynı bilinç (*chit*) var'lık (*sat*) ve mutluluk (*ananda*) olarak belirir. Hareket halindeki *Chit, Ananda'dır; Chit* hareketsizken var'lıktır.

S: Siz yine de hareket ve hareketsizlik arasında bir ayrım yapıyorsunuz.

M: Ayrımsızlık ancak sessizlikte konuşur. Ayrımları taşıyan sözcüklerdir. Tezahür etmemiş olanın (*nirguna)* bir adı yoktur, tüm adlar tezahür etmiş olanı (*saguna*) ifade eder. Sözcüklerin ötesinde olanı sözcüklerle ifade etmek için uğraşmak yararsızdır. Bilinç (*chidananda*) ruhtur (*purusha*), bilinç maddedir (*prakriti*). Mükemmel olmayan ruh maddedir, mükemmel olan madde ruhtur. Başlangıçta olduğu gibi, sonda da her şey birdir.

Bütün ayrımlar zihindedir (*chitta*), gerçekte (*chit*) hiçbir ayrım yoktur. Hareket ve hareketsizlik zihin halleridir ve zıtları olmadan var olamazlar. Hiçbir şey kendi başına hareket etmez ve durmaz. Zihinsel yapılara mutlak varoluş atfetmek çok büyük bir hatadır. Hiçbir şey kendi başına var olmaz.

S: Siz hareketsizlik (sükûn) halini En Yüce Hal ile özdeşleştirir görünüyorsunuz.

M: Bir zihin hali olarak hareketsizlik vardır (*chidaram*) ve bir de var'lık hali olarak hareketsizlik (*atmaram*) vardır. Birincisi gelir ve gider; gerçek hareketsizlik ise eylemin merkezidir. Ne yazık ki, lisan zihinsel bir araçtır ve ancak zıtlarla işler.

S: Bir tanık olarak siz çalışıyor musunuz, yoksa hareketsiz misiniz?

M: Tanık olmak bir deneyimdir, hareketsizlik ise deneyimden özgür olmaktır.

S: Onlar -okyanusta dalgaların uğultusunun ve derinlerin sessizliğinin birlikte var olması gibi- birlikte var olamaz mı?

M: Zihnin ötesinde deneyim diye bir şey yoktur. Deneyim dual (ikili) bir haldir. Siz gerçek'ten bir deneyim olarak söz edemezsiniz. Bunu anladığınızda, artık "olma" (being) ile "o hale gelme"yi (becoming) ayrı ve zıt olarak görmeyeceksiniz. Gerçekte onlar aynı ağacın kökleri ve dalları gibi bir ve ayrılmazdır. Her ikisi de ancak bilincin ışığı içinde var olabilir ki bilinç de "Ben'im" duygusu uyandığında ortaya çıkar. Temel olgu budur, eğer onu kaçırırsanız, her şeyi kaçırmış olursunuz.

S: Var'lık duygusu sadece deneyimin bir ürünü müdür? Büyük *tat-sat* özdeyişi *(mahavakya)* sadece bir düşünce biçimi midir?

M: Söylenmiş her şey sadece konuşmadır. Düşünülmüş her şey sadece düşüncedir. Gerçek anlam deneyimlenebilir, ama açıklanamaz. *Mahavakya* doğrudur, ama sizin fikirleriniz yanlıştır, çünkü tüm fikirler (*kalpana*) yanlıştır.

S: "Ben O'yum" inancı yanlış mıdır?

M: İnanç zihinsel bir haldir. "O"nda "Ben'im" yoktur. "Ben' im" duygusu ortaya çıkarken "O" belirsizleşir; bunu güneş çıktığında yıldızların kaybolmasına benzetebiliriz. Ama güneşle birlikte ışığın gelmesi gibi, benlik duygusuyla birlikte mutluluk (*chidanda*) gelir. Mutluluğun nedeni "Ben-olmayan"da aranır ve böylece esaret başlar.

S: Günlük hayatınızda daima gerçek halinizin bilincinde misiniz?

M: Ne bilincindeyim, ne de değilim. İnançlara ihtiyacım yok. Ben cesaret üzere yaşıyorum. Cesaret benim özümdür ki o yaşam sevgisidir. Ben anılardan ve beklentilerden kurtulmuşum, ne olduğum ve ne olmadığım ile ilgilenmiyorum. Ben kendini tariflere bağımlı değilim; *soham* ve *brahmasmi* (Ben O'yum, Ben En Yüceyim) gibi tariflerin bana bir yararı yoktur; ben hiçbir şey olma ve dünyayı olduğu gibi, hiçbir şey olarak görme cesaretine sahibim. Bu basit gelir, ama onu bir deneyin!

S: Ama size ne cesaret veriyor?

M: Görüşleriniz ne kadar saptırılmış! Cesaretin verilmesi mi gerekir? Sizin sorunuz endişe ve korkunun normal, cesaretin ise anormal bir hal olduğunu ima ediyor. Oysa bunun tam tersidir. Endişe ve umut imgelemeden doğar, ben her ikisinden de özgürüm. Ben sadece *var olanım* ve üstüne yaslanacak bir şeye ihtiyacım yok.

S: Siz kendinizi bilmedikçe, *var olmanızın* size yararı nedir? Ne olduğunuzla mutlu olabilmek için ne olduğunuzu bilmeniz gerekir.

M: Var'lık, biliş olarak parlar, biliş sevgi içindedir. Hepsi birdir. Siz ayrılıklar hayal ediyor ve sorularla kendinize eziyet ediyorsunuz. Formülleştirmelerle çok fazla ilgilenmeyin. Saf var'lık tarif edilemez.

S: Bir şey bilinmedikçe ve ondan zevk alınmadıkça, onun bana bir yararı yoktur. O her şeyden önce benim deneyimimin bir parçası olmalıdır.

M: Siz gerçeği deneyim düzeyine indirgiyorsunuz. Gerçek, kendisi deneyimin zeminiyken (*adhar*), nasıl olur da deneyime dayanır? Gerçek, deneyimin nedenidir, onun niteliği değildir. Deneyim sonuçta bir zihin halidir, halbuki var'lık kesinlikle bir zihin hali değildir.

S: Yine kafam karıştı! Var'lık bilişten ayrı mıdır?

M: Ayrılık bir görünüştür. Nasıl rüya rüyayı görenden ayrı değilse, biliş de var'lıktan ayrı değildir. Rüya rüya görendir, bilgi bilendir, ayrım sadece sözeldir.

S: Şimdi görebiliyorum ki *sat* ve *chit* birdir. Ama aşkın mutluluk (*ananda*) hakkında ne diyeceksiniz? Var'lık ve bilinç daima birlikte bulunur, ama mutluluk ancak ara sıra görünüp kaybolur.

M: Bozulmamış var'lık hali aşkın mutluluktur; bozulmuş hal ise dünya olarak görünendir. Dualitesizlikte mutluluk vardır; dualitede ise deneyim vardır. Gelen ve giden -acı ve zevk dualitesiyle- deneyimdir. Mutluluk ise bilinecek bir şey değildir. İnsan daima mutluluktur, ama asla mutlu değildir. Mutluluk bir nitelik değildir.

S: Bazı *Yogiler* hedeflerine ulaşıyorlar, ama bunun başkalarına bir yararı yok. Onlar paylaşmayı bilmiyor ya da bunu yapa-

mıyorlar. Sahip olduklarını paylaşabilenler diğerlerini inisiye ediyorlar. Aradaki fark nerede yatıyor?
M: Bir fark yoktur. Sizin yaklaşımınız yanlış. Yardım edilecek başkaları yoktur. Tüm servetini ailesine devreden zengin bir adamın dilenciye vereceği bir kuruşu kalmaz. Bilge insan *(gnani)* da böyle, tüm güçlerinden ve varlıklarından soyunmuştur. Onun hakkında hiçbir şey, gerçekten hiçbir şey söylenemez. O kimseye yardım edemez, çünkü o herkestir. O hem yoksuldur hem de yoksulluğudur, o hem hırsızdır hem de hırsızlığıdır. O ayrı olmadıkça nasıl yardım edebilir? Bırakın, kendisini dünyadan ayrı olarak gören kişi dünyaya yardım etsin.
S: Yine de dualite var, ıstırap var, yardım ihtiyacı var. Onu yalnızca bir rüyaymış gibi reddetmekle bir yere varılamaz.
M: Yardımı olabilecek tek şey rüyadan uyanmaktır.
S: Bir uyandırıcıya ihtiyaç var.
M: Yine o da rüya içindedir. Uyandırıcı sonun başlangıcını işaret eder. Ebedi rüyalar yoktur.
S: Başlangıcı olmasa da mı?
M: Her şey sizinle başlar. Başlangıçsız olan başka ne var?
S: Ben doğumla başladım.
M: Bu size söylenendir. Bu böyle midir? Kendi başlangıcınızı gördünüz mü?
S: Ben şimdi başladım. Diğer her şey bellektir.
M: Çok doğru. Başlangıçsız olan sürekli başlar. Aynı şekilde, ben ebediyen, daima veririm, çünkü hiçbir şeyim yoktur. Hiçbir şey olmak, hiçbir şeye sahip olmamak, kendiniz için hiçbir şeyi saklamamak en büyük armağan, en yüksek cömertliktir.
S: Kendini düşünme diye bir şey kalmamış mıdır?
M: Elbette kendimi düşünürüm, ama kendim, yani bu benlik her şeydir. Uygulamada bu, her zaman var olan evrensel iyiniyet şekline bürünür. Siz onu her yeri kaplayan, her şeyi kurtaran sevgi olarak adlandırabilirsiniz. Böyle sevgi -yapma duygusu olmadan- en üstün şekilde aktiftir.

28
Her Istırap Arzudan Doğar

Soran: Ben uzak bir ülkeden geldim. Bazı içsel deneyimler yaşadım ve görüş alışverişinde bulunmak istiyorum.

Maharaj: Elbette. Kendinizi biliyor musunuz?

S: Ben beden ve zihin olmadığımı biliyorum.

M: Size bunu söyleten nedir?

S: Ben bedende olduğumu hissetmiyorum. Sanki her yerde gibiyim. Zihne gelince, deyim yerindeyse, onu açıp kapatabiliyorum. Bu bana zihin olmadığımı hissettiriyor.

M: Kendinizi dünyanın her tarafında hissederken, dünyadan ayrı kalıyor musunuz? Yoksa siz dünya mısınız?

S: Her ikisi de. Bazen kendimi ne beden ne zihin gibi, ama her-şeyi-gören tek bir göz gibi hissediyorum. Bunda derinleşince kendimi gördüğüm her şey olarak buluyor ve kendimi dünya ile bir olmuş görüyorum.

M: Çok iyi. Arzular hakkında ne dersiniz? Herhangi bir arzunuz var mı?

S: Evet, onlar kısa süreli ve yüzeysel olarak geliyor.

M: Peki, onlarla ilgili olarak ne yapıyorsunuz?

S: Ne yapabilirim? Gelip gidiyorlar. Onlara bakıyorum. Bazen bedenimin ve zihnimin onları gerçekleştirmekle meşgul olduğunu görüyorum.

M: Kimin arzuları gerçekleştirilir?

S: Onlar, içinde yaşadığım dünyanın bir parçasıdır. Onlar, tıpkı ağaçların ve bulutların orada oluşu gibi, oradadır.

M: Onlar bir eksikliğin işareti değil midir?

S: Neden öyle olsunlar? Onlar oldukları gibidir ve ben de olduğum gibiyim. Arzuların beliriş ve kayboluşları beni nasıl etkileyebilir ki? Elbette onlar zihnin şeklini ve içeriğini etkiler.

M: Pekâlâ. Siz ne iş yapıyorsunuz?

S: Ben şartlı salıverme görevlisiyim.

M: O nedir?

S: Genç suçlular şartlı olarak serbest bırakılırlar ve onların davranışlarını izleyen ve eğitim görmelerine ve iş bulmalarına yardım eden özel görevliler vardır.

M: Siz çalışmak zorunda mısınız?

S: Kim çalışıyor? Çalışma kendi olup duruyor.

M: Çalışmaya ihtiyacınız var mı?

S: Para kazanmak için çalışmam gerekiyor. Çalışmaktan hoşlanıyorum, çünkü o beni canlı varlıklarla ilişkiye sokuyor.

M: Onlara ne için ihtiyacınız var?

S: Onların bana ihtiyaçları olabilir ve beni bu işe sokan onların kaderidir. Sonuçta bu tek bir hayattır.

M: Şimdiki halinize nasıl ulaştınız?

S: Sri Ramana Maharshi'nin öğretileri beni kendi yoluma soktu. Daha sonra Douglas Harding diye biriyle tanıştım, o da "Ben kimim?" üzerinde nasıl çalışacağımı göstererek bana yardım etti.

M: Bu aniden mi, yavaş yavaş mı oldu?

S: Birdenbire oldu. Unutulmuş bir şeyin insanın zihnine geri gelişi gibi. Ya da ani bir anlayış parlaması gibi. "Ne kadar basit" dedim, "Ne kadar basit; ben, olduğumu düşündüğüm ben değilim! Ben ne algılanan ne de algılayanım; ben sadece algılayışım."

M: Hatta algılayış bile değil, tüm bunları mümkün kılansınız.

S: Sevgi nedir?

M: Ayırt etme ve ayrılık duygusu olmadığında, onu sevgi olarak adlandırabilirsiniz.

S: Kadın ve erkek arasındaki sevgi neden bu kadar çok vurgulanıyor?

M: Çünkü onun içindeki mutluluk unsuru çok belirgin.

S: Tüm sevgilerde bu böyle değil midir?

M: Her zaman değil. Sevgi acıya neden olabilir. O zaman siz onu şefkat olarak adlandırırsınız.

S: Mutluluk nedir?

M: İç ile dış arasındaki uyum mutluluktur. Öte yandan, kendinizi dış nedenlerle özdeşleştirmek ıstıraptır.

S: Kendini-özdeşleştirme nasıl olur?

M: Benlik, doğası gereği, sadece kendini bilir. Deneyim eksikliği nedeniyle, algıladığı her şeyin kendisi olduğunu sanır. Yediği darbelerden sonra dışa bakmayı *(viveka)* ve yalnız yaşamayı *(vairagya)* öğrenir. Doğru davranış *(uparati)* normal hale geldiğinde, güçlü bir içsel dürtü *(mukmukshutva)* benliğin kaynağını aramaya başlamasını sağlar. Beden kandili yakılır ve her şey berrak ve parlak hale gelir.

S: Istırabın gerçek nedeni nedir?

M: Kendini sınırlı olanla *(vyaktitva)* özdeşleştirmek. Aslında duyumlar, ne kadar güçlü olsalar da, ıstıraba neden olmaz. Yanlış fikirler tarafından şaşırtılmış ve "Ben şuyum," "Ben buyum" diye düşünmeye bağımlı hale gelmiş olan zihin kaybetmekten korkar, kazanmak için kıvranır, düş kırıklığına uğradığında ıstırap çeker.

S: Bir dostum her gece korkunç rüyalar görüyordu. Uykuya dalmak onu korkuturdu. Hiçbir şey ona yardım edemezdi.

M: Gerçekten iyi olanın eşlik etmesi *(satsang)* ona yardımcı olabilirdi.

S: Hayatın kendisi bir kâbustur.

M: Asil dostluk (*satsang*) fiziksel ve zihinsel tüm hastalıkların en büyük ilacıdır.

S: Genellikle insan böyle dostluklar bulamaz.

M: Onu kendi içinizde arayın. Sizin kendi benliğiniz en iyi dostunuzdur.

S: Hayat neden çelişkilerle dolu?

M: O zihinsel gururun kırılmasına hizmet eder. Ne kadar zavallı ve güçsüz olduğumuzu idrak etmeliyiz. Olduğumuzu, bildiğimizi, sahip olduğumuzu, yaptığımızı hayal ettiğimiz şeylerle kendimizi aldattığımız sürece, gerçekten çok hazin bir durumdayızdır. Ancak kendini (ben şu değilim, bu değilim şeklinde) olumsuzlama yoluyla gerçek varlığımızı keşfetme şansı vardır.

S: Kendini-olumsuzlama neden bu kadar çok vurgulanıyor.

M: Kendini-idrak-etme kadar vurgulanır. Gerçek benliğin bulunabilmesi için sahte olanın terk edilmesi gerekir.

S: Sizin sahte dediğiniz benlik, ne yazık ki, benim için en gerçek olan benlik. O benim bildiğim tek benlik. Sizin gerçek benlik dediğiniz ise sadece bir kavram, zihnin bir yaratımı, çekici bir hayalet. Günlük benliğimin güzel olmadığını kabul ediyorum, ama o benim tek benliğim. Siz benim başka bir benlik olduğumu ya da başka bir bir benliğe sahip olduğumu söylüyorsunuz. Onu görüyor musunuz, o sizin için bir realite mi, yoksa kendiniz görmediğiniz bir şeye benim inanmamı mı istiyorsunuz?

M: Düşünmeden sonuçlara atlamayın. Somut, maddesel olanın gerçek olması gerekmez, düşünülenin ve anlaşılanın asılsız olması gerekmez. Duyumlara dayanan ve bellek tarafından şekillendirilen algılar bir algılayanı ima eder ki siz onun doğasını incelemeyi asla önemsemediniz. Ona tüm dikkatinizi verin, onu sevecen bir özenle inceleyin, o zaman var'lığın kendi cılız ve önemsiz imajınızla çok meşgul olduğunuz için hayal bile etmediğiniz yükseklik ve derinliklerini keşfedeceksiniz.

S: Kendimi verimli bir biçimde inceleyebilmek için uygun bir ruh hali içinde olmalıyım.

M: Sizin ciddi, dikkatli ve gerçekten ilgili olmanız gerekir. Kendiniz için iyi niyetle dolu olmanız gerekir.

S: Benim bencil olduğum kesin.

M: Değilsiniz. Siz zararlı ve sahte olan tanrılara hizmet ederek kendi kendinizi tahrip ediyorsunuz. Lütfen bencil olun, ama doğru biçimde bencil olun. Kendiniz için iyiyi isteyin, sizin için iyi olan uğrunda çaba harcayın. Sizinle mutluluk arasında duran her şeyi yok edin. Her şey olun, her şeyi sevin, mutlu olun, mutlu edin. Bundan daha büyük mutluluk yoktur.

S: Sevgide neden bu kadar çok ıstırap var?

M: Tüm ıstırap arzudan doğar. Gerçek sevgi asla düş kırıklığına uğramaz. Birlik duygusu nasıl düş kırıklığına uğratılabilir? Düş kırıklığına uğrayabilen, ifade arzusudur. Böyle bir arzu da zihne aittir. Zihinsel olan her şeyde ise düş kırıklığına uğramak kaçınılmazdır.

S: Sevgide seksin yeri nedir?

M: Sevgi bir *olma* halidir. Seks enerjidir. Sevgi bilgedir, seks kördür. Bir kez sevginin ve seksin gerçek doğası anlaşıldığında, bir çatışma veya kafa karışıklığı kalmayacaktır.

S: Çok fazla sevgisiz seks var.

M: Sevgisiz olan her şey kötüdür. Sevgisiz hayat da kötüdür.

S: Sevmemi ne sağlayabilir?

M: Siz, korkmadığınız zaman, sevginin ta kendisisiniz.

29

Yaşamak Hayatın Tek Amacıdır

Soran: *Yoga*'da başarısızlığa uğramak ne anlama gelir? *Yoga*'da başarı kazanamayan kimdir *(yoga bhrashta)*?

Maharaj: Bu sadece bir eksiklik meselesidir. Herhangi bir nedenle *yogası*'nı tamamlayamayan kimse *Yoga*'da başarısız olarak adlandırılır. Böyle bir başarısızlık geçicidir, çünkü *Yoga*'da yenilgi olamaz. Savaş daima kazanılır, çünkü bu doğru ile yanlış arasındaki bir savaştır. Yanlış olanın hiç şansı yoktur.

S: Kim başarısızlığa uğrar? Kişi mi *(vyakti)*, benlik *(vyakta)* mi?

M: Soru yanlış soruldu. Ne kısa ne de uzun vadede bir başarısızlık sorunu vardır. Bu bilinmeyen bir ülkede uzun ve zor bir yolda ilerlemeye benzer. Sayısız adımlar içinde sadece sonuncusu sizi hedefinize ulaştıracaktır. Ancak, siz önceki tüm adımları başarısızlıklar olarak görmezsiniz. Her bir adım sizi hedefinize yaklaştırmıştır, siz bir engeli aşmak için geçici olarak geriye dönmek zorunda kaldığınızda bile. Gerçekte, her adım sizi hedefinize ulaştırır, çünkü daima hareket halinde olmak, öğrenmek, keşfetmek, gelişmek sizin ebedi kaderinizdir. Yaşamak hayatın tek amacıdır. Benlik kendini başarı ya da başarısızlıkla özdeşleştirmez, şu veya bu olma fikri düşünülemezdir. Benlik, başarının ve başarısızlığın göreceli ve birbiriyle ilişkili olduğunu, onların hayat örgüsünün iplikleri olduğunu anlar. Her ikisinden de öğreneceğinizi öğrenin ve onların ötesine geçin. Eğer öğrenmemişseniz, tekrarlayın.

S: Neyi öğrenmeliyim?

M: Kendiniz için kaygılanmadan yaşamayı. Bunun için, gerçek varlığınızı *(swarupa)* yenilmez, korkusuz, her zaman muzaffer olarak bilmelisiniz. Bir kez, kendi imgelemenizden başka hiçbir şeyin size üzüntü ve sıkıntı veremeyeceğini mutlak bir kesinlikle bildiğinizde, arzularınızı, korkularınızı, kavramlarınızı ve fikirlerinizi hiç önemsemeden, sadece gerçek ile yaşarsınız.

S: *Yoga*'da bazı kişilerin başarılı, bazılarının başarısız olmalarının nedeni ne olabilir? Bu kader mi, karakter mi, yoksa sadece rastlantı mıdır?

M: *Yoga*'da kimse asla başarısız olmaz. Bu tümüyle bir ilerleme hızı meselesidir. O başlangıçta yavaş, sona doğru hızlıdır. İnsan tam olarak olgunlaştığında, kendini-idrak bir patlama gibi meydana gelir. O kendiliğinden veya ufacık bir ipucuyla gerçekleşir. Hızlı yavaştan daha iyi değildir. Yavaş olgunlaşma ve hızlı çiçeklenme birbirini izler. Her ikisi de doğal ve doğrudur.

Ancak, tüm bunlar sadece zihinde böyledir. Benim görüşümle, bu tür şeyler aslında yoktur. Bilincin büyük aynasında imgeler görünür ve kaybolur ve sadece bellek onlara süreklilik verir. Ve bellek maddidir; yok edilebilir, bozulabilir, geçicidir.

Biz böyle güçsüz temeller üstüne -belirsiz, kesintili, rüyamsı- bir kişisel varoluş duygusu inşa ediyoruz. "Ben buyum," "Ben şuyum" şeklindeki bu belirsiz kanı, saf farkındalığın değişmez halini perdeler ve bizi ıstırap çekmek ve ölmek için doğduğumuza inandırır.

S: Bir çocuk nasıl büyümemezlik edemezse, doğa tarafından zorlanan bir insan da ilerleme kaydeder. Öyleyse insan neden çaba harcasın? *Yoga*'ya neden ihtiyaç vardır?

M: Her zaman ilerleme vardır. Her şey ilerlemeye katkıda bulunur. Ama bu cehaletin ilerleyişidir. Cehaletin daireleri durmadan genişleyebilir, ancak yine de o esaret olarak kalır. Derken bir Guru bize *Yoga* öğretmek ve onu uygulamamız için ilham vermek üzere ortaya çıkar ve çok eskiden beri süren cehalet gecesinin, yükselen bilgelik güneşi karşısında dağılmasının sonucunda olgunlaşma gerçekleşir. Ama gerçekte hiçbir şey olmamıştır. Güneş her zaman oradadır, onun için gece yoktur; "Ben bedenim" fikri tarafından kör edilmiş olan zihin illüzyon ipliğini eğirip durur.

S: Eğer her şey doğal bir sürecin bir parçasıysa, o zaman çaba harcamanın gereği nedir?

M: Çaba harcamak bile onun bir parçasıdır. Cehalet inatçı ve katı hale gelip, karakter sapkınlaştığında, çaba ve onun verdiği acı kaçınılmaz olur. Doğaya tam itaatte hiçbir çaba yoktur. Spiritüel hayatın tohumu tayin edilmiş saate dek sessizlik ve karanlık içinde büyür.

S: Bazı büyük adamların yaşlandıklarında çocuksu ve kavgacı olduklarını görüyoruz. Ayrıca, onlar nasıl oluyor da bedenen bu kadar çok bozuluyorlar?

M: Onlar bedenlerini tam kontrol altına almış mükemmel *Yogiler* değildiler. Ya da bedenlerini doğal bozulmadan korumaya önem vermemiş olabilirler. İnsan tüm etkenleri anlamadan sonuçlar çıkarmamalıdır. Her şeyin üstünde de, insan, değerce üstünlük ya da aşağılık yargılarında bulunmamalıdır. Gençlik bir bilgelikten (*gnana*) çok, bir canlılık (*prana*) meselesidir.

S: İnsan yaşlanabilir, ama tüm uyanıklığı ve ayırt etme yetisini neden kaybetsin?

M: Bilinçlilik ve bilinçsizlik, bedendeyken, beynin durumuna bağlıdır. Ama gerçek benlik beynin ve zihnin ötesindedir. Aletin kusuru onu kullanana yansımaz.

S: Bana, kendini idrak etmiş insanın asla uygunsuz bir şey yapmayacağı, daima örnek biçimde davranacağı söylenmişti.

M: Örneği kim tayin eder? Özgürleşmiş insan neden adetlere ve geleneklere uymak zorunda olsun? O, beklentilere uygun biçimde davranma durumunda olduğunda artık özgür olamaz. Onun özgürlüğü anın gereksinimini yerine getirmekte, durumun gereğine itaat etmekte özgür olmakta yatar. İnsanın canının istediğini yapma özgürlüğü aslında esarettir; insanın yapması gerekeni, doğru olanı yapmakta özgür olması gerçek özgürlüktür.

S: Ama yine de kimin kendini idrak etmiş, kimin etmemiş olduğunu anlamanın bir yolu olmalı. Eğer bir insan diğerlerinden ayırt edilemeyecek haldeyse, o zaman o neye yarar?

M: Kendini bilen varlığın kendini bildiğinden hiç kuşkusu yoktur. Başkalarının onun halini tanıyıp tanımamalarını umursamaz. İdrakini açıklayan kendini-idrak-etmiş insan nadirdir ve onunla karşılaşmış olanlar şanslıdırlar, çünkü o bunu onların kalıcı iyiliği için yapar.

S: İnsan çevresine baktığında, sürüp giden gereksiz ıstırabın hacmi karşısında dehşete düşüyor. Kendilerine yardım edilmesi gereken insanlar yardım almıyorlar. Çırpınan ve inleyen şifa bulmaz insanlarla dolu büyük bir hastane koğuşu hayal edin. Size onları öldürerek çektikleri işkenceye son verme yetkisi verilmiş olsaydı, bunu yapmaz mıydınız?

M: Buna karar vermeyi onlara bırakırdım.

S: Ama eğer onların kaderi ıstırap çekmekse? Siz kadere nasıl müdahale edebilirsiniz?

M: Onların kaderi olandır. O kaderi önlemek mümkün değildir. Siz herkesin hayatının tamamen doğarken belirlendiğini mi söylüyorsunuz? Ne garip bir fikir! Eğer öyle olsaydı, karar veren güç hiç kimsenin ıstırap çekmemesini sağlardı.

S: Neden-sonuç ilişkisi için ne dersiniz?

M: Her an, geçmişin bütününü içerir ve geleceğin bütününü yaratır.

S: Öyleyse geçmiş ve gelecek var mıdır?

M: Sadece zihinde. Zaman zihindedir, uzay zihindedir. Neden -sonuç yasası da bir düşünme biçimidir. Gerçekte her şey burada, şimdi ve birdir. Çokluk ve çeşitlilik sadece zihindedir.

S: Yine de, siz -tedavi edilmesi olanaksız hasta bedenin yok edilmesi yoluyla olsa bile- ıstırabın dindirilmesinden yanasınız.

M: Yine ben içeriden bakarken, siz dıştan bakıyorsunuz. Ben bir ıstırap çeken görmüyorum, ıstırap çeken benim. Ben onu içimde biliyor ve doğru olanı spontane ve çabasız bir biçimde yapıyorum. Hiçbir kurala uymuyor ve hiçbir kural koymuyorum. Sadakatle ve karşı konulamaz biçimde hayatla birlikte akıyorum.

S: Yine de siz yakın çevrenizi tam kontrol edebilen çok pratik bir adam gibi görünüyorsunuz.

M: Başka nasıl olmamı bekliyorsunuz? Uyumsuz bir kimse mi?

S: Ancak, bir başkasına pek fazla yardım edemezsiniz.

M: Elbette edebilirim. Siz de edebilirsiniz. Herkes edebilir. Ama ıstırap her zaman yeniden yaratılıyor. İnsan ancak kendisi, içindeki acının köklerini kurutabilir. Diğerleri ancak acıyı azaltmaya yardımcı olabilir, ama nedeni yok edemezler ki bu neden insanoğlunun sınırsız aptallığıdır.

S: Bu aptallık bir gün sona erecek mi?

M: İnsanda, elbette, herhangi bir anda sona erebilir. İnsanlıkta ise -bildiğimiz kadarıyla- pek çok yıl sonra sona erebilir. Yaratılışta ise asla, çünkü yaratılışın kökü cehalettedir; maddenin kendisi cehalettir. Bilmemek ve bilmediğini bilmemek sonu gelmeyen ıstırabın nedenidir.

S: Bize, dünyanın kurtarıcıları olan büyük avatarlardan söz edildi.

M: Onlar dünyayı kurtardılar mı? Onlar geldiler ve gittiler ve dünya ağır ağır ilerliyor. Elbette, onlar bir sürü şey yaptılar ve insan zihninde yeni boyutlar açtılar. Ama dünyayı kurtarmaktan söz etmek bir abartmadır.

S: Dünya için bir kurtuluş yok mudur?

M: Hangi dünyayı kurtarmak istiyorsunuz? Kendi projeksiyonunuzun dünyasını mı? Onu kendiniz kurtarın. Benim dünyamı mı? Benim dünyamı bana gösterin de ben onun icabına bakayım. Ben kendimden ayrı, kurtarıp kurtarmamakta özgür olduğum bir dünyanın farkında değilim. Dünyanın tüm ihtiyacı sizden kurtarılmakken, sizin dünyayı kurtarmakla ne işiniz var? Filmin dışına çıkın ve kurtarılacak bir şeyin kalıp kalmadığını görün.

S: Siz olmasanız sizin dünyanızın var olmayacağı, dolayısıyla onun için yapabileceğiniz tek şeyin gösteriyi bitirmek olduğunu vurgular görünüyorsunuz. Bu bir çıkış yolu değil. Dünya kendi yaratımım olsa bile, bu bilgi onu kurtarmaz. Bu sadece onu açıklar. Sorun kalır: Ben neden böyle sefil bir dünya yarattım ve onu değiştirmek için ne yapabilirim? Siz "Onu tamamen unut ve kendi ihtişamına hayran ol" der gibisiniz. Elbette, bunu kastetmiyorsunuz. Bir hastalığı ve onun nedenlerini tarif etmek hastalığı tedavi etmez. İhtiyacımız olan şey doğru ilaçtır.

M: Kalın kafalılığın ve aptallığın neden olduğu bir hastalığı ve onun nedenini tanımlamak o hastalığın çaresidir. Tıpkı bir yetersizlikten kaynaklanan bir hastalığın eksik etkenin sağlanmasıyla tedavi edilmesi gibi, yaşam hastalıkları da iyi bir bağsızlık (*viveka-vairagya*) dozuyla tedavi edilir.

S: Siz mükemmellik öğütleri vaaz ederek dünyayı kurtaramazsınız. İnsanlar oldukları gibidirler. Onların ıstırap çekmeleri mi gerekiyor?

M: Onlar oldukları gibi oldukları sürece, ıstıraptan kaçış yoktur. Ayrılık duygusunu kaldırın, hiçbir çatışma kalmayacaktır.

S: Basılı bir mesaj sadece kâğıt ve mürekkep olabilir. Önemli olan metindir. Dünyayı unsurlara ve niteliklere ayırarak analiz ederken en önemli olanı -dünyanın anlamını- gözden kaçırıyoruz. Sizin her şeyi rüyaya indirgemeniz, bir böceğin rüyası ile bir şairin rüyası arasındaki farkı göz ardı ediyor. Evet, hepsi rüyadır. Ama hepsi eşit değildir.

M: Rüyalar eşit değildir, ama rüyayı gören tektir. Rüyada ben böceğim, ben şairim. Ama gerçekte hiçbiri değilim. Ben tüm rüyaların ötesindeyim. Ben, içinde bütün rüyaların göründüğü ve kaybolduğu ışığım. Rüyanın hem içinde, hem dışındayım. Tıpkı başı ağrıyan bir insanın ağrıyı bilmesi, ayrıca kendisinin ağrı olmadığını bilmesi gibi, ben de aynı anda rüyayı, rüya gören beni ve rüya görmeyen beni bilirim. Ben rüyadan önce, rüya esnasında ve rüyadan sonra hep benim, ama rüyada gördüğüm şey değilim.

S: Bu tümüyle bir imgeleme meselesidir. Birisi rüya gördüğünü imgeler, diğeri ise rüya görmediğini imgeler. Her ikisi de aynı değil midir?

M: Hem aynıdır, hem değildir. İki rüya arasında bir aralık olarak rüya görmemek, elbette, görülen rüyanın bir parçasıdır. Sürekli olarak rüya görmemenin ve ebediyen gerçeğin içinde kalmanın ise rüya görmekle hiçbir ilgisi yoktur. Bu anlamda ben asla rüya görmem ve hiçbir zaman da görmeyeceğim.

S: Eğer hem rüya hem de rüyadan kaçış imgelemeyse, çıkış yolu nedir?

M: Bir çıkış yoluna ihtiyaç yoktur! Bir çıkış yolunun da rüyanın bir parçası olduğunu görmüyor musunuz? Yapmanız gereken tek şey rüyanın rüya olduğunu görmektir.

S: Eğer ben her şeyi bir rüya olarak görüp reddetmeye başlarsam, bu beni nereye götürür?

M: Her nereye götürürse götürsün, o bir rüya olacaktır. Rüyanın ötesine geçme fikri bile illüzyondur. Neden herhangi bir yere gidesiniz? Sadece, dünya olarak adlandırdığınız bir rüya görmekte olduğunuzu idrak edin ve çıkış yolları aramayı bırakın. Sizin sorununuz rüya değil, rüyanın bir bölümünden hoşlanıp diğer bölümünden hoşlanmamanızdır. Onun ya tümünü sevin ya da hiçbir bölümünü sevmeyin ve yakınmayı bırakın. Siz rüyanın rüya olduğunu gördüğünüzde, yapılması gereken her şeyi yapmış olursunuz.

S: Rüya görmeye düşünmek mi neden olur?

M: Her şey fikirlerin bir oyunudur. Fikirler oluşturma ve imgeleme bırakıldığında *(nirvikalpa samadhi)*, hiçbir şey algılanmaz. Kök fikir "Ben'im"dir. O saf bilinç halini parçalar ve onu sayısız duyumlar, algılar, hisler ve fikirler izler ki onların bütünü Tanrı'yı ve O'nun dünyasını oluşturur. "Ben'im" tanık olarak kalır, ama her şey Tanrı'nın iradesiyle vuku bulur.

S: Neden benim irademle değil?

M: Yine kendinizi Tanrı ve tanık diye böldünüz. İkisi birdir.

30
Siz ŞİMDİ Özgürsünüz

Soran: İnsanın ve evrenin doğası hakkında birçok kuram var. Yaratılış kuramı, illüzyon kuramı, rüya kuramı, vb. Hangisi doğrudur?

Maharaj: Hepsi doğru ve hepsi yanlıştır. Siz en beğendiğinizi seçebilirsiniz.

S: Siz rüya kuramını yeğler görünüyorsunuz.

M: Bunlar tümüyle sözcükleri bir araya getirmenin yollarıdır. Kimi birini, kimi diğerini yeğler. Kuramlar ne doğrudur ne de yanlış. Onlar açıklanamaz olanı açıklama girişimleridir. Önemli olan kuram değil, onun sınanma biçimidir. Kuramı verimli kılan onun sınanmasıdır. İstediğiniz herhangi bir kuram ile deney yapın, eğer gerçekten isteğinizde samimi ve dürüstseniz, gerçeğe varacaksınız. Bir canlı varlık olarak siz savunulamaz ve acı verici bir durum içinde sıkışıp kalmışsınız ve bir çıkış yolu arıyorsunuz. Size hapishanenizin birkaç plânı sunulmuş, hiçbiri tam doğru değildir. Ama eğer siz çok samimiyseniz, hepsi de bir değer taşır. Özgürlüğe ulaştıran şey ciddiyet ve samimiyettir, kuram değil.

S: Kuram yanıltıcı, samimiyet ise kör olabilir.

M: Samimiyetiniz size rehberlik edecektir. Özgürlük ve mükemmellik hedefine olan sadakatiniz, tüm kuramları ve sistemleri terk etmenizi ve bilgelik, zekâ ve aktif sevgiyle yaşamanızı sağlayacaktır. Kuramlar başlangıç noktaları olarak iyi olabilir, ama onların mümkün olduğunca çabuk terk edilmesi gerekir.

S: Kendini idrak etmek için sekiz katlı *Yoga*'nın gerekli olmadığını, irade gücünün yeterli olduğunu söyleyen bir *Yogi* var. Ona göre, saf irade gücüne tam güvenerek hedefe konsantre olmak, başkalarının onlarca yılda başardıklarını çabasızca ve hızla elde etmek için yeterlidir.

M: Konsantrasyon, tam güven, saf irade! Böyle değerli niteliklerle insanın hedefe çabucak ulaşmasında şaşılacak bir şey yoktur. Bu *İrade Yogası*, biri hariç tüm arzuları bırakmış olan olgun arayıcı için çok uygundur. Sonuçta, irade zihnin ve kalbin kararlılığından başka nedir ki? Böyle bir sebatla her şey başarılabilir.

S: Bence, bu *Yogi* sadece kesintisiz sürdürülen arayış ve uygulamayla sonuçlanan amaç kararlılığını kastetmiyordu. O, hedefe sabit bir biçimde odaklanan iradeyle hiçbir arayışa ve uygulamaya gerek olmadığını, sadece istemenin istenilen şeyi size çektiğini kastediyordu.

M: Ona ne isim verirseniz verin; irade, değişmez amaç veya zihnin tek noktaya odaklanması deyin, samimiyete ve dürüstlüğe geri dönersiniz. Siz gerçekten samimi olduğunuzda, her olayı, hayatınızın her anını amacınıza yöneltirsiniz. Başka şeylerle boşuna zaman ve enerji harcamazsınız. Buna ister irade, ister sevgi ya da sadece dürüstlük deyin, siz kendinizi amacınıza tamamen adamışsınızdır. Biz içte ve dışta savaş halinde olan karmaşık varlıklarız. Her zaman kendimizle çelişiriz, dün yaptığımız şeyi bugün bozarız. Saplanıp kalmış olmamızda şaşılacak bir şey yoktur. Biraz dürüstlük ve bütünlük bir hayli fark oluştururdu.

S: Hangisi daha güçlüdür, arzu mu, kader mi?

M: Arzu kaderi şekillendirir.

S: Ve kader arzuyu şekillendirir. Benim arzularım kalıtım ve koşullar tarafından, fırsatlar ve rastlantılar tarafından, kader dediğimiz şey tarafından koşullandırılmıştır.

M: Evet, öyle söyleyebilirsiniz.

S: Hangi noktada arzu etmek istediğim şeyi arzu etmekte özgür olurum?

M: Siz şimdi özgürsünüz. Arzu etmek istediğiniz şey neyse onu arzu edin.

S: Elbette arzu etmekte özgürüm, ama arzuma göre davranmakta özgür değilim. Başka dürtüler beni ayartıp başka yöne saptıracaktır. Arzum -onu gerçekten onayladığımda bile- yeterince güçlü değil. Onaylamadığım arzular daha güçlüler.

M: Belki kendinizi aldatıyorsunuz. Belki de gerçek arzularınızı ifade ediyorsunuz ve onayladıklarınız saygınlık uğruna yüzeyde tutulmaktadır.

S: Bu sizin söylediğiniz gibi olabilir, ama bu da bir kuram. Gerçek şu ki arzu etmem gerektiğini düşündüğüm şeyi arzu etmekte kendimi özgür hissetmiyor ve arzum doğru göründüğünde de ona göre davranmıyorum.

M: Bu tümüyle zihnin zayıflığından ve beynin bütünlük içinde olmamasından kaynaklanır. Zihninizi toparlayıp güçlendirin, göreceksiniz ki düşünceleriniz, hisleriniz, sözleriniz ve eylemleriniz iradenizle uyum içine gireceklerdir.

S: Yine bir mükemmellik öğüdü! Zihni bütünleştirmek ve güçlendirmek kolay bir iş değil! Buna nasıl başlarız?

M: Ancak bulunduğunuz yerden başlayabilirsiniz. Siz şimdi buradasınız, buradan ve şimdiden çıkamazsınız.

S: Ama şimdi burada ne yapabilirim?

M: Şimdi ve burada var'lığınızın farkında olabilirsiniz.

S: Hepsi bu mu?

M: Hepsi bu. Daha başka bir şey değil.

S: Uyanıkken ve rüyamda kendimin bilincindeyim. Bu bana pek yardımcı olmuyor.

M: Siz düşündüğünüzün, hissettiğinizin, yaptığınızın farkındaydınız, ama var'lığınızın farkında değildiniz.

S: Devreye sokmamı istediğiniz yeni etken nedir?

M: Saf tanıklık tutumunu, olayların içinde rol almadan onları izleme tutumunu edinmeniz.

S: Bu bana ne yapacak?

M: Zihin zayıflığı, zekâ ve anlayış eksikliğinden kaynaklanır ki bu da farkındalıktan yoksun oluşun sonucudur. Farkındalık için çabalayarak zihninizi toparlar ve güçlendirirsiniz.

S: Olup bitenlerin tam olarak farkında olabilirim, ama onları herhangi bir şekilde etkileyemem.

M: Yanılıyorsunuz. Olmakta olan sizin zihninizin bir projeksiyonudur. Zayıf bir zihin kendi projeksiyonlarını kontrol edemez. Dolayısıyla, zihninizin ve onun projeksiyonlarının farkında olun. Siz bilmediğiniz şeyi kontrol edemezsiniz. Öte yandan, bilgi güç verir. Uygulamada bu çok basittir. Kendinizi kontrol etmek için kendinizi bilin.

S: Belki kendimi kontrol edebilirim, ama dünyadaki kaosla başa çıkabilecek miyim?

M: Dünyada -zihninizin yarattığı kaostan başka- kaos yoktur.

O şu anlamda sizin yarattığınız bir şeydir: Onun merkezinde, sizin diğer şeylerden farklı ve ayrı bir şey olduğunuz yanlış fikri vardır. Gerçekte ise siz ne bir "şey"siniz ne de ayrısınız. Siz sonsuz potansiyel, tükenmez olanaksınız. Siz var olduğunuz için, her şey olabilir. Evren sizin sınırsız *olma* kapasitenizin kısmi bir tezahüründen başka bir şey değildir.

S: Kendimi tümüyle zevk arzusu ve acı korkusu tarafından güdülenmiş buluyorum. Arzum ne denli asil, korkum ne denli haklı olursa olsun, hayatım zevk ve acının oluşturduğu iki kutup arasında salınıyor.

M: Zevkin ve acının, arzunun ve korkunun kaynağına gidin. Gözlemleyin, sorgulayın, anlamaya çalışın.

S: Arzu ve korku, fiziksel ve zihinsel etkenlerin neden olduğu hislerdir. Onlar oradalar, kolayca gözlemlenebilirler. Ama neden oradalar? Ben neden zevki arzuluyor ve acıdan korkuyorum?

M: Zevk ve acı zihin halleridir. Siz zihin olduğunuzu, daha doğrusu beden-zihin olduğunuzu düşündüğünüz sürece, böyle sorular üretmek zorundasınız.

S: Peki, beden olmadığımı idrak ettiğimde, arzudan ve korkudan kurtulacak mıyım?

M: Bir beden ve bedeni korumak için bir zihin var olduğu sürece, çekme ve itme (sempati ve antipati) yasası işleyecektir. Onlar orada, olaylar alanında olacak, ama sizi ilgilendirmeyecekler. Dikkatiniz başka bir yere odaklanmış olacaktır. Zihniniz ve ilginiz bu odaktan başka tarafa çekilmeyecektir.

S: Ama onlar yine orada olacaklar. İnsan asla tamamen özgür olamayacak mı?

M: Siz şimdi bile tamamen özgürsünüz. Sizin kader dediğiniz *(karma)* kendi yaşama iradenizin sonucudur. Bu iradenin ne kadar güçlü olduğunu, genel ölüm korkusuna bakarak anlayabilirsiniz.

S: İnsanlar çoğu kez isteyerek ölüyorlar.

M: Sadece, alternatifleri ölümden daha kötü olduğu zaman. Ama ölmeye hazır oluş da yaşama iradesiyle aynı kaynaktan gelir ki bu hayatın kendisinden bile daha derin bir kaynaktır. Canlı bir varlık olmak nihai ya da en yüksek hal değildir; onun ötesinde çok daha harika bir hal vardır ki o ne olmaktır ne olmamak, ne yaşamaktır, ne yaşamamak. O zaman ve uzay sınırlamalarının ötesindeki bir saf farkındalık halidir. Beden-zihin'in siz olduğunuz illüzyonundan bir kez kurtulduğunuzda, ölüm dehşetini yitirir, yaşamanın bir parçası haline gelir.

31
Dikkatin Değerini Küçümsemeyin

Soran: Size baktığımda, siz çok sınırlı olanakları bulunan, başka herkes gibi yoksulluğun ve yaşlılığın tüm sorunlarıyla karşı karşıya bulunan, yoksul bir adam gibi görünüyorsunuz.

Maharaj: Eğer zengin olsaydım ne fark edecekti? Ben neysem o'yum. Başka ne olabilirim? Ben ne zenginim, ne yoksul; ben kendimim.

S: Ama siz de zevki ve acıyı deneyimliyorsunuz.

M: Ben bunları bilinçte deneyimliyorum, ama ben ne bilinç ne de onun içeriğiyim.

S: Gerçek varlığımızda hepimizin eşit olduğunu söylüyorsunuz. Nasıl oluyor da sizin deneyiminiz bizimkinden böylesine farklı?

M: Gerçek deneyimim farklı değildir. Farklı olan, benim değerlendirmem ve tutumumdur. Ben sizinle aynı dünyayı görüyorum, ama aynı biçimde değil. Bunda gizemli bir şey yoktur. Herkes dünyayı kendisiyle ilgili fikrinin penceresinden görür. Siz kendinizi nasıl düşünürseniz, dünyanın da öyle olduğunu düşünürsünüz. Eğer kendinizi dünyadan ayrı olarak imgelerseniz, dünya sizden ayrıymış gibi görünecek ve siz arzuyu ve korkuyu deneyimleyeceksiniz. Ben dünyayı kendimden ayrı görmüyorum ve böylece benim için arzulanacak ya da korkulacak bir şey yoktur.

S: Siz dünyada bir ışık noktasısınız. Herkes öyle değil.

M: Benimle başkaları arasında kesinlikle bir fark yok, benim kendimi "Ben'im" olarak bilişimden başka. Ben her şeyim. Ben kesin olarak biliyorum, siz ise bilmiyorsunuz.

S: Demek ki yine de farklıyız.

M: Hayır değiliz. Fark sadece zihindedir ve geçicidir. Ben sizin gibiydim, siz de benim gibi olacaksınız.

S: Tanrı çok çeşitlilik içeren bir dünya yaratmış.

M: Çeşitlilik sadece sizin içinizde. Kendinizi olduğunuz gibi görün, o zaman dünyayı da olduğu gibi göreceksiniz: Bölünmez, tarif edilemez, tekil bir realite bütünü. Sizin yaratıcı gücünüz ona bir film projekte eder ve tüm sorularınız o filmle ilgilidir.

S: Bir Tibetli *Yogi,* Tanrı'nın dünyayı iyi bir amaçla yarattığını ve onu bilgece bir plâna göre yönettiğini söylüyor.

M: Tüm bunlar geçicidir, oysa ben ebedi olanla meşgulüm (onu anlatıyorum). Tanrılar ve onların evrenleri gelir ve giderler, *avatarlar* sonsuz bir ardışıklıkla birbirlerini izlerler, sonunda kaynağa geri döneriz. Ben sadece, geçmiş, şimdiki ve gelecek tüm evrenleri ile tüm tanrıların ebedi kaynağından söz ediyorum.

S: Siz onların hepsini biliyor musunuz? Onları hatırlıyor musunuz?

M: Birkaç çocuk eğlenmek için bir oyun sahneye koyarsa, orada görülecek ve hatırlanacak ne vardır?

S: Neden insanlığın yarısı erkek, yarısı dişi?

M: Onların mutlulukları için. Kişisel-ötesi olan *(avyakta)*, ilişkideki mutluluk uğruna kişiselleşir *(vyakta)*. Gurum'un inayetiyle ben kişisel-ötesi olan ile kişisel olana eşit gözle bakabilirim. Her ikisi benim için birdir. Hayatta kişisel olan kişisel-

ötesi olanla karışıp birleşir.
S: Kişisel olan kişisel-ötesi olandan nasıl ortaya çıkar?
M: İkisi, tek Gerçeğin iki veçhesidir. Birinin diğerinden önce geldiğini söylemek doğru olmaz. Tüm bu fikirler uyanıklık haline aittir.
S: Uyanıklık halini ne getirir?
M: Tüm yaratılışın kökeninde arzu yatar. Arzu ve imgeleme birbirini besler ve güçlendirir. Dördüncü hal *(turiya)* saf tanıklık; bağsız, tutkusuz ve sözsüz farkındalık halidir. O içerdiği şeylerden etkilenmeyen uzay gibidir. Bedensel ve zihinsel dertler ona ulaşmaz, onlar "orada," dışarıdadır, oysa tanık daima "burada"dır.
S: Gerçek, öznel veya nesnel olan nedir? Ben nesnel evrenin gerçek olduğuna ve benim öznel psişemin değişken ve geçici olduğuna inanma eğilimindeyim. Siz ise içsel, öznel hallerinizin gerçek olduğunu iddia eder ve somut dış dünyanın gerçekliğini yadsır görünüyorsunuz.
M: Hem öznel hem de nesnel değişken ve geçicidir. Onlarda gerçek olan bir şey yoktur. Geçici olanda kalıcı olanı, her deneyimde daimi etkeni bulun.
S: Daimi etken nedir?
M: Siz görme kapasitesine sahip olmadıkça, benim ona çeşitli adlar vermem, onu çeşitli biçimlerde işaret etmem size pek yardımcı olmayacaktır. Görüşü zayıf olan biri, siz ne kadar çok gösterseniz de bir ağacın dalındaki papağanı göremeyecektir. O, olsa olsa, sizin işaret parmağınızı görecektir. Önce görüşünüzü arındırın, bakmak yerine görmeyi öğrenin; o zaman papağanı göreceksiniz. Ayrıca, görmeye istekli olmalısınız. Kendini-idrak için hem berraklığa, hem de ciddiyete ve samimiyete ihtiyacınız vardır. Kalp ve zihin olgunluğuna ihtiyacınız vardır ki o, anlamış olduğunuz azıcık şeyi günlük hayatınızda samimiyetle uygulamakla gelir. *Yoga*'da uzlaşma, taviz diye bir şey yoktur.

Eğer günah işlemek istiyorsanız samimiyetle ve açıkça işleyin. Erdemlerin bir ermişe öğrettikleri gibi, günahların da samimi bir günahkâra öğreteceği dersler vardır. İkisini birbirine karıştırmak felâket getirir. Hiçbir şey sizi ikisini uzlaştırmak kadar etkili biçimde engelleyemez; çünkü bu samimiyetten yoksunluğu gösterir ki onsuz hiçbir şey yapılamaz.

S: Ben dünyevi zevklerden yoksun bir hayatı onaylıyorum, ama uygulamada tamamen lüks taraftarıyım. Zevki kovalama ve acıdan kaçınma alışkanlığı içimde öylesine yer etmiş ki kuramsal düzeyde çok canlı olan tüm iyi niyetlerim günlük hayatımda kök salamıyor. Dürüst olmadığımı söylemenizin bana bir yardımı olmaz, çünkü kendimi nasıl dürüstleştireceğimi bir türlü bilemiyorum.

M: Siz ne dürüstsünüz ne de sahtekâr; zihinsel hallere isimler vermek sadece onları onaylayıp onaylamadığınızı ifade etmeye yarar. Sorun sizin değil, zihninizindir. İşe, kendinizi zihninizden ayırmakla başlayın. Kendinize, zihin olmadığınızı ve onun sorunlarının sizin sorunlarınız olmadığını kararlı bir biçimde hatırlatın.

S: Ben kendi kendime, "Ben zihin değilim, zihnin sorunları beni ilgilendirmez" diye tekrarlayıp durabilirim, ama zihin ve onun sorunları oldukları gibi kalır. Şimdi lütfen bana bunun yeterince ciddi ve samimi olmamamdan kaynaklandığını ve daha samimi olmam gerektiğini söylemeyin! Bunu biliyor ve kabul ediyorum ve size sadece "Bu nasıl yapılır?" diye soruyorum.

M: Hiç olmazsa soruyorsunuz! Başlangıç için yeterince iyi. Bir yol bulmak için düşünmeyi, sorgulamayı, araştırmayı sürdürün. Kendinizin bilincinde olun, zihninizi izleyin, ona tüm dikkatinizi verin. Hızlı sonuçlar aramayın; sizin görüş alanınız içinde hiçbir sonuç olmayabilir. Siz bilmeden psişeniz bir değişim geçirecek, düşünüşünüz daha berraklaşacak, hissedişiniz daha incelecek, davranışınız saflaşacaktır. Sizin bunları hedeflemeniz gerekmez, bu değişime tanık olacaksınız. Çünkü şimdi içinde bulunduğunuz hal dikkatsizliğin sonucudur ve olacağınız hal dikkatin meyvesi olacaktır.

S: Sadece dikkat etmek neden tüm bu farkı yaratsın?

M: Şimdiye dek hayatınız karanlık ve huzursuzdu (*tamas ve rajas*). Dikkat, uyanıklık, farkındalık, berraklık, canlılık, hepsi bütünlüğün, kendi gerçek doğanızla (*sattva*) birliğin tezahürleridir. *Tamas* ile *rajas*'ı uzlaştırıp etkisizleştirmek ve kişiliği benliğin gerçek doğasına uygun olarak yeniden inşa etmek *sattva*'nın doğasında vardır. *Sattva,* benliğin, her zaman dikkatli ve itaatli olan sadık hizmetkârıdır.

S: Ve ben ona sadece dikkatle mi ulaşacağım?

M: Dikkatin değerini küçümsemeyin. O ilgi ve sevgi demektir. Bilmek, yapmak, keşfetmek ya da yaratmak için ona kalbinizi -yani dikkatinizi- vermelisiniz. Tüm kutsamalar, tüm nimetler ondan akıp gelir.

S: Bize "Ben'im" üzerinde konsantre olmamızı öğütlüyorsunuz. Bu da bir dikkat şekli midir?

M: Başka ne olabilir? Bölünmemiş dikkatinizi hayatınızdaki en önemli şeye -kendinize- verin. Kişisel evreninizin merkezi sizsiniz, merkezi bilmedikçe başka neyi bilebilirsiniz?

S: Ama ben kendimi nasıl bilebilirim? Kendimi bilmek için kendimden uzaklaşmam gerekir. Ama kendimden uzak olan kendim olamaz. Öyle görünüyor ki ben kendimi bilemem, sadece kendim olarak kabul ettiğim şeyi bilebilirim.

M: Çok doğru. Aynada yüzünüzü değil, onun yansımasını görebileceğiniz gibi, sadece saf farkındalığın lekesiz aynasına yansıyan kendi imgenizi bilebilirsiniz.

S: Böyle lekesiz bir aynayı nasıl bulurum?

M: Belli ki lekeleri silerek. Lekeleri görün ve onları silin. Kadim öğreti tam olarak geçerlidir.

S: Görmek nedir ve silmek nedir?

M: Kusursuz aynanın doğası öyledir ki siz onu göremezsiniz. Görebildikleriniz ancak lekeler olabilir. Onlardan yüz çevirin, onları bırakın, onları istenmeyen şeyler olarak görün.

S: Bütün algılanabilir olanlar lekeler midir?

M: Hepsi lekedir.

S: Tüm dünya bir leke midir?

M: Evet, öyledir.

S: Ne müthiş! Demek ki evrenin hiçbir değeri yok, öyle mi?

M: Muazzam bir değeri var. Siz onun ötesine geçerek kendinizi idrak edersiniz.

S: Ama o ilk anda neden var oldu?

M: Bunu o sona erdiğinde bileceksiniz.

S: O sona erecek mi?

M: Evet, sizin için.

S: O ne zaman başladı?

M: Şimdi.

S: Ne zaman bitecek?

M: Şimdi.

S: Şimdi bitmiyor ki?

M: Siz onu bırakmıyorsunuz.

S: Onu bırakmak istiyorum.

M: İstemiyorsunuz. Tüm hayatınız onunla bağlantılı. Geçmişinizin, geleceğinizin, arzularınızın, korkularınızın kökleri dünyadadır. Dünya olmasa, siz neredesiniz, kimsiniz?

S: Ama ben de tam olarak bunu bulmaya geldim.

M: Ben de size tam olarak bunu söylüyorum: Ötede ayak basacak sağlam bir yer bulun, her şey berraklaşıp kolaylaşacaktır.

32

Hayat En Yüce Guru'dur

Soran: Biz ikimiz uzak ülkelerden geldik; birimiz İngiliz, birimiz de Amerikalı'yız. İçinde doğmuş olduğumuz dünya parçalanıyor ve biz genç olduğumuzdan, bu durumdan endişe duyuyoruz. Yaşlı insanlar ölüp kurtulacaklarını umut edebilirler, ama gençlerin böyle bir umutları yok. Bazılarımız öldürmeyi reddedebiliriz, ama öldürülmemek hiç kimsenin kendi elinde değil. Kendi ömrümüz içinde dünyayı düzeltmeyi umut edebilir miyiz?

Maharaj: Dünyanın mahvolacağını size düşündürten ne?

S: Yıkım silahları inanılmaz bir biçimde güçlü hale geldi. Yine, üretkenliğimiz doğayı, kültürel ve sosyal değerlerimizi yıkıcı hale gelmiştir.

M: Siz şimdiki zamanlardan söz ediyorsunuz. Bu her yerde ve daima böyle olagelmiştir. Ama acı verici durum geçici ve yerel olabilir. O, bir kez bittiğinde, unutulacaktır.

S: Yaklaşan felâketin derecesi inanılmayacak kadar büyüktür. Biz bir patlamanın ortasında yaşıyoruz.

M: Her insan yalnız olarak ıstırap çeker ve yalnız ölür. Sayılar önemsizdir. Bir milyon kişi öldüğü zaman da bir kişinin öldüğü zamanki kadar ölüm vardır.

S: Doğa milyonlarca canlının ölümüne yol açıyor, ama bu beni korkutmuyor. Onun içinde trajedi veya gizem olabilir, ama acımasızlık yoktur. Beni dehşete düşüren ise insanın yol açtığı ıstırap, yıkım ve perişanlıktır. Doğa yapımlarında ve yıkımlarında olağanüstüdür. Ama insanın eylemlerinde bayağılık ve cinnet var.

M: Doğru. Öyleyse sizin sorununuz ıstırap ve ölüm değil, onların kökenindeki bayağılık ve deliliktir. Bayağılık da bir delilik şekli değil midir? Ve delilik zihnin kötüye kullanılması değil midir? İnsanlığın sorunu sadece zihnin bu kötüye kullanımında yatar. Zihnini doğru biçimde kullanan insana doğanın ve ruhun tüm hazineleri açıktır.

S: Zihnin doğru kullanımı nedir?

M: Korku ve açgözlülük zihnin kötüye kullanılmasına neden olur. Zihnin doğru kullanımı ise sevgi, hayat, gerçek ve güzellik yolunda hizmettir.

S: Bunu söylemek yapmaktan kolaydır. Gerçek sevgisi, insan sevgisi, iyi niyet bir lükstür! Dünyayı düzeltmek için bunlara çok ihtiyacımız var, ama bunu kim sağlayacak?

M: Siz sonsuza dek gerçeği, sevgiyi, zekâyı ve iyi niyeti başka yerde arayabilir, bunun için Tanrı'ya ve insanlara yalvarabilirsiniz, ama hepsi boşunadır. İşe kendinizle ve kendi içinizde başlamalısınız; bu değişmez bir yasadır. Yüzünüzü değiştirmeden aynadaki görüntünüzü değiştiremezsiniz. Önce, dünyanızın sadece sizin bir yansımanız olduğunu idrak edin ve o yansımaya kusur bulmayı bırakın. Kendinizle ilgilenin, kendinizi -zihinsel ve duygusal olarak- düzeltin. Fiziksel düzelme otomatik olarak gerçekleşecektir. Siz hep ekonomik, sosyal, siyasi reformlardan söz ediyorsunuz. Reformları bırakın ve reformcuyu önemseyin. Aptal, açgözlü ve kalpsiz bir insan ne tür bir dünya yaratabilir?

S: Biz görüşlerin, inançların ve tutumların değişmesini beklemek zorundaysak, süresiz olarak beklememiz gerekecektir. Sizinki bir mükemmellik öğüdü, ama aynı zamanda bir umutsuzluk öğüdü. Herkes mükemmel olduğunda, dünya da mükemmel olacaktır. Bu, zaten bilinenin yararsız bir ilanıdır!

M: Ben onu söylemedim. Ben, "Siz kendinizi değiştirmeden dünyayı değiştiremezsiniz" dedim, "herkesi değiştirmeden" demedim. Başkalarını değiştirmek ne gerekli, ne de mümkündür. Ama eğer siz kendinizi değiştirebilirseniz, başka bir değişikliğin gerekmediğini göreceksiniz. Görüntüyü değiştirmek için filmi değiştirirsiniz, sinema perdesine saldırmazsınız!

S: Kendinizden nasıl bu kadar emin olabiliyorsunuz? Söylediğinizin doğru olduğunu nasıl biliyorsunuz?

M: Ben kendimden değil, sizden eminim. Yapmanız gereken tek şey, ancak içinizde bulunabilecek olan şeyi dışarıda aramayı bırakmaktır. Harekete geçmeden önce görüşünüzü düzeltin. Siz vahim bir yanlış anlamanın sıkıntısını çekiyorsunuz. Zihninizi berraklaştırın, kalbinizi arındırın, hayatınızı kutsayın; dünyanızı değiştirmenin en hızlı yolu budur.

S: Birçok ermiş ve mistik yaşadı ve öldü. Onlar benim dünyamı değiştirmediler.

M: Nasıl değiştirebilirlerdi? Sizin dünyanız onlarınki değil, onlarınki de sizin değil.

S: Herkes için ortak, olgulara dayalı bir dünya olmalı.

M: Olaylar, enerji ve madde dünyası mı? Olayların ve kuvvetlerin böyle ortak bir dünyası olsaydı bile, o bizim içinde yaşadığımız dünya değildir. Bizimki bir duygular ve fikirler, çekişler ve itişler, değer ölçüleri, güdüler ve dürtüler dünyasıdır; tümüyle zihinsel bir dünyadır. Biyolojik olarak çok az şeye ihtiyacımız vardır; bizim sorunlarımız farklı bir düzeye aittir. Arzular, korkular ve yanlış fikirler tarafından yaratılmış sorunlar yalnızca zihin düzeyinde çözümlenebilir. Siz kendi zihninizi yenmelisiniz ve bunun için de onun ötesine geçmelisiniz.

S: Zihnin ötesine geçmek ne anlama gelir?

M: Siz bedenin ötesine geçmişsiniz, öyle değil mi? Sindirim, dolaşım ve dışkılama işlemlerini yakından izlemiyorsunuz. Onlar otomatik hale gelmişler. Aynı şekilde zihin de otomatik olarak, dikkat talep etmeden çalışmalıdır. Zihin kusursuz bir biçimde çalışmadıkça bu olmayacaktır. Biz zamanımızın büyük bölümünde zihnimizin ve bedenimizin bilincindeyiz, çünkü onlar durmadan yardım isterler. Acı ve ıstırap sadece bedenin ve zihnin ilgi ve dikkat isteyen haykırışlarıdır. Bedenin ötesine geçmek için sağlıklı olmalısınız; zihnin ötesine geçmek için ise zihniniz kusursuz bir düzen içinde olmalıdır. Ardınızda bir karışıklık bırakarak öteye geçemezsiniz. İster istemez o karışıklığa gömülürsünüz. Bu evrensel ve adil bir yasadır.

S: Peki, siz zihnin ötesine nasıl geçtiniz?

M: Gurum'un inayetiyle.

S: Onun inayeti ne şekilde oldu?

M: O bana doğru olanı söyledi.

S: Size ne dedi?

M: Benim En Yüce Gerçek olduğumu söyledi.

S: Siz onunla ilgili olarak ne yaptınız?

M: Ona güvendim ve söylediklerini hatırımda tuttum.

S: Yani bu yeterliydi mi demek istiyorsunuz?

M: Daha ne yapılması gerekirdi? Guru'yu ve onun sözlerini hatırda tutmak bir hayli işti. Benim size öğüdüm bundan da kolay: Sadece kendinizi hatırlayın. "Ben'im" (varım) zihninizi iyileştirmek ve sizi öteye geçirmek için yeterlidir. Sadece biraz güvenin. Ben sizi yanlış yönlendirmiyorum. Bunu neden yapayım? Sizden herhangi bir şey istiyor muyum? Sadece iyiliğinizi istiyorum, benim doğam böyledir. Sizi neden yanlış yönlendireyim?

Sağduyu da size, bir arzuyu gerçekleştirmek için zihninizi onun üzerinde tutmanız gerektiğini söyleyecektir. Eğer gerçek doğanızı bilmek istiyorsanız, kendinizi her zaman zihninizde tutmalısınız, varlığınızın sırrı kendini açığa vurana dek...

S: Kendini-hatırlama insanı neden kendini-idrake ulaştırsın?

M: Çünkü onlar aynı halin iki veçhesidir. Kendini-hatırlayış zihindedir, kendini-idrak ise zihnin ötesinde. Aynadaki görüntü aynanın ötesindeki yüze aittir.

S: Güzel, ama amaç nedir?

M: Başkalarına yardım etmek için, insan yardım gereksiniminin ötesinde olmalıdır.

S: Benim tüm istediğim mutlu olmak.

M: Mutlu etmek için mutlu olmalısınız.

S: Başkaları kendi başlarının çaresine baksınlar.

M: Efendi, siz ayrı değilsiniz. Paylaşamadığınız mutluluk yapaydır. Ancak paylaşılabilen mutluluk gerçekten arzu edilir olandır.

S: Doğru. Ama benim bir Guru'ya ihtiyacım var mı? Bana söylediğiniz basit ve ikna edici. Onu hatırlayacağım. Bu sizi benim Gurum yapmaz.

M: Önemli olan, bir kişiye tapmak değildir, sizin kendinizi bu göreve sürekli ve derin bir biçimde adamanızdır. Hayatın kendisi En Yüce Guru'dur; onun derslerine dikkat edin ve emirlerine uyun. Siz onların kaynağını kişileştirdiğinizde, dışta bir Guru edinmiş olursunuz; o dersleri doğrudan hayattan aldığınızda, Guru içinizdedir. İçsel ya da dışsal Gurunuz'un söylediğini hatırlayın, merak edin, düşünün, onunla yaşayın, onu sevin, ona doğru gelişin, onu kendinize mal edin. Ona her şeyinizi koyun, her şeyi alacaksınız. Ben öyle yapıyordum. Tüm zamanımı Gurum'a ve onun bana söylediklerine veriyordum.

S: Ben profesyonel bir yazarım. Bana özel olarak benim için bir öğüt verebilir misiniz?

M: Yazmak hem bir yetenek hem de bir beceridir. Yeteneğinizi derinleştirin ve becerinizi geliştirin. Arzu edilmeye değer olanı arzu edin ve onu iyice arzu edin. Tıpkı bir kalabalığın içinde insanların arasından yolunuzu bulup geçtiğiniz gibi, olayların arasında da, genel yönünüzü kaybetmeden yolunuzu bulun. Eğer ciddi ve samimiyseniz bu kolaydır.

S: Birçok kez ciddi ve samimi olmanın gerekliliğinden söz ettiniz. Ama biz tekil bir iradeye sahip insanlar değiliz. Biz bir arzular, ihtiyaçlar, içgüdüler ve ilhamlar yığınıyız. Onlar birbirlerinin üstüne tırmanır ve bazen biri, bazen diğeri -kısa bir süre için- hâkim olur.

M: İhtiyaçlar yoktur, sadece arzular vardır.

S: Yemek, içmek, barınmak; yaşamak?

M: Yaşama arzusu tek temel arzudur. Diğer hepsi ona bağlıdır.

S: Yaşıyoruz, çünkü yaşamak zorundayız.

M: Yaşıyoruz, çünkü duyusal varoluşu şiddetle arzuluyoruz.

S: Bu kadar evrensel bir şey yanlış olamaz.

M: Yanlış değil, elbette. Kendi yerinde ve kendi zamanında hiçbir şey yanlış değildir. Ama siz gerçekle ilgileniyorsanız, her şeyi, kendi hayatınızı da sorgulamak zorundasınız. Siz, duyusal ve aklî deneyimin gerekliliğini savunarak, inceleme ve sorgulamanızı rahatlık arayışı yönünde daraltıyorsunuz.

S: Ben mutluluğu arıyorum, rahatlığı değil.

M: Bedenin ve zihnin rahatlığının ötesinde hangi mutluluğu biliyorsunuz?

S: Başka mutluluk var mıdır?

M: Bunu kendiniz bulun. Her dürtüyü sorgulayın, hiçbir arzuyu meşru saymayın. Bedensel ve zihinsel, tüm sahiplendiklerinizden arının, kendinizle ilgili tüm kaygılardan kurtulun, keşfe açık olun.

S: Bu Hindu spiritüel geleneğinin bir parçasıdır; bir ermişin ya da bilgenin yakınında yaşamak, başka hiçbir vasıtaya gerek olmaksızın, kişinin özgürleşmesine yardımcı olur. Neden bir aşram açmıyorsunuz, böylece insanlar sizin yakınınızda yaşayabilirlerdi?

M: Ben bir kurum yarattığım anda onun mahpusu olurum. Aslında ben herkes için ulaşılabilir durumdayım. Ortak çatı ve yemek insanların gerçeği daha fazla kabullenmelerini sağlamaz. "Yakınında yaşamak" aynı havayı solumak anlamına gelmez. O güvenmek, itaat etmek, öğretmenin iyi niyetlerinin boşa gitmesine izin vermemek demektir. Gurunuzu daima kalbinizde taşıyın ve onun talimatlarını hatırlayın; bu, gerçekle gerçekten yaşamak demektir. Fiziksel yakınlık en az önemi olandır. Tüm hayatınızı öğretmeninize olan inanç ve sevginizin bir ifadesi haline getirin; Guru ile gerçek birliktelik budur.

33
Her Şey Kendi Kendine Olur

Soran: Bir *gnani* ölür mü?

Maharaj: O hayatın ve ölümün ötesindedir. Bizim kaçınılmaz kabul ettiğimiz şey, yani doğmak ve ölmek, ona, Hareketsiz olanın içindeki hareketi, Değişmez olanın içindeki değişimi, Sonsuz olanın içindeki sonu ifade etmenin bir yolu olarak görünür. Bir *gnani* için, hiçbir şeyin doğmadığı ve hiçbir şeyin ölmediği, hiçbir şeyin sürmediği ve hiçbir şeyin değişmediği, her şeyin ebediyen olduğu gibi olduğu aşikârdır.

S: Siz *gnani*'nin ötesi olduğunu söylediniz. Neyin ötesi? Bilginin ötesi mi?

M: Bilginin doğuşu ve batışı vardır. Bilinç varlığa gelir ve varlıktan çıkar. Bu bir günlük olay ve gözlem meselesidir. Hepimiz bazen bilinçli, bazen bilinçsiz olduğumuzu biliriz. Bilinçli olmadığımızda, bu bize bir karanlık ya da boşluk olarak görünür. Ama bir *gnani* kendisinin ne bilinçli ne de bilinçsiz olduğunun; saf biçimde farkında olduğunun, zihnin üç haline ve onların içeriklerine tanık olduğunun farkındadır.

S: Bu tanıklık ne zaman başlar?

M: Bir *gnani* için, hiçbir şey bir başlangıca ya da sona sahip değildir. Tuzun su içinde erimesi gibi, her şey eriyip saf var'lığa karışır. Bilgelik gerçek olmayanı daima reddetmektir. Gerçek olmayanın gerçek olmadığını görmek bilgeliktir. Bunun ötesinde ise ifade edilemez olan uzanır.

S: Benim içimde "Ben bedenim" inancı var. Evet, bilgelikten yoksun bir biçimde konuşuyorum. Ama insanın kendini beden, beden-zihin ya da saf zihin olarak hissetme hali ne zaman başladı?

M: Siz bilincin bir başlangıcından söz edemezsiniz. Başlangıç ve zaman fikirleri bilincin içindedir. Herhangi bir şeyin başlangıcından anlamlı bir biçimde söz edebilmek için, onun dışına çıkmak zorundasınız. Ve dışarı çıktığınız anda da, böyle bir şeyin olmadığını idrak edersiniz. Sadece gerçek vardır ki onun içinde hiçbir "şey" kendi başına herhangi bir varlığa sahip değildir.

S: "Ben bedenim" hissi ne zaman ortaya çıktı? Doğumumda mı, yoksa bu sabah mı?

M: Şimdi.

S: Ama ona dün de sahip olduğumu hatırlıyorum!

M: Dünün anısı sadece şimdidir.

S: Ama ben zaman içinde var oluyorum. Benim bir geçmişim ve geleceğim var.

M: Onu şimdi böyle imgeliyorsunuz.

S: Bir başlangıç olmuş olması gerek.

M: Şimdi.

S: Peki, son hakkında ne dersiniz?

M: Bir başlangıcı olmayanın sonu da olamaz.

S: Ama sorumun bilincindeyim.

M: Asılsız bir soru yanıtlanamaz, sadece asılsız olarak görülür.

S: Benim için o gerçek.

M: O size ne zaman gerçek göründü? Şimdi.

S: Evet, o şimdi benim için tamamen gerçek.

M: Sorunuzda gerçek olan nedir? O bir zihin halidir. Hiçbir zihin hali zihnin kendisinden daha gerçek olamaz. Zihin gerçek midir? O, her biri geçici olan bir haller koleksiyonudur. Bir geçici haller silsilesi nasıl gerçek sayılabilir?

S: Bir tespihin taneleri gibi, sonsuza dek olaylar olayları izler.

M: Onların hepsi, "Ben bedenim" temel fikrinin ipliğine dizilidir. Ama bu bile zihinsel bir haldir ve devam etmez. O, tüm diğer haller gibi gelir ve gider. Beden-zihin olduğunuz illüzyonu sadece sorgulanmadığı için vardır. Sorgulamama tüm zihin hallerinin dizildiği ipliktir. O kapalı bir odadaki karanlık gibidir. Odada -görünüşte- karanlık vardır. Ama oda açıldığında karanlık nereye gider? Hiçbir yere gitmez, çünkü zaten orada yoktu. Tüm zihin halleri, tüm varoluş isimleri ve formları sorgulamamaktan, araştırmamaktan, imgelemekten ve her şeye inanmaktan kaynaklanır. "Ben'im" demek doğrudur, ama "Ben şuyum," "Ben buyum" demek sorgulamamanın, incelememenin, zihinsel zayıflığın ya da uyuşukluğun bir işaretidir.

S: Eğer her şey ışıksa, karanlık nasıl ortaya çıktı? Işığın ortasında karanlık nasıl olabilir?

M: Işığın ortasında karanlık yoktur. Karanlık, kendini unutmuşluktur. Başka şeylere, benlik-olmayana daldığımızda, benliği unuturuz. Bunda gayri-doğal bir yan yoktur. Ama aşırı bağlılıklar yüzünden kendinizi unutmamalısınız. Bilgelik, benliğin hem deneyimleyenin hem de onun deneyiminin daima var olan kaynağı olduğunu asla unutmamakta yatar.

S: Benim mevcut halimde "Ben bedenim" fikri kendiliğinden geliyor; oysa "Ben saf var'lığım" fikrinin, doğru ama deneyimlenmemiş bir fikir olarak zihne empoze edilmesi gerekiyor.

M: Evet, *sadhana* (uygulama yapma) insanın saf "var'lığı"nın belirli bir şey olmadığını, belirli şeylerin bir toplamı olmadığını, hatta bir evreni oluşturan tüm şeylerin bütünü olmadığını kendisine kuvvetle hatırlatmasıdır. Her şey zihinde var olur, beden bile sayısız duyusal algının zihinde bütünleştirilmesidir, her algı zihinsel bir haldir. Eğer "Ben bedenim" diyorsanız, onu gösterin.

S: İşte burada.

M: Sadece onu düşündüğünüzde. Beden de, zihin de kesintili hallerdir. Bu belirip kayboluşların toplamı varoluş illüzyonunu yaratır. Geçici olanın içindeki kalıcı olanı, gerçek olmayanın içindeki gerçek olanı araştırın. *Sadhana* budur.

S: Gerçek şu ki, kendimi beden olarak düşünüyorum.

M: Kendinizi elbette düşünün. Yalnız bir beden fikrini ortaya getirmeyin. Sadece duyular, algılar, anılar ve tasavvurlar akışı vardır. Beden bizim çeşitlilik içinde birliği arama eğilimimizle

yarattığımız bir soyutlamadır ki bu yine yanlış değildir.
S: Bana "Ben bedenim" diye düşünmenin zihindeki bir kusur olduğu söylendi.
M: Neden böyle konuşuyorsunuz? Böyle ifadeler sorunlar yaratır. Benlik her şeyin kaynağıdır ve nihai menzildir. Hiçbir şey dışsal değildir.
S: Beden fikrinin saplantılı hale gelmesi tümüyle yanlış değil midir?
M: Beden fikrinde, hatta "Ben bedenim" fikrinde yanlış bir yan yoktur. Ama kendinizi sadece bir bedenle sınırlamak bir hatadır. Gerçekte tüm varoluş, her form benimdir, benim bilincimdedir. Ben ne olduğumu söyleyemem, çünkü sözcükler ancak benim ne olmadığımı tarif edebilir. Ben "Ben'im" ve ben var olduğum için her şey vardır. Ama ben bilincin ötesindeyim, dolayısıyla bilinç içinde ben ne olduğumu söyleyemem. Ama ben var olanım. "Ben kimim?" sorusunun bir yanıtı yoktur. Hiçbir deneyim onu yanıtlayamaz, çünkü benlik deneyimin ötesindedir.
S: Yine de "Ben kimim?" sorusunun bir yararı olmalı.
M: Onun bilinç içinde bir yanıtı yoktur, dolayısıyla, bilincin ötesine geçmeye yardımı olur.
S: İşte ben burada, şimdiki andayım. Şimdi burada gerçek olan ve olmayan nedir? Lütfen bana sorumun yanlış olduğunu söylemeyin. Sorularımı sorgulamak beni bir yere ulaştırmaz.
M: Sorunuz yanlış değil. Gereksiz. Dediniz ki: "Şimdi, buradayım." Orada durun, o gerçektir. Bir olguyu soruya dönüştürmeyin. Sizin hatanız oradadır. Siz ne biliş, ne de bilmeyişsiniz, ne zihin, ne de maddesiniz; kendinizi zihin ve madde olarak tarif etmeye kalkışmayın.
S: Az önce bir oğlan size bir sorunla geldi. Siz ona birkaç söz söylediniz ve o gitti. Ona yardım etmiş oldunuz mu?
M: Elbette.
S: Nasıl bu kadar emin olabilirsiniz?

M: Yardım etmek benim doğamdır.

S: Bunu nasıl bildiniz?

M: Bilmeye ihtiyaç yok. O kendi kendine işler.

S: Yine de bir bildirimde bulundunuz. O neye dayanıyor?

M: İnsanların bana söylediklerine. Ama kanıtlar isteyen sizsiniz. Benim kanıtlara ihtiyacım yok. Her şeyi yoluna koymak benim doğamda yatar ki o *satyam, shivam, sundaram*'dır (doğru, iyi, güzel).

S: Sizden öğüt istemeye gelen bir insana öğüt verdiğinizde, o öğüt nereden gelir ve hangi güçle yardım eder?

M: O insanın kendi varlığı onun zihnini etkiler ve bir yanıt oluşturur.

S: Peki sizin rolünüz nedir?

M: O insan ve onun benliği bende bir araya gelir.

S: Neden benlik o insana siz olmadan yardım etmez?

M: Ama benlik benim! Siz beni ayrı olarak imgeliyorsunuz, sorunuz da bundan kaynaklanıyor. "Benim benliğim" ve "onun benliği" yoktur. Benlik vardır, herkesin tek Benliği. İsimlerin ve şekillerin, zihinlerin ve bedenlerin çeşitliliği sizi yanılttığından, çok sayıda benlik imgeliyorsunuz. Biz her ikimiz de benliğiz, ama siz ikna olmamış görünüyorsunuz. Bu kişisel benlik ve evrensel benlik konuşmaları öğrencilik aşamasıdır; öteye geçin, dualiteye saplanıp kalmayın.

S: Yardıma ihtiyacı olan insana geri dönelim. O size geliyor.

M: O, eğer gelirse yardım alacağından emindir. Yardım almak kaderinde olduğu için gelir. Bunda hayal ürünü bir şey yoktur. Ben bazılarına yardım edip diğerlerini reddedemem. Gelen herkes yardım almıştır, çünkü yasa böyledir. Sadece yardımın aldığı şekil ihtiyaca göre değişir.

S: O neden öğüt almak için buraya gelmek zorunda? O öğüdü kendi içinden alamaz mı?

M: Dinlemeyecektir. Zihni dışa dönüktür. Ama aslında tüm deneyim zihindedir, onun bana gelişi ve yardım alışı bile tümüyle kendi içindedir. Kendi içinde bir yanıt bulmak yerine, o dıştan gelen bir yanıtı imgeler. Bana göre ne ben, ne o, ne de veriş vardır. Tüm bunlar sadece zihindeki bir ışık titremesidir. Ben içinde hiçbir şeyin görünmediği -çünkü görünen her şey kaybolur- sonsuz huzur ve sessizliğim. Kimse yardım istemeye gelmez, kimse yardım sunmaz, kimse yardım almaz. Bu tümüyle bilinçteki bir gösteridir.

S: Ama yine de yardım etme gücü oradadır ve orada o gücü sergileyen birisi ya da bir şey vardır; ona ister Tanrı, ister Benlik, ister Evrensel Zihin deyin. İsim önemli değildir, ama olgu önemlidir.

M: Bu beden-zihnin durduğu yerdir. Saf zihin her şeyi olduğu gibi, yani bilinçteki kabarcıklar olarak görür. Gerçek varlığa sahip olmayan bu kabarcıklar görünmekte, kaybolmakta ve tekrar görünmektedir. Onlara hiçbir özel neden atfedilemez, çünkü her biri bütün tarafından yaratılmıştır ve bütünü etkiler. Her bir kabarcık bir bedendir ve tüm bu bedenler benimdir.

S: Siz her şeyi doğru biçimde yapma gücüne sahip olduğunuzu mu söylüyorsunuz?

M: Benden ayrı bir güç yoktur. Bu benim doğamda mevcuttur. Ona yaratıcılık deyin. Bir külçe altından siz birçok süs eşyası yapabilirsiniz, her biri altın olarak kalır. Benzer şekilde, hangi rolde görünürsem görüneyim, her ne işlev sergilersem sergileyeyim, ben neysem o olarak kalırım: Değişmez, sarsılmaz, bağımsız "Ben'im." Sizin evren, doğa dediğiniz benim spontane yaratıcılığımdır. Her ne olursa olur. Ama benim doğam öyledir ki her şey sevinçle biter.

S: Akılsız annesi ona metil alkol içirdiği için kör olan bir oğlan çocuğu var. Sizden ona yardım etmenizi rica ediyorum. Siz şefkat dolu ve yardım etmeye isteklisiniz. Ona hangi güçle yardım edebilirsiniz?

M: Onun durumu bilince kaydolmuştur. O silinmez biçimde oradadır. Bilinç işini görecektir.

S: Sizden yardım istemem bir fark yaratır mı?

M: Sizin yardım istemeniz çocuğun körlüğünün bir parçasıdır. O kör olduğu için siz yardım istiyorsunuz. Siz hiçbir şey eklemediniz.

S: Ama sizin yardımınız yeni bir etken olacaktır.

M: Hayır, çocuğun körlüğü her şeyi içerir. Her şey -anne, çocuk, siz, ben ve başka her şey- onun içindedir! O tek bir olaydır.

S: Siz çocuğun durumunu konuşmamızın bile önceden takdir edildiğini mi söylüyorsunuz?

M: Başka nasıl olabilir? Her şey geleceğini içerir. Çocuk bilinçte belirir. Ben ötedeyim. Ben bilince emirler vermem. Ben her şeyi düzeltmenin farkındalığın doğası olduğunu bilirim. Bırakın, bilinç kendi yaratımlarıyla ilgilensin! Çocuğun kederi, sizin acımanız, benim dinlemem, bilincin aksiyonu tek bir olgudur; onu parçalarına ayırıp, sonra da sorular sormayın.

S: Zihniniz ne kadar garip çalışıyor...

M: Garip olan sizsiniz, ben değil. Ben normalim. Ben her şeyi olduğu gibi görürüm, bu yüzden onlardan korkmam. Ama siz gerçek'ten korkarsınız.

S: Neden korkayım?

M: Kendinizle ilgili cehaletiniz korkmanıza ve korktuğunuzun farkında olmamanıza neden oluyor. Korkmamaya çalışmayın. Önce cehalet duvarını yıkın.

İnsanlar ölmekten korkarlar, çünkü ölümün ne olduğunu bilmezler. *Gnani* ölmeden önce ölmüş ve korkulacak bir şeyin olmadığını görmüştür. Siz gerçek varlığınızı bildiğiniz anda, hiçbir şeyden korkmazsınız. Ölüm özgürlük ve güç verir. Dünyada özgür olmak için dünyaya ölmek zorundasınız. O zaman evren sizindir; o sizin bedeniniz, ifadeniz ve aletiniz olur. Mutlak şekilde özgür olmanın mutluluğu tarife sığmaz. Öte yandan, özgürlükten korkan kişi ölemez.

S: Ölemeyen yaşayamaz mı demek istiyorsunuz?

M: Bunu istediğiniz gibi ifade edin; bağlılık esarettir, bağsızlık ise özgürlüktür. Bir şeyi şiddetle arzulamak köle olmaktır.

S: Bundan şu mu çıkıyor: Siz kurtulursanız, dünya kurtulur?

M: Bir bütün olarak, dünyanın kurtulmaya ihtiyacı yoktur. İnsan hatalar yapıp keder yaratır; o, farkındalık alanına, bir *gnani*'nin bilincine girdiğinde, düzeltilir. *Gnani*'nin doğası böyledir.

S: Spiritüel ilerleme olarak adlandırılabilecek durumlar görüyoruz. Bencil bir insan dindar oluyor, kendini kontrol edip düşüncelerini ve duygularını arındırıyor, spiritüel uygulamalar yapıyor ve gerçek varlığını idrak ediyor. Böyle bir ilerleme neden-sonuç yasası tarafından mı yönetilir, rastlantısal mıdır?

M: Benim görüş noktamdan, her şey kendi başına ve spontane bir biçimde olur. Ama insan teşvik edici bir nedenle, bir hedefe doğru çalıştığını imgeler. Onun zihninde daima bir ödül vardır ve onun için çaba gösterir.

S: Kaba, tekâmül etmemiş bir insan bir ödül olmadan çalışmayacaktır. Ona teşvikler sunmak (vaatlerde bulunmak) doğru olmaz mı?

M: O kendisi için teşvik edici nedenler yaratacaktır. O, gelişmenin bilincin doğasında bulunduğunu bilmez. O güdüden güdüye ilerleyecek ve arzularının gerçekleşmesi için Guruların peşinden koşacaktır. Var'lığının yasaları gereği dönüş yolunu *(nivritti)* bulduğunda, tüm güdüleri terk edecektir, çünkü onun dünyaya olan ilgisi bitmiş olacaktır. O artık -ne başkalarından, ne kendinden- hiçbir şey istemez. O her şeye ölür ve böylece Her Şey olur. Hiçbir şey istememek ve hiçbir şey yapmamak gerçek yaratımdır!

S: İçsel çabanın önündeki büyük engel can sıkıntısıdır. Öğrenci sıkılır.

M: Atalet ve huzursuzluk *(tamas ve rajas)* birlikte çalışarak berraklığı ve uyumu *(sattva)* bastırır. *Sattva*'nın ortaya çıkabilmesi için önce *Tamas* ve *Rajas* yenilmelidir. Her şey zamanı gelince, çok spontane bir biçimde gelecektir.

S: Öyleyse çaba harcamaya gerek yok mudur?

M: Çaba gerektiğinde, çaba ortaya çıkacaktır. Çabasızlık gerekli olduğunda ise o kendini öne sürecektir. Sizin hayatı iteklemeniz gerekmez. Sadece onunla birlikte akın ve kendinizi tamamen -şimdinin ölerek şimdiye doğduğu- şimdiki anın görevine verin. Çünkü yaşamak ölmek demektir. Ölüm olmadan hayat olamaz.

Şu esasa sıkı sarılın: Benlik ve dünya birdir ve mükemmeldir. Sadece sizin tutumunuz kusurludur ve onun yeniden ayarlanmaya ihtiyacı vardır. Bu yeniden ayarlanma sürecine *sadhana* denir. Siz uyuşukluğa son vererek, berraklık ve iyilik için yolu temizlemek amacıyla tüm enerjinizi kullanarak bu sürece ulaşırsınız. Ama gerçekte, tüm bunlar kaçınılmaz gelişimin işaretleridir. Korkmayın, direnmeyin, ertelemeyin. Neyseniz o olun. Korkulacak bir şey yoktur. Güvenin ve deneyin. Dürüstçe deney yapın. Hayatınızı şekillendirmesi için gerçek varlığınıza bir şans verin. Pişman olmayacaksınız.

34

Zihin Huzursuzluğun Ta Kendisidir

Soran: Ben İsveç doğumluyum. Şimdi Meksika'da ve ABD'de *Hatha Yoga* öğretiyorum.

Maharaj: Bu öğreti size ne verdi?

S: O bana sağlık verdi ve bir geçim yolu sağladı.

M: Çok iyi. Tüm istediğiniz bu mu?

S: Ben zihin huzuru arıyorum. Sözde Hıristiyanların İsa adına yaptıkları tüm o zalimce şeylerden tiksindim. Bir süre dinsiz kaldım. Sonra *Yoga* felsefesini inceledim ve o bana yardımcı oldu.

M: O size nasıl yardımcı oldu? Hangi belirtiler yüzünden onun size yardım ettiği sonucuna vardınız?

S: Sağlık oldukça somut bir belirti.

M: Kuşkusuz, kendini sağlıklı hissetmek çok hoş, zevk verici bir şeydir. Peki, *Yoga*'dan bütün beklediğiniz zevk miydi?

S: Sağlıklı olmanın sevinci *Hatha Yoga*'nın ödülüdür. Ama *Yoga* genelde bundan fazlasını veriyor. O birçok soruyu yanıtlıyor.

M: *Yoga* derken neyi kastediyorsunuz?

S: Hindistan'ın tüm öğretisini: Tekâmül, tekrardoğuş, *karma* vb.

M: Tamam, istediğiniz tüm bilgiyi almışsınız. Ama ondan ne şekilde yararlandınız?

S: O bana zihin huzuru verdi.

M: Verdi mi? Zihniniz huzurlu mu? Arayışınız sona erdi mi?

S: Hayır, henüz değil.

M: Doğal olarak. Onun bir sonu olmayacak, çünkü zihin huzuru diye bir şey yoktur. Zihin karışıklık demektir, huzursuzluk zihnin ta kendisidir. *Yoga* zihnin bir niteliği değildir, bir zihin hali de değildir.

S: *Yoga*'da bir ölçüde huzur bulabildim.

M: Yakından incelediğinizde zihnin düşüncelerle kaynadığını göreceksiniz. O ara sıra boşalabilir, ama kısa bir süre sonra her zamanki huzursuzluğuna geri döner. Yatışmış bir zihin huzurlu bir zihin değildir. Siz zihninizi huzura kavuşturmak istediğinizi söylersiniz. Zihni huzura kavuşturmak isteyen kişi kendisi huzurlu mudur?

S: Hayır, ben huzurlu değilim, *Yoga*'dan yardım alıyorum.

M: Çelişkiyi görmüyor musunuz? Siz yıllardır zihin huzuru aradınız ve bulamadınız. Çünkü esasen huzursuz olan bir şey huzurlu olamaz.

S: Biraz düzelme var.

M: Bulmuş olduğunuzu iddia ettiğiniz huzur çok kırılgandır;

en ufak bir şey onu bozabilir. Sizin huzur dediğiniz şey sadece rahatsız, huzursuz edici bir şeyin olmamasıdır. Gerçek huzur ise bozulamaz. Siz asla bozulmaz bir zihin huzurunuzun olduğunu iddia edebilir misiniz?

S: Buna uğraşıyorum.

M: Uğraşmak da bir huzursuzluk biçimidir.

S: Öyleyse geriye ne kalıyor?

M: Benlik huzura kavuşmaya ihtiyaç duymaz. O huzurlu değildir, kendisi huzurdur. Sadece zihin huzursuzdur. Onun tüm bildiği birçok şekli ve derecesiyle huzursuzluktur. Ona göre hoş olanlar üstün, acı verenler ise eksiklidir. Bizim ilerleme dediğimiz, nahoş olandan hoş olana doğru bir değişimdir. Ama değişenler bizi değişmez olana ulaştıramaz, çünkü bir başlangıcı olan şeyin bir sonu da olması gerekir. Gerçek-olan başlamaz; o sadece kendini başlangıçsız ve sonsuz, her şeyi kaplayan, her şeye kadir, ebediyen değişmez ana kuvvet olarak ortaya koyar.

S: Öyleyse insan ne yapmalı?

M: Siz *Yoga* yoluyla bilgi ve deneyim biriktirmişsiniz. Bu yadsınamaz. Ama onların size yararı nedir? *Yoga* birlik, birleşmek demektir. Siz ne ile yeniden birleştiniz?

S: Kişiliği yeniden gerçek benlikle birleştirmeye çalışıyorum.

M: Kişilik (*vyakti*) sadece bir imgeleme ürünüdür. Benlik (*vyakta*) bu imgelemenin kurbanıdır. Sizi engelleyen şey, kendinizi olmadığınız bir şey olarak görmektir. Kişinin kendi başına bir varlığı yoktur; bir kişinin var olduğuna ve o olduğuna inanan benliktir. Benliğin ötesinde tezahür-etmemiş-olan (*avyakta*), yani her şeyin nedensiz nedeni bulunur. Kişiyi benlikle yeniden birleştirmekten söz etmek bile doğru değildir, çünkü ortada bir kişi yoktur, sadece zihinsel bir görüntüye, inanış yüzünden, sahte bir gerçeklik verilmiştir. Hiçbir şey bölünmemişti ve birleştirecek bir şey yoktur.

S: *Yoga* benliğin aranmasına ve bulunmasına yardım eder.

M: Siz kaybetmiş olduğunuz şeyi bulabilirsiniz, kaybetmemiş olduğunuz şeyi bulamazsınız.

S: Hiçbir şeyi kaybetmemiş olsaydım, aydınlanmış olurdum. Ama öyle değilim. Ben arıyorum. Benim bu arayışım bir şey kaybetmiş olduğumun kanıtı değil midir?

M: Bu sadece sizin kaybetmiş olduğunuza inandığınızı gösterir. Ama ona inanan kimdir? Ve neyin kaybedildiğine inanılmaktadır? Kendiniz gibi bir kişiyi mi kaybettiniz? Aradığınız benlik nedir? Siz tam olarak neyi bulmayı bekliyorsunuz?

S: Benlikle ilgili doğru bilgiyi.

M: Benlikle ilgili doğru bilgi bir bilgi değildir. O sizin araştırarak, her yere bakarak bulacağınız bir şey değildir. O zaman ve uzay içinde bulunamaz. Bilgi ancak bir anıdır, bir düşünce kalıbıdır, zihinsel bir alışkanlıktır. Tüm bunlar zevk ve acı tarafından güdülenir. Siz zevk ve acı tarafından dürtüldüğünüz için bilgi arayışındasınız. Kendiniz olmak ise tüm güdülenimin ötesindedir. Siz bir nedenden ötürü kendiniz olamazsınız. Siz *kendinizsiniz* ve hiçbir nedene ihtiyaç yoktur.

S: Ben *Yoga* yaparak huzuru bulacağım.

M: Kendinizden ayrı huzur olabilir mi? Siz kendi deneyiminizden mi, yoksa sadece kitaplardan mı konuşuyorsunuz? Kitabi bilginiz başlangıç için yararlıdır, ama çok geçmeden o yerini -doğası gereği ifade edilemez olan- direkt deneyime bırakmalıdır. Sözler yıkmak için de kullanılabilir; sözlerle imajlar inşa edilir ve yine sözlerle onlar yıkılır. Siz sözel düşünüşle kendinizi mevcut halinize soktunuz; bu halin dışına da aynı yoldan çıkmalısınız.

S: Bir ölçüde iç huzuruna ulaştım. Onu yok mu edeceğim?

M: Kazanılmış olan şey yine kaybedilebilir. Ancak gerçek huzuru, hiç kaybetmemiş olduğunuz huzuru idrak ettiğinizde, o huzur sizinle kalacaktır; çünkü o asla uzakta değildi. Sahip olmadığınız şeyi aramak yerine, asla kaybetmemiş olduğunuz şeyi bulun. Her şeyin başlangıcından önce ve bitişinden sonra da orada olanı; ne doğumu ne de ölümü olanı; bedenin ya da

zihnin doğumundan ve ölümünden etkilenmeyen o değişmez hali algılamalısınız.
S: Böyle bir algının vasıtaları nelerdir?
M: Hayatta hiçbir şey engelleri aşmadan elde edilemez. İnsanın gerçek varlığını berrak bir biçimde algılamasını engelleyen şeyler zevk arzusu ve acı korkusudur. Yolunuzu kesen şey zevk-acı güdülenimidir. Tüm güdülenimden arınmış, hiçbir arzunun ortaya çıkmadığı hal doğal haldir.
S: Arzulardan böylesine vazgeçmek için zaman gerekir mi?
M: Eğer onu zamana bırakırsanız, milyonlarca yıl gerekecektir. Peş peşe arzuları terk etmek sonu asla görünmeyen uzun bir süreçtir. Arzularınızı ve korkularınızı kendi hallerine bırakın ve tüm dikkatinizi özneye verin, arzu ve korku deneyiminin ardında bulunan varlığa verin. "Kim arzuluyor?" diye sorun. Bırakın her bir arzu sizi kendinize geri getirsin.
S: Tüm arzuların ve korkuların kökeni aynıdır: Mutluluk özlemi.
M: Sizin düşünebildiğiniz ve özlemini çektiğiniz mutluluk sadece fiziksel ya da zihinsel doyumdur. Böyle duyusal veya zihinsel zevk gerçek, mutlak mutluluk değildir.
S: Duyusal ve zihinsel zevkler ve fiziksel ve zihinsel sağlığa dayanan genel esenlik duygusu bile gerçek'ten kaynaklanıyor olmalı.
M: Onlar hayal gücünden kaynaklanır. Kendisine bir taş verilen ve onun paha biçilmez bir pırlanta olduğuna inandırılan bir insan yanıldığını fark edinceye kadar çok mutlu olacaktır; aynı şekilde, benlik bilindiğinde zevkler keskin tadını, acılar dikenlerini yitirir. Her ikisi de oldukları gibi görünür: Anılara ya da önyargılara dayanan koşullu karşılıklar, sadece tepkiler, basit çekimler ve itişler. Genellikle zevk ve acı, beklendiklerinde deneyimlenir. Bu tümüyle bir edinilmiş alışkanlıklar ve inançlar meselesidir.
S: Zevk hayal ürünü olabilir. Ama acı gerçektir.

M: Acı ve zevk daima birlikte gider. Birinden kurtulmak her ikisinden de kurtulmak demektir. Eğer zevke önem vermiyorsanız, acıdan da korkmazsınız. Ama her ikisi de olmayan, onların tamamen ötesinde olan bir mutluluk vardır. Sizin bildiğiniz mutluluk tarif edilebilir ve ölçülebilir. O nesneldir. Ama nesnel olan size ait olamaz. Kendinizi dışsal bir şeyle özdeşleştirmek vahim bir hata olur. Gerçek, öznel ve nesnel olanın ötesindedir; tüm düzeylerin ve her ayrımın ötesindedir. Gerçek kesinlikle onların kaynağı ya da kökeni değildir. Bunlar - tarif edilemez olan, var olmanın ve olmamanın ötesindeki- gerçek'ten değil, gerçekle ilgili cehaletten kaynaklanır.

S: Birçok öğretmeni takip ettim ve birçok öğretiyi inceledim, ama hiçbiri bana istediğimi vermedi.

M: Başka hiçbir şey istememeniz kaydıyla, benliği bulma arzunuz kesinlikle gerçekleşecektir. Ama kendinize karşı dürüst olmalı ve gerçekten başka bir şey istememelisiniz. Eğer bu arada başka birçok şeyi ister ve onları elde etmeye uğraşırsanız, asıl amacınıza ulaşmanız, siz daha akıllanıncaya ve birbiriyle çatışan dürtüler arasında hırpalanmaya son verinceye kadar ertelenebilir. Başka bir tarafa yönelmeden, hatta dışa doğru bakmadan, içinize yönelin.

S: Ama arzularım ve korkularım hâlâ orada.

M: Onlar belleğinizden başka nerede olabilir? Onların bellekten doğan beklentilerden kaynaklandığını idrak ettiğinizde onlar artık size musallat olmayacaktır.

S: Sosyal hizmetin, sonu gelmeyen bir görev olduğunu çok iyi anladım, çünkü düzelme ve bozulma, ilerleme ve gerileme her zaman yan yana gidiyor. Bunu her yanda ve her düzeyde görebiliriz. Geriye ne kalıyor?

M: Her ne görev üstlenmişseniz onu tamamlayın. Istırap ya da ıstıraptan kurtuluş gibi somut bir durum bunu gerektirmedikçe, yeni görevler üstlenmeyin. Önce kendinizi bulun ve onu sonu gelmez nimetler izleyecektir. Hiçbir şey çıkarları terk etmek kadar dünyaya çıkar sağlamaz. Artık kazanç ve kayıp hesabında olmayan bir insan gerçekten şiddetten arınmış bir insandır, çünkü o tüm çatışmanın ötesindedir.

S: Evet, *ahimsa* (şiddetsizlik) fikri bana her zaman çekici gelmiştir.

M: Her şeyden önce, *ahimsa* "incitme" anlamına gelir. Önde gelen şey iyilik yapmak değil, incitmemek, ıstıraba katkıda bulunmamaktır. Başkalarını hoşnut etmek *ahimsa* değildir.

S: Ben başkalarını hoşnut etmekten değil, başkalarına yardım etmekten söz ediyorum.

M: Yapılmaya değer tek yardım, yardıma muhtaçlıktan kurtulmayı sağlamaktır. Tekrarlanan yardım asla yardım değildir. Siz o insanı tüm yardım ihtiyacının ötesine geçiremedikçe, bir başkasına yardımdan söz etmeyin.

S: İnsan yardım ihtiyacının ötesine nasıl geçebilir? Ve insan bir başkasının bunu yapmasına yardımcı olabilir mi?

M: Siz, ayrılık ve sınırlılık içindeki tüm varoluşun acı verici olduğunu anladığınızda ve tüm hayatla bütünlük ve bir'lik içinde, saf var'lık olarak yaşamaya gönüllü ve muktedir olduğunuzda, tüm yardım ihtiyacının ötesine geçmiş olursunuz. Siz insanları aydınlatarak, onlara varlığınızla örnek olarak yardım edebilirsiniz. Siz sahip olmadığınız şeyi veremez ve olmadığınız şeye sahip olamazsınız. Siz ancak olduğunuz şeyi -ve sınırsızca- verebilirsiniz.

S: Ama tüm varoluşun ıstırap verici olduğu doğru mudur?

M: Bu evrensel zevk arayışının nedeni başka ne olabilir? Mutlu bir insan mutluluğu arar mı? İnsanlar ne kadar huzursuz, nasıl sürekli hareket halindeler! Çünkü onlar acı içindeler ve rahatlamayı zevkte aramaktalar. Onların hayal edebildikleri tüm mutluluk tekrarlanan zevk güvencesidir.

S: Eğer benim ben olduğumu sandığım kişi asla mutlu olamazsa, ben ne yapacağım?

M: Siz ancak şimdi olduğunuz gibi olmayı bırakabilirsiniz. Benim söylediğimde acımasız bir şey yok. Bir adamı gördüğü bir kâbustan uyandırmak şefkattir. Siz buraya geldiniz, çünkü acı içindesiniz ve benim tüm söylediğim şudur: Uyan, kendini bil, kendin ol. Acının sonu zevkte değildir. Siz acının ya da zevkin ötesinde, uzak ve saldırılamaz olduğunuzu idrak ettiğinizde, mutluluk arayışı ve onun sonucu olan acı sona erer. Çünkü acı zevki amaçlar ve zevk daima acıyla son bulur.

S: Nihai (en üst) halde, mutluluk olanaksız mı?

M: Keder de olmaz. Sadece özgürlük. Mutluluk şu ya da bu şeye bağlıdır ve kaybedilebilir; her şeyden özgürleşmişlik ise hiçbir şeye bağlı değildir ve kaybedilemez. Acıdan özgürleşmişlik hali bir nedene bağlı olmadığından, yok edilemez de. Bu özgürlüğü idrak edin.

S: Ben geçmişimin bir sonucu olarak ıstırap çekmek üzere doğmadım mı? Özgürlük hiç mümkün olabilir mi? Ben kendi iredemle mi doğdum? Ben yalnızca bir yaratık değil miyim?

M: Doğum ve ölüm bilinçte bir olaylar akışının başlayıp bitmesinden başka nedir? Onlar ayrılık ve sınırlılık fikrinden ötürü acı vericidir. Biz acıdan geçici bir kurtuluşa zevk diyor ve mutluluk dediğimiz sonsuz zevk umuduyla hayaller kuruyoruz. Bu tümüyle bir yanlış anlama ve yanlış kullanmadır. Uyanın, öteye geçin ve gerçekten yaşayın.

S: Benim bilgim sınırlı, gücüm ise önemsenmeyecek kadar az.

M: Bilginin ve gücün kaynağı olan benlik her ikisinin de ötesindedir. Gözlemlenebilir olan zihindedir. Benliğin doğası ise bilginin ya da ilginin varlığından ve yokluğundan etkilenmeyen saf farkındalık, saf tanıklıktır.

Varlığınızı bu doğup ölen bedenin dışında tutun; o zaman tüm sorunlarınız çözülmüş olacaktır. Siz ölmek üzere doğduğunuza inandığınız için onlar vardır. Kendinizi aldatmayı bırakın ve özgür olun. Siz bir kişi değilsiniz.

35
En Büyük Guru Sizin İç Benliğinizdir

Soran: Arzulardan ve eğilimlerden kurtulmanın kendini-idrak-etmenin ilk koşulu olduğunu çok işittim. Ama bu koşulun yerine getirilmesinin imkânsız olduğunu düşünüyorum. Kendini bilmemek arzulara neden oluyor, arzular ise bu cehaleti sürdürüyor. Gerçekten kısır bir döngü!

Maharaj: Yerine getirilecek koşullar yoktur. Yapılması gereken, vazgeçilmesi gereken hiçbir şey yoktur. Sadece bakın ve hatırlayın, algıladığınız hiçbir şey siz değildir ve sizin değildir. O orada, bilinç alanındadır, ama siz o alan ve onun içerikleri değilsiniz; alanı bilen bile değilsiniz. Çabalarınızın sonuçlarında başınızı derde sokan şey, sizin bir şeyler yapmak zorunda olduğunuz fikridir; sizi engelleyen şey güdü, arzu, başarısızlık, düş kırıklığı duygusudur. Siz sadece, olan bitenlere bakın ve onların ötesinde olduğunuzu bilin.

S: Bu herhangi bir şey yapmaktan kaçınmam gerektiği anlamına mı gelir?

M: Bunu yapamazsınız! Olan olmak zorundadır. Eğer birdenbire durursanız, dağılırsınız.

S: Bu bir, bilen ile bilinenin bir olması meselesi midir?

M: Her ikisi de zihindeki fikirler ve onları ifade eden sözlerdir. Onlarda benlik yoktur. Benlik onların arasında ya da ötesinde değildir. Onu zihinsel düzeyde aramak boşunadır. Aramayı bırakın ve görün, o şimdi ve buradadır, o sizin çok iyi bildiğiniz "Ben'im"dir. Yapmanız gereken tüm şey, bilinç alanı içinde bulunduğunuzu sanmayı bırakmaktır. Geçmiş deneyimlerinizi ve başarılarınızı unutun, hayatın rüzgârlarına ve yağmurlarına açık, çırılçıplak durun; o zaman bir şansa sahip olacaksınız.

S: Kendini sadakatle adamanın *(bhakti),* sizin öğretinizde bir yeri var mıdır?

M: Siz hasta olduğunuzda bir doktora gidersiniz, o size hastalığın ve onun ilacının ne olduğunu söyler. Eğer ona güveniniz varsa, bu her şeyi basitleştirir: İlacı alır, diyet kısıtlamalarına uyar ve iyileşirsiniz. Ama eğer doktora güvenmezseniz, yine de onun dediklerini deneyebilir ya da kendiniz tıp öğrenimi yaparsınız! Her durumda, sizi harekete geçiren doktor değil, kendi iyileşme arzunuzdur,

Güven olmadan huzur yoktur. Daima birine güvenirsiniz; bu sizin anneniz ya da eşiniz olabilir. Tüm insanların arasında güvene en lâyık olan insan, kendini bilen, özgürleşmiş insandır. Ama sadece güvenmek yetmez. Sizin arzu etmeniz de gerekir. Özgürlük arzusu olmadan, sizin özgürlüğü kazanmanız için gerekli güven ne işe yarar? Arzunuz ne kadar güçlüyse yardım o kadar kolay gelir. Öğrenci öğrenmeye hevesli olmadığı sürece, en büyük Guru bile çaresizdir. Heves ve samimiyet son derece önemlidir. Güven deneyimle gelecektir. Kendinizi hedefinize adayın, size rehberlik edebilecek olana bağlılığınız arkadan gelecektir. Eğer arzunuz ve güveniniz güçlüyse, onlar işleyecek ve sizi hedefinize götürecektir; çünkü bu durumda tereddüt ederek ve taviz vererek gecikmeye neden olmazsınız.

En büyük Guru sizin iç benliğinizdir. Gerçekten, o en yüce öğretmendir. Yalnız o sizi hedefinize götürebilir ve yalnız o, yolun sonunda sizi karşılar. Ona güvenin, dıştaki bir Guru'ya ihtiyacınız olmayacak. Ama yine onu bulma arzunuz güçlü olmalıdır ve engeller yaratacak ve kendinizi geciktirecek hiçbir şey yapmamalısınız. Ve pişmanlıklarla enerji ve zaman yitirmeyin. Hatalarınızdan ders alın ve onları tekrarlamayın.

S: Kişisel bir soru sorabilir miyim?

M: Evet, buyurun.

S: Sizin bir ceylan postunun üstünde oturduğunuzu görüyorum. Bu şiddetsizlik ile nasıl bağdaşıyor?

M: Tüm çalışma hayatım boyunca bir sigara yapımcısı idim, insanların sağlıklarını bozmalarına yardımcı oluyordum. Ve kapımın önüne belediye bir genel tuvalet yaptı, bu da benim sağlığımı bozuyordu. Bu şiddet dolu dünyada insan şu ya da bu tür bir şiddetten nasıl uzak durabilir?

S: Elbette bütün kaçınılabilir şiddetten kaçınılmalıdır. Ama Hindistan'da her kutsal kişi bir kaplan, aslan, leopar ya da ceylan postunun üzerinde oturuyor.

M: Eski devirlerde plastik bulunmadığı için rutubeti en iyi önleyen nesne post idi. Romatizma, bir ermiş için bile çekici değildir! Böylece, uzun meditasyonlar için post kullanılması bir gelenek haline gelmiştir.

S: Ama hayvanın öldürülmesi gerekiyordu.

M: Bir *Yogi*'nin poposu için bir kaplan öldürdüğünü hiç duymadım. Öldürenler *Yogi* değillerdir.

S: Onaylamadığınızı bir post üstünde oturmayarak göstermeniz gerekmez mi?

M: Ne fikir! Ben tüm evreni onaylamazken, neden yalnızca bir post?

S: Evrende ne yanlışlık var?

M: Benliğinizi unutmak en büyük incitmedir; tüm felâketler ondan kaynaklanır. Siz en önemli olanla ilgilenin, daha az önemli olan kendi icabına bakacaktır. Karanlık bir odayı derleyip toplayamazsınız. Önce pencereyi açarsınız. Işığa yol vermek her şeyi kolaylaştırır. Öyleyse, kendimizi olduğumuz gibi görene ve değişinceye kadar başkalarını düzeltmeye çalışmayalım. Sonu gelmeyen sorular içinde dönüp durmaya hiç gerek yoktur; kendinizi bulun, o zaman her şey kendi uygun yerini bulur.

S: Kaynağa dönme dürtüsü çok nadir hissedilir. Bu doğal bir şey midir?

M: Dışa dönüklük başlangıçta doğaldır, içe yöneliş ise sonda. Ama aslında ikisi birdir, tıpkı nefes alıp verişin bir olduğu gibi.

S: Aynı şekilde, beden ve bedende bulunan bir değil midir?

M: Zaman ve uzaydaki olaylar -doğum ve ölüm, neden ve sonuç- bir olarak kabul edilebilir; ama beden ve bedenlenmiş olan aynı realite düzeninden değildir. Beden zaman ve uzayda var olur, geçici ve sınırlıdır, bedende oturan ise zamansız, uzaysız, her yeri kaplayan ve ebedi olandır. İkisini özdeşleştirmek vahim bir hatadır ve sonu gelmez ıstırabın nedenidir. Siz zihin ve bedenin bir olduğunu söyleyebilirsiniz, ama beden-zihin temeli oluşturan, önceden var olan realite değildir.

S: Bedende bulunan varlık bedenin kontrolüne sahiptir, dolayısıyla ondan sorumludur.

M: Kontrole sahip olan ve sorumlu olan evrensel bir güç vardır.

S: Ve böylece, ben istediğimi yapabilir ve suçu evrensel bir güce yükleyebilirim. Ne kolay!

M: Evet. Çok kolay. Sadece, tüm hareket edenlerin arkasındaki o Tek Hareket Ettirici'yi idrak edin ve her şeyi O'na bırakın. Eğer duraksamaz ya da kendinizi aldatmazsanız, bu gerçeğe götüren en kısa yoldur. Arzusuz ve korkusuz durun, tüm kontrolü ve tüm sorumluluğu o güce bırakın.

S: Ne çılgınlık!

M: Evet, tanrısal çılgınlık. Kişisel kontrol ve kişisel sorumluluk illüzyonunu bırakmakta ne yanlışlık vardır? Her ikisi de yalnızca zihindedir. Elbette, siz kontrolün sizde olduğunu hayal ettiğiniz sürece, bizzat sorumlu olduğunuzu da hayal etmeniz gerekir. Biri diğerini gerektirir.

S: Evrensel olan özel ayrıntılardan nasıl sorumlu olabilir?

M: Dünyadaki tüm hayat güneşe bağlıdır. Ama o temel neden olsa da, olan her şey için güneşi suçlayamazsınız. Işık çiçeğin renginin nedenidir, ama o ne bunu direkt olarak kontrol eder ne de bundan sorumludur. O bunu mümkün kılar, o kadar.

S: Bütün bunlarda hoşlanmadığım şey, evrensel bir güce sığınmak.

M: Olgularla tartışamazsınız.

S: Kimin olguları? Sizin mi, benim mi?

M: Sizin. Siz benim olgularımı yadsıyamazsınız, çünkü onları bilmiyorsunuz. Bilebilseydiniz, onları yadsımazdınız. Sorun burada yatıyor. Siz imgelemenizi olgu, benim olgularımı imgeleme sayıyorsunuz. Ben her şeyin bir olduğunu kesinlikle biliyorum. Farklılıklar ayırmaz. Siz ya hiçbir şeyden sorumlu değilsinizdir ya da her şeyden sorumlusunuzdur. Sadece bir bedenin kontrolüne ve sorumluluğuna sahip olduğunuzu hayal etmek sadece beden-zihnin bir sapmasıdır.

S: Yine de bedeninizle sınırlısınız.

M: Sadece bedene ait işlerde. Ben buna aldırmam; bu, yılın mevsimlerine katlanmaya benzer. Onlar gelir ve gider, beni hemen hiç etkilemezler. Aynı şekilde, beden-zihinler gelir ve giderler; hayat sonsuza dek yeni ifadeler arayışı içindedir.

S: Siz tüm kötülükleri Tanrı'ya yüklemediğiniz sürece, ben tatmin olurum. Benim tüm bildiklerime göre, bir Tanrı olabilir, ama bana göre o insan zihninin projekte ettiği bir kavramdır. O sizin için bir gerçek olabilir, ama bana göre toplum Tanrı'dan daha gerçektir, çünkü ben onun hem yaratığı hem tutsağıyım. Sizin değerleriniz bilgelik ve şefkattir; toplumunki ise ustaca bencillik. Ben sizinkinden çok faklı bir dünyada yaşıyorum.

M: Kimse zorlamıyor.

S: Kimse sizi zorlamıyor, ama beni zorluyor. Benim dünyam gözyaşları, mücadele ve acı dolu kötü bir dünya. Onu aklileştirerek, tekâmül ve *karma* kuramları öne sürerek açıklamak, incitmelere bir de hakaret eklemektir. Kötü bir dünyanın Tanrı'sı acımasız bir Tanrı'dır.

M: Dünyanızın tanrısı sizsiniz ve siz hem aptal hem acımasızsınız. Bırakın Tanrı kendi yarattığınız bir kavram olsun. Siz kim olduğunuzu, nasıl oldu da kötülüklerle dolu bir dünyada gerçeği, iyiliği ve güzelliği özleyerek yaşadığınızı bulun. Tanrı'nın kim olduğunu ve ne'den söz ettiğinizi bilmeden, Tanrı lehinde ya da aleyhinde konuşmanızın ne yararı var? Korkudan ve umuttan doğmuş, arzu ve imgelemeyle şekillenmiş Tanrı, evrenin Zihni ve Kalbi olan o Kudret olamaz.

S: İçinde yaşadığım dünyanın ve inandığım Tanrı'nın hayal gücünün yaratımları olduğunu kabul ediyorum. Ama onlar arzu tarafından ne şekilde yaratılıyor? Neden bu kadar acı verici bir dünya ve bu kadar kayıtsız bir Tanrı imgeliyorum? Bende ne yanlışlık var ki kendime bu kadar zalimce işkence etmem gerekiyor? Aydınlanmış bir insan geliyor ve bana, "Bu sona erdirilecek bir rüya" diyor, ama o da rüyanın bir parçası değil mi? Kendimi kapana kısılmış hissediyor ve hiçbir çıkış yolu göremiyorum. Siz özgür olduğunuzu söylüyorsunuz. Ne'den özgürsünüz? Tanrı aşkına, beni uykuda çırpınırken gören siz olduğunuza göre, beni aydınlatın, uyanmama yardım edin.

M: Ben özgürüm dediğimde, sadece bir olguyu bildiriyorum. Eğer siz bir yetişkinseniz, bebeklikten özgürleşmişsinizdir. Ben tüm tariften ve özdeşleştirmeden özgürüm. Her ne işitir, görür ve düşünürseniz, ben o değilim. Ben bir algı ya da kavram olmaktan da özgürüm.

S: Yine de bir bedeniniz var ve ona bağlısınız.

M: Yine kendi görüş noktanızın tek doğru nokta olduğunu varsayıyorsunuz. Tekrar ediyorum: Ben bir beden değildim, değilim ve olmayacağım. Bana göre bu bir olgudur. Ben de doğmuş olduğum illüzyonu altındaydım, ama Gurum, doğum ve ölümün sadece fikirler olduğunu -doğumun yalnızca, "Benim bir bedenim var" fikri, ölümün de, "Ben bedenimi kaybettim" fikri olduğunu- görmemi sağladı. Şimdi, ben bir beden olmadığımı bildiğimde, beden orada olabilir de olmayabilir de; ne fark eder ki? Beden-zihin bir oda gibidir. O oradadır, ama benim her zaman onun içinde yaşamam gerekmez.

S: Ama bir beden var ve siz onun bakımıyla meşgul oluyorsunuz.

M: Bedeni yaratan güç ona bakıyor.

S: Sürekli olarak bir düzeyden diğerine atlıyoruz.

M: Dikkate alınacak iki düzey var: Olguların fiziksel düzeyi ve fikirlerin zihinsel düzeyi. Ben her ikisinin de ötesindeyim. Sizin ne olgularınız, ne fikirleriniz benimdir. Benim gördüğüm ötesidir. Benim tarafıma geçin ve benimle birlikte görün.
S: Söylemek istediğim şey çok basit. Ben beden olduğuma inandığım sürece, "Tanrı benim bedenime bakıp gözetecektir" dememeliyim. Tanrı bunu yapmayacaktır. O bu bedeni aç kalmaya, hastalanıp ölmeye bırakacaktır.
M: Bir bedenden başka ne bekliyorsunuz? Neden onun için o kadar endişe duyuyorsunuz? Siz bir beden olduğunuzu düşündüğünüz için onun bozulmaz, yok edilemez olmasını istiyorsunuz. Siz bazı uygulamalarla onun ömrünü epeyce uzatabilirsiniz, ama bunu hangi nihai yarar için yapacaksınız?
S: Uzun ve sağlıklı yaşamak daha iyidir. O bize çocukluğun ve gençliğin hatalarından, yetişkinliğin düş kırıklıklarından ve ihtiyarlığın sefaletinden ve bunaklığından kaçınma şansı verir.
M: Elbette uzun yaşayın. Ama siz üstat değilsiniz. Doğum ve ölüm günlerinize siz karar verebilir misiniz? Biz aynı dili konuşmuyoruz. Sizinki tahminler ve varsayımlar içeren bir kendini-kandırma konuşması. Siz emin olmadığınız şeyler hakkında kendinizden emin konuşuyorsunuz.
S: Onun için de buradayım.
M: Henüz burada değilsiniz. Ben buradayım. İçeri girin! Ama girmiyorsunuz. Siz benim sizin hayatınızı yaşamamı, sizin gibi hissetmemi ve sizin dilinizi kullanmamı istiyorsunuz. Bunu yapamam, zaten yapmamın size bir yardımı olmaz. Siz bana gelmelisiniz. Sözler zihne aittir ve zihin karartır ve çarpıtır. Bu yüzden sözlerin ötesine, benim tarafıma geçmeniz gerekiyor.
S: Beni o tarafa alın.
M: Bunu yapıyorum, ama siz direniyorsunuz. Siz kavramlara gerçeklik atfediyorsunuz; halbuki kavramlar gerçeğin çarpıtılmasıdır. Tüm kavramlaştırmaları bırakın, sessiz ve dikkatli kalın. Bu konuda samimi olun, o zaman sizin için her şey iyi olur.

36
Öldürmek Öldüreni İncitir, Öleni Değil

Soran: Bin yıl önce bir insan yaşadı ve öldü. Onun kimliği (*antahkarana*) yeni bir bedende tekrar ortaya çıktı. O önceki hayatını neden hatırlamıyor? Eğer hatırlarsa, anısı bilince çıkarılabilir mi?

Maharaj: Aynı kişinin yeni bedende tekrar ortaya çıktığını nasıl biliyorsunuz? Yeni bir beden tamamen yeni bir kişi anlamına gelebilir.

S: Bir çanak tereyağı düşünün. Çanak kırıldığında, tereyağı kalır ve bir başka çanağa aktarılabilir. Eski çanağın kendi kokusu, yeninin de kendi kokusu vardır. Tereyağı kokuları çanaktan çanağa taşıyacaktır. Aynı şekilde, kişisel kimlik de bedenden bedene aktarılır.

M: Evet, beden olduğunda, onun özellikleri kişiyi etkiler. Beden olmadan, biz "Ben'im" (varım) anlamında saf kimliğe sahip oluruz. Ama siz yeni bir bedende tekrar doğduğunuzda, daha önce deneyimlenen dünya nerededir?

S: Her beden kendi dünyasını deneyimler.

M: Şimdiki bedende eski beden, sadece bir fikir midir, yoksa bir anı mı?

S: Bir fikir, elbette. Bir beyin deneyimlememiş olduğu şeyi nasıl hatırlayabilir?

M: Kendi sorunuzu kendiniz yanıtladınız. Neden fikirlerle oynuyorsunuz? Emin olduklarınızla yetinin. Ve emin olabileceğiniz tek şey "Ben'im"dir. Onunla kalın ve başka her şeyi reddedin. *Yoga* budur.

S: Sadece sözel olarak reddedebilirim. En fazla, "Bu ben değilim, bu benim değil. Ben tüm bunların ötesindeyim" formülünü tekrarlamayı hatırlarım.

M: Bu da iyi. Önce sözel olarak, sonra zihinsel ve duygusal olarak ve sonra eylem olarak. İçinizdeki gerçeğe dikkatinizi verin, o aydınlığa çıkacaktır. Bu, tereyağı çıkarmak için yayıkta krema dövmeye benzer. Bunu doğru biçimde ve sürekli olarak yapın, sonuç mutlaka gelecektir.

S: Mutlak, nasıl olur da bir sürecin sonucu olabilir?

M: Haklısınız, göreceli olan, mutlak ile sonuçlanamaz. Ama tıpkı yayığı çalkalamamanın tereyağının kremadan ayrılmasını engellemesi gibi, göreceli olan da mutlak olanın önünü tıkayabilir. Dürtüyü yaratan gerçek-olandır; içteki dıştakini harekete geçirir ve dıştaki ilgi ve çaba göstererek karşılık verir. Ama nihai olarak ne iç vardır ne de dış; bilinç ışığı hem yaratıcıdır hem yaratılan; hem deneyimleyendir hem deneyim; hem bedendir hem bedenlenen. Tüm bunları projekte eden güçle ilgilenin, o zaman sorunlarınız sona erecektir.

S: Projekte eden güç hangisidir?

M: O arzu tarafından harekete geçirilen hayal gücüdür.

S: Ben tüm bunları biliyorum, ama onun üzerinde bir güce sahip değilim.

M: Bu sizin sonuçlar arzulamanızdan kaynaklanan başka bir illüzyonunuzdur.

S: Amaçlı eylemde ne yanlışlık var?

M: Uygun değildir. Bu konularda ne amaç ne de eylem meselesi vardır. Sizin tüm ihtiyacınız dinlemek, hatırlamak, düşünmektir. Bu yemek yemek gibidir. Sizin tüm yapacağınız, bir lokma ısırmak, çiğnemek ve yutmaktır. Başka her şey bilinçsiz ve otomatiktir. Dinleyin, hatırlayın ve anlayın; zihin hem aktördür, hem sahne. Her şey zihne aittir ve siz zihin değilsiniz. Zihin tekrar tekrar doğar, siz değil. Zihin dünyayı ve onun harika çeşitliliğini yaratır. Tıpkı iyi bir tiyatro oyununda olduğu gibi, siz her türlü karaktere ve duruma sahipsiniz, böylece bir dünya oluşturmak için her şeyden küçük bir parçaya ihtiyacınız vardır.

S: Ama bir oyunda kimse ıstırap çekmez.

M: Kişi kendisini oyunla özdeşleştirmedikçe. Kendinizi dünya ile özdeşleştirmezseniz ıstırap çekmezsiniz.

S: Başkaları çekecek.

M: Öyleyse, dünyanızı mükemmel hale getirin. Eğer Tanrı'ya inanıyorsanız, O'nunla çalışın. Eğer inanmıyorsanız, bir olun. Ya dünyayı bir oyun olarak görün ya da onun üzerinde var gücünüzle çalışın. Yahut her ikisini de yapın.

S: Bir adam öldüğünde onun kimliğine ne olur? Onun bir başka bedende devam ettiği fikrine katılıyor musunuz?

M: O devam eder, ama etmez. Her şey sizin ona nasıl baktığınıza bağlıdır. Kimlik sonuçta nedir? Bellekte süreklilik mi? Bellek olmadan kimlikten söz edebilir misiniz?

S: Evet, edebilirim. Çocuk ebeveynlerini bilmeyebilir, yine de onda kalıtsal özellikler bulunacaktır.

M: Onları kim tanımlıyor? Kaydeden ve kıyaslayan bir belleğe sahip bir kişi. Belleğin sizin zihinsel hayatınızın dokuma tezgâhı olduğunu görmüyor musunuz? Kimlik de zaman ve uzaydaki bir olaylar kalıbıdır sadece. Kalıbı değiştirin, insanı da değiştirmiş olursunuz.

S: Kalıp anlamlı ve önemlidir. Onun kendi değeri vardır. Siz dokunmuş bir desenin sadece renkli iplikler olduğunu söylerken, en önemli noktayı -onun güzelliğini- kaçırıyorsunuz. Ya da bir kitabı mürekkeple lekelenmiş kâğıt olarak tanımladığınızda, kitaptaki anlamı yitiriyorsunuz. Kimlik değerlidir, çünkü o bizi eşsiz ve yeri doldurulamaz kılan bireyselliğin temelidir. "Ben'im" bu özgünlüğün sezgisidir.

M: Evet ve hayır. Kimlik, bireysellik, özgünlük zihnin en değerli veçheleridir, ama sadece zihnin. "Ben var olan her şeyim" de eşit derecede geçerli bir deneyimdir. Kişisel olan ve evrensel olan birbirinden ayrılamaz. Onlar isimsiz olanın dışarıdan ve içeriden görülen iki veçhesidir. Ne yazık ki sözcükler sadece söz eder, aktarmazlar. Sözlerin ötesine geçmeye çalışın.

S: Ölümle ölen nedir?

M: "Ben bu bedenim" fikri ölür; tanık ölmez.

S: Jainler, tanıkların çok sayıda ve birbirlerinden ebediyen ayrı olduklarına inanırlar.

M: Bu onların -bazı büyük insanların deneyimine dayanan- geleneklerididir. Tek tanık kendini sayısız bedenlere "Ben'im" olarak yansıtır. Bedenler var oldukları sürece, ne kadar süptil de olsalar, "Ben'im" birçok gibi görünür. Bedenin ötesinde sadece Bir vardır.

S: Tanrı mı?

M: Yaratan, bedeni dünya olan bir kişidir. İsimsiz olan tüm tanrıların ötesindedir.

S: Sri Ramana Maharshi öldü. Bu onun için nasıl bir fark yarattı?

M: Hiç. O ne idiyse odur: Mutlak Gerçek.

S: Ama sıradan insan için ölüm bir fark yaratır.

M: O ölümden önce kendini ne olarak düşünüyorsa, ölümden sonra öyle olmakta devam eder. Onun benlik-imajı ölümden sonra da varlığını sürdürür.

S: Geçen gün *gnaniler*'in meditasyon için hayvan postlarını kullanmalarından söz ediliyordu. Ben ikna olmadım. Her şeyi âdete ve geleneğe havale ederek mazur göstermek kolaydır. Âdetler acımasız ve gelenek yozlaşmış olabilir. Onlar açıklar, ama mazur gösteremez.

M: Ben kendini-idraki yasa tanımazlığın izlediğini asla söylemedim. Özgürleşmiş insan son derece yasa tanır bir insandır. Ama onun yasaları onun gerçek benliğinin yasalarıdır, toplumun değil. O, koşullara ve gerekliliğe göre onlara uyar ya da onları çiğner. Ama o asla keyfine göre hareket eden ya da düzen yoksunu biri değildir.

S: Benim kabul edemediğim şey, âdet ve alışkanlıkların mazur gösterilmesidir.

M: Zorluk görüş noktalarımızın farklılığında yatıyor. Siz beden-zihin'in görüş noktasından konuşuyorsunuz. Ben ise tanı-

ğın görüş noktasından. Temelde fark var.
S: Yine de acımasızlık acımasızlıktır.
M: Kimse sizi acımasız olmaya zorlamıyor.
S: Başka insanların acımasızlığından yararlanmak da dolaylı acımasızlıktır.
M: Eğer yaşam sürecine yakından bakarsanız, her yerde acımasızlığı bulacaksınız, çünkü hayat hayat ile beslenir. Bu bir olgudur, ama bu sizin canlı olduğunuz için suçluluk hissetmenize neden olmaz. Siz daha ilk başta annenize bitmez tükenmez sıkıntı ve üzüntü vermekle bir acımasızlık hayatına başlamışsınız. Hayatınızın son gününe kadar da yiyecek, giysi, barınak için mücadele edecek, bedeninizin ihtiyaçları için savaşarak, bir güvensizlik ve ölüm dünyasında, onun güvenlik içinde olmasını isteyeceksiniz. Hayvanın görüş noktasından, öldürülmek en kötü ölüm biçimi değildir; bu elbette hastalığa ve ihtiyarlayarak çürümeye yeğlenir. Acımasızlık güdüde yatar, olguda değil. Öldürmek öldüreni incitir, öldürüleni değil.
S: Aynı fikirdeyim; öyleyse avcıların ve kasapların hizmetlerini kabul etmemeliyiz.
M: Kabul etmenizi kim istiyor?
S: Siz kabul ediyorsunuz.
M: Beni siz öyle görüyorsunuz? Ne çabuk suçluyor, yargılıyor ve mahkûm ediyorsunuz! Neden kendinizle değil de benimle başlıyorsunuz?
S: Sizin gibi bir insan bir örnek oluşturmalıdır.
M: Siz benim örneğimi izlemeye hazır mısınız? Ben dünyaya ölmüşüm, hiçbir şey istemiyorum, hatta yaşamak bile. Benim gibi olun, benim yaptığımı yapın. Siz beni yediklerimle ve giydiklerimle yargılıyorsunuz; ben ise sizin güdülerinize bakıyorum sadece. Eğer siz beden ve zihin olduğunuza inanır ve ona göre hareket ederseniz, en büyük acımasızlıktan -gerçek varlığınıza karşı zulümden- suçlu olursunuz. Onunla karşılaştırıldığında tüm diğer suçlar önemsiz kalır.

S: Siz beden olmadığınız savına sığınıyorsunuz. Ama beden sizin kontrolünüzdedir ve siz onun her yaptığından sorumlusunuz. Bedene tam özerklik (kendi kendini yönetme hakkı) vermek budalalık ve delilik olurdu!
M: Sakinleşin biraz. Ben de hayvanların etleri ve kürkleri için öldürülmelerine karşıyım, ama buna öncelik vermeyi reddediyorum. Vejetaryenlik değerli bir davadır, ama en acil olanı değildir. Tüm değerli davalara en iyi hizmeti kaynağına dönmüş insan verebilir.
S: Ben Sri Ramana'nın Aşramı'ndayken, her yerde onu hissederdim, sanki o her şeyin içine işlemişti.
M: Gerekli inanca sahiptiniz. Ona gerçekten inananlar onu her yerde ve her zaman görebilirler. Her şey sizin inancınıza göre gelişir ve inancınız arzunuzun şeklidir.
S: Sizin kendinize olan inancınız da bir arzu şekli değil midir?
M: Ben "Ben'im" dediğim zaman, beden gibi bir çekirdeği olan ayrı bir varlığı kastetmiyorum. Ben varlığın tümünü, bilinç okyanusunu, var olan ve bilen tüm evreni kastediyorum. Benim arzu edeceğim hiçbir şey yok, çünkü ben ebediyen tamamım.
S: Siz başka insanların içsel hayatlarına girebilir misiniz?
M: Ben insanlarım.
S: Ben öz veya madde aynılığını ya da form benzerliğini kastetmiyorum. Ben, başkalarının zihinlerine veya kalplerine gerçekten girerek onların kişisel deneyimlerini paylaşıyor musunuz demek istedim. Siz benimle birlikte üzülüp sevinebilir misiniz, yoksa gözlem ve kıyaslama yoluyla sadece sonuç mu çıkarırsınız?
M: Tüm varlıklar benim içimdedir. Ama başka bir beynin içeriğini algılamak özel eğitim gerektirir. Eğitimle kazanılamayacak hiçbir şey yoktur.
S: Ben sizin projeksiyonunuz değilim, siz de benim projeksiyonum değilsiniz. Ben kendi başıma varım, sadece sizin yaratımınız olarak değil. Bu imgeleme ve projeksiyon felsefesi ba-

na hitap etmiyor. Siz beni tüm realiteden yoksun bırakıyorsunuz. Kim kimin imgesidir? Siz mi benim imgemsiniz, ben mi sizin? Yoksa ben kendi imgem içinde bir imge miyim? Hayır, bir yerde bir yanlış var.

M: Bunlar boş sözler. Gerçek olan tarif edilemez, onun deneyimlenmesi gerekir. Ben var oluşumu anlatmak için daha iyi sözcükler bulamıyorum. Söylediklerim gülünç görünebilir, ama sözcüklerle aktarmaya çalıştığım şey en yüksek gerçektir. Küçük şeyler üzerinde her ne kadar tartışsak da, her şey birdir. Ve her şey, her arzunun -"Ben'im" olarak bildiğimiz- tek kaynağını ve hedefini hoşnut etmek için yapılır.

S: Arzunun kökeninde acı vardır. Temel dürtü acıdan kaçmaktır.

M: Acının kökeni nedir? Kendinizle ilgili cehaletiniz, yani kendini-bilmemek. Arzunuzun kökeni nedir? Kendinizi bulma dürtüsü. Tüm yaradılış gerçek benliğini bulmak için uğraşır ve ona dönünceye kadar da rahat etmeyecektir.

S: O ne zaman dönecek?

M: Siz istediğiniz zaman dönebilir.

S: Peki, dünya?

M: Onu da yanınızda götürebilirsiniz.

S: Ben mükemmelliğe erişinceye kadar dünyaya yardım ederek beklemek zorunda mıyım?

M: Elbette dünyaya yardım edin. Fazla yardımınız olmayacak, ama bu çaba sizi geliştirecektir. Dünyaya yardım etmeye çalışmanın yanlış bir yanı yoktur.

S: Kuşkusuz, geçmişte dünyaya çok yardım eden sıradan insanlar vardı.

M: Dünyaya yardım edilmesi gereken zaman geldiğinde, bazı insanlara, büyük değişikliklere neden olacak irade, bilgelik ve güç verilir.

37
Acının ve Zevkin Ötesinde Aşkın Mutluluk Vardır

Maharaj: Her şeyden önce şunu idrak etmelisiniz: Siz, kendiniz dahil, her şeyin kanıtısınız. Hiç kimse sizin varoluşunuzu kanıtlayamaz, çünkü önce onun varoluşu sizin tarafınızdan doğrulanmalıdır. Siz varlığınızı ve bilişinizi kimseye borçlu değilsiniz. Siz tamamen kendi başınasınız. Bir yerden gelmez ve bir yere gitmezsiniz. Siz ebedi var'lık ve farkındalıksınız.

Soran: Aramızda temel bir fark var. Siz gerçek olanı biliyorsunuz, bense sadece zihnimin çalışmalarını biliyorum. Dolayısıyla, sizin söylediğiniz bir şey, benim işittiğim ise bir başka şey. Sizin söylediğiniz doğru, benim anladığım ise yanlış; sözcükler aynı olduğu halde. Aramızda bir boşluk var. Onu nasıl kapatabilirim?

M: Olduğunuzu düşündüğünüz şey olma fikrini bırakın, bir boşluk olmayacaktır. Kendinizi ayrı olarak imgeleyerek o boşluğu siz yarattınız. Siz onu geçmek zorunda değilsiniz. Sadece onu yaratmayın. Her şey sizsiniz ve her şey sizindir. Başka kimse yoktur. Bu bir olgudur.

S: Ne garip! Sizin için doğru olan aynı sözcükler benim için yanlış oluyor. "Başka kimse yok." Nasıl apaçık gerçekdışı!

M: Bırakın, onlar doğru veya yanlış olsun. Sözcüklerin önemi yok. Önemi olan sizin kendinizle ilgili fikriniz, çünkü o sizin önünüzü tıkıyor. Onu bırakın.

S: Çocukluğumdan beri bana adımla ve şeklimle sınırlı olduğumu düşünmem öğretildi. Yalnızca bunun aksini iddia etmek bu derin kazınmış zihinsel izi silemez. Düzenli bir beyin-yıkamaya ihtiyaç var, o da eğer yapılabilirse.

M: Siz ona beyin-yıkama diyorsunuz. Ben onu *Yoga*, yani tüm zihinsel izleri düzeltmek olarak adlandırıyorum. Aynı düşünceleri tekrar tekrar düşünmeye zorlanmamalısınız. İleri doğru devam edin!

S: Bunu söylemek yapmaktan daha kolay.

M: Çocuk olmayın! Değişmek ıstırap çekmekten daha kolaydır. Büyüyüp çocukluktan kurtulun, o kadar.

S: Böyle şeyler yapılmaz, kendiliğinden olur.

M: Her şey her zaman olur, ama onun için hazır olmalısınız. Hazır olmak olgun olmaktır. Siz gerçek olanı görmüyorsunuz, çünkü zihniniz onun için hazır değil.

S: Eğer gerçek benim gerçek doğam ise nasıl hazır olmam?

M: Hazır olmamak korkmak anlamına gelir. Siz olduğunuz şeyden korkuyorsunuz. Sizin varacağınız yer bütündür. Ama siz kimliğinizi yitireceğinizden korkuyorsunuz. Bu çocuksuluktur, oyuncaklara, yani arzularınıza ve korkularınıza, görüşlerinize ve fikirlerinize sarılmaktır. Hepsini bırakın ve gerçeğin kendini doğrulamasına hazır olun. Bu kendini-doğrulama en iyi şekilde, "Ben'im" sözüyle ifade edilir. Başka hiçbir şeyin varlığı yoktur.

S: "Ben'im," elbette, ama ayrıca "Ben biliyorum" da. Ben şöyle ve şöyle olduğumu, bedenin sahibi olduğumu, diğer beden sahipleriyle çok çeşitli ilişkilerim olduğunu biliyorum.

M: Bu tümüyle *şimdi*'ye taşınan anılardır.

S: Ben sadece şimdi olandan emin olabilirim. Geçmiş ve gelecek, anı ve imgeleme zihinsel hallerdir, ama benim tüm bildiğim onlar ve onlar şimdi var. Bana onları terk etmemi söylüyorsunuz. İnsan şimdiyi nasıl terk eder?

M: Ondan hoşlansanız da hoşlanmasanız da siz her zaman geleceğe doğru ilerliyorsunuz.

S: Ben şimdiden şimdiye geçiyorum, ben hiç hareket etmiyorum. Diğer her şey hareket ediyor, ben değil.

M: Öyle olsun. Ama zihniniz hareket ediyor. Şimdide siz hem hareket edebilir, hem de sabit ve değişmez olansınız. Şimdiye kadar kendinizi hareket edebilir olarak kabul ettiniz ve sabit olanı gözden kaçırdınız. Zihninizi ters yüz edin. Hareket edebileni dikkate almayın, o zaman kendinizi daima mevcut, değişmez gerçek, ifade edilemez ama bir kaya gibi somut olan varlık olarak bulacaksınız.

S: Eğer o şimdi ise, onun neden farkında değilim?

M: Çünkü siz onun farkında olmadığınız fikrine tutunuyorsunuz. O fikri bırakın.

S: O fikri bırakmak farkında olmamı sağlamıyor.

M: Bekleyin. Siz aynı anda duvarın her iki tarafında olmak istiyorsunuz. Olabilirsiniz, ama duvarı kaldırmak zorundasınız. Ya da duvarın ve her iki tarafının "burası" ya da "orası" olarak tanımlanamayacak tek bir yer olduğunu idrak etmelisiniz.

S: Benzetmeler hiçbir şeyi kanıtlamaz. Tek şikâyetim şu: Neden sizin gördüğünüzü görmüyorum, neden sözleriniz zihnime doğru gibi gelmiyor? Bu kadarını bilmemi sağlayın, diğer hepsi bekleyebilir. Siz bilgesiniz, ben kıt anlayışlıyım. Bilgeliği nerede ve nasıl bulacağım?

M: Eğer kendinizi kıt anlayışlı biliyorsanız, kesinlikle öyle değilsiniz demektir!

S: Hasta olduğumu bilmenin beni iyileştirmeyeceği gibi, kendimi aptal bilmek de beni akıllı yapamaz.

M: Hasta olduğunuzu bilmek için başlangıçta iyi olmuş olmanız gerekmez mi?

S: Hayır. Ben kıyaslama yoluyla bilirim. Eğer ben doğuştan körsem ve siz bana nesneleri, onlara dokunmadan bildiğinizi söylerseniz, bense bilmek için dokunmak zorundaysam, görmenin ne olduğunu bilmeden de kör olduğumun farkına varabilirim. Benzer şekilde, siz benim kavrayamadığım şeyleri ısrarla ileri sürdüğünüzde, bende bir şeyin eksik olduğunu bilirim. Siz benim hakkımda çok harika şeyler söylüyorsunuz; size göre ben ebedi, her yerde hazır, her şeyi bilen, en yüce mutluluk içinde, var olan her şeyin yaratıcısı, koruyucusu ve yok edicisi, tüm hayatın kaynağı, varoluşun kalbi, bütün yaratıkların efendisi ve sevgilisiyim. Siz beni Nihai Gerçek'le, tüm varoluşun kaynağı ve hedefiyle eşitliyorsunuz. Ben çok şaşırıyorum, çünkü ben kendimi bir karanlık okyanusu içinde, minik bir arzular ve korkular yumağı, bir ıstırap kabarcığı, geçici bir bilinç pırıltısı olarak biliyorum.

M: Acı var olmadan önce siz vardınız. Acı geçtikten sonra, siz kaldınız. Acı geçicidir, siz değilsiniz.

S: Üzgünüm, ama ben sizin gördüğünüzü görmüyorum. Doğduğum günden öleceğim güne kadar acı ve zevk benim hayatımın örgüsünü örecek. Doğumdan önce ve ölümden sonra var olma hakkında hiçbir şey bilmiyorum. Sizi ne kabul ne de ret ediyorum. Söylediğinizi işitiyor, ama onu *bilmiyorum*.

M: Şimdi bilinçlisiniz, öyle değil mi?

S: Lütfen, bana öncesi ve sonrası hakkında soru sormayın. Ben sadece şimdi olanı biliyorum.

M: Pekâlâ. Siz bilinçlisiniz. Ona tutunun. Bilinçli olmadığınız haller vardır. Ona bilinçsiz varoluş deyin.

S: Bilinçsiz var'lık mı?

M: Bilinç ve bilinçsizlik burada geçerli olmaz. Varoluş bilinçtedir, var'lık ise bilinçten bağımsızdır.

S: O boşluk mudur? Sessizlik midir?

M: Neden ayrıntılara giriyorsunuz? Var'lık bilince nüfuz eder ve onu aşar. Nesnel bilinç saf bilincin bir parçasıdır, onun ötesi değil.

S: Ne bilinç, ne bilinçsizlik olan saf var'lık halini nasıl bilebilirsiniz? Tüm bilgi yalnızca bilinçtedir. Zihnin askıya alındığı bir hal olabilir. O zaman bilinç tanık olarak mı görünür?

M: Tanık sadece olayları kaydeder. Zihin askıda olduğunda "Ben'im" duygusu bile yok olur. Zihin olmadan "Ben'im" de yoktur.

S: Zihin olmadan demek, düşünceler olmadan demektir. Bir düşünce olarak "Ben'im" yatışır (dibe çöker). Var'lık duygusu olarak "Ben'im" kalır.

M: Tüm deneyim zihinle birlikte yatışır. Zihin olmadan, ne deneyimleyen olur, ne deneyim.

S: Tanık da kalmaz mı?

M: Tanık sadece deneyimin varlığını ya da yokluğunu kaydeder. O kendi başına bir deneyim değildir, ama "Ben tanığım" düşüncesi ortaya çıktığında, o bir deneyim haline gelir.

S: Benim tüm bildiğim, zihnin bazen çalıştığı, bazen durduğudur. Ben zihinsel sessizlik deneyimini zihnin askıya alınması olarak adlandırıyorum.

M: Ona ister sessizlik, ister boşluk, ister askıya-alınma deyin, gerçek şudur ki, üçü de -deneyimleyen, deneyimleme ve deneyim- yoktur. Tanıklıkta, farkındalıkta, kendinin bilincinde olma, şu ya da bu olma duygusu yoktur. Tanımlanmamış var'lık kalır.

S: Bir bilinçsizlik hali olarak mı?

M: O her neyle kıyaslanırsa, onun zıddıdır. O aynı zamanda tüm zıtların arası ve ötesidir. O ne bilinçtir ne bilinçsizlik, ne her ikisinin arası ne de ötesidir. O, bir deneyim -ya da deneyimsizlik- olarak adlandırılabilecek herhangi bir şeyle ilgili olarak değil, kendi başına vardır.

S: Siz ondan, sanki o bir deneyimmiş gibi söz ediyorsunuz.

M: Ben onu düşündüğümde, o bir deneyim haline gelir.

S: Bir çiçek tarafından tutulan görünmez ışığın renk haline gelişi gibi mi?

M: Evet, öyle diyebilirsiniz. O renktedir, ama renk değildir.

S: Bu, *Nagarjuna*'nın dört-katlı olumsuzlamasıdır: Ne o, ne bu, ne her ikisi, ne de hiçbiri. Başım dönüyor!

M: Sizin zorluğunuz, gerçeğin birçok bilinç halinden biri olduğu fikrinden kaynaklanıyor. Siz sanki gerçek değişen ölçülerde sahip olunabilecek bir nitelikmiş gibi, "Bu gerçek. Bu gerçek değil. Bu kısmen gerçek, kısmen gerçek değil" deme eğilimindesiniz.

S: Bunu farklı bir biçimde ifade edeyim. Sonuçta, bilinç ancak acı verici olduğunda bir sorun haline gelir. Bir sürekli mutluluk hali sorulara neden olmaz. Biz tüm bilinci zevk ve acı verici olanın bir karışımı olarak buluyoruz. Neden?

M: Tüm bilinç sınırlıdır, o yüzden de acı vericidir. Bilincin kökeninde arzu, deneyimleme dürtüsü yatar.

S: Arzu olmasa bilinç var olmazdı mı demek istiyorsunuz? Ve bilinçsiz olmanın avantajı nedir? Eğer acıdan kurtulmak için zevkten de vazgeçmek zorundaysam, ikisini de tutmayı tercih ederim.

M: Acının ve zevkin ötesinde aşkın mutluluk vardır.

S: Bilinçsiz mutluluk neye yarar ki?

M: O ne bilinçli, ne de bilinçsizdir. O gerçektir.

S: Sizin bilince itirazınız nedir?

M: O bir yüktür. Beden yük demektir. Duyumlar, arzular, düşünceler, hepsi yüktür. Tüm bilinç çatışmadan oluşur.

S: Gerçek; asıl varlık, saf bilinç, sonsuz mutluluk olarak tanımlanır. Acının onunla ne ilgisi vardır?

M: Acı ve zevk meydana gelir, ama acı zevkin bedeli, zevk de acının ödülüdür. Acının ve zevkin bir olduğunu bilmek huzurdur.

S: Tüm bunlar çok ilginç, ama benim hedefim çok daha basit. Hayatta daha fazla zevk, daha az acı istiyorum. Ne yapmalıyım?

M: Bilinç var olduğu sürece, zevk ve acı olmak zorundadır. Kendini zıtlarla özdeşleştirmek "Ben'im"in, bilincin doğasında vardır.

S: Öyleyse tüm bunların bana ne yararı var? Bu beni tatmin etmiyor.

M: Siz kimsiniz, tatmin olmayan kimdir?

S: Ben, yani acı-zevk insanı.

M: Acı ve zevk, her ikisi de *ananda*'dır (mutluluk). Burada ben önünüzde oturmuş, size -kendi direkt ve değişmez deneyimime dayanarak- acının ve zevkin mutluluk okyanusundaki dalgaların dorukları ve vadileri olduğunu söylüyorum. Derinlerde ise kesin bir tamlık vardır.

S: Sizin deneyiminiz daimi midir?

M: O ebedi ve değişmezdir.

S: Benim tüm bildiğim zevki arzulayıp acıdan korkmaktır.

M: Bu sizin kendi hakkınızda düşündüğünüzdür. Buna son verin. Eğer bir alışkanlığı bir anda kıramıyorsanız, o zaman aşina yolu seçerek, düşünün ve o alışkanlığın yanlışlığını görün. Alışılmışı sorgulamak zihnin görevidir. Zihnin yarattığını zihin yok etmelidir. Ya da zihnin dışında hiçbir arzunun bulunmadığını idrak edin ve zihnin dışında kalın.

S: Doğrusu, bu, her şeyin zihin-ürünü olduğu açıklamasına ben güvenmiyorum. Zihin, tıpkı göz gibi, sadece bir alettir. Siz algılamanın yaratmak olduğunu söyleyebilir misiniz? Ben dünyayı pencereden görürüm, pencerede değil. Tüm söyledikleriniz, ortak bir temele dayandığından, birbirleriyle tutarlı görünüyor, ama temelinizin bir gerçek mi, yoksa zihin ürünü mü olduğunu bilmiyorum. Onun sadece zihinsel bir imgesine sahip olabilirim. Onun sizin için ne anlama geldiğini bilmiyorum.

M: Siz zihinde yer alıp durduğunuz sürece, beni zihinde göreceksiniz.

S: Anlamak için sözcükler ne kadar yetersiz!

M: Sözcükler olmadan, anlayacak ne vardır? Anlama ihtiyacı yanlış anlamadan doğar. Söylediğim doğrudur ama size göre o sadece bir kuramdır. Onun doğru olduğunu nasıl bileceksiniz? Dinleyin, hatırlayın, düşünün, gözünüzde canlandırın, deneyimleyin. Ayrıca günlük hayatınızda uygulayın. Bana sabır gösterin ve her şeyden çok kendinize sabır gösterin, çünkü siz kendinizin tek engelisiniz. Yol sizden geçerek sizden öteye götürür. Siz sadece belirli olanın gerçek, bilinçli ve mutlu olduğuna inandıkça ve dualitesiz gerçeği hayal ürünü bir şey, soyut bir kavram olarak reddettikçe, benim kavramlar ve soyutlamalar dağıttığımı düşüneceksiniz. Ama bir kez kendi varlığınız içinde gerçek-olana dokunduğunuzda, sizin için en yakın ve en sevgili olanı tarif ettiğimi göreceksiniz.

38

Spiritüel Uygulama İradenin Tekrar Tekrar Doğrulanmasıdır

Soran: Sizi görmeye gelen Batılılar garip bir zorlukla karşılaşıyorlar. Onlar özgürleşmiş, kendini idrak etmiş, benliği bilen, Tanrı'yı bilen, dünyayı aşmış bir insan kavramını bilmiyorlar. Onların Hıristiyan kültürlerinde tüm sahip oldukları bir ermiş (aziz) fikridir: Bu iyi, dürüst, Tanrı'ya saygı gösteren, insanları seven, dindar, bazen vecit hallerine giren ve birkaç mucize ile teyit edilen bir insandır. Bir *gnani* fikri bile Batı kültürüne yabancı ve oldukça inanılmaz bir şeydir. Onlar bir *gnani*'nin varlığını kabul etseler bile, ona kuşkuyla, garip fiziksel duruşların ve zihinsel tutumların neden olduğu bir öfori (yoğun mutluluk ve iyilik hali) vakası olarak bakarlar. Bilinçte yeni bir boyut fikri onlara inanılmaz ve olanaksız görünür.

Onlara yardımcı olacak şey, bir *gnani*'nin kendini idrak etme deneyimini, onun nedenlerini, başlangıcını, ileri aşamalarını, kazanımlarını ve günlük hayattaki uygulamasını dinleme fırsatıdır. Onun söylediklerinden çoğu yine garip, hatta anlamsız olarak kalabilir; ama yine de, betimlenemez, ama çok hakiki olan bir gerçek hissi, bir deneyim atmosferi, kendisinden bir yaşam örneği çıkarılabilecek bir merkez kalacaktır.

Maharaj: Bu deneyimin iletilmesi imkânsız olabilir. İnsan bir deneyimi aktarabilir mi?

S: Evet, insan bir sanatçıysa bunu yapabilir. Sanatın özü duyguların, deneyimlerin aktarımıdır.

M: Bir aktarımı alabilmek için sizin almaya açık olmanız gerekir.

S: Elbette. Bir alıcının olması gerekir. Ama aktarıcı aktarmazsa, alıcı neye yarar?

M: *Gnani* herkese aittir. O, ona gelen herkese kendini yorulmadan, bıkmadan ve tamamen verir. Eğer o bir veren değilse, bir *gnani* değildir. O her neye sahipse onu paylaşır.

S: Ama o *olduğu* şeyi paylaşabilir mi?

M: O başkalarını *gnani* yapabilir mi demek istiyorsunuz. Evet ve hayır. Hayır, çünkü *gnaniler* yapılmazlar, onlar kaynaklarına, gerçek doğalarına döndüklerinde, kendilerini *gnani* olarak idrak ederler. Ben sizi zaten olduğunuz bir şey yapamam. Yapabileceğim tüm şey, geçtiğim yolu açıklamak ve sizi o yola davet etmektir.

S: Bu benim sorumu yanıtlamıyor. Ben yüksek bilinç halleri olasılığını yadsıyan eleştirici ve kuşkucu Batılı'dan söz ediyorum. Yakın geçmişte uyuşturucular onun -materyalist görüşünü ve tutumunu etkilemeden- inançsızlığında bir gedik açtı. Uyuşturucular olsun olmasın, Batı'da beden birincil olgu sayılır, zihin ikinci sırada yer alır. Onlar zihnin ötesinde hiçbir şey görmezler. Buda'dan bu yana kendini-idrak hali hep "o değil," "bu değil" gibi olumsuz terimlerle tarif edilmiştir. Bu kaçınılmaz mıdır? Onu tarif etmek mümkün değilse bile, tasvir etmek mümkün değil midir? Örneğin, şiir, ifade edilemez olanı sözlere dökme sanatıdır.

M: Dindar şairler eksik değil. İstediğiniz şey için onlara başvurun. Bana gelince, benim öğretim basittir: Bana bir süre güvenin ve söylediklerimi yapın. Eğer sebat ederseniz, güveninizin boşa gitmediğini göreceksiniz.

S: Peki, ilgi duyan, ama güvenemeyen insanlarla ne yapmalı?

M: Eğer onlar benimle kalabilselerdi, bana güveneceklerdi. Bir kez bana güvendiklerinde, öğüdümü tutacak ve kendileri keşfedeceklerdir.

S: Ben şimdi eğitimi değil, onun sonuçlarını soruyorum. Siz ikisine de sahipsiniz. Bize eğitim hakkında her şeyi söylemeye gönüllüsünüz, ama iş sonuçlara gelince, paylaşmayı reddediyorsunuz. Bize ya içinde bulunduğunuz halin sözcüklerin ötesinde olduğunu ya da arada bir fark olmadığını, bizim bir fark

gördüğümüz yerde sizin bir fark görmediğinizi söylüyorsunuz. Her iki durumda da biz sizin içinde bulunduğunuz halle ilgili hiçbir içgörü edinemiyoruz.
M: Siz kendi halinizle ilgili içgörü sahibi değilken, benim halim hakkında nasıl içgörü edinebilirsiniz? İçgörü aletiniz yoksa, önce onu bulmanız önemli değil midir? Bu, kör bir adamın, görme yeteneğini yeniden kazanmadan önce resim yapmayı öğrenmek istemesi gibidir. Siz benim içinde bulunduğum hali bilmek istiyorsunuz, ama eşinizin ya da hizmetçinizin halini biliyor musunuz sanki?
S: Ben sadece bazı ipuçları istiyorum,
M: Eh, ben size çok anlamlı bir ipucu verdim: Ben sizin gibi farklar görmüyorum. Bana göre, bu yeterlidir. Bunu derin bir biçimde düşünün, o zaman benim gördüğümü görmeye başlayacaksınız. Siz bir anda içgörü kazanmak istiyorsunuz, bir anda olanın öncesinde daima uzun bir hazırlığın bulunduğunu unutuyorsunuz. Meyve bir anda düşer, ama onun olgunlaşması zaman alır. Sonuçta, bana güvenmekten söz ettiğimde, bu sadece sizi harekete geçirmeye yetecek kadar kısa bir süre içindir. Ne kadar samimi olursanız, inanca ihtiyacınız o kadar az olur; çünkü çok geçmeden, bana olan inancınızın haklı çıktığını göreceksiniz. Güvenilir olduğumu size kanıtlamamı istiyorsunuz! Bunu nasıl yapabilirim ve neden yapayım? Sonuçta, size önerdiğim şey Batı biliminde çok geçerli olan işlemsel yaklaşımdır. Bir bilimci bir deneyi ve onun sonuçlarını açıkladığında, siz genellikle ona güvenir ve o deneyi onun tarif ettiği gibi tekrarlarsınız. Benzeri sonuçlar aldığınızda ise artık ona güvenme ihtiyacı duymazsınız; siz kendi deneyiminize güvenirsiniz. Cesaretlenmiş olarak devam eder ve sonunda esasen aynı olan sonuçlara ulaşırsınız.
S: Hintli zihni, kültürü ve eğitimi itibariyle metafiziksel deneylere hazırdır. Bir Hintli için "En Yüce Gerçeğin direkt algılanışı" gibi sözler bir anlam ifade eder ve onun varlığının ta

derinliklerinden karşılıklar alır. Bu sözler bir Batılı'ya çok az şey ifade eder; bu konu onun kendi Hıristiyan anlayışına göre ortaya getirildiğinde bile, sadece onun Tanrı'nın emirlerine ve İsa'nın uyarılarına uygun düşüp düşmediğini düşünür, daha ileri gitmez. Gerçeğin bilgisini doğrudan, aracısız edinmek için tutku duymadığı gibi, onu tasavvur da edemez. Bazı Hintliler bana şöyle diyorlar: "Umutsuz. Batılı bunu yapmayacaktır, çünkü yapamaz. Ona kendini idrak etmek hakkında hiçbir şey söylemeyin; bırakın o yararlı bir hayat sürsün ve Hindistan'da yeniden doğma hakkı kazansın. Ancak o zaman onun bir şansı olabilir." Bazıları da diyorlar ki: "Gerçek, eşit olarak herkes içindir, ama onu kavramak için gerekli kapasite herkese eşit ölçüde bahşedilmemiştir. Bu kapasite arzu ile oluşur, büyüyerek bağlılık haline gelir ve en sonunda kendini tam olarak adamaya dönüşür. Dürüstlük, samimiyet ve tüm engelleri aşma konusunda demir gibi bir kararlılıkla Batılı da, Doğulu insanın sahip olduğu şansa sahip olur. Onun tüm ihtiyacı ilgisinin uyandırılmasıdır. Onun kendini bilme konusunda ilgisini uyandırmak için, bunun yararları hakkında ikna edilmeye ihtiyacı vardır.

M: Kişisel bir deneyimin aktarılabileceğine inanıyor musunuz?

S: Bilmiyorum. Siz birlikten, gören ile görülenin özdeşliğinden söz ediyorsunuz. Her şey bir olduğunda, iletişimin mümkün olması gerekir.

M: Bir ülkeyi doğrudan deneyimleyebilmek için insanın gidip orada yaşaması gerekir. İmkânsız olanı istemeyin. Bir insanın spiritüel zaferi, kuşkusuz, insanlığa yarar sağlar, ama başka bir bireyi yararlandırmak için yakın bir kişisel ilişki gereklidir. Böyle bir ilişki rastlantısal değildir ve herkes ona talip olamaz. Öte yandan, bilimsel yaklaşım herkese açıktır. "Güven-sına-tat." Daha başka neye ihtiyacınız var? Gerçeği, onu istemeyenlere neden zorla vermeye çalışalım? Bu yapılamaz zaten. Bir alıcı olmadan, veren ne yapabilir?

S: Sanatın özü, içsel bir deneyimi iletebilmek için dışsal formu kullanmaktır. Elbette, dışsal olanın anlamlı olabilmesi için insan içsel olana karşı duyarlı olmalıdır. İnsanın duyarlılığı nasıl gelişebilir? Siz kendi duyarlılığınızı paylaşabilir misiniz?

M: Evet, paylaşabilirim, ama paylaşmak için iki kişi gerekir. Benim vermeye gönüllü olduğumu kim almaya gönüllüdür?

S: Siz bir olduğumuzu söylüyorsunuz, bu yeterli değil mi?

M: Ben sizinle birim, siz benimle bir misiniz? Eğer öyleyseniz, sorular sormazsınız. Eğer değilseniz, eğer benim gördüğümü görmüyorsanız, sizin görüşünüzü düzeltmek için yol göstermekten başka ne yapabilirim?

S: Veremediğiniz bir şey kendinize ait değildir.

M: Hiçbir şeyin bana ait olduğunu iddia etmiyorum. "Ben" olmayınca, "benim" nerededir? İki kişi bir ağaca bakar; biri yaprakların arasında gizli meyveyi görür, diğeri görmez. Bunun dışında ikisi arasında hiçbir fark yoktur. Gören kişi, biraz dikkatle diğerinin de göreceğini bilir, ama paylaşma sorusu ortaya çıkmaz. İnanın bana, ben sizin gerçekle ilgili payınızı zapt eden cimri biri değilim. Tam tersine, ben tümüyle sizinim; beni yiyin, için. Ama sözel olarak "Ver, ver" diye tekrarlarken, size sunulanı almak için hiçbir şey yapmıyorsunuz. Benim gördüğümü görebilmeniz için size kısa ve kolay bir yol gösteriyorum, ama siz eski düşünce, duygu ve eylem alışkanlıklarınıza sarılıyor ve tüm kabahati benim üzerime atıyorsunuz. Bende sizde olmayan hiçbir şey yok. Kendini bilme, sunulacak ve kabul edilecek bir mülk parçası değildir. O, verilecek ya da alınacak hiçbir şeyin bulunmadığı yepyeni bir boyuttur.

S: Bize hiç olmazsa, günlük hayatınızı sürdürürken zihninizin içeriğiyle ilgili bir içgörü verin. Yemek, içmek, konuşmak, uyumak sizin tarafınızdan nasıl duyumsanır?

M: Hayatın ortak şeyleri: Onları tıpkı sizin gibi deneyimliyorum. Fark deneyimlemediğimde yatıyor. Ben korku, hırs, nefret ve öfke hissetmiyorum. Hiçbir şey istemiyor, hiçbir şeyi reddetmiyor, hiçbir şeyi alıkoymuyorum. Bu konularda taviz vermem. Belki bu aramızdaki en belirgin farktır. Ben uzlaşmam, kendime karşı dürüstüm, siz ise gerçek'ten korkarsınız.

S: Bir Batılı'nın görüş noktasından, sizin yöntemlerinizde rahatsız edici bir şey var. Bir köşede kendi başına oturup, "Ben Tanrı'yım, Tanrı benim" diye tekrarlayıp durmak düpedüz çılgınlık gibi görünüyor. Böyle uygulamaların insanı en yüksek akıllılığa ulaştırdığına bir Batılı'yı nasıl ikna etmeli?

M: Tanrı olduğunu iddia eden insan ve bundan kuşku duyan insan, her ikisi de yanılgı içindedir. Onlar rüyalarında konuşmaktadırlar.

S: Eğer her şey rüya ise uyanıklık nedir?

M: Rüyalar ülkesinin diliyle uyanıklık halini nasıl tarif etmeli? Sözcükler tarif edemez, onlar sadece sembollerdir.

S: Yine, sözcüklerin gerçeği iletemeyeceği yolundaki aynı mazeret.

M: Eğer sözler istiyorsanız, size kadim güç sözcüklerinden bazılarını verebilirim. Onlardan herhangi birini durmadan tekrarlayın, harikalar yaratabilir.

S: Ciddi misiniz? Uygun kültürel ve dinsel geçmişten kaynaklanan iman ve inançtan tamamen yoksun bir Batılı'ya "Om," "Ram" ya da "Hare Krişna" diye tekrarlamasını mı söyleyeceksiniz. O, güven ve şevk taşımadan, aynı sözcüğü mekanik biçimde tekrarlayarak herhangi bir şeye ulaşabilir mi?

M: Neden olmasın? Önemli olan dürtü, gizli güdüdür, onun aldığı şekil değil. Kişi her ne yaparsa yapsın, eğer onu gerçek benliğini bulmak için yapıyorsa, bu onu kendine ulaştıracaktır.

S: Aracın etkili olması için imana ihtiyaç yok mudur?

M: Sonuçların beklentisinden başka bir şey olmayan imana ihtiyaç yoktur. Burada önemli olan eylemdir. Gerçek uğruna yaptığınız her şey sizi gerçeğe götürecektir. Sadece ciddi, samimi ve dürüst olun. Onun aldığı şekil önemli değildir.

S: Öyleyse, insanın özlemlerini ifade etme ihtiyacı nerede kalıyor?

M: İhtiyaç yoktur. Hiçbir şey yapmamak da aynı derecede iyidir. Sadece özlem; düşünce ve eylemle sulandırılmamış, saf ve yoğun özlem sizi hedefinize hızla götürecektir. Önemli olan hal ve hareket tarzı değil, doğru dürtüdür.

S: İnanılmaz! Nasıl olur da umutsuzluğa yaklaşan bir can sıkıntısıyla yapılan duygusuz ve cansız tekrarlamalar etkili olabilir?

M: Can sıkıntısına, umutsuzluğa ve tam bir inanç eksikliğine rağmen, sabırla ve sebatla, sürekli bu tekrarlamayı yapmak gerçekten çok önemlidir. Onlar kendi başlarìna önemli değildir, ama onların ardındaki samimiyet çok önemlidir. İçten bir itiş ve dıştan bir çekiş olmalıdır.

S: Benim sorularım tipik Batılı soruları. İnsanlar neden-sonuç, araç-hedefler terimleri içinde düşünürler. Onlar belirli bir sözcük ile Mutlak Gerçek arasında nasıl bir nedensel bağlantı bulunabileceğini göremezler...

M: Böyle bir bağlantı yoktur. Ama sözcük ile onun anlamı arasında, eylem ile onun güdüsü arasında bir bağlantı vardır. Spiritüel uygulama iradenin tekrar tekrar doğrulanmasıdır. Cesarete sahip olmayan kişi, kendisine sunulduğunda dahi, gerçek-olanı kabul etmeyecektir. Korkudan doğan isteksizlik tek engeldir.

S: Korkulacak ne vardır?

M: Bilinmeyen. Var olmamak, bilmemek, yapmamak. Ötesi.

S: Başarınızın yolunu paylaşabildiğiniz halde, onun meyvelerini paylaşamadığınızı mı söylemek istiyorsunuz?

M: Elbette meyveleri paylaşabilirim ve bunu her zaman yapıyorum. Ama benimkisi sessiz bir dildir. Dinlemeyi öğrenin, o zaman anlayacaksınız.

S: Bir insanın buna inançsız olarak nasıl başlayabileceğini anlamıyorum.

M: Bir süre benimle kalın ya da zihninizi benim söylediklerime ve yaptıklarıma verin, inanç doğacaktır.

S: Herkesin sizinle karşılaşma şansı yok.

M: Kendi benliğinizle buluşun. Onu dinleyin, ona itaat edin, onu sürekli olarak zihninizde tutun. Başka bir rehbere ihtiyacınız yoktur. Gerçeğe ulaşma dürtünüz günlük yaşamınızı etkilediği sürece, sizin için her şey yolundadır. Hayatınızı kimseyi incitmeden yaşayın. Zararsızlık en güçlü *Yoga* şeklidir ve o sizi hızla hedefinize götürecektir. Bu *nisarga yoga*, *doğal yoga*'dır. O huzur, uyum, dostluk ve sevgi içinde yaşama sanatıdır. Onun meyvesi nedensiz ve sonsuz mutluluktur.

S: Yine de, tüm bunlar bir inancı gerektirir.

M: İçinize dönün, kendinize güvenmeye başlayacaksınız. Başka her şeyde güven deneyimle gelir.

S: Bir insan bana benim bilmediğim bir şeyi bildiğini söylediğinde, ona "Senin bilip de benim bilmediğim şey nedir?" diye sorma hakkına sahibim.

M: Ya o size onun sözcüklerle aktarılamayacağını söylerse?

S: O zaman ben onu yakından izler ve anlamaya çalışırım.

M: Ben de aynen bunu yapmanızı istiyorum! Karşılıklı bir anlayış akımı kurulana dek ilgilenin, dikkatinizi verin. O zaman paylaşım kolay olacaktır. Aslında, tüm idrak sadece paylaşımdır. Siz daha geniş bir bilince girer ve onu paylaşırsınız. Girmeyi ve paylaşmayı istememek tek engeldir. Ben farklardan asla söz etmem, çünkü bana göre fark yoktur. Siz farklardan söz ediyorsunuz, öyleyse onları bana göstermek size düşer. Bunun için beni anlamanız gerekecektir, ama o zaman artık farklılıklardan söz etmeyeceksiniz. Bir şeyi iyi anladığınızda, ona ulaşmışsınızdır. Sizin bilmenizi engelleyen şey fırsat eksikliği değildir, zihninizi anlamak istediğiniz şey üzerinde odaklayamamanızdır. Eğer bilmediğiniz şeyi zihninizde tutabilseydiniz, o size sırlarını açıklardı. Ama eğer siz yüzeysel ve sabırsızsanız, bakacak ve bekleyecek kadar samimi değilseniz, o zaman gökteki ayı istediği için ağlayan bir çocuk gibisinizdir.

39
Kendi Başına Hiçbir Şey Varlığa Sahip Değildir

Soran: Sizi dinlerken, size sorular sormanın yararsız olduğunu görüyorum. Soru her ne olursa olsun, siz onu hep geçersiz kılıyor ve beni kendi yarattığım bir illüzyonda yaşadığım ve gerçeğin sözlerle ifade edilemez olduğu temel olgusuna getiriyorsunuz. Sözler sadece kafa karışıklığını artırıyor, tek bilgece yol kendi içimize yönelip onu sessizce araştırmak olacak.

Maharaj: Sonuçta, illüzyonu yaratan zihindir ve ondan kurtulan da zihindir. Sözler illüzyonu ağırlaştırabildiği gibi, onun dağılmasına da yardımcı olabilir. Aynı gerçeği, o gerçek haline gelinceye dek tekrarlamakta yanlış bir şey yoktur. Annenin işi çocuğun doğmasıyla bitmez. O çocuğunu -kendisine artık ihtiyacı kalmayıncaya dek- aylar ve yıllar boyunca besler. İnsanların sözleri işitmeye ihtiyaçları vardır, ta ki olgular onlara sözlerden daha yüksek sesle hitap edene dek.

S: Öyleyse biz sözlerle beslenen çocuklar mıyız?

M: Sözlere önem verdiğiniz sürece çocuksunuz.

S: Pekâlâ, öyleyse bizim annemiz olun.

M: Çocuk doğmadan önce neredeydi? O anne ile birlikte değil miydi? O zaten anneyle birlikte olduğu için doğabilmişti.

S: Ama anne kendisi bir çocukken çocuğu taşımıyordu.

M: Potansiyel olarak, o anneydi. Zaman illüzyonunun ötesine geçin.

S: Yanıtınız her zaman aynı; tekrar tekrar aynı saat başlarını çalan bir saat gibi.

M: Başka çare yok. Tıpkı güneşin milyonlarca çiğ tanesi tarafından yansıtılması gibi, ebedi olan da durmadan tekrarlanır. Ben "Ben'im, Ben'im" diye tekrarlarken, sadece daima mevcut olan bir olguyu yeniden doğruluyorum. Siz sözlerimden usanıyorsunuz, çünkü onların ardındaki yaşayan gerçeği görmüyorsunuz. Onunla temasa geçin, o zaman hem sözlerin hem de sessizliğin tüm anlamını bulacaksınız.

S: Siz küçük kızın şimdiden gelecekteki çocuğunun annesi olduğunu söylüyorsunuz. Potansiyel olarak, evet. Fiili olarak, hayır.

M: Potansiyel, düşünme yoluyla fiili hale gelir. Beden ve onun işleri zihinde var olur.

S: Zihin hareket halindeki bilinçtir ve bilinç Benliğin koşullanmış *(saguna)* veçhesidir. Koşullanmamış *(nirguna)* başka bir veçhedir ve onun ötesinde mutlak-olanın sonsuz derinliği *(paramartha)* uzanır.

M: Çok doğru, güzel bir biçimde ifade ettiniz.

S: Ama bunlar benim için sadece sözler. Onları işitmek ve tekrarlamak yeterli değildir, onlar deneyimlenmelidir.

M: İçinize odaklanmanızı engelleyen şey, zihninizi dış dünya ile meşgul etmenizdir; ondan başka sizi durduran bir şey yoktur. Çare yok siz *sadhana*'nızı atlayıp geçemezsiniz. Dünyadan yüz çevirip içinize dönmelisiniz, ta ki iç ve dış birleşip bir oluncaya ve siz içsel veya dışsal koşullanmışlığın ötesine geçebilene kadar.

S: Kuşkusuz, koşullanmamış-olan koşullanmış zihindeki bir fikirden ibarettir. O kendi başına var olamaz.

M: Hiçbir şey kendi başına var olamaz. Her şey kendi yokluğuna muhtaçtır. Olmak, fark edilebilir olmaktır, orada değil, burada olmaktır, o zaman değil, şimdi olmaktır, başka türlü değil, böyle olmaktır. Suyun bulunduğu kabın şeklini alması gibi, her şey koşullar *(gunalar)* tarafından belirlenir. Suyun hangi kabın içinde bulunursa bulunsun su olarak kalması, ışığın hangi renkleri ortaya çıkarırsa çıkarsın ışık olarak kalması gibi, gerçek de onu hangi koşullar yansıtıyor olursa olsun, gerçek olarak kalır. Bilinç odağında neden sadece yansımayı tutmalı? Neden gerçek-olanın kendisini değil?

S: Bilincin kendisi bir yansımadır. O, gerçek-olanı nasıl barındırabilir?

M: Bilincin ve onun içeriğinin yansımalardan ibaret, değişken ve geçici olduğunu bilmek, gerçek-olana odaklanmak demektir. İpi yılan olarak görmeyi reddetmek, ipi görmek için gerekli koşuldur.

S: Sadece gerekli mi, yoksa yeterli de mi?

M: İnsan bir ipin var olduğunu ve bir yılan gibi göründüğünü de bilmelidir. Aynı şekilde, insan gerçek-olanın var olduğunu ve onun tanık-bilinci doğasında olduğunu bilmelidir. Kuşkusuz gerçek tanığın ötesindedir, ama gerçeğe girmek için insan önce saf tanıklık halini idrak etmelidir. Koşulların farkındalığı insanı koşulsuz-olana ulaştırır.

S: Koşulsuz-olan deneyimlenebilir mi?

M: Koşullu olanın koşullu olduğunu bilmek, koşulsuz olan hakkında söylenebilecek tek şeydir. Olumlu terimler sadece ipuçlarıdır ve yanıltıcıdır.

S: Gerçek-olana tanık olmaktan söz edebilir miyiz?

M: Nasıl edebiliriz? Biz ancak gerçek-olmayandan, illüzyoni, geçici ve koşullu olandan söz edebiliriz. Öteye geçmek için, her şeyin bağımsız bir varoluşa sahip olduğunu kesinlikle reddetmeliyiz. Her şey bağlıdır.

S: Onlar neye bağlıdır?

M: Bilince. Ve bilinç tanığa bağlıdır.

S: Ve tanık gerçek-olana bağlıdır, öyle mi?

M: Tanık, tüm saflığı içinde gerçek-olanın yansımasıdır. O zihnin durumuna bağlıdır. Berraklığın ve bağsızlığın hâkim olduğu yerde, tanık-bilinci ortaya çıkar. Bu, suyun berrak ve durgun olduğu yerde ayın aksi suda belirir demek gibidir. Ya da gün ışığının bir pırlantada pırıltı olarak görünmesi gibi.

S: Tanık olmadan bilinç olabilir mi?

M: Tanık olmadan, o bilinçsizlik olur, sadece yaşamak olur. Tanık her bilinç halinde gizlidir, her renk içinde ışığın gizli oluşu gibi. Bilen olmadan bilgi olamaz ve tanık olmadan bilen olamaz. Siz sadece bilmez, bildiğinizi de bilirsiniz.

S: Eğer koşulsuz-olan deneyimlenemezse (çünkü tüm deneyim koşulludur), ondan neden söz etmeli?

M: Koşulsuz-olan olmadan, koşullu-olanın bilgisi nasıl var olabilir? Tüm bunların akıp geldiği bir kaynak, üstünde her şeyin durduğu bir temel olmalıdır. Kendini idrak etmek, öncelikle insanın kendi koşullanmasını bilmesi ve sonsuz çeşitlilikteki koşullanmaların bizim koşullanma ve çeşitliliğe neden olma yeteneğimize bağlı olduğunun farkında olmasıdır. Koşullanmış zihne koşulsuz-olan, her şeyin hem tümü, hem de yokluğu gibi görünür. İkisi de direkt olarak deneyimlenemez, ama bu onun var olmadığı anlamına gelmez.

S: O bir his değil midir?

M: Bir his de bir zihin halidir. Sağlıklı bir bedenin dikkat talep etmeyişi gibi, koşulsuz-olan da deneyimden azadedir. Ölüm deneyimini alalım. Sıradan insan ölmekten korkar, çünkü değişimden korkar. *Gnani* ise korkmaz, çünkü onun zihni zaten ölmüştür. O, "Ben yaşıyorum" diye düşünmez. O şunu bilir: "Hayat vardır." Onun içinde değişim ve ölüm yoktur. Ölüm, zaman ve uzay içinde bir değişim gibi görünür. Zamanın ve uzayın olmadığı yerde ölüm nasıl olabilir? *Gnani* isme ve şekle ölmüştür zaten. Onların kaybı onu nasıl etkileyebilir? Tren içindeki insan bir yerden bir yere yolculuk eder, ama trenden inmiş olan insan hiçbir yere gitmez, çünkü o bir menzile bağlı değildir. Onun gideceği bir yer, yapacağı bir şey, olacağı bir şey yoktur. Plânlar yapanlar onları gerçekleştirmek için doğacaklardır. Hiçbir plân yapmayanların doğmaya ihtiyaçları yoktur.

S: Acının ve zevkin amacı nedir?

M: Onlar kendi başlarına mı, yoksa sadece zihinde mi mevcuttur?

S: Yine de mevcutturlar.

M: Acı ve zevk sadece belirtilerdir (semptomlardır), yanlış bilginin ve yanlış hissin sonuçlarıdır. Bir sonucun kendine ait bir amacı olamaz.

S: Tanrı'nın ekonomisinde her şeyin bir amacı olmalıdır.

M: Tanrı'yı biliyor musunuz ki onun hakkında bu kadar serbestçe konuşuyorsunuz? Size göre Tanrı nedir? Bir ses mi, kâğıt üzerinde bir sözcük mü, zihindeki bir fikir mi?

S: Onun gücü sayesinde doğdum ve yaşıyorum.

M: Ve ıstırap çekiyor ve ölüyorsunuz. Memnun musunuz?

S: Acı çekmem ve ölmem kendi hatam olabilir. Ben ebedi hayata erişmek için yaratılmıştım.

M: Neden gelecekte ebedi de, geçmişte değil? Bir başlangıcı olanın bir sonu da olması zorunludur. Ancak başlangıçsız olan sonsuzdur.

S: Tanrı sadece bir kavram, bir kuram olabilir. Yine de o çok yararlı bir kavramdır!

M: Bunun için onda iç çelişkilerin bulunmaması gerekir ki durum böyle değildir. Neden kendi kendinizin yaratıcısı ve yaratımı olduğunuz kuramı üstünde çalışmıyorsunuz? Hiç olmazsa savaşacağınız dışsal bir Tanrı olmayacaktır.

S: Bu dünya çok zengin ve karmaşık; ben onu nasıl yaratabilirdim?

M: Neyi yapıp neyi yapamayacağınızı bilecek kadar kendinizi tanıyor musunuz? Siz kendi güçlerinizi tanımıyorsunuz. Onları hiç araştırmadınız. Şimdi işe kendinizle başlayın.

S: Herkes Tanrı'ya inanır.

M: Bana göre siz kendi kendinizin Tanrısı'sınız. Ama eğer başka türlü düşünüyorsanız, onu sonuna kadar düşünün. Eğer bir Tanrı varsa, o zaman her şey Tanrı'nındır ve her şey en iyidir. Gelen her şeyi hoşnut ve şükran dolu bir kalple karşılayın. Ve tüm yaratıkları sevin. Bu da sizi Benliğinize götürecektir.

Sadece Benlik Gerçektir

Maharaj: Dünya parıltılı ve boş bir gösteriden başka bir şey değildir. O vardır, ama yine de yoktur. O, ben onu görmek ve içinde rol almak istediğim sürece oradadır. Onu umursamayı bıraktığımda, o yok olur. Onun bir nedeni yoktur ve o bir amaca hizmet etmez. Biz unutkan ve dalgın olduğumuzda o ortaya çıkar. O tam göründüğü gibi belirir, ama onun bir derinliği ve anlamı yoktur. Sadece seyreden gerçektir. Ona Benlik ya da *Atma* diyebilirsiniz. Benlik için dünya sadece renkli bir gösteridir ki devam ettiği sürece ondan zevk alır, bittiğinde ise onu unutur. Sahnede olup bitenler onu dehşetle ürpertir ya da kahkahalara boğar, ama o bunun bir gösteriden başka bir şey olmadığının daima farkındadır. Arzu veya korku olmadan, gösteriden olduğu gibi zevk alır.

Soran: Dünya hayatına gömülmüş olan kişinin birçok tat içeren bir hayatı vardır. O ağlar, güler, sever, nefret eder, arzular, korkar, ıstırap çeker ve sevinir. Peki, arzusuz ve korkusuz *gnani* nasıl bir hayata sahiptir? O kendini ayrı ve uzak tutarken, yalnız ve yardımsız değil midir?

M: Onun hali o kadar yalnız ve kasvetli değildir. O saf, nedensiz, katıksız mutluluğu tadar. O mutludur ve mutluluğun onun doğası olduğunun, o mutluluğu korumak için hiçbir şey yapmasının, hiçbir uğraş vermesinin gerekmediğinin tamamen farkındadır. Mutluluk onu izler; o bedenden daha gerçek, zihinden daha yakındır. Siz nedensiz bir mutluluğun olamayacağını düşünürsünüz. Bana göre, mutluluğun herhangi bir şeye bağlı olması en büyük mutsuzluktur. Zevkin ve acının nedenleri vardır, benim halim ise bana aittir; o tamamen nedensiz, bağımsız, saldırılamaz bir haldir.

S: Sahnedeki bir oyun gibi mi?

M: Oyun yazılmış, plânlanmış ve prova edilmiştir. Dünya hiçlikten fışkırıp var olur ve sonra yine hiçliğe döner.

S: Bir yaratıcı yok mudur? Dünya yaratılmadan önce *Brahma*'nın zihninde değil miydi?

M: Siz benim halimin dışında bulunduğunuz sürece, Yaratıcılara, Koruyuculara ve Yok Edicilere sahip olacaksınız, ama bir kez benimle olduğunuzda, sadece Benliği bilecek ve her şeyde kendinizi göreceksiniz.

S: Siz yine de işlev yapıyorsunuz.

M: Sizin başınız döndüğünde, dünyanın çevrenizde döndüğünü görürsünüz. Araç ve amaç, iş ve amaç fikrini saplantı haline getirdiğinizden, beni işlev yapar gibi görüyorsunuz. Gerçekte ben sadece izliyorum. Her ne yapılıyorsa sahnede yapılıyor. Sevinç ve keder, hayat ve ölüm esaret içindeki insana göre gerçektir; benim içinse hepsi gösteri içinde yer almaktadır ve gösterinin kendisi kadar gerçekdışıdır.

Ben dünyayı tıpkı sizin gibi algılayabilirim, ama siz onun içinde olduğunuza inanıyorsunuz, oysa ben onu engin bilinç okyanusunda rengârenk bir damla olarak görürüm.

S: Hepimiz yaşlanıyoruz. Yaşlılık hoş değil: Ağrılar ve sızılar, güçsüzlük ve yaklaşan son. Bir *gnani* yaşlı bir insan olarak kendisini nasıl hisseder? Onun içsel benliği bu yaşlılığa ve güçsüzlüğe nasıl bakar?

M: O yaşlandıkça daha da mutlu ve huzurlu olur. Ne de olsa, yuvaya dönüyordur. Menzile yaklaşırken eşyasını toplayan bir yolcu gibi, esef duymadan trenden iner.

S: Kuşkusuz burada bir çelişki var. Bize, bir *gnani*'nin tüm değişimin ötesinde olduğu söylendi. Onun mutluluğu ne çoğalır ne de azalır. Nasıl olur da o yaşlandıkça -fiziksel güçsüzlüğe rağmen- daha mutlu olur?

M: Hiçbir çelişki yoktur. Kader çarkının dönüşü sona ermektedir, zihin mutludur. Bedenli varoluşun sisi dağılmakta, bedenin yükü günden güne hafiflemektedir.

S: Diyelim ki *gnani* hastadır. Gribe yakalanmıştır ve her eklemi ağrımakta ve yanmaktadır. Onun zihin hali nasıldır?

M: Her duyum tam bir sükûnetle izlenir. O ne arzulanır ne de reddedilir. O olduğu gibidir ve *gnani* ona şefkatli bir bağsızlık ve tarafsızlıkla, gülümseyerek bakar.

S: O kendi ıstırabından ayrı durabilir, ama yine de o ıstırap vardır.

M: O vardır, ama önemli değildir. Ben her ne halde olursam olayım, onu olduğu gibi kabul edilecek bir zihin hali olarak görürüm.

S: Acı acıdır, onu yine de deneyimlersiniz.

M: Bedeni deneyimleyen insan, onun acılarını ve zevklerini de deneyimler. Ben ne bedenim ne de bedeni deneyimleyenim.

S: Diyelim ki siz yirmi beş yaşındasınız. Yeni evlisiniz ve evinizle ve ailenizle ilgili görevler sırtınıza yüklenmiş. Kendinizi nasıl hissederdiniz?

M: Tıpkı şimdi hissettiğim gibi. Siz benim içsel halimin dışsal olaylar tarafından şekillendirildiğinde ısrar ediyorsunuz. Ama öyle değildir. Her ne olursa olsun, geriye ben kalırım. Varlığımın kökeni saf farkındalıktır, yoğun bir ışık zerresidir. Bu zerre, doğası gereği, çabasızca ve kendiliğinden ışın yayar, uzayda görüntüler, zamanda olaylar yaratır. O sadece farkında olduğu sürece hiçbir sorun yoktur. Ama ayırt edici zihin ortaya çıkıp ayrımlar yarattığında, zevk ve acı ortaya çıkar. Uyku esnasında zihin askıdadır, dolayısıyla acı ve zevk de askıya alınmıştır. Yaratma süreci devam eder, ama fark edilmez. Zihin bir bilinç formudur ve bilinç hayatın bir veçhesidir. Hayat her şeyi yaratır, ama En Yüce her şeyin ötesindedir.

S: En Yüce Olan efendidir ve bilinç onun hizmetkârıdır.

M: Efendi bilincin içindedir, ötesinde değil. Bilinç bakımından, En Yüce hem yaratılış, hem sona eriştir, hem somutlaştırma hem soyutlamadır, hem odaksal hem evrenseldir. Aynı zamanda hiçbiri değildir. Ne sözler ne de zihin oraya erişebilir.

S: *Gnani* tamamen tek başına, çok yalnız bir varlık gibi görünüyor.

M: O yalnızdır, ama her şeydir. O bir varlık bile değildir. O tüm varlıkların "oluşu"dur. Hatta o bile değil. Hiçbir sözcük ona uygun olmaz. O ne ise odur, o her şeyin ondan geliştiği zemindir.

S: Ölmekten korkmuyor musunuz?

M: Size benim Gurum'un Gurusu'nun nasıl öldüğünü anlatayım. O, sonunun yaklaştığını bildirdikten sonra, günlük yaşam akışını değiştirmeksizin, yemek yemeyi kesti. On birinci günde, dua saatinde güçlü ve dinç bir biçimde şarkı söyleyip el çırpıyordu ve birden öldü! Tam böyle, iki hareket arasında, üflenmiş bir mum gibi. Herkes yaşadığı gibi ölür. Ben ölümden korkmam, çünkü hayattan korkmam. Ben mutlu bir hayat yaşıyorum ve mutlu bir ölümle öleceğim. Sefalet doğmaktadır, ölmekte değil. Her şey ona nasıl baktığınıza bağlıdır.

S: Sizin halinizin bir kanıtı olamaz. Onun hakkında tüm bildiğim söylediklerinizdir. Bütün gördüğüm ise çok ilginç bir yaşlı adam.

M: İlginç yaşlı adam sizsiniz, ben değil! Ben hiç doğmadım. Nasıl yaşlanabilirim? Benim nasıl göründüğüm sadece sizin zihninizde olandır. Ben onunla ilgilenmiyorum.

S: Bir rüya olarak bile siz en olağandışı rüyasınız.

M: Ben sizi uyandırabilecek olan bir rüyayım. Uyandığınızda benim halimin bir kanıtına da sahip olacaksınız.

S: Diyelim ki benim ölmüş olduğum haberi size ulaştı. Biri size, "Falancayı tanır mısın? O öldü" dedi. Tepkiniz ne olurdu?

M: Yuvaya dönmüş olmanızdan dolayı çok mutlu olurdum. Sizi bu aptallığın dışında görmekten gerçekten memnun olurdum.

S: Hangi aptallık?

M: Doğduğunuzu ve öleceğinizi düşünmek, bir zihin sergileyen bir beden olduğunuzu varsaymak gibi saçmalıklar. Benim dünyamda kimse doğmamıştır ve kimse ölmez. Bazı varlıklar bir yolculuğa çıkar ve geri dönerler, bazıları hiç ayrılmazlar. Gidenler, rüya ülkelerinde, her biri kendi rüyası içinde yolculuk ettiklerine göre ne fark eder ki zaten? Sadece uyanmak önemlidir. "Ben'im"i gerçek ve sevgi olarak bilmek yeter.

S: Benim yaklaşımım bu kadar mutlak değil, sorumun nedeni de bu. Batı'da her yerde insanlar gerçek bir şey arıyorlar. Onlar bilime başvuruyorlar, bilim onlara madde hakkında çok, zihin hakkında az şey söylüyor; bilincin doğası ve amacı hakkında ise hiçbir şey söylemiyor. Onlara göre gerçek nesneldir, direkt ve dolaylı olarak gözlemlenebilir ve tarif edilebilirdir; gerçeğin öznel veçhesi hakkında ise hiçbir şey bilmezler. Onların gerçeğin var olduğunu ve onun maddeden, onun kısıtlamalarından ve çarpıtmalarından özgürleşmiş bir bilinçle bulunduğunu bilmelerini sağlamak son derece önemli. Dünyadaki insanların çoğu bilinçte bulunabilecek ve deneyimlenebilecek gerçek hakkında hiçbir şey bilmiyor. Onların bu müjdeyi, onu gerçekten deneyimlemiş olan birinden işitmeleri çok önemli görünüyor. Böyle tanıklar her zaman var olmuştur ve onların tanıklıkları değerlidir.

M: Elbette. Kendini idrak etme müjdesi, bir kez işitildiğinde, asla unutulmaz. O, toprağa atılmış bir tohum gibi, uygun mevsimi bekleyecek ve filizlenip güçlü bir ağaç haline gelecektir.

41

Tanık Tutumunu Geliştirin

Soran: Kendini idrak etmiş bir insanın günlük zihin hali nedir? O nasıl görür, işitir, yemek yer, dinlenir, uyur ve uyanır? Onun halinin bizimkinden farklı olduğunun kanıtı nedir? Ken-

dini idrak etmiş denen kişilerin kendi sözlü beyanları dışında, onların halini nesnel olarak doğrulamanın bir yolu yok mudur? Onların psikolojik ve sinirsel tepkilerinde, metabolizmalarında, beyin dalgalarında ya da psikosomatik yapılarında bazı gözlemlenebilir farklılıklar yok mudur?
Maharaj: Fark bulabilir ya da bulamayabilirsiniz. Her şey sizin gözlemleme kapasitenize bağlıdır. Ancak, nesnel farklılıklar en az önemi olanlardır. Önemli olan onların tutumlarıdır ki o tam bir bağsızlık, tarafsızlık, uzak ve ayrı duruştur.
S: Bir *gnani*, çocuğu öldüğünde üzülmez mi, acı çekmez mi?
M: O, acı çekenlerle birlikte acı çeker. Olay kendi başına çok önemli değildir, ama o -ölü ya da diri, bedende ya da beden dışında olsun- acı çeken varlığa karşı şefkatle doludur. Ne de olsa, sevgi ve şefkat onun doğasıdır. O yaşayan her şeyle birdir ve sevgi eylem halindeki o bir'liktir.
S: İnsanlar ölümden çok korkuyorlar.
M: *Gnani* hiçbir şeyden korkmaz. Ama korkan insana acır. Aslında doğmak, yaşamak ve ölmek doğaldır. Korkmak doğal değildir. Olaya, elbette, dikkat verilir.
S: Diyelim ki siz hastasınız ve doktor durumunuzun ağır olduğunu, yaşayacak sadece birkaç gününüzün kaldığını söylüyor. İlk tepkiniz ne olurdu?
M: Hiçbir tepki göstermezdim. Bir tütsü çubuğunun yanıp kül olması nasıl doğal bir şeyse, bedenin ölmesi de doğaldır. Gerçekten, bu çok az öneme sahip bir konudur. Önemli olan benim ne beden ne de zihin olmamdır. Ben *Ben'im*.
S: Aileniz çok üzülecektir. Onlara ne derdiniz?
M: Her zamanki şeyleri: Korkmayın, hayat devam ediyor, Tanrı sizi koruyacaktır, yakında tekrar birlikte olacağız, vb. Ama bana göre tüm bu kargaşa anlamsızdır, çünkü ben kendini diri ya da ölü olarak imgeleyen bir varlık değilim. Ben ne doğdum ne de ölebilirim. Hatırlayacağım ya da unutacağım hiçbir şey yoktur.

S: Ölenin ardından edilen dualara ne dersiniz?

M: Ölenler için elbette dua edin. Bu onları çok memnun eder. Gururları okşanmış olur. *Gnani*'nin sizin dualarınıza ihtiyacı yoktur. Onun kendisi sizin dualarınıza yanıttır.

S: *Gnani* ölümden sonra nasıl olur?

M: *Gnani* zaten ölüdür. Onun tekrar ölmesini mi bekliyorsunuz?

S: Kuşkusuz, bedenin çözüşmesi bir *gnani* için bile önemli bir olaydır.

M: Bir *gnani* için önemli bir olay yoktur, birinin en yüksek hedefe erişmesi dışında. Ancak o zaman onun kalbi sevinçle dolar. Diğer her şey önemsizdir. Tüm evren onun bedenidir, tüm hayat onun hayatıdır. Işıklı bir kentte bir ampulün bozulmasının elektrik şebekesini etkilememesi gibi, bir bedenin ölümü de bütünü etkilemez.

S: Parça bütün için önemli olmayabilir, ama o parça için önemlidir. Bütün bir soyutlamadır, ama parça, yani somut olan gerçektir.

M: Bunu siz söylüyorsunuz. Bana göre tam tersi olabilir; bütün gerçektir, parça ise gelir ve gider. Parça, isim ve şekil değiştirerek tekrar tekrar doğar; *gnani* değişkeni mümkün kılan Değişmez Gerçek'tir. Ama o size bu inancı veremez. Bu inanç kendi deneyiminizle gelmelidir. Benim için her şey birdir ve her şey eşittir.

S: Günah ve erdem bir ve aynı mıdır?

M: Bunlar hepsi insan-yapımı değerlerdir! Onlar bana göre nedir? Mutluluk ile sonuçlanan erdemdir, keder ile sonuçlanan ise günahtır. Her ikisi de zihin halleridir. Benimki ise bir zihin hali değildir.

S: Biz görmenin ne anlama geldiğini anlamayan kör insanlar gibiyiz.

M: Bunu istediğiniz gibi ifade edebilirsiniz.

S: Bir *sadhana* olarak sessizlik uygulamak etkili midir?

M: Aydınlanma uğruna yaptığınız her şey sizi ona yaklaştırır. Aydınlanmayı hatırlamadan yaptığınız her şey sizi ondan uzaklaştırır. Ama konuyu karmaşıklaştırmayalım. Sizin her şeyin ve tüm düşüncelerin üstünde ve ötesinde olduğunuzu bilin, yeter. Siz, zaten, olmak istediğiniz şeysiniz. Bunu aklınızda tutun, yeter.

S: Sizin bunu söylediğinizi işitiyor, ama ona inanamıyorum.

M: Ben de aynı durumdaydım. Ama Gurum'a güvendim ve o haklı çıktı. Eğer yapabilirseniz, bana güvenin. Şunu aklınızda tutun: Hiçbir şeyi arzulamayın, çünkü hiçbir eksiğiniz yoktur. Arayışınız, aradığınız şeyi bulmanızı engeller.

S: Siz her şeye karşı çok ilgisiz görünüyorsunuz!

M: Ben ilgisiz değilim, tarafsızım. Kendimi ve kendiminkini tercih etmem. Bir sepet toprak ve bir sepet mücevher, her ikisi için de istek taşımam. Hayat ve ölüm benim için aynıdır.

S: Tarafsızlık sizi ilgisiz yapıyor.

M: Tam tersine, şefkat ve sevgi benim özümdür. Tüm tercihlerden yoksun olarak, sevmekte özgürüm.

S: Buda, aydınlanma fikrinin son derece önemli olduğunu söylemişti. Çoğu insan, aydınlanmak için çaba göstermek şöyle dursun, aydınlanma diye bir şeyin olduğunu bile bilmeden yaşar. Bir kez onlar bunu duyduklarında, ölümsüz bir tohum ekilmiş olur. Bu nedenle, Buda her yıl *bhikhu*'larını sekiz ay boyunca vaaz vermeleri için gönderirdi.

M: Benim Gurum, "İnsan yiyecek, giyecek, barınak, bilgi, sevgi verebilir, ama en büyük armağan aydınlanma müjdesidir" derdi. Haklısınız, aydınlanma en yüksek hayırdır. Bir kez ona kavuştuğunuzda, onu sizden kimse alamaz.

S: Batı'da böyle konuşacak olsanız insanlar sizi deli sayarlar.

M: Elbette öyle sayarlardı! Cahil insanlara göre, onların anlayamadıkları her şey deliliktir. Ne olur ki? Bırakın onlar oldukları gibi olsunlar. Benim olduğum gibi olmam benim liyâkatim değil, onların oldukları gibi olmaları da onların kusurları değil. En Yüce Gerçek kendisini sayısız biçimde tezahür ettirir. Onun isimleri ve şekilleri sonsuz sayıdadır. Her şey aynı okyanustan çıkar ve yine orada birleşip bir olur; her şeyin kaynağı birdir. Nedenler ve sonuçlar aramak zihnin meşgalesidir. *Olan*, sevilmeye değerdir. Sevgi bir sonuç değil, var'lığın zeminidir. Her nereye gitseniz, orada var'lık, bilinç ve sevgi bulacaksınız. Öyleyse neden tercihler yapmalı?

S: Ben, depremlerde ve sellerde olduğu gibi, doğal nedenlerle binlerce hayat son bulduğunda üzülmem. Ama bir insan bir başkası tarafından öldürüldüğünde son derece üzülürüm. Kaçınılmaz olanın kendi görkemi vardır, ama öldürmek kaçınılabilir bir şeydir, dolayısıyla çirkin ve dehşet vericidir.

M: Her şey olduğu şekilde olur. Doğal ya da insan-ürünü felâketler vuku bulur ve dehşete düşmeye gerek yoktur.

S: Herhangi bir şey nasıl nedensiz olabilir?

M: Her olay tüm evreni yansıtır. Esas nedenin izi bulunamaz. Neden ve sonuç fikri sadece bir düşünme ve konuşma biçimidir. Biz nedensiz ortaya çıkışı hayal edemeyiz. Ancak, bu neden-sonuç olgusunun varlığını kanıtlamaz.

S: Doğanın zihni yoktur, dolayısıyla sorumsuzdur. Ama insanın bir zihni var. O neden yoldan böylesine çıkmış?

M: Yoldan çıkmanın nedenleri de doğaldır: Kalıtım, çevre vb. Siz çok çabuk mahkûm ediyorsunuz. Başkaları için tasalanmayın. Önce kendi zihninizle başa çıkın. Zihninizin de doğanın bir parçası olduğunu idrak ettiğinizde, dualite sona erer.

S: Burada anlayamadığım bir gizem var. Zihin nasıl doğanın bir parçası olabilir?

M: Çünkü doğa zihindedir; zihin olmadan doğa nerededir?

S: Eğer doğa zihnin içindeyse ve zihin benimse, ben doğayı kontrol edebilmeliydim ki gerçekte durum bu değil. Benim kontrolümün ötesindeki kuvvetler davranışımı belirliyor.

M: Tanık tutumunu geliştirin, o zaman kendi deneyiminizle, bağsızlığın ve tarafsızlığın kontrolü getirdiğini göreceksiniz. Tanıklık hali güç doludur, onda pasif olan hiçbir şey yoktur.

42
Gerçek İfade Edilemez

Soran: İçimde, eski benlikten bağımsız olan yeni bir benliğin ortaya çıktığını fark ettim. Onlar her nasılsa birlikte var oluyorlar. Eski ben alışılmış yollarını sürdürüyor; yeni benlik ise eskinin var olmasına izin veriyor, ama kendisini onunla özdeşleştirmiyor.

Maharaj: Eski ve yeni benlik arasındaki esas fark nedir?

S: Eski benlik her şeyin tanımlanmasını ve açıklanmasını istiyor. O her şeyin birbirine sözel olarak uymasını istiyor. Yeni benlik ise sözel açıklamaları umursamıyor, her şeyi olduğu gibi kabul ediyor ve onları hatırlanan şeylerle ilişkilendirmeye çalışmıyor.

M: Alışılagelmiş olan ile spiritüel olan arasındaki farkın tam ve sürekli olarak farkında mısınız? Yeni benliğin eskisine karşı tutumu nedir?

S: Yeni eskiyi sadece izliyor. O ne dostça ne de düşmanca. O sadece, başka her şeyle birlikte, eski benliği kabul ediyor. Onun varlığını yadsımıyor, ama değerini ve geçerliliğini kabul etmiyor.

M: Yeni eskinin tam reddidir. İzin veren yeni gerçekten yeni değildir. O sadece eskinin yeni bir tutumudur. Gerçekten yeni olan eskiyi tamamen yok eder. İkisi birlikte olamaz. Sürekli bir kendini-soyma süreci, eski fikirleri ve değerleri sürekli reddediş var mı, yoksa sadece karşılıklı bir hoşgörü mü var? Onların ilişkisi nedir?

S: Belli bir ilişkileri yok. Onlar birlikte var oluyorlar.

M: Siz eski ve yeni benlikten söz ederken, zihninizde kim var? İkisi arasında bellek sürekliliği bulunduğuna, her biri diğerini hatırladığına göre, iki benlikten nasıl söz edebilirsiniz?

S: Biri alışkanlıkların kölesi, diğeri değil. Biri her şeyi kavramsallaştırır, diğeri tüm fikirlerden özgürdür.

M: Neden iki benlik? Bağlı olan ile özgür olan arasında bir ilişki olamaz. Sadece birlikte var olma olgusu dahi onların temel birliğini kanıtlar. Tek bir benlik vardır ve o daima *şimdidir*. Sizin -eski veya yeni- diğer benlik dediğiniz şey tek benliğin başka bir hali ya da veçhesidir. Benlik tektir. Siz o benliksiniz ve -ne olmuş veya ne olacak olduğunuzla ilgili- fikirlere sahipsiniz. Ama bir fikir benlik değildir. Şimdi, benim karşımda otururken, siz hangi benliksiniz? Eski mi, yeni mi?

S: İkisi çatışma içinde.

M: Olan ile olmayan arasında nasıl çatışma olabilir? Çatışma eskinin tipik özelliğidir. Yeni ortaya çıktığında eski artık var olmaz. Yeniden ve çatışmadan aynı anda söz edemezsiniz. Yeni benlik için uğraşma çabası bile eski benliğe aittir. Her nerede çatışma, çabalama, mücadele ve bir değişme özlemi varsa, orada yeni yoktur. Siz çatışmalar yaratma ve sürdürme eğiliminden ne ölçüde kurtulmuş bulunuyorsunuz?

S: Şimdi farklı bir insan olduğumu söyleyemem. Ama kendi hakkımda gerçekten yeni şeyler, önceden bildiklerimden öylesine farklı haller keşfettim ki onlara yeni demekte haklı olduğumu hissediyorum.

M: Eski benlik sizin kendi benliğinizdir. Birden ve nedensiz ortaya çıkan, benliğin hiçbir izini taşımayan hale "Tanrı" diyebilirsiniz. Tohumsuz ve köksüz olan, filizlenip çiçeklenmeyen ve meyve vermeyen, bir anda, tüm görkemiyle, gizemli ve harika bir biçimde ortaya çıkan hale "Tanrı" diyebilirsiniz. O tamamen beklenmedik, ama kaçınılmazdır; son derece aşina, ama çok şaşırtıcıdır; tüm umudun ötesinde, ama çok kesin olandır. O nedensiz olduğundan, engelsizdir. O tek bir yasaya, özgürlük yasasına uyar. Sürekliliği, birbirini izlemeyi, bir aşamadan diğerine geçişi içeren herhangi bir şey gerçek-olan olamaz. Gerçek'te hiçbir ilerleme yoktur; o nihaidir, mükemmeldir, bağlantısızdır.

S: Onu nasıl meydana getirebilirim?

M: Onu meydana getirmek için hiçbir şey yapamazsınız, ama engeller yaratmaktan kaçınabilirsiniz. Zihninizin nasıl işlediğini, düşüncelerin nasıl ortaya çıktığını izleyin. Zihninizi izlediğinizde, benliğinizin izleyici olduğunu keşfedersiniz. Hareketsiz durup sadece izlediğinizde, benliğinizin izleyicinin ardındaki ışık olduğunu keşfedersiniz. Işığın kaynağı karanlıktır, bilginin kaynağı bilinmeyendir. Yalnızca o kaynak var olandır. O kaynağa geri dönün ve orada kalın. O gökyüzünde ya da her yeri kaplayan eterde değildir. Tanrı yüce ve harika olan her şeydir; ben hiçbir şeyim, hiçbir şeye sahip değilim, hiçbir şey yapamam. Ama her şey benden kaynaklanır, kaynak benim; kök, köken benim.

Gerçek sizin içinizde patladığında, onu Tanrı'yı deneyimlemek olarak adlandırabilirsiniz. Ya da bu daha çok, Tanrı'nın sizi deneyimlemesidir. Siz kendinizi bildiğiniz zaman Tanrı sizi bilir. Gerçek, bir sürecin sonucu değildir; o bir patlamadır. O kesinlikle zihnin ötesindedir; ama sizin tüm yapabileceğiniz, zihninizi iyi bilmektir. Bunu zihin size yardım edeceği için yapmazsınız, ama zihni iyi bilirseniz, onun sizi etkisiz kılmasından kaçınabilirsiniz. Çok uyanık olmanız gerekir, yoksa zihniniz sizi aldatabilir. Bu bir hırsızı izlemeye benzer, siz bunu hırsızdan herhangi bir şey beklediğiniz için değil, soyulmak istemediğiniz için yaparsınız. Aynı şekilde, ondan hiçbir şey beklemeden, zihninize bir hayli dikkat verirsiniz.

Ya da bir başka örnek alalım. Biz uyanır ve uyuruz. Günün yorgunluğunun ardından uykunuz gelir. Şimdi, ben mi uykuya giderim, yoksa uyku halinin tipik özelliği olan dikkatsizlik hali mi bana gelir? Başka bir deyişle, biz uyanığız, çünkü uyuyoruz. Biz gerçek bir uyanıklık hali içine uyanmıyoruz. Uyanıklık hali içinde cehaletten dolayı dünya ortaya çıkar ve insanı bir uyanık-rüya haline sokar. Uyku da uyanıklık da yanlış adlandırılmıştır. Biz sadece rüya görüyoruz. Gerçek uyanıklığı ve gerçek uykuyu sadece *gnani* bilir. Biz rüyamızda uyanık olduğumuzu ya da uyuduğumuzu görürüz. Üç hal sadece rüya halinin türleridir. Her şeye rüya muamelesi yapmak özgürleştirir. Rüyalara gerçeklik atfettiğiniz sürece onların kölesi olursunuz. Siz falanca kişi olarak doğduğunuzu hayal ederek, o kişinin kölesi haline gelirsiniz. Köleliğin özü kendinizi bir süreç olarak, geçmişiniz ve geleceğiniz varmış gibi imgelemektir. Gerçekte bizim geçmişimiz yoktur, biz bir süreç değiliz, biz gelişmeyiz, biz yaşlanıp ölmeyiz; biz her şeyi bir rüya olarak görmeli ve onun dışında durmalıyız.

S: Sizi dinlemekten ne yarar sağlarım?

M: Ben sizi kendinize geri dönmeye çağırıyorum. Sizden tüm istediğim kendinize, içinize bakmanızdır.

S: Ne amaçla?

M: Siz yaşar, hisseder, düşünürsünüz. Yaşayışınıza, hissedişinize ve düşünüşünüze dikkatinizi vererek, kendinizi onlardan kurtarır, onların ötesine geçersiniz. Kişiliğiniz yok olur ve geriye sadece tanık kalır. Sonra tanığın da ötesine geçersiniz. Bunun nasıl olduğunu sormayın. Sadece kendi içinizi araştırın.

S: Kişi ile tanık arasındaki farkı ne oluşturur?

M: Her ikisi de bilinç halleridir. Birinde siz arzu eder ve korkarsınız, diğerinde ise zevkten, acıdan etkilenmez, olaylardan rahatsız olmazsınız. Onların gelip geçmesine izin verirsiniz.

S: İnsan daha yüksek bir halde, saf tanıklık halinde nasıl sabit kalır?

M: Bilinç kendi başına parlamaz. O, onun ötesindeki bir ışık sayesinde parlar. Bilincin rüyamsı niteliğini görmüş olarak, onun içinde göründüğü, ona varlık veren ışığı arayın. Orada hem bilincin içeriği, hem de o içeriğin farkındalığı vardır.

S: Biliyorum ve bildiğimi biliyorum.

M: Tam öyle, tabii, ikinci bilişin koşulsuz ve zamansız olması şartıyla. Bilineni unutun, ama sizin bilen olduğunuzu hatırlayın. Her zaman deneyimlerinize gömülmeyin. Sizin deneyimin ötesinde olduğunuzu, hiç doğmamış ve ölümsüz olduğunuzu hatırlayın. Bunu hatırladıkça, saf bilginin niteliği, koşulsuz farkındalığın ışığı ortaya çıkacaktır.

S: İnsan hangi noktada gerçeği deneyimler?

M: Deneyim değişimdir, o gelir ve gider. Gerçek ise bir olay değildir, o deneyimlenemez. O bir olayın algılanabilir olduğu biçimde algılanabilir değildir. Gerçeğin gelmesi için bir olayın vuku bulmasını beklerseniz, hep bekleyeceksiniz demektir; çünkü gerçek ne gelir, ne de gider. O, beklenecek değil, algılanacak olandır. O, gelişine önceden hazırlanılarak beklenecek bir şey değildir. Ama gerçeği özlemek ve aramak, gerçeğin hareketi, işleyişi ve eylemidir. Sizin yapabileceğiniz tüm şey, gerçeğin bir olay olmadığını, vuku bulmadığını -vuku bulanın, gelip gidenin gerçek olmadığını- kavramaktır. Olayı sadece olay olarak, geçici olanı geçici olarak, deneyimi sadece deneyim olarak görün, o zaman yapabileceğiniz her şeyi yapmış olursunuz. O zaman -olaylara ve deneyimlere gerçeklik verdiğinizde olduğu gibi- gerçeğe karşı kapalı olmazsınız. Ama bir hoşlanma ya da hoşlanmama olduğu anda, gerçek ile aranıza bir perde çekmiş olursunuz.

S: Gerçeğin kendini bilgiden çok eylemde ifade ettiğini söyler miydiniz? Ya da o bir tür his midir?

M: Gerçeği ne eylem, ne his, ne de düşünce ifade eder. Gerçeğin ifadesi diye bir şey yoktur. Siz dualitenin olmadığı yere bir dualite sokuyorsunuz. Yalnızca gerçek *vardır*, başka bir şey yoktur. Uyanıklık, rüya ve uyku, bu üç hal ben değildir ve ben onların içinde değilim. Ben öldüğümde, dünya "Maharaj öldü" diyecek. Ama benim için bunlar boş ve anlamsız sözlerdir. Bana göre, her şeye bir gerçekdışılık duygusu eşlik eder. Her şey gerektiği gibi olur, ama aslında hiçbir şey olmaz. Ben gerekli gibi görünen şeyleri yaparım, ama aynı zamanda bilirim ki hiçbir şey gerekli değildir; hayat sadece kendi kurduğunuz hayale inanmaktır.

S: Öyleyse neden yaşamalı? Tüm bu gereksiz geliş ve gidiş, uyuyuş ve uyanış, yemek yiyiş ve sindiriş neden?

M: Hiçbir şey benim tarafımdan yapılmaz; beklemediğim, plânlamadığım her şey olur durur. Ben sadece -onların gerçek olmadıklarını bilerek- olayları izlerim.

S: Siz aydınlanmanızın ilk anından beri hep böyle miydiniz?

M: Üç hal her zamanki gibi dönüşümlü olarak birbirini izler; uyanma, uyuma ve tekrar uyanma vardır, ama bunlar bana olmaz. Onlar sadece olurlar. Bana göre hiçbir şey olmaz. Bir şey vardır ki o değişmez, kımıldamaz, kaya gibidir; o saf bir var' lık-bilinç-mutluluk kütlesidir ki ben asla onun dışında değilim. Hiçbir şey, hiçbir işkence ve felâket beni onun dışına çıkaramaz.

S: Ama hâlâ bilinçlisiniz!

M: Evet ve hayır. Derin, engin, sarsılmaz bir huzur vardır. Olaylar bellekte kayıtlıdır, ama hiç önemleri yoktur. Ben onların hemen hemen farkında değilimdir.

S: Eğer sizi doğru anlıyorsam, bu hal size geliştirme yoluyla gelmedi.

M: Geliştirme yoktu. O daima öyleydi. Ani bir keşif oldu. Tıpkı doğduğunuzda dünyayı bir anda keşfetmeniz gibi, ben de bir anda gerçek varlığımı keşfettim.

S: O bir sis bulutuyla kaplıydı da sizin *sadhana*'nız mı sisi dağıttı? Gerçek halinizi berrak bir biçimde anladığınızda, o berrak olarak kaldı mı, yoksa yine karardı mı? Durumunuz kalıcı mı, kesintili mi?

M: Kesinlikle kalıcı ve sabit. Ben ne yaparsam yapayım, o kaya gibi hareketsiz kalır. Bir kez gerçeğe uyandığınızda, artık onda kalırsınız. Bir bebek ana rahmine geri dönmez! O basit bir haldir; en küçükten küçük, en büyükten büyüktür. O apaçıktır, ama tarife sığmaz.

S: Ona ulaşmanın bir yolu var mıdır?

M: İlgilenmeniz şartıyla, her şey bir yol olabilir. Sadece benim sözlerim üzerinde çok düşünüp, onların tam anlamını kavramaya çalışmak bile duvarı yıkmak için yeterli bir *sadhana*'dır. Hiçbir şey beni rahatsız etmez. Ben rahatsızlığa hiç direnmem, bu nedenle o benimle kalmaz. Sizin tarafınızda çok fazla dert ve sıkıntı var, benim tarafımda ise hiç yok. Benim tarafıma gelin. Siz sıkıntıya açıksınız. Ben ise ondan etkilenmem. Her şey mümkündür, gerekli olan samimi ilgidir. Ciddiyet ve samimiyet bunu gerçekleştirir.

43

Gnana Değil, Cehalet Fark Edilebilir

Soran: Öğretiniz yıldan yıla hep aynı kalıyor. Görünüşe göre bize söylediklerinizde hiç ilerleme olmuyor.

Maharaj: Bir hastanede hastalar tedavi edilip iyileşirler. Tedavi rutindir, hemen hiç değişmez, ama sağlık tekdüze değildir. Benim öğretim rutin olabilir, ama onun meyvesi insandan insana yenidir.

S: Kendini idrak etmek nedir? Kendini idrak etmiş insan kimdir? *Gnani* nesiyle fark edilir?

M: *Gnana*'nın belirleyici işaretleri yoktur. Sadece cehalet tanınabilir, *gnana* değil. Bir *gnani* de özel bir kimse olduğunu iddia etmez. Kendi büyüklüğünü ve eşsizliğini ilan edenlerin hiçbiri *gnani* değildir. Onlar bazı olağandışı gelişmeleri kendini-idrakle karıştırıyorlar. Bir *gnani* kendini *gnani* olarak ilan etme eğilimi göstermez. O kendini tamamen normal, gerçek doğasına sadık görür. Kendini her şeye kadir, her şeyi bilen ilâhi bir varlık ilan etmek cehaletin açık bir belirtisidir.

S: *Gnani* kendi deneyimini cahil birine aktarabilir mi? *Gnana* bir insandan diğerine aktarılabilir mi?

M: Evet, aktarılabilir. Bir *gnani*'nin sözleri zihindeki cehaleti ve karanlığı dağıtacak güçtedir. Önemli olan sözler değil, onların ardındaki güçtür.

S: O güç nedir?

M: İnsanın kişisel idrakine, direkt deneyimine dayanan inanç gücü.

S: Bazı aydınlanmış kimseler bilginin alınması değil, kazanılması gerektiğini söylüyorlar. Bir başkası sadece öğretebilir, ama öğrenmek insanın kendisine bağlıdır.

M: Aynı kapıya çıkar.

S: Yıllar boyunca *Yoga* uygulayıp da hiçbir sonuç almayan birçok kişi var. Onların başarısızlıklarının nedeni ne olabilir?

M: Bazıları trans bağımlısı olmuşlardır, dolayısıyla bilinçlerini sürekli olarak askıya alırlar. Tam bilinçlilik olmadan nasıl bir ilerleme olabilir ki?

S: Birçok kişi *samadhi* uyguluyor (vecit halleri yaşıyor). *Samadhi* hallerinde bilinç çok keskinleşir, ama onlar da hiçbir şeyle sonuçlanmıyor.

M: Hangi sonuçları bekliyorsunuz? Ve *gnana* neden herhangi bir şeyin sonucu olsun? Bir şey başka bir şeye yol açar, ama *gnana* nedenlere ve sonuçlara bağlı olan bir şey değildir. O tümüyle nedensellik bağının (neden-sonuç ilişkisinin) ötesindedir. O benlikte yer alıştır. *Yogi* birçok kerามete sahip olabilir, ama benliği konusunda cahil kalabilir. *Gnani* çok sıradan biri olarak görünebilir ve kendini öyle hissedebilir, ama o (gerçek) benliği iyi bilir.

S: Kendini bilmek için samimiyetle uğraşan, ama yetersiz sonuçlar elde eden birçok kişi var. Bunun nedeni ne olabilir?

M: Onlar bilgi kaynaklarını yeterince araştırmamışlardır, duyumlarını, hislerini ve düşüncelerini yeterince iyi bilmiyorlardır. Bu bir gecikme nedeni olabilir. Diğer neden de bazı arzuların hâlâ canlı olması olabilir.

S: *Sadhana*'da inişler ve çıkışlar kaçınılmazdır. Ama samimiyetle arayan kişi her şeye rağmen ilerler. *Gnani* böyle bir varlık için ne yapabilir?

M: Eğer arayan kişi samimiyse, ona ışık verilebilir. Işık herkes içindir ve daima oradadır, ama arayanlar azdır ve onların arasında da hazır olanlar çok nadirdir. Kalp ve zihin olgunluğu vazgeçilmez gerekliliktir.

S: Siz kendi çabanızla mı, yoksa Gurunuz'un inayetiyle mi kendinizi idrak ettiniz?

M: Onunki öğretiydi, benimki güven. Ona olan güvenim, onun sözlerini doğru olarak kabul etmemi, onlara derinlemesine girmemi, onları yaşamamı sağladı ve ben ne olduğumu böyle idrak ettim. Gurum'un şahsı ve sözleri ona güvenmemi sağladı ve güvenim o sözleri verimli kıldı.

S: Ama bir Guru sözler olmadan, güven olmadan, hiçbir hazırlık olmadan kendinizi idrak etmenizi sağlayabilir mi?

M: Evet, o bunu yapabilir, ama alıcı nerede? Bakın, ben Gurum'a çok uyum sağlamıştım, ona tamamen güveniyordum, içimde çok az direnç vardı, böylece her şey kolayca ve hızla oldu. Ama herkes bu denli şanslı değildir. Tembellik ve huzursuzluk çoğu kez yolu keser ve onlar görülüp giderilinceye dek ilerleme yavaş olur. Sadece bir dokunuş, bir bakış, bir düşünce ile hemen orada kendini idrak edenlerin hepsi bunun için olgunlaşmış ve hazır olanlardır. Ama böyleleri çok azdır. Çoğunluğun olgunlaşmak için biraz zamana ihtiyacı vardır. *Sadhana* olgunlaşmayı hızlandırır.

S: İnsanı ne olgunlaştırır? Olgunlaştırıcı etken nedir?

M: Ciddiyet ve samimiyet, elbette. İnsan gerçekten istekli olmalıdır. Aslında, kendini idrak etmiş insan en samimi insandır. O her ne yaparsa, onu -sınırlamalar ve çekinceler olmadan- tam olarak yapar. Dürüstlük sizi gerçeğe götürecektir.

S: Siz dünyayı sever misiniz?

M: Canınız yandığında ağlarsınız. Neden? Çünkü kendinizi seversiniz. Sevginizi bedeninizle sınırlandırmayın, onu açık tutun.

O zaman o herkese yönelik bir sevgi olur. Tüm yanlış-özdeşleşmeler bırakıldığında, geriye o her şeyi kucaklayan sevgi kalır. Kendinizle ilgili tüm fikirlerden, Tanrı olduğunuz fikrinden bile kurtulun. Kendini tanımlamanın hiçbir şekli doğru ve geçerli değildir.

S: Ben vaatlerden bıktım. Tüm vaktimi ve enerjimi alan ve hiçbir şey getirmeyen *sadhana*'lardan bıktım. Gerçeği şimdi ve burada istiyorum. Bu mümkün müdür?

M: *Sadhananız* da dahil olmak üzere her şeyden gerçekten bıkmış olmanız şartıyla, elbette mümkündür. Dünyadan ve Tanrı'dan hiçbir şey talep etmediğiniz, hiçbir şey istemediğiniz, aramadığınız ve beklemediğiniz zaman, En Yüce Hal size davetsiz ve beklenmedik bir biçimde gelecektir!

S: Eğer aile hayatı ve dünya işleriyle uğraşan bir insan, *sadhana*'sını kutsal metinlerde emredildiği gibi tam olarak uygularsa, sonuçlar elde edebilir mi?

M: O, sonuçlar elde edecektir, ama bir koza gibi onlarla sarılı olacaktır.

S: Birçok ermiş, siz olgun ve hazır olduğunuzda kendinizi idrak edeceksiniz diyor. Onların sözleri doğru olabilir, ama pek işe yaramıyorlar. Zaman gerektiren olgunlaşmadan ve çaba gerektiren *sadhana*'dan bağımsız bir çıkış yolu olmalı.

M: Onu bir yol olarak adlandırmayın; o daha çok bir tür beceridir. Hatta o bile değildir. Açık ve sessiz kalın, hepsi bu. Aradığınız şey size öylesine yakındır ki bir yol için yer yoktur.

S: Dünyada çok fazla cahil insan ve çok az *gnani* var. Bunun nedeni ne olabilir?

M: Başkalarıyla ilgilenmeyin, kendinize bakın. Siz *var olduğunuzu* biliyorsunuz. Kendinizi isimlerle ağırlaştırmayın sadece *olun*. Kendinize verdiğiniz herhangi bir isim ya da şekil gerçek doğanızı belirsizleştirir.

S: Neden insan kendini idrak etmeden önce arayış sona ersin?

M: Gerçek arzusu en yüksek arzudur, ama o yine de bir arzudur. Gerçeğin var olması için tüm arzulardan vazgeçilmelidir. *Var olan* olduğunuzu hatırlayın. Bu sizin iş sermayenizdir. Onu işletin, çok kâr getirecektir.

S: Neden bir arayış gereksin?

M: Hayat arayıştır, insan aramadan edemez. Tüm arayışın sona ermesi En Yüce Hal'dir.

S: En Yüce Hal neden gelir ve gider?

M: O ne gelir, ne de gider. O *vardır*.

S: Siz kendi deneyiminize dayanarak mı konuşuyorsunuz?

M: Elbette. O daima var olan, ebedi bir haldir.

S: Benim için o gelip gidiyor, sizin için böyle değil. Bu farklılık neden?

M: Belki benim hiçbir arzumun olmamasından. Belki de siz En Yüce'yi yeterince kuvvetle istemiyorsunuz. Zihniniz teması kaybedince umutsuzluğa düşüyor olmalısınız.

S: Tüm hayatım boyunca uğraştım ve çok az şey başardım. Okuyor ve dinliyordum, ama bir sonuç elde edemedim.

M: Dinlemek ve okumak sizin için bir alışkanlık haline gelmiş.

S: Ondan da vazgeçtim. Bugünlerde okumuyorum.

M: Vazgeçtikleriniz şimdi önemli değildir. Ne'den vazgeçmediniz? Onu bulun ve ondan vazgeçin. *Sadhana* nelerden vazgeçileceğini aramaktır. Kendinizi tamamen boşaltın.

S: Bir aptal bilgeliği nasıl arzu edebilir? İnsanın bir şeyi arzu etmesi için, arzu ettiği şeyi bilmesi gerekir. En Yüce bilinmediğinde, nasıl arzu edilebilir?

M: İnsan doğal olarak olgunlaşır ve kendini idrak etmeye hazır olur.

S: Ama olgunlaştırıcı etken nedir?

M: Kendini hatırlama, "Ben'im" farkındalığı insanı kuvvetle ve hızla olgunlaştırır. Kendinizle ilgili tüm fikirlerden vazgeçin ve sadece *olun*.

S: Ben tüm yollardan, yöntemlerden, becerilerden, tüm bu zihinsel cambazlıklardan bıktım. Gerçeği doğrudan ve derhal al-

gılamanın bir yolu var mıdır?
M: Zihninizi kullanmayı bırakın ve ne olacağını görün. Bunu tam olarak yapın. O kadar.
S: Ben gençken garip deneyimler yaşadım, bunlar hiçbir şey olmayı, ancak tamamen bilinçli olmayı içeren kısa, ama unutulmaz deneyimlerdi. Ama tehlike şu ki insan, geçmiş anları belleğiyle yeniden yaratma arzusu duyuyor.
M: Bu hep imgelemedir. Bilincin ışığında her türlü şey vuku bulur ve insanın onlara özel bir önem atfetmesi gerekmez. Bir çiçeğin görüntüsü Tanrı vizyonu kadar harika bir şeydir. Bırakın olan olsun. Neden onları hatırlayarak anıları bir soruna dönüştürmeli? Onlara karşı yumuşak ve tarafsız olun; onları yüksek ve alçak, içsel ve dışsal, kalıcı ve geçici diye bölmeyin. Öteye geçin, kaynağa geri dönün, her ne olursa olsun aynı kalan benliğe geri dönün. Sizin güçsüzlüğünüz, dünyaya doğmuş olduğunuz inancından kaynaklanır. Gerçekte dünya sizin içinizde ve sizin tarafınızdan tekrar tekrar yaratılır. Her şeyin sizin varlığınızın kaynağı olan ışıktan çıktığını görün. O zaman o ışıkta sevginin ve sonsuz enerjinin olduğunu anlayacaksınız.
S: Eğer ben o ışıksam, onu neden bilmiyorum?
M: Bilmek için bilen bir zihne, bilmeye muktedir bir zihne ihtiyacınız vardır. Ama sizin zihniniz daima koşmaktadır, o asla sakin, asla tam olarak yansıtıcı değildir. Gözleriniz hastayken ayı tüm görkemiyle nasıl görebilirsiniz?
S: Güneş gölgenin nedeni olduğu sürece, insan gölgede güneşi göremez, insanın yüzünü döndürmesi gerekir diyebilir miyiz?
M: Yine güneş, beden ve gölge üçlüsünü (trinitesini) ortaya getirdiniz. Gerçekte böyle bir ayrım yoktur. Benim sözünü ettiğim şeyin dualitelerle, trinitelerle ilgisi yoktur. Zihinselleştirmeyin, sözle ifade etmeyin. Sadece görün ve olun.
S: *Olmak* için görmek zorunda mıyım?
M: Ne olduğunuzu görün. Başkalarına sormayın, başkalarının size sizden söz etmelerine izin vermeyin. İçinize bakın ve gö-

rün. Öğretmenin size tüm söyleyebileceği sadece budur. Bir öğretmenden diğerine gitmeye gerek yoktur. Aynı su bütün kuyularda bulunur. Sadece, suyu en yakın kuyudan çekin. Benim durumumda, su benim içimdedir ve ben suyum.

44

"Ben'im" Doğrudur, Başka Her Şey Sonuç Çıkarmaktır

Maharaj: Dünyayı algılayan dünyadan önce mi vardı, yoksa dünya ile birlikte mi var oldu?

Soran: Bu ne garip bir soru! Neden böyle sorular soruyorsunuz?

M: Çünkü doğru yanıtı bilmedikçe, huzur bulamayacaksınız.

S: Sabah uyandığımda, dünya orada, beni bekliyordur. Tabii ki dünya önce var olur. Ben de var olurum, ama çok daha sonra, doğumumla birlikte var olurum. Beden benimle dünya arasında aracılık eder. Beden olmasaydı ne ben olurdum, ne de dünya.

M: Beden zihninizde belirir, zihniniz bilincinizin içeriğidir; siz - sizi hiçbir biçimde değiştirmeden- daima değişen bilinç nehrinin hareketsiz tanığısınız. Sizin değişmezliğiniz o kadar aşikârdır ki onu fark etmezsiniz. Kendinize iyice baktığınızda tüm bu yanlış anlamalar yok olacaktır. Tıpkı suda yaşayan canlıların susuz olamayacakları gibi, tüm evren sizin içinizdedir ve sizsiz olamaz.

S: Biz onu Tanrı olarak adlandırırız.

M: Tanrı sadece sizin zihninizdeki bir fikirdir. Gerçek olan sizsiniz. Kesin olarak bildiğiniz tek şey, "Burada ve şimdi ben' im"dir. "Burada ve şimdi"yi çıkarın, geriye -saldırılamaz olan- "ben'im" kalır. Dünya bellekte var olur, bellek bilince girer; bilinç farkındalıkta var olur, farkındalık ise ışığın varoluş suları üzerindeki yansımasıdır.

S: "Ben dünyadayım" çok aşikârken, nasıl dünya benim içimde olabilir, hâlâ anlamıyorum.

M: "Ben dünyayım, dünya ben'im" demek bile bir cehalet işaretidir. Ama ben dünya ile özdeşliğimi zihnimde tuttukça ve hayatımda teyit ettikçe, içimde bir kuvvet ortaya çıkar ve o cehaleti tamamen yok eder.

S: Cehaletin tanığı cehaletten ayrı mıdır? "Ben cahilim" demek cehaletin bir parçası değil midir?

M: Elbette. Söyleyebileceğim tek doğru, "Ben'im"dir; başka her şey sahip olduğunuz bilgiye dayanarak sonuç çıkarmaktır. Ama sonuç çıkarmak bir alışkanlık haline gelmiştir. Tüm düşünme ve görme alışkanlıklarını yok edin. "Ben'im" duygusu sizin benlik, Tanrı, gerçek, vb. olarak adlandırabileceğiniz daha derin bir nedenin tezahürüdür. "Ben'im" dünyadadır; ama o, dünyanın dışına açılan kapının anahtarıdır. Ayın aksi suda görünür, ama onun nedeni su değil, gökteki aydır.

S: Hâlâ esas noktayı kaçırıyor gibiyim. İçinde yaşadığım dünyayı benim yarattığımı; bunun bilinmeyen dünya, "mutlak madde" dünyası üzerinde benim, hayal gücümün bir projeksiyonu olduğunu kabul edebilirim. Tıpkı bir sinema perdesinin ona yansıtılan filmlerden çok farklı olması gibi, benim kendi yarattığım dünya da nihai, gerçek dünyadan çok farklı olabilir. Yine de, bu mutlak dünya benden tamamen bağımsız olarak mevcuttur.

M: Tam öyle. Zihninizin onun üzerine göreceli olarak gerçekdışı bir dünya projekte ettiği Mutlak Gerçek dünyası çok basit bir nedenle sizden bağımsızdır, çünkü o *sizsiniz*.

S: Terimlerde bir çelişki yok mu? Bağımsızsızlık özdeşliği nasıl kanıtlayabilir?

M: Değişim hareketini inceleyin, göreceksiniz. Siz değişmezken değişebilenin sizden bağımsız olduğu söylenebilir. Ama değişmez olan, başka değişmez olanla bir olmalıdır. Çünkü dualite etkileşimi ima eder ve etkileşim değişim anlamına gelir. Başka bir deyişle, tam maddesel ve tam spiritüel olan, tam nesnel ve tam öznel olan, hem madde hem öz olarak aynıdır.

S: Üç-boyutlu bir filmde, ışığın kendi perdesini oluşturması gibi.

M: Herhangi bir kıyaslama yapılabilir. Kavranılması gereken esas nokta, sizin anılara arzulara ve korkulara dayanan kendi hayal gücünüzün oluşturduğu bir dünyayı kendi üzerinize projekte etmiş ve kendinizi onun içine hapsetmiş olduğunuzdur. Büyüyü bozun ve kurtulun.

S: İnsan bu büyüyü nasıl bozabilir?

M: Bağımsızlığınızı düşüncede ve eylemde savunun. Sonuçta, her şey sizin kendinize olan inancınıza bağlıdır; gördüklerinizin, duyduklarınızın, düşündüklerinizin ve hissettiklerinizin gerçek olduğu inancına bağlıdır. Neden inancınızı sorgulamıyorsunuz? Hiç kuşkusuz, bu dünya bilinç perdesine sizin tarafınızdan resmedilmiştir ve o tümüyle sizin özel dünyanızdır. Bu dünyada olsa da, bu dünyadan olmayan sadece sizin "Ben'im" duygunuzdur. Hiçbir mantık ya da imgeleme çabasıyla "Ben'im"i, "Ben değilim"e çeviremezsiniz. Varlığınızı inkâr ederken bile onu onaylarsınız. Bir kez dünyanın kendi projeksiyonunuz olduğunu idrak ettiğinizde, ondan özgürleşirsiniz. Kendi imgeleminiz dışında var olmayan bir dünyadan kurtulmaya da ihtiyacınız yoktur! Resim güzel veya çirkin olsun, onu siz yapmaktasınız ve onunla sınırlı değilsiniz. Kimsenin onu size zorla kabul ettirmediğini, bunun hayalî olanı gerçek olarak görme alışkanlığınızdan ötürü böyle olduğunu idrak edin. Hayalî olanı hayalî olarak görün ve korkudan kurtulun.

Tıpkı ışığın halıdaki renkleri ortaya çıkarması, ama ışığın renk olmaması gibi, dünya sizden dolayı vardır, ama siz dünya değilsiniz.

Dünyayı yaratıp sürdürene Tanrı ya da takdir-i ilâhi diyebilirsiniz, ama nihai olarak, Tanrı'nın varlığının kanıtı sizsiniz. Çünkü Tanrı hakkında herhangi bir sorunun sorulabilmesi için, sizin o soruyu sormak üzere orada olmanız gerekir.

S: Tanrı zamandaki bir deneyimdir, ama deneyimleyen ebedidir.

M: Deneyimleyen bile ikinci derecede gelir. Birincisi, bilincin sonsuz genişliğidir; olmuş, olmakta ve olacak olan her şeyin sonsuz olasılığı ve ölçülemez potansiyelidir. Siz herhangi bir şeye baktığınızda, gördüğünüz o nihai-olandır, ama siz bir bulut ya da bir ağaç gördüğünüzü imgelersiniz.

İmgelemeden bakmayı, çarpıtmadan dinlemeyi öğrenin, hepsi bu. Esasen isimsiz ve şekilsiz olana isimler ve şekiller atfetmeyi bırakın, her algılama biçiminin öznel olduğunu, görülen, işitilen, dokunulan, koklanan, hissedilen, düşünülen, beklenen ya da hayal edilen her şeyin gerçekte değil, zihinde olduğunu idrak edin; işte o zaman huzuru ve korkudan kurtuluşu deneyimleyeceksiniz.

"Ben'im" duygusu bile saf ışık ile var'lık duygusunun bileşimidir. "Ben," "im" olmadan bile vardır, o saf ışıktır. Böylece, siz "Ben" deseniz de, demeseniz de saf ışık vardır. O saf ışığın farkında olun, onu asla kaybetmezsiniz. Varlıkta olma hali, bilinçte farkındalık, her deneyim için ilgi: Bu, tarifi imkânsız, ama erişilebilir olandır, çünkü başka bir şey yoktur.

S: Siz gerçek'ten her yanı kaplayan, her yerde hazır olan, ebedi olan, her şeyi bilen, her şeye enerji veren ilk neden olarak söz ediyorsunuz. Gerçeği tartışmayı kesinlikle reddeden başka öğretmenler var. Onlar, gerçeğin zihnin ötesinde olduğunu, tüm tartışmaların ise gerçekdışının yuvası olan zihin âleminde olduğunu söylüyorlar. Onların yaklaşımı olumsuzdur; onlar gerçek-olmayanı kesin olarak belirler ve böylece onun ötesine, gerçeğe ulaşırlar.

M: Fark sadece sözcüklerdedir. Sonuçta, ben de gerçek'ten söz ettiğimde, onu gerçekdışı-olmayan, uzaysız, zamansız, nedensiz, başlangıçsız, sonsuz diye tarif ederim. Aynı anlama gelir. Aydınlanmaya götürdüğü sürece, ifade tarzının farklı olmasının ne önemi var? Sizin arabayı çekmeniz ya da itmeniz fark eder mi, o gitmeye devam ettiği sürece? Bir zaman olur, gerçek size çekici gelir, bir başka zamanda ise sahte-olan size itici gelir; bunlar sadece birbirini izleyen ruh halleridir; tam bir özgürlük için her ikisine de ihtiyaç vardır. Siz şu yoldan ya da bu yoldan gidebilirsiniz, ama her seferinde o, o anda doğru yol olacaktır; siz sadece samimiyetle gidin, kuşku ve kararsızlıkla zamanı boşa harcamayın. Bir çocuğun büyümesi için çok çeşitli besinler gereklidir, ama yemek yeme eylemi hep aynıdır. Kuramsal olarak, tüm yaklaşımlar iyidir. Uygulamada ve belirli bir anda, siz ancak tek bir yolda ilerlersiniz. Er ya da geç, eğer gerçekten bulmak istiyorsanız, tek bir yeri kazmanız gerektiğini keşfedersiniz: İçinizi.

Aradığınız şeyi, yani kendinizi bilmeyi, kendiniz olmayı ve onunla birlikte gelen büyük huzuru size ne bedeniniz, ne de zihniniz verebilir.

S: Kuşkusuz, her yaklaşımda geçerli ve değerli bir şey vardır.

M: Her durumda değer, onun sizde gerçeği içinizde arama ihtiyacı uyandırmasında yatar. Çeşitli yaklaşımlarla oynamak, içinize yönelmeye karşı duyulan dirençten, özel biri olma illüzyonundan kurtulma zorunluluğundan korkmaktan ileri geliyor olabilir. Su bulmak için oraya buraya küçük çukurlar kazmazsınız, tek bir yeri derinlemesine delerek bir kuyu açarsınız. Aynı şekilde, kendinizi bulmak için, kendinizi araştırıp keşfetmeniz gerekir. Dünyanın ışığı olduğunuzu idrak ettiğinizde, onun sevgisi olduğunuzu -bilmenin sevmek ve sevmenin bilmek olduğunu- da idrak edeceksiniz.

Tüm sevgiler içinde, insanın kendini sevmesi başta gelir. Sizin dünyayı sevmeniz, kendinizi sevmenizin yansımasıdır, çünkü dünyanız sizin kendi yaratımınızdır. Işık ve sevgi kişisel-ötesidir, ama onlar sizin zihninizde kendini iyi bilme ve iyiliğini isteme şeklinde yansır. Biz kendimize karşı daima dostça davranırız, ama her zaman bilgece davranmayız. Bir *Yogi* iyi niyeti bilgelikle birleşmiş olan bir insandır.

45

Gelen ve Giden Bir Var'lığa Sahip Değildir

Soran: Ben sizinle konuşmaktan çok sizinle birlikte olmak için geldim. Sözlerle çok az şey söylenebilir, sessizlikte çok daha fazlası aktarılabilir.

Maharaj: Önce sözler, sonra sessizlik. İnsan sessizlik için önce olgunlaşmalıdır.

S: Sessizlik içinde yaşayabilir miyim?

M: Bencilce olmayan çalışma sessizliğe götürür, çünkü siz diğerkâmca çalıştığınızda, yardım istemeye ihtiyaç duymazsınız. Sonuçlara ilgisiz kalarak, en yetersiz araçlarla çalışmaya gönüllü olursunuz. Çok yetenekli ya da donanımlı olmaya aldırmazsınız. Tanınmak ve yardım almak da istemezsiniz. Sadece yapılması gerekeni yapar, başarıyı ve başarısızlığı bilinmeyene bırakırsınız. Çünkü her şeyin nedenini oluşturan sayısız etken vardır ki sizin kişisel çabanız onlardan sadece biridir. Ancak, insanın zihninin ve kalbinin sihri öyledir ki, insanın iradesi ve sevgisi birlikte çalıştığı zaman en olmayacak şeyleri oldurur.

S: Çalışma değerli ise yardım istemenin ne sakıncası var?

M: İsteme ihtiyacı nereden kaynaklanır? O sadece zayıflığı ve endişeyi gösterir. Siz çalışmaya devam edin, tüm evren sizinle birlikte çalışacaktır. Ne de olsa, doğru şeyi yapma fikri size bilinmeyenden gelir. Sonuçları bilinmeyene bırakın, sadece gerekli hareketleri sürdürün. Siz uzun neden-sonuç zincirinin halkalarından birisiniz sadece. Esasen, her şey sadece zihinde cereyan eder. Siz bir şey için samimiyetle ve sebatla çalıştığınız zaman, o gerçekleşir; çünkü her şeyi oldurmak zihnin işlevidir. Gerçekte hiçbir şey eksik değildir ve hiçbir şeye ihtiyaç yoktur, tüm çalışma sadece yüzeydedir. Derinliklerde tam bir huzur vardır. Sizin tüm sorunlarınız, kendinizi tanımlamış, dolayısıyla sınırlamış olmanızdan kaynaklanır. Kendinizi şu ya da bu olarak düşünmediğiniz zaman tüm çatışma sona erer. Sorunlarınıza çare bulmak için yapacağınız her girişim başarısızlığa mahkûmdur, çünkü arzunun neden olduğu şey ancak arzudan özgürleşmekle giderilebilir. Siz kendinizi zaman ve uzay içine kapatmışsınız, bir ömür süresine ve bir beden hacmi içine sıkıştırmışsınız ve böylece sayısız doğum ve ölüm, zevk ve acı, umut ve korku çatışmaları yaratmışsınız. İllüzyonları terk etmedikçe sorunlardan kurtulamazsınız.

S: Bir kişi doğal olarak sınırlıdır.

M: Kişi diye bir şey yoktur. Sadece kısıtlamalar ve sınırlamalar vardır. Bunların toplamı kişiyi tanımlar. Siz *ne* olduğunuzu bildiğinizde kendinizi bildiğinizi düşünüyorsunuz. Ama *kim* olduğunuzu asla bilmiyorsunuz. Bir çömleğin içindeki boşluğun çömleğin şekline, hacmine ve kokusuna sahip görünmesi gibi, kişi de sadece varmış gibi görünür. Olduğunuza inandığınız şey olmadığınızı görün. Sizin isimlendirilebilir ve tarif edilebilir olduğunuz fikrine karşı var gücünüzle savaşın. Kendinizi şu ya da bu olarak düşünmeyi reddedin. Araştırıp sorgulamadan, körü körüne kabullenme yoluyla kendiniz için yarattığınız mutsuzluktan kurtulmanın başka bir yolu yoktur. Istırap bir sorgulama çağrısıdır, tüm acıların incelenmesi gerekir. Düşünemeyecek kadar çok tembel olmayın.

S: Faaliyet gerçeğin özüdür. Çalışmamakta bir erdem yoktur. Düşünmenin yanı sıra bir şeyler yapılmalı.

M: Dünyada çalışmak zordur, tüm gereksiz çalışmadan kaçınmak ise daha da zordur.

S: Benim gibi bir kişi için tüm bunlar imkânsız görünüyor.

M: Siz kendi hakkınızda ne biliyorsunuz? Siz gerçekte neyseniz ancak o olabilirsiniz; siz olmadığınız gibi ancak görünebilirsiniz. Siz mükemmellikten asla ayrılmadınız. Tüm kendini düzeltme fikri gelenekseldir ve sözeldir. Güneşin karanlığı bilmemesi gibi, benlik de benlik-olmayanı bilmez. Başkayı bilerek başkalaşan zihindir. Yine de zihin benlikten başka bir şey değildir. Benlik başkası haline, benlik-olmayan haline gelir, ama yine de benlik olarak kalır. Başka her şey bir varsayımdır. Tıpkı bir bulutun güneşi -onu hiçbir şekilde etkilemeden- karartması gibi, varsayım da, gerçeği yok etmeden karartır. Gerçeği yok etme fikri bile gülünçtür; yok eden yok edilenden daima daha gerçektir. Gerçek, nihai yok edicidir. Tüm ayrılık, her türlü uzaklaşma ve yabancılaşma sahtedir. Her şey birdir, bu her çatışmanın nihai çözümüdür.

S: Nasıl oluyor da bu kadar çok eğitime ve yardıma rağmen hiç ilerleme kaydetmiyoruz?

M: Biz kendimizi birbirinden tamamen ayrı kişiler olarak imgelediğimiz sürece, esasen kişisel-ötesi olan gerçeği kavrayamayız. Önce, kendimizi sadece tanıklar olarak, zamansız ve boyutsuz gözlem merkezleri olarak bilmeliyiz ve sonra hem zihnin hem maddenin ötesinde olan saf farkındalığın engin okyanusunu idrak etmeliyiz.

S: Gerçekte her ne olursam olayım, ben kendimi birçok kişi arasında küçük ve ayrı bir kişi olarak hissediyorum.

M: Sizin bir kişi oluşunuz zaman ve uzay illüzyonundan kaynaklanmaktadır; siz kendinizi belirli bir noktada belirli bir hacmi işgal ediyor olarak imgeliyorsunuz; sizin kişiliğiniz bedenle özdeşleşmenizin sonucudur. Düşünceleriniz ve hisleriniz birbirini izleyerek zaman içinde uzanır ve bellek yüzünden kendinizi süreklilliğe sahipmişsiniz gibi imgelemenizi sağlar. Gerçekte zaman ve uzay sizin içinizde var olur; siz onların içinde değil. Onlar algı tarzlarıdır. Zaman ve uzay kâğıt üzerine yazılmış sözcükler gibidir; kâğıt gerçektir, sözcükler ise sadece bir kullanımdır. Siz kaç yaşındasınız?

S: Kırk sekiz.

M: Ne sizin kırk sekiz demenize neden oluyor? Sizin "Ben buradayım" demenize ne neden oluyor? Sözel alışkanlıklar varsayımlardan doğar. Zihin zaman ve uzay yaratır ve kendi yaratımlarını gerçek olarak kabul eder. Her şey burada ve şimdidir, ama biz bunu görmeyiz. Gerçekten, her şey bende ve bendendir. Başka hiçbir şey yoktur. "Başka" fikri bile bir felâkettir.

S: Kişileştirmenin, kendini zaman ve uzay içinde sınırlamanın nedeni nedir?

M: Var olmayan, bir nedene sahip olamaz. Ayrı bir kişi diye bir şey yoktur. Deneysel görüş noktasından bakıldığında bile aşikâr olarak görülür ki, her şey her şeyin nedenidir, her şey olduğu gibidir, çünkü tüm evren olduğu gibidir.

S: Ama kişiliğin bir nedeni olmalı.

M: Kişilik nasıl meydana gelir? Bellekle. Şimdiyi geçmişle özdeşleştirip onu geleceğe projekte etmekle. Kendinizi geçmişi ve geleceği olmayan, bir an süren bir varlık olarak düşünün, o zaman kişiliğiniz yok olur.

S: "Ben'im" kalmaz mı?

M: "Kalmak" sözcüğü uygun olmaz. "Ben'im" daima yeniden olandır. Sizin *var olmak* için hatırlamanız gerekmez. Aslında, sizin bir şeyi deneyimleyebilmeniz için, var'lık duygusu gereklidir. Şimdiki halde sizin var'lığınızla deneyimleriniz birbirine karışmış durumdadır. Sizin yapmanız gereken tek şey, var'lığı deneyimlerin düğümünden çözüp ayırmaktır. Bir kez siz, şu ya da bu olmadan, saf var'lığı bildiğinizde, onu deneyimler arasında ayırt edecek ve artık isimler ve formlar tarafından yanlış yönlendirilmeyeceksiniz.

Kendini-sınırlama kişiliğin özüdür.

S: Ben nasıl evrensel olabilirim?

M: Ama siz zaten evrenselsiniz. Zaten olduğunuz şey olmanıza gerek ve imkân yoktur. Sadece, kendinizi ayrı bir parça olarak imgelemeyi bırakın. Gelen ve giden bir var'lığa sahip değildir. O, görüntüsünü gerçeğe borçludur. Siz bir dünyanın olduğunu biliyorsunuz, ama dünya sizi biliyor mu? Tüm var'lık ve tüm sevinç gibi, tüm bilgi de sizden akar. Ebedi kaynak olduğunuzu idrak edin ve her şeyi kendinizin olarak kabul edin. Böyle bir kabul gerçek sevgidir.

S: Tüm sözleriniz kulağa çok hoş geliyor. Ama insan onu bir yaşam biçimi haline nasıl getirebilir?

M: Siz evinizden asla ayrılmamış olduğunuz halde, eve giden yolu soruyorsunuz. Yanlış fikirlerden kurtulun, hepsi budur. Doğru fikirleri toplamak da sizi bir yere götürmeyecektir. Sadece imgelemeyi bırakın.

S: Bu bir başarma ve kazanma değil, anlama meselesidir.

M: Anlamaya çalışmayın! Yanlış anlamamanız yeter. Özgürleşme konusunda zihninize güvenmeyin. Sizi esarete sokmuş olan zihninizdir. Onun ötesine geçin.

Başlangıcı olmayanın bir nedeni de olamaz. Siz ne olduğunuzu bilip de sonra unutmuş değilsiniz. Bir kez bildiğinizde, unutamazsınız. Cehaletin bir başlangıcı yoktur, ama sonu olabilir. Kim cahil diye sorguladığınızda cehalet bir rüya gibi kaybolup gidecektir. Dünya çelişkilerle doludur, bu yüzden siz uyum ve huzur ararsınız. Bunları dünyada bulamazsınız, çünkü dünya kaosun çocuğudur. Düzeni ve uyumu kendi içinizde aramalısınız. Sadece, siz bir bedende doğduğunuz zaman dünya var olur. Beden yoksa dünya da yoktur. Önce sizin beden olup olmadığınızı sorgulayın. Dünyayı anlamak daha sonra gelir.

S: Söyledikleriniz inandırıcı geliyor, ama kendini dünyada ve dünyadan bilen bir kişiye bunun ne yararı olur?

M: Milyonlarca insan ekmek yer, ama çok az insan buğday hakkında her şeyi bilir. Ve sadece onlar ekmeği iyileştirebilirler.

Benzer şekilde, sadece (gerçek) benliği bilenler, dünyanın ötesini görmüş olanlar dünyayı düzeltebilirler. Onların kişilikle sınırlı olanlar için değerleri muazzamdır, çünkü onlar bu kişilerin tek kurtuluş umududur. Dünyada olan dünyayı kurtaramaz; eğer dünyaya yardım etmeyi gerçekten istiyorsanız, onun dışına çıkmalısınız.

S: Ama insan dünyanın dışına çıkabilir mi?

M: Kim önce doğdu, siz mi, dünya mı? Dünyaya öncelik verdiğiniz sürece, onun tarafından sınırlanırsınız; hiç kuşku duymadan, sizin dünyanın içinde değil, dünyanın sizin içinizde olduğunu bir kez idrak ettiğinizde, onun dışına çıkarsınız. Elbette bedeniniz dünyada ve dünyadan olarak kalır, ama artık onun tarafından yanıltılmazsınız. Tüm kutsal metinler, dünya var olmadan önce Yaratıcı vardı der. Yaratıcı'yı kim bilir? Ancak Yaratıcı'dan önce var olan, yaratıcılarıyla birlikte tüm dünyaların kaynağı olan kendi gerçek varlığınız.

S: Tüm söyledikleriniz, dünyanın sizin kendi projeksiyonunuz olduğu varsayımınızla tutarlı görünüyor. Bununla kişisel, öznel dünyanızı, duyularınız ve zihniniz tarafından size verilen dünyayı kastettiğinizi kabul ediyorsunuz. Bu anlamda her birimiz kendi projeksiyonumuz olan bir dünyada yaşıyoruz. Bu özel dünyalar birbirlerine hemen hiç temas etmiyor ve merkezlerindeki "Ben'im"den kaynaklanıp yine ona dönerek onunla birleşiyor. Ama elbette bu özel dünyaların ardında -özel dünyaların onun sadece gölgeleri olduğu- ortak, nesnel bir dünya olmalı. Böyle herkesle ortak, nesnel bir dünyanın varlığını yadsıyor musunuz?

M: Gerçek ne öznel ne nesneldir, ne zihin ne maddedir, ne zaman ne de uzaydır. Bu bölmelerin onları algılayacak birine, bilinçli, ayrı bir merkeze ihtiyacı vardır. Ama gerçek, her şey ve hiçbir şeydir, bütünlük ve ayrılıktır, doluluk ve boşluktur, tam olarak tutarlı ve çelişkili olandır. Siz onun hakkında konuşamaz, sadece kendinizi onun içinde kaybedebilirsiniz. Siz herhangi bir şeyi gerçek olarak görmeyi reddettiğinizde, sonunda "geri kalan" ve gerçekliği yadsınamayacak olana erişirsiniz.

Gnana ile ilgili tüm konuşmalar cehaletin bir göstergesidir. Bilmediğini imgeleyen, sonra da bilen zihindir. Gerçek bu tür çarpıtmaları bilmez. Yaratıcı Tanrı fikri bile asılsızdır. Ben varlığımı başka bir varlığa mı borçluyum? Ben *var olduğum* için, her şey *vardır.*

S: Bu nasıl olabilir? Çocuk dünyaya doğar, dünya çocuğa değil. Dünya eskidir, çocuk ise yeni.

M: Çocuk sizin dünyanıza doğar. Siz mi dünyanıza doğdunuz yoksa dünyanız mı size göründü? Doğmak, kendiniz merkez olmak üzere çevrenizde bir dünya yaratmak demektir. Ama siz hiç kendinizi yaratır mısınız? Ya da biri sizi yarattı mı? Herkes kendisi için bir dünya yaratır ve onun içinde, kendi cehaletinin hapsinde yaşar. Yapmamız gereken tüm şey hapishanemizin gerçekliğini reddetmektir.

S: Tıpkı uyanıklık halinin uyku esnasında tohum olarak mevcut olması gibi, çocuğun doğuşuyla birlikte yarattığı dünya da onun doğumundan önce mevcut olmalı. Tohum kimde bulunur?

M: Doğuma ve ölüme tanık olan, ama doğmayan ve ölmeyende. Yalnızca o yaradılışın hem tohumu, hem de "geri kalanı"dır. Zihinden kendi ötesinde olanı doğrulamasını istemeyin. Direkt deneyim tek geçerli doğrulamadır.

46

Var'lığın Farkındalığı Aşkın Mutluluktur

Soran: Ben tıp doktoruyum. Operatörlükle başladım, psikiyatri ile devam ettim, aynı zamanda zihinsel sağlık ve inanç yoluyla iyileşme konusunda kitaplar yazdım. Ruhsal sağlığın yasalarını öğrenmek için size geldim.

Maharaj: Bir hastayı tedavi etmeye çalışırken, tam olarak neyi tedavi etmeye çalışırsınız? Tedavi nedir? Bir insanın iyileştiğini ne zaman söyleyebilirsiniz?

S: Ben bedeni tedavi etmeye ve bedenle zihin arasındaki bağı düzeltmeye çalışırım. Aynı zamanda zihni düzeltmeye çalışırım.

M: Zihin ile beden arasındaki bağlantıyı incelediniz mi? Onlar hangi noktada bağlantılıdır?

S: Beden ile bedende bulunan bilinç arasında zihin yer alır.

M: Beden besinlerden oluşmaz mı? Ve besinsiz bir zihin olabilir mi?

S: Beden besinle inşa edilir ve sürdürülür. Besin olmadan zihin zayıflar. Ama zihin sadece besin değildir. Bedende bir zihin yaratan dönüştürücü bir etken vardır. O dönüştürücü etken nedir?

M: Tıpkı odunun odun olmayan ateşi üretmesi gibi, beden de beden olmayan zihni üretir. Ama zihin kime görünür? Sizin zihin dediğiniz düşünceleri ve hisleri algılayan kimdir? Odun vardır, ateş vardır ve ateşten zevk alan vardır. Zihinden kim zevk alır? Zevk alan da besinin bir ürünü müdür, yoksa o bağımsız mıdır?

S: Algılayan bağımsızdır.

M: Bunu nasıl biliyorsunuz? Kendi deneyiminize dayanarak konuşun. Siz ne bedensiniz, ne de zihin. Böyle söylüyorsunuz. Bunu nasıl biliyorsunuz?

S: Gerçekten bilmiyorum. Öyle tahmin ediyorum.

M: Gerçek kalıcıdır. Gerçek değişmez olandır. Değişen şey gerçek değildir. Sizin içinizde değişmeyen nedir? Besin olduğu sürece beden ve zihin vardır. Besin kesildiğinde beden ölür, zihin dağılır. Ama gözlemci yok olur mu?

S: Sanırım olmaz. Ama bir kanıtım yok.

M: Siz kendiniz kanıtsınız. Başka bir kanıtınız yoktur ve olamaz da. Siz kendinizsiniz, kendinizi biliyor, kendinizi seviyorsunuz. Zihin her ne yaparsa, kendi benliğinin sevgisi uğruna yapar. Benliğin doğası sevgidir. O sevilir ve sever. Bedeni ve zihni bu kadar ilginç ve değerli kılan şey benliktir. Onlara verilen dikkat benlikten gelir.

S: Eğer benlik beden ve zihin değilse, beden ve zihin olmadan var olabilir mi?

M: Evet, olabilir. Benliğin zihinden ve bedenden bağımsız olması bir fiilen deneyimleme meselesidir. O, var'lık-farkındalık -mutluluktur. Var'lığın farkındalığı aşkın mutluluktur.

S: O sizin için bir fiilen deneyimleme meselesi olabilir, ama benim durumum böyle değil. Aynı deneyimi nasıl yaşayabilirim? Hangi uygulamaları yapmam gerekir?

M: Ne beden, ne zihin olduğunuzu bilmek için kendinizi sürekli izleyin, bedeninizden ve zihninizden etkilenmeden yaşayın, sanki ölüymüşsünüz gibi tamamen uzak durarak yaşayın. Bu sizin bedende ve zihinde hiçbir hakkınız ve çıkarınız yokmuş gibi yaşamanız anlamına gelir.

S: Bu tehlikeli bir şey!

M: Sizden intihar etmenizi istemiyorum. Bunu yapamazsınız da. Siz sadece bedeni öldürebilirsiniz, ama ne zihinsel süreci durdurabilir, ne de o olduğunuzu düşündüğünüz kişiyi sona erdirebilirsiniz. Sadece etkilenmez olarak kalın. Böyle, tam bir uzaklık, bedene ve zihne karşı kayıtsızlık, sizin varlığınızın özünde beden ve zihin olmadığınızın en iyi kanıtıdır. Bedene ve zihne olanları değiştirmek sizin gücünüz dahilinde olmayabilir, ama siz kendinizi beden ve zihin olarak imgelemeye her zaman bir son verebilirsiniz. Her ne olursa, olanlardan sizin değil, sadece bedeninizin ve zihninizin etkilendiğini kendinize hatırlatın. Hatırlanması gerekeni hatırlamakta ne kadar ciddi ve samimi olursanız, kendinizin, gerçek benliğinizin o kadar çabuk farkında olursunuz, çünkü bellek deneyim haline gelecektir. Ciddiyet ve samimiyet varlığı ortaya çıkarır. İmgelenen ve istenen şey gerçekleşir; tehlike de buradadır, çıkış yolu da.

Söyleyin bana, gerçek benliğinizi, içinizdeki değişmez olanı bedeninizden ve zihninizden ayırmak için hangi adımları attınız?

S: Ben bir tıp adamıyım. Bir hayli okudum, inceledim. Kendime -egzersizler ve belli aralıklarla tutulan oruçlar gibi- sıkı bir disiplin uyguladım ve ben bir vejetaryenim.

M: Ama kalbinizin derinliklerinde istediğiniz nedir?

S: Gerçeği bulmak istiyorum.

M: Gerçek uğruna hangi bedeli ödemeye gönüllüsünüz?

S: Teoride her bedeli ödemeye hazırım, günlük hayata ise benimle gerçek arasına giren biçimlerde davranmaya itiliyorum. Arzu beni ayartıyor.

M: Arzularınızı -onları gerçek'ten başka hiçbir şeyin tatmin etmeyeceği noktaya dek- büyütün. Yanlış olan arzu değil, onun küçüklüğüdür. Arzu kendini adamadır. Elbette, kendinizi gerçek olana, sonsuz olana, varlığın ebedi özüne adayın. Arzuyu sevgiye dönüştürün. Sizin tüm istediğiniz mutlu olmaktır. Tüm arzularınız -onlar her neyseler- sizin mutlululuk özleminizin ifadeleridir. Temelde, siz kendiniz için iyi olanı istersiniz.

S: Bunu istememem gerektiğini biliyorum.

M: Durun! İstememeniz gerektiğini kim söyledi? Mutlu olmayı istemek neden yanlış olsun?

S: Benlikten kurtulmanın gerektiğini biliyorum.

M: Ama benlik oradadır. Arzularınız oradadır. Mutlu olma özleminiz oradadır. Neden? Çünkü siz kendinizi seviyorsunuz. Elbette kendinizi sevin, ama bilgece sevin. Yanlış olan, kendinizi -kendinize ıstırap çektirecek şekilde- akılsızca sevmektir. Kendinizi bilgece sevin. Hem zevk düşkünlüğünün (her arzuyu karşılamanın) hem de riyazetin amacı aynıdır: Sizi mutlu etmek. Zevk düşkünlüğü akılsızca olan yoldur, riyazet ise akıllıca olan yol.

S: Riyazet nedir?

M: Bir deneyimden geçtikten sonra onu tekrarlamamaktır. Gereksiz olandan kaçınmak riyazettir. Zevk ya da acı beklememek riyazettir. Durumu her zaman kontrol altında tutmak riyazettir. Arzu kendi başına yanlış değildir. O hayatın kendisidir, bilgi ve deneyim bakımından gelişme dürtüsüdür.

Yanlış olan yaptığınız seçimlerdir. Küçük bir şeyin -yemeğin, seksin, gücün, ünün- sizi mutlu edeceğini hayal etmek kendinizi aldatmaktır. Ancak gerçek benliğiniz kadar engin ve derin bir şey sizi gerçekten ve kalıcı olarak mutlu edebilir.

S: Kendini sevmenin bir ifadesi olarak arzuda esasen yanlış bir şey yoksa, arzu nasıl idare edilmelidir?

M: Hayatınızı, en derin benliğinizin çıkarlarını daima aklınızda tutarak, zekice yaşayın. Sonuçta, sizin gerçekten istediğiniz nedir? Mükemmellik değil; siz zaten mükemmelsiniz. Sizin aradığınız şey, gerçek benliğinizi eylemde ifade etmektir. Bunun için bir bedene ve bir zihne sahipsiniz. Onları ele alın ve size hizmet etmelerini sağlayın.

S: Burada operatör kim? Beden-zihin'i ele alacak olan kimdir?

M: Arınmış zihin benliğin sadık hizmetkârıdır. O içsel ve dışsal aletlerin idaresini ele alır ve onların kendi amaçlarına hizmet etmesini sağlar.

S: Onların amacı nedir?

M: Benlik evrenseldir ve onun amaçları da evrenseldir. Benlikte kişisel bir yan yoktur. Düzenli bir hayat yaşayın, ama onu kendi başına bir amaç haline getirmeyin. O yüksek bir serüvenin başlangıç noktası olmalıdır.

S: Hindistan'a tekrar tekrar gelmemi öğütler misiniz?

M: Eğer ciddi ve samimiyseniz, dolaşıp durmaya ihtiyacınız yoktur. Siz her nerede olursanız olun, kendinizsiniz ve kendi ikliminizi yaratırsınız. Bir yerden bir yere gitmek, yer değiştirmek size kurtuluş getirmeyecektir. Siz beden değilsiniz ve bedeni oradan oraya sürüklemek sizi hiçbir yere götürmeyecektir. Zihniniz üç dünyayı dolaşmakta özgürdür, ondan tam olarak yararlanın.

S: Eğer ben özgürsem, neden bir bedendeyim?

M: Siz beden içinde değilsiniz, beden sizin içinizdedir! Zihin sizin içinizdedir. Onlar orada, çünkü siz onları ilginç buluyorsunuz. Sizin doğanız sonsuz bir zevk alma kapasitesine sahiptir. O coşku ve sevgiyle doludur. O, ışığını farkındalık odağı içine giren her şeye saçar; hiçbir şey dışlanmaz. O, kötülüğü ve çirkinliği bilmez, umut eder, güvenir, sever. Siz insanlar, gerçek benliğinizi bilmeyerek ne kadar çok şeyi kaçırdığınızı bilmiyorsunuz. Siz ne bedensiniz ne de zihin, ne yakıtsınız ne de ateş. Onlar kendi yasaları uyarınca görünür ve kaybolurlar.

Siz gerçek benliğinizi seversiniz ve her ne yaparsanız, kendi mutluluğunuz için yaparsınız. Onu bulmak, onu bilmek, ona değer vermek sizin temel dürtünüzdür. Çok eski zamandan beri siz kendinizi sevdiniz, ama asla bilgece sevmediniz. Bedeninizi ve zihninizi bilgece, benliğin hizmetinde kullanın, o kadar. Kendi benliğinize sadık olun, benliğinizi mutlak şekilde sevin. Başkalarını kendiniz kadar seviyormuş gibi davranmayın. Siz onların sizinle bir olduklarını idrak etmedikçe, onları sevemezsiniz. Olmadığınız şeymiş gibi davranmayın, olduğunuz şey olmayı reddetmeyin. Sizin başkalarına olan sevginiz kendinizi bilmenizin sonucudur, onun nedeni değil. Kendini-idrak olmadan, hiçbir erdem hakiki değildir. Aynı hayatın tüm var olanın içinden aktığını ve sizin o hayat olduğunuzu kesinlikle bildiğinizde, her şeyi doğal ve spontane olarak seversiniz. Kendinize olan sevginizin derinliğini ve tamlığını idrak ettiğinizde, her canlı varlığın ve tüm evrenin sizin sevginize dahil olduğunu bilirsiniz. Ama herhangi bir şeyi sizden ayrı olarak gördüğünüzde, onu sevemezsiniz, çünkü ondan korkarsınız. Yabancılaşma korkuya neden olur ve korku yabancılaşmayı derinleştirir. Bu bir kısır döngüdür. Ancak kendini-idrak onu kırabilir. Ona ulaşmak için kararlı bir çaba gösterin.

47

Zihninizi İzleyin

Soran: İnsan esas olanı ararken, çok geçmeden yetersizliğini ve bir rehbere ya da öğretmene ihtiyacı olduğunu idrak ediyor. Bu da belirli bir disiplini gerektiriyor, çünkü sizden rehberinize güvenmeniz, onun öğütlerine ve talimatlarına tam olarak uymanız bekleniyor. Ama sosyal zorunluluklar ve baskılar öylesine büyük, kişisel arzular ve korkular öylesine güçlü ki, rehbere itaat için gerekli olan zihin ve irade sadeliği ortaya çıkmıyor. Bir Guru'ya olan ihtiyaç ile ona tam olarak itaat etmenin zorluğu arasında nasıl bir denge tutturmalı?

Maharaj: Toplumun ve koşulların baskısı altında yapılanlar çok önemli değildir, çünkü onlar çoğunlukla mekaniktir, etkilere tepkilerden ibarettir. İnsanın olan bitenlerden kendisini tamamen yalıtması için kendini tarafsızca izlemesi yeterlidir. Düşünmeden, körlemesine yapılan şey insanın *karma*'sına (kaderine) katkıda bulunabilir, bunun dışında hiç önem taşımaz. Guru tek bir şey talep eder: Amaç berraklığı ve yoğunluğu, kendiniz için bir sorumluluk duygusu. Dünyanın gerçekliği sorgulanmalıdır. Sonuçta, Guru kimdir? O, içinde dünyanın ve dünya düşüncesinin bulunmadığı hali bilen varlıktır, En Yüce Öğretmen'dir. Onu bulmak, imgelemenin artık gerçek sayılmadığı hale erişmek anlamına gelir. Lütfen şunu anlayın: Guru gerçeği, doğruyu, *var olanı* temsil eder. O, sözcüğün en yüksek anlamıyla bir gerçekçidir. O, zihinle ve zihnin yanılgılarıyla bağdaşamaz. O sizi gerçeğe götürmek için gelir; onun başka bir şey yapmasını beklemeyin.

Sizin zihninizdeki Guru, size bilgi ve talimatlar veren kişi gerçek Guru değildir. Gerçek Guru, görünüşlerin sahte cazibesinin ötesindeki şeyi, gerçek-olanı bilen varlıktır. Sizin itaat ve disiplinle ilgili sorularınız onun için bir anlam ifade etmez, çünkü onun gözünde, sizin olduğunuzu sandığınız kişi mevcut değildir, sorularınız da var olmayan bir kişi hakkındadır. Size göre mevcut olan şey ona göre mevcut değildir. Sizin sorgulamadan kabul ettiğiniz şeyi o mutlak biçimde reddeder. O, sizin kendinizi onun sizi gördüğü gibi görmenizi ister. O zaman itaat edeceğiniz ve izleyeceğiniz bir Guru'ya ihtiyacınız olmayacaktır, çünkü o zaman kendi gerçeğinize itaat edecek ve onu izleyeceksiniz. Her ne olduğunuzu düşünüyorsanız, onun sadece bir olaylar akışı olduğunu; her şey olur, gelir ve giderken yalnızca sizin *var olduğunuzu*, sizin değişkenler arasında değişmez olduğunuzu idrak edin. Gözlemleneni gözlemciden ayırın ve yanlış özdeşleşmeleri bırakın.

S: Gerçeği bulmak için insan yolunu kesen her şeyden kurtulmalıdır. Öte yandan, belirli bir toplum içinde varlığını sürdürme ihtiyacı insanı birçok şey yapmaya ve birçok şeye katlanmaya zorluyor. İnsanın gerçeği bulmak için mesleğini ve sosyal konumunu bırakması mı gerekir?

M: İşinizi yapın. Bir an serbest kaldığınızda da içinize bakın. Önemli olan, fırsat çıktığında onu kaçırmamaktır. Eğer ciddi ve samimiyseniz, boş zamanlarınızı tam olarak kullanırsınız. Bu yeterlidir.

S: Esas olanı ararken ve esas olmayanları bırakırken yaratıcı bir yaşama olanak var mıdır? Örneğin, ben resim yapmayı çok severim. Eğer boş saatlerimi resim yapmaya ayırırsam bunun bana yardımı olur mu?

M: Her ne yaparsanız yapın, zihninizi izleyin. Ayrıca, zihninizin tamamen sessiz ve dingin kaldığı, tam bir iç huzuru ve sessizlik anlarına ihtiyacınız vardır. Eğer onu kaçırırsanız, her şeyi kaçırmış olursunuz. Eğer kaçırmazsanız, zihnin sessizliği diğer her şeyi eritip massedecektir.

İçinde bulunduğunuz zorluk, hem gerçeği istemeniz, hem ondan korkmanızdan kaynaklanmaktadır. Ondan korkuyorsunuz, çünkü onu bilmiyorsunuz. Aşina şeyleri bilirsiniz, onlarla kendinizi güvende hissedersiniz. Bilinmeyen ise belirsizdir ve dolayısıyla tehlikelidir. Ama gerçeği bilmek, onunla uyum içinde olmaktır. Ve uyumun içinde korkuya yer yoktur.

Bir bebek, bedenini bilir, ama bedene-dayanan ayrımları bilmez. O sadece bilinçli ve mutludur. Sonuçta, onun doğuş amacı budur. *Var olma* zevki benlik-sevgisinin en basit şeklidir ki o daha sonra kendini sevmeye dönüşür. Bir bebek gibi olun, beden ile benlik arasında hiçbir şey bulunmasın. Orada psişik hayatın gürültüsü yoktur. Derin sessizlikte benlik bedeni seyreder. O, üstüne henüz hiçbir şey yazılmamış beyaz bir kâğıt gibidir. Şu ya da bu olmaya çalışmak yerine, o bebek gibi olun, *var olduğunuz* için mutlu olun. O zaman, bilinç alanının tamamen uyanık tanığı olacaksınız. Ama sizinle o alan arasında hiçbir his ve fikir durmamalıdır.

S: Sadece var olmakla tatmin olmak, zaman geçirmenin en bencil şekli gibi görünüyor.

M: Bencilliğin en değerli şekli! Elbette bencil olun, Benlik'ten başka her şeyi bırakın. Siz Benlik'ten başka bir şeyi sevmediğinizde, bencilliğin ve bencil-olmayışın ötesine geçersiniz. Tüm ayrımlar anlamlarını yitirir. Birin sevgisi ile bütünün sevgisi, saf, sade, hiç kimseye yöneltilmeyen ve hiç kimseden esirgenmeyen bir sevgiyle birleşir. O sevgide kalın, ona derinlemesine girin, kendinizi inceleyin ve incelemeyi sevin, o zaman sadece kendi sorunlarınızı değil, insanlığın sorunlarını da çözeceksiniz. Ne yapmak gerektiğini bileceksiniz. Yüzeysel sorular sormayın; esaslara, var'lığınızın köklerine konsantre olun.

S: Benim için kendini-idraki hızlandırıcı bir yol var mıdır?

M: Elbette vardır.

S: Bu hızlandırmayı kim yapacak? Bunu siz benim için yapar mısınız?

M: Onu ne siz yapacaksınız ne de ben. O olacak.

S: Benim buraya gelişim bunu kanıtladı. Bu hızlanma bu kutsal beraberlikten dolayı mıdır? Geçen defa ayrılırken tekrar gelmeyi umut ediyordum. Ve geldim! Şimdi bu kadar çabuk İngiltere'ye dönmek zorunda olduğum için çok üzgünüm.

M: Siz yeni doğmuş bir çocuk gibisiniz. O daha önce de vardı, ama varlığının bilincinde değildi. Doğmasıyla birlikte onun içinde bir dünya ve dünyayla birlikte de var'lık bilinci ortaya çıktı. Şimdi sizin bilinçte büyümeniz gerekiyor, o kadar. Çocuk dünyanın kralıdır, büyüdüğü zaman krallığının başına geçer. Diyelim ki o ağır şekilde hastalandı ve bir doktor onu tedavi etti. Bu küçük kralın krallığını doktora borçlu olduğu anlamına mı gelir. O belki sadece katkıda bulunan etkenlerden biri olmuştur. Katkıda bulunmuş olan başka birçok etken vardır. Ama esas etken, en önemli etken, bir kralın oğlu olarak doğmuş olmaktır. Benzer şekilde, Guru yardım edebilir. Ama yardımcı olan esas şey gerçeğin içinizde bulunmasıdır. O kendini belli edecektir. Buraya gelişiniz size mutlaka yardımcı oldu. Size yardım edecek olan tek şey bu değildir. Esas şey kendi varlığınızdır. Sizin samimiyetiniz de buna tanıklık etmektedir.

S: Bir meslek peşinde olmam bu konudaki ciddiyetimi ve samimiyetimi tekzip etmekte midir?

M: Size önceden söyledim. Kendinize huzur ve sessizlik anlarını bolca ayırırsanız, saygıdeğer mesleğinizi güvenle sürdürebilirsiniz. Bu içsel sessizlik anları tüm engelleri yok edecektir. Onun etkililiğinden kuşku duymayın. Deneyin.

S: Ama gerçekten denedim!

M: Asla sadakatle, asla düzenli olarak değil. Aksi takdirde böyle sorular sormazdınız. Soruyorsunuz, çünkü kendinizden emin değilsiniz. Kendinizden emin değilsiniz, çünkü kendinize hiç dikkatinizi vermediniz, yalnızca deneyimlerinize dikkatinizi verdiniz. Tüm deneyimin ötesinde, kendinizle ilgilenin, kendinizle birlikte olun, kendinizi sevin; nihai güvenlik sadece kendinibilmekte bulunur. Esas olan ciddiyet ve samimiyettir. Kendinize karşı dürüst olun, o zaman hiçbir şey size ihanet etmeyecektir. Erdemler ve güçler, çocukların oynamaları için küçük nişanlardır. Onlar dünyada yararlıdır, ama sizi dünyanın dışına çıkaramazlar. Öteye ulaşmak için uyanık bir hareketsizliğe ve sessiz dikkate ihtiyacınız vardır.

S: O zaman insanın fiziksel varlığına ne olur?

M: Sağlıklı olduğunuz sürece yaşarsınız.

S: Bu içsel hareketsizlik hayatı insanın sağlığını etkilemez mi?

M: Bedeniniz dönüşmüş besin maddesidir. Besininiz nasıl ise -kaba ya da ince- sağlığınız da öyle olacaktır.

S: Peki, seks içgüdüsüne ne olur? O nasıl kontrol edilebilir?

M: Seks, edinilmiş bir alışkanlıktır. Onun ötesine geçin. Dikkatiniz bedeninize odaklandığı sürece, yiyecek ve seksin, korku ve ölümün pençelerinde kalırsınız. Kendinizi bulun ve özgür olun.

48

Farkındalık Özgürdür

Soran: Ben Sri Ramana Aşramı'ndan geldim. Orada yedi ay geçirdim.

Maharaj: Aşram'da nasıl bir çalışma yapıyordunuz?

S: Yapabildiğim kadarıyla "Ben kimim?" sorusu üzerinde konsantre oluyordum.

M: Bunu ne şekilde yapıyordunuz? Sözlü mü?

S: Gün içinde serbest anlarımda, kendi kendime "Ben kimim?" diye mırıldanıyordum. "Ben'im, ama ben kimim?" Ya da bunu zihinden yapıyordum. Ara sıra hoş hisler duyuyor ya da sakin bir mutluluk hali içine giriyordum. Genelde, deneyimler edinmeye uğraşmaktan çok, sessiz ve alıcı halde kalmaya çalışıyordum.

M: Doğru ruh hali içindeyken tam olarak ne hissediyordunuz?

S: İçsel bir dinginlik, huzur ve sessizlik.

M: Bilincinizi yitirmekte olduğunuzu fark ettiniz mi?

S: Evet, ara sıra ve çok kısa bir zaman için. Diğer zamanlarda içsel ve dışsal olarak sessizdim.

M: O ne tür bir sessizlikti? Derin bir uykuya benzeyen, ama aynı zamanda bilinçli mi? Bir tür uyanık uyku mu?

S: Evet, tetikte bir uyku *(jagrit-sushupti).*

M: Esas olan, olumsuz duygulardan, arzu ve korku gibi zihnin düşmanlarından kurtulmaktır. Bir kez zihin onlardan kurtulduğunda, arkası kolayca gelecektir. Tıpkı sabunlu su içinde tutulan bir bezin temizlenmesi gibi, zihin de saf his akımı içinde arınacaktır.

Sessizce oturup kendinizi izlediğinizde, her türlü şey yüzeye çıkabilir. Onlarla ilgili hiçbir şey yapmayın, onlara tepki göstermeyin; geldikleri gibi gideceklerdir. Önemli olan tüm şey, kendinizin, daha doğrusu zihninizin tamamen farkında olmanızdır.

S: "Kendinizin" derken, günlük benliği mi kastediyorsunuz?

M: Evet, kişiyi kastediyorum, ancak o nesnel olarak gözlemlenebilir. Gözlemci gözlemin ötesindedir. Gözlemlenebilir olan gerçek benlik değildir.

S: Sonsuz bir geri çekilişle gözlemciyi daima gözlemleyebilirim.

M: Siz gözlemciyi değil, gözlem olayını gözlemleyebilirsiniz. Siz nihai gözlemcinin siz olduğunuzu gözleme dayalı mantıksal bir süreçle değil, direkt içgörü yoluyla bilirsiniz. Siz neyseniz o'sunuz, ama olmadığınız şeyi bilirsiniz. Benlik var'lık olarak bilinir, benlik-olmayan ise geçici var'lık olarak bilinir. Ama aslında hepsi zihindedir. Gözlemlenen, gözlem ve gözlemci zihinsel yapılardır. *Var olan* yalnızca benliktir.

S: Zihin tüm bu bölünmeleri neden yaratıyor?

M: Bölmek ve ayırmak zihnin doğasıdır. Bölmenin bir zararı yoktur. Ama ayrılık gerçeğe ters düşer. Nesneler ve insanlar farklıdırlar, ama ayrı değildirler. Doğa birdir, gerçek birdir.

Zıtlar vardır, ama zıtlık yoktur.
S: Ben çok aktif bir yapıya sahibim. Burada bana faaliyetten kaçınmam söyleniyor. Ne kadar çok hareketsiz kalmaya çalışırsam, bir şeyler yapma dürtüsü o kadar büyük oluyor. Bu beni dışsal olarak daha aktif kılmakla kalmıyor, yapıma uymayan bir hali benimsemek için içsel olarak mücadele etmeme de yol açıyor. Çalışma özlemine karşı bir çare var mı?
M: Çalışma ile salt faaliyet arasında bir fark vardır. Tüm doğa çalışır. Çalışma doğadır, doğa çalışmadır. Öte yandan, faaliyet arzu ve korkuya, sahip olma ve zevk alma özlemine, acı çekme ve yok olma korkusuna dayanır. Çalışma bütün tarafından ve bütün içindir, faaliyet insanın kendisi tarafından kendisi içindir.
S: Faaliyete karşı bir çare var mı?
M: Onu izleyin, kesilecektir. Esaret içinde olduğunuzu, size her ne olursa, onun bedensel varoluşunuzdan dolayı olduğunu kendinize hatırlatmak için her fırsatı kullanın. Arzu, korku, dert, sevinç, eğer görünmeleri için siz orada değilseniz, görünemezler. Ama her ne olursa, bir algılama merkezi olarak sizin varoluşunuzu işaret eder. İşaret-edicileri önemsemeyin, onların neyi işaret ettiğinin farkında olun. Bu çok basittir, ama yapılması gerekir. Önemli olan sizin sürekli olarak kendinize dönmeyi sürdürmenizdir.
S: Ben kendi içime derin bir biçimde gömülme gibi garip hallere giriyorum, ama bunlar önceden bilinemeyen ve bir anlık haller. Kendimi böyle halleri kontrol edebilir hissetmiyorum.
M: Beden maddi bir şeydir ve değişmek için zamana ihtiyacı vardır. Zihin ise birtakım zihinsel alışkanlıklardan, düşünme ve hissetme biçimlerinden ibarettir ki, değişmek için onların yüzeye çıkarılıp incelenmeleri gerekir. Bu da zaman alır. Sadece azmedin ve sebat edin, gerisi kendiliğinden gelecektir.
S: Yapılması gereken şey hakkında berrak bir fikre sahip gibiyim, ama yorulup karamsarlaştığımı görüyorum ve insanların

beraberliğini arıyorum, böylece yalnızlık ve meditasyonla geçirilmesi gereken zamanı boşa harcıyorum.
M: İçinizden ne yapmak geliyorsa onu yapın. Kendinize zorbalık etmeyin. Şiddet sizi katılaştırır. Yolunuzun üzerindeki engeller olarak düşündüğünüz şeylerle savaşmayın. Sadece, onlarla ilgilenin, onları izleyin, gözlemleyin, sorgulayın. Bırakın -iyi ya da kötü- her şey olsun. Ama olup bitenlere kendinizi kaptırmayın.
S: İnsanın izleyici olduğunu kendine durmadan hatırlatmasının amacı nedir?
M: Zihin, hareket halindeki zihnin ötesinde hiç değişmeyen bir farkındalık fonunun, zemininin bulunduğunu öğrenmelidir. Zihin gerçek benliği tanımalı, ona saygı göstermeli ve onu, güneş tutulmasında ayın güneşi örtüşü gibi, örtmeyi bırakmalıdır. Sadece, gözlemlenebilir ya da deneyimlenebilir hiçbir şeyin siz olamayacağınızı veya sizi bağlamadığını idrak edin. Siz olmayan şeyi dikkate almayın.
S: Söylediklerinizi yapmak için kendimin sürekli farkında olmak zorundayım.
M: Farkında olmak uyanık olmaktır. Farkında olmamak uykuda olmak demektir. Siz nasılsa farkındasınız, farkında olmaya çalışmanız gerekmez. Yapmanız gereken şey farkında olmanın farkında olmaktır. Bilerek ve bilinçli olarak zihnin farkında olun; farkındalık alanını genişletip derinleştirin. Siz her zaman zihninizin bilincindesiniz, ama bilinçli olduğunuzun farkında değilsiniz.
S: Anlayabildiğim kadarıyla, siz "zihin," "bilinç" ve "farkındalık" sözcüklerine farklı anlamlar veriyorsunuz.
M: Buna şöyle bakın. Zihin durmadan düşünceler üretir, siz onların farkında olmadığınızda bile. Zihninizde olup bitenleri bildiğinizde, buna bilinç dersiniz. Bu sizin uyanıklık halinizdir; bilinciniz hiç durmadan duyumdan duyuma, algıdan algıya, fikirden fikre geçer. Sonra, farkındalık gelir; o bilincin bütünü,

zihnin bütünü ile ilgili direkt içgörüdür. Zihin, beden yatağında durmadan akan bir nehir gibidir; siz bir an için kendinizi belirli bir dalgacıkla özdeşleştirir ve ona "benim düşüncem" dersiniz. Bilincinde olduğunuz tüm şey zihninizdir; farkındalık ise bir bütün olarak bilincin farkında olmaktır.

S: Herkes bilinçli, ama herkes farkında değil.

M: "Herkes bilinçlidir" demeyin, "Bilinç vardır" deyin. Her şey onun içinde belirir ve kaybolur. Zihinlerimiz bilinç okyanusu üzerindeki dalgalardan ibarettir. Onlar dalgalar gibi gelir ve gider. Okyanus gibi onlar sonsuz ve ebedidir. Kendinizi var'lık okyanusu gibi, tüm varoluşun rahmi gibi görün. Bunlar mecazlardır elbette; gerçek ise tarife sığmaz. Siz onu ancak o olarak bilebilirsiniz.

S: Onu arayış bu sıkıntıya değer mi?

M: Asıl onsuz her şey sıkıntı ve derttir. Eğer sağlıklı, yaratıcı ve mutlu yaşamak ve paylaşacağınız sonsuz bir zenginliğiniz olsun isterseniz, ne olduğunuzu araştırın.

Zihin bedende merkezlenmiş ve bilinç de zihinde merkezlenmiştir, ama farkındalık özgürdür. Bedenin dürtüleri, zihnin acıları ve zevkleri vardır. Farkındalık ise bağsız, tarafsız ve sarsılmazdır. O berrak, sessiz, huzurlu ve uyanıktır, arzu ve korku taşımaz. Sizin gerçek varlığınız olarak onun üzerinde meditasyon yapın (derin derin düşünün) ve günlük hayatınızda o olmaya çalışın; o zaman onu tam olarak idrak edebilirsiniz.

Zihin olup biten şeylerle ilgilenir, farkındalık ise zihnin kendisiyle ilgilenir. Çocuk oyuncağın peşindedir, ama anne oyuncağı değil, çocuğu izler.

Ben, bıkıp usanmadan bakarak, tamamen boşaldım ve o boşlukla birlikte -zihin hariç- her şey bana geri geldi. Zihni geri alınamaz şekilde kaybetmiş olduğumu gördüm.

S: Siz şimdi bizimle konuşurken bilinçsiz misiniz?

M: Ne bilinçli, ne bilinçsizim. Ben zihin ve onun çeşitli hallerinin ve koşullarının ötesindeyim. Ayrımlar zihin tarafından yaratılır ve sadece zihin için geçerlidir. Ben saf bilincin kendisiyim, olan her şeyin kesintisiz farkındalığıyım. Ben sizinkinden daha gerçek bir haldeyim. Bir kişiyi oluşturan ayrımlar ve ayrılıklar benim ilgimi ve dikkatimi çekmez. Beden yaşamaya devam ettiği sürece, onun da başkaları gibi ihtiyaçları olacaktır, ama benim zihinsel sürecim sona ermiştir.

S: Siz düşünen bir insan gibi davranıyorsunuz.

M: Neden olmasın? Ama benim düşünmem, sindirim süreci gibi, bilinçsiz ve amaçlıdır.

S: Eğer düşünmeniz bilinçsizse, onun doğru olduğunu nasıl biliyorsunuz?

M: Onu bozacak ne arzu, ne de korku vardır. Onu ne yanlışa saptırabilir? Bir kez kendimi ve neyi temsil ettiğimi bildiğimde, kendimi her zaman denetlemem gerekmez. Saatinizin zamanı doğru gösterdiğini biliyorsanız, ona baktığınızda kuşkuya düşmezsiniz.

S: Şu anda konuşan, eğer zihin değilse, kimdir?

M: Soruyu işiten yanıtını veriyor.

S: Ama o kimdir?

M: Kim değil, ne. Size bir kişi gibi görünsem de, ben bu sözcükten sizin anladığınız anlamda bir kişi değilim. Ben, içinde her şeyin vuku bulduğu o sınırsız bilinç okyanusuyum. Ben ayrıca tüm varoluşun ve bilişin ötesindeki saf var'lık mutluluğuyum. Ben kendimi hiçbir şeyden ayrı hissetmem, bu nedenle de ben her şeyim. Hiçbir "şey" ben değildir, böylece ben hiçbir şeyim.

Ateşin yanmasını, suyun akmasını, tohumların filizlenmesini, ağaçların büyümesini sağlayan aynı güç benim sorularınızı yanıtlamamı sağlıyor. Dil ve üslup kişisel gibi görünse de, bende kişisel hiçbir yan yoktur. Bir kişi arzuların, düşüncelerin ve onlardan kaynaklanan eylemlerin sabit bir kalıbıdır; bende böyle bir kalıp yoktur. Benim arzuladığım ya da korktuğum hiçbir şey yoktur, bir kalıp nasıl olabilir?

S: Elbette siz de öleceksiniz.

M: Hayat kaçacak, beden ölecek, ama bu beni hiç etkilemeyecek. Ben zamanın ve uzayın ötesindeyim, nedensiz ve sonuçsuzum, ancak varoluşun şekillendirici matriksiyim.

S: Mevcut durumunuza nasıl ulaştığınızı sorabilir miyim?

M: Öğretmenim bana "Ben'im" duygusuna kuvvetle tutunmamı ve ondan bir an bile sapmamamı söyledi. Ben onun öğüdüne uymak için elimden geleni yaptım ve nispeten kısa bir zamanda içimde onun öğretisinin gerçekliğini idrak ettim. Benim yaptığım tüm şey sürekli olarak onun öğretisini, yüzünü, sözlerini hatırlamaktı. Bu zihne bir son verdi; zihnin sessizliğinde ben kendimi bağımsız ve sınırsız "Ben'im" olarak gördüm.

S: Kendinizi birdenbire mi yoksa yavaş yavaş mı idrak ettiniz?

M: Hiçbiri. İnsan ebediyen olduğu şeydir. Onu -arzulardan ve korkulardan kurtulduğunda- idrak eden zihindir.

S: İdrak etme arzusundan bile mi kurtulduğunda?

M: Tüm arzulara son verme arzusu en tuhaf arzudur, tıpkı korkma korkusunun en tuhaf korku olması gibi. Biri kapmanızı, diğeri kaçmanızı önler. Siz aynı sözcükleri kullanabilirsiniz, ama içinde bulunduğunuz hal aynı değildir. Kendini idrak etmek isteyen insan arzulara bağımlı değildir; o arzuyla birlikte giden değil, arzuya karşı gelen bir arayıcıdır. Genel bir özgürleşme özlemi sadece başlangıçtır; uygun araçları bulup kullanmak bir sonraki adımdır. Arayan insanın tek bir hedefi vardır: Kendi gerçek varlığını bulmak. Tüm arzular arasında bu en muhteris olandır, çünkü hiçbir şey ve hiç kimse onu tatmin edemez; arayan ve aranan birdir ve sadece arayış önemlidir.

S: Arayış sona erecek. Arayan kalacak.

M: Hayır, arayan eriyip dağılacak, arayış kalacak. Arayış nihai ve ebedi gerçektir.

S: Arayış yoksun olmak, istemek, eksiklik, tamam olmayış anlamına gelir.

M: Hayır, o eksik olanı, tamam-olmayanı reddetmek anlamına gelir. Gerçeği arayışın kendisi gerçeğin hareketidir. Bir bakıma tüm arayış gerçek mutluluk ya da gerçeğin mutluluğu içindir. Ama burada arayış derken, insanın, bilinçli olmanın kökeni ve zihnin ötesindeki ışık olarak kendini arayışını kastediyorum. Bu arayış asla sona ermeyecektir, ama gerçek ilerlemenin olabilmesi için başka her şey için duyulan huzursuz arzu ve ihtiras sona ermelidir.

Şunu anlamalısınız ki, gerçeği, Tanrı'yı ya da Guru'yu arayış ile benliği arayış aynıdır; biri bulunduğunda, hepsi bulunmuş olur. "Ben'im" ve "Tanrı'dır" zihinde birbirinden ayırt edilemez hale geldiğinde, o zaman bir şey olacak ve Tanrı'nın sizden dolayı ve sizin Tanrı'dan dolayı var olduğunuzu hiç kuşkusuz olarak bileceksiniz. İkisi birdir.

S: Her şey önceden takdir olunduğuna göre, kendimizi idrak etmemiz de önceden takdir olunmuş mudur? Yoksa hiç olmazsa orada özgür müyüz?

M: Kader sadece isme ve şekle aittir. Siz ne beden, ne zihin olduğunuza göre, kader sizin üzerinizde bir kontrole sahip değildir. Siz tamamen özgürsünüz. Fincan, şekli, maddesi, kullanımı tarafından koşullanmıştır. Ama fincanın içindeki boşluk özgürdür. O sadece fincanla bağlantılı olarak görüldüğünde fincanın içinde sayılabilir. Bunun dışında o sadece boşluktur. Bir beden bulunduğu sürece, siz bedenli görünürsünüz. Beden olmadığında siz bedenden ayrılmış değilsiniz, siz sadece *varsınız.*

Kader bile sadece bir fikirdir. Sözcükler birçok biçimde bir araya getirilebilir! Bildirimler farklı olabilir, ama onlar gerçek üzerinde herhangi bir değişiklik yapar mı? Bir şeyleri açıklamak için birçok kuram tasarlanmıştır, hepsi akla yakındır, ama hiçbiri doğru değildir. Siz bir araba sürerken, mekanik ve kimya yasalarına tâbisinizdir; arabadan indiğinizde ise fizyoloji ve biyokimya yasalarına tâbi olursunuz.

S: Meditasyon nedir ve onun yararları nelerdir?

M: Siz bu arayışa yeni başlayan biriyseniz, belirli meditasyon yöntemleri ya da dualar sizin için iyi olabilir. Ama gerçek arayıcısı için tek bir meditasyon vardır: Düşünceleri barındırıp beslemeyi kesin bir biçimde reddetmek. Düşüncelerden azade olmak meditasyondur.

S: O nasıl yapılır?

M: Düşüncelerin akmasına izin vererek ve onları izleyerek başlarsınız. Bu gözlem zihni tamamen durana dek yavaşlatır. Bir kez zihin sessizleştiğinde, onu sessiz tutun. Bu sükûnetten sıkılmayın, onun içinde olun, onda daha da derinleşin.

S: Diğer düşünceleri uzak tutmak için tek bir düşünceye tutunmaktan söz edildiğini duydum. Ama tüm düşünceleri nasıl uzak tutabiliriz? Bu fikir de bir düşüncedir.

M: Geçmiş deneyimlere göre davranmayın, yeniden deneyin. Düşüncelerinizi izleyin ve onları izleyişinizi izleyin. Tüm düşüncelerden özgürleşme hali birdenbire meydana gelecekir ve siz onu verdiği mutluluktan tanıyacaksınız.

S: Dünyanın hali sizi hiç ilgilendirmiyor mu? Doğu Pakistan'daki katliamlara bakın. Onlar sizi hiç etkilemiyor mu?*

M: Gazeteleri okuyorum, neler olduğunu biliyorum! Ama benim tepkim sizinki gibi değil. Siz hastalığa bir tedavi arıyorsunuz, bense onu önlemekle ilgileniyorum. Nedenler olduğu sürece, sonuçlar da olmak zorundadır. İnsanlar bölmeye ve ayırmaya meyilli oldukça, bencil ve saldırgan oldukça, böyle olaylar vuku bulacaktır. Eğer dünyada barış ve uyum istiyorsanız, kalplerinizde ve zihinlerinizde barış ve uyum olmalıdır. Böyle bir değişim zorla kabul ettirilemez; o içten gelmelidir. Savaştan nefret edenler savaşı kendi sistemlerinden atmalıdırlar. Barışsever insanlar olmadan, dünyanızda nasıl barış olabilir? İnsanlar oldukları gibi oldukları sürece, dünya da olduğu gibi olmak zorundadır. Ben insanların mutsuzluklarının tek nedeninin kendile-

---

* Bu konuşma ve daha sonraki sayfalarda yer alan konuşmalar Doğu Pakistan (şimdiki Bangladeş) savaşının sürdüğü 1971'de geçmiştir.

ri olduğunu bilmelerine yardım ederek üstüme düşeni yapıyorum. O anlamda ben yararlı bir insanım. Ama içinde bulunduğum hal, benim normal halim sosyal bilinç ve yararlılık açısından ifade edilemez. Ben ondan söz edebilir, mecazlar ve meseller kullanabilirim, ama onun tam öyle olmadığının keskin bir biçimde farkındayımdır. O deneyimlenemez olduğu için değil, o deneyimlemenin ta kendisidir. Ama o, bilmek için ayırması ve kıyaslaması gereken bir zihinle tarif edilemez.

Dünya, üstüne daktiloyla bir şeyler yazılmış beyaz bir kâğıt gibidir. Yazının okunuşu ve anlamı okuyana göre değişecektir, ama kâğıt -daima orada olan, nadiren algılanan- ortak etkendir. Daktilo şeridi kaldırıldığında, daktilo yazısı kâğıtta bir iz bırakmaz. Benim zihnim de öyledir, izlenimler gelmeye devam eder, ama geriye hiçbir iz kalmaz.

S: Neden burada oturup insanlarla konuşuyorsunuz? Gerçek güdünüz nedir?

M: Hiçbir güdüm yok. Bir güdüm olması gerektiğini siz söylüyorsunuz. Ben ne burada oturuyorum, ne de konuşuyorum: Güdüler aramaya gerek yoktur. Beni bedenle karıştırmayın. Benim yapılacak bir işim, yerine getirilecek bir görevim yok. Benim sizin Tanrı diyebileceğiniz parçam dünyayla ilgilenecektir. Sizin ilgilenilmeye çok fazla muhtaç olan bu dünyanız sizin zihninizde yaşar ve hareket eder. Onu derinlemesine araştırın, yanıtlarınızı sadece orada bulacaksınız. Onların başka nereden gelmesini bekliyorsunuz ki? Sizin bilincinizin dışında herhangi bir şey var mı ki?

S: Benim bilgim dışında var olabilir.

M: O ne tür bir varoluş olurdu? Var'lık bilişten ayrılabilir mi? Tüm var'lık, tüm biliş gibi size ilişkindir. Bir şey siz onu ya deneyiminizde ya da varlığınızda bildiğiniz için vardır. Bedeniniz ve zihniniz, siz öyle inandığınız sürece mevcutturlar. Siz onların sizin olduklarını düşünmeyi bırakın, onlar eriyip yok olacaklardır. Elbette bedeninizin ve zihninizin işlev yapmalarına izin verin, ama onların sizi sınırlamalarına izin vermeyin. Eğer eksikleri ve kusurları fark ediyorsanız, fark etmeye devam edin; sizin onlara dikkatinizi vermeniz kalbinizi, zihninizi ve bedeninizi düzeltecektir.

S: Ben ciddi bir hastalıktan, sırf onun farkına vararak kurtulabilir miyim?

M: Onun bütününün farkına varın, sadece dış belirtilerinin değil. Tüm hastalıklar zihinde başlar. Önce zihinle ilgilenin, yanlış fikirleri ve duyguları saptayıp onlardan kurtulun. Sonra, hastalığı umursamadan yaşayın, çalışın ve onu hiç düşünmeyin. Nedenler ortadan kaldırıldığında, sonuç da ortadan kalkmak zorundadır.

İnsan ne olduğuna inanıyorsa öyle olur. Kendi hakkınızdaki tüm fikirleri bırakın, o zaman kendinizi bedene ve zihne olabilecek her şeyin ötesindeki saf tanık olarak bulacaksınız.

S: Eğer olduğumu düşündüğüm her şey olabilirsem ve eğer En Yüce Gerçek olduğumu düşünmeye başlarsam, benim En Yüce Gerçeğim sadece bir fikir olarak kalmaz mı?

M: Önce o hale erişin, sonra bu soruyu sorun.

49

Zihin Güvensizliğe Neden Olur

Soran: İnsanlar öğüt almak için size geliyorlar. Ne yanıt vereceğinizi nasıl biliyorsunuz?

Maharaj: Soruyu işittiğim gibi, yanıtı da işitiyorum.

S: Yanıtınızın doğru olduğunu nasıl biliyorsunuz?

M: Bir kez yanıtların doğru kaynağını bildiğimde, artık onlardan kuşku duymam gerekmez. Saf bir kaynaktan sadece saf su akacaktır. Ben insanların arzuları ve korkuları ile ilgilenmiyorum. Ben kanılar ve görüşlerle değil, olgularla uyum içindeyim. İnsan ismini ve şeklini kendisi olarak kabul eder, bense hiçbir şeyi kendim olarak kabul etmem. Ben kendimi ismiyle bilinen bir beden olarak düşünseydim, sizin sorularınızı yanıtlayamazdım. Eğer sizi sadece bir beden olarak kabul etseydim, yanıtlarımın size hiçbir yararı olmazdı. Hiçbir gerçek öğretmen kişisel kanılar ve görüşlerle uğraşmaz. O her şeyi olduğu gibi görür ve onları oldukları gibi gösterir. Eğer siz insanları, onların olduklarını düşündükleri gibi kabul ederseniz, onları sadece -her zaman kendilerine yaptıkları gibi- incitmiş olursunuz. Ama eğer onları gerçekte oldukları gibi görürseniz, bu onlara muazzam bir yarar sağlayacaktır. Eğer onlar size ne yapmaları, hangi uygulamaları benimsemeleri, hangi hayat yolunu izlemeleri gerektiğini sorarlarsa, şöyle yanıtlayın: "Bir şey yapmayın, sadece *var olun.* Var'lıkta her şey doğal biçimde gerçekleşir."

S: Bana öyle görünüyor ki siz konuşmalarınızda "doğal olarak" ve "rastlantı sonucu" sözcüklerini, aralarında bir fark gözetmeden kullanıyorsunuz. Ben bu iki sözcüğün anlamları arasında derin bir farkın bulunduğunu düşünüyorum. Doğal olan düzenlidir, yasaya tâbidir, insan doğaya güvenebilir; rastlantısal olan ise kaotik, beklenmedik ve öngörülemez olandır. İnsan her şeyin doğal, doğa yasalarına tâbi olduğunu savunabilir; her şeyin nedensiz ve rastlantısal olduğunu söylemek, kuşkusuz, bir abartmadır.

M: Rastlantısal sözcüğü yerine "kendiliğinden olan" (spontane) sözcüğünü kullanmamı tercih eder miydiniz?

S: "Rastlantısal" sözcüğünün karşıtı olarak "kendiliğinden" ya da "doğal" sözcüklerini kullanabilirsiniz. Rastlantısal olanda bir düzensizlik, bir kaos unsuru vardır. Bir rastlantı, bir kaza daima kuralların bir ihlâli, bir istisna, bir sürprizdir.

M: Hayatın kendisi bir sürprizler akışı değil midir?

S: Doğada uyum vardır. Rastlantısal olan ise bir karışıklık ve düzensizliktir.

M: Siz, zaman ve uzayla sınırlı, bir bedenin ve zihnin içeriğine indirgenmiş bir kişi olarak konuşuyorsunuz. Hoşlandığınız şeyi "doğal," hoşlanmadığınız şeyi ise "rastlantısal" diye adlandırıyorsunuz.

S: Ben doğal olandan, yasaya uyandan, beklenenden hoşlanır, yasayı ihlâl edenden, düzensiz, beklenmedik ve anlamsız olandan korkarım. Rastlantısal olan daima acayiptir. Sözde "şanslı rastlantılar" olabilir, ama onlar sadece rastlantılara yatkın bir evrende hayatın mümkün olamayacağı kuralını kanıtlar.

M: Bir yanlış anlama olduğunu hissediyorum. Ben "rastlantısal" sözcüğüyle, bilinen hiçbir yasaya uymayan demek istiyorum. Ben her şey rastlantısaldır, nedensizdir dediğimde, sadece, nedenler ve onların itaat ettikleri yasalar bizim bilgimizin, hatta imgelememizin ötesindedir demek istiyorum. Eğer siz, sizin düzenli, uyumlu, öngörülebilir saydıklarınıza doğal derseniz, o zaman daha yüksek yasalara uyan ve daha yüksek güçlerle yönetilenlere de "kendiliğinden" denilebilir. Böylece, biz iki doğal düzene sahip oluyoruz: Kişisel ve öngörülebilir olan ve kişisel-ötesi ya da kişisel-üstü ve öngörülemez olan. Buna alçak doğa ve yüksek doğa deyin ve rastlantısal sözcüğünü bırakın. Siz bilgide ve içgörüde gelişirken, alçak ve yüksek doğa arasındaki sınır çizgisi gerilemeye devam eder, ama ikisi bir olarak görülene dek iki ayrı doğa olarak kalır. Çünkü aslında, her şey çok harika bir biçimde anlaşılmazdır (açıklanamazdır)!

S: Bilim bir hayli şeyi açıklayabiliyor.

M: Bilim isimler ve şekillerle, nitelikler ve niceliklerle, kalıplar ve yasalarla uğraşır; o kendi yerinde pekâlâdır. Ama hayat yaşanmak içindir; analiz için zaman yoktur. Karşılık anında verilmelidir, işte kendiliğinden olanın, zamansız olanın önemi bundan kaynaklanır. Biz bilinmeyende yaşar ve hareket ederiz. Bilinen, geçmiştir.

S: Ben ne olduğumla ilgili hislerime göre yerimi tayin ederim. Ben bir bireyim, kişiler arasında bir kişiyim. Bazı insanlar bütünleşir ve uyum içine girerler, bazıları ise bunu yapamazlar. Bazıları çabasız biçimde yaşar ve her duruma spontane biçimde doğru karşılık verirken, diğerleri beceriksizce yaşar, hatalar yapar ve genelde bir sıkıntı kaynağı olurlar. Uyumlu kimselere doğal, yasa tarafından yönetilen kişiler denebilir, diğerleri ise kaotiktir ve rastlantılara, kazalara açıktırlar.

M: Kaos fikri düzenli, organik, birbiriyle ilişkili olma halinin varlığını gerektirir. Kaos ve kozmos aynı halin iki veçhesi değil midir?

S: Ama siz her şeyin kaos, rastlantısal, öngörülemez olduğunu söyler gibi görünüyorsunuz.

M: Evet, tüm var'lık yasalarının bilinmediği ve tüm olayların öngörülemeyeceği anlamında. Siz daha fazla anlayabildiğinizde, evren de duygusal ve zihinsel olarak daha doyum verici hale gelir. Gerçek iyi ve güzeldir; kaosu biz yaratırız.

S: Eğer kazalara (kaosa) neden olanın insanın özgür iradesi olduğunu kastediyorsanız, buna katılırım. Ama henüz özgür iradeyi tartışmadık.

M: Sizin düzeniniz size zevk verendir, düzensizliğiniz ise size acı verendir.

S: Öyle ifade edebilirsiniz, ama bana ikisinin bir olduğunu söylemeyin. Benimle benim, yani mutluluk arayan bir bireyin dilinde konuşun. Ben dualistik-olmayan konuşmalarla yanıltılmak istemiyorum.

M: Ayrı bir birey olduğunuza sizi inandıran nedir?

S: Ben bir birey gibi davranıyorum. Kendi başıma işlev yapıyorum. Öncelikle kendimi dikkate alıyorum, başkalarını ise ancak kendime ilişkin olarak dikkate alıyorum. Kısacası, ben kendimle meşgulüm.

M: Pekâlâ, kendinizle meşgul olmaya devam edin. Buraya neden geldiniz?

S: Kendimi güvende ve mutlu kılmak istediğim için. Bu konuda pek başarılı olamadığımı itiraf ediyorum. Ben ne güvendeyim, ne de mutlu. O yüzden buradayım. Bu yer benim için yeni, ama buraya geliş nedenim eski: Güvenli mutluluk, mutlu güvenlik arayışı. Şimdiye kadar onu bulamadım. Bana yardım edebilir misiniz?

M: Asla kaybedilmemiş olan asla bulunamaz. Sizin güvenlik ve mutluluk arayışınız aslında sizi onlardan uzak tutuyor. Aramayı kesin, kaybetmeye son vermiş olursunuz. Hastalık basittir, çaresi de aynı derecede basittir. Sizi güvensiz ve mutsuz kılan sizin zihninizdir. Beklenti sizi güvensiz kılıyor, bellek mutsuz ediyor. Zihninizi kötüye kullanmayı bırakın, o zaman her şey sizin için iyi olacak. Sizin onu düzeltmeniz gerekmiyor, siz geçmişle ve gelecekle ilgilenmeyi bırakıp tamamen *şimdi*'de yaşamaya başlar başlamaz o kendini düzeltecektir.

S: Ama şimdi'nin bir boyutu yok. Ben o zaman hiç kimse, hiçbir şey haline gelirim!

M: Tam öyle. Hiçbir şey ve hiç kimse olarak güvende ve mutlu olursunuz. İstediğiniz zaman bu deneyime sahip olabilirsiniz. Sadece deneyin.

Ama şimdi neyin rastlantısal, neyin spontane ya da doğal olduğuna geri dönelim. Siz doğanın düzenli olduğunu, rastlantının ise bir kaos işareti olduğunu söylediniz. Ben farkı reddettim ve bir olayın nedenleri bilinemediğinde, ona rastlantı veya kaza dediğimizi söyledim. Doğada kaosa yer yoktur. Sadece insanın zihninde kaos vardır. Zihin bütünü kavrayamaz, onun odağı çok dardır. O yalnızca parçaları görür ve tablonun bütününü algılayamaz. Tıpkı sesleri işittiği halde dili anlamayan bir adamın konuşmacıyı anlamsız sesler çıkarmakla suçlayabileceği ve tamamen yanılıyor olacağı gibi. Birine kaotik sesler akımı gibi gelen şey, bir diğeri için güzel bir şiirdir.

Kral Janaka bir seferinde rüyasında dilenci olduğunu gördü. Uyanınca Gurusu Vasishta'ya sordu: "Ben rüyasında dilenci olduğunu gören bir kral mıyım, yoksa rüyasında kral olduğunu gören bir dilenci miyim?" Guru yanıtladı: "Hiçbiri değilsin ve her ikisisin. Sen olduğunu düşündüğün şeysin, ama değilsin. Öylesin, çünkü ona göre, ona uygun olarak davranıyorsun; öyle değilsin, çünkü o devam etmez. Sen sonsuza dek bir kral ya da bir dilenci olarak kalabilir misin? Her şey değişmek zorundadır. Sen ise değişmez olansın. Sen nesin?" Janaka dedi ki: "Evet, ben ne kralım ne de dilenci, ben tarafsız, sakin bir tanığım." Guru dedi ki: "Bir *gnani* olduğun, sıradan insanlardan farklı ve üstün olduğun senin son illüzyonundur. Yine sen kendini zihninle özdeşleştiriyorsun; bu durumda o terbiyeli, her bakımdan örnek bir zihindir. Sen en küçük bir fark gördüğün sürece, gerçeğe yabancısın demektir. Sen zihin düzeyindesin. 'Ben kendimim' gittiğinde, 'Ben her şeyim' gelir. 'Ben her şeyim' gittiğinde ise 'Ben'im' gelir. 'Ben'im' bile gittiğinde, sadece gerçek *vardır* ve onun içinde her 'Ben'im' korunur ve yüceltilir. Ayrılıksız çeşitlilik ve farklılık zihnin ulaşabileceği nihai noktadır. Onun ötesinde tüm faaliyet biter, çünkü onun içinde tüm hedeflere erişilir ve tüm amaçlar gerçekleştirilir."

S: En Yüce Hal'e ulaşıldığında, o başkalarıyla paylaşılabilir mi?

M: En Yüce Hal burada ve şimdi evrenseldir; onu zaten herkes paylaşmaktadır. O var olma, bilme ve sevme halidir. Kim var olmaktan hoşlanmaz ya da kendi varoluşunu bilmez? Ama biz bu bilinçli olma sevinç ve hazzından yararlanmıyoruz, onun içine dalarak, ona yabancı olan her şeyden onu arındırmıyoruz. Bir zihinsel kendini-arındırma çalışması, yani psişenin temizlenmesi esastır. Tıpkı göze kaçan bir toz zerresinin iltihaplanmaya neden olarak dünyayı yok etmesi gibi, "Ben beden-zihinim" yanlış fikri de, evreni karartan bir benlik ilgisine ve kaygısına neden olur. Sınırlı ve ayrı bir kişi olma duygusuyla mücadele etmek -onun kökleri açığa çıkarılmadıkça- yararsızdır. Bencillik, insanın kendisiyle ilgili yanlış fikirlerinden kaynaklanır. Zihnin aydınlatılıp berraklaştırılması *Yoga*'dır.

50
Öz-Farkındalık Tanıktır

Soran: Siz bana üç veçhemle irdelenebileceğimi söylediniz: Kişilik *(vyakti)*, kişisel-üstü *(vyakta)*, kişisel-ötesi *(avyakta)*. *Avyakta* evrensel ve gerçek saf "Ben"dir; *Vyakta* onun bilince "Ben'im" olarak yansımasıdır; *Vyakti* ise fiziksel ve yaşamsal süreçlerin toplamıdır. Şimdiki anın dar sınırları içinde, kişisel-üstü zaman ve uzay içinde kişinin farkındadır; sadece bir kişinin değil, *karma* ipliği boyunca sıralanmış uzun bir dizi kişiliğin de farkındadır. O esasen hem tanık hem de deneyim birikiminden geriye kalan şey, belleğin yeri, bağlantı halkasıdır *(sutratma)*. O, insanın doğumdan doğuma hayat tarafından oluşturulup şekillendirilen karakteridir. Evrensel olan ise tüm isimlerin ve şekillerin, bilincin ve karakterin ötesindedir, ben-ve-başkası ayrımı yapmayan saf var'lıktır. Sizin görüşlerinizi doğru ifade ettim mi?

Maharaj: Zihin düzeyinde, evet. Zihinsel düzeyin ötesinde, hiçbir sözcük uymuyor.

S: Kişinin zihinsel bir yapı olduğunu, bir dizi anı ve alışkanlığın kolektif adı olduğunu anlayabiliyorum. Ama kişinin vaki olduğu o tanık-olan merkez de mi zihinseldir?

M: Tıpkı bir rengin görünmek için bir yüzeye ihtiyacının olması gibi, kişisel-olanın bir tabana, kendisini onunla özdeşleştireceği bir bedene ihtiyacı vardır. Rengi görüş renkten bağımsızdır, renk her ne olursa olsun, o aynıdır. Bir rengi görmek için insanın bir göze ihtiyacı vardır. Renkler birçoktur, göz tektir. Kişisel-ötesi olan, renkteki ve gözdeki ışık gibidir, ancak basittir, tekildir, bölünemezdir ve tezahürleri dışında algılanamazdır. Bilinemez değildir, ama algılanamaz, nesnelleştirilemez ve bölünemezdir. O ne maddesel, ne zihinsel, ne nesnel ne öznеldir; o maddenin kökeni, bilincin kaynağıdır. Sadece yaşamanın ve ölmenin ötesinde, o her şeyi kapsayan, her şeyi dışlayan Hayat'tır ki onda doğum ölümdür ve ölüm doğumdur.

S: Sizin sözünü ettiğiniz Mutlak veya Hayat gerçek midir, yoksa cehaletimizi örtmek için oluşturulmuş bir kuram mıdır?

M: Her ikisi de. Zihin için, o bir kuramdır; kendi içinde ise bir gerçektir. O, sahte olanı spontane ve toptan reddedişiyle bir gerçektir. Tıpkı ışığın mevcudiyetiyle karanlığı yok etmesi gibi, mutlak da imgelemeyi yok eder. Tüm bilginin bir cehalet biçimi olduğunu görmek gerçeğin bir hareketidir. Tanık bir kişi değildir. Kişi onun için bir temel, bir organizma, bir beden olduğunda var olur. Mutlak onun içinde farkındalık olarak yansır. Saf farkındalık öz-farkındalık haline gelir. Bir benlik olduğunda, öz-farkındalık tanıktır. Tanıklık edecek bir benlik olmadığında, tanıklık da yoktur. Bu tümüyle çok basittir; karmaşıklaştıran kişinin mevcudiyetidir. Kalıcı bir biçimde ayrı bir kişi diye bir şeyin olmadığını görün, her şey berrak hale gelir. Farkındalık-zihin-madde -hareket edebilir ve sabit iki veçhesi ve atalet, enerji ve uyum gibi üç niteliği içindeki- tek bir gerçektir.

S: Hangisi önce gelir, bilinç mi, farkındalık mı?

M: Farkındalık, bir nesneye ve hedefe sahip olduğunda bilinç haline gelir. Nesne ve hedef daima değişir. Bilinçte hareket vardır; farkındalık kendi başına hareketsiz ve zamansızdır, burada ve şimdidir.

S: Şu anda Doğu Pakistan'da ıstırap çekiliyor ve kan dökülüyor. Ona nasıl bakıyorsunuz? O size nasıl görünüyor, ona nasıl tepki gösteriyorsunuz?

M: Saf bilinçte hiçbir şey vuku bulmaz.

S: Lütfen o metafizik yüksekliklerden aşağıya inin! Istırap çeken bir adama, kendinden başka kimsenin onun ıstırabının farkında olmadığını söylemenin ona yararı ne? Her şeyi illüzyona havale etmek incinmeye eklenen bir hakaret oluyor. Doğu Pakistan'daki Bengalli bir olgudur ve onun ıstırabı da bir olgudur. Lütfen onları analiz ederek varoluşun dışına çıkarmayın!

Siz gazeteleri okuyorsunuz, insanların bunun hakkında konuştuklarını işitiyorsunuz. Bilmediğinizi iddia edemezsiniz. Şimdi, olup bitenlere karşı tutumunuz nedir?

M: Hiçbir tutum. Hiçbir şey olmuyor.

S: Bugün, yarın, hemen sizin önünüzde bir isyan çıkabilir, insanlar birbirlerini öldürebilirler. Elbette siz hiçbir şey olmuyor diyerek uzak kalamazsınız.

M: Ben uzak kalmaktan asla söz etmedim. Siz benim birini kurtarmak için bir kavganın içine daldığımı ve öldürüldüğümü görebilirdiniz. Ama yine de bana göre hiçbir şey olmazdı.

Büyük bir binanın çökmekte olduğunu imgeleyin. Bazı odalar harabe halinde, bazıları ise sağlamdır. Ama bu binanın bulunduğu boşluktan harabe ya da sağlam diye söz edebilir misiniz? Sadece yapı ve içinde yaşayan insanlar zarar görmüştür. Boşluğun kendisine hiçbir şey olmamıştır. Benzer şekilde, formlar çözülüp dağıldığında ve isimler silindiğinde hayata hiçbir şey olmaz. Kuyumcu ustası yeni süs eşyası yapmak için eskileri eritir. Bazen iyi bir parça da kötülerin arasında gider. Kuyumcu ustası telaşa kapılmadan işine devam eder, çünkü o hiçbir altının kaybolmadığını bilir.

S: İsyan ettiğim şey ölüm değil, ölümün tarzı.

M: Ölüm doğaldır, ölümün tarzı insan işidir. Ayrılık korkuya ve saldırganlığa neden olur, bu da şiddete yol açar. İnsan-işi ayrılıkları ortadan kaldırın; tüm bu, insanların birbirlerini öldürme dehşeti elbette son bulacaktır. Ama gerçekte ne öldürme vardır ne ölme. Gerçek-olan ölmez; gerçek-olmayan ise asla yaşamadı. Zihninizi düzeltin, o zaman her şey düzelecektir. Siz dünyanın bir, insanlığın bir olduğunu bildiğinizde, bu gerçeğe göre davranacaksınız. Ama her şeyden önce hissediş, düşünüş ve yaşayış biçiminize dikkat etmelisiniz. Kendi içinizde düzen olmadıkça, dünyada hiçbir düzen olamaz.

Gerçekte hiçbir şey olmaz. Kader zihnin perdesine hep kendi filmlerini, eski projeksiyonların anılarını yansıtır ve böylece

illüzyon kendini sürekli yeniler. Filmler gelir ve gider, ışık cehalet tarafından alıkonur. Işığı görün, filmi önemsemeyin.
S: Olaylara ne kadar katı ve duygusuz bir bakış! İnsanlar öldürüyor ve ölüyorlar ve siz burada filmlerden söz ediyorsunuz.
M: Öyleyse gidip kendinizi öldürtün, eğer yapmanız gerektiğini düşündüğünüz şey buysa. Hatta gidin öldürün, eğer görevinizin bu olduğunu düşünüyorsanız. Ama kötülüğe son vermenin yolu bu değildir. Kötülük, hastalıklı bir zihnin pis kokusudur. Zihninizi iyileştirin, o zaman o çarpıtılmış, çirkin filmler projekte etmeyi kesecektir.
S: Söylediğiniz şeyi anlıyor, ama duygusal olarak kabul edemiyorum. Bu salt idealist hayat görüşü beni derin biçimde itiyor. Ben kendimi sürekli bir rüya hali içinde düşünemem.
M: Herhangi bir insan geçici bir bedenin neden olduğu bir halde sürekli olarak nasıl kalabilir? Yanlış anlama sizin beden olduğunuz fikrine dayanmaktadır. Bu fikri inceleyin, onun özündeki çelişkileri görün, mevcut varoluşunuzun bir kıvılcımlar sağanağı gibi olduğunu, her kıvılcımın bir saniye, sağanağın ise bir-iki dakika sürdüğünü idrak edin. Elbette, başlangıcı aynı zamanda sonu olan bir şeyin ortası olamaz. Terimlerinize saygı gösterin. Gerçek geçici olamaz. O zamansızdır, ebedidir, ama ebediyet bir süre değildir.
S: İçinde yaşadığım dünyanın gerçek dünya olmadığını kabul ediyorum. Ama çarpıtılmış bir filmini gördüğüm gerçek bir dünya var. Bu çarpıtma benim bedenimdeki ya da zihnimdeki bir kusurdan dolayı olabilir. Ama gerçek bir dünyanın bulunmadığını, yalnızca zihnimde bir rüya dünyası olduğunu söylediğinizde, buna dayanamıyorum. Varoluşun tüm dehşetinin benim bir bedene sahip olmamdan kaynaklandığına inanabilmek isterdim. O zaman intihar bir çıkış yolu olurdu.
M: Siz kendinizin ya da başkalarının fikirlerine dikkatinizi verdiğiniz sürece, başınız dertte olacaktır. Ama eğer tüm öğretileri, tüm kitapları ve sözcüklere dökülmüş herhangi bir şeyi

önemsemeden, kendi içinize derinlemesine dalar ve kendinizi bulursanız, sadece bu tüm sorunlarınızı çözecek ve sizi her durumun tam hâkimi olarak bırakacaktır; çünkü o zaman bir durum hakkındaki fikirleriniz tarafından yönetilmeyeceksiniz. Bir örnek vereyim: Diyelim ki siz çekici bir kadınla birliktesiniz. Onun hakkında bazı fikirler edinirsiniz ve bu cinsel bir durum yaratır. Bir sorun yaratılmıştır ve siz cinsel perhiz ya da doyum konusunda kitaplar aramaya başlarsınız. Eğer siz bir bebek olsaydınız, her ikiniz de ortaya hiçbir sorun çıkmadan yan yana çıplak durabilirdiniz. Sadece sizin bedenler olduğunuzu düşünmeyi bırakın, o zaman aşk ve seks sorunları anlamlarını yitirecektir. Tüm sınırlılık duygusu kaybolduğunda, korku, acı ve zevk arayışı da biter. Sadece farkındalık kalır.

51
Acıya ve Zevke Kayıtsız Kalın

Soran: Ben doğma büyüme bir Fransız'ım ve yaklaşık on yıldır *Yoga* uyguluyorum.

Maharaj: On yıllık çalışmadan sonra hedefinize yaklaştınız mı?

S: Belki biraz. Biliyorsunuz, bu zor bir iş.

M: Benlik yakındadır ve ona giden yol kolaydır. Yapmanız gereken tüm şey hiçbir şey yapmamaktır.

S: Ama ben *sadhana*'mı çok zor buldum.

M: Sizin *sadhana*'nız *var olmak*'tır. Yapmak kendiliğinden olur. Sadece dikkatli ve uyanık olun. Var olduğunuzu hatırlamakta zorluk nerede? Siz her zaman *var olansınız.*

S: Hiç kuşkusuz, var olma duygusu her zaman mevcut. Ama dikkat alanı sık sık her türlü zihinsel olay -duygular, imgeler, fikirler- tarafından istila ediliyor. Bu durum saf var'lık duygusuna genellikle yer bırakmıyor.

M: Zihni gereksiz şeylerden arındırma yönteminiz nedir?

S: Temelde, insan korkar. O en çok kendinden korkar. Ben patlayacak bir bomba taşıyan bir adam gibi olduğumu hissediyorum. İnsan onu etkisiz hale getiremiyor ya da fırlatıp atamıyor. Çok korkuyor ve bir çözümü çılgınca arıyor, ama bulamıyor. Bana göre özgürleşme bu bombadan kurtulmaktır. Ben bomba hakkında çok fazla şey bilmiyorum. Sadece, onun ilk çocukluktan geldiğini biliyorum. Ben kendimi sevilmeyişini şiddetle protesto eden, korkmuş bir çocuk gibi hissediyorum. Çocuk sevgi açlığı çekiyor ve onu elde edemediği için de korkuyor ve kızıyor. Bazen birisini ya da kendimi öldürmek geliyor içimden. Bu arzu öylesine güçlü ki sürekli korkuyorum. Ve korkudan nasıl kurtulacağımı bilmiyorum.

Görüyorsunuz ya, bir Hindu zihni ile bir Avrupalı zihni arasında fark var. Hindu zihni nispeten sadedir. Bir Avrupalı çok daha karmaşık bir varlık. Hindu temelde *sattvik*'tir (sükûn ve uyum halindedir). O, Avrupalı'nın huzursuzluğunu, yapılması gerektiğini düşündüğü şeyi yorulmadan sürdürmesini, daha geniş genel bilgisini anlamaz.

M: Onun muhakeme kapasitesi o kadar büyük ki, muhakeme ede ede kendisini tüm mantıktan edecek! Onun kendine ve görüşlerine çok güvenmesi mantığa güvenmesinden dolayıdır.

S: Ama düşünme ve muhakeme etme zihnin normal halidir. Zihin çalışmasını kesemez.

M: O alışılmış hal olabilir, ama onun normal hal olması gerekmez. Normal bir hal acı verici olamaz, ama bir alışkanlık çoğu kez kronik acıya yol açar.

S: Eğer o zihnin doğal ya da normal hali değilse, o zaman onu nasıl durdurmalı? Zihni sessizleştirmenin bir yolu olmalı. Ben sık sık zihnime, "Yeter, lütfen dur, durmadan tekrarlanan cümlelerin bu bitmek bilmeyen gevezeliği yetti artık!" diyorum. Ama zihnim durmuyor. İnsanın zihni bir süre için durdurabileceğini, ama bunun uzun sürmeyeceğini düşünüyorum. O sözde "spiritüel" insanlar bile zihinlerini sessiz tutmak için hileler kullanıyorlar. Onaylamalar yapıyor, şarkı söylüyor, dua ediyor, zorlu ya da yumuşak biçimde nefes alıyor, sallanıyor, dönüyor, konsantre oluyor, meditasyon yapıyor, transa girmeye çalışıyor, erdemler geliştiriyorlar; yani çalışmaya, kovalamaya, hareket etmeye son vermek için her zaman çalışıyorlar. Eğer durum bu kadar trajik olmasaydı, gülünç olurdu.

M: Zihin iki halde bulunur: Su gibi ve bal gibi. Su en ufak bir karışıklıkta titreşir, oysa bal, ne kadar karıştırılırsa karıştırılsın, hemen hareketsizliğe geri döner.

S: Doğası gereği zihin huzursuzdur. O belki sessizleştirilebilir, ama kendiliğinden sessiz olmaz.

M: Zihni huzursuz kılan arzular ve korkulardır. O tüm olumsuz duygulardan arındığında sessizleşir.

S: Siz bir çocuğu olumsuz duygulardan koruyamazsınız. O doğar doğmaz acıyı ve korkuyu öğrenir. Açlık acımasız bir öğretmendir ve o bağımlılığı ve nefreti öğretir. Çocuk annesini sever, çünkü annesi onu besler; anneden nefret eder, çünkü anne onun mamasını geciktirmiştir. Bizim bilinçaltı zihnimiz çatışmalarla doludur ve onlar bilinçli zihne taşar. Biz bir yanardağın üstünde yaşıyoruz; daima tehlikedeyiz. Zihinleri dingin olan insanlarla birlikte olmanın çok yatıştırıcı bir etkisi olduğunu kabul ediyorum, ama onlardan uzaklaşır uzaklaşmaz eski dertlerim depreşiyor. İşte bu yüzden Gurum'la birlikte olmak için belirli aralıklarla Hindistan'a geliyorum.

M: Siz geldiğinizi ve gittiğinizi, çeşitli hallerden ve duygu durumlarından geçtiğinizi düşünüyorsunuz. Ben her şeyi olduğu gibi, kendilerini bana peş peşe sunan, varlıklarını benden alan, ama ne ben ne de benim olan geçici olaylar olarak görürüm. Ben fenomenler arasında bir fenomen değilim, onlara tâbi de değilim. Ben o kadar basit ve tam olarak bağımsızım ki, sizin karşıtlığa ve reddetmeye alışkın olan zihniniz bunu kavrayamaz. Ben söylediğim şeyi gerçekten kastediyorum: Ben karşı çıkmaya ya da reddetmeye ihtiyaç duymam, çünkü benim herhangi bir şeyin karşıtı veya reddi olamayacağım benim için açıktır. Ben sadece ötedeyim, tamamen farklı bir boyuttayım. Benim bir şeyle özdeşleştiğimi ya da bir şeye karşı çıktığımı görmeyi beklemeyin: Ben arzunun ve korkunun olmadığı yerdeyim. Şimdi, sizin deneyiminiz nedir? Siz de tüm geçici şeylerden tamamen uzakta durduğunuzu hissediyor musunuz?

S: Evet, ara sıra hissediyorum. Ama birden bir tehlike duygusu çöküyor, kendimi yalıtılmış, başkaları ile tüm ilişkilerin dışında hissediyorum. İşte bizim düşünme biçimlerimizdeki fark burada yatıyor. Hindu için, duygu düşünceyi izler. Bir Hindu' ya bir fikir verin, onun duyguları uyanır. Batılı için durum tam tersidir: Ona bir duygu verin, o ondan bir fikir üretecektir. Sizin fikirleriniz aklî olarak çok çekici, ama duygusal olarak bana hitap etmiyor.

M: Aklınızı bir yana koyun. Onu bu konularda kullanmayın.

S: Yerine getiremeyeceğim bir öğüdün ne yararı var? Bunlar sadece fikirler ve siz fikirlere onları hissederek karşılık vermemi istiyorsunuz, çünkü hisler olmadan hiçbir eylem olamaz.

M: Neden eylemden söz ediyorsunuz? Siz hiç eylemde bulunuyor musunuz? Bilinmeyen bir güç eylemde bulunuyor ve siz eylemde bulunduğunuzu hayal ediyorsunuz. Siz olup bitenleri -onları herhangi bir biçimde etkileyemeden- sadece izliyorsunuz.

S: Hiçbir şey yapamayacağımı kabullenmeye karşı neden bu kadar muazzam bir direnç hissediyorum?

M: Ama ne yapabilirsiniz ki? Siz bir operatörün ameliyat ettiği, anestezi altındaki bir hasta gibisiniz. Uyandığınızda ameliyatın bitmiş olduğunu görürsünüz; bir şeyler yapmış olduğunuzu söyleyebilir misiniz?

S: Ama bir ameliyat geçirmeyi seçmiş olan benim.

M: Kesinlikle siz değilsiniz. Bir yanda hastalığınız, öte yanda doktorunuzun ve ailenizin baskıları size karar verdirtmiştir. Sizin bir seçiminiz yoktur, sadece seçim illüzyonu vardır.

S: Ama sizin beni gösterdiğiniz kadar çaresiz olmadığımı hissediyorum. Düşünebildiğim her şeyi yapabileceğimi hissediyorum, yalnızca nasıl yapabileceğimi bilmiyorum. Eksikliğini duyduğum şey güç değil, bilgidir.

M: Yolu bilmemek, güce sahip olmamak kadar kötüdür! Ama bu konuyu bir an için bırakalım; çünkü şu anda çaresiz olduğunuzu açıkça gördüğünüz sürece, neden çaresizlik hissettiğiniz önemli değildir.

Ben şimdi yetmiş dört yaşındayım. Ama kendimi bir bebek gibi hissediyorum. Tüm değişikliklere rağmen, bir çocuk olduğumu açıkça hissediyorum. Gurum bana demişti ki: "Şimdi bile sen olan o çocuk senin gerçek benliğindir *(swarupa).* O saf var'lık haline, 'Ben'im'in hâlâ saf olduğu, bu saflığın 'Ben şuyum, ben buyum' ile bozulmadığı o hale geri dön. Senin yükün benliğini yanlış şeylerle özdeşleştirmendir, onların hepsini bırak. Bana güven. Sana söylüyorum; sen tanrısalsın. Bunu mutlak gerçek olarak kabul et. Senin sevincin ve ıstırabın da tanrısaldır. Hepsi Tanrı'dan gelir. Bunu daima hatırla. Sen Tanrı'sın, yalnızca senin iraden olur." Ben ona inandım ve çok geçmeden onun sözlerinin ne kadar harika bir biçimde doğru olduğunu idrak ettim. Ben zihnimi "Ben Tanrı'yım, ben harikayım, ben ötesiyim" diye düşünerek şartlandırmadım. Sadece Gurum'un zihni saf "Ben'im" olmaya odaklama ve onun içinde kalma talimatını uyguladım. Saatlerce zihnimde "Ben'im" den başka bir şey olmadan otururdum ve çok geçmeden huzur, sevinç ve her-şeyi-kucaklayan derin bir sevgi benim normal halim oldu. Onun içinde her şey -kendim, Gurum, yaşadığım hayat, çevremdeki dünya- kayboldu. Yalnızca huzur ve çok derin bir sessizlik kaldı.

S: Bu çok basit ve kolay görünüyor, ama öyle değil. Bazen beni harika bir sevinçli huzur hali kaplar ve ben "Bu hal ne kadar kolay bir biçimde geldi, ne kadar bana ait görünüyor" diye düşünüp hayret ederim. "Bu kadar yakın olan bir hal için öylesine uğraşmaya ne gerek vardı? Bu kez herhalde kalıcı olarak geldi" diye düşünürüm. Ama çok geçmeden o hal kaybolur ve beni "Bu, gerçeğin bir izlenimi miydi, yoksa başka bir sapma mı?" diye düşündürür. "Eğer o gerçek idiyse neden gitti? Belki, beni bu yeni halde ebediyen tutacak özgün bir deneyim gerekli ve o deneyim gelene dek bu saklambaç oyunu devam etmeli."

M: Sizin özgün ve çarpıcı bir şey, harika bir patlama beklentiniz kendinizi idrak etmenizi sadece engelliyor ve geciktiriyor. Bir patlama beklememelisiniz, çünkü patlama doğduğunuz anda, kendinizi varolan-bilen-hisseden olarak fark ettiğiniz anda zaten olmuştur. Sizin yaptığınız tek bir hata var: Siz içsel olanı dışsal olan, dışsal olanı da içsel olan olarak kabul ediyorsunuz. İçinizde olanı dışınızdaymış gibi, dışınızda olanı ise içinizdeymiş gibi alıyorsunuz. Zihin ve hisler dışsaldır, ama siz onları içsel olarak kabul ediyorsunuz. Dünyanın nesnel olduğuna inanıyorsunuz, oysa o tamamen sizin psişenizin bir projeksiyonudur. Temel kafa karışıklığı budur ve yeni bir patlama bunu düzeltemez. Siz düşünerek bunun dışına çıkmalısınız. Başka bir yol yoktur.

S: Düşüncelerim istedikleri gibi gelip giderken ben bu durumdan düşünerek nasıl çıkabilirim? Onların bitmez tükenmez gevezeliği dikkatimi dağıtıyor ve beni tüketiyor.

M: Sokak trafiğini izler gibi düşüncelerinizi izleyin. İnsanlar gelip geçerler, siz tepkisiz biçimde kaydedersiniz. Başlangıçta bu kolay olmayabilir, ama biraz uygulamayla, zihninizin aynı anda birçok düzeyde işlev yapabildiğini ve onların hepsinin farkında olabildiğinizi göreceksiniz. Sadece belli bir düzeyle özellikle ilgileniyorsanız, dikkatiniz orada yakalanıp kalır ve diğer düzeyleri fark etmezsiniz. O zaman bile o diğer düzeylerdeki çalışma bilinç alanı dışında devam eder. Düşüncelerinizle ve anılarınızla mücadele etmeyin; sadece "Ben kimim? Nasıl oldu da doğdum? Çevremdeki evren nereden geldi? Ne gerçektir, ne geçicidir?" gibi önemli soruları dikkat alanınıza dahil etmeye çalışın. Hiçbir anı -eğer ona olan ilginizi yitirirseniz- varlığını sürdüremez; esareti sürdüren duygusal bağdır. Siz daima zevki arıyor, acıdan kaçınıyorsunuz, daima mutluluk ve huzur peşindesiniz. Kendinizi mutsuz hissetmenize neden olan şeyin bu mutluluk arayışı olduğunu görmüyor musunuz? Diğer yolu deneyin: Zevke ve acıya kayıtsız kalarak, onları ne isteyerek, ne de reddederek, tüm dikkatinizi "Ben'im"in ebediyen var olduğu düzeye verin. Çok geçmeden idrak edeceksiniz ki huzur ve mutluluk sizin kendi doğanızdır ve onları belli kanallarla aramanız karışıklığa neden olmaktadır. Karışıklıktan kaçının, hepsi bu. Aramaya ihtiyaç yoktur; zaten sahip olduğunuz bir şeyi aramazsınız. Siz Tanrı'sınız, En Yüce Gerçek'siniz. Başlangıç için bana, öğretmene güvenin. Bu sizin ilk adımı atabilmenizi sağlar ve sonra, duyduğunuz güveni kendi deneyiminiz doğrular. Hayatın her yolunda, başlangıçta güvenmek gereklidir; onsuz çok az şey yapılabilir. Her girişim bir inanç eylemidir. Günlük ekmeğinizi bile güvene dayanarak yersiniz! Size söylediğim şeyi hatırlayarak her şeyi başarabilirsiniz. Tekrar söylüyorum: Siz her yanı kaplayan, her şeyi aşan gerçeksiniz. Buna göre davranın: Bütün ile uyum içinde düşünün, hissedin ve davranın, o zaman sözünü ettiğim deneyimi çok geçmeden yaşarsınız. Hiçbir çaba gerekli değildir. İnanın ve ona uygun davranın. Lütfen, sizden hiçbir şey istemediğimi anlayın. Konuşmam sizin yararınızadır, çünkü siz her şeyden çok kendinizi seversiniz, güvende ve mutlu olmayı istersiniz. Bundan utanmayın ve bunu yadsımayın. İnsanın kendini sevmesi doğaldır ve iyidir. Sadece, tam olarak neyi sevdiğinizi bilmelisiniz. Sevdiğiniz beden değil, Hayat'tır; yani algılamak, hissetmek, düşünmek, yapmak, sevmek, uğraşmak ve yaratmaktır. Sevdiğiniz -siz ve her şey olan- bu Hayat'tır. Onu tüm bölünmelerin, sınırlamaların ötesinde, kendi bütünlüğü içinde kavrayın, o zaman tüm arzularınız onun içinde birleşecektir, çünkü daha büyük olan daha küçük olanı içerir. Dolayısıyla kendinizi bulun, çünkü kendinizi bulduğunuzda her şeyi bulmuş olursunuz.

Herkes var olmaktan hoşnuttur, ama çok az kişi onun bütünlüğünü bilir. Onu, "Ben'im," "Ben bilirim," "Ben severim" düşüncelerine -bu sözcüklerin en derin anlamlarına erişme iradesiyle- odaklandığınızda bileceksiniz.

S: "Ben Tanrı'yım" diye düşünebilir miyim?

M: Kendinizi bir fikirle özdeşleştirmeyin. Eğer Tanrı sözcüğüyle Bilinmeyen'i kastediyorsanız, o zaman sadece "Ben ne olduğumu bilmiyorum" diyebilirsiniz. Eğer Tanrı'yı kendi benliğinizi bildiğiniz gibi biliyorsanız, bunu söylemeniz gerekmez. En iyisi "Ben'im" hissidir. Onun üzerinde sabırla, devamlı durun. Burada sabır bilgeliktir; başarısızlığı düşünmeyin. Bu girişimde hiçbir başarısızlık olamaz.

S: Düşüncelerim bunu yapmama izin vermeyecektir.

M: Aldırmayın, onlarla savaşmayın. Onlarla ilgili hiçbir şey yapmayın, onları kendi hallerine bırakın. Sizin onlarla savaşmanız onlara hayat verir. Kayıtsız kalın ve onlardan öteye bakın. Şunu hatırlamayı hatırlayın: Her ne olursa, benden dolayı, ben *var olduğum* için olur. Her şey size *var olduğunuzu* hatırlatır. Şu olgudan tümüyle yararlanın: Deneyimleyebilmek için *var olmanız* gerekir. Düşünmeyi durdurmanız gerekmez, sadece ilgilenmeyi kesin. Özgürleştiren bu ilgisizliktir. Düşünceleri tutmayın, yeter. Dünya halkalardan oluşur, kancalar ise tümüyle sizindir. Kancalarınızı düzleştirin, o zaman hiçbir şey sizi tutamaz. Bağımlılıklarınızdan vazgeçin. Vazgeçecek başka bir şey yoktur. Elde etme gibi rutin hırslarınıza, sonuçlar bekleme alışkanlığınıza son verin, o zaman evrenin özgürlüğüne sahip olursunuz. Çabasız olun.

S: Hayat çabadır. Yapılacak çok fazla şey var.

M: Yapılması gerekeni yapın. Direnmeyin. Sizinki anbean sadece doğru şeyi yapmaya dayanan dinamik bir denge olmalıdır. Büyümek istemeyen bir çocuk gibi olmayın. Basmakalıp hareketler ve duruşlar size yardımcı olmayacaktır. Tamamen kendi düşüncenizin berraklığına, güdünüzün saflığına ve eyleminizin dürüstlüğüne güvenin. O zaman asla yanılmazsınız. Öteye geçin ve her şeyi geride bırakın.

S: Ama herhangi bir şey temelli olarak bırakılabilir mi?

M: Siz tüm gün devam eden vecit hali gibi bir şey istiyorsunuz. Vecit halleri gelir ve gider; böyle olması gerekir, çünkü insan beyni gerilime uzun bir süre dayanamaz. Uzayan bir vecit hali son derece saf ve süptil olmadıkça beyninizi yakar. Doğada hiçbir şey durağan değildir, her şey nabız gibi atar, görünür ve kaybolur. Kalp atışı, solunum, sindirim, uyku, uyanıklık, doğum ve ölüm, yani her şey dalgalar halinde gelir ve gider. Ritim, belli aralıklarla tekrarlanma, aşırı uçların uyumlu biçimde birbirinin yerini alması kuraldır. Hayatın öz düzenine baş kaldırmanın yararı yoktur. Eğer Değişmez Olan'ı arıyorsanız, deneyimin ötesine geçin. Ben size "Ben'im"i devamlı hatırlayın dediğimde, "tekrar tekrar ona dönün" demek istiyorum. Sessizlikten başka hiçbir şey, hiçbir düşünce zihnin doğal hali olamaz. Sessizlik fikrinden değil, sessizliğin kendisinden söz ediyorum. Zihin doğal halindeyken, her deneyimden sonra kendiliğinden sessizliğe döner, daha doğrusu her deneyim sessizlik zemini üzerinde meydana gelir.

Şimdi, burada öğrendiğiniz şey bir tohum olur. Onu görünüşte unutabilirsiniz. Ama o yaşar ve mevsimi geldiğinde filizlenir, büyür ve meyve verir. Her şey kendi kendine olur. Sizin bir şey yapmanız gerekmez, onu engellemeyin yeter.

52

Mutlu Olmak, Mutlu Etmek Hayatın Ritmidir

Soran: Kalküta'daki Gurum'a yaptığım düzenli ziyaretlerden biri için birkaç ay önce Avrupa'dan geldim. Şimdi ülkeme geri dönüş yolundayım. Bir arkadaşım tarafından sizinle tanışmak için davet edildim ve geldiğime memnunum.

Maharaj: Gurunuz'dan ne öğrendiniz ve hangi uygulamayı yaptınız?

S: O seksen yaşlarında saygıdeğer bir insandır. Felsefi bakımdan o bir Vedanten'dir ve öğrettiği uygulama, zihnin bilinçaltı enerjilerini harekete geçirerek, gizli tıkanıklıkları ve engelleri bilinç üstüne çıkarmakla ilgilidir. Benim kişisel *sadhana*'m çocukluğumdan kaynaklanan özel bir sorunla ilgiliydi. Annem bana bir çocuğun normal gelişimi için çok önemli olan, güvende olma ve sevilme duygusunu verememişti. O anneliğe hazır olmayan, endişelerle ve nevrozlarla dolu, kendine güvensiz bir kadındı ve beni, kendi taşıma kapasitesinin ötesinde ağır bir sorumluluk ve yük gibi görüyordu. Doğmamı asla istememişti. Büyüyüp gelişmemi de istemiyor gibiydi. Bendeki herhangi bir yaşam hareketine karşı direnir, kendi alışılmış varoluşunun dar çemberinin dışına çıkmaya yönelik her girişimime şiddetle karşı çıkardı. Bir çocuk olarak duyarlı ve sevecendim. Her şeyden çok sevgi açlığı çekiyordum ve bir annenin çocuğu için duyduğu basit, içgüdüsel sevgi benden esirgeniyordu. Çocuğun annesini arayışı, hayatımın yönlendirici güdüsü haline geldi ve ben büyüyüp onu aşamadım. Mutlu bir çocuk ve çocukluk benim için bir saplantı haline geldi. Gebelik, doğum, bebeklik beni aşırı derecede ilgilendiriyordu. Tanınmış bir kadın-doğum doktoru oldum ve ağrısız doğum yönteminin geliştirilmesine katkıda bulundum. Mutlu bir annenin mutlu çocuğu tüm hayatım boyunca benim idealim oldu. Ama annem -kendisi mutsuz ve beni mutlu görmeye isteksiz olarak- hep oradaydı. Bu, garip şekillerde tezahür ediyordu. Ben hasta olduğumda, o kendini daha iyi hissediyordu; ben kendimi iyi hissettiğimde ise o depresyona giriyor ve hem kendisine hem bana lanet ediyordu. Sanki doğmakla işlemiş olduğum suçu bir türlü bağışlayamıyor gibiydi ve yaşadığım için kendimi suçlu hissetmeme neden oluyordu. Böylece hayatımı bana sevgi yerine ölüm sunularak yaşadım. Sürekli bir bebek olarak annemde hapsolmuş olduğumdan, bir kadınla anlamlı bir ilişki kuramıyordum; asla bağışlamayan ve bağışlanmayan anne imgesi daima ara yerde duruyordu. Teselliyi mesleğimde aradım ve çok teselli buldum; ama bebekliğin çukurundan bir türlü çıkamıyordum. En sonunda spiritüel arayışa yöneldim ve yıllardan beri hep bu çizgi üzerindeyim. Ama bu da bir bakıma o eski ana-sevgisi arayışına benziyor, ona ister Tanrı, ister *Atma* ya da En Yüce Gerçek deyin. Esasen ben sevmek ve sevilmek istiyorum; ne yazık ki dindar denilen kişiler hayata karşılar ve tamamen zihne yönelmişler. Hayatın gereksinimleri ve dürtüleriyle yüz yüze geldiklerinde, sınıflandırmaya, soyutlamaya, kavramsallaştırmaya başlıyor ve sınıflandırma işini hayatın kendisinden daha önemli hale getiriyorlar. Onlar bir kavram üzerinde konsantre olmamızı ve onu kendi kişiliğimizde temsil etmemizi istiyorlar. Sevgi yoluyla spontane bütünleşme yerine, bir formül üzerinde plânlı biçimde ve yoğun bir çaba göstererek konsantre olmamızı öneriyorlar. O ister Tanrı ya da *Atma,* ister ben olsun, aynı kapıya çıkıyor! Düşünülecek bir şey; sevilecek biri değil. Benim ihtiyacım kuramlar ve sistemler değil; eşit ölçüde çekici ya da akla yakın olan birçoğu var. Benim kalbin kıpırtılarına, hayatın yenilenmesine ihtiyacım var, yeni bir düşünme biçimine değil. Yeni düşünme biçimleri yoktur, ama hisler her zaman taze olabilir. Ben birini sevdiğimde, onun üzerinde kendiliğinden, güçlü bir biçimde, zihnimin hükmedemeyeceği bir sıcaklık ve canlılıkla meditasyon yapabilirim.

Sözcükler hisleri şekillendirmek için iyidir; his olmadan sözcükler, içinde beden bulunmayan soğuk ve gevşek giysilere benzer. Annem benim tüm hislerimi tüketti, adeta kaynaklarım kurudu. Bir çocuk gibi öylesine çok ihtiyaç duyduğum duygu zenginliğini ve bolluğunu burada bulabilir miyim?

M: Çocukluğunuz şimdi nerede? Ve geleceğiniz nedir?

S: Ben doğdum, büyüdüm ve öleceğim.

M: Tabii, bedeninizi ve zihninizi kastediyorsunuz. Ben sizin fizyolojinizden ve psikolojinizden söz etmiyorum. Onlar doğanın bir parçasıdır ve doğa yasalarıyla yönetilir. Ben sizin sevgi arayışınızdan söz ediyorum. Onun bir başlangıcı var mıydı? Ve bir sonu olacak mı?

S: Bunu gerçekten söyleyemem. Hayatımın ilk anından son anına kadar o orada. Bu sevgi özlemi ne denli sürekli ve ne kadar umutsuz!

M: Sevgi arayışınızda tam olarak neyi arıyorsunuz?

S: Sadece sevmeyi ve sevilmeyi.

M: Bir kadını sevip onun tarafından da sevilmeyi mi kastediyorsunuz?

S: İlle de bir kadın olması gerekmez. Bir arkadaş, bir öğretmen, bir rehber; aradaki his parlak ve berrak olsun yeter ki.

M: İkisi arasında hangisini tercih edersiniz; sevmeyi mi, sevilmeyi mi?

S: Her ikisini de isterdim! Ama sevmenin daha büyük, daha asil ve derin olduğunu görebiliyorum. Sevilmek tatlıdır, ama o insanın gelişmesini sağlamaz.

M: Kendiliğinizden sevebilir misiniz, yoksa sevmenizin sağlanması mı gerekir?

S: İnsan sevilebilir biriyle karşılaşmalıdır elbette. Benim annem sadece sevecen olmamakla kalmayıp, sevilebilir de değildi.

M: Bir insanı sevilebilir yapan nedir? Sevilmek değil midir? Önce seversiniz, sonra nedenler ararsınız.

S: Bunun tersi de olabilir. Siz sizi mutlu edeni seversiniz.

M: Peki, sizi ne mutlu eder?

S: Bu konuda bir kural yoktur. Bu konu son derece bireyseldir ve öngörülemezdir.

M: Doğru. Bunu nasıl ifade ederseniz edin, siz sevmedikçe mutluluk yoktur. Ama sevgi sizi her zaman mutlu eder mi? Sevginin mutluluk ile olan ilişkisi oldukça ilkel, çocukça bir aşama değil midir? Sevdiğiniz acı çekerken siz de acı çekmez misiniz? Acı çektiğiniz için sevmekten vazgeçer misiniz? Sevgi ve mutluluk birlikte mi gelip gitmelidir? Sevgi yalnızca zevk beklentisi midir?

S: Elbette değildir. Sevgide çok ıstırap olabilir.

M: Öyleyse sevgi nedir? O bir zihin hali olmaktan çok bir varoluş hali değil midir? Siz sevmek için sevdiğinizi bilmek zorunda mısınız? Siz annenizi, sevdiğinizi bilmeden sevmediniz mi? Onun sevgisini, onu sevme fırsatını çok istemeniz sevgi hareketi değil midir? Sevgi de, var olma bilinci kadar sizin bir parçanız değil midir? Siz annenizin sevgisini aradınız, çünkü annenizi sevdiniz.

S: Ama o bana izin vermedi!

M: O sizi durduramazdı.

S: Öyleyse neden hayatım boyunca mutsuz oldum?

M: Çünkü siz varlığınızın kökenine kadar inmediniz. Sizin kendinizle ilgili cehaletiniz sevginizi ve mutluluğunuzu örtmüş ve asla kaybetmemiş olduğunuz şeyi size aratmış. Sevgi mutluluğunuzu herkesle ve her şeyle paylaşma iradesidir. Mutlu olmak, mutlu etmek hayatın ritmidir.

53
Tatmin Edilen Arzular Daha Fazla Arzu Doğurur

Soran: Bugün isyankâr bir ruh haliyle geldiğimi itiraf etmeliyim. Havayolları bürosunda haksız bir muameleyle karşılaştım. Böyle durumlarla karşılaştığımda her şey kuşkulu, her şey yararsız görünüyor.
Maharaj: Bu çok yararlı bir ruh halidir. Her şeyden kuşkulanmak, her şeyi reddetmek, bir başkası aracılığıyla öğrenmek istememek. Bu sizin uzun *sadhana*'nızın meyvesidir. Sonuçta, insan ebediyen okumayla ve incelemeyle meşgul olamaz.
S: Artık yeter. O beni hiçbir yere ulaştırmadı.
M: "Hiçbir yere" demeyin. O sizi şimdi olduğunuz yere ulaştırdı.
S: İşte, yine çocuk ve onun öfke nöbetleri. Ben olduğum yerden bir santim bile ilerlemedim.
M: Bir çocuk olarak başladınız ve bir çocuk olarak bitireceksiniz. Bu arada her ne kazanmışsanız, kaybetmeli ve baştan başlamalısınız.
S: Ama çocuk, mutsuz olduğu ya da istediği bir şey verilmediği zaman tekmeler atıyor.
M: Bırakın, tekmelesin, siz sadece tekmeleme olayına bakın. Eğer inandırıcı bir biçimde tekme atamayacak kadar toplumdan korkuyorsanız, ona da bakın. Bunun acı verici bir iş olduğunu biliyorum. Ama çareler aramaktan vazgeçmekten başka çare yoktur.

Eğer öfkeliyseniz ya da acı çekiyorsanız, kendinizi öfkeden ve acıdan ayırın ve onları izleyin. Özgürleşmenin ilk adımı dışsallaştırmaktır. Geri çekilin ve bakın. Fiziksel olaylar olmaya devam edecektir, ama kendi başlarına onların önemi yoktur. Önemli olan sadece zihindir. Her ne olursa olsun, bir havayolları bürosunda veya bir bankada tekme atıp haykıramazsınız; toplum buna izin vermez. Eğer onların yollarını beğenmiyorsanız ya da onlara katlanmaya hazır değilseniz, uçmayın veya para taşımayın. Yürüyün ve eğer yürüyemiyorsanız, yolculuk etmeyin. Eğer toplumla işiniz varsa, onun yollarını kabul etmelisiniz, çünkü onun yolları sizin yollarınızdır. Sizin ihtiyaçlarınız ve talepleriniz onları yaratmıştır. Sizin arzularınız çok karmaşık ve çelişkilidir, yarattığınız toplumun da karmaşık ve çelişkili olmasında şaşılacak bir şey yoktur.

S: Dıştaki kaosun benim içimdeki uyumsuzluğun bir yansıması olduğunu anlıyor ve kabul ediyorum. Ama çaresi nedir?

M: Çareler aramayın.

S: Bazen insan bir "inayet hali" içinde, hayat da mutlu ve uyumlu oluyor. Ama böyle bir hal uzun sürmüyor! Ruh hali değişiyor ve her şey ters gidiyor.

M: Eğer sessiz, anılardan ve beklentilerden arınmış kalabilseydiniz, olayların güzel kalıbını ayırt edebilirdiniz. Kaosa neden olan sizin kendi huzursuzluğunuzdur.

S: Havayolları bürosunda geçirdiğim üç saat içinde sabır ve tahammül uygulaması yaptım, ama bu, işleri hızlandırmadı.

M: Hiç olmazsa, sizin tekmelemelerinizin mutlaka neden olacağı gibi, işleri yavaşlatmadı da! Siz ani sonuçlar istiyorsunuz! Biz burada sihir dağıtmıyoruz. Herkes aynı hatayı yapıyor, süreçleri reddedip sonuçları istiyor. Siz dünyada barış ve uyum istiyorsunuz, ama onlara kendi içinizde sahip olmayı reddediyorsunuz. Öğüdümü tam olarak uygulayın, o zaman düş kırıklığına uğramazsınız. Ben sizin sorununuzu sadece sözlerle çözemem. Size söylediklerime uygun davranmalı ve sebat etmelisiniz. Özgürlüğe ulaştıran şey doğru öğüt değil, o öğüde uygun davranmaktır. Tıpkı, bir doktorun hastasına bir enjeksiyon yaptıktan sonra, "Şimdi sakin ol. Hiçbir şey yapma, sadece sakin kal" demesi gibi, size diyorum ki "enjeksiyonunuz" yapıldı, şimdi sessiz kalın, sadece sessiz kalın. Yapacağınız başka bir şey yoktur. Benim Gurum da aynı şeyi yapardı. Bana bir şey söy-

ler, sonra, "Şimdi sessiz kal, sürekli düşünüp durma. Dur. Sessiz ol" derdi.
S: Sabahları bir saat sessiz sakin kalabiliyorum. Ama gün uzun ve benim dengemi bozan birçok şey oluyor. "Sessiz ol" demek kolay, ama içimde ve çevremde her şey haykırırken bu nasıl yapılabilir?
M: Yapılması gereken her şey huzur ve sessizlik içinde yapılabilir. Altüst olmaya gerek yoktur.
S: Bu tümüyle olgulara uymayan bir kuram. Ben Avrupa'ya dönüyorum, ama orada yapacağım bir şey yok. Hayatım bomboş.
M: Eğer sadece sessiz kalmaya çalışırsanız, iş, çalışma gücü, doğru güdü gelecektir. Her şeyi önceden bilmek zorunda mısınız? Geleceğiniz için endişelenmeyin, şimdi sessiz olun ve her şey yerli yerine oturacaktır. Beklenmeyen gerçekleşmek zorundadır, beklenen ise asla gelmeyebilir. Bana doğanızı kontrol edemediğinizi söylemeyin. Onu kontrol etmeniz gerekmez. Doğanızı fırlatıp atın. Mücadele edecek ya da boyun eğecek bir doğaya sahip olmayın. Siz onu bir alışkanlık haline getirmedikçe, hiçbir deneyim sizi incitmeyecektir. Tüm evrenin süptil nedeni sizsiniz. Her şey siz var olduğunuz için vardır. Bu noktayı sıkı ve derin biçimde kavrayın ve tekrar tekrar onun üzerinde durun. Bunun kesinlikle doğru olduğunu idrak etmek özgürleşmektir.
S: Eğer ben kendi evrenimin tohumuysam, çürük bir tohum olmalıyım! Tohum meyvesinden bilinir.
M: Dünyanızın ne kusuru var ki ona küfrediyorsunuz?
S: O acıyla dolu.
M: Doğa ne zevklidir, ne acı verici. O tüm zekâ ve güzelliktir. Acı ve zevk zihindedir. Değer ölçülerinizi değiştirin, o zaman her şey değişecektir. Zevk ve acı sadece duyuların çalkantısıdır, onlara eşit muamele yapın; o zaman hep mutlu olursunuz. Ve dünya sizin onu yarattığınız gibidir; elbette onu mutlu yaratın. Sadece hoşnutluk ve kanaat sizi mutlu edebilir; tatmin edilen

arzular daha fazla arzu doğurur. Tüm arzulardan uzak durmak ve kendiliğinden gelenden hoşnut olmak çok verimli bir haldir, tamlık haline ulaşmanın önkoşuludur. Onun görünüşteki kısırlığına ve boşluğuna aldanıp güvenmezlik etmeyin. Bana inanın, mutsuzluğu doğuran şey arzuların tatminidir. Arzulardan kurtulmak aşkın mutluluktur.

S: İhtiyacımız olan şeyler var.

M: Eğer ihtiyacınız olmayan şeyleri istemezseniz, ihtiyacınız olan şeyler size gelecektir. Ama çok az insan bu tam tutkusuzluk, tarafsızlık ve bağsızlık haline erişir. O çok yüksek bir haldir, özgürlüğün eşiğidir.

S: Son iki yıldır verimsiz, yalnız ve boşluk içindeydim ve sık sık ölebilmek için dua ediyordum.

M: Buraya gelmenizle olayların akışı başladı. Bırakın olaylar oldukları gibi olsun, onlar sonunda kendilerini güzelce düzene sokacaktır. Geleceğe doğru zorlanarak uzanmanız gerekmez, gelecek size kendiliğinden gelecektir. Bir süre daha, şimdiki gibi uyurgezer kalacak, anlam ve güvenden yoksun olacaksınız; ama bu dönem sona erecek ve siz işinizi hem verimli, hem kolay bulacaksınız. İnsanın kendini boş ve yabancılaşmış hissettiği zamanlar hep olur. Böyle anlar en arzu edilir anlardır, çünkü bu ruhun halatlarını çözüp uzak yerlere doğru yelken açmış olduğu anlamına gelir. Bu, eskinin sona erdiği ve yeninin henüz gelmediği bir çözülme, ayrılma dönemidir. Eğer korkarsanız, bu hal ıstırap ve endişe verici olabilir; ama gerçekte korkulacak bir şey yoktur. Talimatı hatırlayın: Neyle karşılaşırsanız karşılaşın, onun ötesine geçin.

S: Buda'nın kuralı: Hatırlanması gerekeni hatırlamak. Ama doğru anda doğru şeyi hatırlamak bana çok zor geliyor. Öyle görünüyor ki, benim için kural, unutmaktır!

M: Her durum bir arzular ve korkular fırtınası getirdiğinde hatırlamak kolay değildir. Bellekten doğan arzu belleği de tahrip eder.

S: Arzuyla nasıl savaşayım? Ondan daha güçlü bir şey yok ki.
M: Hayatın suları, arzu ya da nefret verici nesnelerin kayalarına çarpıyor. O kayaları içgörü ve bağsızlıkla yok edin, o zaman aynı sular daha büyük bir oylum ve güçle, derin, sessiz ve hızlı akacaktır. Bu konuda kuramsal olmayın, düşünmeye ve değerlendirmeye zaman ayırın; eğer özgür olmak istiyorsanız, özgürlüğe en yakın olan adımı atmayı ihmal etmeyin. Bu bir dağa tırmanmak gibidir, tek bir adım bile kaçırılamaz. Bir adım eksikse zirveye ulaşılmamış olur.

54

Beden ve Zihin Cehaletin Belirtileridir

Soran: Bir gün, kişi-tanık-mutlak *(vyakti-vyakta-avyakta)* üzerinde tartışıyorduk. Hatırladığım kadarıyla, siz sadece mutlak-olanın gerçek olduğunu ve tanığın ancak belli bir uzay ve zaman noktasında mutlak olduğunu, kişinin ise tanığın mevcudiyeti tarafından aydınlatılan kaba ve süptil organizma olduğunu söylediniz. Konuyu galiba berrak bir biçimde kavrayamadım, onu yeniden tartışabilir miyiz? Siz ayrıca *mahadakash, chidakash, paramakash* terimlerini kullanıyorsunuz. Onlar kişi, tanık ve mutlak ile nasıl ilişkilidir?
Maharaj: *Mahadakash* doğadır, varoluşlar okyanusudur, duyular aracılığıyla temas kurulabilen her şeyi ile fiziksel uzaydır. *Chidakash* farkındalık alanıdır; zamanın, algının ve bilişin zihinsel uzayıdır. *Paramakash* zamansız ve uzaysız gerçektir; zihinsiz, farklılaşmamış, sonsuz potansiyeldir; kaynak ve kökendir, madde ve özdür, hem madde hem bilinçtir, ama her ikisinin de ötesidir. O algılanamaz, ama tanığa tanık olan, algıla-

yanı algılayan, tüm tezahürün kökeni ve sonu, zamanın ve uzayın kökeni, her neden-sonuç zincirindeki ilk neden olarak deneyimlenebilir.
S: *Vyakta* ile *avyakta* arasındaki fark nedir?
M: Hiçbir fark yoktur. O ışık ile günışığı gibidir. Evren sizin görmediğiniz ışıkla doludur; ama aynı ışığı siz günışığı olarak görürsünüz. Ve günışığının ortaya çıkardığı şey *vyakti*'dir. Kişi daima nesne, tanık ise öznedir ve onların karşılıklı bağımlılık ilişkileri onların mutlak kimliklerinin yansımasıdır. Siz onların farklı ve ayrı haller olduklarını düşünürsünüz. Öyle değildir. Onlar hareketsizlik ve hareket halindeki aynı bilinçtir; her bir hal diğerinin bilincindedir. *Chit*'te insan Tanrı'yı bilir ve Tanrı insanı bilir. *Chit*'te insan dünyayı şekillendirir ve dünya insanı şekillendirir. *Chit* aşırı uçlar arasındaki halkadır, köprüdür, her deneyimdeki dengeleyici ve birleştirici etkendir. Algılananların tümü sizin madde dediğiniz şeydir. Algılayanların tümü ise sizin evrensel zihin dediğiniz şeydir. Bu ikisinin -kendini algılanabilirlik ve algılama, uyum ve zekâ, sevilebilirlik ve sevme olarak tezahür ettiren- kimliği kendini sonsuza dek yeniden ileri sürer.
S: Üç *guna,* yani *sattva-rajas-tamas*, sadece maddede midir, yoksa zihinde de bulunur mu?
M: Her ikisinde de bulunur, elbette, çünkü ikisi ayrı değildir. Yalnızca mutlak, *gunalar*'ın ötesindedir. Aslında, bunlar görüş noktalarıdır, bakış biçimleridir. Onlar sadece zihinde var olur. Zihnin ötesinde tüm farklılıklar biter.
S: Evren duyuların bir ürünü müdür?
M: Tıpkı sizin uyandığınızda dünyanızı yeniden yaratmanız gibi, evren de gözler önüne serilir. Zihin -beş algılama organı, beş eylem organı ve beş bilinç aracıyla- bellek, düşünce, mantık ve bireysellik olarak belirir.
S: Bilim çok ilerleme kaydetti. Sizin zihin ve maddeyi geleneksel tarif ve analiz şekliniz artık geçerli değil.

M: Ama sizin bilimcileriniz bilimleriyle neredeler? Onlar da sizin zihninizdeki imgeler değil mi?

S: Temel fark da burada yatıyor! Bana göre onlar benim kendi projeksiyonlarım değildir. Onlar ben doğmadan önce vardılar, ben öldüğümde de olacaklar.

M: Elbette. Bir kez siz zamanı ve uzayı gerçek olarak kabul ettiğinizde, kendinizi de ufacık, önemsiz ve kısa ömürlü göreceksiniz. Ama onlar gerçek mi? Onlar mı size, siz mi onlara bağlısınız? Bir beden olarak, siz uzaydasınız. Zihin olarak, zamandasınız. Ama siz içinde bir zihnin bulunduğu bir bedenden mi ibaretsiniz? Bunu hiç araştırdınız mı?

S: Bunun için gerekli güdüye ve yönteme sahip değildim.

M: Ben her ikisini de öneriyorum. Ama içgörü ve bağsızlık *(viveka-vairagya)* çalışması size aittir.

S: Algılayabileceğim tek güdü kendi nedensiz ve ebedi mutluluğumdur. Peki, yöntem nedir?

M: Mutluluk tesadüfidir. Gerçek ve etkili güdü sevgidir. Siz insanların ıstırap çektiklerini görüyor ve onlara yardım etmenin en iyi yolunu arıyorsunuz. Yanıt aşikârdır, önce kendinizi yardım ihtiyacının ötesine koyun. Tutumunuzun her türlü beklentiden azade, saf iyi-niyet olduğundan emin olun.

Sadece mutluluğu arayanlar sonunda kendilerini büyük bir kayıtsızlık içinde bulabilirler, oysa sevgi asla durup dinlenmez. Yönteme gelince, sadece bir yöntem vardır: Siz kendinizi -hem öyleymiş gibi göründüğünüz şeyi, hem de gerçekte *olduğunuz* şeyi bilmelisiniz. Berraklık ve yardımseverlik birlikte gider; her biri diğerine muhtaçtır ve onu güçlendirir.

S: Şefkat, kaçınılabilir üzüntüyle dolu, nesnel bir dünyanın mevcudiyetini ima ediyor.

M: Dünya nesnel değildir ve onun üzüntüsü de kaçınılabilir değildir. Şefkat, hayal ürünü nedenlerden ötürü ıstırap çekmeyi reddetmekle ilgili başka bir sözcüktür yalnızca.

S: Nedenler hayal ürünüyse, ıstırap neden kaçınılmaz olsun?

M: Istırap çekmenize neden olan şey daima yanlış ve asılsız olandır: Yanlış ve asılsız arzular, korkular, değerler, fikirler ve insan ilişkileri. Yanlış olanı terk edin, acı çekmekten kurtulursunuz; gerçek mutlu eder, gerçek özgürleştirir.

S: Gerçek şu ki ben beden içinde hapsolmuş bir zihinim ve bu çok acı bir gerçek.

M: Siz ne bedensiniz, ne de bedendesiniz, beden diye bir şey yoktur. Siz kendinizi çok acı verici bir biçimde yanlış anlamışsınız; doğru biçimde anlamak için inceleyin, araştırın.

S: Ama ben bir beden olarak, bir bedende doğdum ve bir beden olarak bedenle birlikte öleceğim.

M: Bu sizin yanlış inancınız. Sorgulayın, araştırın, kendinizden ve başkalarından kuşku duyun. Gerçeği bulmak için, inançlarınıza sıkıca sarılmamalısınız; inançlarınızdan eminseniz, nihai olana asla erişemezsiniz. Doğmuş olduğunuz ve öleceğiniz fikri saçmadır; o hem mantığa, hem deneyime ters düşer.

S: Pekâlâ, bir beden olduğumda ısrar etmeyeceğim. Ama burada ve şimdi sizinle konuşurken ben bedenimdeyim. Beden ben olmayabilir, ama o benimdir.

M: Tüm evren sürekli olarak sizin varoluşunuza katkıda bulunuyor. Bundan dolayı, tüm evren sizin bedeninizdir. Bu anlamda, haklısınız.

S: Bedenim beni derin biçimde etkiliyor. Birçok bakımdan bedenim benim kaderimdir. Karakterim, ruh hallerim, tepkilerimin doğası, arzularım, korkularım bedene dayanır. Biraz alkol veya uyuşturucuyla her şey değişir. Uyuşturucunun etkisi geçene kadar ben başka bir insanımdır.

M: Tüm bunlar siz kendinizi beden sandığınız için olur. Gerçek benliğinizi idrak edin, o zaman uyuşturucular bile üzerinizde bir güce ve etkiye sahip olmayacaktır.

Doğmuş olma fikrine dönelim. Siz ebeveynlerinizin size söylediklerine saplanmışsınız: Gebe kalmak, hamilelik, doğum, bebek, çocuk, genç vb. Şimdi, kendinizi beden olduğunuz fik-

rinden -beden olmadığınız fikrini benimseyerek- kurtarın. Hiç kuşkusuz, beden olmadığınız da bir fikirdir; ona, işi bittiğinde terk edilecek bir şey gibi davranın. Ben beden değilim fikri bedene gerçeklik kazandırır, aslında beden diye bir şey yoktur; o sadece bir zihin halidir. Siz istediğiniz kadar çok ve çeşitli bedenler edinebilirsiniz; yeter ki ne istediğinizi sürekli olarak hatırlayın ve onunla bağdaşmayanları reddedin.
S: Ben iç içe kutular gibiyim, en dış kutu beden olarak, onun içindeki de ruh olarak davranıyor. En dış kutuyu ayırdığınızda, onun içindeki beden olur ve daha içteki de ruh olur. Bu sonsuz kutular dizisi ve kutuların sonu gelmez açılışı içinde, sonuncu kutu nihai ruh (soul) mudur?
M: Eğer bir bedeniniz varsa, bir ruhunuzun da olması gerekir; burada sizin iç içe bulunan kutular benzetmeniz uygun düşer. Ama burada ve şimdi, tüm bedenlerinizin ve ruhlarınızın içinden farkındalık, yani *chit*'in saf ışığı ışıldar. Ona sımsıkı sarılın. Farkındalık olmadan, beden bir saniye bile devam edemez. Bedende bir enerji, sevgi ve zekâ akımı vardır ki o bedene rehberlik eder, onu korur ve güçlendirir. O akımı keşfedin ve onunla kalın. Bedeninizin dokularını ören hayat kıvılcımını bulun ve onunla olun. O, bedenin sahip olduğu tek gerçektir.
S: Ölümden sonra o hayat kıvılcımına ne olur?
M: O zamanın ötesidir. Doğum ve ölüm zamandaki noktalardır. Hayat birçok ağını sonsuza dek örer. Bu örülme zamandadır, ama hayatın kendisi zamansızdır. Onun ifadelerine her ne isim ve şekil verirseniz verin, o -hiç değişmeyen, hep değişen- okyanus gibidir.
S: Tüm söyledikleriniz çok ikna edici geliyor, ama benim yabancı ve çoğu zaman tehlikeli bir dünyada yalnızca bir kişi olduğum hissini yok etmiyor. Uzay ve zamanla sınırlı bir kişi olarak, kendimi nasıl bunun zıddı olarak, yani kişisellikten arınıp evrenselleşmiş bir farkındalık olarak idrak edebilirim?
M: Siz aslında olmadığınız şey olduğunuzu iddia ediyor ve as-

lında olduğunuz şey olduğunuzu inkâr ediyorsunuz. Siz tüm kişisel çarpıtmalardan azade saf biliş, farkındalık unsurunu dışlıyorsunuz. *Chit*'in gerçekliğini kabul etmedikçe, kendinizi asla bilemeyeceksiniz?

S: Ne yapmalıyım? Kendimi sizin beni gördüğünüz gibi göremiyorum. Belki siz haklısınız, ben yanılıyorum, ama kendimi algıladığım gibi algılamaya nasıl son verebilirim?

M: Kendisinin bir dilenci olduğuna inanan bir prens sonuçta tek bir şekilde ikna edilebilir: O bir prens gibi davranmalı ve neler olduğunu görmelidir. Söylediklerim doğruymuş gibi davranın ve olanları görerek hüküm verin. Sizden tüm istediğim, ilk adımı atmak için gerekli olan küçük bir inanç. Deneyimle birlikte güven de gelecektir ve artık bana ihtiyacınız olmayacaktır. Bir süre için bana güvenin.

S: Şimdi burada olabilmek için bedenime ve onun duyularına ihtiyacım var. Anlamak için bir zihne ihtiyacım var.

M: Beden ve zihin sadece cehaletin ve yanlış anlamanın belirtileridir. Bedensiz ve zihinsiz, uzaysız ve zamansız, "nerede," "ne zaman" ve "nasıl"ın ötesindeki saf farkındalıkmışsınız gibi davranın. Onun üzerinde durun, onu düşünün, onun gerçekliğini kabul etmeyi öğrenin. Sürekli olarak ona karşı koymayın ve onu yadsımayın. Hiç olmazsa zihninizi açık tutun. *Yoga,* dıştakini içe yöneltmektir. Bedeninizin ve zihninizin, her şey -ve her şeyin ötesi- olan gerçeği ifade etmesini sağlayın. Yaparak başarırsınız, tartışarak değil.

S: Lütfen, ilk soruma dönmeme izin verin. Bir kişi olma yanılgısı nereden kaynaklanır?

M: Mutlak, zamandan önce gelir. Farkındalık önce gelir. Bir anılar ve zihinsel alışkanlıklar yığını dikkati çeker, farkındalık onlara odaklanır ve kişi birdenbire belirir. Farkındalık ışığını yok edin, uyuyun ya da bayılın, kişi kaybolur. Kişi *(vyakti)* titreşir, farkındalık *(vyakta)* tüm uzayı ve zamanı içerir, mutlak *(avyakta)* ise *var olandır.*

55
Her Şeyden Vazgeçin, Her Şeyi Kazanırsınız

Soran: Şu anda sizin haliniz nedir?
Maharaj: Deneyimlememe halidir. O tüm deneyimi kapsar.
S: Siz başka bir insanın zihnine ve kalbine girip, onun deneyimini paylaşabilir misiniz?
M: Hayır. Böyle şeyler özel eğitim gerektirir. Ben bir buğday dağıtıcısı gibiyim. Ekmekler ve kekler hakkında çok az şey bilirim. Buğday lapasının tadını bile bilmeyebilirim. Ama buğday tanesi hakkında her şeyi bilirim. Tüm deneyimin kaynağını bilirim. Ama deneyimin alabileceği sayısız formu bilmem. Bilmeye de ihtiyacım yoktur. Anbean, hayatımı yaşamak için bilmem gereken az şeyi her nasılsa bilirim.
S: Sizin kişisel varoluşunuz ve benim kişisel varoluşum, her ikisi de *Brahma*'nın zihninde mi mevcuttur?
M: Evrensel olan, kişisel olanın farkında değildir. Bir kişi olarak varoluş kişisel bir meseledir. Bir kişi zaman ve uzayda var olur, onun bir ismi ve şekli, başlangıcı ve sonu vardır; evrensel-olan tüm kişileri içerir ve mutlak her şeyin kökeninde ve ötesindedir.
S: Ben bütünden söz etmiyorum. Benim kişisel bilincim ile sizin kişisel bilinciniz arasındaki bağlantı nedir?
M: Rüya gören iki kişi arasında ne bağlantı olabilir?
S: Onlar birbirlerini rüyada görebilirler.
M: İnsanların yaptıkları da budur. Herkes "başkaları"nı imgeler ve onlarla bir bağlantı arar. Bağlantı, onu arayandır, başka bağlantı yoktur.
S: Biz ayrı ayrı bilinç noktaları olduğumuza göre, aramızda ortak bir şey bulunmalı.
M: O bilinç noktaları nerede? Zihninizde. Siz dünyanızın zihninizden bağımsız olduğunda ısrar ediyorsunuz. Bu nasıl ola-

bilir? Başka insanların zihinlerini bilme arzunuz, kendi zihninizi bilmemenizden kaynaklanır. Önce kendi zihninizi bilin, o zaman başka zihinler sorusunun ortaya çıkmadığını göreceksiniz, çünkü başka insanlar yoktur. Siz ortak etkensiniz, zihinler arasındaki tek bağlantısınız. Var'lık bilinçtir; "Ben'im" hepsinde geçerli olandır.

S: En Yüce Gerçek *(Parabrahman)* hepimizin içinde var olabilir. Ama onun bize ne yararı var?

M: Siz, "Eşyamı koruyacak bir yere ihtiyacım var, ama boşluğun bana ne yararı var?" diyen ya da "Süte, çaya ya da kahveye ihtiyacım var, ama su benim işime yaramaz" diyen bir adam gibisiniz. Görmüyor musunuz ki En Yüce Gerçek her şeyi mümkün kılandır? Ama eğer siz onun size ne yararının olduğunu sorarsanız, size "Hiç" diye yanıt vermek zorundayım. Günlük hayatın meselelerinde, gerçeği bilenin bir avantajı yoktur, hatta o dezavantajlıdır; açgözlülükten ve korkudan azade olduğundan, kendisini korumaz. Kâr, çıkar fikri de ona yabancıdır; büyüme, kârı artırma konularından tiksinir; onun hayatı sürekli kendini yoksun bırakma, paylaşma, vermedir.

S: Eğer En Yüce'yi kazanmakta hiçbir avantaj yoksa, o zaman neden bu sıkıntıya katlanmalı?

M: Sadece siz bir şeyi sıkıca tuttuğunuzda sıkıntı vardır. Hiçbir şeyi tutmadığınızda, hiçbir sıkıntı olmaz. Daha küçük olandan vazgeçmek, daha büyüğü kazanmaktır. Her şeyden vazgeçin, her şeyi kazanırsınız. O zaman hayat, olması gerektiği gibi olur: Tükenmez bir kaynaktan gelen saf ışıma. O ışıkta dünya bir rüya gibi belirsiz bir biçimde görünür.

S: Eğer benim dünyam bir rüyadan ibaretse ve siz de onun bir parçasıysanız, siz benim için ne yapabilirsiniz? Eğer rüya gerçek değilse, onun bir varlığı yoksa, gerçek onu nasıl etkileyebilir?

M: Rüya, devam ettiği sürece geçici bir varlığa sahiptir. Sorunu yaratan, sizin onu sıkıca tutma arzunuzdur. Bırakın gitsin.

Rüyanın sizin olduğunu düşünmekten vazgeçin.

S: Siz bir rüya-gören olmadan bir rüyanın olabileceğini ve bir rüyayla kendi irademle özdeşleştiğimi kesin bir gerçek olarak kabul eder görünüyorsunuz. Ama ben rüyayı görenim ve de rüyayım. Peki, rüyayı kim durduracak?

M: Bırakın, rüya sonuna dek kendi kendine gözler önüne serilsin. Onu durdurmak elinizde değildir. Ama rüyaya rüya olarak bakabilir, ona gerçeklik damgası vurmayı reddedebilirsiniz.

S: Burada önünüzde oturuyorum. Ben rüya görüyorum ve siz benim rüyamda konuşmamı izliyorsunuz. Aramızdaki bağlantı nedir?

M: Benim sizi uyandırma niyetim aramızdaki bağlantıdır. Kalbim sizin uyanmanızı istiyor. Rüyanızda ıstırap çektiğinizi görüyorum ve ıstırabınızın bitmesi için uyanmanız gerektiğini biliyorum. Siz rüyanızı rüya olarak gördüğünüzde, uyanırsınız. Ama ben rüyanızın içeriğiyle ilgilenmiyorum. Uyanmanız gerektiğini bilmek benim için yeterlidir. Rüyanızı belirli bir sonuca ulaştırmanız ya da onu asil, mutlu veya güzel yapmanız gerekmez; yapmanız gereken tüm şey, rüya gördüğünüzü idrak etmektir. İmgelemeyi bırakın, inanmayı bırakın. İnsan halinin çelişkilerini, uyuşmazlıklarını, gerçek-dışılığını, ıstırabını ve o halin ötesine geçmenin gerekliliğini görün. Uzayın sonsuzluğu içinde minicik bir bilinç atomu yüzmekte ve o bütün evreni içermektedir.

S: Rüyada gerçek ve ebedi gibi görünen sevgiler vardır. Onlar da uyanınca kaybolur mu?

M: Rüyada bazılarını sever, bazılarını sevmezsiniz. Uyandığınızda ise, her şeyi kucaklayan sevginin ta kendisi olduğunuzu görürsünüz. Kişisel sevgi, her ne kadar yoğun ve gerçek olursa olsun, her zaman bağlayıcıdır; özgür sevgi ise her şeyi kapsayan sevgidir.

S: İnsanlar gelir ve giderler. İnsan karşılaştığını sever, herkesi birden sevemez.

M: Siz sevginin kendisi olduğunuzda, zamanın ve sayıların ötesinde olursunuz. Birini sevmekle herkesi seversiniz, herkesi severken her birini seversiniz. Biri ve hepsi birbirlerini dışlayıcı değildir.

S: Siz zamansız bir hal içinde bulunduğunuzu söylüyorsunuz. Bu geçmişin ve geleceğin size açık olduğu anlamına mı gelir? Rama'nın Gurusu Vashishta Muni ile karşılaştınız mı?

M: Soru zaman içinde ve zaman hakkında. Yine bana bir rüyanın içerdikleriyle ilgili soru soruyorsunuz. Zamansızlık, zaman illüzyonunun ötesindedir; o, zamanın bir uzantısı değildir. Kendine Vashishta diyen, Vashishta'yı tanıyordu. Ben tüm isimlerin ve şekillerin ötesindeyim. Vashishta sizin rüyanızdaki bir rüyadır. Ben onu nasıl bilebilirim? Siz geçmiş ve gelecekle çok fazla ilgilisiniz. Bu sizin kendinizi devam ettirme, kendinizi yok olmaktan koruma özleminizden kaynaklanıyor. Kendiniz devam etmek istediğiniz gibi, başkalarının da size eşlik etmeyi sürdürmelerini istiyorsunuz, bu nedenle de başkalarının hayatta kalmaları sizin için önem taşıyor. Ama sizin hayatta kalmak dediğiniz, bir rüyanın sürüp gitmesinden başka bir şey değildir. Ölüm buna yeğlenir. Bir uyanma şansı vardır.

S: Siz ebediyetin, ölümsüzlüğün farkındasınız, bu nedenle de hayatta kalma konusuyla ilgilenmiyorsunuz.

M: Tam tersine. Tüm arzulardan kurtulmuşluk ebediyettir. Tüm bağlılıklar korkuyu ima eder, çünkü her şey geçicidir. Ve korku insanı bir köle yapar. Bağlılıktan kurtuluş uygulamayla gelmez; insan gerçek varlığını bildiğinde o doğal olarak gerçekleşir. Sevgi sıkıca tutmaz; sıkıca tutmak sevgi değildir.

S: Öyleyse bağsızlık halini kazanmanın bir yolu yok.

M: Kazanılacak bir şey yoktur. Bütün imgelemeleri bırakın ve kendinizi olduğunuz gibi bilin. Kendini bilmek bağsızlıktır. Tüm şiddetli arzular yetersizlik duygusundan kaynaklanır. Hiçbir şeyden yoksun olmadığınızı, tüm var olanın siz ve sizin olduğunu bildiğiniz zaman arzu biter.

S: Kendimi bilmek için farkındalık uygulaması mı yapmalıyım?
M: Uygulamasını yapacağınız bir şey yoktur. Kendinizi bilmek için, kendiniz olun. Kendiniz olmak için, kendinizi şu ya da bu olarak imgelemeyi bırakın. Sadece *olun*. Bırakın gerçek doğanız ortaya çıksın. Zihninizi arayışla rahatsız etmeyin.
S: Eğer kendimi bilmek, kendimi idrak etmek için sadece beklersem, bu çok zaman alır.
M: O şimdi buradayken siz neyi beklemek zorundasınız? Sadece bakmanız ve görmeniz gerekiyor. Kendi benliğinize, kendi varlığınıza bakın. Siz var olduğunuzu biliyor ve bundan hoşlanıyorsunuz. Tüm imgelemeyi bırakın, yeter. Zamana bel bağlamayın. Zaman ölümdür. Bekleyen ölür. Hayat sadece *şimdi'* dir. Bana geçmişten ve gelecekten söz etmeyin, onlar sadece sizin zihninizde mevcuttur.
S: Siz de öleceksiniz.
M: Ben zaten ölüyüm. Benim durumumda fiziksel ölüm hiçbir fark yaratmayacak. Ben zamansız bir varlığım. Arzudan ve korkudan azadeyim, çünkü geçmişi hatırlamıyor ya da geleceği hayal etmiyorum. İsimlerin ve şekillerin olmadığı yerde arzu ve korku nasıl olabilir? Arzusuzlukla birlikte zamansızlık (ebediyet) gelir. Ben güvendeyim, çünkü olmayan, olana dokunamaz. Siz kendinizi güvende hissetmiyorsunuz, çünkü tehlike imgeliyorsunuz. Elbette, bedeniniz aslında karmaşık, savunmasız ve korunmaya muhtaçtır. Ama siz öyle değilsiniz. Kendi saldırılmaz varlığınızı idrak ettiğinizde, huzur içinde olacaksınız.
S: Dünya ıstırap çekerken nasıl huzur içinde olabilirim?
M: Dünya çok geçerli nedenlerden ötürü ıstırap çekiyor. Eğer dünyaya yardım etmek istiyorsanız, kendiniz yardım ihtiyacının ötesinde olmalısınız. O zaman sizin tüm yaptıklarınız ve yapmadıklarınız dünyaya en etkili biçimde yardımcı olacaktır.
S: Eyleme ihtiyaç olan yerde eylemsizlik nasıl yararlı olabilir?
M: Eyleme ihtiyaç olan yerde eylem vuku bulur. Eylemi yapan insan değildir. Onun işi olup bitenlerin farkında olmaktır. O-

nun mevcudiyeti eylemdir. Pencere duvarın yokluğudur, o boş olduğu için ışık ve hava verir. Tüm zihinsel içerikten, tüm imgelemeden ve çabadan boşalın; o zaman engellerin kalkışı gerçeğin içeri dolmasına neden olacaktır. Eğer bir kişiye gerçekten yardım etmek istiyorsanız, ondan uzak durun. Eğer başkalarına yardım etmeye duygusallıkla adanmışsanız, yardım edemezsiniz. Siz yardım etmekle çok meşgul ve yardımsever yapınızdan çok hoşnut olabilirsiniz, ama bu yolla çok şey yapılamaz. Bir insan artık yardıma muhtaç olmadığı zaman ona gerçekten yardım edilmiş demektir. Diğer her şey boşunadır.

S: Oturup da yardımın ortaya çıkmasını beklemek için yeterli zaman yok. İnsan bir şeyler yapmak zorundadır.

M: Elbette, yapın. Ama sizin yapabileceğiniz şey sınırlıdır; yalnızca benlik sınırsızdır. Kendinizden sınırsızca verin. Vereceğiniz başka her şey ancak küçük ölçülerde olabilir. Yalnızca siz ölçülemeyecek kadar büyüksünüz. Yardım etmek sizin doğanızdır. Siz yiyip içerken bile bedeninize yardım edersiniz. Kendiniz için hiçbir şeye ihtiyacınız yoktur. Siz başlangıçsız, sonsuz, tükenmez saf verişsiniz. Keder ve ıstırap gördüğünüzde, onunla olun. Hemen faaliyete girişmeyin. Ne bilgi, ne eylem gerçekten yardım edebilir. Keder ile birlikte olun ve onun köklerini ortaya çıkarın; anlamaya yardımcı olmak gerçek yardımdır.

56

Bilinç Ortaya Çıkarken, Dünya Ortaya Çıkar

Soran: Sıradan bir insan öldüğünde, ona ne olur?

Maharaj: Ona olan, onun inancına göredir. Ölümden sonraki hayat da, ölümden önceki hayat gibi imgelemeden ibarettir. Rüya devam eder.

S: Bu bir *gnani* için nasıldır?

M: *Gnani* ölmez, çünkü asla doğmamıştır.

S: Ama başkalarına o ölmüş gibi görünür.

M: Kendine değil. O fiziksel ve zihinsel şeylerden azadedir.

S: Yine de ölen insanın halini -en azından kendi geçmiş hayatlarınızdan- bilirsiniz.

M: Gurum ile karşılaşıncaya kadar birçok şey biliyordum. Şimdi ise hiçbir şey bilmiyorum, çünkü tüm bilgi rüyanın içindedir ve geçerli değildir. Ben kendimi biliyorum ve içimde ne hayat, ne ölüm, sadece saf var oluş buluyorum; şu ya da bu oluş değil, sadece *oluş*. Ama zihin kendi anılar birikimini kullanarak hayal kurmaya başladığı anda, uzayı nesnelerle, zamanı da olaylarla doldurmaya başlar. Ben bu doğumu dahi bilmezken, geçmiş doğumları nasıl bilebilirim? Kendisi hareket halinde olduğu için her şeyi hareket eder gören ve zamanı yarattığı için de geçmiş ve gelecek için kaygılanan zihindir. Tüm evren bilinçte *(maha tattva)* yer alır, ki o bilinç mükemmel düzenin ve uyumun *(maha sattva)* olduğu yerde ortaya çıkar. Tüm dalgaların okyanusun içinde olmaları gibi, fiziksel ve zihinsel her şey de farkındalığın içinde yer alır. Bundan dolayı, farkındalığın içeriği değil, kendisi önemlidir. Kendinizle ilgili farkındalığınızı derinleştirin ve genişletin, o zaman bütün nimetler size akacaktır. Sizin herhangi bir şeyi aramanız gerekmez, her şey size en doğal ve çabasız biçimde gelecektir. Zihnin beş duyusu ve dört işlevi (bellek, düşünce, anlayış ve bireysellik); beş unsur (toprak, su, ateş, hava ve eter); yaradılışın iki veçhesi (madde ve ruh) farkındalık içinde yer alır.

S: Ama siz daha önce yaşadığınıza inanıyor olmalısınız.

M: Kutsal metinler öyle söylüyor, ama ben onun hakkında hiçbir şey bilmiyorum. Ben kendimi Ben olarak biliyorum; nasıl göründüğüm ya da görüneceğim benim deneyimim içinde değildir. Hatırlamıyor değilim. Aslında hatırlanacak bir şey yok.

Tekrardoğuş tekrar doğan bir benliği gerektirir. Böyle bir şey yoktur. "Ben" denen anılar ve umutlar yumağı ebediyen var olduğunu imgeler ve sahte ebediliğini barındırmak için zamanı yaratır: *Var olmak* için benim geçmişe ve geleceğe ihtiyacım yoktur. Tüm deneyim imgelemeden doğar; ben imgelemem, böylece bana doğum ya da ölüm vaki olmaz. Ancak doğduklarını düşünenler tekrar doğacaklarını düşünebilirler. Siz beni doğmuş olmakla suçluyorsunuz, bense suçsuz olduğumu savunuyorum!

Her şey farkındalıkta mevcuttur ve farkındalık ne ölür ne de yeniden doğar. O değişmez gerçeğin ta kendisidir.

Tüm deneyim evreni bedenle doğar ve bedenle ölür; o farkındalık içinde başlar ve son bulur, ama farkındalık ne başlangıç bilir ne de son. Eğer bunun üzerinde dikkatle ve uzun uzadıya düşünürseniz, farkındalığın ışığını tüm berraklığıyla görürsünüz ve dünya gözden kaybolur. Bu yanan bir tütsü çubuğuna bakmaya benzer; siz önce çubuğu ve dumanı görürsünüz; çubuğun ucundaki ateşli noktayı fark ettiğinizde ise, onun devasa çubuk yığınlarını yakıp yok edecek ve evreni dumanla dolduracak güce sahip olduğunu idrak edersiniz. Benlik, sonsuz olanaklarını tüketmeden, kendini ebediyen gerçekleştirir. Tütsü çubuğu benzetmesinde çubuk bedendir ve duman zihindir. Zihin kendi çarpıtmalarıyla meşgul olduğu sürece, kendi kaynağını algılamaz. Guru gelir ve dikkatinizi içinizdeki kıvılcıma yöneltir. Doğası gereği zihin dışa dönüktür; o daima şeylerin kaynağını yine şeylerin arasında arama eğilimindedir; size kaynağı kendi içinizde aramanızın söylenmesi, bir bakıma, yeni bir hayatın başlangıcını oluşturur. Farkındalık bilincin yerini alır; bilinçte bilinçli olan "Ben" vardır, oysa farkındalık bölünmemiştir; farkındalık kendisinin farkındadır. "Ben'im" bir düşüncedir, oysa farkındalık bir düşünce değildir, farkındalıkta "Ben farkındayım" yoktur. Bilinç bir niteliktir, oysa farkındalık bir nitelik değildir; insan bilinçli olduğunun farkında olabilir, ama farkındalığın bilincinde olmaz. Tanrı bilincin bütünüdür, ama farkındalık her şeyin -var olmanın ve olmamanın-ötesindedir.

S: Ben, bir insanın ölümden sonraki durumu hakkında bir soru ile başlamıştım. Onun bedeni yok olduğunda, bilincine ne olur? O görme, işitme vb. duyularını beraberinde taşır mı yoksa onları geride mi bırakır? Ve eğer duyularını kaybederse, onun bilincine ne olur?

M: Duyular sadece algılama tarzlarıdır. Kaba olanlar kaybolduğunda, daha ince bilinç halleri, duyu tarzları ortaya çıkar.

S: Ölümden sonra farkındalığa hiç geçiş yok mudur?

M: Bilinçten farkındalığa bir geçiş olamaz, çünkü farkındalık bir bilinç formu değildir. Bilinç sadece daha süptil ve rafine hale gelebilir ki ölümden sonra olan da budur. İnsanın çeşitli bedenleri ölürken, onların neden olduğu bilinç tarzları da yavaş yavaş yok olur.

S: Ta ki geriye bilinçsizlik kalıncaya kadar mı?

M: Bilinçsizlikten sanki gelip giden bir şeymiş gibi söz ediyorsunuz! Orada bilinçsizliğin bilincinde olacak olan kim vardır? Pencere açık olduğu sürece, odada güneş ışığı vardır. Pencere kapandığında güneş yine vardır, ama o, odadaki karanlığı görür mü? Güneş için karanlık diye bir şey var mıdır? Bilinçsizlik diye bir şey yoktur, çünkü bilinçsizlik deneyimlenebilir değildir. Biz bellekte ya da iletişimde bir kesinti olduğunda, bundan bilinçsizlik sonucunu çıkarırız. Eğer ben tepki vermeyi kesersem, siz benim bilinçsiz olduğumu söyleyeceksiniz. Gerçekte ben keskin bir şekilde bilinçli, ama konuşamıyor ya da hatırlayamıyor olabilirim.

S: Size basit bir soru soruyorum: Dünyada milyarlarca insan var, hepsi de bir gün ölecek. Ölümden sonra onların durumları -fiziksel olarak değil, psikolojik olarak- ne olacak? Onların bilinçleri devam edecek mi? Eğer edecekse, hangi formda devam edecek? Bana doğru soruyu sormadığımı ya da yanıtı bil-

mediğinizi veya sizin dünyanızda benim sorumun anlamsız olduğunu söylemeyin; sizin dünyanızın ve benim dünyamın farklı ve bağdaşmaz olduğunu söylediğiniz anda aramıza bir duvar örüyorsunuz. Biz ya aynı dünyada yaşıyoruz ya da sizin deneyiminizin bize bir yararı yok.
M: Elbette biz aynı dünyada yaşıyoruz. Sadece ben onu olduğu gibi görüyorum, siz ise görmüyorsunuz? Siz kendinizi dünyanın içinde görüyorsunuz, bense dünyayı kendi içimde görüyorum. Size göre, siz doğar ve ölürsünüz, bana göre ise dünya görünür ve kaybolur. Dünyamız gerçektir, ama sizin onunla ilgili görüşünüz gerçek değildir. Aramızda, sizin ördüğünüzden başka bir duvar yoktur. Duyularda bir yanlışlık yoktur, sizi yanıltan imgelemenizdir. O, dünyanın gerçek halini sizin onunla ilgili imgeleminizle, onun sizden bağımsız olarak var olduğu imgeleminizle, ama sizin miras aldığınız veya edindiğiniz kalıplara uyan bir imgelemle örtmektedir. Sizin tutumunuzda sizin görmediğiniz ve keder nedeni olan derin bir çelişki vardır. Siz bir acı ve keder dünyasına doğduğunuz fikrine sıkıca sarılıyorsunuz; bense dünyanın bir sevgi çocuğu olduğunu; sevgi içinde başlayıp geliştiğini ve tamamlandığını biliyorum. Ama ben sevginin bile ötesindeyim.
S: Eğer siz dünyayı sevgiden yaratmışsanız, o neden bu kadar acı dolu?
M: Bedenin görüş noktasından haklısınız. Ama siz beden değilsiniz. Siz bilincin enginliği ve sonsuzluğusunuz. Doğru olmayanı doğru saymaktan vazgeçin, o zaman her şeyi benim gördüğüm gibi göreceksiniz. Acı ve zevk, iyi ve kötü, doğru ve yanlış göreceli terimlerdir ve mutlak olarak kabul edilmemelidir. Onlar sınırlı ve geçicidir.
S: Budist geleneğinde, bir *Nirvani*'nin, bir aydınlanmış Buda' nın evrenden özgür olduğu söylenir. O, var olan her şeyi kendi başına bilebilir ve deneyimleyebilir. Doğaya emredebilir, neden-sonuç zincirine müdahale edebilir, olayların sırasını ve so-

nucunu değiştirebilir, hatta geçmişi silebilir! Dünya hâlâ onunla birliktedir, ama o dünyanın içinde özgürdür.

M: Tarif ettiğiniz Tanrı'dır. Elbette, nerede bir evren varsa, orada onun bir karşılığı vardır ve o Tanrı'dır. Ama ben her ikisinin de ötesindeyim. Bir kral arayan bir ülke vardı. Onlar doğru adamı buldular ve onu kral yaptılar. O hiçbir şekilde değişmedi; sadece ona krallık unvanı, hakları ve görevleri verilmişti. Onun doğası değil, sadece eylemleri değişmişti. Benzer şekilde, aydınlanmış insanın bilincinin içeriği kökten bir değişim ve dönüşüm geçirir. Ama o yanlış yönlendirilmemiştir. O değişmez-olanı bilir.

S: Değişmez-olan bilinçli olamaz. Bilinç daima değişir. Değişmez-olan bilinçte hiçbir iz bırakmaz.

M: Hem evet, hem hayır. Kâğıt yazı değildir, ama yazıyı taşır. Mürekkep mesaj değildir, okuyanın zihni de mesaj değildir, ama onlar mesajı mümkün kılar.

S: Bilinç gerçek'ten mi kaynaklanır, yoksa o maddenin bir niteliği midir?

M: Bilinç aslında maddenin süptil karşılığıdır. Tıpkı ataletin *(tamas)* ve enerjinin *(rajas)* maddenin nitelikleri olması gibi, uyum *(sattva)* da kendini bilinç olarak tezahür ettirir. Siz onu bir bakıma çok süptil bir enerji formu olarak düşünebilirsiniz. Her nerede madde kendini stabil bir organizma olarak oluşturursa, orada bilinç kendiliğinden belirir. Organizmanın yok oluşuyla birlikte bilinç de kaybolur.

S: Öyleyse hayatta kalan nedir?

M: Ne doğan ne de ölen ki madde ve bilinç onun veçheleridir.

S: Eğer o maddenin ve bilincin ötesindeyse, nasıl deneyimlenebilir?

M: O, her ikisi üzerindeki etkilerinden bilinebilir; onu güzellikte ve aşkın mutlulukta arayın. Ama siz maddeyi ve bilinci, onların ötesine geçmedikçe anlayamazsınız.

S: Lütfen dürüstçe söyleyin: Siz bilinçli misiniz, bilinçsiz mi?

M: Aydınlanmış-olan *(gnani)* ikisi de değildir. Ama onun aydınlanması *(gnana)* her şeyi içerir. Farkındalık her deneyimi içerir. Ama farkında olan, her deneyimin ötesindedir. O, farkındalığın bile ötesindedir.
S: Bir deneyim zemini var, ona madde diyelim. Deneyimleyen var, ona zihin diyelim. İkisi arasındaki köprüyü ne oluşturur?
M: İkisi arasındaki boşluk köprüdür. Bir uçta madde gibi görünen, diğer uçta zihin gibi görünen kendi içinde köprüdür. Gerçeği zihin ve beden diye ayırmayın, o zaman köprülere de ihtiyaç olmaz.

Bilinç ortaya çıkarken, dünya da ortaya çıkar. Dünyanın güzelliğini ve bilgeliğini düşündüğünüzde, ona Tanrı dersiniz. Tüm bunların -sizin içinizde bulunan- kaynağını bilin, o zaman tüm sorularınızın yanıtlandığını göreceksiniz.
S: Gören ve görülen bir midir, yoksa iki mi?
M: Sadece görüş vardır; hem gören hem de görülen onun içindedir. Farklılığın olmadığı yerde farklılıklar yaratmayın.
S: Ben ölen bir insanla ilgili bir soruyla başladım. Siz de onun deneyimlerinin yine onun beklentilerine ve inançlarına göre şekilleneceğini söylediniz.
M: Siz doğmadan önce kendi hazırladığınız bir plâna göre yaşamanız bekleniyordu. Sizin kendi iradeniz kaderinizin omurgasıydı.
S: Tabii, *karma* müdahale etti.
M: *Karma* koşulları şekillendirir; tutumlar size aittir. Nihai olarak, karakteriniz hayatınızı şekillendirir ve karakterinizi sadece siz şekillendirebilirsiniz.
S: İnsan kendi karakterini nasıl şekillendirebilir?
M: Onu olduğu gibi görerek ve içtenlikle pişman olarak. Bu görüş-hissediş bütünlüğü mucizeler yaratabilir. Bu bir bronz heykel dökmek gibidir; yalnızca metal ve ateş bir işe yaramaz; yalnızca kalıp da yetmez; metali ateşin sıcağında eritmeniz ve kalıba dökmeniz gerekir.

57
Zihnin Ötesinde Hiç Istırap Yoktur

Soran: Oğlunuzun evinde oturduğunuzu ve öğle yemeğinin sunulmasını beklediğinizi görüyorum. Ve bilincinizin içeriğinin benimkine benzeyip benzemediğini, kısmen ya da tamamen farklı olup olmadığını merak ediyorum. Siz de benim gibi aç ve susuz musunuz, yemeğin hazırlanmasını sabırsızlıkla mı bekliyorsunuz, yoksa tamamen farklı bir zihin hali içinde misiniz?
Maharaj: Yüzeyde fazla fark yoktur, ama derinlerde çok fazladır. Siz kendinizi sadece duyular ve zihin aracılığı ile bilirsiniz. Kendinizi onların düşündürüp hissettirdikleri gibi sanırsınız; kendinizi direkt olarak bilmediğinizden, hepsi sıradan, başkasından öğrenilmiş, kulaktan dolma olan fikirlere sahipsinizdir. Her ne olduğunuzu düşünüyorsanız, onu doğru kabul edersiniz; sizin kendinizi algılanabilir ve tarif edilebilir olarak imgeleme alışkanlığınız çok güçlüdür.

Ben sizin gördüğünüz gibi görür, sizin işittiğiniz gibi işitir, sizin tattığınız gibi tadar, sizin yediğiniz gibi yerim. Ben de susar ve acıkırım ve yemeğimin vaktinde hazırlanmasını beklerim. Açlık ya da hastalık çektiğimde bedenim ve zihnim zayıf düşer. Tüm bunları açık seçik algılarım, ama bir şekilde onların içinde değilimdir, kendimi tüm bunların üstünde yüzer gibi, uzak ve bağsız hissederim. Hatta böyle hisseden de ben değilimdir. Açlık ve susuzluk olduğu gibi, uzaklık ve bağsızlık da vardır; ayrıca her şeyin farkındalığı ve -sanki beden ve zihin ve onlara olan her şey çok uzak bir ufukta oluyormuşçasına- muazzam bir uzaklık duygusu vardır. Ben boş ve temiz bir sinema perdesi gibiyim, filmler onun üzerinden geçer ve kaybolur, onu önceki gibi temiz ve boş olarak bırakır. Perde filmlerden hiçbir şekilde etkilenmez, filmler de perdeden etkilenmez. Perde filmleri tutar ve yansıtır, onları şekillendirmez. Onun film ruloları ile hiçbir ilgisi yoktur. Onlar kader *(prarabdha)* rulolarıdır, ama benim değil, perdedeki insanların kaderleri.

S: Siz bir filmdeki insanların kaderlere sahip olduklarını kastetmiyorsunuz, değil mi? Onlar öyküye aittir, öykü onlara değil.

M: Size gelelim. Siz mi hayatınızı şekillendirirsiniz, yoksa hayat mı sizi?

S: Evet, haklısınız. Benim de oyunculardan biri olduğum bir yaşam öyküsü açılıp gözler önüne serilir. Onun dışında bir varlığım yoktur, onun da bensiz bir varlığı olmadığı gibi. Ben yalnızca (filmde canlandırılan) bir karakterim, bir kişi değil.

M: Karakter, hayatı geldiği gibi kabul etmek yerine, onu şekillendirmeye ve kendisini onunla özdeşleştirmeye başladığında bir kişi haline gelecektir.

S: Ben bir soru sorduğum ve siz de yanıtladığınız zaman tam olarak ne olur?

M: Soru ve yanıt, her ikisi de perdede belirir. Dudaklar kıpırdar, beden konuşur ve perde tekrar temizlenir, boşalır.

S: Temiz ve boş derken neyi kastediyorsunuz?

M: Tüm içeriklerden arınmış. Bana göre ben ne algılanabilir ne kavranabilirim; "Bu ben'im" diye gösterebileceğim hiçbir şey yoktur. Siz ise kendinizi her şeyle kolayca özdeşleştiriyorsunuz. Ben bunu imkânsız buluyorum. "Ben şu ya da bu değilim ve hiçbir şey de benim değildir" hissi içimde öyle kuvvetli ki, bir şey ya da bir düşünce belirir belirmez, "Bu ben değildir" duygusu anında geliyor.

S: Vaktinizi "Bu ben değilim, şu ben değilim" diye tekrarlayarak geçirdiğinizi mi söylemek istiyorsunuz?

M: Tabii ki hayır. Bunu sözcüklere döküşüm sizin içindir. Gurum'un inayetiyle bir kez ve tam olarak anladım ki ben ne nesne, ne de özneyim ve bunu kendime sürekli hatırlatmaya ihtiyaç duymam

S: Ne nesne, ne özne olduğunuzu söylerken tam olarak neyi kastettiğinizi kavramakta zorlanıyorum. Şu anda biz konuşurken, ben sizin deneyiminizin nesnesi, siz de öznesi değil misiniz?

M: Bakın, başparmağım işaret parmağıma dokunuyor. İkisi de dokunuyor ve dokunuluyor. Dikkatimi başparmağıma verdiğimde, başparmak hissedendir, işaret parmağı da benliktir. Dikkat odağını değiştirin, ilişki de tersine döner. Ben her nasılsa, dikkat odağını değiştirdiğimde, baktığım şey olduğumu ve onun sahip olduğu bilinç halini deneyimlediğimi fark ettim; ben o şeyin içsel tanığı haline geliyordum. Ben bu, diğer bilinç odak noktalarına girebilme kapasitesine sevgi diyorum; siz ona istediğiniz adı verebilirsiniz. Sevgi, "Ben her şeyim" der. Bilgelik ise "Ben hiçbir şeyim" der. Hayatım bu ikisi arasında akar. Zaman ve uzayın herhangi bir noktasında, ben bir deneyimin hem nesnesi hem öznesi olabildiğimden, bunu, "Ben her ikisiyim ve hiçbiriyim ve her ikisinin ötesindeyim" diyerek ifade ederim.

S: Kendi hakkınızda tüm bu olağanüstü bildirimlerde bulunuyorsunuz. Size bunları ne söyletiyor? Zamanın ve uzayın ötesinde olduğunuzu söylerken neyi kastediyorsunuz?

M: Siz soruyorsunuz, yanıt geliyor. Ben kendimi izliyorum, yanıtı izliyorum ve bir çelişki görmüyorum. Size doğruyu söylediğim benim için açık. O tümüyle çok basittir. Sadece, siz benim ne söylüyorsam onu kastettiğime ve çok ciddi olduğuma güvenmelisiniz. Size daha önce de söylediğim gibi, Gurum bana benim gerçek doğamı ve dünyanın gerçek doğasını gösterdi. Dünya ile bir, ama onun ötesinde olduğumu idrak ettiğimde, tüm arzulardan ve korkulardan kurtuldum. Kurtulmam gerektiğini düşünmedim, kendimi -beklenmedik bir şekilde, en küçük bir çaba harcamadan- özgür buldum. O zamandan beri arzudan ve korkudan azadeyim. Fark ettiğim başka bir şey de şuydu: Bir çaba göstermem gerekmiyordu; eylem -gecikmesiz ve sürtüşmesiz biçimde- düşünceyi izliyordu. Yine, düşüncelerin kendi kendilerini gerçekleştirir hale geldiğini gördüm; her şey kolay ve doğru biçimde yerini buluyordu. Esas değişim zihinde oldu; o hareketsiz ve sessiz hale geldi; hızla karşılık veriyor, ama yanıtı tekrarlayıp durmuyordu. Spontanelik bir yaşam biçimi haline geldi; gerçek olan doğal hale geldi ve doğal olan gerçek hale geldi. Hepsinin üstünde, karanlık ve sessiz, her yönde yayılan, her şeyi kucaklayan, her şeyi ilginç, güzel, anlamlı ve hayırlı kılan sonsuz şefkat ve sevgi vardı.

S: Bize söylendiğine göre, gerçek varlığını idrak eden bir insanda, çeşitli *Yogik* güçler kendiliğinden ortaya çıkıyormuş. Bu konuda sizin deneyiminiz nedir?

M: İnsanın beş katlı bedeni (fiziksel vb.) bizim en çılgın hayallerimizin ötesinde olan potansiyel güçlere sahiptir. Tüm evren insanda yansımakla kalmaz, evreni yönetme gücü de insan tarafından kullanılmayı beklemektedir. Bilge kişi, durum öyle gerektirmedikçe, böyle güçleri kullanmaya hevesli değildir. O, insan kişiliğinin yeteneklerini ve becerilerini günlük hayatın işleri için oldukça yeterli bulur. Bazı güçler özel eğitimle geliştirilebilir, ama böyle güçleri övünerek sergileyen insan hâlâ esaret içindedir. Bilge insan hiçbir şeyi kendine ait saymaz. Bir yerde ve bir zamanda bir mucize bir kişiye atfedildiğinde, o, olaylar ile kişiler arasında herhangi bir nedensel bağ kurmayacak, herhangi bir sonuç çıkarılmasına da izin vermeyecektir. Her şey olduğu gibi olmuştur, çünkü olması gerekiyordu; her şey olduğu gibi olur, çünkü evren olduğu gibidir.

S: Evren, içinde yaşamak için pek mutlu bir yer gibi görünmüyor. Neden bu kadar çok ıstırap var?

M: Acı fizikseldir; ıstırap zihinseldir. Zihnin ötesinde ıstırap yoktur. Acı sadece, bedenin tehlikede olduğunu ve dikkat gerektirdiğini gösteren bir sinyaldir. Benzer şekilde, ıstırap da kişi *(vyakti)* dediğimiz anılar ve alışkanlıklar yapısının bir kayıp ya da değişiklik tarafından tehdit edildiği uyarısıdır. Bedenin hayatta kalabilmesi için acı gereklidir, ama hiçbir şey sizi ıstırap çekmeye zorlamaz. Istırap tamamen sıkıca tutmaktan ya da direnmekten kaynaklanır; o bizim hayatla birlikte hareket etmek ve akmak istemediğimizi gösteren bir işarettir.

Sağlıklı bir bedenin acıdan azade olması gibi, bir ermiş hayatı da ıstıraptan azadedir.

S: Hiç kimse ermişlerden daha fazla ıstırap çekmemiştir.

M: Bunu size onlar mı söylediler, yoksa siz mi böyle düşünüyorsunuz? Ermişliğin özü, şimdiki anı tümüyle kabul etmek ve olup bitenlerle uyum içine girmektir. Bir ermiş, olayların olduklarından farklı olmalarını istemez; o, tüm etkenler dikkate alındığında, o olayların kaçınılmaz olduklarını bilir. O kaçınılmaz olanla dostça geçinir, dolayısıyla ıstırap çekmez. Acıyı bilir, ama acı onun dengesini bozmaz. Eğer yapabilirse, bozulan dengeyi düzeltmek için gerekli olanı yapar ya da olayları akışına bırakır.

S: O ölebilir.

M: Ne fark eder? O yaşayarak ne kazanır ve ölerek ne kaybeder. Doğan ölmek zorundadır; asla doğmamış olan ölemez. Bu tümüyle onun kendisini ne olarak kabul ettiğine bağlıdır.

S: Diyelim ki siz ölümcül hastasınız. Üzülüp içerlemez miydiniz?

M: Ama ben zaten ölüyüm, daha doğrusu ne canlı ne de ölüyüm. Siz benim bedenimin alışılmış biçimde davrandığını görüyor ve kendi sonuçlarınızı çıkarıyorsunuz. Çıkardığınız sonuçların sizden başka kimseyi bağlamadığını kabul etmeyeceksiniz. Benimle ilgili imajınızın tümüyle yanlış olabileceğini görün. Sizin kendinizle ilgili imajınız da yanlıştır, ama bu sizin sorununuz. Ama benim için sorunlar yaratıp, sonra da benden onları çözmemi istemeyin. Ben ne sorunlar yaratıyor ne de onları çözüyorum.

58
Mükemmellik Herkesin Kaderidir

Soran: Size kendini-idrakin yoluyla ilgili soru sorulduğunda, hep zihnin "Ben'im"duygusuna odaklanmasının önemini vurguluyorsunuz. Nedensel etken nerededir? Neden bu düşünce kendini-idrake götürür? "Ben'im" tefekkürü beni nasıl etkiler?
Maharaj: Gözlem olgusu gözlemciyi ve gözlemleneni değiştirir. Sonuçta, insanın gerçek doğasını görmesini engelleyen şey, zihnin zayıflığı, duygusuzluğu ve süptil olanı atlayıp sadece kaba olan üzerinde odaklanma eğilimidir. Siz benim öğüdüme uyup zihninizi sadece "Ben'im" fikri üzerinde tuttuğunuzda, zihninizin ve onun kaprislerinin tümüyle farkında olursunuz. Farkındalık, eylem halindeki berrak uyum *(sattva)* olduğundan, zihnin donukluğunu eritir, huzursuzluğunuzu yatıştırır ve onun esasını yumuşak, ama sürekli bir biçimde değiştirir. Bu değişikliğin olağanüstü olması gerekmez, o hemen hemen hiç fark edilmeyebilir; ama o karanlıktan ışığa, dikkatsizlikten farkındalığa doğru derin ve temel bir değişimdir.
S: Bunun "Ben'im" formülüyle olması şart mıdır? Başka bir cümle de aynı işi görmez mi? Benim "Bir masa var" cümlesi üzerinde konsantre olmam da aynı amaca hizmet etmez mi?
M: Bir konsantrasyon egzersizi olarak, evet. Ama o sizi bir masa fikrinin ötesine götürmeyecektir. Siz masalarla ilgilenmiyorsunuz, siz kendinizi bilmek istiyorsunuz. Bunun için, bilincinizi sürekli olarak, sahip olduğunuz tek ipucu, yani var'lığınızın kesinliği üzerinde odaklayın. Onunla olun, onunla oynayın, onun üzerinde düşünün, onda derinleşin; cehaletin kabuğu kırılana ve siz gerçek âlemine girene dek bunu yapın.
S: Benim "Ben'im" üzerinde odaklanmam ile kabuğun kırılması arasında nedensel bir bağ var mıdır?
M: Kendini bulma dürtüsü sizin hazırlanmakta olduğunuzun

bir işaretidir. Dürtü daima içten gelir. Zamanı gelmedikçe, siz kendinizi samimiyetle araştırmak için gerekli arzuya ve güce sahip olamazsınız

S: Arzudan ve onun gerçekleşmesinden Guru'nun inayeti sorumlu değil midir? Guru'nun ışık saçan yüzü bizi yakalayıp bu keder bataklığından çıkaran oltanın yemi değil midir?

M: Sizi dıştaki Guru'ya götüren içteki Guru'dur *(sadguru)*; bu bir annenin çocuğunu bir öğretmene götürmesine benzer. Gurunuz'a güvenin ve itaat edin, çünkü o Gerçek Benliğiniz'den size mesaj getirendir.

S: Güvenebileceğim bir Guru'yu nasıl bulurum?

M: Kalbiniz size söyleyecektir. Bir Guru bulmakta bir zorluk yoktur, çünkü Guru sizi aramaktadır. Guru her zaman hazırdır; siz hazır değildiniz. Öğrenmek için hazır olmanız gerekir; ya da Gurunuz ile karşılaşır, ama sırf dikkatsizliğiniz ve inatçılığınız yüzünden şansınızı boşa harcarsınız. Beni örnek alın; bende umut vaat eden hiçbir şey yoktu, ama Gurum'la karşılaştığımda, dinledim, güvendim ve itaat ettim.

S: Kendimi bir öğretmenin ellerine tamamen bırakmadan önce, onu incelemem gerekmez mi?

M: Elbette inceleyin! Ama neyi bulabilirsiniz? Sadece onun size sizin düzeyinizde görünüşünü.

S: Onun tutarlı olup olmadığına, hayatı ile öğretisi arasında uyumun bulunup bulunmadığına bakacağım.

M: Bir sürü uyumsuzluk bulabilirsiniz; ne olmuş yani? Bu hiçbir şeyi kanıtlamaz. Sadece güdüler önemlidir. Onun güdülerini nasıl bileceksiniz?

S: En azından, onun dürüst bir hayat yaşayan, kendine hâkim bir insan olmasını beklerim.

M: Böyle birçok insan bulabilirsiniz, ama onların size bir yararları olmaz. Bir Guru size yuvaya, yani gerçek benliğinize geri dönüş yolunu gösterebilir. Bunun, onun göründüğü kişinin karakteri ya da mizacıyla ne ilgisi var? O size bir kişi olmadığını açıkça söylemiyor mu? Hüküm verebilmenizin tek yolu, onunla birlikteyken geçirdiğiniz değişimdir. Eğer kendinizi daha huzurlu ve mutlu hissediyorsanız, kendinizi her zamankinden daha berrak ve derin bir biçimde anlıyorsanız, doğru insanla karşılaşmışsınız demektir. Kendinize zaman tanıyın, acele etmeyin, ama bir kez ona güvenmeye karar verdiğinizde, ona tam olarak güvenin ve onun her talimatını tam olarak ve sadakatle uygulayın. Onu Gurunuz olarak kabul etmeyip, sadece yanında bulunmakla yetinirseniz, bunun da bir zararı yoktur. *Satsang* da, karışmamış ve bozulmamış olması şartıyla, sizi hedefinize ulaştırabilir. Ama bir kez birisini Gurunuz olarak kabul ettiğinizde, dinleyin, hatırlayın ve itaat edin. Yarım-gönüllü olmak ciddi bir engeldir ve bir hayli kedere neden olur. Hata asla Guru'nun değildir; hata daima öğrencinin duygusuz ve inatçı olmasından kaynaklanır.

S: O zaman Guru öğrenciyi kovar mı ya da onu reddeder mi?

M: Eğer öyle yapsaydı, o bir Guru olmazdı! O, öğrencinin aklının başına gelerek, kendisine daha ciddi ve alıcı bir ruh haliyle geri dönmesini sabırla bekler.

S: Güdü nedir? Guru neden bu sıkıntıya katlanır?

M: Kedere son vermek için. O, insanların rüyalarında ıstırap çektiklerini görür ve onları uyandırmak ister. Sevgi, acıya ve ıstıraba dayanamaz. Bir Guru'nun sabrının sınırı yoktur, dolayısıyla o yıldırılamaz. Guru asla başarısız olmaz.

S: Benim ilk Gurum aynı zamanda son Gurum mudur, yoksa Guru'dan Guru'ya geçmek zorunda mıyım?

M: Tüm evren sizin Gurunuz'dur. Eğer uyanık ve zeki iseniz, her şeyden öğrenirsiniz. Zihniniz berrak ve kalbiniz temiz olsaydı, her gelip geçenden bir şeyler öğrenirdiniz. Siz tembel ya da huzursuz olduğunuzdan, içsel Benliğiniz, dışsal Guru olarak tezahür eder ve sizi ona inanmaya ve itaate sevk eder.

S: Bir Guru kaçınılmaz mıdır?

M: Bu, "Bir anne kaçınılmaz mıdır?" diye sormaya benziyor.

Bilinçte bir boyuttan diğerine yükselmek için yardıma ihtiyacınız vardır. Bu yardım her zaman bir insan şeklinde olmayabilir, o süptil bir mevcudiyet ya da bir sezgi kıvılcımı da olabilir, ama yardım mutlaka gelmelidir. İçsel Benlik, oğlun baba evine dönmesini beklemektedir. O, her şeyi doğru zamanda, sevgiyle ve etkili bir biçimde düzenler. Bir haberciye veya rehbere ihtiyaç olduğunda o, gerekeni yapması için Guru'yu gönderir.

S: Kavrayamadığım bir şey var. Siz içsel benlikten bilge, iyi, güzel ve her bakımdan mükemmel olarak söz ediyorsunuz ve kişinin de onun bir yansıması olduğunu, kişinin kendine ait bir varlığının olmadığını söylüyorsunuz. Öte yandan, kişinin kendisini idrak etmesine yardım etmek için onca zahmete giriyorsunuz. Eğer kişi o kadar önemsizse, onun iyiliğiyle neden bu kadar çok ilgileniyorsunuz? Bir gölgeyi kim umursar?

M: Siz dualitenin olmadığı yerde dualite (ikilik) getiriyorsunuz. Beden vardır ve Benlik vardır. Onların arasında da zihin vardır ki Benlik zihinde "Ben'im" olarak yansır. Zihin, işlenmemişliği, huzursuzluğu, ayırt etmekten ve içgörüden yoksunluğu yüzünden, kendisini Benlik değil, beden olarak kabul eder. Gereken tüm şey, Benlik ile özdeşliğini idrak edebilmesi için zihni arındırmaktır. Zihin Benlik'le birleştiğinde, beden hiçbir sorun çıkarmaz. O her ne ise o olarak kalır: Bir biliş ve eylem aracı, içteki yaratıcı ateşin aleti ve ifadesi. Bedenin nihai değeri, onun tüm evren olan kozmik bedenin keşfedilmesine hizmet etmesidir. Siz kendinizi tezahür âleminde idrak ederken, sizin hayal ettiğinizden çok daha fazlası olduğunuzu keşfetmeyi de sürdürürsünüz.

S: Kendini-keşfin bir sonu yok mudur?

M: Bir başlangıç olmadığı gibi, bir son da yoktur. Ama Gurum'un inayetiyle benim keşfetmiş olduğum şudur: Ben işaret edilip gösterilebilecek bir şey değilim. Ben ne "bu"yum ne de "şu"yum. Bu mutlak şekilde geçerlidir.

S: Öyleyse, asla-bitmeyen keşif, insanın kendini yeni boyutlara doğru sürekli aşması nerede devreye giriyor?

M: Tüm bunlar tezahür âlemine aittir; bu, evrenin yapısında vardır, yani daha yükseğe erişmek ancak daha aşağıdakinden kurtulmakla mümkün olabilir.

S: Daha alçak ve daha yüksek nedir?

M: Buna farkındalık açısından bakın. Daha geniş ve daha derin bilinç daha yüksektir. Yaşayan her şey bilinci korumak, sürdürmek ve genişletmek için çalışır. Bu, dünyanın tek anlamı ve amacıdır. Bu, *Yoga*'nın özüdür: Bilinç düzeyini daima yükseltmek; özellikleri, nitelikleri ve güçleri ile yeni boyutları keşfetmek. Bu anlamda tüm evren bir *Yoga* okulu *(yogakshetra)* olur.

S: Mükemmellik tüm insanların kaderi midir?

M: Tüm canlı varlıkların -eninde sonunda. Aydınlanma fikri zihinde belirdiğinde, olasılık bir kesinlik haline gelir. Bir canlı varlık, kurtuluşa erişebileceğini bir kez işitip anladığında, bunu asla unutmayacaktır; çünkü bu içten doğru gelen ilk mesajdır. O kök salacak, gelişecek ve zamanı gelince Guru'nun mübarek şeklini alacaktır.

S: Öyleyse hepimiz zihnin kurtuluşuyla ilgileniyoruz.

M: Başka ne olabilir? Zihin yolunu şaşırır, zihin yuvaya geri döner. "Yolunu şaşırma" deyimi bile yerinde değildir. Zihin her hali ile kendini bilmelidir. Tekrarlanmadıkça, hiçbir şey bir hata değildir.

59

Arzu ve Korku: Ben-merkezci Haller

Soran: Zevk ve acı, arzu ve korku konusuna tekrar dönmek istiyorum. Acının anısı ve beklentisi olan korkuyu anlıyorum.

O, organizmanın ve onun yaşam kalıbının korunması için gereklidir. İhtiyaçlar, hissedildiklerinde acı vericidir ve beklentileri korku doludur; temel ihtiyaçlarımızı karşılayamamaktan haklı olarak korkarız. Bir ihtiyaç karşılandığında rahatlama hissedilir ya da bir endişenin dinmesi tamamen acının son bulmasından dolayıdır. Buna zevk, sevinç veya mutluluk gibi olumlu adlar verebiliriz; ama aslında bunlar acıdan kurtulmaktır. Bizim sosyal, ekonomik ve siyasi kurumlarımızı bir arada tutan şey bu acı korkusudur.

Benim kafamı karıştıran şey, hayatta kalmayla hiçbir ilgisi olmayan şeylerden ve zihin hallerinden zevk almamızdır. Tam tersine, zevklerimiz genellikle yıkıcıdır. Onlar zevk nesnesini, aracını ve öznesini tahrip ya da yok eder. Aksi takdirde, zevk ve zevk arayışı bir sorun olmazdı. Bu beni sorumun özüne getiriyor: Zevk neden yıkıcıdır? O neden, yıkıcılığına rağmen istenir?

Ben bununla doğanın bizi kendi işleyişi doğrultusunda zorladığı zevk-acı kalıbını kastetmiyorum. Ben insan-işi olan, aşırı yemek yemek gibi en kabasından, en incesine kadar sıralanan duyusal veya süptil zevkleri kastediyorum. Her ne pahasına olursa olsun zevke bağımlı olmak öylesine evrensel ki, onun kökeninde önemli ve anlamlı bir şey olmalı.

Elbette, insanın her faaliyeti bir ihtiyacı karşılaması için tasarlanmış, faydacı bir faaliyet olması gerekmez. Örneğin, oyun oynamak doğaldır ve insan var olan en oyuncu hayvandır. Oyun, kendini keşfetme ve geliştirme ihtiyacını karşılar. Ama oyunda bile insan başkalarına ve kendine karşı yıkıcı davranır.

Maharaj: Kısacası, siz zevke karşı değilsiniz, ama onun acı ve keder şeklindeki bedeline karşısınız.

S: Eğer gerçeğin kendisi aşkın mutluluksa, o zaman zevk bir biçimde onunla ilişkili olmalıdır.

M: Konuşmayı sözel mantıkla sürdürmeyelim. Gerçeğin aşkın mutluluğu ıstırabı dışlamaz. Ayrıca, siz sadece zevki tanıyorsunuz, saf var'lığın aşkın mutluluğunu değil. Öyleyse zevki kendi düzeyinde inceleyelim.

Eğer zevk veya acı anlarınızda kendinize bakarsanız, fark edeceksiniz ki zevk ya da acı veren, bir şeyin kendisi değil, onun bir parçasını oluşturduğu durumdur. Zevk, zevk alan ile alınan arasındaki ilişkide yatar. Ve onun özü kabuldür. Durum her ne olursa olsun, eğer o kabul edilebilir ise, zevk vericidir. Eğer o kabul edilebilir değilse, acı vericidir. Onu neyin kabul edilebilir kıldığı önemli değildir; neden fiziksel ya da psikolojik veya anlaşılmaz olabilir; kabul belirleyici etkendir. Görüleceği gibi, ıstırap kabullenmemekten kaynaklanır.

S: Acı kabul edilebilir değildir.

M: Neden olmasın? Hiç denediniz mi? Deneyin, acıda zevkin veremeyeceği bir sevinç bulacaksınız; çünkü acıyı kabul etmek sizi zevkin götüreceğinden çok daha derine götürür. Kişisel benlik, doğası gereği sürekli olarak zevki arar ve acıdan kaçınır. Bu kalıbın sona ermesi, kişisel benliğin sona ermesidir. Arzuları ve korkularıyla bu benliğin sona ermesi sizin gerçek doğanıza, tüm mutluluğun ve huzurun kaynağına geri dönmenize olanak verir. Zevk için duyulan sürekli arzu, içteki ebedi uyumun yansımasıdır. Şu gözlenebilir bir olgudur: İnsan sadece -kendisinden bir seçim ve karar talep eden- zevk ile acı arasındaki çatışma içinde kaldığı zaman bireysel bir varlık olarak kendinin farkında olur. Öfkeye neden olan, arzu ile korku arasındaki bu çatışmadır ve bu hayatta akıl sağlığına en çok zarar veren şeydir. Acı gerçekten olduğu gibi, bir ders ve uyarı olarak kabul edildiğinde ve ona derinlemesine bakıldığında ve dikkat edildiğinde, acı ile zevk arasındaki ayrılık yok olur, her ikisi de -direnildiğinde acı verici, kabul edildiğinde ise sevinç verici olan- deneyim haline gelir.

S: Zevkten kaçınmayı ve acıyı aramayı öğütler misiniz?

M: Hayır, zevki arayıp acıdan kaçınmayı da öğütlemem. Her ikisini de geldikleri gibi kabul edin, devam ettikleri sürece onlardan zevk alın ve gitmelerine izin verin, çünkü gitmeleri gerekir.

S: Acıdan nasıl zevk alabilirim? Fiziksel acı eyleme geçmeyi gerektirir.

M: Elbette. Zihinsel acı da öyle. Mutluluk bunun farkında olmakta yatar, ondan ürkmekte ya da kaçınmakta değil. Tüm mutluluk farkındalıktan kaynaklanır. Biz ne kadar bilinçliysek, sevincimiz de o kadar derin olur. Acıyı kabul etmek, direnmemek, cesaret ve dayanıklılık gerçek mutluluğun derin ve daimi kaynaklarını açar.

S: Neden acı zevkten daha etkili olsun?

M: Zevk kolayca kabul edilir, halbuki kişisel benliğin tüm güçleri acıyı reddeder. Acının kabulü bu benliğin yadsınması olduğundan ve bu benlik gerçek mutluluğun yolu üzerinde durduğundan, acının samimi kabulü mutluluk zembereklerini serbest bırakır.

S: Istırabın kabulü de aynı şekilde iş görür mü?

M: Acı olgusu kolayca farkındalık odağına getirilir. Istırapta ise bu o kadar basit değildir. Istıraba odaklanmak yetmez; çünkü bildiğimiz zihinsel hayat sürekli bir ıstırap akışıdır. Istırabın daha derin tabakalarına erişmek için, onun köklerine inmek ve o köklerin -korkunun ve arzunun iç içe örülü olduğu ve hayatın enerji akımlarının birbiriyle çatıştığı, birbirini engellediği ve yok ettiği- geniş yeraltı ağını ortaya çıkarmalısınız.

S: Tamamen bilinç düzeyimin altında bulunan bir karışıklığı nasıl düzeltebilirim?

M: Kendinizle, "Ben'im" ile birlikte olarak; günlük hayatta kendinizi uyanık bir ilgiyle, yargılamaktan çok anlama niyetiyle izleyerek, ortaya çıkabilecek her şeyi -orada olduğu için- tam olarak kabullenerek, derinde olanın yüzeye çıkmasını ve enerjileriyle hayatınızı ve bilincinizi zenginleştirmesini teşvik edersiniz. Bu büyük bir farkındalık çalışmasıdır; o, hayatın ve zihnin doğasını anlayarak engelleri kaldırır ve enerjileri serbest bırakır. Zekâ özgürlüğe açılan kapıdır ve uyanık dikkat zekânın anasıdır.

S: Bir soru daha. Zevk neden acıyla son bulur?

M: Her şeyin olduğu gibi, zevkin de bir başlangıcı ve sonu vardır. Beklemeyin ve pişman olmayın, o zaman acı olmaz. Istıraba neden olan şey bellek ve hayal gücüdür (geçmişin pişmanlığı ve geleceğin korkulu beklentisidir).

Elbette, zevkten sonra gelen acı, bedenin ya da zihnin kötü kullanılmasından kaynaklanıyor olabilir. Beden kendi ölçüsünü bilir, ama zihin bilmez. Onun istekleri sayısız ve sınırsızdır. Zihninizi büyük bir dikkatle ve sebatla izleyin, çünkü esaretiniz de, özgürlüğün anahtarı da ondan kaynaklanır.

S: Benim sorum tam yanıtlanmadı: Neden insanın zevkleri yıkıcıdır? Neden o yıkımdan o kadar çok zevk alır? Hayatın işi kendini korumak, sürdürmek ve genişletmektir. Bu konuda ona acı ve zevk yol gösterir. Onlar hangi noktada yıkıcı hale gelirler?

M: Zihin yönetimi ele aldığında, hatırlar, bekler, abartır, çarpıtır ve gözden kaçırır. Geçmiş geleceğe projekte edilir ve gelecek beklentileri boşa çıkarır. Duyum ve eylem organları kapasiteleri ötesinde uyarılır ve kaçınılmaz olarak iflas ederler. Zevk nesneleri kendilerinden bekleneni veremez ve kötü kullanmadan dolayı yıpranır ya da tahrip olurlar. Bu durum, zevk beklenen yerde aşırı acıyla sonuçlanır.

S: Biz sadece kendimizi değil, başkalarını da tahrip ediyoruz!

M: Doğal olarak, bencillik daima yıkıcıdır. Arzu ve korku, benmerkezci hallerdir. Arzu ve korku arasında öfke ortaya çıkar; öfkeyle birlikte nefret, nefretle birlikte de yok etme tutkusu ortaya çıkar. Savaş, organize olmuş ve tüm ölüm aletleriyle donanmış olan eylem halindeki nefrettir.

S: Bu dehşetlere son vermenin bir yolu var mıdır?

M: Daha çok insan gerçek doğasını bildiğinde, onların etkisi, süptil de olsa, hâkim olacak ve dünyanın duygusal atmosferi tatlılaşacaktır. Halk liderlerini takip eder ve liderler arasında kalben ve zihnen büyük ve kesinlikle çıkar peşinde olmayan varlıklar ortaya çıktıklarında, onların etkisi şimdiki çağın hamlıklarını ve suçlarını imkânsız kılmaya yetecektir. Yeni bir altın çağ gelebilir, bir süre devam edebilir ve kendi mükemmelliğine yenik düşebilir. Çünkü gelgit dalgası en yüksek noktasına ulaştığında, geri çekiliş başlar.

S: Kalıcı mükemmellik diye bir şey yok mudur?

M: Evet, vardır, ama o tüm eksikliği içerir. Her şeyi mümkün, algılanabilir, ilginç kılan şey kendi doğamızın mükemmelliğidir. O hiç ıstırap bilmez, çünkü o ne beğenir, ne beğenmez; ne kabul, ne de ret eder. Yaratılış ve yok oluş iki kutuptur ki onların arasında o, durmadan değişen desenini dokur. Eğilimlerden ve tercihlerden özgürleşin, o zaman kederle yüklü zihin artık olmayacaktır.

S: Ama ıstırap çeken yalnızca ben değilim. Başkaları da var.

M: Siz onlara arzularınız ve korkularınızla gittiğinizde, sadece onların kederlerine katkıda bulunursunuz. Önce kendiniz ıstıraptan kurtulun ve sonra başkalarına yardım etmeyi umut edin. Umut etmenize bile gerek yoktur; sizin mevcudiyetiniz bir insanın hemcinsine verebileceği en büyük yardım olacaktır.

60

Hayalleri Değil, Olguları Yaşayın

Soran: Siz gördüğünüz her şeyin kendiniz olduğunu söylüyorsunuz. Siz ayrıca, dünyayı bizim gördüğümüz gibi gördüğünüzü de kabul ediyorsunuz. Burada bugünkü gazete sürüp giden tüm dehşeti gösteriyor. Madem ki dünya sizsiniz, böylesine kötü bir davranışı nasıl açıklayabilirsiniz?

Maharaj: Sizin zihninizde hangi dünya var?

S: İçinde yaşadığımız ortak dünyamız.

M: Aynı dünyada yaşadığımızdan emin misiniz? Ben doğayı -denizi, karaları, bitkileri ve hayvanları- kastetmiyorum. Sorun onlar değil; sonsuz uzay, sonsuz zaman, tükenmez güç de değil. Benim yemem, sigara içmem, okumam ve konuşmam sizi yanıltmasın, benim zihnim burada değil, benim hayatım burada değil. Sizin arzular ve doyumlar, korkular ve kaçışlar dünyanız kesinlikle benim dünyam değil. Ben -sizin bana onun hakkında söyledikleriniz dışında- onu algılamıyorum bile. O sizin özel rüya-dünyanızdır ve benim ona tek tepkim sizden rüya görmeye son vermenizi istemektir.

S: Kuşkusuz, savaşlar ve devrimler rüya değildir. Hasta anneler ve açlıktan ölen çocuklar rüya değildir, kötü yoldan kazanılmış ve kötü kullanılan servet rüya değildir.

M: Daha başka?

S: Bir rüya paylaşılamaz.

M: Uyanıklık hali de öyle. Üç halin hepsi -uyanıklık, rüya ve uyku hali- öznel ve kişiseldir. Onların hepsi bilinç içinde "ben" denen küçük kabarcığa vaki olur ve onun içinde yer alır. Gerçek dünya kişisel benliğin ötesindedir.

S: Kişisel benlik olsun ya da olmasın, olgular gerçektir.

M: Elbette olgular gerçektir! Ben onlar arasında yaşıyorum. Ama siz olgularla değil, hayallerle yaşıyorsunuz. Olgular asla çatışmaz, halbuki sizin hayatınız ve dünyanız çelişkilerle dolu. Çelişki sahteliğin işaretidir; gerçek kendisiyle asla çelişmez.

Örneğin, siz halkın sefalet kertesinde yoksul olduğundan yakınıyorsunuz. Ama servetinizi onlarla paylaşmıyorsunuz. Yanı başınızdaki savaşı önemsiyorsunuz, ama o uzak bir ülkede ise onu hemen hemen hiç düşünmüyorsunuz. Egonuzun değişen kısmetleri sizin değerlerinizi belirliyor; "Ben düşünüyorum," "Ben istiyorum," "Ben mecburum" mutlaklar haline getirilmiş.

S: Yine de, kötülük gerçektir.

M: Sizden daha gerçek değil. Kötülük, yanlış anlamanın ve kötüye kullanmanın yarattığı sorunlara yanlış yaklaşımdır. O bir kısır döngüdür.

S: Bu kısır döngü kırılabilir mi?

M: Sahte bir döngünün kırılması gerekmez. Onu olduğu gibi, yani "var olmayan" olarak görmek yeterlidir.

S: Ama bizlerin hakaretlere ve gaddarlıklara boyun eğmemizi ve başkalarını boyun eğdirmemizi sağlayacak kadar gerçektir.

M: Delilik evrenseldir. Akıllılık nadirdir. Ama umut vardır, çünkü kendi deliliğimizi algıladığımız anda, akıllılık yolundayız demektir. Günlük hayatımızdaki deliliğimizi görmemizi sağlamak ise Guru'nun işlevidir. Hayat sizi bilinçli kılar, ama öğretmen sizi farkında kılar.

S: Efendim, siz ne ilki, ne de sonuncususunuz. Çok eski zamandan beri, gerçeğe erişen insanlar olmuştur. Ama bu hayatlarımızı ne kadar az etkilemiştir! Rama'lar, Krişna'lar, Buda'lar ve İsa'lar gelip gittiler ve biz nasıl idiysek yine öyleyiz; ter ve gözyaşları içinde debeleniyoruz. Yaşamlarına tanık olduğumuz büyük üstatlar ne yaptılar? Dünyadaki esareti azaltmak için siz ne yaptınız?

M: Yaratmış olduğunuz kötülüğü yalnız siz yok edebilirsiniz. Onun kökeninde sizin kendi katı bencilliğiniz var. Önce kendi evinizi düzene sokun, o zaman işinizin yapılmış olduğunu göreceksiniz.

S: Bizden önce gelen bilgelik ve sevgi dolu insanlar, çoğu kez çok ağır bir bedel ödeyerek, kendilerini düzelttiler. Sonuç ne oldu? Kayan bir yıldız, ne kadar parlak olursa olsun, geceyi daha az karanlık kılmaz.

M: Onları ve işlerini yargılamak için onlardan biri olmalısınız. Kuyudaki bir kurbağa gökteki kuşlar hakkında bir şey bilmez.

S: İyi ile kötü arasında bir duvar bulunmadığını mı söylemek istiyorsunuz?

M: Bir duvar yoktur, çünkü iyi ve kötü yoktur. Her somut durumda gerekli olan ve gereksiz olan vardır. Gerekli olan doğrudur, gereksiz olan yanlıştır.

S: Kim karar verir?

M: Durum karar verir. Her durum, doğru karşılığı talep eden bir meydan okumadır. Verilen karşılık doğru olduğunda, meydan okuma karşılanmış olur ve sorun biter. Eğer verilen karşılık yanlışsa, meydan okuma karşılanmamıştır ve sorun çözülmemiş olarak kalır. Sizin *karma*'nızı oluşturan şey işte bu çözülmemiş sorunlardır. Onları doğru olarak çözün ve özgürleşin.

S: Siz beni daima kendime yöneltiyorsunuz. Bu dünyanın sorunlarının nesnel bir çözümü yok mudur?

M: Dünya sorunları, sizin gibi, her biri kendi arzuları ve korkularıyla dolu sayısız insan tarafından yaratıldı. Sizi kişisel ve sosyal geçmişinizden kendinizden başka kim kurtarabilir? Ve siz, önce illüzyondan doğan şiddetli arzulardan kurtulmanın gerekliliğini görmedikçe, bunu nasıl yapacaksınız? Siz kendiniz yardıma muhtaçken, nasıl gerçekten yardım edebilirsiniz?

S: Kadim bilgeler ne şekilde yardım ettiler? Siz ne şekilde yardım ediyorsunuz? Az sayıda birey yararlanıyor kuşkusuz; sizin rehberliğiniz ve oluşturduğunuz örnek onlar için çok şey ifade edebilir; ama siz insanlığı, hayatın ve bilincin bütününü ne şekilde etkiliyorsunuz? Siz dünya olduğunuzu ve dünyanın siz olduğunu söylüyorsunuz; peki, onun üzerinde nasıl bir etki yarattınız?

M: Ne tür bir etki bekliyorsunuz?

S: İnsan aptal, bencil ve zalim.

M: İnsan aynı zamanda akıllı, sevecen ve iyi kalpli.

S: Neden iyilik hâkim değil?

M: Benim gerçek dünyamda öyledir. Benim dünyamda sizin kötü dediğiniz bile iyiye hizmet eder, dolayısıyla gereklidir. O bedeni toksinlerden arındıran çıbanlar ve yüksek ateş gibidir. Hastalık acı verici, hatta tehlikelidir, ama onunla doğru biçimde ilgilenirseniz, o şifa verir.

S: Ya da öldürür.

M: Bazı durumlarda ölüm en iyi tedavidir. Bir hayat ölümden daha kötü olabilir ki ölüm -görünüşler her ne olursa olsun- nadiren nahoş bir deneyimdir. Dolayısıyla ölenlere değil, yaşayanlara acıyın. Bu, bir şeylerin kendi başlarına iyi ya da kötü olması sorunu benim dünyamda mevcut değildir. Gerekli olan iyidir, gereksiz olan kötüdür. Sizin dünyanızda ise zevk verici olan iyidir, acı verici olan kötüdür.

S: Gerekli olan nedir?

M: Gelişmek gereklidir. Bırakmak gereklidir. Daha iyi olan uğruna iyi olanı geride bırakmak gereklidir.

S: Hangi sonuç için?

M: Sonuç başlangıçtır. Başladığınız yerde bitirirsiniz: Mutlak'ta.

S: Öyleyse tüm bu sıkıntı neden? Başladığım yere dönmek için mi?

M: Kimin sıkıntısı? Hangi sıkıntı? Siz büyüyüp çoğalarak koca bir orman haline gelen tohuma acır mısınız? Siz bir bebeği yaşam derdinden kurtarmak için öldürür müsünüz? Hayatta, hep daha ve daha çok hayatta ne yanlışlık vardır? Gelişmenin önündeki engelleri kaldırın, o zaman tüm kişisel, sosyal, ekonomik ve siyasi sorunlarınız ortadan kalkacaktır. Evren bir bütün olarak mükemmeldir ve parçaların o mükemmelliğe ulaşmaya çalışmaları bir sevinç yoludur. Mükemmel olmayanı mükemmel olan uğruna seve seve feda edin, o zaman artık iyi ve kötü hakkında tartışma olmayacaktır.

S: Ama biz daha iyi olandan korkuyor ve daha kötü olana sarılıyoruz.

M: Bu bizim delilik noktasına varan aptallığımızdır.

61

Madde Bilincin Ta Kendisidir

Soran: Hayatım boyunca mübarek insanlarla birlikte olacak kadar şanslıydım. Bu kendini-idrak için yeterli midir?

Maharaj: Bu sizin bunu nasıl kullandığınıza bağlıdır.

S: Bana *satsang*'ın özgürleştirici eyleminin otomatik olduğu söylendi. Tıpkı bir nehrin bir insanı denize döküldüğü yere taşıması gibi, iyi insanların süptil ve sessiz etkisinin beni gerçeğe götüreceği söylendi.

M: O sizi nehre götürür, ama geçiş size aittir. Özgürlük isteği ve iradesi olmadıkça özgürlük kazanılamaz ve korunamaz. Özgürlüğe ulaşmak için çaba göstermelisiniz; en azından engelleri ortaya çıkarıp yok etmeye çalışmalısınız. Eğer huzur istiyorsanız, onun için çaba göstermelisiniz. Yalnızca sessiz kalarak huzura kavuşamazsınız.

S: Bir çocuk büyür. O büyümek için plânlar yapmaz, bir modele de sahip değildir; parça parça da büyümez. O bütünlük içinde ve bilinçsiz olarak büyür.

M: Çünkü o imgelemez. Siz de böyle büyüyebilirsiniz, ama anılardan ve beklentilerden doğan tahminlere ve plânlara teslim olmamalısınız. Gelecekle ilgilenmemek bir *gnani*'nin özelliklerinden biridir. Sizin gelecekle ilgilenmeniz acı korkusundan ve zevk arzusundan kaynaklanır; *gnani*'ye göre ise her şey aşkın mutluluktur; o her ne gelirse onunla mutlu olur.

S: Kuşkusuz, bir *gnani*'yi bile mutsuz edebilecek pek çok şey vardır.

M: Bir *gnani* zorluklarla karşılaşabilir, ama onlar onun ıstırap çekmesine neden olmaz. Bir çocuğu doğumdan yetişkinlik çağına kadar büyütmek zor bir görev gibi görünebilir, ama bir anne için zorlukların anıları da sevinç konusudur. Dünyada hiçbir yanlışlık yoktur. Yanlış olan sizin ona bakış biçiminizdir.

Sizi yanıltan kendi imgelemenizdir. İmgeleme olmadan bir dünya da olmaz. Sizin bir dünyanın bilincinde olduğunuz inancınız dünyadır. Algıladığınız dünya bilinçten oluşur; sizin madde dediğiniz şey bilincin ta kendisidir. Siz, onun içinde hareket ettiği uzaysınız *(akash)*, onun süregeldiği zamansınız, ona hayat veren sevgisiniz. İmgelemeye ve bağlılığa son verin, geriye ne kalır?

S: Dünya kalır. Ben kalırım.

M: Evet. Ama onu olduğu gibi görebilmeniz, onu arzu ve korku filtresiyle görmekten çok farklıdır.

S: Tüm bu -gerçek ve illüzyon, bilgelik ve cehalet, ermiş ve günahkâr gibi- ayrımlar ne için? Herkes mutluluk arayışı içinde, herkes umutsuzca çabalıyor; herkes bir *Yogi* ve herkesin hayatı bir bilgelik okulu. Herkes, ihtiyacı olan dersi kendi tarzında öğreniyor. Toplum bazılarını onaylıyor, bazılarını onaylamıyor; her yerde ve her zaman geçerli olan kurallar yok.

M: Benim dünyamda sevgi tek kuraldır. Ben sevgi talep etmem, onu veririm. Benim doğam böyledir.

S: Hayatınızı bir kalıba göre yaşadığınızı görüyorum. Sabahları bir meditasyon sınıfını yönetiyorsunuz, düzenli dersleriniz ve sohbetleriniz var; günde iki kez ibadet *(puja)* ve akşamları dinî şarkılar *(bhajan)*. Bu rutine özenle uyar görünüyorsunuz.

M: İbadet ve ilahiler ben nasıl bulmuşsam öyle devam ediyor ve ben müdahale etmek için bir neden görmedim. Genel rutin ise birlikte yaşadığım ya da beni dinlemeye gelen insanların istekleri doğrultusundadır. Onlar birçok yükümlülüğü olan çalışan kişilerdir ve zamanlama onlara uygun geldiği gibidir. Tekrarlanan bir rutin kaçınılmazdır. Hayvanların ve bitkilerin bile zamanlama programları vardır.

S: Evet, tüm hayatta düzenli bir zamanlama ve ardışıklık görüyoruz. Bu düzeni kim koruyup sürdürüyor? Yasaları koyan ve düzeni uygulayan içsel bir yönetici var mı?

M: Her şey kendi doğasına göre hareket eder. Bir polise ihtiyaç yoktur. Her etki bir tepki yaratır, bu o etkiyi dengeler ve

nötrleştirir. Her şey olur, ama sürekli bir iptal ediş vardır ve sonunda sanki hiçbir şey olmamış gibi olur.
S: Beni nihai uyumlar ile teselli etmeyin. Hesaplar dengelenir, ama kayıp benimdir.
M: Bekleyin ve görün. Harcamaları haklı çıkaracak kadar kârlı bir sonuca ulaşabilirsiniz.
S: Uzun bir ömrü geride bıraktım ve bu hayattaki birçok olayın rastlantı sonucu mu, yoksa bir plân doğrultusunda mı meydana geldiğini sık sık merak ederim? Ben doğmadan önce hazırlanıp önüme serilmiş olan ve hayatımı ona göre yaşamak zorunda olduğum bir kalıp var mıydı? Eğer öyleyse, bu plânları kim yaptı ve uyguladı? Sapmalar ve hatalar olabilir miydi? Bazıları kaderin değişmez olduğunu ve hayatın her anının önceden belirlenmiş olduğunu, bazıları ise salt rastlantının her şeyi tayin ettiğini söylüyorlar.
M: Bunu istediğiniz gibi kabul edebilirsiniz. Hayatınızda bir kalıbın varlığını fark edebilir ya da sadece bir rastlantılar zinciri görebilirsiniz. Açıklamaların amacı zihni hoşnut etmektir. Onların gerçek olmaları gerekmez. Gerçek tanımlanamaz ve tarif edilemez.
S: Benim sorumdan kaçıyorsunuz! Sizin buna nasıl baktığınızı bilmek istiyorum. Baktığımız her yerde inanılmaz zekâ ve güzellik yapıları görüyoruz. Evrenin form'suz ve kaotik olduğuna nasıl inanabilirim? Sizin dünyanız, sizin içinde yaşadığınız dünya form'suz olabilir, ama onun kaotik olması gerekmez.
M: Nesnel evren yapıya, düzene sahiptir ve güzeldir. Bunu kimse yadsıyamaz. Ama yapı ve kalıp, kısıtlamayı ve zorlamayı ima eder. Benim dünyam mutlak şekilde özgürdür; onun içindeki her şey kendi kendine belirlenir. Bu yüzden, her şeyin kendi başına vaki olduğunu söyleyip duruyorum. Benim dünyamda da düzen vardır, ama o dışarıdan empoze edilmemiştir. O, zaman'sızlığı yüzünden kendiliğinden ve bir anda oluşur. Mükemmellik gelecekte değildir. O *şimdi*'dir.

S: Sizin dünyanız benimkini etkiler mi?

M: Sadece bir noktada, *şimdi* noktasında. O ona geçici bir varlık, geçici bir gerçeklik duygusu verir. Tam farkındalık içinde temas kurulur. Bunun için ise çabasız, kendi benliğiyle kısıtlanmamış bir dikkat gerekir.

S: Dikkat zihnin bir tutumu değil midir?

M: Evet, zihin gerçeği bilmeye istekli olduğunda dikkat gösterir. Dünyanızda bir yanlışlık yok, düzensizliği yaratan şey sizin kendinizi ondan ayrı olarak düşünmenizdir. Bencillik tüm kötülüğün kaynağıdır.

S: Soruma geri dönüyorum. Ben doğmadan önce, benim içsel benliğim hayatımın ayrıntılarını kararlaştırdı mı, yoksa o tamamen rastlantısal mıdır ve kalıtımın, koşulların insafına mı kalmıştır?

M: Ebeveynlerini kendilerinin seçtiklerini ve gelecek hayatlarını nasıl yaşayacaklarına kendilerinin karar verdiklerini iddia edenler bunu kendileri için bilebilirler. Bana gelince, ben asla doğmadım.

S: Sizi karşımda oturmuş, sorularımı yanıtlar görüyorum.

M: Siz sadece, doğmuş ve ölecek olan bedeni görüyorsunuz.

S: Benim de ilgilendiğim, bu beden-zihin'in yaşam öyküsüdür. O sizin tarafınızdan mı, yoksa başka birisi tarafından mı hazırlandı; veya rastlantısal olarak mı meydana geldi?

M: Sorunuzda bir tuzak var. Ben beden ile evren arasında bir ayrım yapmıyorum. Her biri diğerinin nedenidir; aslında, her biri diğeridir. Ama ben hepsinin dışındayım. Ben size asla doğmadığımı söylerken, siz neden gelecek hayat için hazırlıklarımın ne olduğunu sormaya devam ediyorsunuz? Hayal gücünüzün işlemesine izin verdiğiniz andan itibaren o hemen bir evren geliştirir. Bu kesinlikle sizin imgelediğiniz gibi değildir, ben de sizin imgelemelerinizle sınırlı değilim.

S: Canlı bir bedeni oluşturmak ve korumak zekâ ve enerji gerektirir. Onlar nereden gelir?

M: Sadece imgeleme vardır. Zekâ ve güç, hepsi sizin imgeleminizde harcanır. O sizi öylesine bütünüyle içine çekmiştir ki, gerçek'ten ne kadar uzaklaşmış olduğunuzu kavrayamazsınız. Hayal gücü çok zengin bir yaratıcılığa sahiptir. İç içe evrenler onun üzerinde inşa edilir. Ama onların hepsi de aslında var olmayan uzay ve zaman, geçmiş ve gelecek içinde bulunur.

S: Geçenlerde küçük bir kız hakkında bir rapor okudum. Bu kız ilk çocukluğunda çok zalimce muamele görmüştü. Çok fena hırpalanarak sakat edilmiş ve bir yetimhanede büyümüştü. Bu küçük kız sessiz ve uysaldı, ama tamamen ilgisiz ve kayıtsızdı. Çocuklara bakan rahibelerden biri kızın geri zekâlı olmadığına, sadece içine kapanık ve çevresine tepkisiz olduğuna inanıyordu. Bir psikanalistten vakayı alması istendi ve o iki yıl boyunca çocuğu haftada bir görerek söz konusu yalıtım duvarını yıkmaya çalıştı. Kız yumuşak başlı ve terbiyeliydi, ama doktora hiç ilgi göstermiyordu. Doktor ona, içinde odaları, eşyası ve anneyi, babayı ve onların çocuklarını temsil eden bebekler bulunan bir oyuncak ev getirdi. Bu etkili oldu ve kız ilgi gösterdi. Bir gün eski acılar yeniden canlandı ve yüzeye çıktı. Kız yavaş yavaş iyileşti, birkaç operasyonla yüzü ve bedeni normal hale getirildi ve o gelişerek becerikli ve çekici bir genç hanım haline geldi. Bu, doktorun beş yılını almıştı, ama iş başarılmıştı. O gerçek bir Guru idi! O şartlar ileri sürmedi, kızın tedaviye hazır ve uygun olmasını beklemedi; inançsız ve umutsuz, sadece sevgisinden, tekrar tekrar denedi.

M: Evet, Guru'nun doğası budur. O asla vazgeçmez. Ama başarmak için, çok fazla dirençle karşılaşmaması gerekir. Kuşku ve itaatsizlik ister istemez geciktirir. Ona güven ve esneklik gösterilirse, öğrencisinde hızla kökten bir değişim yaratabilir. Hem Guru'nun derin içgörüsüne, hem de öğrencinin ciddiyetine ve samimiyetine ihtiyaç vardır. En zor kişiler entelektüellerdir. Onlar çok fazla konuşurlar, ama ciddi değildirler.

Kendini idrak etmek doğal bir şeydir. Siz hazır olduğunuzda, Guru'nuz sizi bekliyor olacak. *Sadhana* çabasız bir şeydir. Öğretmeninizle ilişkiniz doğru ise gelişirsiniz. Her şeyden önemlisi, ona güvenin. O sizi yanlış yönlendiremez.

S: Benden açıkça yanlış bir şey yapmamı istediğinde bile mi?

M: Onu yapın. Bir *Sanyasi*'ye Gurusu evlenmesini söylemişti. O itaat etti ve çok ıstırap çekti. Ama onun dört çocuğunun hepsi, Maharashtra'daki en büyük ermişler ve kâhinler oldu. Gurunuz'dan her ne gelirse onunla mutlu olun, o zaman mükemmellik yolunda zorlanmadan ilerlersiniz.

S: Herhangi bir isteğiniz ve arzunuz var mı? Sizin için herhangi bir şey yapabilir miyim?

M: Siz bana sahip olmadığım neyi verebilirsiniz? Maddi şeyler doyum bulmak için istenir. Ben kendimle doyum halindeyim. Başka neye ihtiyacım olabilir ki?

S: İhtiyacınız olduğuna inandığım bir şeyi getirsem, onu kabul eder misiniz?

M: Sizi vermeye sevk eden sevgi, beni de almaya sevk eder.

S: Birisi sizin için güzel bir aşram inşa etmeyi teklif etse?

M: Elbette, bırakın yapsın. Bırakın, bir servet harcasın, yüzlerce işçi tutsun, binlerce insanı beslesin.

S: Bu bir arzu değil mi?

M: Kesinlikle değil. Ben sadece onun bunu doğru biçimde, cömertçe ve canı gönülden yapmasını isterim. O benim değil, kendi arzusunu yerine getirecektir. Bırakın o arzusunu iyi bir biçimde gerçekleştirsin ve insanlar ve arasında ün kazansın.

S: Ama siz bu aşramı istiyor musunuz?

M: Ben istemiyorum. Ona ihtiyacım yok.

S: Yapılırsa, içinde kalmayı kabul eder misiniz?

M: Eğer buna zorlanırsam.

S: Sizi ne zorlayabilir?

M: Işığı arayanların sevgisi.

S: Evet, ne demek istediğinizi anlıyorum. Peki, ben *samadhi* haline nasıl girebilirim?

M: Eğer doğru haldeyseniz, gördüğünüz her şey sizi *samadhi* haline geçirir. Ne de olsa, *samadhi* olağandışı bir şey değildir. Zihin yoğun bir biçimde ilgilendiğinde, ilgi nesnesiyle bir olur; gören ve görülen görüşte bir olur, işiten ve işitilen işitişte bir olur, seven ve sevilen sevişte bir olur. Her deneyim *samadhi* için bir zemin olabilir.

S: Siz daima bir *samadhi* halinde misiniz?

M: Elbette hayır. *Samadhi* sonuçta bir zihin halidir. Ben ise tüm deneyimin, *samadhi*'nin bile ötesindeyim. Ben büyük tüketici ve yok ediciyim; dokunduğum her şey eriyip, boşluğa *(akash)* karışır.

S: Benim kendini-idrak için *samadhilere* ihtiyacım var.

M: Siz ihtiyacınız olan tüm kendini-idrake sahipsiniz, ama buna güvenmiyorsunuz. Cesur olun, kendinize güvenin, gidin konuşun, eylemde bulunun; kendini kanıtlaması için ona bir şans verin. Bazılarına bu idrak fark edilmez bir şekilde gelir, bu durumda onlar ikna olmaya ihtiyaç duyarlar. Onlar değişmişlerdir, ama bunu fark etmezler. Böyle çarpıcı veya dikkat çekici olmayan değişimler çoğunlukla en güvenilir olanlardır.

S: İnsan kendini-idrake ulaştığına inanabilir ve bunda yanılmış olabilir mi?

M: Elbette. "Ben kendimi idrak ettim" fikri bile bir hatadır. Doğal Hal'de, "Ben şuyum, ben o'yum" yoktur.

62

En Yüce Olan'da Tanık Belirir

Soran: Kırk yıl kadar önce J. Krişnamurti sadece hayatın var olduğunu, kişilikler ve bireysellikler ile ilgili tüm konuşmaların gerçek'ten kaynaklanmadığını söyledi. O, hayatı tarif etmeye kalkışmadı; sadece, hayatın tarif edilemeyeceğini, ama -eğer aradaki engeller kaldırılırsa- tam olarak deneyimlenebileceğini söyledi. Esas engel bizim zamanla ilgili fikrimizde ve zamana olan bağımlılığımızda, geçmişin ışığında bir gelecek bekleme alışkanlığımızda yatıyor. Geçmişin toplamı, "Ben ... idim," gelecek için umut edilen de "Ben ... olacağım" haline gelir ve hayat "Ben ... idim"den, "Ben ... olacağım"a sürekli bir geçiş çabasıdır. Şimdiki an, *şimdi* gözden kaybolmuştur. Maharaj "Ben'im"den söz ediyor. O da "Ben ... idim" ve "Ben ... olacağım" gibi bir illüzyon mudur, yoksa onda gerçek olan bir şey var mı? Ve eğer "Ben'im" de bir illüzyonsa, insan kendisini ondan nasıl kurtarır? Ben "Ben'im"den kurtuldum fikri bir saçmalıktır. "Ben' im"de, eklenen anılar yeni beklentiler yaratırken zamanla değişen "Ben ... idim" ve "Ben ... olacağım"dan farklı olarak, gerçek bir şey, kalıcı bir şey var mıdır?

Maharaj: Şimdiki "Ben'im" de, "Ben ... idim" ve "Ben ... olacağım" kadar sahtedir. O sadece zihindeki bir fikirdir, belleğin bıraktığı bir izlenimdir ve onun yarattığı ayrı kimlik de sahtedir. Bu, sahte bir merkeze göndermede bulunma alışkanlığı terk edilmelidir; "Ben görüyorum," "Ben hissediyorum," "Ben yapıyorum" fikri bilinç alanından kaybolmalıdır; sahte olan yok olduğunda, geride kalan gerçektir.

S: Bu, benliği yok etmeyle ilgili büyük sözler de nedir? Benlik kendini nasıl yok edebilir? Ne tür metafizik cambazlıklar cambazın kaybolmasına yol açabilir? Sonunda o -kayboluşundan çok gurur duyarak- yeniden belirecektir.

M: "Ben'im"i öldürmek için kovalamanız gerekmez. Onu öldüremezsiniz. İhtiyacınız olan tüm şey gerçeğe duyulan samimi bir özlemdir. Biz onu *atma-bhakti* (En Yüce'ye duyulan sevgi) ya da *moksha-sankalpa* (sahte olandan kurtulma azmi) olarak adlandırırız. Sevgi ve sevgi tarafından ilham edilen irade olmadan, hiçbir şey yapılamaz. Gerçek ile ilgili hiçbir şey yapmadan, onun hakkında sadece konuşmak amaca ters davranmak ve kendi kendini baltalamaktır. "Ben'im" diyen kişi ile o "Ben'im"in gözlemcisi arasındaki ilişkide sevgi olmalıdır. Gözlemci, yani iç benlik veya "yüksek" benlik kendisini gözlemlenenden, yani "aşağı" benlikten ayrı gördüğü, onu küçümsediği ve kınadığı sürece, durum umutsuzdur. Ancak, gözlemci *(vyakta)* kişiyi *(vyakti)* kendisinin bir projeksiyonu ya da tezahürü olarak kabul ettiğinde, kişisel benliği Benliğin içine aldığında, "ben" ve "bu" dualitesi kaybolur ve dıştakinin ve içtekinin kimliğinde En Yüce Gerçek tezahür eder.

Bu, gören ile görülenin birleşmesi, gören gören olduğunun bilincine vardığında, yalnızca görülenle ilgilenmediğinde, aynı zamanda ilgilenmekle ilgilendiğinde, dikkate dikkatini verdiğinde, farkında olmanın farkına vardığında gerçekleşir. Sevecen farkındalık, Gerçeği odak noktasına getiren kritik etkendir.

S: Teosofistlere ve onlarla aynı görüşe sahip olan okültistlere göre, insan üç veçheden oluşur: Kişilik, bireylik ve spiritüellik. Spiritüelliğin ötesinde tanrısallık vardır. Kişilik kesinlikle geçicidir ve sadece tek bir doğum için geçerlidir; bedenin doğmasıyla başlar ve bir sonraki bedenin doğmasıyla biter. Bir kez bitti mi, tam bitmiş olur; birkaç tatlı ve acı dersten başka ondan geriye bir şey kalmaz.

Bireylik hayvan-insan ile başlar ve tam insanla sona erer. Kişilik ve bireylik arasındaki bölünme günümüz insanlığının tipik özelliğidir. Bir yanda doğruyu, iyiyi, güzeli özleyen bireylik; öte yanda alışkanlık ve ihtiras, korku ve açgözlülük, edilgenlik ve şiddet arasındaki çirkin mücadele.

Spiritüellik veçhesi ise hâlâ kullanılmamaktadır. O bir dualite atmosferinde tezahür edemez. Ancak kişilik bireylik ile yeniden birleştiğinde ve onun belki sınırlı, ama doğru bir ifadesi haline geldiğinde, o zaman spiritüel olanın ışığı, sevgisi ve güzelliği ortaya çıkar.

Siz *vyakti, vyakta, avyakta*'yı (gözlemci, gözlemlenen ve

gözlem zeminini) öğretiyorsunuz. O diğer görüşle bağdaşıyor mu?
M: Evet, *vyakti vyakta*'dan ayrı olarak var olmadığını idrak ettiğinde ve *vyakta vyakti*'yi kendi ifadesi olarak gördüğünde, *avyakta* halinin huzuru ve sessizliği ortaya çıkar. Gerçekte, üçü birdir: *Vyakta* ve *avyakta* birbirinden ayrılamaz, *vyakti* ise beş unsurdan oluşan ve beş unsurla beslenen bedene dayanan duyumsama-hissetme-düşünme sürecidir.
S: *Vyakta* ile *avyakta* arasındaki ilişki nedir?
M: Onlar bir olduklarına göre bir ilişki nasıl olabilir? Tüm ayrılık ve ilişki söylentisi "Ben bedenim" fikrinin çarpıtıcı ve yozlaştırıcı etkisinden kaynaklanır. Dış benlik *(vyakti)* sadece iç benliğin *(vyakta)* beden-zihin üzerindeki projeksiyonudur ki iç benlik de sadece -hepsi ve hiçbiri olan- En Yüce Benliğin *(avyakta)* bir ifadesidir.
S: Yüksek benlikten ve aşağı benlikten söz etmeyen öğretmenler var. Onlar insana o sanki sadece aşağı benlikmiş gibi hitap ediyorlar. Ne Buda, ne İsa bir yüksek benlikten söz etmişlerdir. Krişnamurti de yüksek benlikten herhangi bir biçimde söz etmekten kaçınıyor. Bu neden böyledir?
M: Bir bedende iki benlik nasıl olabilir? "Ben'im" birdir. "Yüksek Ben'im" ve "aşağı Ben'im" yoktur. Her türlü zihin hali farkındalığa sunulur ve insan kendini onlarla özdeşleştirir. Gözlemlenen şeyler göründükleri gibi değildir ve onlara karşı gösterilen tutumlar da olması gerekenler değildir. Eğer Buda'nın, İsa'nın ya da Krişnamurti'nin kişiye hitap ettiğini düşünüyorsanız, yanılıyorsunuz. Onlar dış benliğin (*vyakti*) iç benliğin (*vyakta*) sadece bir gölgesi olduğunu iyi bilir ve sadece *vyakta*'ya hitap eder ve onu uyarırlar. Onlar ona, dış benliğe dikkat etmesini, ona rehberlik ve yardım etmesini, kendini ondan sorumlu hissetmesini; kısacası, onun tam olarak farkında olmasını söylerler. Farkındalık En Yüce'den gelir ve iç benliği kaplar; dış benlik denen şey ise insanın farkında olmadığı kısmı-

dır. İnsan bilinçli olabilir, çünkü her varlık bilinçlidir, ama farkında değildir. Farkındalığa dahil olan şey iç benliğe katılır, o olur. Siz bunu farklı bir biçimde ifade edebilirsiniz; Beden dış benliği, bilinç iç benliği tanımlar, saf farkındalık halinde ise En Yüce ile temas kurulur.

S: Siz bedenin dış benliği tanımladığını söylediniz. Sizin de bir bedeniniz olduğuna göre, sizin de bir dış benliğiniz var mı?

M: Eğer bedene bağlı olsaydım ve onu kendim olarak görseydim, olurdu. Bu beden sizin zihninizde belirir; benim zihnimde hiçbir şey yoktur.

S: Bir bedene sahip olduğunuzun bilincinde değil misiniz?

M: Tam tersine, bir bedene sahip olmadığımın bilincindeyim.

S: Bir beden var ve kendim varım. Ben bedeni biliyorum. Ondan ayrı ben neyim?

M: Bedenden ayrı bir "ben" yoktur, dünya da yoktur. Üçü birlikte görünür ve kaybolur. Kökende "Ben'im" duygusu vardır. Onun ötesine geçin. "Ben beden değilim" fikri sadece, yanlış olan "Ben bedenim" fikrine karşı bir panzehirdir. Bu "Ben'im" nedir? Siz kendinizi bilmedikçe, başka neyi bilebilirsiniz?

S: Söylediklerinizden, beden olmadıkça özgürleşmenin de olamayacağı sonucunu çıkarıyorum. Eğer, "Ben beden değilim" fikri özgürlüğe götürüyorsa, bedenin mevcudiyeti şarttır.

M: Doğru. Beden olmasa, "Ben beden değilim" fikri nasıl oluşabilir? "Ben özgürüm" fikri, "Ben esirim" fikri kadar yanlıştır. İkisinde ortak olan "Ben'im"i bulun ve onun ötesine geçin.

S: Her şey sadece bir rüya.

M: Bunlar sadece sözcüklerdir, onların size ne yararı var? Siz sözel tanımlamaların ve formülleştirmelerin ağına dolaşmışsınız. Kavramlarınızın ve fikirlerinizin ötesine geçin; arzu ve düşünce sustuğunda, o sessizlikte gerçek bulunur.

S: Zihnimin gerisinde sürekli bir uğultu var. Birçok zayıf düşünce uğulduyor ve bu şekilsiz bulut her zaman benimle. Bu sizde de böyle midir? Sizin zihninizin gerisinde ne var?

M: Zihnin olmadığı yerde, onun gerisi de yoktur. Ben hep önüm, arka yok! Boşluk konuşur, boşluk kalır.
S: Hiçbir anı kalmaz mı?
M: Geçmişe ait zevkin ya da acının hiçbir anısı kalmaz. Her an yeni doğmuştur.
S: Bellek olmadan bilinçli olamazsınız.
M: Elbette bilinçliyim ve bunun tam olarak farkındayım. Bilinci ve içeriğini bir bulutla kıyaslayın. Siz bulutun içindesiniz, oysa ben ona bakıyorum. Siz onun içinde kaybolmuşsunuz, parmak uçlarınızı bile göremiyorsunuz, halbuki ben bulutu, başka birçok bulutu, mavi göğü, güneşi, ayı, yıldızları görüyorum. Gerçek her ikimiz için de birdir, ama sizin için o bir hapishane, benim içinse bir yuvadır.
S: Siz kişiden *(vyakti),* tanıktan *(vyakta)* ve En Yüce'den *(avyakta)* söz ettiniz. Hangisi önce gelir?
M: En Yüce'de tanık belirir. Tanık kişiyi yaratır ve kendisinin ondan ayrı olduğunu düşünür. Tanık kişinin bilinçte belirdiğini görür ki bilinç de yine tanıkta belirir. Bu temel birliğin idraki En Yüce'nin işidir. O tanığın ardındaki güçtür, her şeyin ondan akıp geldiği kaynaktır. Kişi ile tanık arasında birlik, sevgi ve karşılıklı yardım olmadıkça; yapma, olma ve bilme ile uyum içinde olmadıkça, En Yüce ile temas kurulamaz. En Yüce, böyle bir uyumun hem kaynağı hem de meyvesidir. Ben sizinle konuşurken bağsız, ama sevecen farkındalık hali *(turiya)* içindeyim. Bu farkındalık kendine yöneldiğinde, ona En Yüce Hal *(turiyatita)* diyebilirsiniz. Ama temel gerçek, farkındalığın ötesindedir, üç halin -oluşma, olma ve olmama hallerinin- ötesindedir.
S: Burada zihnim yüksek konular üzerinde durmayı kolay ve zevkli buluyor, eve döndüğümde ise burada öğrenmiş olduğum her şeyi unuttuğumu, üzülüp endişelendiğimi, gerçek doğamı bir an bile hatırlayamadığımı görüyorum. Bunun nedeni ne olabilir?
M: Geri döndüğünüz şey sizin çocuksuluğunuzdur. Siz henüz

tam olarak büyümüş değilsiniz. İhmal edildiği için gelişmeden kalmış olan düzeyler var. Sadece, içinizde kaba, ilkel, mantıksız, şefkatsiz ve tümüyle çocuksu kalmış yönlere tüm dikkatinizi verin, olgunlaşacaksınız. Gerekli olan kalp ve zihin olgunluğudur. Bu olgunluk, esas engel -dikkatsizlik, farkında olmayış- giderildiğinde, çabasızca gerçekleşir. Farkındalık içinde siz büyürsünüz.

63

İşi Yapan Olduğunu Düşünmek Esarettir

Soran: Bir süre için Satya Sai Baba Aşramı'nda kaldık. Ayrıca Tiruvannamalai'deki Sri Ramana Aşramı'nda iki ay geçirdik. Şimdi Birleşik Devletler'e dönüş yolundayız.

Maharaj: Hindistan sizde herhangi bir değişikliğe neden oldu mu?

S: Yükümüzü atmış gibi hissediyoruz kendimizi. Sri Satya Sai Baba her şeyi ona bırakmamızı ve günbegün, mümkün olduğunca dürüst yaşamamızı söyledi bize. O bize, "İyi olun ve gerisini bana bırakın" derdi.

M: Sri Ramana Aşramı'nda ne yapıyordunuz?

S: Guru tarafından bize verilmiş olan *mantra*'ya devam ediyorduk. Biraz da meditasyon yaptık. Fazla düşünme ya da irdeleme yoktu; sadece sessiz kalmaya çalışıyorduk. Biz felsefe bakımından yoksul olan *bhakti* yolundayız. Düşünecek fazla bir şeyimiz yok, sadece, Gurumuz'a güveniyor ve hayatımızı yaşıyoruz.

M: *Bhaktalar*'ın çoğu, onlar için her şey yolunda gittiği sürece Guruları'na güvenirler. Sıkıntılar baş gösterdiğinde ise kendilerini yüzüstü bırakılmış hisseder ve bir başka Guru aramaya başlarlar.

S: Evet, biz bu tehlikeye karşı uyarıldık. Biz kolaylıkla birlikte zorluğu da kabul etmeye çalışıyoruz. "Her şey İnayet'tir" hissi çok güçlü olmalıdır. Bir *sadhu* doğuya doğru yürürken güçlü bir rüzgâr esmeye başladı, *sadhu* hemen dönüp batıya doğru yürümeye başladı. Biz tam böyle yaşamayı, kendimizi Gurumuz tarafından bize gönderilen koşullara uydurmayı umut ediyoruz.

M: Yalnızca hayat vardır. Bir hayat yaşayan bir kişi yoktur.

S: Bunu anlıyoruz, ama yalnızca yaşamak yerine, sürekli olarak, hayatlarımızı yaşamaya kalkışıyoruz. Gelecek için plânlar yapmak içimizde kökleşmiş bir alışkanlık.

M: Siz plân yapsanız da yapmasanız da hayat devam eder. Ama hayatın içinde, zihinde -hayallere dalan ve hayata hükmettiğini ve onu yönettiğini imgeleyen- küçük bir girdap ortaya çıkar. Hayatın kendisi arzusuzdur. Ama sahte benlik -hoş bir şekilde- devam etmek ister. Bu yüzden de o daima insanın sürekliliğini garantiye almakla meşguldür. Hayat korkusuz ve özgürdür. Olayları etkileme fikrine sahip olduğunuz sürece özgürlük size göre değildir: İşi yapan olduğunu, bir neden olduğunu düşünmek esarettir.

S: Yapan ve yapılan dualitesini nasıl aşabiliriz?

M: Hayatı sonsuz, bölünmez, her zaman var, her zaman aktif olarak düşünün -ta ki onunla bir olduğunuzu idrak edene dek. Bu çok zor bile değildir, çünkü sonuçta siz kendi doğal durumunuza dönüyor olacaksınız.

Bir kez, her şeyin içten geldiğini, içinde yaşadığınız dünyanın size değil, sizin tarafınızdan projekte edildiğini idrak ettiğinizde, korkunuz sona erer. Bunu idrak etmediğiniz sürece, kendinizi beden, zihin, toplum, ulus, insanlık, hatta Tanrı ya da Mutlak gibi dışsal şeylerle özdeşleştirirsiniz. Ama bunlar tümüyle korkudan kaçışlardır. Ancak içinde yaşadığınız küçük

dünyadan sorumlu olduğunuzu tam olarak kabul eder ve onun yaratım, koruma ve yıkım sürecini izlediğinizde, hayalî esaretinizden kurtulabilirsiniz.
S: Kendimi neden böylesine sefil ve zavallı olarak imgeliyorum?
M: Bunu sadece alışkanlık yüzünden yapıyorsunuz. Hissetme ve düşünme biçimlerinizi değiştirin, onları yakından inceleyin. Siz dikkatsizlikten dolayı tutsaksınız. Dikkat özgürleştirir. Siz birçok şeyi sorgulamadan kabul ediyorsunuz. Sorgulamaya başlayın. En aşikâr şeyler en kuşkulu olanlardır. Kendinize şöyle sorular sorun: "Ben gerçekten doğdum mu?" "Ben gerçekten falan mıyım?" "Var olduğumu nasıl biliyorum?" "Benim ebeveynlerim kimler?" "Onlar mı beni yarattılar, ben mi onları?" "Bana kendim hakkında söylenen her şeye inanmalı mıyım?" "Ben aslında kimim?" Kendinize bir hapishane inşa etmek için çok fazla enerji harcamışsınız. Şimdi onu yıkmak için o kadar çok enerji harcayın. Aslında yıkmak kolaydır, çünkü sahtenin sahte olduğu anlaşıldığında, o kendi kendine yok olur. Her şey "Ben' im" fikrine bağlıdır. Onu iyice inceleyin. O her derdin kökeninde yatar. O sizi gerçek'ten ayıran bir tür deri gibidir. Gerçek olan derinin hem içinde, hem dışındadır, ama derinin kendisi gerçek değildir. Bu "Ben'im" fikri sizinle birlikte doğmamıştır. Siz onsuz da pekâlâ yaşayabilirdiniz. O sizin kendinizi bedenle özdeşleştirmenizden dolayı sonradan gelmiştir. O, ayrılığın olmadığı yerde bir ayrılık illüzyonu yaratmıştır. O sizi kendi dünyanızda bir yabancı haline getirmiş ve dünyayı size uzak ve düşman kılmıştır. "Ben'im" duygusu olmadan da hayat devam eder. "Ben'im" duygusu olmadan, huzurlu ve mutlu olduğunuz anlar vardır. "Ben'im"in dönüşüyle birlikte sıkıntılar da başlar.
S: İnsan "Ben" duygusundan nasıl kurtulabilir?
M: Eğer "Ben" duygusundan kurtulmak istiyorsanız, onun üstesinden gelmelisiniz. Onu hareket halinde ve sakinken izleyin; nasıl harekete geçtiğini, ne zaman durduğunu, ne istediğini ve

onu nasıl elde ettiğini, bunları açıkça görüp tam olarak anlayıncaya kadar izleyin. Sonuçta, kaynakları ve özellikleri her ne olursa olsun, tüm *Yogalar*'ın tek bir hedefi vardır: Sizi ayrı varoluşun, engin ve güzel bir tabloda anlamsız bir nokta olmanın felâketinden kurtarmak.

Siz ıstırap çekiyorsunuz, çünkü kendinizi gerçeğe yabancılaştırmışsınız ve şimdi de bu yabancılaşmadan kaçmaya çalışıyorsunuz. Kendi saplantılarınızdan kaçamazsınız, sadece onları beslemeye son verebilirsiniz.

"Ben'im" sahte olduğundan, devam etmek ister. Gerçeğin ise devam etmeye ihtiyacı yoktur; o, kendisinin yok edilemez olduğunu bildiğinden, formların ve ifadelerin yok olmasına karşı kayıtsızdır. "Ben'im"i güçlendirmek ve sağlamlaştırmak için her türlü şeyi yaparız, ama hepsi boşunadır, çünkü "Ben'im" anbean yeniden inşa edilmektedir. Bu hiç kesilmeyen bir çalışmadır ve tek radikal çözüm, "Ben şöyle ve şöyle bir kişiyim" şeklindeki ayırıcı duyguyu bir defada ve tam olarak yok etmektir. Var'lık kalır, ama ben-oluş gider.

S: Benim belirli spiritüel ihtiraslarım var. Onları gerçekleştirmek için çalışmamalı mıyım?

M: Hiçbir ihtiras spiritüel değildir. Bütün ihtiraslar "Ben'im" uğrunadır. Gerçekten ilerleme kaydetmek istiyorsanız, tüm kişisel başarı fikrinden vazgeçmelisiniz. Sözde *Yogiler*'in ihtirasları akıl almaz bir şeydir. Ebedi bir kişisel mutluluk ihtirasıyla kıyaslandığında, bir erkeğin bir kadın için duyduğu arzu masumiyetin ta kendisidir. Zihin bir hilebazdır; ne kadar dindar görünürse, ihaneti de o kadar kötü olur.

S: İnsanlar sık sık size dünyevi sorunlarla geliyor ve yardım istiyorlar. Onlara ne söyleyeceğinizi nasıl biliyorsunuz?

M: Onlara o anda zihnime gelen şeyi söylüyorum. İnsanlarla ilişkimde standartlaşmış bir yöntemim yok.

S: Siz kendinizden eminsiniz. İnsanlar benden öğüt istediklerinde, verdiğim öğütün doğru olduğundan nasıl emin olabilirim?

M: Hangi düzeyde bulunduğunuza, hangi düzeyden konuştuğunuza dikkat edin. Eğer zihinden konuşursanız, yanılabilirsiniz. Eğer durumla ilgili tam bir içgörüyle, kendi zihinsel alışkanlıklarınızı askıya alarak konuşursanız, öğüdünüz doğru bir yanıt olabilir. Esas olan ne sizin ne de karşınızdaki kişinin salt bedenler olmadığınızın tam olarak farkında olmanızdır. Eğer farkındalığınız berrak ve tam ise, hata yapmanız pek mümkün değildir.

64

Sizi Hoşnut Eden Şey Sizi Geciktirir

Soran: Ben emekli bir uzman muhasebeciyim ve karım yoksul kadınlar için çalışan bir sosyal hizmet görevlisi. Oğlumuz Birleşik Devletler'e gitmek üzere yola çıkıyor ve biz onu geçirmeye geldik. Biz Penjaplıyız, ama Delhi'de yaşıyoruz. Radha-Soami mezhebinden bir Gurumuz var ve *satsang*'a çok değer veririz. Buraya gelebilmiş olduğumuz için kendimizi çok şanslı hissediyoruz. Birçok kutsal insan tanıdık ve sizi de tanıdığımız için memnunuz.

Maharaj: Siz birçok münzevi (yalnızlığa çekilmiş kişi) ve zahit (dünya zevklerinden el çekmiş kişi) ile karşılaşmış olabilirsiniz, ama kendi tanrısallığının *(swarupa)* bilincine varmış, kendini tam olarak idrak etmiş bir insan bulmak zordur. Ermişler ve *Yogiler* muazzam çabalarla ve özverilerle birçok mucizevî güç edinebilirler ve insanlara yardım etme ve inanç aşılama yolunda çok iyi şeyler yapabilirler, ancak bu onları mükemmel kılmaz. Bu, gerçeğe giden bir yol değil, sahte olanın zenginleştirilmesidir. Her çaba, insanı daha büyük bir çabaya yönlendirir; inşa edilen şeyin ayakta tutulması, elde edilen şeyin kaybolmaktan ya da bozulmaktan korunması gerekir. Kaybedilebilen hiçbir şey gerçekten sizin değildir; ve sizin olmayan bir şeyin size ne yararı olabilir? Benim dünyamda hiçbir şey olmaya zorlanmaz, her şey kendiliğinden meydana gelir. Tüm varoluş uzay ve zaman içindedir, sınırlıdır ve geçicidir. Varoluşu deneyimleyen de sınırlı ve geçicidir. Ben neyin veya kimin var olduğuyla ilgilenmiyorum. Ben ötede, onların her ikisi ve hiçbiri olduğum yerde dururum.

Büyük çaba ve çilelerden sonra emellerine, yani daha yüksek deneyim ve eylem düzeylerine ulaşan kişiler genellikle konumlarının keskin bir biçimde bilincindedirler; onlar insanları, en düşük, başarısızdan en yüksek başarılıya kadar hiyerarşik olarak sınıflandırırlar. Bana göre hepsi eşittir. Görünüş ve ifade farklılıkları vardır, ama onlar önemli değildir. Tıpkı altın bir süs eşyasının şeklinin altını etkilememesi gibi, insanın özü de etkilenmeden kalır. Bu eşitlik duygusu yoksa, gerçeğe ulaşılmadığı anlamına gelir.

Sadece bilgi yeterli değildir; bilenin de bilinmesi gerekir. Panditler, *Yogiler* birçok şey bilebilirler, ama benlik bilinmedikçe salt bilginin ne yararı vardır? O zaman bu bilgi kesinlikle yanlış kullanılacaktır. Bilen bilinmeden, huzur var olamaz.

S: İnsan bileni nasıl bilebilir?

M: Ben ancak kendi deneyimimden bildiğim şeyi size söyleyebilirim. Gurum ile karşılaştığımda, o bana şöyle dedi: "Sen olduğunu sandığın şey değilsin. Ne olduğunu bul. 'Ben'im' duygusunu izle, gerçek benliğini bul." Onun söylediğini yaptım, çünkü ona güvenmiştim. Tüm boş zamanımı sessizlik içinde kendime bakarak geçiriyordum. Bu çok kısa bir süre içinde çok büyük bir fark yarattı! Gerçek doğamı idrak etmem sadece üç yıl aldı. Gurum ben onu tanıdıktan kısa bir süre sonra öldü, ama bu hiçbir fark yaratmadı. Onun bana söylediklerini hatırlayarak sebat ettim. Bu sürecin meyvesi burada, benimledir.

S: O nedir?

M: Kendimi gerçekte olduğum gibi biliyorum. Ben ne beden, ne zihin, ne de zihinsel yetilerim. Ben tüm bunların ötesindeyim.

S: Yani siz hiçbir şey misiniz?

M: Haydi canım, makul olun. Elbette, en somut biçimde, ben benim. Ben sadece sizin ben olduğumu düşündüğünüz şey değilim. Bu size her şeyi anlatır.

S: Bu bana hiçbir şey anlatmıyor.

M: Çünkü o anlatılamaz. Siz kendi deneyiminizi kazanmalısınız. Siz fiziksel ve zihinsel "şeyler"le ilgilenmeye alışmışsınız. Ben bir şey değilim, siz de değilsiniz. Biz ne maddeyiz, ne enerji, ne bedeniz ne zihin. Kendi varlığınızı bir an için görseniz, beni anlaşılması zor bulmayacaksınız.

Biz birçok şeye işitmekle inanıyoruz. Uzak ülkelere, oradaki insanlara, cennetlere, cehennemlere, tanrılara ve tanrıçalara inanıyoruz, çünkü bize anlatılmışlar. Benzer şekilde, bize kendimizden, ebeveynlerimizden, ismimizden, konumumuzdan, görevlerimizden vb. söz edilmiştir. Onların doğruluğunu sorgulamayı hiç düşünmemişizdir. Doğruya giden yol yanlış olanın yok olmasından geçer. Yanlış olanı yok etmek için ise en kökleşmiş inançlarınızı sorgulamanız gerekir. Bunların içinde, sizin beden olduğunuz fikri en kötüsüdür. Bedenle birlikte dünya gelir, dünyayla birlikte dünyayı yaratmış olduğu varsayılan Tanrı gelir ve o da -kendi yarattığı canavarlardan delicesine korkan çocuk insanı korumak ve desteklemek için- korkuları, dinleri, duaları, kurbanları ve her türlü sistemi başlatır. Sizin gerçek varlığınızın doğamaz ve ölemez olduğunu ve korku gidince tüm ıstırabın sona erdiğini idrak edin.

Zihnin icat ettiğini, zihin yok eder. Ama gerçek-olan icat edilmemiştir ve yok edilemez. Üstünde zihnin hiçbir güce sahip olmadığı o esasa sarılın. Size sözünü ettiğim şey ne geçmişte, ne gelecekte, ne de şimdi akan günlük hayattadır. O zamansızdır (ebedidir) ve onun tam zamansızlığı zihnin ötesindedir. Gurum ve onun "Sen kendimsin" sözü, ebediyen benimledir. Başlangıçta zihnimi bu sözler üzerinde odaklamam gerekirdi, ama şimdi bu doğal ve kolay hale geldi. Zihnin Guru'nun sözlerini doğru kabul ettiği, kendiliğinden ve günlük hayatının her ayrıntısında onlarla yaşadığı nokta kendini-idrakin eşiğidir. Bir anlamda, bu inanç yoluyla kurtuluştur, ama inanç yoğun ve kalıcı olmalıdır.

Ancak, inancın tek başına yeterli olduğunu düşünmemelisiniz. Eylemle ifade edilen inanç idrake götüren en etkili vasıtadır. Bazı öğretmenler inancı yadsır, sadece mantığa güvenirler. Aslında onların yadsıdıkları şey inanç değil, körü körüne inançtır. İnanç kör değildir. O denemeye gönüllü olmaktır.

S: Tüm spiritüel uygulamalar içinde en etkili ve yararlı olanın salt tanıklık tutumu olduğu bize söylendi. O, inanca kıyasla nasıldır?

M: Tanık tutumu da inançtır; o insanın kendine olan inancıdır. Siz deneyimlediğiniz şey olmadığınıza inanır ve her şeye uzaktan bakar gibi bakarsınız. Tanıklıkta bir çaba yoktur. Siz, sadece tanık olduğunuzu anlarsınız ve bu anlayış eyleme geçer. Sadece tanık olduğunuzu hatırlamanın dışında, bir şeye ihtiyacınız olmaz. Eğer tanıklık hali içinde kendi kendinize "Ben kimim?" diye sorarsanız, yanıt anında gelir, ancak bu sözsüz ve sessiz bir yanıttır. Vuku bulan her şeyin nesnesi olmayı bırakıp, öznesi olun; bir kez içinize döndüğünüzde, kendinizi öznenin de ötesinde bulacaksınız. Kendinizi bulduğunuzda, öznenin ve nesnenin sizin içinizde bulunduğunu, ama sizin her ikisi de olmadığınızı göreceksiniz.

S: Siz zihinden, zihnin ötesindeki tanıklık bilincinden ve farkındalığın ötesinde olan En Yüce'den söz ediyorsunuz. Farkındalığın bile gerçek olmadığını mı söylemek istiyorsunuz?

M: Siz gerçek-olan ve gerçek-olmayan şeklinde düşündüğünüz sürece, farkındalık var olabilecek tek gerçektir. Ama En Yüce Olan tüm ayrımların ötesindedir ve "gerçek-olan" terimi ona uymaz, çünkü onun içinde her şey gerçektir, dolayısıyla böyle etiketlenmeye ihtiyacı yoktur. O, gerçeğin kaynağıdır, dokunduğu her şeye gerçeklik verir. Ama o sözlerle anlaşılamaz. Direkt bir deneyim bile, ne kadar muhteşem olursa olsun, sadece tanıklıktan ibaret kalır.

S: Peki, dünyayı kim yaratır?

M: Evrensel Zihin *(chidakash)* her şeyi yapar ve yıkar. En Yüce *(paramakash)* var olan her şeye gerçeklik verir. Onun evrensel sevgi olduğunu söylemek sözcüklerle yapılabilecek en yakın tarif olabilir. Tıpkı, sevginin her şeyi gerçek, güzel ve arzu edilir kılışı gibi.

S: Neden arzu edilir?

M: Neden olmasın? Tüm yaratılmış şeylerin birbirlerine karşılık vermelerini sağlayan, insanları bir araya getiren tüm güçlü çekimler eğer En Yüce'den gelmiyorsa, nereden geliyordur? Arzudan kaçınmayın, sadece onun doğru kanallara akmasına dikkat edin. Arzunuz olmazsa ölü olursunuz. Ama düşük arzularla bir hayalet olursunuz.

S: En Yüce'ye en çok yaklaşan deneyim nedir?

M: Sonsuz huzur ve sınırsız sevgi. Evrende doğru, asil ve güzel olan her ne varsa, hepsinin sizden geldiğini, onların kaynağının siz olduğunuzu idrak edin. Dünyayı denetleyen tanrılar ve tanrıçalar en harika ve muhteşem varlıklar olabilirler; ama onlar efendilerinin gücünü ve zenginliğini ilan eden gösterişli giysiler içindeki hizmetkârlar gibidirler.

S: İnsan En Yüce Hal'e nasıl erişir?

M: Tüm daha küçük, önemsiz ve değersiz arzulardan vazgeçerek. Siz daha küçük, önemsiz ve değersiz olandan hoşnut olduğunuz sürece, en yüksek olana sahip olamazsınız. Sizi hoşnut eden şey sizi geciktirir. Siz her şeyin doyum-vermeyiciliğini, geçiciliğini, sınırlılığını idrak edene ve enerjilerinizi tek bir büyük özlemde toplayıncaya dek, bu yolda ilk adımı bile atmamış olursunuz. Öte yandan, En Yüce için duyulan arzunun bütünlüğü ve dürüstlüğü aslında En Yüce'den gelen bir çağrıdır. Fiziksel ve zihinsel hiçbir şey size özgürlük veremez. Esaretinizi sizin yarattığınızı bir kez anladığınızda ve sizi bağlayan zincirleri perçinlemeye son verdiğinizde, özgür olursunuz.

S: İnsan bir Guru'ya nasıl güvenip inanabilir?

M: Bir Guru bulmak ve ona güvenmek nadir bir şanstır. Bu çok sık olmaz.

S: Bunu kader mi nasip eder?

M: Bunu kader olarak adlandırmak pek bir şeyi açıklamaz. Bu olduğunda, siz onun neden olduğunu söyleyemez, sadece, onu *karma*, İnayet ya da Tanrı'nın İradesi olarak adlandırarak cehaletinizi örtersiniz.

S: Krişnamurti bir Guru'nun gerekli olmadığını söylüyor.

M: Birisi size En Yüce Gerçek'ten ve ona götüren yoldan söz etmelidir. Krişnamurti de zaten başka bir şey yapmıyor. Bir bakıma o haklıdır, sözde öğrencilerin çoğu Guruları'na itimat etmez; onlar Guruları'na itaatsizlik eder, sonunda da onları terk ederler. Böyle öğrencilerin hiç Guruları'nın olmamış olması ve rehberlik için kendi içlerine bakmaları çok daha iyi olurdu. Yaşayan bir Guru bulmak nadir bir fırsat ve büyük bir sorumluluktur. İnsan bu konuları hafife almamalıdır. Siz insanlar, kendinize bir cennet satın almak için pazara çıkmışsınız ve bir Guru'nun size onu belli bir fiyata sağlayacağını imgeliyorsunuz. Siz az şey verip çok şey isteyerek pazarlıkta anlaşmaya çalışıyorsunuz. Sonuçta sadece kendinizi aldatmış oluyorsunuz.

S: Gurunuz size sizin En Yüce olduğunuzu söylemişti ve siz ona güvendiniz. Size bu güveni ne verdi?

M: Diyelim ki ben sadece mantıklıydım. Ona güvenmemek aptallık olurdu. Onun beni yanlış yönlendirmekten nasıl bir çıkarı olabilirdi ki?

S: Siz soru soran birine, bizim aynı olduğumuzu, eşit olduğumuzu söylediniz. Ben buna inanamam. Ben ona inanmadığıma göre, söylediğinizin bana ne yararı olur?

M: Sizin inanmamanız önemli değildir. Sözlerim doğrudur ve işlerini yapacaktır. Bu asil beraberliğin *(satsang)* güzelliğidir.

S: Yalnızca yanınızda oturmak spiritüel bir uygulama sayılabilir mi?

M: Elbette. Hayat nehri akıyor. Onun suyunun bir kısmı burada, ama büyük kısmı çoktan hedefine ulaştı. Siz sadece şimdiki anı biliyorsunuz. Ben ise geçmişi ve geleceği, sizin ne olduğunuzu ve ne olabileceğinizi görüyorum. Benim sizi kendim gibi görmemem mümkün değil. Hiçbir fark görmemek sevginin doğasında vardır.

S: Kendimi nasıl sizin beni gördüğünüz gibi görebilirim?

M: Kendinizi beden olarak görmemeniz yeterlidir. Bu kadar ıstırap yaratan şey "Ben bedenim" fikridir. O sizin gerçek doğanızı görmenizi tamamen engeller. Bir an bile, beden olduğunuzu düşünmeyin. Kendinize hiçbir isim, hiçbir şekil vermeyin. Gerçek, karanlıkta ve sessizlikte bulunur.

S: Bir beden olmadığımı inanarak düşünmem gerekmez mi? Bu inancı nerede bulabilirim?

M: Tamamen inanmışsınız gibi davranın, güven gelecektir. Sadece sözlerin yararı nedir? Bir formül, zihinsel bir kalıp size yardımcı olmayacaktır. Ama bedenle ve onun çıkarlarıyla ilgili tüm endişeden ve bencillikten azade eylem sizi gerçeğin özüne taşıyacaktır.

S: İnanmadan eylemde bulunmak için gerekli cesareti nereden bulacağım?

M: Sevgi size cesaret verecektir. Siz tümüyle takdire şayan, sevgiye lâyık, yüce birisiyle karşılaştığınızda, sevginiz ve hayranlığınız size asil bir biçimde davranma dürtüsü verecektir.

S: Herkes takdire şayan olanı takdir etmeyi bilmez. İnsanların çoğu tamamen duyarsızdır.

M: Hayat onlara takdir etmeyi öğretecektir. Birikmiş deneyimin ağırlığı onlara görecek gözleri verecektir. Siz değerli bir insanla karşılaştığınızda, onu sevecek, ona güvenecek ve onun

öğüdünü uygulayacaksınız. Kendini idrak etmiş insanların rolü budur: Başkalarının takdir edecekleri ve sevecekleri bir mükemmellik örneği oluşturmak. Yaşama ve karakter güzelliği, ortak iyiliğe (bütünün hayrına) muazzam bir katkıdır.
S: Gelişmek için ıstırap çekmek zorunda değil miyiz?
M: Istırabın olduğunu, dünyanın ıstırap çektiğini bilmek yeterlidir. Tek başına ne zevk, ne acı insanı aydınlatır. Sadece anlayış aydınlatır. Dünyanın ıstırap dolu olduğu, doğmanın bir felâket olduğu gerçeğini bir kez kavradığınızda, onun ötesine geçme dürtüsünü ve enerjisini bulacaksınız. Zevk sizi uykuya yatırır, acı ise uyandırır. Eğer ıstırap çekmek istemiyorsanız, uykuya dalmayın. Kendinizi yalnızca mutluluk yoluyla bilemezsiniz, çünkü mutluluk sizin esas doğanızdır. Aydınlanmak için onun karşıtıyla, siz olmayan ile yüz yüze gelmelisiniz.

65
Tüm İhtiyacınız Sessiz Bir Zihindir

Soran: Ben iyi değilim. Kendimi güçsüz hissediyorum. Ne yapmalıyım?
Maharaj: İyi olmayan kim? Siz mi, yoksa beden mi?
S: Bedenim, tabii.
M: Dün kendinizi iyi hissediyordunuz. Bunu hisseden neydi?
S: Beden.
M: Beden iyiyken siz memnundunuz ve beden iyi değilken üzgünsünüz. Bir gün memnun, ertesi gün üzgün olan kimdir?
S: Zihin.
M: Bu değişken zihni bilen kimdir?
S: Zihin.

M: Zihin bilendir. Bileni kim bilir?

S: Bilen kendisini bilmez mi?

M: Zihin süreksizdir. O, uyku, baygınlık, dikkatsizlik hallerinde olduğu gibi, tekrar tekrar kesintiye uğrar. Kesintileri kaydetmesi için kesintisiz bir şeyin olması gerekir.

S: Zihin hatırlar. Sürekliliği bu sağlar.

M: Bellek daima kısmîdir, güvenilmezdir ve çabuk kaybolur. O, bilinci kaplayan güçlü kimlik duygusunu, "Ben'im" duygusunu açıklamaz. Onun kökeninde ne olduğunu bulun.

S: Ne kadar derinlemesine bakarsam bakayım, sadece zihni görüyorum. Sizin "zihnin ötesi" ifadeniz bana bir ipucu vermiyor.

M: Zihinle bakarken, onun ötesine geçemezsiniz. Öteye geçmek için zihinden ve onun içeriklerinden yüzünüzü çevirmelisiniz.

S: Hangi yöne bakmalıyım?

M: Tüm yönler zihnin içindedir! Ben sizden belirli bir yöne bakmanızı istemiyorum. Sadece, zihninizde olup bitenlerden yüzünüzü çevirin ve "Ben'im" hissi üzerinde odaklanın. "Ben'im" bir yön değildir. O tüm yönlerin yadsınmasıdır. En sonunda "Ben' im" bile gitmek zorundadır, çünkü sizin aşikâr olanı tasdik edip durmanız gerekmez. Zihni "Ben'im" hissi üzerinde odaklamak, zihni başka her şeyden uzaklaştırmaya yardımcı olur.

S: Tüm bunlar beni nereye götürür?

M: Zihin meşguliyetlerinden uzak tutulduğu zaman sessizleşir. Eğer bu sessizliği bozmaz ve onun içinde kalırsanız, onun hiç bilmediğiniz bir ışık ve sevgiyle dolu olduğunu görür, ama hemen onun sizin kendi doğanız olduğunu fark edersiniz. Bu deneyimden bir kez geçtiğinizde, bir daha asla aynı insan olmazsınız; o kontrol edilemez zihin sessizliğini bozabilir ve vizyonunu silebilir; ama -çaba göstermeyi sürdürmeniz kaydıyla- yine dönmek zorundadır, ta ki tüm zincirlerin kırılacağı, yanılgıların, bağlılıkların sona ereceği ve hayatın mükemmel bir biçimde şimdiki anda konsantre olacağı güne kadar.

S: Bu ne fark yaratır?

M: Zihin artık yoktur. Yalnızca eylem halindeki sevgi vardır.

S: Bu hale eriştiğinde onu nasıl tanıyacağım?

M: Hiçbir korku kalmayacaktır.

S: Gizemler ve tehlikelerle dolu bir dünya ile kuşatılmışken nasıl korkusuz kalabilirim?

M: Sizin kendi küçük bedeniniz de gizemler ve tehlikelerle doludur, ama ondan korkmazsınız, çünkü onu kendinizin sayıyorsunuz. Sizin bilmediğiniz şey, tüm evrenin sizin bedeniniz olduğu ve ondan korkmanızın gerekmediğidir. İki bedeninizin olduğunu söyleyebilirsiniz; kişisel bedeniniz ve evrensel bedeniniz. Kişisel olan gelir ve gider, evrensel olan daima sizinledir. Tüm yaradılış sizin evrensel bedeninizdir. Siz kişisel olanla öylesine kör olmuşsunuz ki evrensel olanı göremiyorsunuz. Bu körlük kendi kendine sona ermeyecektir, o beceriyle, bilerek ve isteyerek giderilmelidir. Tüm illüzyonlar anlaşıldığında ve terk edildiğinde, siz hatasız ve mükemmel hale erişmiş olursunuz ki o halde kişisel ve evrensel olan arasındaki tüm ayrımlar yok olur.

S: Ben bir kişiyim, dolayısıyla uzay ve zamanla sınırlıyım. Küçük bir yeri işgal ediyorum ve ancak birkaç saniye kadar varlığımı sürdürüyorum; kendimi ebedi ve her yanı kaplıyor olarak tasavvur edemiyorum.

M: Yine de *öylesiniz.* Gerçek doğanızı aramak için kendi içinize, derinlere daldığınızda, fark edeceksiniz ki sadece bedeniniz küçüktür ve sadece belleğiniz sınırlıdır; ama hayatın uçsuz bucaksız okyanusu sizindir.

S: "Ben" ve "evrensel" sözcükleri birbiriyle çelişiyor. Biri diğerini dışlar.

M: Dışlamaz. Kimlik duygusu evrensel olanı da kapsar. Arayın, aslında siz olan Evrensel Kişi'yi keşfedeceksiniz.

Her neyse, sizin dünyanın içinde değil, dünyanın sizin içinizde olduğunu idrak ederek başlayın.

S: Bu nasıl olabilir? Ben sadece dünyanın bir parçasıyım. Bütün dünya nasıl olur da parçanın içinde olur, bir aynadan gelen yansıma gibi olmadıkça?

M: Söylediğiniz doğrudur. Sizin kişisel bedeniniz bir parçadır ki onun içinde bütün harika bir şekilde yansımaktadır. Ama sizin bir evrensel bedeniniz de vardır. Onu bilmediğinizi de söyleyemezsiniz, çünkü siz onu her zaman görür ve deneyimlersiniz. Sadece, siz onu "dünya" olarak adlandırıyor ve ondan korkuyorsunuz.

S: Ben küçük bedenimi bildiğimi hissediyorum, ama diğerini - bilim yoluyla öğrendiklerim dışında- bilmiyorum.

M: Sizin küçük bedeniniz sizin bilmediğiniz gizemler ve harikalarla doludur. Orada da bilim sizin tek rehberinizdir. Hem anatomi, hem de astronomi sizi tarif eder.

S: Sizin evrensel beden öğretinizi geçerli bir kuram olarak kabul etsem bile, onu nasıl test edebilirim ve onun bana ne yararı vardır?

M: Kendinizi her iki bedenin de sakini olarak bildiğinizde hiçbir şeyi reddedip dışlamayacaksınız. Tüm evren sizin ilgi alanınıza girecek; her canlıyı sevecek ve onlara çok şefkatle ve bilgece yardım edeceksiniz. Sizinle başkaları arasında hiçbir çıkar çatışması olmayacak. Her eyleminiz yararlı, her hareketiniz bir kutsama olacak.

S: Bu çok çekici, ama evrensel varlığımı nasıl idrak edeceğim?

M: Önünüzde iki yol var: Tüm kalbinizi ve zihninizi kendinikeşfe verebilirsiniz ya da benim sözlerime güvenir, ona göre davranırsınız. Başka bir deyişle, ya tamamen kendinizle ilgilenirsiniz ya da tamamen kendinizle ilgilenmezsiniz. "Tamamen" sözcüğü önemlidir. Çünkü En Yüce'ye erişmek için en uçta olmalısınız.

S: Ben böyle küçük ve sınırlıyken öyle yüksekliklere ulaşmayı nasıl amaç edinebilirim?

M: Sizin içinde her şeyin olup bittiği bilinç okyanusu olduğunuzu idrak edin. Bu zor değildir. Biraz dikkatli olmakla ve ken-

dinizi yakından gözlemlemekle göreceksiniz ki hiçbir olay sizin bilincinizin dışında değildir.
S: Dünya benim bilincimde belirmeyen olaylarla dolu.
M: Sizin bedeniniz bile sizin bilincinizde belirmeyen olaylarla doludur. Bu sizin bedeninizi sahiplenmenize engel olmuyor. Siz dünyayı da tıpkı bedeninizi bildiğiniz gibi -duyularınız vasıtasıyla- biliyorsunuz. Derinizin dışındaki dünyayı derinizin içindeki dünyadan ayıran ve onları karşıt konumlara koyan sizin zihninizdir. Bu korku, nefret ve hayatın tüm mutsuzluklarını ve ıstıraplarını yaratmıştır.
S: Sizi takip edemediğim konu, bilincin ötesine geçiş hakkında söylediklerinizdir. Sözlerinizi anlıyorum, ama deneyimi tasavvur edemiyorum. Nitekim, tüm deneyimin bilinçte olduğunu siz kendiniz söylediniz.
M: Haklısınız, bilinç ötesinde bir deneyim olamaz. Ama sadece *var olma* deneyimi vardır. Bilincin ötesinde bir hal vardır, ama o bilinçsiz değildir. Bazıları onu üstün-bilinç, saf bilinç ya da en yüce bilinç olarak adlandırırlar. O, özne-nesne ilişkisinden azade, saf farkındalıktır.
S: Ben Teosofi'yi inceledim ve sizin söylediklerinizde ona yakın bir şey bulamadım. Teosofi'nin sadece tezahürlerle ilgilendiğini kabul ediyorum. O evreni ve sakinlerini çok ayrıntılı olarak tarif ediyor. O birçok madde düzeyini ve onlara karşılık gelen deneyim düzeylerini kabul ediyor, ama daha öteye gider görünmüyor. Sizin söyledikleriniz ise tüm deneyimin ötesine geçiyor. Eğer o deneyimlenebilir değilse, onun hakkında neden konuşalım?
M: Bilinç süreksizdir ve kesintilerle doludur. Ama kimliğin sürekliliği vardır. Bu kimlik duygusu bilinç ötesi bir nedenden ileri gelmiyorsa, nereden geliyor?
S: Eğer ben zihnin ötesindeysem, kendimi nasıl değiştirebilirim?
M: Herhangi bir şeyi değiştirmek neden gereksin? Zihin zaten her zaman değişmektedir. Zihninize, tarafsızca bakın; bu onu

sakinleştirmeye yeter. O sessizleştiğinde, onun ötesine geçebilirsiniz. Onu sürekli meşgul tutmayın. Onu durdurun ve sadece *olun*. Eğer onu dinlendirirseniz, o kendine gelir, saflığını ve gücünü yeniden kazanır. Sürekli düşünmek onu yıpratır ve bozar.

S: Eğer benim gerçek varlığım daima benimleyse, nasıl oluyor da ondan habersiz oluyorum?

M: Çünkü o çok süptildir, zihniniz ise çok kabadır, kaba düşüncelerle ve hislerle doludur. Zihninizi sakinleştirin ve berraklaştırın, o zaman kendinizi gerçekte olduğunuz gibi bileceksiniz.

S: Kendimi bilmek için zihne ihtiyacım var mı?

M: Siz zihnin ötesindesiniz, ama zihninizle bilirsiniz. Bilginin derinliğinin, genişliğinin ve karakterinin kullandığınız alete bağlı olduğu aşikârdır. Aletinizi düzeltir ve geliştirirseniz, bilginiz de düzelip gelişecektir.

S: Mükemmel biçimde bilmek için mükemmel bir zihne ihtiyacım vardır.

M: Tüm ihtiyacınız sessiz bir zihindir. Bir kez zihniniz sessizleştiğinde, başka her şey doğru biçimde gerçekleşecektir. Güneş yükselirken dünyayı nasıl aktifleştiriyorsa, öylece, öz-farkındalık da zihinde değişimler meydana getirir. Öz-farkındalığın sakin ve devamlı ışığı içinde, içsel enerjiler uyanır ve sizin herhangi bir çaba harcamanız gerekmeden mucizeler yaratırlar.

S: En büyük işin çalışmadan yapıldığını mı söylemek istiyorsunuz?

M: Tam öyle. Aydınlanmanın sizin kaderiniz olduğunu anlamaya çalışın. Kaderinizle işbirliği yapın, ona karşı gitmeyin, onu engellemeyin. Onun kendini gerçekleştirmesine izin verin. Yapmanız gereken tüm şey, aptal zihin tarafından yaratılmış olan engellere dikkatinizi vermek, onları fark etmektir.

Tüm Mutluluk Arayışı Mutsuzluktur

Soran: Ben İngiltere'den geldim ve Madras'a gidiyorum. Orada babamla buluşup otomobille karadan İngiltere'ye gideceğiz. Ben psikoloji öğrenimi göreceğim, ama ilgi alanım onunla sınırlı değil. Zamanla değişmeyen bazı sorular var. Anladığıma göre böyle sorulara sizin bazı yanıtlarınız var, bu yüzden sizi görmeye geldim.

Maharaj: Acaba sorularınızı yanıtlayacak doğru kişi ben miyim? Ben nesneler ve insanlar hakkında pek az şey biliyorum. Ben sadece var olduğumu biliyorum, siz de o kadarını biliyorsunuz. Biz eşitiz.

S: Elbette, var olduğumu biliyorum, ama bunun ne anlama geldiğini bilmiyorum.

M: Sizin "Ben'im"de "Ben" olarak kabul ettiğiniz siz değilsiniz. *Var olduğunuzu* bilmek doğaldır, ne olduğunuzu bilmek ise bir hayli araştırmanın sonucudur. Sizin tüm bilinç alanını araştırmanız ve onun ötesine geçmeniz gerekecektir. Bunun için doğru öğretmeni bulmalı ve keşif için gerekli olan koşulları yaratmalısınız. Genelde iki yoldan söz edilebilir: Dışsal ve içsel. Siz ya Gerçeği bilen biriyle birlikte yaşar ve kendinizi tamamen onun rehberliğine ve şekillendirici etkisine teslim edersiniz ya da içsel rehberi arar ve içsel ışığı takip edersiniz. Her iki durumda da dikkatinizi kişisel arzularınıza ve korkularınıza vermemelisiniz. Siz ya (Guru'ya) yakınlıkla ya da araştırmayla, yani pasif ya da aktif yoldan öğrenirsiniz. Siz ya Gurunuz tarafından temsil edilen hayat ve sevgi nehri tarafından taşınmanıza izin verirsiniz ya da içsel yıldızınızın rehberliğinde kendi çabalarınızı gösterirsiniz. Her iki durumda da ciddiyet ve samimiyetle ilerlemelisiniz. Güvenilmeye ve sevilmeye lâyık birisini bulacak kadar şanslı olan insanlar azdır. Çoğu zor yolu,

yani zekâ, anlayış, ayırt etme ve bağsızlık *(viveka, vairagya)* yolunu seçmek zorundadır. Herkese açık olan bu yoldur.
S: Buraya gelebildiğim için şanslıyım; yarın buradan gidiyor olsam da, sizinle tek bir konuşma bütün hayatımı etkileyebilir.
M: Evet, bir kez "Ben Gerçeği bulmak istiyorum" dediğinizde, tüm hayatınız bundan derin bir biçimde etkilenecektir. Tüm zihinsel ve fiziksel alışkanlıklarınız, hisleriniz ve duygularınız, arzularınız ve korkularınız, plânlarınız ve kararlarınız kökten bir dönüşüm geçirecektir.
S: Gerçeği bulmaya karar verdikten sonra ne yapmalıyım?
M: Eğer ciddi ve samimiyseniz, hangi yolu seçerseniz seçin, sizi hedefinize götürecektir. Belirleyici etken ciddiyet ve samimiyettir.
S: Ciddiyetin ve samimiyetin kaynağı nedir?
M: O, kuşun yuvasına, balığın doğmuş olduğu dağ ırmağına geri dönmesini sağlayan yuvaya-dönüş içgüdüsüdür. Meyve olgunlaştığında tohum toprağa geri döner. Olgunlaşma her şeydir.
S: Beni ne olgunlaştıracak? Deneyime ihtiyacım var mı?
M: Siz ihtiyacınız olan tüm deneyime sahipsiniz, aksi takdirde buraya gelmezdiniz. Daha fazla deneyim toplamaya ihtiyacınız yok, artık deneyimin ötesine geçmelisiniz. Her ne çaba gösterseniz, her ne yöntem *(sadhana)* uygulasanız, onlar sadece daha fazla deneyim üretecek, ama sizi öteye götürmeyecektir. Kitaplar okumak da yardımcı olmayacaktır. Onlar zihninizi zenginleştirecektir, ama olduğunuz kişi dokunulmadan kalacaktır. Eğer arayışınızdan maddesel, zihinsel veya spiritüel herhangi bir yarar bekliyorsanız, amacı gözden kaçırmışsınız demektir. Gerçek size kişisel bir avantaj sağlamaz. O size daha yüksek bir statü veya başkaları üstünde güç sağlamaz; sizin elde ettiğiniz tüm şey gerçektir ve sahte olandan kurtulmaktır.
S: Kuşkusuz, gerçek size başkalarına yardım etme gücü verir.
M: Bu -ne kadar asil de olsa- sadece imgelemedir! Gerçekte siz başkalarına yardım etmezsiniz, çünkü başkaları yoktur. Siz in-

sanları soylu ve soysuz diye ikiye bölüyor ve soyluların soysuzlara yardım etmelerini istiyorsunuz. Siz ayırıyor, değer biçiyor, yargılıyor ve mahkûm ediyorsunuz, gerçek adına gerçeği tahrip ediyorsunuz. Sizin gerçeği formülleştirme arzunuz onu yadsıyor, çünkü gerçek sözcüklere sığdırılamaz. Gerçek sadece sahtenin eylemde yadsınmasıyla ifade edilebilir. Bunun için sahteyi sahte olarak görmeli *(viveka)* ve onu reddetmelisiniz *(vairagya)*. Sahte olanın reddedilmesi özgürleştirici ve enerji vericidir. O mükemmelliğe giden yolu açar.

S: Gerçeği keşfettiğimi ne zaman bilirim?

M: "Bu gerçek," "bu gerçek değil" fikri ortaya çıkmadığı zaman. Gerçek kendini öne sürmez, o sahtenin sahte olarak görülmesinde ve reddedilmesinde yatar. Zihin sahte olanı göremezken, gerçeği aramak yararsızdır. Zihnin gerçeği idrak edebilmesi için önce sahte olandan tamamen arınması gerekir.

S: Ama sahte nedir?

M: Bir varlığı olmayan şey sahtedir.

S: Bir varlığı olmayan demekle neyi kastediyorsunuz? Sahte olan orada bir çivi gibi kaskatı duruyor.

M: Kendi kendisiyle çelişenin varlığı yoktur. Ya da sadece geçici bir varlığa sahiptir ki bu da aynı anlama gelir. Çünkü başı ve sonu olanın ortası yoktur. O boştur. O sadece zihnin ona verdiği isme ve şekle sahiptir, ama maddeye ve öze sahip değildir.

S: Eğer geçici olan şeylerin bir varlığı yoksa, evrenin de bir varlığı yoktur.

M: Bunu kim yadsır? Elbette evrenin bir varlığı yoktur.

S: Neyin vardır?

M: Varoluşu için herhangi bir şeye bağlı olmayanın, evrenle birlikte doğup evrenle birlikte batmayanın, kanıtlanmaya ihtiyacı olmayanın ve dokunduğu her şeye gerçeklik verenin varlığı vardır. Bir an için gerçek gibi görünmek sahte olanın doğasıdır. Gerçek olan, sahte olanın babası olabilir. Ama sahte olan, zaman ve uzayla sınırlıdır ve koşullar tarafından üretilir.

S: Sahte olandan kurtulup gerçek olanı nasıl kazanabilirim?

M: Ne amaçla?

S: Daha iyi, daha doyum verici, bütünlük içinde ve mutlu bir hayat yaşamak için.

M: Zihin tarafından kavranan her şey sahte olmak zorundadır, çünkü o göreceli ve sınırlı olmaya mahkûmdur. Gerçek, kavranamazdır ve bir amaç için kullanılamaz. O kendisi için istenmelidir.

S: Kavranamaz olanı nasıl isteyebilirim?

M: İstenmeye değer başka ne vardır ki? Evet, gerçek bir nesnenin istendiği gibi istenemez. Ama siz gerçek olmayanı gerçekdışı olarak görebilir ve onu dışlayabilirsiniz. Gerçek olana giden yolu açan şey, sahte olanı dışlamaktır.

S: Anlıyorum. Ama bu günlük hayatta nasıl görünür?

M: Kendini düşünmek ve kendi çıkarını gözetmek sahte olanın odak noktalarıdır. Sizin günlük hayatınız arzu ile korku arasında titreşir. Onu dikkatle izlediğinizde, zihnin -kaya parçaları arasından köpürerek akan bir nehir gibi- sayısız isme ve şekle büründüğünü göreceksiniz. Zihnin her eyleminin izini onun bencil güdüsüne dek sürün ve -yok oluncaya kadar- o güdüye dikkatle bakın.

S: Yaşamak için insanın kendisine bakması, kendisi için para kazanması gerekli.

M: Kendiniz için olmasa da, eşiniz ve çocuklarınız için para kazanmanız gerekebilir. Başkaları uğruna çalışmaya devam etmek zorunda olabilirsiniz. Canlı kalmaya çalışmak bile bir özveri olabilir. Ne olursa olsun, bencil olmaya gerek yoktur. Her bencilce güdüyü, onu fark eder etmez defedin, o zaman gerçeği aramanız gerekmez; gerçek sizi bulacaktır.

S: Ama asgari ihtiyaçlar var.

M: Annenizin rahmine düştüğünüz andan itibaren onlar karşılanmadı mı? Kendiniz için kaygılanma esaretinden kurtulun ve gerçekte olduğunuz şey olun: Eylem halindeki zekâ ve sevgi.

S: Ama insan hayatta kalmak, varlığını sürdürmek zorunda!

M: Varlığınızı sürdürmemek elinizde değildir! Gerçek varlığınız ebedidir, doğumun ve ölümün ötesindedir. Beden de, ona ihtiyaç olduğu sürece hayatta kalacaktır. Onun uzun yaşaması önemli değildir. Dolu bir hayat, uzun süren bir hayattan daha iyidir.

S: Dolu bir hayatın ne olduğunu kim söyleyecek? Bu benim kültürel birikimime bağlıdır.

M: Eğer gerçeği arıyorsanız, kendinizi tüm birikimlerden, tüm kültürlerden, tüm düşünme ve hissetme kalıplarından kurtarmalısınız. Hatta kadın, erkek veya insan olma fikri de dışlanmalıdır. Hayat okyanusu sadece insanları değil, her şeyi içerir. Öyleyse, önce tüm kendini-özdeşleştirmeleri terk edin, kendinizi şöyle ve böyle, falanca ve filanca, şu veya bu olarak düşünmeyi bırakın. Kendinizle ilgili tüm endişeleri bırakın, maddesel ya da spiritüel iyiliğiniz için tasalanmayın, kaba veya süptil, her arzuyu terk edin, her türlü başarıyı düşünmeye son verin. Siz burada ve şimdi tamamsınız, kesinlikle hiçbir şeye ihtiyacınız yoktur.

Bu, delice cesur, tedbirsiz, kayıtsız olmanız gerekir demek değildir; sadece, kendinizle ilgili temel endişe ortadan kalkmalıdır. Kendiniz ve yakınlarınız için besine, giysiye, barınağa ihtiyacınız vardır, ama açgözlülük ihtiyaç sanılmadıkça, bu durum sorunlar yaratmayacaktır. Her şeyle -olduklarını imgelediğiniz halleriyle değil, oldukları halleriyle- uyum içinde yaşayın.

S: Eğer ben insan değilsem, neyim?

M: Size bir insan olduğunuzu düşündüren şey insan değildir. O, boyutsuz bir bilinç noktasıdır, bilinçli bir hiçbir şeydir; kendi hakkınızda söyleyebileceğiniz tüm şey "Ben'im"dir. Siz saf var'lık-farkındalık-mutluluksunuz. Bunu idrak etmek tüm arayışın sonudur. Olduğunuzu düşündüğünüz her şeyin sadece imgeleme olduğunu gördüğünüzde ve geçici olanın geçici, hayali olanın hayali olduğunun farkındalığı içinde, uzak ve kayıtsız kaldığınızda ona ulaşırsınız. Bu kesinlikle zor değildir, ama bağsızlık, tarafsızlık, kayıtsızlık gereklidir. Gerçeğin görülmesini çok zorlaştıran şey, sahte olana sıkıca sarılmaktır. Sahte olanın zamana ihtiyacı olduğunu ve zamana ihtiyacı olanın sahte olduğunu bir kez anladığınızda, zamansız olan, daima *şimdi*'de olan Gerçeğe yaklaşmış olursunuz. Zamandaki sonsuzluk sadece, bir saatin hareketi gibi, tekrarlanıştır. O, geçmişten geleceğe doğru durmadan, boş bir süreklilik olarak akar. Gerçek ise şimdiki anı çok canlı ve hayat dolu kılan, sadece zihinsel olan geçmişten ve gelecekten çok farklı kılandır. Eğer bir şeyi elde etmek için zamana ihtiyacınız varsa, onun sahte olması zorunludur. Gerçek olan her zaman sizinledir; *olduğunuz* şey olmak için beklemeniz gerekmez. Sadece, zihninizin aramak için sizin dışınıza çıkmasına izin vermemelisiniz. Bir şeyi istediğiniz zaman, kendi kendinize "Ona gerçekten ihtiyacım var mı?" diye sorun. Eğer yanıt hayır ise, onu bırakın.

S: Ben mutlu olmamalı mıyım? Benim bir şeye ihtiyacım olmayabilir, ama eğer beni mutlu edecekse, onu elde etmemeli miyim?

M: Hiçbir şey sizi olduğunuzdan daha mutlu edemez. Tüm mutluluk arayışı mutsuzluktur ve daha fazla mutsuzluğa götürür. Mutluluk ismine lâyık tek mutluluk bilinçli var'lığın doğal mutluluğudur.

S: Böyle yüksek bir farkındalık düzeyine erişebilmek için önce bir sürü deneyime ihtiyacım yok mudur?

M: Deneyim ardında sadece anılar bırakır ve yeterince ağır olan yükü daha da ağırlaştırır. Sizin daha fazla deneyime ihtiyacınız yoktur. Geçmiş deneyimler yeterlidir. Eğer daha fazla deneyime ihtiyacınızın olduğunu hissediyorsanız, çevrenizdeki insanların kalplerine bakın, orada bin yılda yaşayamayacağınız kadar çeşitli deneyimler bulacaksınız. Başkalarının kederlerinden ders alın ve sizinkileri kendinize saklayın. İhtiyacınız olan şey deneyim değil, tüm deneyimden azade olmaktır.

S: Siz kendiniz deneyimlerden geçmiyor musunuz?

M: Çevremde olaylar oluyor, ama ben onlarda rol almıyorum. Bir olay ancak ben ona duygusal olarak katılırsam bir deneyim haline gelir. Ben tamam olan, kendini düzeltmeye, geliştirmeye çalışmayan bir hal içindeyim. Deneyimin bana ne yararı vardır?

S: İnsanın bilgiye, öğrenmeye ihtiyacı vardır.

M: Şeylerle ilişkinizde şeylerin bilgisine ihtiyacınız vardır. İnsanlarla ilişkinizde içgörüye, sempatiye ihtiyacınız olur. Kendinizle ilişkinizde hiçbir şeye ihtiyacınız yoktur. Neyseniz o olun: Bilinçli var'lık. Ve kendinizden ayrılıp uzaklaşmayın.

S: Üniversite eğitimi çok yararlıdır.

M: Hiç kuşkusuz. O, hayatınızı kazanmanıza yardımcı olur. Ama size nasıl yaşanacağını öğretmez. Siz bir psikoloji öğrencisisiniz. O size belirli durumlarda yardımcı olabilir. Ama siz psikoloji ile yaşayabilir misiniz? Hayat ancak eylem halindeki Gerçeği yansıttığı zaman ismine lâyıktır. Hiçbir üniversite size, ölüm anı geldiğinde, "Ben iyi yaşadım, tekrar yaşamaya ihtiyacım yok" diyebileceğiniz şekilde nasıl yaşanacağını öğretmeyecektir. Çoğumuz tekrar yaşayabilmeyi dileyerek ölürüz. Çünkü çok hata işlenmiş, çok şey yapılmadan bırakılmıştır. İnsanların çoğu ot gibi yaşar, kuru ve anlamsız bir hayat sürer, ama gerçekten yaşamaz. Onlar sadece deneyim biriktirir ve belleklerini zenginleştirirler. Ama deneyim, ne duyusal ne de kavramsal olan, ne bedene ne de zihne ait olan, ama her ikisini de içeren ve aşan Gerçeğin yadsınmasıdır.

S: Ama deneyim çok yararlıdır. Deneyimle siz bir ateşe dokunmamayı öğrenirsiniz.

M: Şeylerle ilişkinizde bilginin çok yararlı olduğunu size zaten söyledim. Ama o size insanlarla ve kendinizle nasıl ilişki kuracağınızı, bir hayatı nasıl yaşayacağınızı söylemez. Biz bir otomobil sürmekten ya da para kazanmaktan söz etmiyoruz. Bunlar için deneyime ihtiyacınız vardır. Ama kendinize ışık tutmak için maddi bilgi size yardım etmez. Sözcüğün gerçek anlamıyla kendi benliğiniz olabilmek için, aracı bilgiden çok daha yakın ve derin bir şeye ihtiyacınız vardır. Dış hayatınız önemsizdir. Siz bir gece bekçisi olarak da mutlu yaşayabilirsiniz. Önemli olan içsel olarak ne olduğunuzdur. İçsel huzurunuzu ve mutluluğunuzu kazanmak zorundasınız. Bu, para kazanmaktan çok daha zordur. Hiçbir üniversite size kendiniz olmayı öğretemez. Öğrenmenin tek yolu uygulamadır. Hemen, şimdi kendiniz olmaya başlayın. Siz olmayan her şeyi dışlayın ve daima derinleşin. Tıpkı bir kuyu kazan bir adamın su olmayan her şeyi ata ata su seviyesine inmesi gibi, siz de sizin olmayan her şeyi atmalısınız, ta ki sahiplenemeyeceğiniz hiçbir şey kalmayıncaya kadar. Geriye kalanın zihnin kanca atabileceği bir şey olmadığını göreceksiniz. Siz bir insan bile değilsiniz. Siz sadece *varsınız,* zaman ve uzayla birlikte genişleyen ve her ikisinin de ötesinde olan bir farkındalık noktasısınız, kendi nedeni bulunmayan nihai nedensiniz. Eğer siz bana "Sen kimsin" diye sorsaydınız, benim yanıtım, "Belirli, özel bir şey değilim, ama Ben' im" olurdu.

S: Eğer siz belirli ya da özel bir şey değilseniz, o zaman evrensel olmalısınız.

M: Evrensel olmak nedir -bir kavram olarak değil, bir yaşam biçimi olarak? Sizinle temas kuran hiçbir şeyi ayırmamak, ona karşı koymamak, onu anlamak ve sevmek evrensel biçimde yaşamaktır. O gerçekten şunu söyleyebilmektir: Ben dünyayım, dünya bendir, ben dünyada yuvamdayım, dünya benimdir. Her varoluş benim varoluşumdur, her bilinç benim bilincimdir, her keder benim kederimdir ve her sevinç benim sevincimdir diyebilmek evrensel hayattır. Bununla birlikte, bizim gerçek varlığımız evrenin ötesindedir ve dolayısıyla özel ve evrensel kategorilerinin ötesindedir. O ne ise odur, tümüyle kendi kendine yeten ve bağımsız olandır.

S: Bunu anlamakta zorluk çekiyorum.

M: Bunlar üzerinde durup düşünmek için kendinize zaman tanımalısınız. Beyninizdeki eski izler, yivler silinmeli ve yenileri oluşmamalıdır. Kendinizi hareket edebilen her şeyin ardındaki ve ötesindeki sabit, değişmez olan olarak, vuku bulan her şeyin sessiz tanığı olarak idrak etmelisiniz.

S: Bu benim aktif bir hayat fikrinden tümüyle vazgeçmem gerektiği anlamına mı gelir?

M: Kesinlikle hayır. Evlilik olacaktır, çocuklar olacaktır, bir aile geçindirmek için para kazanma olacaktır. Olayların doğal akışı içinde tüm bunlar olacaktır, çünkü kader gerçekleşmelidir; siz onun içinden dirençsiz geçeceksiniz, küçük ve büyük görevler geldikçe, onları dikkatle ve tam olarak yapacaksınız. Ama genel tutum, sevecen bir bağsızlık ve tarafsızlık, muazzam bir iyi niyet, karşılık beklemeden sürekli vermek olacaktır. Evlilikte siz ne bir koca ne bir karısınız; siz ikisi arasındaki sevgisiniz. Siz her şeyi düzenli ve mutlu kılan berraklık ve iyiliksiniz. Bu size belirsiz görünebilir, ama biraz düşünürseniz fark edeceksiniz ki mistik olan en pratik olandır, çünkü o hayatınızı yaratıcı biçimde mutlu kılar. Bilinciniz daha yüksek bir boyuta yükselmiştir, oradan her şeyi çok daha berrak ve keskin bir biçimde görebilirsiniz. Doğumla birlikte, olduğunuz ve ölümle birlikte bitecek olan kişinin geçici ve asılsız olduğunu idrak edersiniz. Siz arzuların ve korkuların pençesindeki o duyusal, duygusal ve entelektüel kişi değilsiniz. Gerçek varlığınızı bulun. "Ben neyim?" sorusu tüm felsefenin ve psikolojinin temel sorusudur. Onda derinleşin.

Deneyim Gerçek-Olan Değildir

Maharaj: Kendisini arayan kişi çok geçmeden kendisinin beden olamayacağını keşfeder. Bir kez "Ben beden değilim" inancı kökleştiğinde, o artık kendini beden olarak hissedemediği, düşünemediği ve davranamadığında, kendisinin evrensel var oluş, biliş ve yapış olduğunu ve onun içinde ve onun sayesinde tüm evrenin gerçek, bilinçli ve aktif olduğunu kolayca keşfedecektir. Sorunun özü budur. Siz ya beden-bilinçlisinizdir ve koşulların kölesisinizdir ya da evrensel bilincin ta kendisisinizdir ve her olayın tüm kontrolü sizdedir.

Ancak, bireysel ya da evrensel bilinç benim gerçek yuvam değildir; ben onun içinde değilim, o benim değildir, onun içinde "ben" yoktur. İnsanın ne bilinçli ne de bilinçsiz, sadece ötede olduğunu açıklamak kolay değildir, ama ben ötedeyim. Ben Tanrı'nın içindeyim ya da ben Tanrı'yım diyemem; Tanrı evrensel ışık ve sevgidir, evrensel tanıktır; ben evrensel olanın da ötesindeyim.

Soran: Bu durumda siz isimsiz ve şekilsizsiniz. Sizin ne tür bir varlığınız var?

M: Ben neysem oyum; ne şekilli, ne şekilsiz, ne bilinçli ne de bilinçsizim. Ben tüm bu kategorilerin dışındayım.

S: Siz *neti-neti* (o değil, bu değil) yaklaşımı gösteriyorsunuz.

M: Siz sadece yadsımayla da beni bulamazsınız. Ben hiçbir şey olmadığım gibi, her şeyim de. Ne ikisi, ne de ikisinden biriyim. Bu tanımlamalar Evrenin Efendisi'ne uygundur, bana değil.

S: Hiçbir şey olduğunuzu mu söylemeye çalışıyorsunuz?

M: Oh, hayır! Ben tam ve mükemmelim. Ben var'lığın varlığıyım, bilmenin bilişiyim, mutluluğun tamlığıyım. Siz beni boşluk haline indirgeyemezsiniz!

S: Eğer siz sözlerin ötesindeyseniz, biz ne hakkında konuşacağız? Metafiziksel bakımdan sözleriniz birbirleriyle tutarlı; aralarında hiç çelişki yok. Ama söylediklerinizde beni besleyecek bir şey de yok. Onlar benim acil ihtiyaçlarımın tamamen ötesinde. Ben ekmek istiyorum, siz mücevher veriyorsunuz. Onlar çok güzel kuşkusuz, ama ben açım.

M: Öyle değil. Ben size tam da ihtiyacınız olan şeyi, uyanışı sunuyorum. Siz aç değilsiniz ve ekmeğe ihtiyacınız yok. Sizin bırakmaya, vazgeçmeye, serbest kalmaya ihtiyacınız var. İhtiyacınız olduğuna inandıklarınız, ihtiyacınız olanlar değildir. Gerçek ihtiyacınızı ben biliyorum, siz değil. Sizin benim içinde bulunduğum hale, doğal halinize dönmeye ihtiyacınız var. Düşünebileceğiniz başka her şey bir illüzyon ve bir engeldir. İnanın bana, sizin kendiniz olmaktan başka hiçbir şeye ihtiyacınız yok. Siz bir şeylere sahip olmakla değerinizi artıracağınızı hayal ediyorsunuz. Bu, altının kendisine bakır katılmasıyla daha iyi duruma geleceğini hayal etmesi gibi bir şey. Doğanıza yabancı olan her şeyden arınmak, onları reddetmek yeterlidir. Diğer her şey boştur.

S: Bunu söylemek yapmaktan daha kolay. Bir adam mide ağrısı ile geliyor ve siz ona midesini boşaltmasını söylüyorsunuz. Elbette, zihin olmayınca bir sorun da olmaz. Ama zihin orada en somut biçimde duruyor.

M: Zihnin orada olduğunu size söyleyen yine zihindir. Aldanmayın. Zihin hakkında bütün sonu gelmez tartışmalar zihnin kendisi tarafından -kendini korumak, sürdürmek ve genişletmek için- üretilir. Sizi zihnin ötesine götürebilecek olan şey, zihnin kıvrılıp bükülüşlerini ve çırpınışlarını dikkate almayı kesinlikle reddetmektir. Tüm düşüncelerin ötesinde, sessiz var'lık-farkındalığı içinde kalın. Bu ilerleme değildir, çünkü ulaştığınız şey zaten orada sizin içinizde, sizi beklemektedir.

S: Öyleyse siz düşünmeye son verip, "Ben'im" fikriyle kalmamı söylüyorsunuz.

M: Evet ve size "Ben'im"le bağlantılı olarak gelen hiçbir düşünceye anlam ve dikkat vermeyin.

S: Batı'dan gelen birçok gençle karşılaşıyorum ve onları Hintliler ile kıyasladığımda temel bir farkın bulunduğunu görüyorum. Öyle görünüyor ki onların psişeleri *(antahkarana)* farklı. Hintli zihin Benlik, Gerçek, saf zihin, evrensel bilinç gibi kavramları kolayca kavrar. Bu kavramlar ona aşina ve tatlı gelir. Batılı zihin ise bu kavramlara karşılık vermiyor ya da onları hemen reddediyor. O onları somutlaştırıyor ve hemen kabul edilmiş değerlerin hizmetinde kullanmak istiyor. Bu değerler çoğunlukla -sağlık, esenlik, refah gibi- kişiseldir; bazen de -daha iyi bir toplum, herkes için daha mutlu bir hayat gibi- sosyaldir; yani hepsi dünyevi sorunlarla ilgilidir. Batılılar ile konuşurken çok sık karşılaşılan bir başka zorluk da onlara göre her şeyin deneyim olmasıdır; onlar yemeği, içkiyi, seksi, sanatı ve seyahatleri deneyimlemek istedikleri gibi, *Yoga*'yı, kendini-idraki ve özgürleşmeyi de deneyimlemek istiyorlar. Onlar için bu sadece, bir bedel karşılığı satın alınabilecek bir başka deneyimdir. Onlar böyle bir deneyimin satın alınabileceğini hayal eder ve onun fiyatı üzerinde pazarlık ederler. Bir Guru, bunun çok büyük bir çabaya ve zamana mal olacağını söylediğinde, onlar çok kolay görünen, ama yerine getirilmesi olanaksız koşullar öne süren bir başkasına giderler. Bu eski öyküdür, yani ilacı alırken gri maymunu düşünmemek. Bu durumda o, dünyayı düşünmemek, "bireyselliği tümüyle terk etmek," "bütün arzuları söndürmek," "kesin bekârlık" vb.'dir. Tabii bu arada tüm düzeylerde büyük bir aldatmaca sürüp gitmektedir ve sonuç sıfır olur. Bazı Gurular çaresizlikten tüm disiplini bırakır, hiçbir koşul koymaz, çaba harcamamayı, doğal olmayı, "yapmalı" ve "yapmamalı" gibi kalıplar olmaksızın pasif bir farkındalık içinde yaşamayı öğütlerler. Ve birçok öğrenci de, geçmiş deneyimleri yüzünden kendilerini hiç sevmez hale geldiklerinden, kendilerine bakmayı, kendilerini incelemeyi hiç istemez. Eğer kendilerinden nefret etmemişlerse, kendilerinden sıkılmış-

lardır. Kendini-bilme çabasından bıkkınlık duyduklarından, artık başka bir şey istemektedirler.
M: Eğer onlar bundan hoşlanmıyorlarsa, bırakın kendilerini düşünmesinler. Bir Guru ile birlikte bulunsunlar, onu izlesinler, onu düşünsünler. Çok geçmeden, yepyeni, daha önce -belki çocukluk çağı hariç- hiç deneyimledikleri bir tür aşkın mutluluğu deneyimleyeceklerdir. Bu deneyim o kadar kuşku götürmez bir biçimde yenidir ki bu onların dikkatini çekecek ve ilgi duymalarına neden olacaktır; bir kez ilgi uyandığında ise, onu düzgün uygulama izleyecektir
S: Bu insanlar çok eleştirici ve kuşkucular. Çok fazla öğrenim ve çok fazla düş kırıklığı geçirdikten sonra başka türlü olamazlar. Onlar bir yandan deneyimlemek istiyor, öte yandan o deneyime güvenmiyorlar. Onlara nasıl ulaşılabileceğini yalnızca Tanrı bilir!
M: Gerçek içgörü ve sevgi onlara ulaşacaktır.
S: Onlar spiritüel bir deneyim yaşadıklarında ise başka bir zorluk ortaya çıkar. Onlar deneyimin kalıcı olmadığından, rastgele gelip gittiğinden yakınırlar. Lolipopu ele geçirdikten sonra, onu durmadan emmek isterler.
M: Deneyim, ne kadar muhteşem olursa olsun, gerçek şey değildir. Doğası gereği o gelir ve gider. Kendini-idrak, elde edilen bir kazanç değildir. O daha çok anlayışın doğasıdır. Bir kez ona ulaşıldığında, artık yitirilemez. Öte yandan, bilinç değişkendir, anbean akmakta, dönüşüm geçirmektedir. Bilince ve onun içeriğine tutunmayın. Tutunulan bilinç kaybolur. Anlık bir içgörüyü ya da mutluluk patlamasını daimi hale getirmeye çalışmak, korumak istediğinizi tam tersine yıkar. Gelen gitmek zorundadır. Kalıcı olan tüm geliş ve gidişlerin ötesindedir. Tüm deneyimin kökenine, var'lık duygusuna inin. Var olmanın ve olmamanın ötesinde gerçek olanın sonsuzluğu yatar. Tekrar tekrar deneyin.
S: Denemek için insanın inanca ihtiyacı vardır.

M: Önce arzu olmalı. Arzu güçlü olduğu zaman, deneme isteği gelecektir. Arzu güçlü olduğunda, başarıdan emin olmaya ihtiyacınız olmaz. Kumar oynamaya hazırsınızdır.

S: Güçlü arzu, güçlü inanç, aynı kapıya çıkar. Bu insanlar ebeveynlerine, topluma, hatta kendilerine güvenmiyorlar. Dokundukları her şey küle dönmüştür. Onlara hakiki, kesin, zihnin tartışmalarının ötesinde tek bir deneyim verin, onlar sizi dünyanın sonuna dek takip edeceklerdir.

M: Ama ben de başka bir şey yapmıyorum ki! Yorulmadan ve bıkmadan, onların dikkatlerini tek yadsınamaz etkene, var'lığa çekiyorum. Var'lığın bir kanıta ihtiyacı yoktur, o başka her şeyi kanıtlar. Eğer onlar var'lık olgusuna derin bir biçimde inebilseler ve kapısını "Ben'im"in oluşturduğu sonsuzluğu ve yüceliği keşfedebilseler ve kapıdan geçerek öteye varabilseler, hayatları mutluluk ve ışık dolu olacaktır. İnanın bana, gösterilmesi gereken çaba, ulaşılacak keşiflere kıyasla hiçbir şey değildir.

S: Söyledikleriniz doğrudur. Ama bu insanların ne itimatları ne de sabırları var. Kısa bir çaba bile onları yoruyor. Onların körü körüne aramalarını, ama kendilerine yardım edebilecek bir eli tutamamalarını görmek gerçekten çok hazin. Onlar esasen çok iyi insanlar, ama kafaları çok karışmış. Onlara, "Gerçeğe kendi koyduğunuz koşullarla sahip olamazsınız. Koşulları kabul etmek zorundasınız" dediğimde, bana şöyle yanıt veriyorlar: "Bazıları koşulları kabul edecek, bazıları da etmeyeceklerdir. Kabul etmek ya da etmemek yüzeysel ve rastlantısaldır; gerçek her şeydedir; hiçbir koşula bağlı olmaksızın, herkesin izleyeceği bir yolun olması gerekir."

M: Herkese açık olan böyle bir yol vardır. Herkes kendisinin farkındadır. Öz-farkındalığın derinleştirilmesi asil yoldur. Ona ister farkındalık, ister tanıklık, isterse sadece dikkat deyin, bu yol herkes içindir. Hiç kimse bu yol için yeterli olgunluktan yoksun değildir ve hiç kimse bu yolda başarısız olamaz.

Ama elbette sadece uyanık olmak yetmez. Farkındalığınız zihni de içermelidir. Tanıklık öncelikle bilincin ve onun hareketlerinin farkında olmaktır.

68

Bilincin Kaynağını Arayın

Soran: Geçen gün modern Batılı zihnin yollarından ve onun *Vedanta*'nın ahlâki ve aklî disiplinine uymakta zorlandığından söz ediyorduk. Engellerden biri, genç Avrupalı'nın ya da Amerikalı'nın zihninin dünyanın kötü durumuyla ve onu düzeltme ihtiyacıyla meşgul olmasıdır.

Onların, kişisel düzelmenin dünyanın düzelmesi için bir önkoşul olduğunu vaaz eden sizin gibi insanlara karşı sabırları yok. Onlar bunun ne mümkün ne de gerekli olduğunu söylüyor ve şöyle ekliyorlar: İnsanlık sosyal, ekonomik ve siyasi bir sistem değişikliği için hazırdır. Bir dünya devleti, dünya polisi, dünya plânlaması ve tüm fiziksel ve ideolojik bariyerlerin kaldırılması yeterlidir; hiçbir kişisel değişim-dönüşüme ihtiyaç yoktur. Kuşkusuz, insanlar toplumu şekillendirirler, ama toplum da insanları şekillendirir. İnsancıl bir toplumda halk da insancıl olacaktır; üstelik, eskiden dinin alanı içinde bulunan birçok soruya bilim yanıt bulmaktadır.

Maharaj: Kuşkusuz, dünyanın düzelmesi için çabalamak en övgüye değer uğraşıdır. Bencillikten uzak biçimde yapıldığında, o zihni berraklaştırır ve kalbi arındırır. Ama çok geçmeden insan bir serabın ardından koştuğunu keşfedecektir. Yerel ve geçici düzelme daima mümkündür ve bu büyük bir kralın veya öğretmenin etkisi altında defalarca gerçekleştirilmiştir; ama bu çok geçmeden sona erer ve insanlığı yeni bir mutsuzluk döngüsü içinde bırakır. İyinin ve kötünün birbirini -eşit ölçüde- izlemesi tüm tezahürün doğasında vardır. Gerçek sığınak sadece tezahür etmemiş (tezahür ötesi) olandadır.

S: Kaçışı tavsiye etmiş olmuyor musunuz?

M: Tam tersine. Yenilemenin tek yolu yıkmaktan geçer. Yeni bir altın takı yaratmak için önce eskisini eritip şekilsiz altına dönüştürmeniz gerekir. Ancak dünyanın ötesine geçmiş olan insanlar dünyayı değiştirebilirler. Bu asla başka türlü olmamıştır. Etkileri kalıcı olmuş az sayıdaki insanın hepsi gerçeği bilenlerdi. Onların düzeyine erişin ve ancak ondan sonra dünyaya yardım etmekten söz edin.

S: Yardım etmek istediklerimiz nehirler ve dağlar değil, insanlardır.

M: Dünyada bir yanlışlık yoktur, onu kötüleştiren insanlar dışında. Gidin ve onlardan adam gibi davranmalarını isteyin.

S: Arzu ve korku onları davrandıkları gibi davranmaya yöneltiyor.

M: Tam öyle. İnsan davranışına arzu ve korku hükmettiği sürece fazla umut yoktur. Ve insanlara nasıl etkili biçimde yaklaşacağınızı bilmek için siz kendiniz tüm arzulardan ve korkulardan kurtulmalısınız.

S: Beslenme, seks ve ölümle ilgili temel arzular ve korkular kaçınılmazdır.

M: Bunlar ihtiyaçlardır ve ihtiyaçlar olarak, karşılanmaları kolaydır.

S: Ölüm bile bir ihtiyaç mıdır?

M: Uzun ve verimli bir hayat yaşadıktan sonra ölme ihtiyacı duyarsınız. Ancak yanlış biçimde uygulandığında arzu ve korku yıkıcıdır. Elbette, doğru olanı arzulayın ve yanlış olandan korkun. Ama insanlar yanlış olanı arzulayıp, doğru olandan korktuklarında kaos ve umutsuzluk yaratırlar.

S: Doğru nedir, yanlış nedir?

M: Göreceli olarak, ıstıraba neden olan şey yanlıştır, onu dindiren şey doğrudur. Mutlak anlamda ise, sizi gerçeğe ulaştıran şey doğru, gerçeği bulanıklaştıran şey yanlıştır.

S: Biz insanlığa yardımdan söz ederken, kargaşaya ve ıstıraba karşı verilecek bir mücadeleyi kastediyoruz.

M: Siz yardımın sadece sözünü ediyorsunuz. Siz tek bir insana gerçekten yardım ettiniz mi? Tek bir ruhu olsun, yardım alma ihtiyacının ötesine geçirebildiniz mi? Bir insana, gerçek varlığıyla ilgili içgörüye olmasa bile, en azından görevlerinin ve fırsatlarının tam farkındalığına dayanan bir karakter kazandırabilir misiniz? Kendiniz için neyin iyi olduğunu bilmezken, başkaları için neyin iyi olduğunu nasıl bilebilirsiniz?

S: Yaşamak için yeterli ve gerekli malzeme herkes için iyidir. Siz Tanrı'nın ta kendisi olabilirsiniz, ama bizimle konuşmak için iyi beslenmiş bir bedene ihtiyacınız vardır.

M: Bedenimin sizinle konuşmasına ihtiyacı olan sizsiniz. Ben bedenim değilim ve ona ihtiyacım da yoktur. Ben sadece tanığım. Benim kendime ait bir şeklim yoktur. Siz kendinizi bilinç sahibi bedenler olarak düşünmeye öylesine alışmışsınız ki, bilincin bedenlere sahip olduğunu hayal edemiyorsunuz. Bedenli varoluşun bir zihin hali, bilinçte bir hareket olduğunu, bilinç okyanusunun sonsuz ve ebedi olduğunu, bilinçle temastayken sizin sadece tanık olduğunuzu bir kez idrak ettiğinizde, tamamen bilincin ötesine çekilebileceksiniz.

S: Bize birçok varoluş düzeyi olduğu söylendi. Siz tüm bu düzeylerde var mısınız ve işlev yapıyor musunuz? Siz dünyadayken, aynı zamanda cennette *(swarga)* misiniz?

M: Ben hiçbir yerde bulunmam! Ben, kendisine diğer şeyler arasında bir yer verilecek bir şey değilim. Her şey benim içimdedir, ama ben şeyler arasında bir şey değilim. Ben temelle ilgileniyorum, siz ise bana temel üzerine kurulan binadan söz ediyorsunuz. Binalar yükselir ve yıkılır, ama temeller kalıcıdır. Ben geçici olanla ilgilenmiyorum, siz ise ondan başka bir şeyden söz etmiyorsunuz.

S: Garip bir soru sorduğum için beni bağışlayın. Eğer birisi keskin bir kılıçla birdenbire kafanızı kesse, bu sizin için nasıl bir fark yaratır?

M: Hiçbir fark yaratmaz. Beden kafasını kaybeder, belirli iletişim hatları kesilir, o kadar. İki kişi birbirleriyle telefonda konuşurken telefon hattı kesilir. İnsanlara hiçbir şey olmaz, sadece onların başka iletişim yolları aramaları gerekir. Bhagavad Gita adlı eserde "Kılıç kendini kesmez" diye bir söz vardır. Bu gerçekten böyledir. Vasıtalarını yaşatmak bilincin doğasında vardır. O ateş gibidir, yakıtı yakar, kendini değil. Tıpkı bir ateşin, büyük bir yakıt yığınını yakıp bitirdikten sonra da sürebilmesi gibi, bilinç de sayısız bedenlerden sonra var olmaya devam eder.

Her şeyin üstünde, biz bilinçli kalmak isteriz. Her ıstıraba ve aşağılanmaya katlanırız, yeter ki bilinçli kalalım. Bu deneyim arzusuna baş kaldırmadıkça ve tezahür etmiş olanı tamamen bırakmadıkça, bir rahatlama olamaz. Biz kapana kısılmış kalırız.

S: Siz sessiz tanık olduğunuzu, ayrıca bilincin ötesinde olduğunuzu söylüyorsunuz. Burada bir çelişki yok mu? Eğer bilincin ötesindeyseniz, neye tanıklık ediyorsunuz?

M: Ben bilinçli ve bilinçsizim, hem bilinçli hem bilinçsizim, tüm bunların da tanığıyım, ama gerçekte bir tanık yoktur, çünkü tanık olunacak bir şey yoktur. Ben tüm zihinsel oluşumlardan arınmış haldeyim, ama tam olarak farkındayım. İşte zihnin ötesinde olduğumu söylerken bunu ifade etmeye çalışıyorum.

S: Öyleyse, ben size nasıl erişebilirim?

M: Bilinçli olduğunuzun farkında olun ve bilincin kaynağını arayın. O kadar. Sözlerle çok az şey aktarılabilir. Işığı getirecek olan benim size söylediğim gibi yapmanızdır, benim size onu söylemem değil. Araçlar çok önemli değildir; önemli olan arzu, dürtü, ciddiyet ve samimiyettir.

Geçicilik Gerçek Olmamanın Kanıtıdır

Soran: Yanımdaki arkadaşım Alman'dır ve ben Fransız ebeveynlerden İngiltere'de doğdum. Bir yılı aşkın bir süredir Hindistan'dayım ve bir aşramdan diğerine gezip duruyorum.

Maharaj: Herhangi bir spiritüel uygulama *(sadhana)* yaptınız mı?

S: Okuma, irdeleme ve meditasyon.

M: Ne üzerinde meditasyon yaptınız?

S: Okuduklarım üzerinde.

M: İyi.

S: Siz ne yapıyorsunuz, efendim?

M: Oturuyorum.

S: Başka?

M: Konuşuyorum.

S: Ne hakkında konuşuyorsunuz?

M: Genel bir ders mi istiyorsunuz? Sizi gerçekten etkileyen bir şeyi, çok duyarlı olduğunuz bir konuyu sorsanız daha iyi olur. Konuşmaya duygusal olarak katılmadıkça, benimle tartışabilirsiniz, ama aramızda gerçek bir anlayış olmaz. Eğer siz, "Hiçbir şey beni kaygılandırmıyor, benim hiçbir sorunum yok" diyorsanız, bu benim için pekâlâdır, o zaman sessiz kalabiliriz. Ama eğer bir şey sizi gerçekten etkiliyorsa, o zaman konuşmanın bir amacı olur. Ben size sorayım mı? Sizin bir yerden bir yere dolaşmanızın amacı nedir?

S: İnsanlarla karşılaşmak, onları anlamaya çalışmak.

M: Hangi insanları anlamaya çalışıyorsunuz? Tam olarak neyin peşindesiniz?

S: Bütünleşmenin.

M: Eğer bütünleşme istiyorsanız, kimimle bütünleşmek istediğinizi bilmelisiniz.

S: İnsanlarla karşılaşarak ve onları izleyerek, insan kendini de tanır. Bu birlikte gider.
M: Bu ille de birlikte gitmez.
S: Biri diğerini düzeltir, geliştirir.
M: Bu öyle işlemez. Ayna görüntüyü yansıtır, ama görüntü aynayı düzeltmez. Siz ne aynasınız, ne de aynadaki görüntü. Aynayı mükemmelleştirip, onun görüntüyü doğru bir biçimde yansıtmasını sağladıktan sonra, onda -aynanın yansıtabileceği kadar gerçek- yansımanızı görebilirsiniz. Ama siz yansıma değilsiniz, siz yansımayı görensiniz. Bunu berrak bir biçimde anlayın: Siz algıladığınız şey değilsiniz.
S: Ben aynayım, dünya da görüntüdür, öyle mi?
M: Siz hem aynayı hem de görüntüyü görebilirsiniz. Siz ikisi de değilsiniz. Siz kimsiniz? Gerçeğin sözlerle en yakın anlatımı şu olabilir: Ben algıyı mümkün kılanım, deneyimleyenin ve onun deneyiminin ötesindeki hayatım.

Şimdi, siz kendinizi aynadan ve aynadaki görüntüden ayırıp, tamamen yalnız, tek başınıza durabilir misiniz?
S: Hayır, bunu yapamam.
M: Yapamayacağınızı nereden biliyorsunuz? Nasıl yapıldığını bilmeden yaptığınız birçok şey var. Siz nasıl yapılacağını hiç bilmeden yiyecekleri sindiriyor, kan ve lenf dolaşımını sağlıyor, kaslarınızı hareket ettiriyorsunuz. Aynı şekilde, neden ve nasıl olduğunu bilmeden algılıyor, hissediyor, düşünüyorsunuz. Benzer şekilde, siz bilmeseniz de kendinizsiniz. Benlik olarak sizde hiçbir yanlışlık yoktur. O mükemmeldir. Berrak ve doğru olmayan, dolayısıyla size yanlış görüntüler sunan aynadır. Sizin kendinizi düzeltmeniz gerekmez, sadece kendinizle ilgili fikrinizi düzeltin. Kendinizi aynadan ve görüntüden ayırmayı öğrenin ve şunu hatırlamaya devam edin: Ben ne zihin, ne de onun fikirleriyim. Bunu sabırla, inanarak yapın, o zaman sonunda olmanın-bilmenin-sevmenin ebedi ve her şeyi kaplayan kaynağı olduğunuzu idrak edeceksiniz. Siz bir bedende odak-

lanmış olan sonsuz var'lıksınız. Şimdi sadece bedeni görüyorsunuz. Samimiyetle deneyin, o zaman sadece sonsuz olanı göreceksiniz.

S: Gerçeğin deneyimi, ulaşıldıktan sonra kalıcı mıdır?

M: Tüm deneyimler geçicidir. Ama tüm deneyimlerin zemini değişmez, sabit olandır. Bir olay olarak nitelendirilebilecek hiçbir şey kalıcı değildir. Ama bazı olaylar zihni arındırır, bazıları ise kirletir. Derin içgörü ve her şeyi kucaklayan sevgi anları zihni arındırır; arzular ve korkular, haset ve öfke, kör inançlar ve entelektüel kibir psişeyi kirletir ve donuklaştırır.

S: Kendini idrak etmek çok önemli midir?

M: O olmazsa, arzular ve korkular sonsuz bir ıstırap içinde anlamsızca tekrarlanarak sizi tüketir. İnsanların çoğu acının bir sonu olabileceğini bilmez. Ama onlar müjdeyi bir kez işittiklerinde, tüm çekişme ve mücadelenin ötesine geçmek, yerine getirilebilecek en acil görev olur. Siz özgür olabileceğinizi biliyorsunuz ve şimdi bu size kalmıştır. Ya özleyerek, arayarak, yakalayarak, tutarak, daima kaybedip üzülerek ebediyen aç ve susuz kalırsınız ya da kendisine hiçbir şey eklenemeyecek veya ondan hiçbir şey çekilip alınamayacak ebedi mükemmellik halini samimiyetle ararsınız. Onda hiçbir arzu ve korku yoktur; bu onlardan vazgeçmiş olduğunuz için değil, onlar anlamlarını yitirdikleri içindir.

S: Peki, ne yapmam gerekiyor?

M: Yapılacak bir şey yok. Sadece *olun.* Hiçbir şey yapmayın. *Olun.* Dağlara tırmanmanız, mağaralarda oturmanız gerekmiyor. "Kendiniz olun" bile demiyorum, çünkü siz kendinizi bilmiyorsunuz. Sadece *olun.* Sizin ne algılanabilirlerin "dış" dünyası, ne de düşünülebilirlerin "iç" dünyası olduğunuzu, ne zihin, ne de beden olduğunuzu görerek, sadece *olun.*

S: Kuşkusuz, kendini-idrakin dereceleri vardır.

M: Kendini-idrake ulaştıran basamaklar yoktur. Bunda aşamalı, kademeli bir şey yoktur. O bir anda oluverir ve geriye dönüş yoktur. Siz yeni bir boyuta girersiniz ki oradan bakıldığında, öncekiler sadece soyutlamalar olarak görülür. Tıpkı güneş doğduğunda her şeyi olduğu haliyle görmeniz gibi, kendinizi idrak ettiğinizde de her şeyi olduğu gibi görürsünüz. İllüzyonlar dünyası geride bırakılmıştır.

S: Kendimizi idrak ettiğimizde, nesneler değişir mi? Onlar daha renkli ve anlam dolu hale gelir mi?

M: Deneyim tamamen doğrudur, ama o gerçeğin deneyimi *(sadanubhav)* değil, evrenin uyumunun *(satvanubhav)* deneyimidir.

S: Yine de ilerleme vardır.

M: Sadece hazırlık *(sadhana)* aşamasında ilerleme olabilir. Kendini-idrak bir anda olur. Meyve yavaş yavaş olgunlaşır, ama birdenbire ve dönüşü olmaksızın düşer.

S: Ben fiziksel ve zihinsel olarak huzur içindeyim. Başka neye ihtiyacım vardır?

M: Sizinki nihai hal olmayabilir. Doğal halinize dönmüş olduğunuzu tüm arzunun ve korkunun yokluğuyla anlayabilirsiniz. Zira tüm arzunun ve korkunun kökeninde, olduğunuz şey olmadığınız hissi vardır. Tıpkı, yerinden çıkmış bir eklemin, bu durum süresince sancılanması ve yerine yerleştirilir yerleştirilmez de unutuluvermesi gibi, kendinizle ilgili tüm kaygı zihinsel çarpıklığın bir belirtisidir ki insan normal hale girer girmez o belirti kaybolur.

S: Evet, ama doğal hale erişmenin *sadhana*'sı nedir?

M: Başka her şeyi dışlayarak "Ben'im" duygusuna sarılın. Zihin böylece tamamen sessizleştiğinde, o yeni bir ışıkla parlamaya ve yeni bilgiyle titreşmeye başlar. Bu tümüyle kendiliğinden gelir, sizin sadece "Ben'im"e sarılmanız gerekir. Tıpkı uyku ya da vecit halinden çıkarken kendinizi dinlenmiş hissetmeniz, ama kendinizi neden ve nasıl bu kadar iyi hissettiğinizi açıklayamamanız gibi, kendinizi idrak ettiğinizde de kendinizi tamam, doyum içinde, zevk-acı kompleksinden kurtulmuş hisseder, ama ne olduğunu, neden ve nasıl olduğunu tam açıklayamazsınız. Onu ancak olumsuz terimlerle ifade edebilirsiniz: "Artık bende olumsuz hiçbir şey yok." Ancak geçmişle kıyasladığınızda, onun dışına çıkmış olduğunuzu bilirsiniz. Yoksa siz sadece kendinizsinizdir. Bunu başkalarına anlatmaya çalışmayın. Eğer anlatabilirseniz, o gerçek olan değildir. Sessiz olun ve onun kendisini eylem içinde ifade edişini izleyin.

S: Eğer ne hale geleceğimi bana söyleyebilseydiniz, bu benim kendi gelişimimi gözlememe yardımcı olabilirdi.

M: "Bir hale gelmek" diye bir şey yokken, birisi size ne hale geleceğinizi nasıl söyleyebilir? Siz sadece ne olduğunuzu keşfedersiniz. Kendinizi bir kalıba sokma çabası çok büyük bir zaman israfıdır. Ne geçmişi, ne geleceği düşünün, sadece *olun.*

S: Nasıl sadece olabilirim? Değişiklikler kaçınılmazdır.

M: Değişiklikler değişken olanda kaçınılmazdır, ama siz onlara tâbi değilsiniz. Siz üzerinde değişikliklerin algılandığı değişmez zeminsiniz.

S: Her şey değişir, zemin de değişir. Değişiklikleri fark etmek için değişmez bir zemine ihtiyaç yoktur. Benlik bir anlıktır, o sadece geçmişin ve geleceğin buluştuğu noktadır.

M: Elbette, belleğe dayanan benlik geçicidir. Ama böyle bir benliğin ardında kesintisiz bir sürekliliğin bulunması gerekir. Benliğin unutulduğu aralıkların olduğunu deneyiminizden bilirsiniz. Onu yeniden hayata döndüren nedir? Sabahları sizi ne uyandırır? Bilinçteki kesintilere, aralıklara köprü kuran sabit bir etken olmalıdır. Eğer dikkatle izlerseniz, günlük bilincinizin bile daima anlık kesintilere uğradığını göreceksiniz. O boş aralıklarda ne vardır? Orada sizin gerçek ve ebedi varlığınızdan başka ne olabilir, ki onun için zihin ve zihinsizlik birdir.

S: Spiritüel kazanım için gitmemi tavsiye edebileceğiniz belirli bir yer var mı?

M: Tek uygun yer içinizdedir. Dış dünya ne yardım edebilir, ne de engelleyebilir. Hiçbir sistem, hiçbir eylem kalıbı sizi hedefinize götürmeyecektir. Bir gelecek için çalışmayı bırakın, ta-

mamen *şimdi*'de konsantre olun, sadece hayatın o anda vuku bulan her hareketine verdiğiniz karşılıkla ilgilenin.
S: Amaçsız dolaşmak için duyulan dürtünün nedeni nedir?
M: Bir neden yoktur. Sadece, rüyanızda amaçsız dolaştığınızı görüyorsunuz. Birkaç yıl sonra, Hindistan'da geçirdiğiniz zaman size bir rüya gibi görünecek. O zaman başka bir rüya görüyor olacaksınız. Rüyadan rüyaya geçenin siz olmadığınızı, rüyaların sizin önünüzden akıp geçtiğini ve sizin değişmez tanık olduğunuzu idrak edin. Hiçbir olay sizin gerçek varlığınızı etkileyemez, mutlak gerçek budur.
S: Bedenimle dolaşırken, içsel olarak sakin ve değişmez kalamaz mıyım?
M: Kalabilirsiniz, ama bu hangi amaca hizmet eder? Eğer ciddi ve samimiyseniz, sonunda amaçsız dolaşmaktan bıktığınızı görecek, enerjinizi ve zamanınızı boşa harcadığınız için pişman olacaksınız. Benliğinizi bulmak için tek bir adım bile atmanız gerekmez.
S: Benlik *(atman)* ile Mutlak *(Brahman)* deneyimi arasında bir fark var mıdır?
M: Mutlak deneyimlenemez, çünkü o tüm deneyimin ötesindedir. Öte yandan, benlik her deneyimdeki deneyimleyen etkendir ve böylece o, bir bakıma, deneyimlerin çokluğunu ve çeşitliliğini onaylar, geçerli kılar. Dünya çok değerli şeylerle dolu olabilir, ama eğer onları satın alacak kimse yoksa, bir değerleri yoktur. Mutlak, deneyimlenebilir olan her şeyi içerir, ama deneyimleyen olmazsa onlar hiçbir şeydir. Deneyimi mümkün kılan Mutlak'tır. Onu gerçekleştiren ise Benlik'tir.
S: Biz, derece derece deneyimler yoluyla Mutlak'a ulaşmaz mıyız? En kabasıyla başlayıp en yücesiyle bitirerek?
M: Deneyim arzusu olmadan hiçbir deneyim olamaz. Arzular arasında dereceleniş olabilir, ama en yüce arzu ile tüm arzulardan arınmışlık hali arasında geçilmesi gereken derin bir uçurum vardır. Gerçek olmayan gerçek gibi görünebilir, ama o ge-

çicidir. Gerçek olan ise zamandan korkmaz.
S: Gerçek-olmayan gerçek-olanın ifadesi değil midir?
M: Nasıl olabilir? Bu gerçeğin kendisini rüyalarda ifade ettiğini söylemeye benzer. Gerçek-olan için gerçek-olmayan yoktur. O siz ona inandığınız için gerçek gibi görünür. Ondan kuşkulanın, o yok olacaktır. Siz birisine aşık olduğunuzda, ona gerçeklik verir, aşkınızın her şeyden güçlü ve ebedi olduğunu düşünürsünüz. Aşk sona erdiğinde ise "Onun gerçek olduğunu sanmıştım, ama değilmiş" dersiniz. Geçicilik gerçek-dışılığın en iyi kanıtıdır. Zaman ve uzayla sınırlı ve tek bir kişi için geçerli olan, gerçek değildir. Gerçek-olan herkes için ebediyen geçerlidir.

Her şeyin üzerinde kendinize değer verin. Kendi varoluşunuza karşılık hiçbir şeyi kabul etmeyin. *Var olma* arzusu en güçlü arzudur ve o ancak siz gerçek doğanızı idrak ettiğinizde yok olacaktır.
S: Gerçek-olmayanda bile gerçeğin bir izi vardır.
M: Bu onu gerçek olarak kabul ederek ona verdiğiniz gerçekliktir. Kendinizi ikna etmiş olduğunuzdan, kendi inancınızla sınırlanmış durumdasınız. Güneş parlarken, renkler görünür, güneş battığında ise kaybolurlar. Işık olmasa renkler nerededir?
S: Bu dualite içinde düşünmektir.
M: Bütün düşünüş dualite içindedir. Aynılıkta hiçbir düşünce varlığını sürdüremez.

70
Tanrı Tüm Arzunun ve Bilginin Sonudur

Maharaj: Nereden geliyorsunuz? Ne için geldiniz?
Soran: Ben Amerika'dan geldim, arkadaşım ise İrlanda Cum-

huriyeti'nden geldi. Ben altı ay önce geldim ve bir aşramdan ötekine geziyorum. Arkadaşım kendi başına geldi.

M: Ne gördünüz?

S: Ben Sri Ramana Aşramı'nda kaldım, ayrıca Rishikesh'i ziyaret ettim. Size Sri Ramana Maharshi hakkındaki görüşünüzü sorabilir miyim?

M: Her ikimiz de aynı kadim ülkedeyiz. Ama Maharshi hakkında siz ne biliyorsunuz? Siz kendinizi bir isim ve bir beden olarak kabul ediyorsunuz, böylece sizin tüm algıladıklarınız isimler ve bedenlerdir.

S: Siz Maharshi ile karşılaşsaydınız ne olurdu?

M: Herhalde kendimizi çok mutlu hissederdik. Birkaç sözcük alışverişinde bile bulunabilirdik.

S: Ama o sizi özgürleşmiş bir insan olarak tanıyacak mıydı?

M: Elbette. Bir insanın bir insanı tanıdığı gibi, bir *gnani* de başka bir *gnani*'yi tanır. Siz deneyimlemediğiniz şeyi takdir edemezsiniz.

S: Bir mühendis olmak için mühendisliği öğrenmeliyim. Tanrı olmak için neyi öğrenmeliyim?

M: Öğrendiğiniz her şeyi unutmalısınız. Tanrı tüm arzunun ve bilginin sonudur.

S: Sadece Tanrı olma arzusundan vazgeçerek mi Tanrı olacağımı söylemek istiyorsunuz?

M: Tüm arzular terk edilmelidir, çünkü arzu ederek siz arzunuzun şeklini alırsınız. Hiçbir arzu kalmadığı zaman, doğal halinize geri dönersiniz.

S: Mükemmelliğe ulaştığımı nasıl bileceğim?

M: Siz mükemmelliği bilemezsiniz, ancak eksikliği bilebilirsiniz. Çünkü bilginin var olması için ayrılığın ve uyumsuzluğun olması gerekir. Siz olmadığınız şeyi bilebilirsiniz, ama gerçek varlığınızı bilemezsiniz. Siz ancak zaten olduğunuz şey olabilirsiniz. Tüm yaklaşım anlayışla olur ki bu anlayış sahte olanı sahte olarak görmekten kaynaklanır. Ama anlamak için, dıştan gözlemlemelisiniz.

S: Vedantik *Maya* (illüzyon) kavramı, tezahür etmiş olan için geçerlidir. Dolayısıyla, tezahür etmiş olan hakkındaki bilgimiz güvenilir değildir. Ama tezahür etmemiş olan hakkındaki bilgimize güvenebilmeliyiz.

M: Tezahür etmemiş olan hakkında bilgi de olamaz. Potansiyel olan bilinemez. Sadece gerçekleşmiş olan bilinebilir.

S: Bilen neden bilinmez olarak kalsın?

M: Bilen, bilineni bilir. Siz bileni bilir misiniz? Bilenin bileni kimdir? Siz tezahür etmemiş olanı bilmek istiyorsunuz. Tezahür etmiş olanı bildiğinizi söyleyebilir misiniz?

S: Ben nesneleri, fikirleri ve onların ilişkilerini bilirim. O benim tüm deneyimlerimin toplamıdır.

M: Tüm mü?

S: Tüm yaşanmış deneyimler. Olmamış olanı bilemeyeceğimi kabul ediyorum.

M: Eğer tezahür etmiş olan, onları deneyimleyenler de dahil olmak üzere, yaşanmış tüm deneyimlerin toplamıysa, siz o toplamdan ne kadarını biliyorsunuz? Gerçekten çok küçük bir bölümünü. Ve bildiğiniz o çok küçük bölüm nedir?

S: Kendimle ilişkili bazı duyusal deneyimler.

M: O kadar bile değil. Siz sadece tepki gösterdiğinizi biliyorsunuz. Kimin tepki gösterdiğini ve neye tepki gösterdiğini bilmiyorsunuz. Siz var olduğunuzu, "Ben'im"i temas yoluyla bilirsiniz. "Ben buyum," "ben şuyum" ise hayal ürünüdür.

S: Tezahür etmiş olanı biliyorum, çünkü ona katılmış haldeyim. Onun içindeki yerimin çok küçük olduğunu kabul ediyorum, ama yine de o, onun toplamı kadar gerçektir. Ve daha da önemli olan, ben ona anlam veririm. Bensiz dünya karanlık ve sessizdir.

M: Dünyayı aydınlatan bir ateş böceği! Siz dünyaya anlam vermiyor, onda anlam buluyorsunuz. Kendi içinize, derinlere dalın ve tüm anlamın akıp geldiği kaynağı bulun. Kuşkusuz, an-

lam verebilen yüzeysel zihin değildir.
S: Beni sınırlı ve yüzeysel kılan nedir?
M: Bütün açık ve ulaşılabilir olandır, ama onu almak istemezsiniz. Siz kendiniz olduğunu düşündüğünüz o küçük kişiye bağlısınız. Arzularınız dar, ihtiraslarınız önemsizdir. Sonuçta, bir algı merkezi olmadan, tezahür etmiş olan nerede olacaktı? Algılanamayan tezahür-etmiş-olan da tezahür-etmemiş-olan gibidir. Ve siz algılama noktasısınız, tüm boyutların boyutsal-olmayan kaynağısınız. Kendinizi bütün olarak bilin.
S: Nasıl olur da bir nokta bir evreni içerebilir?
M: Bir noktada evrenlerin sonsuzluğunu içerecek yeterli yer vardır. Kapasite yetersizliği yoktur. Tek sorun kendi kendini sınırlamaktır. Ama siz kendinizden kaçamazsınız. Ne kadar uzağa giderseniz gidin, yine kendinize ve bu noktayı anlama ihtiyacına geri dönersiniz ki o hiçbir şey gibidir, ancak her şeyin kaynağıdır.
S: Ben Hindistan'a bir *Yoga* öğretmeni aramaya geldim. Hâlâ da aramaktayım.
M: Ne tür bir *Yoga* uygulamak istersiniz, alma *yogası* mı vazgeçme *yogası* mı?
S: Sonunda onlar aynı sonuca varmaz mı?
M: Nasıl varabilirler? Biri köleleştirir, diğeri özgürleştirir. Güdü son derece önemlidir. Özgürlük vazgeçişle gelir. Tüm sahiplenme esarettir.
S: Bırakmama gücüne ve cesaretine sahip olduğum şeyden neden vazgeçmeliyim? Ve eğer gücüm yoksa, nasıl vazgeçebilirim? Bu vazgeçme gerekliliğini anlamıyorum. Bir şeyi istediğimde, onun peşine neden düşmeyeyim? Vazgeçiş zayıflar içindir.
M: Eğer vazgeçecek bilgeliğe ve güce sahip değilseniz, o zaman sahip olduklarınıza bakın. Sadece bakmanız onları yakıp bitirir. Eğer zihninizin dışında durabilirseniz, çok geçmeden görürsünüz ki sahiplendiklerinizden ve arzularınızdan toptan vazgeçmeniz yapılabilecek en makul şeydir. Siz dünyayı yaratıyor,

sonra da onun için endişeleniyorsunuz. Bencil olmak sizi zayıf kılar. Eğer siz arzu edecek güce ve cesarete sahip olduğunuzu düşünüyorsanız, bu sizin genç ve deneyimsiz oluşunuzdandır. Bu hiç değişmez: Arzu nesnesi, ona ulaşma aracını tahrip eder ve sonra kendisi de solar gider. Bu da çok hayırlıdır, çünkü size arzudan bir zehirden sakınır gibi sakınmayı öğretir.

S: Arzusuzluğu nasıl uygulayacağım?

M: Uygulamaya ihtiyaç yoktur. Herhangi bir vazgeçiş eylemine ihtiyaç yoktur. Sadece zihninizi ondan uzaklaştırın, yeter. Arzu sadece zihnin bir fikir üzerinde sabitlenmesidir. Ona dikkatinizi vermeyi reddederek ondan kurtulun.

S: Hepsi bu kadar mı?

M: Evet, hepsi bu kadar. Arzu ya da korku her ne olursa olsun, onun üstünde durmayın. Deneyin ve kendiniz görün. Ara sıra unutabilirsiniz, bu önemli değildir. Denemelerinize geri dönün, ta ki her arzunun, korkunun ve tepkinin süpürülüp atılması otomatik hale gelinceye dek.

S: İnsan duygular olmadan nasıl yaşayabilir?

M: İstediğiniz tüm duygulara sahip olabilirsiniz, ama tepkilerden, kışkırtılmış duygulardan sakının. İnisiyatif ve yönetim dıştan değil, tamamen içinizden gelsin. Daha iyisini güvenceye almak için bir şeyden vazgeçmek gerçek vazgeçiş değildir. Onu, değersizliğini gördüğünüz için terk edin. Vazgeçmeyi sürdürdükçe, zekânızın, gücünüzün, tükenmez sevginizin ve sevincinizin kendiliğinden geliştiğini göreceksiniz.

S: Tüm arzuların ve korkuların bırakılmasında neden bu kadar ısrar ediliyor? Onlar doğal değil midirler?

M: Değildirler. Onlar tamamen zihin ürünüdürler. Hiçbir şeye, hatta bedeninize bile ihtiyacınız olmadığını bilmek için her şeyden vazgeçmelisiniz. İhtiyaçlarınız gerçekdışı, çabalarınız da anlamsızdır. Siz sahip olduğunuz şeylerin sizi koruduklarını sanırsınız. Aslında onlar sizi savunmasız, incinmeye açık hale getirirler. Kendinizi “bu” veya “şu” diye işaret edilebilecek her şey-

den uzak olarak idrak edin. Size herhangi bir duyusal deneyimle ya da zihinsel kurguyla erişilemez. Onlardan yüz çevirin. Kişileşmeyi reddedin.
S: Sizi işittikten sonra, ne yapmalıyım?
M: Sadece işitmek size pek yardımcı olmayacak. Onu zihninizde tutmalı, üzerinde düşünmeli ve benim söylediklerimi bana söyleten zihin halini anlamaya çalışmalısınız. Ben gerçeği söylüyorum; elinizi uzatıp onu alın. Siz olduğunuzu düşündüğünüz şey değilsiniz. Kendinizle ilgili imajınız anılardan oluşur ve tümüyle rastlantısaldır.
S: Ne olduğum benim *karmam*'ın sonucudur.
M: Siz göründüğünüz gibi değilsiniz. *Karma* sadece sizin tekrarlamayı öğrendiğiniz bir sözcüktür. Siz asla bir kişi olmadınız ve olmayacaksınız. Kendinizi bir kişi olarak görmeyi reddedin. Ama siz bir kişi olduğunuzdan zerrece kuşku duymadığınız sürece, pek az umut var.
S: Ben *karma*'nın beni mükemmelliğe doğru iten gizemli bir güç olduğunu düşünürdüm.
M: Bu, insanların size söyledikleridir. Siz burada ve şimdi zaten mükemmelsiniz. Mükemmelleşebilir olan siz değilsiniz. Siz kendinizi olmadığınız şey olarak imgeliyorsunuz, buna son verin. Önemli olan son vermektir, neye son vereceğiniz değil.
S: Beni olduğum hale gelmeye zorlamış olan *karma* değil midir?
M: Hiçbir şey zorlamaz. Siz olduğunuza inandığınız gibisiniz. İnanmayı bırakın.
S: Siz burada oturmuş benimle konuşuyorsunuz. Sizi zorlayan sizin *karmanız*'dır.
M: Hiçbir şey beni zorlamaz. Ben yapılması gerekeni yaparım. Ama siz birçok gereksiz şey yaparsınız. *Karma*'yı yaratan şey, sizin incelemeyi reddetmenizdir. Onu sürdüren şey sizin kendi ıstırabınıza karşı kayıtsızlığınızdır.
S: Evet, bu doğru. Bu kayıtsızlığa ne son verebilir?
M: Dürtü, bir bağsızlık, tarafsızlık ya da şefkat dalgası olarak

içten gelmelidir.

S: Bu dürtüyü yarı yolda karşılayabilir miyim?

M: Elbette. Kendi durumunuzu görün, dünyanın durumunu görün.

S: Bize *karma*'dan, tekrardoğuştan, tekâmülden, *Yoga*'dan, üstatlardan ve öğrencilerden söz edildi. Tüm bu bilgiyle ne yapmalıyız.

M: Hepsini geride bırakın. Fikirlerin ve inançların yükünü atmış olarak ilerleyin. Tüm sözel yapıları, tüm göreceli gerçeği, tüm somut amaçları terk edin. Mutlak olana ancak mutlak bir adanmışlıkla erişilebilir. Samimi ve ciddi olun.

S: Mutlak bir doğruyla başlamalıyım. Böyle bir şey var mı?

M: Evet, var, "Ben'im" duygusu. Onunla başlayın.

S: Başka hiçbir şey doğru değil midir?

M: Başka her şey ne doğrudur, ne yanlış. O belirdiğinde gerçek görünür, reddedildiğinde kaybolur. Geçici olan bir şey bir gizemdir.

S: Ben gerçeğin gizem olduğunu düşünürdüm.

M: Nasıl olabilir? Gerçek sadedir, berraktır, iyidir, güzeldir ve sevinçlidir. O çelişkilerden yoksundur. Daima yeni, daima taze, sonsuzca yaratıcıdır. Olmak ve olmamak, hayat ve ölüm, tüm ayrımlar onun içinde birleşir.

S: Ben her şeyin sahte, asılsız olduğunu kabul edebilirim. Ama bu benim zihnimi yok eder mi?

M: Zihin ne düşünüyorsa o'dur. Onu düzeltmek için doğru düşünün.

S: Eğer nesnelerin şekli sadece görünüşse, onlar gerçekte nedir?

M: Gerçekte sadece algılama vardır. Algılayan ve algılanan kavramsaldır, algılama olgusu ise fiili olarak vardır.

S: Mutlak nerede devreye girer?

M: Mutlak, algılamanın doğum yeridir. O algılamayı mümkün kılar.

Ama çok fazla analiz sizi bir yere götürmez. Sizin içinizde, var'lığın -analizin ötesinde, zihnin ötesinde olan- özü vardır. Siz onu ancak eylem içinde bilebilirsiniz. Onu günlük hayatta ifade ederseniz, onun ışığı gittikçe parlaklaşacaktır.

Zihnin meşru işlevi, olmayanı size söylemektir. Ama eğer olanın bilgisini istiyorsanız, zihnin ötesine geçmelisiniz.

S: Tüm evrende değerli olan tek bir şey var mıdır?

M: Evet, sevginin gücü.

71

Öz-Farkındalık İçinde Kendinizi Öğrenirsiniz

Soran: Tekrar tekrar karşılaştığımız bir deneyimdir bu, öğrenciler Guruları'na çok zarar verirler. Onlar Guru'nun isteklerini hiç dikkate almadan plânlar yapar ve uygularlar. Sonunda Guru üzülür, öğrenci içerler.

Maharaj: Evet, bu olur.

S: Guru'yu böyle saygısızlıklara boyun eğmeye zorlayan nedir?

M: Guru esasen arzu taşımaz. O, olup biteni görür, ama müdahale etme dürtüsü hissetmez. O hiçbir seçim yapmaz, hiçbir karar almaz. Saf tanık olarak, olup bitenleri izler, ama hiç etkilenmez.

S: Ama onun işi bundan zarar görür.

M: Zafer daima -sonunda- onundur. O, öğrencilerin, onun sözlerinden öğrenmezlerse, kendi hatalarından öğreneceklerini bilir. İçsel olarak sessiz ve sakin kalır. O ayrı bir kişi olma duygusuna sahip değildir. Öğrencileri ve onların küçük plânları dahil olmak üzere, tüm evren onundur. Onu özellikle etkileyen bir şey yoktur ya da tüm evren onu eşit ölçüde etkiler.

S: Guru'nun inayeti diye bir şey yok mudur?

M: Onun inayeti süreklidir ve evrenseldir. O birine verilip de diğerinden esirgenmez.

S: O beni kişisel olarak nasıl etkiler?

M: Zihniniz, Guru'nun inayetiyle, gerçeği aramakla meşgul olur ve onun inayetiyle gerçeği bulursunuz. O inayet hiç sapmadan sizin nihai hayrınız yönünde çalışır. Ve o herkes içindir.

S: Bazı öğrenciler hazır ve olgundurlar, bazıları değildirler. Guru bir seçim yapmak ve kararlar vermek zorunda değil midir?

M: Guru en üst düzeyi bilir ve öğrenciyi durmaksızın ona doğru iter. Öğrenci engellerle doludur ve onları kendisinin aşması gerekir. Guru, öğrencinin hayatının yüzeysellikleriyle çok fazla ilgilenmez. Bu yerçekimi gibidir. Meyve, artık kendini dalda tutamadığında, yere düşmek zorundadır.

S: Öğrenci hedefi bilmiyorsa, engelleri nasıl fark edebilir?

M: Hedefi Guru gösterir, engeller öğrenci tarafından keşfedilir. Guru tercihler yapmaz, ama aşılacak engelleri olanlar geride kalıyor gibi görünürler.

Aslında öğrenci Guru'dan farklı değildir. O da aynı boyutsuz algı merkezi ve eylem halindeki sevgidir. Onu kuşatıp bir kişiye dönüştüren şey sadece kendi imgelemesi ve imgelediği şeyle özdeşleşmesidir. Guru, kişiyle çok az ilgilenir. Onun dikkati içteki izleyicinin, gözlemcinin üzerindedir. Kişiyi anlamak ve ortadan kaldırmak gözlemcinin görevidir. Bir tarafta inayet varsa, diğer tarafta da kendini göreve adama olmalıdır.

S: Ama kişi ortadan kaldırılmak istemez.

M: Kişi sadece bir yanlış anlamanın ürünüdür. Gerçekte, öyle bir şey yoktur. Hisler, düşünceler ve eylemler gözlemcinin önünden durmadan akar, beyinde izler bırakır ve bir süreklilik illüzyonu yaratır. Gözlemcinin zihindeki bir yansıması "ben" duygusunu yaratır ve kişi görünüşte bağımsız bir varoluş edinir. Gerçekte kişi yoktur, sadece kendisini "ben" ve "benim" ile özdeşleştiren gözlemci vardır. Öğretmen gözlemciye şöyle der: Sen bu değilsin, bunda o küçük "Ben'im" noktasından başka senin olan hiçbir şey yok ki o nokta seninle rüyan arasındaki köprüdür. "Ben buyum, ben şuyum" bir rüyadır, ama saf "Ben'im" gerçeğin damgasını taşır. Sen birçok şeyi tattın, hepsi boşa çıktı. Sadece "Ben'im" duygusu değişmeden kaldı. Değişkenler arasında değişmez olanla kal, ta ki onun ötesine geçebilene kadar.

S: Bu ne zaman olacak?

M: Siz engelleri kaldırır kaldırmaz.

S: Hangi engelleri?

M: Yanlış olanı arzulama, doğru olandan korkma. Siz, kişi olarak, Guru'nun sizinle bir kişi olarak ilgilendiğini sanırsınız. Kesinlikle öyle değildir. Guru için siz ortadan kaldırılması gereken bir belâ ve bir engelsinizdir. O aslında bilinçte bir etken olarak sizin (kişinin) ortadan kaldırılmanızı hedefler.

S: Eğer ben ortadan kaldırılırsam, geriye ne kalacak?

M: Hiçbir şey kalmayacak, her şey kalacak. Kimlik duygusu kalacak, ama artık belirli bir bedenle özdeşleşme olmayacak. Var'lık-farkındalık-sevgi bütün ihtişamıyla parlayacak. Özgürleşme asla kişinin özgürleşmesi değildir, o daima kişiden özgürleşmektir.

S: Ve kişiden hiçbir iz kalmayacak mı?

M: Belirsiz bir anı kalır, bir rüyanın ya da ilk çocukluğun anısı gibi. Sonuçta, hatırlanacak ne vardır? Çoğunlukla rastlantısal ve anlamsız olan bir olaylar akışı. Bir arzular, korkular, aptalca hatalar dizisi. Hatırlanmaya değer bir şey var mıdır? Kişi sizi hapseden bir kabuktur yalnızca. O kabuğu kırın.

S: Kabuğu kırmasını kimden istiyorsunuz? Onu kıracak olan kimdir?

M: Siz belleğin ve kendini-özdeşleştirmenin bağlarını koparın, kabuk kendiliğinden kırılacaktır. Algıladığı her şeye gerçeklik veren bir merkez vardır. Sizin tüm ihtiyacınız, sizin gerçeğin kaynağı olduğunuzu, gerçeklik veren olduğunuzu, bir desteğe ya da doğrulanmaya ihtiyacınızın olmadığını anlamaktır. Şeyler oldukları gibidirler, çünkü siz onları oldukları gibi kabul edersiniz. Onları kabullenmeyi bırakın, onlar yok olacaklardır. Her neyi arzuyla veya korkuyla düşünürseniz, o sizin önünüzde gerçek olarak belirir. Ona arzu ya da korku olmadan bakın, varlığını kaybedecektir. Zevk ve acı geçicidir. Onları dikkate almamak, onlara göre hareket etmekten daha basit ve kolaydır.

S: Eğer her şey sona erici ise, neden ortaya çıkmışlardır?

M: Yaratmak bilincin doğasında vardır. Bilinç görünüşlere neden olur. Gerçek ise bilincin ötesindedir.

S: Görünüşlerin bilincindeysek, nasıl oluyor da onların sadece görünüşler olduklarının bilincinde değiliz?

M: Zihin, bilmeden, gerçeği örter. Zihnin doğasını bilmek için zekâya, zihne sessiz ve tarafsız bir farkındalıkla bakabilmeye ihtiyacınız vardır.

S: Eğer benim doğam her yanı kaplayan bilinçse, cehalet ve illüzyon benim başıma nasıl gelebilir?

M: Ne cehalet ne illüzyon sizin başınıza gelmiştir. Kendisine cehalet ve illüzyon atfettiğiniz o benliği bulun, o zaman sorunuz yanıtlanacaktır. Siz sanki benliği biliyormuş ve onun cehaletin ve illüzyonun etkisi altında olduğunu görüyormuş gibi konuşuyorsunuz. Ama aslında, siz ne benliği biliyorsunuz ne de cehaletin farkındasınız. Elbette farkında olmalısınız, farkındalık sizi benliğe getirecektir ve siz onda ne cehaletin ne de illüzyonun bulunduğunu idrak edeceksiniz. Bu şöyle söylemeye benzer: Eğer güneş varsa, karanlık nasıl var olabilir? Güneş ışığı ne kadar güçlü olursa olsun, bir taşın altında karanlığın olacağı gibi, "Ben bedenim" bilincinin gölgesinde de cehalet ve illüzyon olmak zorundadır.

S: Ama beden bilinci neden var oldu?

M: "Neden" diye sormayın, "nasıl" diye sorun. Kendisini yaratımlarıyla özdeşleştirmek yaratıcı imgelemenin doğasında vardır. Siz onu istediğiniz anda, dikkatinizi ve ilginizi keserek -ya da inceleme sonucunda- durdurabilirsiniz.

S: Yaratma incelemeden önce mi gelir?

M: Önce siz bir dünya yaratırsınız, sonra "Ben'im" bir kişi haline gelir; kişi çeşitli nedenlerden ötürü mutlu olmaz. O, mutluluk arayışına çıkar, bir Guru ile karşılaşır, Guru ona "Sen bir kişi değilsin, kim olduğunu bul" der. O bunu yapar ve öteye geçer.

S: O bunu ta başlangıçta neden yapmamıştır?

M: Bu onun aklına gelmemiştir. Birisinin ona söylemesi gerekir.

S: Bu yeterli mi? Benim durumumda bu neden işlemiyor?

M: Çünkü bana güvenmiyorsunuz.

S: Benim inancım neden zayıf?

M: Arzular ve korkular zihninizi donuklaştırmıştır. Zihninizin biraz ovalanıp temizlenmeye ihtiyacı vardır.

S: Zihnimi nasıl temizleyebilirim?

M: Onu durmaksızın izleyerek. Dikkatsizlik belirsizleştirir, dikkat berraklaştırır.

S: Hintli öğretmenler neden faaliyetsizliği savunurlar?

M: İnsanların faaliyetlerinin çoğu değersiz, hatta yıkıcıdır. Arzunun ve korkunun hâkimiyeti altındaki insanlar iyi hiçbir şey yapamazlar. İyilik yapmaya başlamadan önce, kötülük yapmayı bırakmak gerekir. Bu yüzden insanın bir süre tüm faaliyetleri durdurması, dürtülerini ve o dürtülerin ardındaki güdüleri incelemesi, hayatında sahte olan her şeyi görmesi, zihni tüm kötülükten arındırması ve ancak ondan sonra, en aşikâr görevleriyle başlayarak, çalışmaya yeniden başlaması gerekir. Elbette, eğer birisine yardım etme fırsatınız olursa, bunu hemen yapın, onu sizin mükemmel hale geleceğiniz vakte kadar bekletmeyin. Ama profesyonel bir iyilik havarisi haline gelmeyin.

S: Öğrenciler arasında çok fazla iyilik havarisinin olduğunu sanmıyorum. Karşılaştıklarımın çoğu tüm dikkatlerini kendi önemsiz içsel çatışmalarına vermişlerdi. Onların kalpleri başkalarına kapalıydı.

M: Böyle bir ben-merkezcilik geçicidir. Böyle insanlara karşı sabırlı olun. Çünkü uzun yıllar boyunca onlar dikkatlerini kendilerinden başka her şeye vermişlerdir. Bırakın onlar, bir değişiklik olarak, kendilerine yönelsinler.

S: Öz-farkındalığın meyveleri nelerdir?

M: Siz daha zeki hale gelirsiniz. Farkındalık içinde siz öğrenirsiniz. Öz-farkındalık içinde siz kendinizi öğrenirsiniz. Elbette, siz ancak ne olmadığınızı öğrenebilirsiniz. Ne olduğunuzu bilmek içinse, zihnin ötesine geçmeniz gerekir.

S: Farkındalık zihnin ötesinde değil midir?

M: Farkındalık zihnin kendi ötesine, gerçeğe uzandığı noktadır. Farkındalık içinde siz sizi hoşnut edeni değil, doğru olanı ararsınız.

S: Farkındalığın içsel bir sessizlik haline, psişik bir boşluk haline neden olduğunu görüyorum.

M: Bu pekâlâdır, ama yeterli değildir. Siz evrenin mavi gökteki bir bulut gibi süzüldüğü, o her şeyi kucaklayan boşluğu hiç hissettiniz mi?

S: Efendim, önce kendi içsel uzayımı tanımama izin verin.

M: Ayıran duvarı, yani "Ben bedenim" fikrini yok edin, o zaman iç ve dış bir olacaktır.

S: Ölecek miyim?

M: Fiziksel yok oluş anlamsızdır. O, sizi bağlayan duyusal hayata sarılmaktır. Eğer içsel boşluğu tam olarak deneyimleyebilseydiniz, bir patlayışla bütüne varış yakın olurdu.

S: Benim spiritüel deneyimimin kendi mevsimleri vardır. Bazen kendimi muhteşem hissederim, sonra yine bunalıma girerim. Ben bir asansör görevlisi gibi bir çıkıp bir iniyorum.

M: Bilinçteki tüm değişiklikler "Ben bedenim" fikrinden ötürüdür. Bu fikirden kurtulan zihin sakin ve istikrarlı hale gelir. Özellikle herhangi bir şeyi deneyimlemekten azade olan, saf var' lık vardır. Ama onu idrak etmek için öğretmeninizin size söylediğini yapmalısınız. Sadece dinlemek, hatta ezberlemek yeterli değildir. Eğer o öğretinin her sözcüğünü günlük hayatınızda uygulamak için uğraşmazsanız, hiçbir ilerleme kaydetmediğinizden yakınmayın. Tüm gerçek ilerleme, geriye döndürülemez. İnişler ve çıkışlar sadece öğretinin özümsenmediğini ve tam olarak eyleme geçirilmediğini gösterir.

S: Geçen gün bize, *karma* diye bir şeyin olmadığını söylediniz. Ama görüyoruz ki her şeyin bir nedeni var ve bu nedenlerin bütünü *karma* olarak adlandırılabilir.

M: Siz bir beden olduğunuza inandığınız sürece, her şeye nedenler atfedeceksiniz. Ben şeylerin hiçbir nedeninin olmadığını söylemiyorum. Her şeyin sayısız nedeni vardır. O olduğu gibidir, çünkü dünya olduğu gibidir. Her neden dallanıp budaklanarak evreni kaplar.

Siz olmaya razı olduğunuz şey olmakta kesinlikle özgür olduğunuzu, cehalet ve kayıtsızlık yüzünden göründüğünüz gibi olduğunuzu idrak ettiğinizde, başkaldırmak ve değişmekte özgür olursunuz. Siz olmadığınız gibi olmanıza izni veriyorsunuz. Siz olmadığınız şey olmanın nedenlerini arıyorsunuz! Bu boşuna bir arayıştır. Nedenler yoktur, mükemmel olan ve tüm nedenselliğin ötesinde olan gerçek varlığınızla ilgili cehaletinizden başka bir neden yoktur. Çünkü olan her şeyden tüm evren sorumludur ve siz evrenin kaynağısınız.

S: Evrenin nedeni olmak hakkında hiçbir şey bilmiyorum.

M: Çünkü araştırıp incelemiyorsunuz. Sorgulayın, içinizi arayın, bileceksiniz.

S: Benim gibi bir toz zerresi bu engin evreni nasıl yaratabilir?

M: Size "Ben bedenim" virüsü bulaştığında, bütün evren varlık haline geçer. Ama artık bundan bıktığınızda, özgürleşme hakkında bazı hayali fikirleri benimser ve tümüyle yararsız olan eylem çizgilerini izlersiniz. Konsantre olur, meditasyon yapar, zihninize ve bedeninize işkence yapar, bir sürü gereksiz şey yaparsınız, ama esas olanı, yani kişinin ortadan kaldırılması gerektiğini görmezsiniz.

S: Başlangıçta, kendimizi sorgulamaya hazır olmadan önce, bir süre dua etmemiz ve meditasyon yapmamız gerekebilir.

M: Eğer buna inanıyorsanız, devam edin. Bana göre, tüm erteleme bir zaman kaybıdır. Tüm hazırlığı atlayıp geçerek, doğrudan içinizdeki nihai araştırmaya yönelebilirsiniz. Tüm *Yogalar*'ın içinde bu en basit ve en kısa olanıdır.

72

Saf, Katıksız ve Bağsız Olan Gerçektir

Maharaj: Demek Hindistan'a geri geldiniz! Neredeydiniz, ne gördünüz?

Soran: Ben İsviçre'den geldim. Orada kendini idrak ettiğini iddia eden, dikkate değer bir adamla beraberdim. O geçmişte birçok *Yoga* yapmış ve birçok deneyim yaşamış ve hepsi sona ermiş. Şimdi o hiçbir özel yeteneğe ya da bilgiye sahip olduğunu iddia etmiyor; onda olağandışı tek şey duyumlarla ilişkili; o göreni görülenden ayıramıyor. Örneğin, bir araba ona doğru hızla gelirken, o arabanın mı ona, yoksa onun mu arabaya doğru gittiğini bilemiyor. Görünüşe göre, o aynı anda her ikisi birden, yani gören ve görülen oluyor. Onlar bir oluyorlar. O her ne görürse, kendisini görüyor. Ona bazı Vedantik sorular sorduğumda şöyle dedi: "Gerçekten yanıtlayamam. Bilmiyorum. Tüm bildiğim, algıladığım her şeyle garip bir biçimde özdeşleşmemdir. Biliyor musunuz, her şeyi beklerdim, ama böyle bir şeyi asla beklemezdim."

O çok alçakgönüllü bir insandır; öğrenciler edinmez ve kendisine yüksek bir paye vermez. Bu garip durumu hakkında konuşmaya gönüllüdür, ama hepsi o kadar.

M: Şimdi o bildiğini biliyor. Diğer her şey bitmiş. En azından hâlâ konuşuyor. Yakında konuşmayı da kesebilir.

S: O zaman ne yapacak?

M: Sessizlik ve hareketsizlik etkisiz ve eylemsiz değildir. Çiçek çevreyi kokuyla doldurur, mum da ışıkla. Onlar hiçbir şey yapmaz, ama mevcudiyetleriyle her şeyi değiştirirler. Siz mumun fotoğrafını çekebilirsiniz, onun ışığını değil. Bir insanı, onun adını ve görünümünü bilebilirsiniz, ama etkisini bilemezsiniz. Onun mevcudiyeti eylemdir.

S: Faal olmak doğal bir şey değil midir?

M: Herkes faal olmak ister, ama insanın eylemleri nereden kaynaklanır? Merkezî bir nokta yoktur, her eylem -anlamsız, acı verici ve sonu gelmez bir biçimde- bir diğerini doğurur. Orada çalışma ve dinlenme birbirini izlemez. Önce tüm hareketin kaynaklandığı o değişmez, sabit merkezi bulun. Tıpkı bir tekerleğin bir dingil etrafında dönüşü gibi, siz de daima merkezdeki dingilde olmalı, çeperde savrularak dönmemelisiniz.

S: Pratikte bunu nasıl uygulayacağım?

M: Her ne zaman bir arzu ya da korku düşüncesi ya da duygusu zihninize gelirse, dikkatinizi hemen ondan uzaklaştırın.

S: Düşüncelerimi ve hislerimi bastırırsam bir tepkiye yol açarım.

M: Ben bastırmaktan söz etmiyorum. Sadece, dikkatinizi vermeyi reddedin.

S: Zihnin hareketlerini durdurmak için çaba göstermemeli miyim?

M: Bunun çabayla hiçbir ilgisi yoktur. Sadece dikkatinizi ondan uzaklaştırın, düşüncelere değil, düşüncelerin arasına bakın. Bir kalabalığın içinde yürürken, karşılaştığınız her insanla savaşmazsınız, sadece aralarından yolunuzu bulup geçersiniz.

S: Eğer zihni kontrol etmek için irademi kullanırsam, bu sadece egoyu güçlendirir.

M: Elbette. Kavga ederseniz, bir kavgayı davet edersiniz. Ama direnmediğiniz zaman, bir dirençle de karşılaşmazsınız. Oyunu

oynamayı reddettiğinizde, onun dışına çıkarsınız.
S: Benim zihinden özgürleşmem ne kadar zaman alır?
M: Bin yıl alabilir, ama gerçekte zamana hiç ihtiyaç yoktur. İhtiyacınız olan tüm şey tam bir ciddiyet ve samimiyettir. Burada irade eylemdir. Eğer samimiyseniz, ona sahipsiniz demektir. Sonuçta, bu bir tutum meselesidir. Sizin şimdi, burada bir *gnani* olmanızı -korkudan başka- hiçbir şey durduramaz. Siz kişisel-ötesi bir varlık olmaktan korkuyorsunuz. Yapılacak şey çok basittir. Arzularınızdan, korkularınızdan ve onların yarattıkları düşüncelerden yüz çevirin, bir anda doğal halinizde olursunuz.
S: Zihnin yeniden koşullandırılması, değiştirilmesi ya da ortadan kaldırılması sorunu yok mu?
M: Kesinlikle yok. Zihninizi rahat bırakın, yeter. Onunla gitmeyin. Sonuçta, sizin değil, kendi yasalarına uyarak gelip giden düşüncelerden ayrı bir zihin yoktur. Sadece siz onlarla ilgilendiğiniz için o düşünceler size hükmeder. İsa'nın, "Kötülüğe direnmeyin" sözünü hatırlayın. Kötülüğe direnmekle onu sadece güçlendirirsiniz.
S: Evet, şimdi anlıyorum. Yapmam gereken tüm şey kötülüğün varlığını yadsımaktır. O zaman o yavaş yavaş yok olur. Ama bu özünde bir tür kendi-kendine-telkin olmaz mı?
M: Asıl, kendinizi iyilik ve kötülük arasında sıkışmış bir kişi olarak düşünmeniz kendi kendine telkindir. Sizden yapmanızı istediğim şey, ona son vermeniz, uyanmanız ve her şeyi olduğu gibi görmenizdir.

İsviçre'deki o garip arkadaşınızla birlikteliğinizden ne kazandınız?
S: Kesinlikle hiçbir şey. Onun deneyimi beni hiç etkilemedi. Bir şeyi anladım: Aranacak hiçbir şey yok. Her nereye gidersem gideyim, yolculuğun sonunda beni bekleyen bir şey yok. Keşif, bir yerden başka bir yere gitmenin sonucu değildir.
M: Evet, siz kazanılabilen ya da kaybedilebilen herhangi bir

şeyden ayrısınız.

S: Siz ona *vairagya,* yani vazgeçiş mi diyorsunuz?

M: Vazgeçilecek bir şey yoktur. Edinmeyi bırakmanız yeter. Vermek için sahip olmanız gerekir, sahip olmak için de almanız gerekir. İyisi mi, almayın. Bu, tehlikeli bir "spiritüel" kibre götüren vazgeçişi uygulamaktan daha basittir.

Tüm bu tartma, seçme, takas etme, "spiritüel" bir pazardaki alışverişlerdir. Sizin orada işiniz ne? Orada hangi ticari anlaşmayı yapmak için bulunuyorsunuz? Ticaret için ortaya çıkmış değilseniz, bu bitmez tükenmez seçim endişesinin yararı nedir? Huzursuzluk sizi hiçbir yere götürmez. Bir şey sizin hiçbir şeye ihtiyacınızın olmadığını görmenizi engelliyor. Onu bulun ve onun yanlışlığını görün. Bu bir zehir yutup da bitmek bilmez bir susuzluk çekmek gibidir. Ölçüsüzce su içmek yerine, neden zehri çıkarıp atmıyor ve bu yakıcı susuzluktan kurtulmuyorsunuz?

S: Egoyu ortadan kaldırmam gerekecektir!

M: "Ben zaman ve uzayda bir kişiyim" duygusu zehirdir. Bir bakıma, zamanın kendisi zehirdir. Zaman içinde her şey sona erer ve yenileri doğar -sırası geldiğinde yok edilmek için. Kendinizi zamanla özdeşleştirmeyin, endişe içinde "Bundan sonra ne olacak, daha sonra ne olacak?" diye sormayın. Zamanın dışına adım atın ve onun dünyayı yiyip bitirişini görün. Kendi kendinize deyin ki: "Eh, her şeye son vermek zamanın doğasında vardır. Öyle olsun. Bu beni ilgilendirmez. Ben yanabilir değilim ve yakıt biriktirmeye ihtiyacım yoktur."

S: Tanıklık edilecek şeyler olmazsa, tanık olabilir mi?

M: Tanıklık edilecek bir şey daima vardır. Eğer bir şey yoksa, o zaman da onun yokluğu vardır. Tanıklık doğaldır ve sorun değildir. Sorun, özdeşleşmeye götüren aşırı ilgidir. Neyle aşırı meşgulseniz, onun gerçekliğine inanırsınız.

S: "Ben'im" gerçek midir, değil midir? "Ben'im" tanık mıdır? Tanık gerçek midir?

M: Saf, katıksız, bağsız olan gerçektir. Saflığı bozulmuş, karışmış, bağlı ve geçici olan gerçek değildir. Sözcükler sizi yanıltmasın, bir sözcük birkaç anlam, hatta birbiriyle çelişen anlamlar ifade edebilir. Hoş olanı kovalayıp, nahoş olandan kaçınan "Ben'im" sahtedir; zevki ve acıyı birbirinden ayrılamaz gören "Ben'im" doğru görmektedir. Algıladıklarının ağına düşmüş olan tanık, kişidir; uzak ve etkilenmeden duran tanık, gerçekolanın gözlem kulesidir, tezahür etmemiş olanın içindeki farkındalığın tezahür etmiş olana temas ettiği noktadır. Tanıksız evren ve evrensiz tanık olamaz.

S: Zaman dünyayı tüketiyor. Zamanın tanığı kimdir?

M: Zamanın ötesinde olan, Adlandırılamaz Olan. Parlak bir kor parçası havada hızla döndürüldüğünde parlak bir daire gibi görünür. Hareket durduğunda kor kalır. Benzer şekilde, hareket halindeki "Ben'im" dünyayı yaratır. Huzur içindeki "Ben'im" ise Mutlak olur. Siz bir elektrik feneriyle bir dehlizde yürüyen bir insan gibisiniz. Sadece ışık huzmesi içinde bulunanları görebilirsiniz, geri kalan taraflar karanlık içindedir.

S: Eğer dünyayı ben projekte ediyorsam, onu değiştirebilmem gerekirdi.

M: Elbette, değiştirebilirsiniz. Ama kendinizi onunla özdeşleştirmeyi bırakmanız ve onun ötesine geçmeniz gerekir. İşte o zaman yok edecek ve yeniden yaratacak güce sahip olursunuz.

S: Benim tek istediğim özgür olmak.

M: İki şeyi bilmelisiniz: Ne'den özgürleşeceksiniz ve sizi bağlı tutan nedir?

S: Evreni neden yok etmek istiyorsunuz?

M: Ben evrenle ilgilenmiyorum. O ister olsun, ister olmasın. Kendimi bilmem bana yeter.

S: Eğer siz dünyanın ötesindeyseniz, o zaman dünyaya bir yararınız olmaz.

M: Var olan benliğe acıyın, olmayan dünyaya değil! Siz bir rüyaya dalmış, gerçek benliğinizi unutmuşsunuz.

S: Dünya olmasa, sevgi için bir yer olmaz.

M: Tam öyle. Var'lık, bilinç, sevgi ve güzellik gibi nitelikler gerçek olanın dünyadaki yansımalarıdır. Gerçek yoksa, yansıması da olmaz.

S: Dünya arzu-edilir nesnelerle ve insanlarla dolu. Onu nasıl yok olarak düşünebilirim?

M: Arzu edilir olanları arzu edenlere bırakın. Arzunuzun akışını almaktan vermeye çevirin. Verme, paylaşma tutkusu, bir dış dünya -ve verme- fikrini zihninizden doğal olarak yıkayıp götürecektir. Vermenin ve almanın ötesinde, sadece sevginin saf nuru kalacaktır.

S: Sevgide seven ve sevilen gibi bir dualite (ikilik) olmak zorunda.

M: Sevgide "bir" bile yoktur, "iki" nasıl olabilsin? Sevgi ayırmanın, ayrımlar yapmanın reddidir. Birliği düşünebilmek için önce dualite yaratmalısınız. Gerçekten sevdiğiniz zaman, "Seni seviyorum" demezsiniz; diyorsanız, dualite vardır.

S: Beni tekrar tekrar Hindistan'a getiren şey nedir? Bu sadece burada hayatın daha ucuz oluşundan olamaz. İzlenimlerin renkliliği ve çeşitliliği de olamaz. Daha önemli bir etken olmalı.

M: Spiritüel veçhe de var. Dış ve iç arasındaki bölünme Hindistan'da daha azdır. İçi dışta ifade etmek burada daha kolaydır. Bütünleşme daha kolaydır. Toplum çok baskıcı ve bunaltıcı değildir.

S: Evet. Batı'da hep *tamas* ve *rajas*'tır. Hindistan'da daha çok *sattva*, uyum ve denge var.

M: *Gunalar*'ın ötesine geçemez misiniz? *Sattva*'yı tercih neden? Her nerede olursanız olun, neyseniz o olun ve *gunalar*'ı kendinize dert etmeyin.

S: O gücüm yok.

M: Bu sadece, sizin Hindistan'da çok az şey kazandığınızı gösterir. Gerçekten sahip olduğunuz şeyi kaybedemezsiniz. Kendi benliğinizde iyice köklenmiş olsaydınız, yer değişikliği onu etkilemezdi.

S: Hindistan'da spiritüel hayat kolay. Batı'da öyle değil. Orada insan çevreye çok daha büyük ölçüde uymak zorundadır.

M: Niçin kendi çevrenizi yaratmıyorsunuz? Dünyanın sizin üzerinizdeki gücü sadece sizin ona verdiğiniz kadardır. Başkaldırın. Dualitenin ötesine geçin, doğu ile batı arasında ayrım yapmayın.

S: İnsan kendini çok gayri-spiritüel bir çevrede bulduğunda ne yapabilir?

M: Bir şey yapmayın. Kendiniz olun. Dışında durun. Öteye bakın.

S: Evde çatışmalar olabilir. Ebeveynleriniz sizi nadiren anlarlar.

M: Gerçek varlığınızı bildiğinizde hiçbir sorununuz olmaz. Ebeveynlerinizi hoşnut edebilir ya da edemeyebilirsiniz, evlenebilir ya da evlenmeyebilirsiniz, çok para kazanabilir veya kazanmayabilirsiniz; sizin için hepsi aynıdır. Koşullara göre hareket edin, ama her durumda olgularla, gerçekle yakın temasta olun.

S: Bu çok yüksek bir hal değil midir?

M: Hayır, o normal haldir. Siz ona yüksek diyorsunuz, çünkü ondan korkuyorsunuz. Önce korkudan kurtulun. Korkulacak hiçbir şeyin olmadığını görün. Korkusuzluk En Yüce'ye açılan kapıdır.

S: Ne kadar çaba harcasam da korkusuz olamam.

M: Korkusuzluk, korkulacak bir şeyin olmadığını gördüğünüz zaman kendiliğinden gelir. Siz kalabalık bir sokakta yürürken insanların yanından geçersiniz; bazılarını görür, bazılarına sadece bir göz atar, ama durmazsınız. Tıkanıklığı yaratan şey durmaktır. İlerlemeye devam edin! İsimleri ve şekilleri önemsemeyin, onlara bağlanmayın; bağlılığınız sizin esaretinizdir.

S: Bir adam bana hakaret ettiğinde ne yapacağım?

M: Doğuştan sahip olduğunuz ya da sonradan edindiğiniz karakterinize göre tepki göstereceksiniz.

S: Bu kaçınılmaz mıdır? Ben ve dünya olduğumuz gibi kalmaya mahkûm muyuz?

M: Altın bir takıyı yeniden şekillendirmek isteyen bir kuyumcu ustası, önce o takıyı eritip şekilsiz altına dönüştürür. Benzer şekilde, yeni bir ismin ve formun ortaya çıkabilmesi için insan orijinal haline geri dönmelidir. Yenilenme için ölüm gereklidir.

S: Siz hep öteye geçmenin, uzak olmanın, yalnızlığın gerekli olduğunu vurguluyorsunuz. "Doğru" ve "yanlış" sözcüklerini hemen hiç kullanmıyorsunuz. Bunun nedeni nedir?

M: İnsanın kendisi olması doğrudur, olmaması yanlıştır. Başka her şey koşulludur. Siz doğruyu yanlıştan ayırmaya isteklisiniz, çünkü eylem için bir temele, bir başlangıç noktasına ihtiyaç duyuyorsunuz. Daima bir şeyi veya başka bir şeyi yapmanın peşindesiniz. Ama kişisel olarak güdülenmiş, bazı değer ölçülerine dayanan, bir sonucu hedefleyen eylem eylemsizlikten daha kötüdür, çünkü onun meyveleri daima acıdır.

S: Farkındalık ve sevgi bir ve aynı mıdır?

M: Elbette. Farkındalık dinamiktir, sevgi ise var oluştur. Farkındalık eylem halindeki sevgidir. Zihin kendi başına her türlü olasılığı gerçekleştirebilir, ama onlar sevgi tarafından yönlendirilmedikçe, değersizdirler. Sevgi yaradılıştan önce gelir. Onsuz sadece kaos vardır.

S: Farkındalıkta eylem nerededir?

M: Siz iflah olmaz biçimde eylemcisiniz! Hareket, huzursuzluk, karışıklık yoksa, siz onu eylem olarak adlandırmazsınız. Kaos, hareket uğruna harekettir. Gerçek eylem, yer değiştirtmez; dönüştürür. Yer değiştirme sadece bir yerden başka bir yere geçmektir; fikrini, inancını, tutumunu değiştirmek eylemdir. Hatırlayın, algılanabilen hiçbir şey gerçek değildir. Faaliyet eylem değildir. Eylem gizlidir, bilinmezdir, bilinemezdir. Siz sadece onun meyvesini bilebilirsiniz.

S: Tanrı her şeyi yapan değil midir?

M: Neden dışsal bir yapıcı getiriyorsunuz? Dünya kendini yine kendinden yeniden yaratır. Geçici olanın geçici olanı doğurması sonu gelmez bir süreçtir. Bir yapanın olması gerektiğini size düşündüren şey egonuzdur. Siz -o ne kadar kasvetli olursa olsun- kendi suretinizde bir Tanrı yaratırsınız. Zihninizin filmi ile bir dünya ve -ona neden ve amaç vermek için- bir Tanrı projekte edersiniz. Bu tümüyle imgelemedir, onun dışına çıkın.

S: Dünyayı sadece zihinsel bir şey olarak görmek ne kadar zor! Onun elle tutulur gerçekliği çok ikna edici görünüyor.

M: İmgelemenin sırrı, onun çok gerçek görünmesidir. Siz bekâr ya da evli, bir keşiş veya bir aile babası olabilirsiniz; mesele bu değildir. Siz imgelemenizin kölesi misiniz, değil misiniz? Her ne karar alırsanız, her ne iş yaparsanız, o hep imgelemeye, olgular kılığına girmiş varsayımlara dayalı olacaktır.

S: Burada, önünüzde oturuyorum. Bunun neresi imgelemedir?

M: Bütünü. Hatta uzay ve zaman da hayalidir.

S: Bu benim var olmadığım anlamına mı gelir?

M: Ben de yokum. Tüm varoluş hayalidir.

S: Var'lık da mı hayalidir?

M: Her şeyi ve her şeyin ötesini dolduran saf var'lık sınırlı olan varoluş değildir. Tüm sınırlı olanlar hayalidir. Sadece sınırsız olan gerçektir.

S: Siz bana baktığınızda, ne görüyorsunuz?

M: Sizin kendinizle ilgili imgeleminizi görüyorum.

S: Benim gibi birçokları var. Ama her biri farklı.

M: Tüm projeksiyonların bütünü *maha-maya*, yani Büyük İllüzyon'dur.

S: Ama kendinize baktığınızda ne görüyorsunuz?

M: Bu nasıl baktığıma bağlıdır. Zihin aracılığı ile baktığımda, sayısız insan görürüm. Zihnin ötesinden baktığımda ise tanığı görürüm. Tanığın ötesinde, boşluğun ve sessizliğin sonsuz yoğunluğu vardır.

S: İnsanlara nasıl davranmalı?

M: Neden ve ne için plânlar yapmalı? Böyle sorular endişeyi gösterir. İlişki canlı bir şeydir. İçsel benliğinizle barış içinde olun, o zaman herkesle barış içinde olursunuz.

Olup bitenlerin efendisi olmadığınızı, teknik meseleler dışında geleceği kontrol edemeyeceğinizi idrak edin. İnsan ilişkileri plânlanamaz, o çok zengin ve çeşitlidir. Sadece her türlü çıkarcılıktan uzak, anlayışlı ve şefkatli olun.

S: Kuşkusuz, ben olup bitenlerin efendisi değil, kölesiyim.

M: Ne efendi ne de köle olun. Uzak ve ayrı durun.

S: Bu eylemden kaçınmak anlamına mı gelir?

M: Siz eylemden kaçınamazsınız. O da başka her şey gibi vuku bulur.

S: Eylemlerimi kontrol edebilirim.

M: Deneyin. Çok geçmeden göreceksiniz ki yapmanız gereken şeyi yaparsınız.

S: Ben kendi iradem doğrultusunda davranabilirim.

M: Siz iradenizi ancak davrandıktan sonra bilirsiniz.

S: Arzularımı, yaptığım seçimleri, aldığım kararları hatırlar, ona göre davranırım.

M: O zaman, kararı veren siz değil, belleğinizdir.

S: Ben nerede devreye girerim?

M: Ona dikkatinizi vererek onu mümkün kılarsınız.

S: Özgür irade diye bir şey yok mudur? Arzu etmekte özgür değil miyim?

M: Hayır, siz arzu etmeye zorlanırsınız. Hinduizm'de özgür irade fikri yoktur, bu yüzden onu ifade eden bir sözcük de yoktur. İrade bağlılık, saplantı, esaret olarak görülür.

S: Sınırlamalarımı seçmekte özgürüm.

M: Önce özgür olmalısınız. Dünyada özgür olmak için, dünyadan bağımsız ve özgür olmalısınız. Aksi takdirde geçmişiniz sizin için ve geleceğiniz için karar verir. Siz olmuş olan ile olması zorunlu olan arasında sıkışmışsınız. Ona ister kader, ister *karma* deyin, ama asla özgürlük demeyin. Önce gerçek varlığınıza dönün ve sonra sevgiyle davranın.

S: Tezahür etmiş olanın içinde, tezahür etmemiş olanın damgası nedir?

M: Hiç yoktur. Tezahür etmemiş olanın damgasını aramaya başladığınız anda, tezahür etmiş olan dağılıp yok olur. Eğer tezahür etmemiş olanı zihninizle anlamaya çalışırsanız, bir anda zihnin ötesine geçersiniz; tıpkı bir ateşi tahta bir sopayla karıştırdığınızda sopanın yanması gibi. Zihni, tezahür etmiş olanı incelemek için kullanın. Yumurtanın kabuğunu gagalayan bir civciv gibi olun. Kabuğun dışındaki hayat hakkında tahminlerde bulunmak ona pek yarar sağlamaz, ama kabuğu gagalamak kabuğu içten kırar ve civcivi özgürlüğe kavuşturur. Benzer şekilde, inceleyip sorgulayarak, zihnin çelişkilerini ve saçmalıklarını ortaya çıkararak, onu içten doğru kırın.

S: Kabuğu kırma özlemi nereden gelir?

M: Tezahür etmemiş olandan.

73

Zihnin Ölümü Bilgeliğin Doğumudur

Soran: İnsanın, gerçek doğasını idrak edebilmesi için, önce bir kişi olması gerekmez mi? Egonun kendi değeri yok mudur?

Maharaj: Kişi büyük ölçüde yararsızdır. O kendi işlerine derinlemesine dalmıştır ve gerçek varlığı hakkında tamamen cahildir. Tanıklık eden bilinç, kişiyi etkileyip onu gözlemin öznesi olmaktan çok nesnesi haline getirmedikçe, kendini idrak etmek mümkün olmaz. Kendini-idraki arzu edilebilir ve ulaşılabilir kılan şey tanıktır.

S: Öyleyse, bir kişinin hayatında onun tanık haline geldiği bir nokta var mıdır?

M: Hayır. Kişi kendi başına tanık haline gelmeyecektir. Bu bir mumun zaman içinde kendiliğinden yanmasını beklemek gibidir. Farkındalık alevi ona dokunmadıkça, kişi cehaletin karanlığında ebediyen kalabilir.

S: Mumu kim yakar?

M: Guru. Onun sözleri, onun mevcudiyeti. Hindistan'da bu (Guru) çoğu kez bir *mantra*'dır. Mum bir kez yandığında, alev mumu tüketecektir

S: *Mantra* neden bu kadar etkilidir?

M: *Mantra*'nın sürekli tekrarlanması kişinin kendisi için yaptığı bir şey değildir. Bu uygulamadan yararlanan kişi değildir. Tıpkı mumun yanarak artmaması gibi...

S: Kişi kendi başına kendisinin farkında olabilir mi?

M: Evet, bu bazen, çok ıstırap çekmenin sonucunda gerçekleşir. Guru sizi bu sonu olmayan acıdan korumak ister. Onun inayeti böyledir. Dışta bir Guru bulunmasa da, her zaman *sadguru*, yani içsel Guru vardır; o içten doğru yol gösterir ve yardım eder. "Dış" ve "iç" sözcükleri sadece bedenle ilgilidir; gerçekte hepsi birdir, dıştaki sadece içtekinin bir projeksiyonudur. Farkındalık daha yüksek bir boyuttan gelir gibi gerçekleşir.

S: Kıvılcımın çakmasından önce ve sonra fark nedir?

M: Kıvılcımın çakmasından önce farkı algılayacak bir tanık yoktur. Kişi bilinçli olabilir, ama bilinçli olduğunun farkında değildir. O, düşündüğü, hissettiği ve deneyimlediği şeylerle tamamen özdeşleşmiştir. Onun içindeki karanlık kendi yaratımıdır. Karanlık, sorgulandığında dağılıp yok olur. Sorgulama arzusu Guru tarafından aşılanmıştır. Başka bir deyişle, kişi ile tanık arasındaki fark, kendini bilmeme ve bilme arasındaki fark gibidir. Uyum *(sattva)* varken, bilinçte görülen dünya bilincin doğasında olacaktır; ama faaliyet ve atalet *(rajas ve tamas)* ortaya çıktığında, onlar belirsizleştirir ve çarpıtır ve siz sahte olanı gerçek olarak görürsünüz.

S: Kişi kendini Guru'nun gelişine hazırlamak için ne yapabilir?

M: Hazır olma arzusu, Guru'nun gelmiş ve ateşin yakılmış olduğu anlamına gelir. Bu, rastgele bir söz veya bir kitaptaki bir sayfa olabilir; Guru'nun inayeti gizemli bir biçimde çalışır.

S: Kendini hazırlama diye bir şey yok mudur? *Yoga sadhana* (spiritüel *yoga* uygulaması) hakkında çok şey işitiyoruz.

M: *Sadhana*'yı yapan kişi değildir. Kişi sonuna dek huzursuzluk ve direnç içinde olur. Kişi ve onun geçmiş, şimdiki ve gelecek tüm illüzyonları üzerinde çalışan tanıktır.

S: Sizin söylediklerinizin doğru olduğunu nasıl bilebiliriz? O, kendi kendine yeterli ve içsel çelişkilerden uzak olsa da, onun sürekli tekrarlamayla beslenip zenginleştirilen üretken bir hayal gücünün ürünü olmadığını nasıl bilebiliriz?

M: Gerçeğin kanıtı, onun dinleyen üzerindeki etkisindedir.

S: Sözler çok güçlü etkiler yaratabilir. Sözleri işiterek ya da tekrarlayarak insan çeşitli trans hallerine girebilir. Dinleyicinin deneyimleri yapay olarak yaratılmış olabilir, dolayısıyla bir kanıt olarak görülemez.

M: Etkinin ille de bir deneyim olması gerekmez. O, karakterde, güdüde, başkalarıyla ve kendinizle ilişkinizde bir değişim olabilir. Sözlerle, uyuşturucularla, diğer duyusal ve zihinsel vasıtalarla oluşturulan translar ve vizyonlar geçicidir ve bir sonuca vardırmaz. Burada söylenen gerçek ise değişmez ve ebedidir. Onun kanıtı dinleyicidedir, dinleyenin varlığında yarattığı derin ve kalıcı değişimlerdedir. Bu, onun kendi varoluşundan kuşkulanmadıkça -ki bu düşünülemez- kuşkulanabileceği bir şey değildir. Benim deneyimim sizin de deneyiminiz haline geldiğinde, bundan daha iyi bir kanıt olabilir mi?

S: Deneyimleyen kendi deneyiminin kanıtıdır.

M: Evet, ama deneyimleyenin kanıta ihtiyacı yoktur. "Ben'im ve Ben'im olduğumu biliyorum." Bundan daha ileri bir kanıt isteyemezsiniz.

S: Nesneler, şeyler hakkında doğru bilgi olabilir mi?

M: Göreceli olarak, evet. Mutlak olarak, hiçbir şey yoktur. Hiçbir şeyin *var olduğunu* bilmek doğru bilgidir.

S: Göreceli olan ile mutlak olan arasındaki bağlantı nedir?

M: Onlar aynıdır.

S: Hangi görüş noktasından aynıdırlar?

M: Sözcükler söylendiğinde, sessizlik olur. Göreceli olan sona erdiğinde, mutlak kalır. Sözcükler söylenmeden önceki sessizlik, sözcükler söylendikten sonraki sessizlikten farklı mıdır? Sessizlik birdir ve o olmasa sözcükler işitilemezdi. O daima orada, sözcüklerin ardındadır. Dikkatinizi sözcüklerden sessizliğe çevirin, onu duyacaksınız. Zihin deneyimi şiddetle arzu eder, deneyimin anısını bilgi sanır. *Gnani* tüm deneyimin ötesindedir ve onun belleği geçmişi boşaltmıştır. *Gnani* özellikle herhangi bir şeyle ilgilenmez. Ama zihin formülleştirmelerin ve tanımlamaların peşindedir, daima gerçeği sözel bir kalıba sokmaya heveslidir. O her şeyden bir fikir ister, çünkü fikirler olmadan zihin olmaz. Gerçek esasen yalnızdır, zihin onun yerine gerçek-olmayanla uğraşır. Ama zihnin tüm yapabileceği budur, yani gerçek-olmayanın gerçek olmadığını keşfetmek.

S: Ve gerçek-olanı gerçek olarak görmek?

M: Gerçek-olanı görmek diye bir şey yoktur. Kim neyi görecek? Siz ancak gerçek olabilirsiniz ki zaten o'sunuz. Sorun yalnızca zihinseldir. Yanlış fikirleri terk edin, yeter. Doğru fikirlere ihtiyaç yoktur. Çünkü doğru fikir yoktur.

S: Öyleyse neden gerçek-olanı aramaya teşvik ediliyoruz?

M: Zihin bir amaca sahip olmalıdır. Onu kendini gerçek-olmayandan kurtarmaya teşvik etmek için, karşılığında ona bir şey vaat edilir. Gerçekte, bir amaca ihtiyaç yoktur. Sahte olandan kurtulmak kendi başına iyidir, o bir ödül istemez. O tıpkı temiz olmak gibidir, temizlik kendi kendinin ödülüdür.

S: Kendini-bilmek ödül değil midir?

M: Kendini-bilmenin ödülü kişisel benlikten kurtulmaktır. Siz bileni bilemezsiniz, çünkü siz bilensiniz. Bilme olgusu bileni kanıtlar. Başka bir kanıta ihtiyacınız yoktur. Bilinenin bileni bilinebilir değildir. Tıpkı ışığın ancak renklerin içinde bilinmesi gibi, bilen de bilginin içinde bilinir.

S: Bilen sadece çıkarılan bir sonuç mudur?

M: Siz bedeninizi, zihninizi ve hislerinizi biliyorsunuz. Siz sadece çıkarılan bir sonuç musunuz?

S: Diğerleri için çıkarılan bir sonucum, kendim için değil.

M: Ben de öyleyim. Sizin için çıkarılan bir sonucum, ama kendim için değilim. Ben kendimi, kendim olarak, bilirim. Siz de, bir insan olarak, bir insan olduğunuzu bilirsiniz. Siz bir insan olduğunuzu kendinize hatırlatıp durmazsınız. Ancak insanlığınız sorgulandığında bunu savunursunuz. Benzer şekilde, ben her şey olduğumu bilirim. "Ben her şeyim, ben her şeyim" diye tekrarlamam gerekmez. Sadece siz beni belirli bir kişi olarak tanımladığınızda buna karşı çıkarım. Sizin her zaman bir insan olduğunuz gibi, ben de neysem her zaman o'yum. Siz değişmez şekilde her ne iseniz, tüm kuşkunun ötesinde, o'sunuz.

S: Ben size "Bir *gnani* olduğunuzu nasıl biliyorsunuz?" diye sorduğumda, siz, "İçimde hiçbir arzu yok. Bu bir kanıt değil mi?" diye karşılık veriyorsunuz.

M: Eğer ben arzularla dolu olsaydım, yine de neysem o olurdum.

S: Ben arzularla dolu olsam ve siz arzularla dolu olsanız, aramızda ne fark olacaktı?

M: Siz kendinizi arzularınızla özdeşleştiriyor ve onların kölesi haline geliyorsunuz. Benim içinse arzular sadece diğer şeylerin arasındaki şeylerdir, zihinsel gökyüzündeki bulutlardır ve ben onlara göre davranmaya zorlandığımı hissetmem.

S: Bilen ve onun bilgisi, onlar bir midir, iki mi?

M: Onlar her ikisidir. Bilen tezahür etmemiş olan, bilinen ise tezahür etmiş olandır. Bilinen daima hareket halindedir, değişir, kendine ait bir şekli, bir yeri yoktur. Bilen ise tüm bilginin değişmez desteğidir. Birinin diğerine ihtiyacı vardır, ama gerçek ötededir. *Gnani* bilinemez, çünkü bilinecek bir kişi yoktur.

Bir kişi varken, siz onun hakkında bir şeyler söyleyebilirsiniz, ama belirli bir şeyle özdeşleşme yoksa, ne söylenebilir? Siz bir *gnani*'ye herhangi bir şey söyleyebilirsiniz; onun sorusu daima, "Siz kimden söz ediyorsunuz? Böyle bir kişi yok" olacaktır. Tıpkı evren her şeyi içerdiği için onun hakkında herhangi bir şey söyleyemeyeceğiniz gibi, bir *gnani* hakkında da hiçbir şey söylenemez, çünkü o her şeydir ve belirli hiçbir şey değildir. Sizin resminizi üzerine asmak için bir kancaya ihtiyacınız vardır; bir kanca yoksa, resmi neye asacaksınız? Bir şeyin yerini saptamak için uzaya ihtiyacınız vardır, bir olayı yerleştirmek için zamana ihtiyacınız vardır; ama zamansız ve uzaysız olan, tüm yaklaşımlara meydan okur. O her şeyi algılanabilir kılar, ama kendisi algının ötesindedir. Zihin kendisinin ötesinde olanı bilemez; ama zihin, onun ötesinde olan tarafından bilinir. *Gnani* ne doğum bilir, ne ölüm; var oluş ve olmayış onun için aynıdır.

S: Bedeniniz öldüğünde, siz kalırsınız.

M: Hiçbir şey ölmez. Beden sadece imgelenmiştir. Öyle bir şey yoktur.

S: Ama tüm çevrenizdekiler için ölmüş olacaksınız. Bedeniniz çiçeklerle örtülecek, sonra yakılacak ve küller savrulacak. Bu, bizim deneyimimiz olacak. Sizinki ne olacak?

M: Zaman sona erecek. Buna Büyük Ölüm *(mahamrityu)*, yani zamanın ölümü denir.

S: Bu, evrenin ve onun içerdiklerinin son bulacağı anlamına mı gelir?

M: Evren sizin kişisel deneyiminizdir. O nasıl etkilenebilir? Siz iki saat boyunca bir konferans verebilirsiniz; bittiğinde o nereye gitmiştir? O -konferansın başlangıcının, ortasının ve sonunun bir arada olduğu- sessizliğe karışmıştır. Zaman durmuştur; o vardı, ama artık yoktur. Bir konuşma hayatından sonraki sessizlik ile bir sessizlik hayatından sonraki sessizlik aynı sessizliktir. Ölümsüzlük, "Ben'im" hissinden özgürleşmektir. Ama o yok oluş değildir. Tam tersine, o düşünebileceğinizden sonsuz derecede daha gerçek, farkında ve mutlu bir haldir. Sadece özbilinç, kendini-düşünme artık yoktur.

S: Neden zihnin Büyük Ölümü bedenin "küçük ölümü" ile aynı zamana rastlar?

M: Öyle olmaz! Siz zihinsel karışıklıkta herhangi bir kesinti olmadan yüz kere ölebilirsiniz. Ya da bedeninizi muhafaza edip sadece zihninizde ölebilirsiniz. Zihnin ölümü bilgeliğin doğuşudur.

S: Yani kişi gider, sadece tanık kalır.

M: "Ben tanığım" diyecek kim kalır geriye? "Ben'im" olmadığında, tanık nerededir? Zamansız (ebedi) halde sığınılacak bir benlik yoktur.

Bir paket taşıyan adam onu kaybetmemek için dikkat eder, onun bilinci pakete odaklanmıştır. "Ben'im" hissine değer veren bir adamın bilinci kendisine odaklanmıştır. *Gnani* hiçbir şeye tutunmaz ve onun bilinçli olduğu söylenemez. Ama o bilinçsiz de değildir. O farkındalığın merkezidir. Biz onu uzaya bürünmüş *digambara,* yani tüm görünüşün ötesindeki Çıplak Varlık olarak adlandırırız. Onun hiçbir isimle ve şekille var olduğu söylenemez, ama o gerçekten *var olan* tek varlıktır.

S: Bunu kavrayamıyorum.

M: Kim kavrayabilir? Zihnin kendi sınırları vardır. Sizi bilginin sınırlarına kadar getirmek ve bilinmeyenin enginliğiyle yüz yüze gelmenizi sağlamak yeterlidir. Onun içine dalmak ise size kalmıştır.

S: Tanık hakkında ne dersiniz? O gerçek midir, değil midir?

M: Her ikisidir. İllüzyonun son kalıntısı, gerçek-olanın ilk dokunuşu. "Ben yalnızca tanığım" demek hem doğru, hem yanlıştır: "Ben'im"den dolayı yanlıştır, tanıktan dolayı doğrudur. "Tanıklık vardır" demek daha iyi olur. Siz "Ben'im" dediğiniz anda, tüm evren yaratıcısıyla birlikte varlık kazanır.

S: Bir başka soru: Biz kişiyi ve benliği, biri küçük biri büyük iki kardeş olarak hayal edebilir miyiz? Küçük kardeş yaramaz, bencil, kaba ve huzursuzdur; ağabey ise zeki, iyi kalpli, mantıklı ve saygılıdır, arzuları ve korkularıyla beden bilincinden azadedir. Ağabey küçük kardeşi bilir, ama küçük kardeş ağabeyden habersizdir ve tek başına olduğunu düşünür. Guru gelir ve küçük kardeşe şöyle der: "Sen yalnız değilsin, sen çok iyi bir aileden geliyorsun, ağabeyin çok olağanüstü bir insan, bilge ve iyi kalpli ve seni çok seviyor. Onu hatırla, onu düşün, onu bul, ona hizmet et, o zaman onunla bir olacaksın." Şimdi sorum şu: Bizim içimizde kişisel, bireysel, sahte benlik ve gerçek benlik diye iki varlık mı var, yoksa bu sadece bir mecaz mı?

M: Her ikisi de. Onlar iki gibi görünür, ama incelendiklerinde bir oldukları görülür. Dualite (ikilik) ancak sorgulanmadığı sürece devam eder. Zihin, benlik ve ruh (*vyakti, vyakta, avyakta*) üçlüsü incelendiğinde, birlik haline gelir. Bunlar sadece deneyimleme tarzlarıdır: Bağlılık, bağsızlık, aşkınlık.

S: Sizin bizim bir rüya hali içinde bulunduğumuz varsayımınız sizin konumunuzu saldırılamaz kılıyor. Her ne itirazda bulunsak, onun geçerliliğini yadsıyorsunuz. İnsan sizinle tartışamıyor!

M: Tartışma arzusu da sadece bir arzudur. Bilme, güce sahip olma arzusu, hatta var olma arzusu sadece arzudur. Herkes *var olmayı*, hayatta kalmayı, devam etmeyi arzular, çünkü kimse kendinden emin değildir. Ama herkes ölümsüzdür. Siz kendinizi beden olarak kabul ederek kendinizi ölümlü kılarsınız.

S: Siz özgürlüğe kavuşmuş olduğunuza göre, birazını bana veremez misiniz?

M: Neden birazını? Hepsini alın. Alın, o almanız için orada duruyor. Ama siz özgürlükten korkuyorsunuz!

S: Swami Ramdas da benzer bir rica ile ilgilenmek zorunda kalmıştı. Bazı müritleri bir gün onun çevresinde toplanarak kendilerini özgürleştirmesini istemişlerdi. Ramdas gülümseyerek dinledi, sonra birden ciddileşti ve dedi ki: "Burada ve şimdi özgür olabilirsiniz, mutlak ve kalıcı bir özgürlüğü sahip olabilirsiniz. Kim istiyorsa öne çıksın." Kimse yerinden kımıldamadı. O, teklifini üç kez tekrarladı. Kimse talip olmadı. Sonra o dedi ki: "Teklif geri çekildi."

M: Bağlılık cesareti yok eder. Veren her zaman vermeye hazırdır. Alan ortada yoktur. Özgürlük bırakmak, koyuvermek anlamına gelir. İnsanlar her şeyi bırakmaya pek razı değildirler. Onlar -ölümün ölümsüzlüğün bedeli olması gibi- sonlu olanın sonsuz olanın bedeli olduğunu bilmezler. Spiritüel olgunluk her şeyi bırakmaya, koyuvermeye hazır olmaktır. Vazgeçmek ilk adımdır. Ama gerçek vazgeçiş, vazgeçecek bir şeyin bulunmadığını, çünkü hiçbir şeyin size ait olmadığını idrak etmektir. Bu derin uyku gibidir, siz uykuya daldığınızda yatağınızdan vazgeçmezsiniz, sadece onu unutursunuz.

74

Gerçek Şimdi ve Buradadır

Soran: Benim sorum şu: Gerçeğin kanıtı nedir? Metafiziksel veya siyasi, felsefi ya da ahlâki her dinin takipçileri kendi inandıklarının tek gerçek olduğuna, başka her şeyin yanlış olduğuna inanır ve kendi sarsılmaz inançlarını gerçeğin kanıtı olarak kabul ederler. "Ben inanıyorum, öyleyse onun doğru olması gerekir" derler. Bence hiçbir felsefe ya da din, hiçbir öğreti ya da ideoloji, her ne kadar tamam, kendi içinde çelişkilerden yoksun ve duygusal olarak çekici olsa da, kendi gerçekliğinin kanıtı olamaz. Onlar insanların üstlerine giydikleri, zamana, koşullara göre değişen ve moda akımlarına uyan giysiler gibidir.

Doğru olan ve birilerinin inancına dayanmayan bir din ya da felsefe olabilir mi? Kutsal metinlere de dayanmayan, çün-

kü onlar da birilerinin onlara inanmalarına dayanır. Güvenmeye dayanmayan, öznel olmayan bir gerçek var mıdır?
Maharaj: Bilime ne dersiniz?
S: Bilim daireseldir, o başladığı yerde biter: Duyularda. O deneyimle iş görür ve deneyim öznel bir şeydir. İki insan bile yoktur ki aynı deneyimi yaşamış olsun, her ne kadar onu aynı sözcüklerle ifade etseler de?
M: Gerçeği zihnin ötesinde aramalısınız.
S: Efendim, ben yeterince trans yaşadım. Herhangi bir uyuşturucu onu ucuza ve hızla sağlayabilir. Hatta solunumla veya zihinsel egzersizlerle gerçekleştirilen klâsik *samadhi*'ler de çok farklı değil. Oksijen *samadhi*'leri, karbondioksit *samadhi*'leri ve bir *mantra*'nın veya bir onaylamanın tekrarlanmasıyla kendi kendine oluşturulan *samadhi*'ler var. Tekdüzelik uyutucudur. Ne kadar muhteşem olsa da, ben *samadhi*'yi gerçeğin bir kanıtı olarak kabul edemem.
M: *Samadhi* deneyim ötesidir. O niteliği olmayan bir haldir.
S: Deneyimin olmaması dikkatsizlikten dolayıdır. Dikkatle birlikte deneyim ortaya çıkar. İnsanın gözlerini kapaması ışığın yokluğunu kanıtlamaz. Olumsuz hallere gerçeklik atfetmek bizi ileriye götürmez. İnkâr ve ret aslında doğrulamayı içerir.
M: Bir bakıma haklısınız. Ama sizin zihninizdeki gerçeğin ne olduğunu ve hangi kanıtın sizi tatmin edeceğini açıklamadan, gerçeğin kanıtını istediğinizi görmüyor musunuz? Kanıtınıza güvenmeniz kaydıyla her şeyi kanıtlayabilirsiniz. Ama sizin kanıtınızın doğru olduğunu ne kanıtlayacak? Ben sizi sizin sadece var olduğunuzu bildiğinizi, sahip olabileceğiniz tek kanıtın siz olduğunuzu kabullenmeye kolayca yönlendirebilirim. Ama ben salt varoluşu gerçek ile özdeşleştirmem. Varoluş anlıktır, daima zaman ve uzay içindedir, oysa gerçek değişmez ve her yanı kaplayandır.
S: Efendim, ben gerçeğin ne olduğunu ve onu neyin kanıtlayabileceğini bilmiyorum. Beni kendi kaynaklarıma yönlendir-

meyin, çünkü bir kaynağım yok. Burada gerçeği bilen sizsiniz, ben değil.

M: Siz gerçeğin kanıtı olarak tanıklığı reddediyorsunuz; başkalarının deneyimleri işinize yaramıyor, muazzam sayıdaki bağımsız tanığın birbirini tutan bildirimlerinden çıkan tüm sonuçları reddediyorsunuz; öyleyse, sizi tatmin edecek kanıtın ne olduğunu, sizin geçerli kanıt testinizin ne olduğunu söylemek size düşer.

S: Doğrusu, bu kanıtı ne sağlar, bilmiyorum.

M: Kendi deneyiminiz bile olamaz mı?

S: Ne kendi deneyimim, ne de varoluşum. Onlar benim bilinçli olmama dayanıyor.

M: Ve sizin bilinçli olmanız neye dayanıyor?

S: Bilmiyorum. Eskiden "bedenime dayanıyor" diyebilirdim; şimdi, bedenin ikinci sırada geldiğini, birinci olmadığını ve varoluşun bir kanıtı olarak kabul edilemeyeceğini görüyorum.

M: Yanlışın ve ıstırabın ana kaynağı olan "ben bedenim" fikrini terk etmiş olduğunuz için memnunum.

S: Ben onu aklî olarak terk ettim, ama belirli bir şey, bir kişi olma duygusu hâlâ benimle. Ben "Ben'im" diyebilirim, ama ne olduğumu söyleyemem. Ben var olduğumu biliyorum, ama neyin var olduğunu bilmiyorum. Bunu ne şekilde ifade edersem edeyim, bilinmeyen ile yüz yüzeyim.

M: Sizin var'lığınız gerçek olandır.

S: Kuşkusuz, aynı şeyden söz etmiyoruz. Ben soyut bir varlık değilim. Ben sınırlı ve sınırlamalarının farkında olan bir kişiyim. Ben bir olguyum, ama çok gayri-maddi bir olguyum. Bir kişi olarak, geçici varoluşumu üstüne kurabileceğim hiçbir şey yok.

M: Sözleriniz sizden daha bilge! Bir kişi olarak varoluşunuz anlıktır, geçicidir. Ama siz sadece bir kişi misiniz? Siz aslında bir kişi misiniz?

S: Nasıl yanıtlayayım? Benim var'lık duygum sadece var olduğumu kanıtlar, o benden bağımsız olan hiçbir şeyi kanıtlamaz. Ben göreceliyim, göreceli olanın hem yarattığı, hem yaratıcısıyım. Mutlak gerçeğin mutlak kanıtı nedir ve nerededir? Sadece "Ben'im" hissi gerçeğin kanıtı olabilir mi?

M: Elbette olamaz. "Ben'im" ve "dünyadır" birbiriyle ilişkilidir ve koşulludur. Onlar zihnin isimler ve şekiller projekte etme eğiliminden ötürü böyledir.

S: İsimler ve şekiller, fikirler ve inançlar, ama gerçek değil. Siz olmasaydınız, ben gerçek dahil, her şeyin göreceliğini kabul eder, varsayımlarla yaşamayı öğrenirdim. Ama sonra, sizinle karşılaşıyorum ve sizin Mutlak'tan o benim erişebileceğim bir yerdeymiş ve azami derecede arzu edilebilir bir şeymiş gibi söz edişinizi işitiyorum. Huzur, aşkın mutluluk, ebediyet, ölümsüzlük gibi sözcükler sanki korkudan ve acıdan kurtuluş sunuyormuş gibi dikkatimi çekiyor. Doğal içgüdülerim, zevki arama ve merak içgüdüsü uyanıyor ve ben sizin açmış olduğunuz âlemi keşfetmek için araştırmaya başlıyorum. Her şey çok çekici görünüyor ve doğal olarak soruyorum. O erişilebilir midir? O gerçek midir?

M: Siz, "Şekerin tatlı olduğunu kanıtla, ancak o zaman onu yerim" diyen bir çocuk gibisiniz. Tatlılığın kanıtı şekerde değil, damaktadır. Onun tatlı olduğunu bilmek için, onu tatmalısınız, bunun başka yolu yoktur. Elbette, siz "O şeker mi?", "O tatlı mı?" diye sorarak başlar ve onu tadana dek benim sözümü kabul edersiniz. Ancak siz onu tattıktan sonra tüm kuşkularınız yok olur ve sizin bilginiz birinci elden ve sarsılmaz olur. Sizden bana inanmanızı istemiyorum. Sadece başlayacak kadar bana güvenin. Her adım kendini kanıtlar ya da çürütür. Siz gerçeğin kanıtının gerçek'ten önce gelmesini ister gibisiniz. Peki, kanıtın kanıtı ne olacak? Görüyorsunuz ya, siz bir gerileme içine düşmektesiniz. Bunu kesmek için, kanıtlar istemeye son vermeli ve bir an için bir şeyi doğru olarak kabul etmelisiniz. Onun ne olduğu gerçekten önemli değildir. O Tanrı olabilir, ben olabilirim, kendi benliğiniz olabilir. Her bir durumda siz bilinmeyen bir şeyi ya da birisini gerçek olarak kabul edersiniz. Eğer bir an için olsun, kabul ettiğiniz gerçeğe göre davranırsanız, çok geçmeden bu sizi bir sonraki adıma götürecektir. Bu, karanlıkta bir ağaca tırmanmak gibidir, siz ancak önceki dala tünedikten sonra sonraki dalı yakalarsınız. Bilimde buna deneysel yaklaşım denir. Bir teoriyi kanıtlamak için, sizden önce deney yapmış olanların bıraktıkları işlem talimatlarına göre bir deney yaparsınız. Spiritüel arayışta da insanın yapmak zorunda olduğu deneyler zincirine *Yoga* denir.

S: Birçok *Yoga* var, hangisini seçmeli?

M: Tüm yollar sizi zihnin saflaştırılmasına götürür. Saf olmayan zihin gerçeğe karşı geçirgen değildir; saf zihin saydamdır. Onun içinden, gerçek kolayca ve açıkça görülebilir.

S: Affedersiniz, ama görünüşe göre ben içinde bulunduğum zorluğu anlatamıyorum. Ben gerçeğin kanıtını soruyorum, ama bana ona erişmenin yöntemleri veriliyor. Bu yöntemleri uyguladığımı ve çok harika ve arzu edilebilir bir hale eriştiğimi varsayalım, bulunduğum halin doğru olduğunu nasıl bileceğim? Her din iman ile başlar ve vecit haline erişmeyi vaat eder. O gerçeğin vecdi midir, yoksa imanın ürünü müdür? Çünkü eğer o kendiliğinden meydana gelmiş değil de, üretilmiş bir halse, benim onunla bir işim olamaz. Örnek olarak Hıristiyanlığı alın; papazlar "İsa sizin kurtarıcınızdır, ona inanırsanız günahtan kurtulacaksınız" derler. Ben günah işleyen birisine, Mesih'e inanmasına rağmen nasıl olup da günahtan kurtulamadığını sorduğumda, o "Benim imanım tam değil" diye yanıtlıyor. Yine bir kısır döngü içindeyiz: İman tam değilse kurtuluş yok; kurtuluş yoksa tam iman da yok; demek oluyor ki kurtuluş yok. Yerine getirilemez koşullar vaaz ediliyor ve sonra onları yerine getirmediğimiz için suçlanıyoruz.

M: Sizin gerçeğin kanıtıyla ilgili sorunuz gerçekle ilgili cehaletten doğmuştur. Siz bilinçte, "Ben'im" noktasında duyusal ve zihinsel hallerinizle temas kuruyorsunuz, ama gerçeğe aracı ile, temas ve deneyim yoluyla ulaşılamaz. Siz dualiteyi hiç sorgulamadan kabul ediyor, bu yüzden onu fark etmiyorsunuz, bana göre ise çeşitlilik ve farklılık ayrılık yaratmaz. Siz gerçeğin isimlerden ve formlardan ayrı durduğunu imgeliyorsunuz, bana göre ise isimler ve formlar gerçeğin daima değişen ifadeleridir ve ondan ayrı değildirler. Siz gerçeğin kanıtını istiyorsunuz, benim içinse tüm varoluş kanıttır. Siz varoluşu var'lıktan, var'lığı da gerçek'ten ayırıyorsunuz, benim içinse hepsi bir' dir. Siz uyanıklık halinizin gerçekliğine ne kadar çok inansanız da, onun kalıcı ve değişmez olduğunu -benim kendi dünyam için iddia ettiğim gibi- iddia etmiyorsunuz. Ama ben aramızda -şunun dışında- hiçbir fark görmüyorum: Siz bir şeyler imgeliyorsunuz, ben imgelemiyorum.

S: Önce benim gerçek hakkında soru sorma hakkımı elimden alıyor, sonra da beni imgelemekle suçluyorsunuz! Size göre imgeleme olan, bana göre gerçektir.

M: İnceleyinceye kadar. Ben sizi herhangi bir şeyle suçlamıyorum. Sizden sadece bilgece sorgulamanızı istiyorum. Bilmediğiniz gerçeğin kanıtını aramak yerine, bildiğinize inandığınız şeylerin kanıtlarını incelemeden geçirin. Göreceksiniz ki siz hiçbir şeyi kesin bilmiyor, kulaktan dolma bilgiye güveniyorsunuz. Gerçeği bilmek için, kendi deneyiminizden geçmelisiniz.

S: Oluş nedenleri her ne olursa olsun, ben *samadhi*'lerden ve diğer trans hallerinden ölesiye korkuyorum. Bir içki, bir duman, yüksek ateş, uyuşturucu, solunum, şarkı söylemek, sallanmak, dans etmek, dönmek, dua etmek, seks, oruç veya *mantralar* beni uyanıklık halimden çıkarabilir ve bana, alışılmamış olduğu için olağanüstü olan bir deneyim yaşatabilir. Ama yaratıcı neden sona erdiğinde, etki yok olur ve sadece, akıldan çıkmayan, ama giderek silinen bir anı kalır.

Bütün araçları ve onların sonuçlarını bir yana bırakalım ve soruyu yeniden soralım: Gerçek bulunabilir mi?

M: Gerçeğin bulunduğu yer, onu bulmak için gidebileceğiniz yer neresidir? Ve onu bulmuş olduğunuzu nasıl bileceksiniz? Onu sınamak için yanınızda hangi mihenk taşını götürürsünüz? İlk sorunuza döndünüz: Gerçeğin kanıtı nedir? Sorunun kendisinde bir yanlışlık olmalı, çünkü onu tekrarlama eğilimindesiniz. Neden gerçeğin kanıtlarının neler olduğunu soruyorsunuz? Bu sizin gerçeği ilk elden, doğrudan bilmemenizden ve aldatılmaktan korkmanızdan kaynaklanmıyor mu? Siz gerçeğin "gerçek" adını taşıyan bir şey olduğunu ve -hakiki olması koşuluyla- ona sahip olmanın avantajlı olduğunu hayal ediyorsunuz. Bu yüzden aldatılmaktan korkuyorsunuz. Siz gerçeği satın almak için alışverişe çıkmışsınız, ama tüccarlara güvenmiyorsunuz. Sahte, taklit şeylerden korkuyorsunuz.

S: Ben aldatılmaktan korkmuyorum, kendi kendimi aldatmaktan korkuyorum.

M: Ama siz gerçek güdülerinizi bilmeyerek kendinizi aldatıyorsunuz. Gerçeği istiyorsunuz, ama aslında sadece, ebediyen devam etmesini istediğiniz bir rahatlığı arıyorsunuz. Ama hiçbir şey, hiçbir zihin hali ebediyen devam edemez. Zaman ve uzayda daima bir sınır vardır, çünkü zamanın ve uzayın kendisi sınırlıdır. Ve zamansızlıkta "ebediyen" sözcüğünün hiçbir anlamı yoktur. Aynı şey "gerçeğin kanıtı" için de geçerlidir. Dualitesizlik âleminde her şey tamam, kendi kendisinin kanıtı, anlamı ve amacıdır. Her şeyin bir olduğu yerde hiçbir desteğe ihtiyaç yoktur. Siz kalıcılığın gerçeğin kanıtı olduğunu, daha uzun süre devam edenin bir biçimde daha doğru olduğunu hayal edersiniz. Zaman, böylece, gerçekliğin ölçüsü haline gelir. Ve zaman zihinde olduğundan, zihin belirleyici hale gelir ve gerçeğin kanıtını kendi içinde arar; bu tamamen imkânsız ve umutsuz bir arayıştır!

S: Efendim, eğer siz "Hiçbir şey gerçek değildir, her şey görecelidir" deseydiniz, sizinle aynı fikirde olurdum. Ama siz doğrunun, gerçeğin, mükemmel bilginin var olduğunu iddia ediyorsunuz, bu nedenle soruyorum: O nedir ve nasıl biliyorsunuz? Ve ne bana, "Evet, Maharaj haklıymış" dedirtecektir?

M: Siz bir kanıtın, bir tanıklığın, bir otoritenin olması gerektiği fikrine saplanmış durumdasınız. Hâlâ gerçeğin size "Bak, işte gerçek" diye gösterilmesi gerektiğini imgeliyorsunuz. Bu böyle değildir. Gerçek bir çabanın sonucu, bir yolun sonu değildir. O burada ve şimdi, onun için duyulan özlemde ve onu arayıştadır. O zihinden ve bedenden daha yakındır, "Ben'im" duygusundan daha yakındır. Siz onu görmüyorsunuz, çünkü kendinizden çok uzağa, en içteki varlığınızın dışına bakıyorsunuz. Siz gerçeği nesneleştirmişsiniz ve sadece nesnelere ve düşüncelere uygulanabilecek standart kanıtlar üzerinde ısrar ediyorsunuz.

S: Söylediklerinizden tüm anladığım, gerçeğin benim ötemde olduğu ve benim onun hakkında konuşmaya yetkili olmadığımdır.

M: Siz sadece yetkili değilsiniz, gerçeğin ta kendisisiniz. Sadece, yanlışı doğru sanıyorsunuz.

S: Siz şöyle der gibisiniz: Gerçeğin kanıtlarını isteme. Sadece gerçek olmayanla ilgilen.

M: Gerçeğin keşfi sahtenin ayırt edilmesindedir. Siz gerçek olmayanı bilebilirsiniz. Gerçeğe gelince, onu ancak *olabilirsiniz.* Bilgi bilinene ilişkindir. Bir bakıma o cehaletin tamamlayıcısıdır. Cehaletin olmadığı yerde, bilgiye ihtiyaç olur mu? Ne cehalet, ne de bilgi kendi başına varlığa sahiptir. Onlar sadece zihin halleridir ve özünde değişmez olan bilinçteki bir hareket görünümünden başka bir şey değildir.

S: Gerçek, zihnin alanı içinde mi, yoksa onun ötesinde midir?

M: İkisi de değildir, her ikisidir de. Bu, sözcüklerle ifade edilemez.

S: Her zaman işittiğim budur: İfade edilemez *(anirvachaniya).* Bu beni daha bilge yapmıyor.

M: Bunun çoğu kez cehaleti örttüğü doğrudur. Zihin, kendi eseri olan koşullar içinde işleyebilir, o kendi ötesine geçemez. Ne duyusal ne de zihinsel olan, ama onsuz duyusal ve zihinsel olanın mevcut olamayacağı o "ötesi," onlar tarafından içerilemez. Zihnin kendi sınırları olduğunu anlayın; öteye varabilmek için sessizliğe izin vermelisiniz.

S: Eylemin gerçeğin kanıtı olduğunu söyleyebilir miyiz? O sözle ifade edilmeyebilir, ama eylemle sergilenebilir.

M: Ne eylem ne eylemsizlik. O her ikisinin de ötesindedir.

S: Bir insan, "Evet, bu doğrudur" diyebilir mi? Yoksa o sadece yanlış olanın reddiyle mi sınırlıdır? Başka bir deyişle, gerçek salt ret ve inkâr mıdır? Yoksa onun tasdik haline geldiği bir an gelir mi?

M: Gerçek tarif edilemez, ama deneyimlenebilir.

S: Deneyim özneldir, o paylaşılamaz. Sizin deneyimleriniz beni bulunduğum yerde bırakıyor.

M: Gerçek, deneyimlenebilir, ama o sadece deneyim değildir. Ben onu biliyorum ve onu size aktarabilirim, ama ancak siz ona açık iseniz. Açık olmak, ondan başka bir şey istememek anlamına gelir.

S: Ben arzular ve korkularla doluyum. Bu benim gerçeğe uygun olmadığım anlamına mı gelir?

M: Gerçek ne iyi davranışın, ne de bazı testleri geçmenin bir ödülüdür. O meydana getirilemez. O, tüm var olanın ilk, doğmamış, kadim kaynağıdır. Siz gerçeğe uygunsunuz, çünkü siz *varsınız.* Sizin gerçeği hak etmeye ihtiyacınız yoktur. O siz, kendinizsiniz. Yeter ki onun ardından koşarak ondan kaçmayı bırakın. Sakin ve sessiz olun.

S: Efendim, eğer bedenin sakin, zihnin sessiz kalmasını istiyorsanız, bunun nasıl yapıldığını söyleyin bana. Ben bedenin ve zihnin benim kontrolüm ötesindeki nedenlerle hareket ettiklerini görüyorum. Kalıtım ve çevre bana büyük ölçüde hükmediyor. Kudretli "Ben'im," evrenin yaratıcısı, bir uyuşturucuyla geçici olarak ya da bir zehirle kalıcı olarak yok edilebilir.

M: Yine kendinizi beden olarak kabul ediyorsunuz.

S: Bu etten, kemikten ve kandan oluşan bedeni ben değildir diyerek reddetsem bile, yine de düşünceler, hisler, anılar ve imgelemelerden oluşan süptil bedenle kalırım. Eğer onları da, ben değildir diye reddedersem, yine bilinçle kalırım ki o da bir tür bedendir.

M: Çok haklısınız, ama orada durmanız gerekmez. Onun da ötesine geçin. Ne bilinç, ne de onun merkezindeki "Ben'im" duygusu sizsiniz. Sizin gerçek varlığınız benlik-bilincinin ötesindedir ve kendini -kaba, süptil ya da aşkın- herhangi bir şeyle özdeşleştirmekten tamamen azadedir.

S: Ben kendimi ötesi olarak imgeleyebilirim. Ama hangi kanıta sahibim? *Olmak* için, ben bir kimse olmalıyım.

M: Tam tersidir. *Olmak* için, siz hiç kimse olmalısınız. Kendinizi bir şey veya birisi olarak düşünmek ölüm ve cehennemdir.

S: Kadim Mısır'da insanlara bazı gizemlerin açıklandığını ve bu süreçte onların uyuşturucuların veya büyülü sözlerin etkisiyle bedenlerinden çıktıklarını ve yerde uzanan bedenlerini seyrettiklerini okumuştum. Bu onları ölümden sonraki varoluşun gerçekliğine ikna etmek ve onlarda nihai kaderleriyle ilgili derin bir ilgi yaratmak için yapılırdı. Bedene sahip olan kişiyle özdeşleşme devam ederdi.

M: Beden besinlerden, zihin düşüncelerden oluşur. Onları oldukları gibi görün. Özdeşleşmeme hali, doğal ve kendiliğinden olursa, özgürleşmedir. Sizin ne olduğunuzu bilmeye ihtiyacınız yoktur. Ne olmadığınızı bilmeniz yeterlidir. Ne olduğunuzu asla bilmeyeceksiniz, çünkü her keşif, fethedilecek yeni boyutları gözler önüne serer. Bilinmeyenin sınırları yoktur.

S: Bu, ebediyen cehalet anlamına mı geliyor?

M: Bu, cehalet asla yoktu anlamına gelir. Gerçek, keşiftedir, keşfedilmişte değil. Keşif içinse ne başlangıç ne son vardır. Sınırları sorgulayın, öteye geçin, kendi önünüze görünüşte imkânsız görevler koyun; yol budur.

75
Huzur ve Sessizlik İçinde Gelişirsiniz

Soran: Hindu geleneği bize Guru'nun vazgeçilemez olduğunu söylüyor. O ne için vazgeçilemezdir? Bir anne, çocuğuna bir beden verdiği için vazgeçilemezdir. Ama bir anne çocuğuna ruh veremez. Onun rolü sınırlıdır. Guru için bu nasıldır? Onun rolü de sınırlı mıdır? Ve eğer öyleyse, ne ile sınırlıdır? Yoksa o genel olarak, hatta kesinlikle mi vazgeçilemezdir?

Maharaj: Kalpte sükûnetle ve ebediyen parlayan en içteki ışık gerçek Guru'dur. Diğerleri sadece yolu gösterirler.

S: Ben içteki Guru ile değil, sadece yolu gösterenle ilgileniyorum. Bir Guru olmadan *Yoga*'nın erişilmez olduğuna inanan insanlar var. Onlar sürekli bir Guru'dan diğerine giderek doğru Guru'yu arıyorlar. Böyle Gurular'ın değeri nedir?

M: Onlar geçici, zamana-bağlı Gurular'dır. Siz onları her kesimde bulabilirsiniz. Sizin herhangi bir bilgi ya da beceri edinmek için onlara ihtiyacınız vardır. Zamana-bağlı Guru ebedi değildir. O amacını yerine getirir ve yerini bir sonrakine bırakır. Bu çok doğaldır ve kınanacak bir şey değildir. Dıştaki Guru geçicidir, en içteki ise kalıcı ve değişmezdir, ama görünüşte ve eylemde daima yenidir.

S: İçteki ve dıştaki Gurular arasındaki ilişki nedir?

M: Dıştaki içtekini temsil eder, içteki dıştakini -bir zaman için- kabul eder.

S: Çaba kimindir?

M: Öğrencinin, elbette. Dıştaki Guru talimatlar verir, içteki Guru kuvvet verir; uyanık ve dikkatli uygulama öğrenciye düşer. Öğrencinin iradesi, zekâsı ve enerjisi olmadan, dıştaki Guru çaresizdir. İçteki Guru ona şansını bildirir. Anlayış kıtlığı ve yanlış arayışlar, sonunda bir kriz yaratır ve öğrenci uykudan uyandığında kendisini kötü bir durumda bulur. Uyanmak

için -çok sert olabilecek- bir şoku beklemeyen insan akıllıdır.
S: Bu bir tehdit mi?
M: Tehdit değil, uyarı. İçteki Guru kendini şiddetten kaçınmaya adamamıştır. O bazen -duygusuz, anlayışsız ya da sapkın bir kişiliği yok etme noktasına kadar- büyük bir şiddet gösterebilir. Istırap ve ölüm de, hayat ve mutluluk kadar, onun çalışma gereçleridir. Şiddetten kaçınmak sadece dualitede birleştirici bir yasa olabilir.
S: İnsanın kendi benliğinden korkması gerekir mi?
M: Korkması değil, çünkü benliğin niyeti iyidir. Ama o ciddiye alınmalıdır. O dikkat ve itaat ister, dinlenilmediğinde ise iknadan zorlamaya geçer; o bir süre bekleyebilir, ama yadsınamaz. Zorluk içteki ya da dıştaki Guru'da değildir. Guru her zaman hazırdır. Eksik olan olgun öğrencidir. Kişi hazır olmadığında, ne yapılabilir?
S: Hazır mı, gönüllü mü?
M: Her ikisi de. İkisi aynı kapıya çıkar. Hindistan'da biz ona *adhikari* deriz. Bu hem yetenekli, hem hak kazanmış anlamına gelir.
S: Dıştaki Guru inisiyasyon *(diksha)* bahşedebilir mi?
M: O her türlü inisiyasyonu verebilir, ama Gerçek'e inisiyasyon içten doğru gelmelidir.
S: Nihai inisiyasyonu kim verir?
M: O kendi kendine verilir.
S: Daireler çizip durduğumuzu hissediyorum. Sonuçta, ben sadece bir benliği, şimdiki, deneyime dayanan benliği biliyorum. İçsel ya da yüksek benlik, açıklamak ve teşvik etmek için geliştirilmiş bir fikirdir. Biz ondan bağımsız bir varoluşa sahipmiş gibi söz ediyoruz, ama öyle değildir.
M: Dış benlik de, iç benlik de imgelenmiştir. Bir "ben" olma saplantısı, iyileşmek için bir başka saplantıya, "süper-ben" olma saplantısına ihtiyaç duyar, tıpkı insanın bir dikeni çıkartmak için başka bir dikene ihtiyaç duyması ya da bir zehri başka bir

zehirle etkisiz kılması gibi. Tüm iddia bir reddi gerektirir, ama bu sadece ilk adımdır. Sonraki adım ise her ikisinin de ötesine geçmektir.

S: Dikkatimi kendime ve kendimle ilgili bir şeyler yapma ihtiyacına çekmek için dıştaki Guru'ya ihtiyaç olduğunu anlıyorum. İş, bendeki derin bir değişime gelince, Guru'nun ne kadar çaresiz olduğunu da anlıyorum. Ama burada siz başlangıçsız, değişimsiz, var'lığın kökeni, daimi vaat, emin hedef olan *sadguru*'yu, yani içteki Guru'yu gündeme getiriyorsunuz. O bir kavram mıdır, bir gerçek mi?

M: O tek gerçektir. Başka her şey beden-zihin *(deha-buddhi)* tarafından zamanın yüzüne düşürülen gölgedir. Elbette, bir gölge bile gerçekle ilişkilidir, ama o kendi başına gerçek değildir.

S: Ben bildiğim tek gerçeğim. *Sadguru,* ben onu düşündüğüm sürece oradadır. Gerçeği ona aktarmakla ne kazanırım?

M: Sizin kaybınız kazancınızdır. Gölgenin yalnızca gölge olduğu görüldüğünde, siz onu izlemeyi bırakırsınız. Döner ve her zaman orada, arkanızda bulunan güneşi keşfedersiniz!

S: İçteki Guru da öğretir mi?

M: O sizin tüm görünüşlerin ötesinde, ebedi, değişmez, gerçek-bilinç-sevgi olduğunuz inancını size bahşeder.

S: Bir inanç yeterli değildir. Kesinlik olmalıdır.

M: Çok doğru. Ama bu durumda kesinlik cesaret şeklini alır. Korku kesinlikle son bulur. Bu korkusuzluk hali kuşku götürmez bir şekilde yenidir, ama bu hali öylesine derin bir biçimde kendinize ait hissedersiniz ki onu yadsıyamazsınız. Bu insanın kendi çocuğunu sevmesi gibidir. Bundan kim kuşku duyabilir ki?

S: Spiritüel çabalarımızda ilerlemeden söz edildiğini işitiyoruz. Ne tür bir ilerleme düşünüyorsunuz?

M: İlerlemenin ötesine geçtiğinizde, ilerlemenin ne olduğunu bileceksiniz.

S: Bizi ilerleten nedir?

M: Sessizlik esas etkendir. Siz huzur ve sessizlik içinde gelişirsiniz.

S: Zihin kesinlikle huzursuzdur. Onu sakinleştirip sessizleştirmenin yolu nedir?

M: Öğretmene güvenin. Benim durumumu alalım. Gurum bana "Ben'im" duygusundan başka hiçbir şeye dikkatimi vermememi söylemişti. Ben sadece itaat ettim. Herhangi bir nefes ya da meditasyon yöntemi uygulamadım veya kutsal metinleri incelemedim. Her ne olursa, dikkatimi ondan uzaklaştırır ve "Ben' im" duygusuyla kalırdım. Bu çok basit, hatta kaba bir yöntem gibi görünebilir. Benim bunu yapmamın tek nedeni Gurum'um böyle söylemiş olmasıydı. Ama o işe yaradı! İtaat tüm arzuların ve korkuların güçlü bir eriticisidir.

Zihni işgal eden her şeyden yüz çevirin; tamamlamanız gereken işleri tamamlayın, ama yeni yükümlülüklerden kaçının; boş kalın, hazır bulunun, davetsiz olarak gelene direnmeyin.

Sonunda siz tarif edilemez, ama çok gerçek olan bir sımsıkı tutmama, sevinçli bağsızlık, iç rahatlığı ve özgürlük haline erişirsiniz.

S: Bir gerçek-arayıcısı *Yogaları*'nı samimiyetle ve ciddiyetle uygularken, onun içsel Gurusu ona rehberlik ve yardım eder mi, yoksa onu kendi kapasitesiyle baş başa bırakıp sadece sonucu mu bekler?

M: Her şey kendiliğinden olur. Gerçeği arayan da, Guru da bir şey yapmaz. Her şey olduğu gibi olur, eleştiri ya da övgü daha sonra, yapan-kişi olma duygusu ortaya çıktıktan sonra paylaştırılır.

S: Ne kadar garip! Kuşkusuz, işi yapan, yapılan işten önce gelir.

M: Bunun tersidir; yapılan bir olgudur, yapan ise sadece bir kavramdır. Yapılan kesinken, yapan kesin değildir, belirsizdir; sorumluluk aktarma insana özgü bir oyundur. Herhangi bir şeyin olması için gerekli etkenlerin sonu gelmez listesi düşünülecek olursa, insanın her şeyin -ne kadar uzak olursa olsun- her şeyden sorumlu olduğunu kabul etmesi gerekir. İşin-yapıcısı olmak, "ben" ve "benim" illüzyonundan doğmuş bir efsanedir.

S: Bu illüzyon ne kadar güçlü!

M: Hiç kuşkusuz, çünkü gerçeğe dayanıyor.

S: Onda gerçek olan nedir?

M: Gerçek olmayan her şeyi ayırt ederek ve reddederek, onu siz bulun.

S: İçsel benliğin spiritüel çabalardaki rolünü iyice anlamadım. Çabayı kim gösteriyor, dışsal benlik mi, içsel benlik mi?

M: Siz çaba, içsel, dışsal, benlik gibi sözcükler icat etmişsiniz ve onları gerçeğe yüklemeye çalışıyorsunuz. Her şey olduğu gibi olmak için vuku bulur, ama siz onları dilinizin yapısı tarafından oluşturulmuş bir kalıba sokmak istersiniz. Bu alışkanlık öylesine güçlü ki, sözlerle ifade edilemeyenin gerçek olduğunu yadsıma eğilimindesiniz. Sözcüklerin -gelenek ve alışkanlık nedeniyle- tekrarlanan deneyimlere ilişkin kılınmış sembollerden ibaret olduklarını görmek istemiyorsunuz.

S: Spiritüel kitapların değeri nedir?

M: Onlar cehaletin dağıtılıp defedilmesine yardımcı olurlar. Başlangıçta yararlıdırlar, ama sonunda bir engel haline gelirler. İnsan onları ne zaman terk edeceğini bilmelidir.

S: *Atma* ile *sattva*, yani benlik ile evrensel uyum arasındaki bağlantı nedir?

M: Güneş ile ışınları arasındaki gibi. Uyum ve güzellik, anlayış ve sevgi gerçeğin ifadeleridir. O eylem halindeki gerçektir, ruhun madde üzerindeki güçlü etkisidir. *Tamas* belirsizleştirir, *rajas* çarpıtır, *sattva* uyumlu kılar. *Sattva*'nın olgunlaşmasıyla tüm arzular ve korkular son bulur. Gerçek varlık zihinde çarpıtılmamış olarak yansır. Madde kurtarılmış, ruh ortaya çıkmıştır. İkisi bir olarak görülür. Onlar her zaman birdi, ama mükemmel olmayan zihin onları iki olarak görmüştü. Zihni mükemmelleştirmek insana düşen görevdir, çünkü madde ve ruh zihinde buluşurlar.

S: Ben kendimi bir kapının önündeki bir insan gibi hissediyorum. Kapının açık olduğunu biliyorum, ama o arzu ve korku köpekleri tarafından korunuyor. Ne yapmalıyım?

M: Öğretmene itaat edin ve köpekleri cesaretle karşılayın. Onlar orada değilmiş gibi davranın. Yine, itaat altın kuraldır. Özgürlük itaatle kazanılır. Bir hapishaneden kurtulmak için insan onun serbest bırakılması için çalışanların gönderdikleri talimatlara sorgusuz sualsiz itaat etmelidir.

S: Guru'nun sözleri sadece işitildiğinde çok az güce sahiptir. İnsan onlara itaat etmek için imana sahip olmalıdır. Böyle bir imanı ne yaratır?

M: Zamanı geldiğinde iman gelir. Her şey zamanında gelir. Guru her zaman paylaşmaya hazırdır, ama alıcılar yoktur.

S: Evet, Sri Ramana Maharshi her zaman, "Birçok Guru var, ama öğrenciler nerede?" derdi.

M: Zamanın akışı içinde her şey olur. Herkes sonuca ulaşacak, tek bir ruh *(jiva)* bile kaybolmayacaktır.

S: Ben aklî anlayışı kendini-idrak ile karıştırmaktan çok korkuyorum. Gerçeği bilmeden gerçek hakkında konuşabilirim ve yine onun hakkında tek söz söylemeden gerçeği bilebilirim.

Anladığıma göre bu sohbetler yayınlanacak. Onların okur üzerindeki etkisi ne olacak?

M: Dikkatli ve düşünceli okur olgunlaşacak ve çiçekler ve meyveler verecektir. Gerçeğe dayanan sözler, eğer tam olarak sınanmışlarsa, kendilerine ait bir güce sahiptir.

76

Bilmediğinizi Bilmek Gerçek Bilgidir

Maharaj: Bir beden var. Bedenin içinde, görünüşe göre, bir gözlemci var ve dışarıda gözlem altında bir dünya var. Gözlemci, onun gözlemi ve gözlemlenen dünya birlikte görünür ve kaybolurlar. Tüm bunların ötesinde boşluk vardır. Bu boşluk hepsi için bir'dir.

Soran: Söylediklerininiz basit görünüyor, ama herkes bunu söylemeyecektir. Üçünden ve onların ötesindeki boşluktan yalnız siz söz ediyorsunuz. Ben sadece her şeyi içeren dünyayı görüyorum.

M: "Ben'im"i bile mi içeren?

S: Onu bile. "Ben'im" orada, çünkü dünya orada.

M: Ve dünya orada, çünkü "Ben'im" orada.

S: Evet, bu her iki yönde de gider. Ben ikisini birbirinden ayıramam, öteye de geçemem. Ben bir şeyi deneyimlemedikçe, onun *var olduğunu* söyleyemem, aynı şekilde, deneyimlemediğim bir şeyin *var olmadığını* da söyleyemem. Sizin deneyimlediğiniz ve sizi böylesine güvenle konuşturan şey nedir?

M: Ben kendimi -zamansız, uzaysız, nedensiz- Ben'im olarak bilirim. Siz başka şeylerle meşgul olduğunuzdan onu bilmiyorsunuz

S: Neden o kadar meşgulüm?

M: Çünkü ilgileniyorsunuz.

S: Beni ne ilgilendiriyor?

M: Acı korkusu, zevk arzusu. Acının son bulması zevk vericidir ve zevkin son bulması acı vericidir. Onlar sonu gelmez bir şekilde birbirini izler. Bu kısır döngüyü inceleyin, ta ki kendinizi onun ötesinde bulana dek.

S: Öteye ulaşabilmek için inayetinize ihtiyacım yok mu?

M: İçsel gerçeğinizin inayeti ebediyen sizinledir. Sizin inayet istemeniz bile onun bir işaretidir. Benim inayetim için tasalanmayın, ama size söylenmiş olanı yapın. İnayet beklemek değil, gerekeni yapmak ciddiyetin ve samimiyetin kanıtıdır.

S: Hangi konuda ciddi ve samimi olmam gerekiyor?

M: Dikkat alanınızdan geçen her şeyi dikkatli ve devamlı biçimde inceleyin. Uygulamayla bu alan genişleyecek ve inceleme derinleşecektir, ta ki o kendiliğinden ve sınırsız hale gelene dek.

S: Siz kendini-idrak halini bir uygulamanın sonucu haline getirmiyor musunuz? Uygulama fiziksel varoluşun sınırlamaları içinde işler. O sınırsız olanı nasıl doğurabilir?

M: Elbette, uygulama ile bilgelik arasında nedensel bir bağlantı olamaz. Ama bilgeliğin önündeki engeller uygulamayla derin biçimde etkilenir.

S: Engeller nelerdir?

M: Yanlış eylemlere yönelten, zihinsel ve bedensel dağılmaya ve zayıflığa götüren yanlış fikirler ve arzular. Sahte olanın keşfedilip terk edilmesi gerçek olanın zihne girişini sağlar.

S: Ben iki zihin halini ayırt edebiliyorum: "Ben varım" ve "dünya vardır;" onlar birlikte ortaya çıkıp birlikte kaybolur. İnsanlar, "Dünya var olduğu için ben varım" diyorlar. Siz ise "Ben var olduğum için Dünya var" der görünüyorsunuz. Hangisi doğrudur?

M: Hiçbiri. İkisi uzay ve zaman içinde bir ve aynı haldir. Ötede ise zamansız-olan vardır.

S: Zaman ile zamansız-olan arasındaki bağlantı nedir?

M: Zamansız-olan zamanı bilir, zaman ise zamansız-olanı bilmez. Tüm bilinç zaman içindedir ve zamansız-olan ona bilinçdışı gibi görünür. Ama o, bilinci mümkün kılandır. Işık karanlıkta parlar. Işıkta karanlık görünmez. Bunu şöyle de ifade edebiliriz: Sonsuz ışık okyanusunda bilinç bulutları -karanlık, sınırlı, zıddı ile algılanabilir halde- belirir. Bunlar çok basit, ama ifade edilemez bir şeyi sözlerle ifade etme girişimleridir.

S: Sözler öteye geçebilmek için bir köprü görevi görmelidir.

M: Sözler gerçeği değil, bir zihin halini ifade eder. Nehir, iki kıyı, köprü, bunların hepsi zihindedir. Yalnızca sözler sizi zihnin ötesine götüremez. Ya gerçeğe muazzam bir özlem duymalı ya da Guru'ya kesinlikle inanmalısınız. İnanın bana, ne bir hedef vardır ne de ona erişmek için bir yol. Yol da sizsiniz hedef de siz; kendinizden başka erişeceğiniz bir şey yoktur. Tüm ihtiyacınız anlamaktır ve anlayış zihnin çiçek açmasıdır. Ağaç daimidir, ama onun çiçek açması ve meyve vermesi mevsiminde olur. Mevsimler değişir, ama ağaç değişmez. Siz ağaçsınız. Geçmişte sayısız dallar ve yapraklar vermişsiniz ve onları gelecekte de verebilirsiniz, ama siz kalırsınız. Sizin bilmeniz gereken şey, geçmişte ne olduğu ya da gelecekte ne olacağı değil, neyin *var olduğudur*. Evreni yaratan sizin arzunuzdur. Dünyayı kendi yaratımınız olarak bilin ve özgür olun.

S: Siz dünyanın sevginin çocuğu olduğunu söylüyorsunuz. Dünyayı kaplayan dehşetleri, savaşları, toplama kamplarını, insanlık dışı sömürüleri bilirken, onu nasıl kendi yaratımım olarak sahiplenebilirim? Ben ne kadar sınırlı olsam da, bu kadar zalim bir dünya yaratmış olamam.

M: Bu zalim dünyanın kime göründüğünü bulun, o zaman neden o kadar zalim göründüğünü bileceksiniz. Sorularınız tamamen mantıklı, ama siz dünyanın kimin olduğunu bilmedikçe, onlar yanıtlanamaz. Bir şeyin anlamını bulmak için onun yapıcısını sormalısınız. Size söylüyorum: İçinde yaşadığınız dünyanın yapıcısı sizsiniz, yalnızca siz onu değiştirebilir ya da yok edebilirsiniz.

S: Dünyayı benim yaptığımı nasıl söyleyebilirsiniz? Onu neredeyse hiç bilmiyorum.

M: Kendinizi bildiğinizde, dünyada bilemeyeceğiniz hiçbir şey yoktur. Kendinizi beden olarak düşündüğünüzden, dünyayı da bir maddi şeyler koleksiyonu olarak görüyorsunuz. Siz kendinizi bir bilinç merkezi olarak bildiğinizde, dünya zihin okyanusu olarak görünür. Kendinizi gerçekten olduğunuz gibi bil-

diğinizde, dünyayı da kendiniz olarak bilirsiniz.
S: Tüm bunlar kulağa çok hoş geliyor, ama benim sorumu yanıtlamıyor. Dünyada neden bu kadar çok ıstırap var?
M: Eğer sadece gözlemci olarak uzak durursanız, ıstırap çekmeyeceksiniz. Dünyayı gerçekten çok eğlendirici bir gösteri olarak göreceksiniz.
S: Hayır! Bu *lila* kuramını istemiyorum. Istırap had safhada ve her yanı kaplıyor. Bu ıstırap manzarasıyla eğlenmek nasıl bir sapıklıktır! Bana ne kadar zalim bir Tanrı sunuyorsunuz!
M: Istırabın nedeni, algılayanın algılananla özdeşleşmesidir. Ondan arzu doğar, arzudan da sonuçları umursamayan kör eylem. Çevrenize bakın, göreceksiniz: Istırap insanın eseridir.
S: Eğer insan sadece kendi kederini yaratmış olsaydı, sizinle aynı görüşte olabilirdim. Ama aptallığı içinde o başkalarına da ıstırap çektiriyor. Rüya gören biri kendi özel kâbusunu görür ve ondan başka kimse ıstırap çekmez. Ama bu ne tür bir rüyadır ki başkalarının hayatlarını da mahveder.
M: Tarifler çok ve çelişkilidir. Gerçek basittir: Her şey bir'dir, uyum ebedi yasadır, kimse ıstırap çekmeye zorlanmaz. Ancak siz tarif etmeye çalıştığınız zaman söyleyecek söz bulamazsınız.
S: Gandi, bir zamanlar bana, Benliğin şiddetsizlik *(ahimsa)* yasasına bağlı olmadığını söylemişti. Benlik, ifade vasıtalarını düzeltmek için onlara ıstırap verme özgürlüğüne sahiptir.
M: Dualite düzeyinde bu böyle olabilir, ama gerçekte sadece - kendi içinde karanlık olan, her şeyin ışıldamasını sağlayan- kaynak vardır. O algılanmaz, algıya neden olur. Hissedilmez, hisse neden olur. Düşünülemez, düşünceye neden olur. Varlık değildir, varlığı doğurur. O, hareketin hareket etmez zeminidir. Bir kez oraya ulaştığınızda, her yerde yuvanızda olursunuz.
S: Eğer ben o isem, benim doğmama ne neden olur?
M: Geçmişte yerine getirilmemiş arzuların anısı enerjiyi yakalar ve kendisini bir kişi olarak tezahür ettirir. Bu enerji şarjı tükendiğinde, kişi ölür. Yerine getirilememiş arzular bir sonra-

ki doğuma aktarılır. Bedenle özdeşleşme daima yeni arzular yaratır ve onların sonu gelmez, ta ki esaret mekanizması açıkça görülünceye dek. Özgürleştirici olan açıkça görüştür, çünkü arzunun nedenleri ve sonuçları açıkça görülmedikçe arzuyu terk edemezsiniz. Ben aynı kişinin tekrar doğduğunu söylemiyorum. O temelli olarak ölür. Ama onun anıları ve anıların içerdiği arzular ve korkular kalır. Onlar yeni bir kişi için enerji sağlar. Gerçek-olan bu işte rol almaz, ama ona ışık vererek onu mümkün kılar.

S: Benim zorluğum şu: Görebildiğim kadarıyla, her deneyim kendisinin gerçeğidir. O deneyimlenmiş olarak oradadır. Onu sorguladığım ve kim deneyimliyor, gözlemci kimdir diye sorduğum anda deneyim sona eriyor ve inceleyebileceğim sadece onun anısı oluyor. Yaşanan anı, *şimdi'*yi bir türlü inceleyemiyorum. Farkındalığım şimdiyle değil, geçmişle ilgili oluyor. Ben farkındayken, aslında *şimdi'*de değil, geçmişte yaşıyorum. Şimdinin farkındalığı gerçekten mümkün olabilir mi?

M: Sizin tarif ettiğiniz farkındalık değildir, sadece deneyim hakkında düşünmektir. Gerçek farkındalık *(samvid)*, tanık olunan olayla ilgili herhangi bir şey yapmaya hiç kalkışmadan, saf bir tanıklık halidir. Sizin düşünceleriniz, hisleriniz, sözleriniz ve eylemleriniz de olayın bir parçası olabilir; siz berraklığın ve anlayışın ışığında tümüyle kayıtsız bir biçimde onu izlersiniz. Ne olup bittiğini tam ve doğru olarak anlarsınız, çünkü o sizi etkilemez. Bu soğuk bir uzaklık tutumu gibi görünebilir, ama öyle değildir. Bir kez onun içine girdiğinizde, onun doğası her ne olursa olsun, onu sevdiğinizi göreceksiniz. Bu seçimsiz sevgi farkındalığın mihenk taşıdır. Eğer o yoksa, siz sadece -bazı kişisel nedenlerle- ilgilenmektesinizdir.

S: Acı ve zevk olduğu sürece, insan ilgilenmek zorundadır.

M: İnsan bilinçli olduğu sürece, acı ve zevk olacaktır. Siz acı ve zevkle bilinç düzeyinde savaşamazsınız. Onların ötesine geçmek için bilincin ötesine geçmek zorundasınız ki bu da ancak bilince sizin içinizde değil, size vaki olan bir şey; dışşal, yabancı, üstünüze koyulmuş bir şey olarak baktığınızda mümkündür. O zaman, birdenbire bilinçten özgürleşirsiniz, zorla içeriye giren herhangi bir şey olmadan, gerçekten yalnız olursunuz. Ve bu sizin gerçek halinizdir. Bilinç kaşınmanıza neden olan bir isilik gibidir. Elbette, siz bilincin dışına çıkamazsınız, çünkü onun dışına çıkma fikri de bilinçte yer alır. Ama eğer bilincinize -kabuğu içindeki bir civciv gibi hapsolduğunuz- kişisel ve özel bir humma olarak bakmayı öğrenirseniz, bu tutum o kabuğu kıracak olan krize yol açacaktır.

S: Buda hayatın ıstırap olduğunu söyledi.

M: O tüm bilincin acı verici olduğunu kastetmiş olmalı ki bu aşikârdır.

S: Ve ölüm kurtuluş sunar mı?

M: Doğmuş olduğuna inanan kimse ölümden çok korkar. Öte yandan, kendini gerçekten bilen kimse için ölüm mutlu bir olaydır.

S: Hindu geleneği, ıstırabı kaderin getirdiğini ve kaderin hak edildiğini söyler. Doğal ya da insan eseri felâketlere, yani sellere, depremlere, savaşlara ve devrimlere bakın. Herkesin, hakkında bir şey bilmediği günahlarının cezasını çektiğini düşünmeye cüret edebilir miyiz? Istırap çeken milyarlarca insanın hepsi adilce cezalandırılan suçlular mıdır?

M: İnsan sadece kendi günahları için mi ıstırap çekmelidir? Biz gerçekten ayrı varlıklar mıyız? Bu engin hayat okyanusunda biz başkalarının günahları için ıstırap çekiyor ve kendi günahlarımız için başkalarına ıstırap çektiriyoruz. Elbette, denge yasası her şeyden üstündür ve hesaplar sonunda görülür. Ama hayat sürerken, biz birbirimizi derin bir biçimde etkileriz.

S: Evet, şairin dediği gibi "Hiçbir insan bir ada değildir."

M: Her deneyimin ardında Benlik ve onun deneyime olan ilgisi vardır. Ona ister arzu deyin, ister sevgi; sözcükler önemli değildir.

S: Istırabı arzulayabilir miyim? Kasıtlı olarak acı isteyebilir miyim? Kendisine bir kuş tüyü yatak yapan ve gece rahat bir uyku uyuyacağını düşünürken, bir kâbus gören, rüyasında kendini oradan oraya atarak haykıran bir adam gibi değil miyim ben? Kuşkusuz, kâbusları üreten neden sevgi değildir.

M: Tüm ıstıraba bencil yalıtım, dar görüşlülük ve açgözlülük neden olur. Istırabın nedeni görüldüğünde ve ortadan kaldırıldığında, ıstırap biter.

S: Ben kendi kederime yol açan nedenleri ortadan kaldırabilirim, ama diğerleri ıstırap çekmeye devam edeceklerdir.

M: Istırabı anlamak için acının ve zevkin ötesine geçmelisiniz. Sizin arzularınız ve korkularınız, anlamanızı ve böylece başkalarına yardım etmenizi engelliyor. Gerçekte başkaları yoktur ve siz kendinize yardım ederek başka herkese yardım etmiş olursunuz. Eğer insanlığın ıstırapları konusunda ciddiyseniz, sahip olduğunuz yegâne yardım aracını mükemmelleştirmelisiniz: Kendinizi.

S: Siz benim bu dünyanın yaratıcısı, koruyucusu ve yok edicisi olduğumu, her yerde hazır, her şeyi bilen, her şeye kadir olduğumu söylüyorsunuz. Söyledikleriniz üzerinde düşündüğümde, kendi kendime, "Nasıl olur da benim dünyamda bu kadar çok kötülük bulunur?" diye soruyorum.

M: Kötülük yoktur, ıstırap yoktur; yaşama sevinci egemendir. Bakın nasıl her şey hayata sarılıyor, varoluş ne kadar aziz.

S: Zihin perdemde imgeler durmaksızın birbirini izliyor. Bende kalıcı hiçbir şey yok.

M: Kendinize daha iyi bakın. Perde orada, o değişmez. Işık devamlı parlar. Sadece ikisi arasındaki film sürekli hareket eder ve görüntülerin belirmesine neden olur. Siz filmi kader *(prarabdha)* olarak adlandırabilirsiniz.

S: Kaderi ne yaratır?

M: Cehalet kaçınılmazlığın nedenidir.

S: Neyin cehaleti?

M: Öncelikle kendinizle ilgili cehaletiniz. Ayrıca, şeylerin gerçek doğasıyla, nedenleri ve sonuçlarıyla ilgili cehalet. Siz çevrenize anlamadan bakıyor ve görünümleri gerçek sanıyorsunuz. Dünyayı ve kendinizi bildiğinize inanıyorsunuz, ama size "Biliyorum" dedirten sizin cehaletinizdir. Bilmediğinizi kabul ederek başlayın; oradan başlayın.

Dünyaya sizin cehalete bir son vermenizden daha çok yardım edebilecek bir şey yoktur. O zaman, dünyaya yardım etmek için özellikle bir şey yapmanız gerekmez. Sizin varlığınız bir yardımdır, eylem olsun ya da olmasın.

S: Cehalet nasıl bilinebilir? Cehaleti bilmek bilgiyi gerektirir.

M: Çok doğru. "Ben cahilim" itirafı bilginin şafağıdır. Cahil insan cehaletinden habersizdir. Cehaletin var olmadığını söyleyebilirsiniz, çünkü o fark edildiği anda artık yoktur. Dolayısıyla, onu bilinçsizlik ya da körlük olarak adlandırabilirsiniz. Çevrenizde ve içinizde gördüğünüz her şey sizin bilmediğiniz ve anlamadığınız şeylerdir. Bilmediğinizi ve anlamadığınızı bilmek gerçek bilgidir, alçakgönüllü bir kalbin bilgisidir.

S: Evet, İsa da "Ruhen yoksul olanlara ne mutlu" demişti.

M: Bunu istediğiniz gibi ifade edin; gerçek şu ki bilgi sadece cehalet hakkındadır. Siz bilmediğinizi bilirsiniz.

S: Cehalet bir gün bitecek mi?

M: Bilmemekte ne yanlışlık var? Her şeyi bilmeniz gerekmez. Bilmeniz gerekeni bilmeniz yeterlidir. Gerisi -siz onun bunu nasıl yaptığını bilmeden- kendi başının çaresine bakabilir. Önemli olan, bilinçaltınızın bilincinize karşı çalışmamasıdır, tüm düzeylerde bütünlük olmasıdır. Bilmek çok önemli değildir.

S: Söyledikleriniz psikolojik olarak doğru. Ama iş başkalarını bilmeye, dünyayı bilmeye gelince, benim bilmediğimi bilmem çok yardımcı olmaz.

M: Siz bir kez içsel olarak bütünlendiğinizde, dışsal bilgi size kendiliğinden gelir. Hayatınızın her anında bilmeniz gerekeni bilirsiniz. Evrensel zihnin okyanusu tüm bilgiyi içerir, bir bilgiye istediğiniz anda sahip olabilirsiniz. O bilginin çoğunu asla bilmeniz gerekmeyebilir, ama yine de o orada hazırdır.

Aynı şey güç için de geçerlidir. Yapılmasının gerekli olduğunu hissettiğiniz her şey şaşmaz şekilde yapılır. Hiç kuşkusuz, Tanrı bu evreni yönetme işiyle ilgilenir, ama biraz yardım almaktan da memnun olur. Yardımcı diğerkâm ve zeki ise, evrenin tüm güçleri onun emrine amade olur.

S: Doğanın kör güçleri bile mi?

M: Kör güç diye bir şey yoktur. Bilinç güçtür. Neyin yapılması gerektiğinin farkında olun, o yapılacaktır. Sadece uyanık ve sessiz kalın. Varılacak yere eriştiğinizde ve gerçek doğanızı bildiğinizde, varoluşunuz herkes için bir nimet ve kutsama haline gelir. Siz bilmeyebilirsiniz, dünya da bilmeyecektir, ama yine de yardım ışıyarak yayılır. Dünyada tüm devlet adamlarının ve hayırseverlerin yaptığının toplamından daha fazla iyilik yapan insanlar vardır. Onlar hiçbir niyet ya da bilgi taşımadan ışık ve huzur yayarlar. Yarattıkları mucizeleri başkaları onlara söylediklerinde de çok şaşırırlar. Ama hiçbir şeyi sahiplenmediklerinden, ne gururlanır ne de ünü ve itibarı arzularlar. Onlar kendileri için herhangi bir şey -başkalarına yardım etmenin sevincini bile- arzulayamazlar; onlar Tanrı'nın iyi olduğunu bilerek huzur içindedirler.

77

"Ben" ve "Benim" Yanlış Fikirlerdir

Soran: Ben aileme, malıma ve mülküme çok bağlıyım. Bu bağlılığı nasıl yenebilirim?

Maharaj: Bu bağlılık "ben" ve "benim" duygusuyla birlikte doğar. Bu sözcüklerin gerçek anlamını bulun, tüm esaretten kurtulacaksınız. Sizin zamana yayılmış bir zihniniz var. Size art arda birçok şey olur ve onların anıları kalır. Bunda bir yanlışlık yoktur. Sorun ancak -tüm organik hayat için gerekli olan- geçmiş acıların ve zevklerin anıları refleks, hâkim bir davranış olarak kaldığında ortaya çıkar. Bu refleks "ben" şeklini alır ve zihinle bedeni kendi amaçları için -yani zevki aramak veya acıdan kaçmak için- kullanır. Siz "ben"i olduğu gibi, yani bir arzular ve korkular yumağı olarak tanıdığınızda ve "benim" duygusunu da, acıdan kaçınma ve zevki sağlama amacı için gerekli her şeyi ve herkesi sahiplenme dürtüsü olarak tanıdığınızda, "ben" ve "benim"in gerçek'ten kaynaklanmayan yanlış fikirler olduklarını göreceksiniz. Onlar zihin tarafından yaratılmışlardır ve onları doğru olarak kabul ettiği sürece yaratıcılarına hükmederler; sorgulandıklarında ise yok olurlar.

"Ben" ve "benim," kendi başlarına bir varlığa sahip olmadıklarından, bir desteğe muhtaçtırlar ve onu bedende bulurlar. Beden onların referans noktaları olur. Siz "benim" kocam, "benim" çocuklarım derken, bedenin kocasını ve bedenin çocuklarını kastedersiniz. Beden olduğunuz fikrinden vazgeçin ve şu soruyla yüzleşin: Ben kimim? Derhal bir süreç harekete geçecek ve gerçeği geri getirecek, daha doğrusu, zihni gerçeğe götürecektir. Sadece, korkmamalısınız.

S: Neden korkacağım?

M: Gerçeğin bilinmesi için "ben" ve "benim" fikirleri gitmelidir. Eğer bırakırsanız giderler. O zaman sizin normal, doğal haliniz yeniden ortaya çıkar ki o halde siz ne beden ne zihinsinizdir, ne "ben" vardır ne "benim," o bütünüyle farklı bir varoluş halidir. O şu veya bu olmadan, özel ya da genel bir şeyle özdeşleşmeden, saf var'lık farkındalığıdır. Bilincin o saf ışığında hiçbir şey -hatta hiçbir şey fikri- yoktur. Sadece ışık vardır.

S: Sevdiğim insanlar var. Onlardan vazgeçmeli miyim?

M: Sadece onlara el koymayı, yapışmayı, dayanmayı bırakın.

Gerisi onlara kalmıştır. Size olan ilgilerini yitirebilir ya da yitirmeyebilirler.

S: Nasıl olur? Onlar bana ait değiller mi?

M: Onlar size değil, bedeninize aittirler. Yahut daha iyisi, sizin olmayan hiçbir şey yoktur.

S: Peki ya sahip olduğum şeyler, malım mülküm?

M: Artık "benim" yoksa, sahip olduklarınız nerede kalır?

S: Lütfen söyleyin bana, "ben"i kaybederek her şeyi kaybetmeli miyim?

M: Kaybedebilirsiniz ya da kaybetmeyebilirsiniz. Size göre hepsi bir olacaktır. Sizin kaybınız bir başkasının kazancı olacaktır. Bunu umursamayacaksınız.

S: Toplumumuz kapma, ele geçirme esasına dayanır, paylaşma değil.

M: Paylaşarak onu değiştireceksiniz.

S: Ben pek paylaşma isteği duymuyorum, ama sonuçta sahip olduğum şeylerin vergisini ödüyorum.

M: Bu, gönüllü olarak paylaşmakla aynı şey değildir. Toplum zorlamayla değişmeyecektir. O bir fikir ve inanç değişimini gerektirir. Hiçbir şeyin size ait olmadığını, her şeyin herkese ait olduğunu anlayın. Ancak o zaman toplum değişecektir.

S: Bir insanın anlaması dünyayı pek fazla değiştirmeyecektir.

M: Sizin içinde yaşadığınız dünya derin biçimde etkilenecektir. O ışıyan, iletişim kuran, çoğalan ve yayılan sağlıklı ve mutlu bir dünya olacaktır. Samimi bir kalbin gücü muazzamdır.

S: Lütfen biraz daha anlatın.

M: Konuşmak benim hobim değildir. Benim konuşmam ya da konuşmamam, içinde bulunulan durumun bir parçasıdır ve bana bağlı değildir. Konuşmam gereken bir durum ortaya çıktığında, konuştuğumu işitirim. Benim için hepsi birdir. Konuşsam da konuşmasam da, varlığımın ışığı ve sevgisi bundan etkilenmez ve onlar benim kontrolüm altında değildir. Onlar vardır ve ben onların var olduğunu bilirim. Hoşnut bir farkındalık vardır, ama hoşnut olan birisi yoktur. Elbette, bir kimlik duygusu vardır, ama o -daima mevcut olan bir perdeden art arda geçen görüntülerin kimliği gibi- anıların bıraktığı izlerin kimliğidir. Işık ve perde olmadan, film de olamaz. Filmin perde üzerinde ışık oyunu olduğunu bilmek filmin gerçek olduğu fikrinden kurtulmayı sağlar. Yapmanız gereken tüm şey, sizin benliği sevdiğinizi ve benliğin sizi sevdiğini ve "Ben'im" duygusunun her ikiniz arasındaki bağlantı halkası ve -görünüşteki farklılığa ve çeşitliliğe karşın- aynılık işareti olduğunu anlamaktır. "Ben'im" duygusuna, iç ve dış, gerçek ve görüntü arasındaki bir sevgi işareti olarak bakın. Tıpkı bir rüyada, "Ben rüya gördüm" diyebilmenize olanak veren "Ben" duygusu dışında her şeyin farklı olması gibi, "Ben'im" duygusu da sizin "Ben yeniden gerçek benliğimim" diyebilmenize olanak verir. Ben bir şey yapmam ve bana bir şey yapılmaz. Ben neysem o'yum ve beni hiçbir şey etkileyemez. Ben her şeye bağlı, tâbi gibi görünürüm, ama aslında her şey bana bağlıdır.

S: Hiçbir şey yapmadığınızı nasıl söyleyebiliyorsunuz? Benimle konuşmuyor musunuz?

M: Ben konuştuğum hissine sahip değilim. Bir konuşma sürüp gidiyor, hepsi o kadar.

S: Ben konuşuyorum.

M: Öyle mi? Siz konuştuğunuzu işitiyor ve ben konuşuyorum diyorsunuz.

S: Herkes "ben çalışıyorum, ben geliyorum, ben gidiyorum" der.

M: Dilinizin geleneklerine bir itirazım yok, ama onlar gerçeği çarpıtır ve tahrip eder. Gerçeğe daha uygun bir söyleyiş tarzı şöyle olabilir: "Bir konuşma, çalışma, geliş, gidiş var." Çünkü bir şeyin olması için tüm evrenin ona denk gelmesi, uygun zemini vermesi gerekir. Özellikle bir şeyin bir olaya neden olabileceğine inanmak yanlıştır. Her neden evrenseldir. Tüm evren onun yaratılışına ve hayatta kalmasına katkıda bulunmadan bedeniniz var olamazdı. Ben her şeyin olduğu gibi olduğunun tam olarak farkındayım, çünkü dünya olduğu gibidir. Olayların akışını etkilemek için dünyaya yeni bir etken getirmeliyim ve böyle bir etken ancak kendim, bende odaklanan sevgi ve anlayış gücü olabilir.

Beden doğduğunda ona her türlü şey olur ve siz de onlarda rol alırsınız, çünkü kendinizi bedeniniz olarak kabul edersiniz. Siz, sinemada hep koltuğunda oturduğunu ve filmin de ışık oyunundan başka bir şey olmadığını çok iyi bildiği halde o filmle birlikte gülen ve ağlayan adam gibisiniz. Bu büyüyü bozmak için dikkati sinema perdesinden kendinize çevirmek yeter. Beden öldüğünde, şimdi yaşadığınız hayat türü -fiziksel ve zihinsel olayların birbirini art arda izleyişi- sona erer. O şimdi, bedenin ölümünü beklemeden de sona erebilir; dikkati Benliğe yöneltmek ve orada tutmak yeter. Her şey, sanki her şeyi yaratıp hareket ettiren gizemli bir güç varmışçasına vuku bulur. Sizin hareket ettiren değil, sadece gözlemleyen olduğunuzu idrak edin, o zaman huzur bulacaksınız.

S: O güç benden ayrı mıdır?

M: Elbette hayır. Ama siz sakin ve tarafsız bir gözlemci olmakla başlamalısınız. Ancak o zaman tüm varlığınızı, evrensel aşık ve aktör olarak idrak edeceksiniz. Siz belli bir kişiliğin kahır ağına dolandığınız sürece, onun ötesindeki hiçbir şeyi göremezsiniz. Ama en sonunda sizin ne özel, ne evrensel olduğunuzu, her ikisinin de ötesinde olduğunuzu göreceksiniz. Bir kalemin minicik ucunun sayısız resim çizebilmesi gibi, farkındalığın boyutsuz noktası da engin evrenin içeriklerini çizer. İşte o noktayı bulun ve özgür olun.

S: Ben bu dünyayı ne'den yaratırım?

M: Kendi anılarınızdan. Yaratıcı olduğunuzdan habersiz olduğunuz sürece, dünyanız sınırlı ve tekrarlanan bir dünyadır. Geçmişinizle özdeşleşmenin ötesine geçtiğinizde, yeni bir uyum ve güzellik dünyası yaratmakta özgür olursunuz. Veya olmanın ve olmamanın da ötesinde kalabilirsiniz.

S: Eğer anılarımı bırakırsam, bende ne kalır?
M: Hiçbir şey kalmaz.
S: Bu beni korkutur.
M: Sizin korkunuz, özgürlüğü ve onun nimetlerini deneyimleyene dek sürecek. Elbette, bedeni tanımlamak ve ona rehberlik etmek için bazı anılara ihtiyaç vardır ve böyle anılar kalır, ama bedene olan bağlılık kalmaz; o artık arzunun veya korkunun zemini değildir. Tüm bunları anlamak ve uygulamak o kadar zor değildir, ama ilgilenmeniz gerekir. İlgi olmadan hiçbir şey yapılamaz.

Bağlılığın bir arada tuttuğu bir anılar yumağı olduğunuzu görerek, onun dışına çıkın ve dışarıdan bakın. Belki ilk kez, anı olmayan bir şeyi algılayabilirsiniz. O zaman, kendi işleri ve ilişkileriyle meşgul Bay Falanca olmayı bırakırsınız. Sonunda huzur bulursunuz. Dünyada hiçbir yanlışlığın olmadığını, yanlışlığın sadece sizde olduğunu ve şimdi hepsinin sona erdiğini idrak edersiniz. Bir daha asla cehaletten doğan arzu ağına düşmezsiniz.

78

Tüm Bilgi Cehalettir

Soran: Kendinizi nasıl idrak ettiğinizi bize anlatabilir misiniz?
Maharaj: Benim durumumda bu her nasılsa çok basit ve kolaydı. Gurum, ölmeden önce bana dedi ki: "Sen En Yüce Gerçek'sin. Sözlerimden kuşku duyma, bana inanmazlık etme. Sana doğruyu söylüyorum, ona göre davran." Onun sözlerini unutmadım ve unutmayarak kendimi idrak ettim.
S: Ama tam olarak ne yapıyordunuz?

M: Özel bir şey değil. Hayatımı yaşadım, ticaretimi sürdürdüm, aileme baktım ve her boş anımı Gurum'u ve onun sözlerini hatırlayarak geçirdim. O kısa bir zaman sonra öldü ve başvurmak için bende sadece anıları kaldı. Bu da yeterliydi.

S: Bu Gurunuz'un inayeti ve gücü sayesinde olmuş olmalı.

M: Onun sözleri doğruydu. Ve gerçekleştiler. Doğru sözler daima gerçekleşir. Gurum hiçbir şey yapmadı; onun sözleri iş gördü, çünkü doğruydular. Her ne yaptıysam, içimden gelerek oldu, istenmeden ve beklenmeden.

S: Guru -içinde yer almadığı- bir süreci mi başlatmış oldu?

M: Bunu istediğiniz şekilde ifade edebilirsiniz. Olaylar oldukları gibi olur, neden ve nasıl olduklarını kim söyleyebilir? Ben kasıtlı olarak hiçbir şey yapmadım. Bırakma, yalnız olma, içe yönelme arzusu kendiliğinden geldi.

S: Herhangi bir çaba harcadınız mı?

M: Hiç. İster inanın, ister inanmayın, kendimi idrak etmeye bile çok hevesli değildim. Gurum bana sadece, En Yüce olduğumu söyledi ve sonra öldü. Ona inanmazlık edemedim. Gerisi kendiliğinden geldi. Değişmekte olduğumu gördüm, hepsi bu kadar. Doğrusunu isterseniz, hayretler içinde kalmıştım. Ama içimde Gurum'un sözlerini doğrulama, kanıtlama arzusu doğdu. Onun yalan söylemiş olamayacağından öylesine emindim ki ya onun sözlerinin tam anlamını idrak edeceğimi ya da öleceğimi hissettim. Kendimi çok kararlı hissediyor, ama ne yapacağımı bilmiyordum. Gurum'u ve onun bana verdiği güvenceyi düşünerek, hiç karşı çıkmadan, sadece onun bana söylediklerini hatırlayarak saatler geçiriyordum.

S: Sonra size ne oldu? En Yüce olduğunuzu nasıl bildiniz?

M: Kimse gelip bana söylemedi. Bu bana içsel olarak da söylenmedi. Aslında, sadece başlangıçta, çaba gösterirken, bazı garip deneyimler yaşıyordum; örneğin, ışıklar görüyor, sesler işitiyor, tanrılar ve tanrıçalarla karşılaşıp onlarla konuşuyordum. Bir kere Gurum bana, "Sen En Yüce Gerçeksin" dedikten son-

ra vizyonlar görüşüm, translara girişim sona erdi ve çok sessiz, basit biri oldum. Gittikçe daha az arzu duyduğumu, daha az bildiğimi gördüm, ta ki bir gün büyük bir şaşkınlık içinde, "Hiçbir şey bilmiyorum, hiçbir şey istemiyorum" diyene kadar.
S: Siz gerçekten arzudan ve bilgiden kurtulmuş muydunuz, yoksa Gurunuz'un size verdiği imaja göre bir *gnani*'yi taklit mi ettiniz?
M: Bana herhangi bir imaj verilmemişti, bende de yoktu. Gurum bana ne beklemem gerektiğini asla söylemedi.
S: Size daha birçok şey olabilir. Yolculuğunuzun sonunda mısınız?
M: Asla bir yolculuk olmadı. Ben, her zaman olduğum gibi, Ben' im.
S: Erişmeniz gerektiği söylenen En Yüce Gerçek neydi?
M: Ben yanılgıdan kurtuldum, o kadar. Bir dünya yaratıp onu varlıklarla dolduruyordum; artık bunu yapmıyorum.
S: Öyleyse nerede yaşıyorsunuz?
M: Olmanın ve olmamanın ötesindeki boşlukta, bilincin ötesinde. Bana acımayın, çünkü bu boşluk aynı zamanda doluluktur, tamlıktır. Bu bir insanın, "Ben işimi yaptım, yapılacak başka bir şey yok" demesine benzer.
S: Kendinizi idrak etmenizle ilgili bir tarih veriyorsunuz. Bu demektir ki o tarihte size bir şey olmuş. Ne oldu?
M: Zihin olaylar üretmeyi kesti. Kadim ve kesintisiz arayış durdu; hiçbir şey istemiyor, hiçbir şey beklemiyor, hiçbir şeyi kendimin olarak kabul etmiyordum. Uğrunda uğraşılacak bir "ben" kalmamıştı. Yalın "Ben'im" bile yavaş yavaş yok oldu. Fark ettiğim diğer şey de alışılmış kesin görüşlerimi kaybetmemdi. Daha önce birçok şeyden emindim, şimdi ise hiçbir şeyden emin değilim. Ama bilmemekle hiçbir şey kaybetmediğimi hissediyorum, çünkü tüm bilgim yanlıştı. Benim bilmeyişim, aslında, tüm bilginin cehalet olduğu, zihnin yapabileceği tek doğru bildirimin "Bilmiyorum" olduğu bilgisiydi. Örneğin, "Ben doğdum" fikri-

ni alalım. Siz onu doğru kabul edebilirsiniz, ama doğru değildir. Siz asla doğmadınız ve asla ölmeyeceksiniz. Doğmuş olan ve ölecek olan o fikirdir, siz değil. Kendinizi onunla özdeşleştirerek ölümlü hale geldiniz. Tıpkı bir sinemada her şeyin ışık olması gibi, bilinç de büyük dünya haline gelir. Yakından baktığınızda, tüm isimlerin ve şekillerin bilinç okyanusunda geçici dalgalardan başka bir şey olmadıklarını, sadece bilincin *var olduğundan* söz edilebileceğini (onun değişim ve dönüşümlerinin var olduğunun söylenemeyeceğini) göreceksiniz.

Bilincin enginliğinde bir ışık belirir, ufacık bir nokta halinde -bir kâğıda yazı yazan bir kalem gibi- hızla hareket ederek şekiller, düşünceler, hisler, kavramlar ve fikirler çizer. Ve bu çizimde iz bırakan mürekkep, bellektir. Siz o ufacık noktasınız ve sizin hareketinizle dünya her an yeniden yaratılır. Hareket etmeyi kesin, bir dünya olmayacaktır. İçinize baktığınızda, o ışık noktasının, muazzam ışığın bedende "Ben'im" duygusu olarak yansıması olduğunu göreceksiniz. Sadece ışık vardır, başka her şey sadece görünür.

S: O ışığı biliyor musunuz? Onu gördünüz mü?

M: O zihne karanlık gibi görünür. O ancak yansımalarıyla bilinebilir. Gün ışığında her şey görünür, ama gün ışığı görünmez.

S: Zihinlerimizin benzer olduğunu mu anlamalıyım?

M: Bu nasıl olabilir? Sizin, anılarla örülmüş, arzular ve korkular tarafından bir arada tutulan kendi özel zihniniz var. Benim kendime ait bir zihnim yok; bilmem gereken şeyi evren önüme getirir.

S: Bilmek istediğiniz her şeyi bilir misiniz?

M: Bilmek istediğim bir şey yoktur. Ama bilmem gereken bir şeyi bilirim.

S: Bu bilgi size kendi içinizden mi, yoksa dışarıdan mı gelir?

M: Soru uygun değil. Benim içim dış, dışım içtir. O anda gereken bilgiyi sizden alabilirim, ama siz benden ayrı değilsiniz.

S: *Turiya* denen dördüncü hal nedir?

M: Dünyayı çizen o ışık noktası olmak *turiya*'dır. Işığın kendisi olmak *turiyatita*'dır. Ama gerçek bu kadar yakınken isimlerin ne yararı vardır?

S: Sizin durumunuzda herhangi bir ilerleme var mı? Dünkü siz ile bugünkü sizi karşılaştırdığınızda, değiştiğinizi, ilerleme kaydettiğinizi görüyor musunuz? Gerçekle ilgili vizyonunuz genişliyor ve derinleşiyor mu?

M: Gerçek değişmez, ama sürekli hareket halindedir. O büyük bir nehir gibidir; akar, ama hep oradadır. Akan, yatağı ve kıyılarıyla nehir değil, onun suyudur; aynı şekilde, *sattva guna,* yani evrensel uyum, *tamas* ve *rajas*, yani karanlık ve umutsuzluk kuvvetlerine karşı oyunlarını oynar. *Sattva*'da daima değişim ve ilerleme, *rajas*'ta değişim ve gerileme vardır; *tamas* ise kaosu temsil eder. Bu üç *guna* ebediyen birbirine karşı faaldir; bu bir olgudur ve bir olguyla kavga edilemez.

S: Her zaman *tamas* ile donuklaşmak ve *rajas* ile çaresizliğe düşmek zorunda mıyım? *Sattva* ne oluyor?

M: *Sattva* sizin gerçek doğanızın ışımasıdır. Siz onu daima zihnin ve onun birçok dünyasının ötesinde bulabilirsiniz. Ama eğer bir dünya istiyorsanız, özde bir, görünüşte farklı olan üç *guna*'yı (madde-enerji-hayat) birbirinden ayrılamaz olarak kabul etmelisiniz. Onlar bilinçte birbiriyle karışarak akar. Zaman ve uzayda ebedi bir akış vardır; doğum, ölüm, ilerleme, gerileme, tekrar ilerleme, tekrar gerileme; görünüşte bunun başlangıcı ve sonu yoktur. Gerçek ise zamansız, değişmez, bedensiz, zihinsiz bir farkındalık olduğundan, aşkın mutluluktur.

S: Anlıyorum ki size göre her şey bir bilinç halidir. Dünya nesnelerle doludur; bir kum tanesi bir nesnedir, bir gezegen bir nesnedir. Onların bilinçle ilişkisi nedir?

M: Bilincin erişmediği yerde, madde başlar. Bir nesne, bizim anlamamış olduğumuz bir varlık formudur. O değişmez, daima aynıdır, orada kendi başınaymış gibi, yabancı bir şeymiş gibi görünür. Elbette, o evrensel bilinç *(chit)* içindedir, ama gö-

rünüşteki değişmezliğinden dolayı dıştaymış gibi görünür. Nesnelerin temeli bellektedir, bellek olmasaydı tanıma olmazdı. Yaratma-düşünme-reddetme (*Brahma-Vishnu-Shiva*): Ebedi süreç budur. Her şey onun tarafından yönetilir.
S: Bir kaçış yolu yok mudur?
M: Ben kaçış yolunu göstermekten başka bir şey yapmıyorum. Bir'in Üç'ü içerdiğini ve sizin Bir olduğunuzu anladığınız zaman dünya sürecinden kurtulacaksınız.
S: O zaman benim bilincime ne olur?
M: Yaratma aşamasından sonra, inceleme ve düşünme aşaması, en sonunda da terk etme ve unutma aşaması gelir. Bilinç kalır, ama aktif olmayan, sessiz bir halde kalır.
S: Kimlik hali kalır mı?
M: Kimlik hali gerçeğin özünde vardır ve asla kaybolmaz. Ama kimlik ne geçici olan kişiliktir *(vyakti)*, ne de *karma*'ya bağlı olan bireydir *(vyakta)*. O tüm özdeşleşme yanlış olarak görülüp bırakıldığında geriye kalan saf bilinçtir, tüm var olan olma duygusudur. Bilinç başta ve sonda saftır; arada, yaradılışın kökeninde bulunan imgeleme tarafından kirletilir. Bilinç her zaman aynı kalır. Onu olduğu gibi bilmek, kendini idrak etmek ve ebedi huzura kavuşmaktır.
S: "Ben'im" duygusu gerçek midir, değil midir?
M: Her ikisidir. O, "Ben buyum, ben şuyum" dediğiniz zaman gerçek değildir. O, onu "Ben ne buyum, ne şuyum" anlamında kullandığınızda gerçektir.

Bilen bilinenle birlikte gelir ve gider ve geçicidir; ama bilmediğini bilen, bellekten ve beklentiden azade olan, ebedidir.
S: "Ben'im" tanığın kendisi midir, yoksa onlar ayrı mıdır?
M: Biri olmadan diğeri de olamaz. Ama onlar bir değildir. Bu çiçek ile rengi gibidir. Çiçek olmadan, onun rengi de olmaz; renk olmadan, çiçek görünmez olarak kalır. Ötede ışık vardır ki o çiçekle temas ettiğinde rengi yaratır. Sizin gerçek doğanızın saf ışık olduğunu, algılananın ve algılayanın birlikte geldiğini ve git-

tiğini idrak edin. Her ikisini de mümkün kılan, ama her ikisi de olmayan, sizin gerçek varlığınızdır; o "bu" veya "şu" olmayıp, olmanın ve olmamanın saf farkındalığıdır. Farkındalık kendine döndürüldüğünde, ortaya çıkan his bilmeme hissidir. O dışa döndürüldüğünde, bilinebilir olanlar varlık kazanırlar. "Ben kendimi biliyorum" demek terim olarak çelişkilidir, çünkü "bilinen" şey "kendim" olamaz.

S: Eğer benlik ebediyen bilinmeyen ise, kendini-idrakle ne idrak edilir?

M: Bilinenin ben veya benim olamayacağını bilmek özgürleşmek için yeterlidir. Anılarla ve alışkanlıklarla özdeşleşmekten kurtulmak, var'lığın sonsuz erimleri, tükenmez yaratıcılığı ve tüm aşkınlığı karşısında hayranlık hali, her bilinç durumunun illüzyonî ve geçici olduğunu idrak etmekten kaynaklanan mutlak korkusuzluk derin ve tükenmez bir kaynaktan gelir. Kaynağı kaynak olarak, görünüşü görünüş olarak ve kendinizi de yalnızca kaynak olarak bilmek, kendini idrak etmektir.

S: Tanık hangi taraftadır? O gerçek midir, değil midir?

M: Hiç kimse "Ben tanığım" diyemez. "Ben'im"e daima tanıklık edilir. Bağsız, tarafsız farkındalık hali tanık-bilincidir, "ayna-zihin"dir. O, nesnesiyle birlikte görünür ve kaybolur ve bu nedenle tamamen gerçek değildir. Ama nesnesi her ne olursa olsun, o aynı kalır, bu yüzden de o aynı zamanda gerçektir. O hem gerçek-olana, hem gerçek-olmayana katılır, dolayısıyla ikisi arasında bir köprüdür.

S: Eğer her şey sadece "Ben'im"e vaki oluyorsa, eğer "Ben'im" bilinen, bilen ve bilgi ise, tanık ne yapar? O neye yarar?

M: O bir şey yapmaz ve herhangi bir şeye yaramaz.

S: Öyleyse neden ondan söz ediyoruz?

M: Çünkü o vardır. Köprü tek bir amaca, üstünden geçmeye hizmet eder. Siz bir köprünün üstüne evler inşa etmezsiniz. "Ben'im" şeylere bakar, tanık ise onların gerçeğini görür. O, onları oldukları gibi görür: Gerçek-olmayan ve geçici olarak.

"Ben değilim, benim değil" demek tanığın görevidir.

S: O, tezahür etmemiş olanı *(nirguna)* temsil eden tezahür etmiş olan *(saguna)* mıdır?

M: Tezahür etmemiş olan temsil edilemez? Tezahür etmiş olan hiçbir şey, tezahür etmemiş olanı temsil edemez.

S: Öyleyse ondan neden söz ediyorsunuz?

M: Çünkü o benim doğum yerimdir.

79

Kişi, Tanık ve En Yüce

Soran: Biz uzun bir uyuşturucu-kullanma geçmişine sahibiz, bunlar çoğunlukla bilinç-genişleten uyuşturucular. Onlar bize -yüksek ve düşük- başka bilinç hallerinin deneyimini yaşattı, ayrıca onlara güvenilemeyeceğini, onların etkilerinin geçici olduğunu, en kötüsü de organizma ve kişilik üzerinde yıkıcı etki yaptıklarını gösterdi. Biz bilinç geliştirmek ve aşkın bilinç haline ulaşmak için daha iyi vasıtalar arıyoruz. Arayışlarımızın meyvelerinin bizimle kalmasını ve -solgun anılara ve çaresiz pişmanlıklara dönüşmek yerine- hayatımızı zenginleştirmesini istiyoruz. Eğer spiritüel sözcüğüyle kendini inceleme ve geliştirmeyi kastediyorsak, Hindistan'a geliş amacımız kesinlikle spiritüeldir. Mutlu hippi aşaması geride kaldı; şimdi ciddiyiz ve ilerliyoruz. Bulunacak bir gerçeğin olduğunu biliyoruz, ama onu nasıl bulacağımızı ve ona nasıl tutunacağımızı bilmiyoruz. İkna edilmeye değil, rehberliğe ihtiyacımız var. Bize yardım edebilir misiniz?

Maharaj: Sizin yardıma değil, sadece öğüde ihtiyacınız var. Aradığınız şey zaten sizin içinizdedir. Ben kendimi idrak etmek için hiçbir şey yapmadım. Öğretmenim bana gerçeğin benim içimde olduğunu söyledi; ben içime baktım ve tam olarak öğretmenimin bana söylediği gibi, onu orada buldum. Gerçeği görmek, insanın aynada yüzünü görmesi kadar basittir. Sadece ayna temiz ve doğru olmalıdır. Gerçeği yansıtması için, arzular ve korkular tarafından çarpıtılmamış, fikirlerden ve görüşlerden azade, her düzeyde berrak olan, sessiz bir zihne ihtiyaç vardır. Berrak, sessiz, uyanık, bağsız ve tarafsız olun; o zaman her şey kendiliğinden olacaktır.

S: Sizin gerçeği idrak edebilmek için zihninizi berraklaştırmanız ve sessizleştirmeniz gerekiyordu. Bunu nasıl yaptınız?

M: Ben bir şey yapmadım. O oluverdi. Ben ailemin ihtiyaçlarını karşılayarak hayatımı yaşadım. Bunu Gurum da yapmadı. Onun söylemiş olduğu gibi, bu oluverdi.

S: Şeyler kendiliğinden olmaz. Her şeyin bir nedeni vardır.

M: Olan her şey, olan her şeyin nedenidir. Nedenler sayısızdır; tek neden fikri bir illüzyondur.

S: Meditasyon ya da *Yoga* gibi uygulamalar yapmışsınızdır mutlaka. Kendini-idrakin kendiliğinden olduğunu nasıl söyleyebilirsiniz?

M: Özel bir şey yapmadım. Sadece hayatımı yaşadım.

S: Çok şaşırdım!

M: Ben de çok şaşırmıştım. Ama şaşılacak bir şey yoktu. Öğretmenimin sözleri gerçekleşmişti. O beni benden daha iyi tanıyordu, o kadar. Niçin nedenler aramalı? Başlangıçta "Ben'im" duygusuna biraz dikkat ve zaman veriyordum, ama sadece başlangıçta. Bu tümüyle tek bir süreçtir. Siz her şeyi zaman içinde ayırıp, sonra da nedenler arama eğilimindesiniz.

S: Şimdiki çalışmanız nedir? Ne yapıyorsunuz?

M: Siz olmanın ve yapmanın aynı şey olduğunu hayal ediyorsunuz. Öyle değildir. Zihin ve beden hareket eder, değişir ve diğer zihinlerin ve bedenlerin hareket etmelerine ve değişmelerine neden olur ve buna yapmak veya eylem denir. Yanarak devam eden ateş gibi, yeni eylem yaratmak eylemin doğasında vardır. Ben ne eylem yaparım, ne de başkalarının eylem yapmalarına neden olurum; ben olup bitenlerin zamansız olarak farkındayım.

S: Kendi zihninizde mi, yoksa başka zihinlerde mi?

M: "Ben şuyum, ben buyum, bu benim, şu benim" gibi fikirlerle dolup taşan tek bir zihin vardır. Ben zihin değilim, asla olmadım ve olmayacağım.

S: Zihin nasıl oluştu?

M: Dünya madde, enerji ve zekâdan oluşur. Onlar kendilerini birçok şekilde tezahür ettirir. Arzu ve imgeleme dünyayı yaratır, zekâ ise ikisini bağdaştırarak bir uyum ve huzur duygusuna neden olur. Bana göre, tüm bunlar olur; ben farkındayım, ama etkilenmem.

S: Hem farkında, hem de etkilenmemiş olamazsınız. Terimlerde bir çelişki var. Algılama değişimdir. Bir duyumu bir kez deneyimlediğinizde, bellek sizin önceki hale dönmenize izin vermeyecektir.

M: Evet, belleğe eklenen bir şey kolayca silinemez. Ama bu kesinlikle yapılabilir ve aslında ben bunu her zaman yapıyorum. Ben, uçan bir kuş gibi, hiç ayak izi bırakmam.

S: Tanık isme ve şekle sahip midir, yoksa o bunların ötesinde midir?

M: Tanık sadece bir farkındalık noktasıdır. Onun adı ve şekli yoktur. O, güneşin bir çiğ tanesindeki yansıması gibidir. Çiğ tanesinin adı ve şekli vardır, ama küçük ışık noktasına neden olan şey güneştir. Çiğ damlasının berraklığı ve düzgünlüğü gerekli bir koşuldur, ama kendi başına yeterli değildir. Benzer şekilde, gerçeğin zihinde yansıması için zihnin berraklığı ve sessizliği gereklidir, ama onlar kendi başlarına yeterli değildir. Onun ötesinde, bir gerçeğin olması gerekir. Gerçek ebediyen mevcut olduğundan, gerekli koşullar vurgulanır.

S: Zihnin berrak ve sessiz olmasına rağmen, hiçbir yansıma-

nın belirmemesi mümkün müdür?
M: Dikkate alınması gereken kader vardır. Bilinçdışı (bilinçaltı) kaderin pençesindedir, o aslında kaderdir. İnsan beklemek zorunda olabilir. Ama kaderin eli ne kadar ağır olursa olsun, o sabırla ve öz-kontrolle kaldırılabilir. Dürüstlük ve saflık engelleri kaldırır ve gerçeğin vizyonu zihinde belirir.
S: Öz-kontrol nasıl kazanılır? Benim zihnim çok zayıf!
M: Önce sizin olduğunuzu sandığınız kişi olmadığınızı anlayın. Olduğunuzu sandığınız şey sadece telkin veya imgelemedir. Sizin hiçbir ebeveyniniz yoktur, siz doğmadınız ve ölmeyeceksiniz. Ya size böyle söylediğimde bana güvenin ya da inceleme ve araştırmayla ona ulaşın. Tam inanç yolu hızlıdır, diğeri ise yavaş, ama istikrarlıdır. Her ikisi de eylem içinde sınanmalıdır. Doğru olduğunu düşündüğünüz yolda ilerleyin, gerçeğe giden yol budur.
S: Gerçeği hak etmek ile kader bir ve aynı mıdır?
M: Evet, ikisi de bilinçdışıdır. Bilinçli liyakat sadece gösteriştir, boşunadır. Bilinç daima engeller hakkındadır; hiçbir engel olmayınca, insan onun ötesine geçer.
S: Benim beden olmadığım anlayışı bana öz-kontrol için gerekli karakter gücünü verecek mi?
M: Siz ne zihin ne de beden olduğunuzu bildiğiniz zaman, onlar tarafından yönlendirilmezsiniz. O sizi nereye götürürse götürsün, gerçeği takip edersiniz ve neye mal olursa olsun, yapılması gerekeni yaparsınız.
S: Kendimi-idrak için eylem gerekli midir?
M: İdrak için anlayış gereklidir. Eylem sadece tesadüfîdir. Sağlam bir anlayışa sahip bir insan eylemden sakınmaz. Eylem gerçeğin sınanmasıdır.
S: Sınamalar gerekli midir?
M: Eğer kendinizi her zaman sınamazsanız, gerçek ile imgelemeyi birbirinden ayırt edemezsiniz. Gözlem ve muhakeme bir ölçüde yardımcı olabilir, ama gerçek paradoksaldır (mantığa

aykırı görünebilir). Siz, düşüncelerinizi ve hislerinizi, sözlerinizi ve eylemlerinizi izlemedikçe ve -siz neden ve nasıl olduğunu bilmeden- sizde meydana gelen değişimler karşısında şaşırmadıkça, kendinizi idrak ettiğinizi nasıl bilebilirsiniz? Aslında onlar çok şaşırtıcı oldukları için siz onların gerçek olduklarını bilirsiniz. Öngörülenler ve beklenenler nadiren gerçektirler.

S: Bir "kişi" nasıl meydana gelir?

M: Tıpkı bir beden ışığın yolunu kestiğinde gölgenin görünmesi gibi, saf öz-farkındalık "ben bedenim" fikri tarafından engellendiğinde kişi ortaya çıkar. Gölge nasıl çevrenin şekline göre biçim ve pozisyon değiştirirse, bir kişi de kaderin kalıbına göre sevinçli ve kederli, rahat ve zorluk içinde, bulan ve kaybeden gibi görünür. Beden artık kalmadığında, kişi de geri dönmemek üzere kaybolur, geriye sadece tanık ve Büyük Bilinmeyen kalır.

Tanık, "Ben bilirim" diyendir. Kişi, "Ben yaparım" diyendir. "Ben bilirim" demek yanlış olmaz, o sadece sınırlıdır. Ama "Ben yaparım" demek tamamen yanlıştır, çünkü yapan biri yoktur; bir yapan olma fikri de dahil, her şey kendiliğinden olur.

S: O zaman eylem nedir?

M: Evren eylemle doludur, ama bir eylemci yoktur. Özdeşleşme nedeniyle kendisini eylemde bulunuyor olarak imgeleyen sayısız kişi vardır, ama bu eylem dünyasının *(mahadakash)* her şeyin her şeye bağlı olduğu ve her şeyi etkilediği tek bir bütün olduğu gerçeğini değiştirmez. Yıldızlar bizi derin biçimde etkiler ve biz de yıldızları etkileriz. Eylemden bilince geri çekilin, eylemi bedene ve zihne bırakın; bu onların alanıdır. Saf tanık olarak kalın, ta ki tanıklık da En Yüce'nin içinde dağılana kadar.

Kerestelik ağaçlarla dolu bir cangıl düşünün. Keresteden bir tahta ve onun üstüne yazı yazmak için de bir kurşun kalem yapılmıştır. Tanık yazıyı okur ve tahta ile kurşun kalem ormanla uzaktan ilişkili olsalar da, yazılan yazının onunla hiçbir ilgisinin olmadığını bilir. O sadece üste eklenmiştir ve onun silinmesi önemli değildir. Kişiliğin yok olmasını daima -sanki sırtınızdan ağır bir yük kalmış gibi- büyük bir rahatlama duygusu izler.

S: Siz, ben tanığın ötesindeki haldeyim dediğinizde, sizi böyle söyleten deneyiminiz nedir? O hal sadece bir tanık olma aşamasından ne bakımdan farklıdır?

M: Bu baskılı bir kumaşı yıkamak gibidir. Önce desen solar, sonra fon kaybolur ve sonunda düz beyaz kumaş kalır. Kişilik tanığa yer verir, sonra tanık gider ve saf farkındalık kalır. Kumaş başlangıçta beyazdı, sonunda yine beyazdır; desenler ve renkler -bir süreliğine- meydana gelmiştir.

S: Farkında olunacak bir nesne yokken, farkındalık olabilir mi?

M: Bir nesnenin farkındalığına tanıklık deriz. Arzu veya korku nedeniyle o nesneyle özdeşleşme de olduğunda, böyle bir hal bir kişi olarak adlandırılır. Gerçekte tek bir hal vardır; o özdeşleşme yoluyla çarpıtıldığında ona kişi denir; var'lık duygusuyla renklendiğinde, o tanıktır; renksiz ve sınırsız olduğunda ise ona En Yüce denir.

S: Her zaman huzursuz olduğumu, özlediğimi, umut ettiğimi, aradığımı, bulduğumu, zevk aldığımı, terk ettiğimi ve yeniden arayışa girdiğimi görüyorum. Böyle kaynayıp durmama neden olan şey nedir?

M: Siz aslında bilmeden kendinizi arıyorsunuz. Siz sevgi özlemi çekiyorsunuz, çünkü sevgiye değersiniz, tümüyle sevilmeye lâyıksınız. Cehaletten dolayı onu zıtlar ve çelişkiler dünyasında arıyorsunuz. Onu kendi içinizde bulduğunuz zaman arayışınız sona erecektir.

S: Mücadele etmek zorunda olduğumuz bu kederli dünya her zaman olacak.

M: Bunu beklemeyin. Bilmiyorsunuz. Tüm tezahürün zıtlıklar içinde olduğu doğrudur. Zevk ve acı, iyi ve kötü, yüksek ve alçak, ilerleme ve gerileme, dinlenme ve uğraşma birlikte gelir ve gider ve bir dünya oldukça da, onun çelişkileri olacaktır. Ayrıca mükemmel uyum, aşkın mutluluk ve güzellik dönemleri de olabilir, ama sadece bir süre için. Mükemmel olan tüm mükemmelliğin kaynağına geri döner ve zıtlar oynamaya devam eder.

S: Mükemmelliğe nasıl erişirim?

M: Sessiz kalın. Dünyadaki işinizi yapın, ama içsel olarak sessiz kalın. O zaman her şey size gelecektir. Kendinizi idrak etmek için işinize bel bağlamayın. O başkalarına yarar sağlayabilir, ama size değil. Sizin umudunuz zihnen sessiz ve kalben sakin kalmakta yatar. Kendini idrak etmiş insanlar çok sessizdirler.

80

Farkındalık

Soran: Benliği idrak etmek zaman alır mı, yoksa zaman bu idrake yardımcı olamaz mı? Kendini idrak etmek sadece bir zaman meselesi midir, yoksa o zamandan başka etkenlere mi bağlıdır?

Maharaj: Tüm bekleyiş boşunadır. Sorunların çözülmesi için zamana bel bağlamak kendini aldatmaktır. Kendi haline bırakılan gelecek sadece geçmişi tekrarlar. Değişim ancak şimdi olabilir, asla gelecekte değil.

S: Bir değişimi ne meydana getirir?

M: Değişimin gerekliliğini çok açık biçimde görün. Bu yeter.

S: Kendini-idrak, madde içinde mi olur, ötede mi? Bu gerçekleşmesi için bedene ve zihne ihtiyaç gösteren bir deneyim değil midir?

M: Tüm deneyim hayali, sınırlı ve geçicidir. Deneyimden hiçbir şey beklemeyin, kendini-idrak -yeni bir deneyimler boyutuna yönlendirebilse de- bir deneyim değildir. Ancak, yeni deneyimler, her ne kadar ilginç olsalar da, eskilerinden daha gerçek değildir! Kendini-idrak kesinlikle yeni bir deneyim değildir. O her deneyimdeki ebedi etkenin keşfidir. Deneyimi mümkün kılan, farkındalıktır. Tıpkı tüm renklerin içinde, ışığın renksiz etken olması gibi, her deneyimde farkındalık mevcuttur, ama o bir deneyim değildir.

S: Eğer farkındalık bir deneyim değilse, o nasıl fark edilebilir?

M: Farkındalık her zaman oradadır. Onun fark edilmesi gerekmez. Zihnin kepengini açın, o zaman o ışıkla dolup taşacaktır.

S: Madde nedir?

M: Anlamadığınız şey maddedir.

S: Bilim, maddeyi anlıyor.

M: Bilim sadece cehaletimizin sınırlarını geriye itiyor.

S: Peki, doğa nedir?

M: Bilinçli deneyimlerin bütünü doğadır. Bilinçli bir benlik olarak siz doğanın bir parçasısınız. Farkındalık olarak ise onun ötesindesiniz. Doğayı sadece bilinç olarak görmek farkındalıktır.

S: Farkındalık düzeyleri var mıdır?

M: Bilinç düzeyleri vardır, ama farkındalık düzeyleri yoktur. O bağdaşık (homojen) bir bütündür. Onun zihindeki yansıması sevgi ve anlayıştır. Anlayışta berraklık düzeyleri ve sevgide yoğunluk düzeyleri vardır, ama onların kaynağında yoktur. Kaynak basit ve tektir, ama onun nimetleri sonsuzdur. Sadece nimetleri kaynak sanmayın. Sizin nehir değil, kaynak olduğunuzu idrak edin.

S: Ben nehirim de.

M: Elbette, öylesiniz. Bir "Ben'im" olarak siz bedenin kıyıları arasında akan nehirsiniz. Ama siz aynı zamanda kaynaksınız, okyanussunuz, gökteki bulutlarsınız. Her nerede hayat ve bilinç varsa, siz varsınız. Siz en küçükten küçük ve en büyükten

büyük olarak *varsınız*, diğer her şey sadece görünüp kaybolur.
S: Var olma duygusu ve yaşama duygusu bir ve aynı mıdır, farklı mıdır?
M: Uzaydaki kimlik birini, zamandaki süreklilik ise diğerini yaratır.
S: Bir keresinde siz "Gören, görme ve görülen üç değil, tek bir şeydir" dediniz. Bana göre üçü ayrı. Sözlerinizden kuşku duymuyorum, sadece anlamıyorum.
M: Dikkatle bakın, göreceksiniz ki, ancak bir görme olduğunda, gören ve görülen ortaya çıkar. Onlar görmenin nitelikleridir. "Ben bunu görüyorum" dediğinizde, "ben" ve "bu" görmeyle birlikte gelir, daha önce değil. Görülmeyen "bu" ve görmeyen "ben" olamaz.
S: "Ben görmüyorum" diyebilirim.
M: "Ben bunu görüyorum," "Ben göremeyişimi görüyorum" ya da "Ben karanlığı görüyorum" haline gelmiştir. Görme kalır. Bilinen, bilme ve bilen üçlüsünde, sadece bilme bir olgudur. "Ben" ve "bu" kuşkuludur. Kim bilir? Ne bilinir? Bilmenin varlığının dışında hiçbir kesinlik yoktur.
S: Neden bilmekten emin oluyorum da bilenden olmuyorum?
M: Bilme, var olma ve sevmeyle birlikte sizin gerçek doğanızın bir yansımasıdır. Bilen ve bilinen, zihin tarafından eklenmiştir. Dualitenin olmadığı yerde bir özne-nesne dualitesi yaratmak zihnin doğasında vardır.
S: Arzunun ve korkunun nedeni nedir?
M: Açıkça, geçmiş acıların ve zevklerin anısı. Bunda büyük bir gizem yoktur. Çatışma ancak arzu ve korku aynı nesneye yöneldiğinde ortaya çıkar.
S: Belleğe nasıl son verebiliriz?
M: Bu ne gereklidir ne de mümkündür. Her şeyin bilinçte cereyan ettiğini, sizin ise bilincin kökü, kaynağı, temeli olduğunuzu idrak edin. Dünya birbirini izleyen deneyimlerden ibarettir ve siz onları bilinçli kılan, ama tüm deneyimin ötesinde ka-

lansınız. Bu ısı, alev ve yanan odun gibidir. Isı alevi devam ettirir, alev odunu tüketir. Isı olmasa, ne alev, ne yakıt olurdu. Benzer şekilde, farkındalık olmasa ne bilinç ne de maddeyi bir bilinç vasıtasına dönüştüren hayat olurdu.

S: Siz, ben olmasam dünyanın olmayacağını ve dünya ile benim dünyayla ilgili bilgimin aynı olduğunu iddia ediyorsunuz. Bilim ise çok faklı bir sonuca varmıştır: Dünya somut ve sürekli bir şey olarak mevcuttur, ben ise esasen bilincin yeri olmaktan çok, birey ve bir tür olarak hayatta kalmayı sağlayan mekanizma olan sinir sisteminin biyolojik evriminin bir yan-ürünüyüm. Bilim her şeyi nesnel biçimde tarif etmeye çalışırken, sizinki tümüyle öznel bir görüş. Bu çelişki kaçınılmaz mıdır?

M: Karışıklık görünüşte ve sözeldir. Var olan *vardır*. O ne nesnel ne de özneldir. Madde ve zihin ayrı değildir, onlar tek enerjinin veçheleridir. Zihne maddenin bir işlevi olarak bakın, işte size bilim; maddeye zihnin ürünü olarak bakın, işte size din.

S: Ama doğrusu ne? Önce hangisi gelir, zihin mi, madde mi?

M: Hiçbiri önce gelmez, çünkü hiçbiri tek başına görünmez. Madde şekildir, zihin isimdir. Onlar birlikte dünyayı oluşturur. Onları kaplayan ve aşan şey Gerçek'tir, sizin özünüz olan saf var'lık-farkındalık-mutluluktur.

S: Benim tüm bildiğim, bilinç akışıdır, olayların birbirini izleyip durmasıdır. Zaman nehri durmaksızın getirip götürerek akar. Geleceğin geçmişe dönüşümü durmadan sürüp gider.

M: Siz lisanınızın kurbanısınız. Siz sanki kendiniz durağanmışsınız gibi, zamanın akışından söz ediyorsunuz. Ama sizin dün tanık olduğunuz olayları başkası yarın görebilir. Hareket halinde olan zaman değil, sizsiniz. Hareket etmeyi kesin, zaman duracaktır.

S: Zamanın durması ne anlama gelir?

M: Geçmişin ve geleceğin ebedi *şimdi*'de birleşmesi anlamına gelir.

S: Ama bu gerçek deneyimde ne anlama gelir? Sizin için zamanın durduğunu nasıl bilirsiniz?

M: Bu, geçmişin ve geleceğin artık önemli olmaması anlamına gelir. Bu ayrıca, tüm olmuş ve olacak olanların istendiğinde okunabilecek açık bir kitap haline gelmesi anlamına da gelir.

S: Ben biraz eğitimle ulaşılabilecek bir tür kozmik bellek hayal edebiliyorum. Ama gelecek nasıl bilinebilir? Beklenmedik kaçınılmazdır.

M: Bir düzeyde beklenmedik olan, daha yüksek bir düzeyden görüldüğünde, olması kesin olabilir. Ne de olsa biz zihnin sınırları içindeyiz. Gerçekte hiçbir şey olmaz, ne geçmiş vardır, ne gelecek; her şey sadece görünür ve hiçbir şey vardır.

S: Hiçbir şey var ne demektir? Bomboş hale mi gelirsiniz, yoksa uykuya mı dalarsınız? Yoksa dünyayı yok eder ve hepimizi -bir sonraki düşünce titreşiminizle hayata geri getirinceye kadar- askıda mı tutarsınız?

M: Hayır, o kadar kötü değil. Zihin ve madde, isimler ve şekiller dünyası devam eder, ama benim için hiç önem taşımaz. O bir gölgeye sahip olmaya benzer. O oradadır, her nereye gitsem beni takip eder, ama beni hiçbir şekilde engellemez. O benimle arzular ve korkular vasıtasıyla ilişkili bir isimler ve formlar dünyası olarak değil, bir deneyimler dünyası olarak kalır. Deneyimler, bir niteliği olmayan, saf deneyimlerdir. Daha iyi bir sözcük olmadığı için onlara deneyim diyorum. Onlar daima var olan okyanusun yüzeyindeki dalgalar gibidir, ama okyanusun dingin gücünü etkilemezler.

S: Yani bir deneyimin isimsiz, şekilsiz, tanımlanmamış olabileceğini mi söylüyorsunuz?

M: Başlangıçta tüm deneyim böyledir. Ancak bellekten doğan arzu ve korku ona isim ve form verir ve onu diğer deneyimlerden ayırır. O bilinçli bir deneyim değildir, çünkü diğer deneyimlere karşıt değildir, ama yine de o bir deneyimdir.

S: Eğer o bilinçli değilse ondan neden söz ediyorsunuz?

M: Deneyimlerinizin çoğu bilinçsizdir. Bilinçli olanlar çok azdır. Siz bu olgunun farkında değilsiniz, çünkü siz sadece bilinçli olanları hesaba katarsınız. Bilinçdışının farkında olun.

S: İnsan bilinçdışının farkında olabilir mi? Bu nasıl yapılır?

M: Arzu ve korku belirsizleştiren ve çarpıtan etkenlerdir. Zihin onlardan kurtulduğunda, bilinçdışı erişilebilir hale gelir.

S: Yani bilinçdışı bilinçli hale mi gelir?

M: Daha çok, bunun tersidir. Bilinç, bilinçdışı ile bir olur. Ona her nasıl bakarsanız bakın, ayrım biter.

S: Kafam karıştı. İnsan nasıl farkında, ama bilinçsiz olabilir?

M: Farkındalık bilinçle sınırlı değildir. O tüm var olanla ilgilidir. Bilinç dualiteyle ilgilidir. Farkındalıkta hiçbir dualite yoktur. O tek bir saf, genel biliştir. Aynı şekilde -isimsiz, şekilsiz, sessiz, ama kesinlikle gerçek, güçlü, etkili- saf var'lıktan ve saf yaradılıştan da söz edilebilir. Onların tarif edilemez oluşları onları hiç etkilemez. Onlar bilinçdışı olmakla birlikte, esastırlar. Bilinç esas olarak değişemez, o ancak kısmen değişebilir. Herhangi bir şey, değişmek için, ölümden, belirsizleşmeden, dağılmadan geçmek zorundadır. Altın takı, başka bir şekle dökülebilmesi için, önce eritilmelidir. Ölmeyi reddeden yeniden doğamaz.

S: Bedenin ölümü dışında, insan nasıl ölür?

M: Geri çekilmek, uzak durmak, bırakmak, koyuvermek ölümdür. Tam olarak yaşamak için ölüm gereklidir; her bitiş yeni bir başlangıç yaratır. Öte yandan, yaşayanın değil, sadece ölü olanın ölebileceğini anlamalısınız. Sizin içinizde canlı olan, ölümsüz olandır.

S: Arzu enerjisini nereden alır?

M: İsmini ve şeklini bellekten alır. Enerji ise kaynaktan akar.

S: Bazı arzular tümüyle yanlış. Yanlış arzular, nasıl olur da yüce bir kaynaktan akabilir?

M: Kaynak ne doğru ne de yanlıştır. Arzu da kendi başına doğru ya da yanlış değildir. Bu mutluluk için çabalamaktan başka bir şey değildir. Siz, bir toz zerresi olan bedenle özdeşleşmiş olduğunuzdan, kendinizi kaybolmuş hissediyor ve mutluluk dediğiniz tamlık ve bütünlük duygusunu umutsuzca arıyorsunuz.

S: Onu ne zaman kaybettim? Ona hiç sahip olmadım ki?

M: Bu sabah uyanmadan önce ona sahiptiniz. Bilincinizin ötesine geçin, onu bulacaksınız.

81

Korkunun Temel Nedeni

Maharaj: Nereden geliyorsunuz?

Soran: Ben Amerikalıyım, ama daha çok Avrupa'da yaşıyorum. Hindistan'a kısa bir süre önce geldim. Rishikesh'de iki aşramda kaldım. Bana meditasyon ve nefes tekniği öğretildi.

M: Oralarda ne kadar kaldınız?

S: Sekiz gün birinde, altı gün diğerinde. Orada mutlu olmadım ve ayrıldım. Sonra üç hafta boyunca Tibetli Lamalar ile beraberdim. Ama onlar da dualara ve ritüellere sarılmışlardı.

M: Peki, tüm bunların net sonucu ne oldu?

S: Kesinlikle bir enerji artışı oldu. Ama Rishikesh'e gitmeden önce Güney Hindistan'da, Pudokkotai'de Doğal Tedavi Sanatoryumu'nda biraz oruç ve diyet uygulamıştım. Bunun bana muazzam yararı oldu.

M: Belki enerji artışı sağlığınızın düzelmesinden dolayıydı.

S: Bilemem. Ama tüm bu girişimlerin sonucunda, bedenimin çeşitli yerlerinde yanmalar başladı ve olmayan sesler ve ilahiler işittim.

M: Peki, şimdi neyin peşindesiniz?

S: İşte, hepimiz neyin peşindeysek onun. Biraz gerçek, biraz içsel kesinlik, biraz gerçek mutluluk. Çeşitli kendini-idrak okullarında, farkındalıktan o kadar çok söz ediliyor ki, insan, sonunda farkındalığın en yüce gerçek olduğu izlenimini ediniyor. Bu böyle midir? Beden beyin tarafından gözetilir, beyin bilinç tarafından aydınlatılır; farkındalık bilinci gözetir; farkındalığın ötesinde bir şey var mıdır?

M: Farkında olduğunuzu nasıl bilirsiniz?

S: Farkında olduğumu hissediyorum. Bunu başka türlü ifade edemem.

M: Beyinden bilinç yoluyla farkındalığa giden süreci dikkatle izlediğinizde, dualite duygusunun sürdüğünü görürsünüz. Farkındalığın ötesine geçtiğinizde ise dualitesiz bir hal vardır. Orada biliş değil, sadece saf varoluş vardır ki -eğer oluşla belirli bir şey olmayı kastediyorsanız- ona var olmama da denebilir.

S: Sizin saf varoluş, var'lık dediğiniz, evrensel varoluş mudur, her şey olmak mıdır?

M: "Her şey" sözcüğü parçaların bir koleksiyonunu ima eder. Saf var'lıkta, varoluşta parça fikri yoktur.

S: Saf varoluş ile belirli bir şey oluş arasında herhangi bir ilişki var mıdır?

M: Var olan ile sadece var gibi görünen arasında nasıl bir ilişki olabilir? Okyanus ve onun dalgaları arasında herhangi bir ilişki var mıdır? Gerçek-olan, gerçek-olmayanın görünmesini mümkün kılar ve kaybolmasına neden olur. Geçici anların birbirini izleyişi zaman illüzyonunu yaratır, ama saf var'lığın zamansız (ebedi) gerçeği hareket halinde değildir, çünkü tüm hareket hareketsiz bir zemini gerektirir. O kendisi zemindir. Siz onu kendinizde bir kez bulduğunuzda, o tüm bölünmelerden ve ayrılıklardan bağımsız olan var'lığı asla yitirmemiş olduğunuzu bilirsiniz. Ama onu bilinçte aramayın, onu orada bulamayacaksınız. Onu herhangi bir yerde aramayın, çünkü hiçbir şey onu içermez. Tam tersine, o her şeyi içerir ve her şeyi tezahür ettirir. O, her şeyi görünür kılarken kendisi görünmez olarak kalan gün ışığı gibidir.

S: Efendim, gerçeğin bilinçte bulunamayacağını söylemenizin bana ne yararı var? Onu başka nerede arayacağım? Siz bunu nasıl anlıyorsunuz?

M: Bu çok basittir. Eğer ben size ağzınızın tadı nasıl diye sorsam, söyleyebileceğiniz tek şey, "Ne tatlı ne acı, ne ekşi ne buruk"tur; o tüm bu tatlar olmadığı zaman kalandır. Benzer şekilde, artık hiçbir ayrım ve tepki var olmadığında, geriye kalan basit ve somut gerçektir.

S: Bütün anladığım, başlangıçsız bir illüzyonun pençesinde olduğumdur. Ve bunun nasıl sona erebileceğini göremiyorum. Eğer sona erebilseydi, uzun zaman önce sona ererdi. Geçmişte de, gelecekte olabileceği kadar çok fırsata sahip olmuş olmalıyım. Geçmişte olamamış olan, gelecekte de olamaz. Ya da olmuşsa bile, devam edememiş. Milyonlarca yıldan sonra, acıklı halimiz olsa olsa nihai yok oluş vaat ediyor ya da daha kötüsü, sonsuz ve anlamsız bir tekrarlama tehdidini taşıyor.

M: Şimdiki halinizin başlangıçsız ve sonsuz olduğuna dair hangi kanıta sahipsiniz? Doğmadan önce nasıldınız? Ölümden sonra nasıl olacaksınız? Ve şimdiki halinizi ne kadar biliyorsunuz? Siz bu sabah uyanmadan önce ne durumda olduğunuzu bile bilmiyorsunuz. Şimdiki haliniz hakkında çok az şey biliyor ve ondan da tüm zamanlar ve yerler için sonuçlar çıkarıyorsunuz. Belki de uyuyor, rüya görüyor, rüyanızın ebedi olduğunu imgeliyorsunuz.

S: Onu bir rüya olarak adlandırmak durumu değiştirmez. Sorumu yineliyorum: Ardımdaki ezelin gerçekleştiremediği hangi umut kaldı? Geleceğim geçmişimden neden farklı olsun?

M: Ateşli halinizde, bir geçmiş ve bir gelecek projekte ediyor ve onları gerçek kabul ediyorsunuz. Aslında, siz sadece şimdiki anınızı biliyorsunuz. Hayalî geçmişi ve geleceği sorgulamak yerine, neden şimdi olanı incelemiyorsunuz? Şimdiki haliniz ne başlangıçsız, ne de sonsuzdur. O bir anda görünüp kaybolur.

Onun nereden geldiğini ve nereye gittiğini dikkatle izleyin. Çok geçmeden, onun ardındaki zamansız, ebedi gerçeği keşfedeceksiniz.

S: Bunu neden daha önce yapmadım?

M: Tıpkı her dalganın yatışıp okyanusa dönmesi gibi, her an da kendi kaynağına döner. Kendini idrak etmek, kaynağı keşfetmek ve orada kalmaktır.

S: Kim keşfeder?

M: Zihin keşfeder.

S: O, yanıtları bulur mu?

M: O, sorusuz kaldığını, hiçbir yanıta ihtiyaç olmadığını keşfeder.

S: Doğmak bir olgudur. Ölmek de bir olgudur. Bunlar tanığa nasıl görünür?

M: Bir çocuk doğmuştu; bir adam öldü: Bunlar tanığa sadece zamanın akışı içindeki olaylar olarak görünür.

S: Tanıkta herhangi bir ilerleme olur mu? Farkındalık tekâmül eder mi?

M: Görünen şey, farkındalık ışığı onun üzerinde odaklandığında birçok değişim geçirebilir, ama değişen nesnedir, ışık değil. Bitkiler gün ışığında büyürler, ama güneş büyümez. Beden de, tanık da kendi başlarına hareketsizdir, ama zihinde bir araya getirildiklerinde, ikisi de hareket eder görünür.

S: Evet, hareket edenin ve değişenin sadece "Ben'im" olduğunu görebiliyorum. Aslında "Ben'im"e ihtiyaç var mı?

M: Ona kimin ihtiyacı var? O şimdi oradadır. Onun bir başlangıcı vardı, bir sonu da olacaktır.

S: "Ben'im" gittiğinde ne kalır?

M: Gelip gitmeyen kalır. Mükemmelliğe doğru ilerleme ve tekâmül etme fikrini yaratan şey daima açgözlü olan zihindir. O, düzeni bozarken düzenden söz eder, tahrip ederken güvenlik arar.

S: Kaderde, *karma*'da ilerleme var mıdır?

M: *Karma* sadece bir harcanmamış enerjiler, yerine getirilmemiş arzular ve anlaşılmamış korkular deposudur. Depo sürekli olarak yeni arzular ve korkularla doldurulur. Bunun sonsuza dek böyle devam etmesi gerekmez. Korkularınızın temel nedeninin gerçek benliğinize yabancılaşma, arzularınızın temel nedeninin ise o benliği özleme olduğunu anladığınızda, *karma* bir rüya gibi dağılıp yok olacaktır. Yer ile gök arasında hayat devam eder. Hiçbir şey etkilenmez, sadece bedenler büyür ve çürürler.

S: Kişi ile tanık arasındaki ilişki nedir?

M: Onlar arasında bir ilişki olamaz, çünkü onlar birdir. Ayırmayın ve bir ilişki aramayın.

S: Eğer gören ile görülen bir ise, ayrılık nasıl meydana geldi?

M: Doğaları gereği farklı ve çeşitli olan isimler ve formlar tarafından büyülendiğinizden, doğal olanı farklı görür, bir olanı ayırırsınız. Dünya çeşitlilik bakımından zengindir, ama sizin kendinizi yabancı hissetmeniz ve korkmanız yanlış anlamadan dolayıdır. Tehlikede olan bedeninizdir, siz değil.

S: Temel biyolojik endişenin, kaçma içgüdüsünün birçok şekil aldığını ve düşüncelerimi ve hislerimi çarpıttığını görebiliyorum. Ama bu endişe nasıl meydana geldi?

M: O, "Ben bedenim" fikrinin neden olduğu zihinsel bir haldir. Karşıt fikirle, "Ben beden değilim" fikriyle yok edilebilir. Aslında her iki fikir de yanlıştır, ama biri diğerini yok eder. Hiçbir fikrin size ait olmadığını, hepsinin size dışarıdan geldiğini idrak edin. Bunların hepsini kendiniz düşünerek çözmelisiniz, meditasyonunuzun nesnesi siz olmalısınız. Kendini anlama çabası *Yoga*'dır. Bir *Yogi* olun, hayatınızı buna adayın, derin derin düşünün, merak edin, arayın, ta ki yanlışın kökenine ve onun ötesindeki gerçeğe varıncaya dek.

S: Meditasyonda kişi mi meditasyon yapar, tanık mı?

M: Meditasyon, bilincin daha yüksek hallerine nüfuz etmek ve en sonunda onun ötesine geçmek için yapılan maksatlı bir uğraştır. Meditasyon sanatı, geride bırakılan düzeylerin kontrolünü kaybetmeden, dikkat odağını gittikçe daha süptil düzeylere yönlendirme sanatıdır. Bir bakıma, bu ölümü kontrol altına almaktır. İnsan en düşük düzeylerden başlar: Sosyal durumlar, adetler ve alışkanlıklar; fiziksel çevre, bedenin duruşu ve solunumu; duyular, onların duyumları ve algıları; zihin, onun düşünceleri ve hisleri; ta ki kişiliğin bütün mekanizması kavranıp sıkıca tutuluncaya kadar. Kimlik duygusu, "Ben falancayım"ın ötesine, "Ben şöyleyim"in ötesine, "Ben yalnızca tanığım"ın ötesine, "vardır"ın ötesine, tüm fikirlerin ötesine, kişisel olmayan bir biçimde kişisel saf var'lığa geçtiğinde, meditasyonun son aşamasına erişilmiş olur. Ama meditasyon yaparken enerjik olmalısınız. O kesinlikle yarı-zamanlı bir uğraş değildir. İlgi alanınızı ve faaliyetlerinizi kendinizin ve size bağımlı kişilerin asgari ihtiyaçları için gereken şeylerle sınırlayın. Bütün enerjinizi ve zamanınızı, zihninizin çevrenizde örmüş olduğu duvarı yıkmak için saklayın. İnanın bana, pişman olmayacaksınız.

S: Deneyimimin evrensel olduğunu nasıl bilirim?

M: Meditasyonunuzun sonunda her şey doğrudan bilinir, hiçbir kanıt gerekmez. Tıpkı okyanusun her damlasının okyanusun tadını taşıması gibi, her an da ebediyetin tadını taşır. Tanımlamalar ve tarifler daha ileri bir araştırmaya teşvik etmeleri açısından yararlıdır, ama siz onların ötesine geçmeli, olumsuz terimler dışında tanımlanamaz olana girmelisiniz.

Sonuçta, evrensellik ve ebediyet bile yalnızca kavramlardır, yere ve zamana bağlı olmanın zıtlarıdır. Gerçek ise bir kavram değildir, onun kavramlarla hiçbir ilgisi yoktur. Zihninizle ilgilenin, onu saflığını bozan şeylerden arındırın. Kendi benliğinizin tadını bir kez aldığınızda, onu her yerde ve her zaman bulacaksınız. Dolayısıyla, ona ulaşmanız çok önemlidir. Onu bir kez bildiğinizde, asla kaybetmeyeceksiniz. Ama yoğun, hatta zorlu bir meditasyonla kendinize bu fırsatı vermelisiniz.

S: Tam olarak ne yapmamı istersiniz?

M: Kalbinizi ve zihninizi "Ben'im" üzerinde derin düşünmeye verin: O nedir, nasıldır; onun kaynağı, hayatı, anlamı nedir? Bu bir kuyu kazmaya çok benzer. Siz hayat-verici kaynağa erişene dek, su olmayan her şeyi atar, reddedersiniz.

S: Doğru yönde ilerlediğimi nasıl bileceğim?

M: Kararlılık, berraklık ve kendinizi göreve adama konusunda kaydettiğiniz ilerlemeyle.

S: Biz Avrupalılara sessiz kalmak çok zor gelir. Dünya bizimle çok fazla birlikte.

M: Hayır, sizler de rüya görenlersiniz. Aramızdaki fark sadece rüyalarımızın içeriğindedir. Siz gelecekteki mükemmelliğin peşindesiniz. Biz onu *şimdi*'de bulmaya kararlıyız. Sadece sınırlı olan mükemmelleştirilebilir. Sınırsız olan zaten mükemmeldir. Siz mükemmelsiniz, sadece bunu bilmiyorsunuz. Kendinizi bilmeyi öğrenin, harikaları keşfedeceksiniz.

İhtiyacınız olan tüm şey zaten içinizdedir; sadece, kendi benliğinize saygı ve sevgiyle yaklaşmalısınız. Kendini kınama ve kendine güvenmeme büyük hatalardır. Sizin sürekli olarak acıdan kaçmanız ve zevki aramanız, kendinize duyduğunuz sevginin bir işaretidir; sizden tüm istediğim, benliğinize duyduğunuz sevgiyi mükemmelleştirmenizdir. Kendinizden hiçbir şeyi esirgemeyin, benliğinize sonsuzluğu, ebediyeti verin ve onlara ihtiyacınızın olmadığını, onların ötesinde olduğunuzu keşfedin.

82

Mutlak Mükemmellik Şimdi ve Buradadır

Soran: Savaş devam ediyor. Sizin ona karşı tutumunuz nedir?

Maharaj: Şu ya da bu yerde, şu veya bu biçimde, savaş her zaman devam eder. Hiçbir savaşın olmadığı bir zaman var mıydı? Bazıları onun Tanrı iradesi olduğunu, bazıları da Tanrı'nın oyunu olduğunu söylerler. Bu, savaşların kaçınılmaz olduğunu ve onlardan kimsenin sorumlu olmadığını söylemenin başka bir yoludur.

S: Ama sizin kendi tutumunuz nedir?

M: Bana neden tutumlar yüklemeye çalışıyorsunuz? Benim kendime ait diyebileceğim bir tutumum yoktur.

S: Kuşkusuz, bu korkunç ve anlamsız katliamdan birileri sorumludur. İnsanlar neden birbirlerini bu kadar kolayca öldürüyorlar?

M: Suçluyu içte arayın. Tüm çatışmanın kökeninde "ben" ve "benim" fikirleri yatar. Onlardan kurtulun, çatışmanın dışında olacaksınız.

S: Çatışmanın dışında olsam ne olur? Bu, savaşı etkilemeyecek. Eğer savaşın nedeni bensem, yok edilmeye hazırım. Ama benim gibi binlerce kişinin kaybolmasıyla savaşların son bulmayacağı apaçık. Onlar benim doğumumla başlamadı ve benim ölümümle de bitmeyecek. Ben sorumlu değilim. Öyleyse kim sorumludur?

M: Kavga ve mücadele varoluşun bir parçasıdır. Varoluştan kimin sorumlu olduğunu neden sorgulamıyorsunuz?

S: Varoluş ile çatışmanın ayrılamaz olduğunu neden söylüyorsunuz? Kavgasız varoluş olamaz mı? Benim kendim olmak için başkalarıyla savaşmam gerekmez.

M: Siz ayrı bir beden-zihin, belli bir isim ve form olarak hayatta kalabilmek için her zaman başkalarıyla savaşıyorsunuz. Yaşamak için yok etmek zorundasınız. Ana rahmine düştüğünüz andan itibaren çevrenizle bir savaş başlatırsınız; bu, ölüm sizi özgürleştirene dek karşılıklı olarak birbirinizi yok etmeyi içeren acımasız bir savaştır.

S: Sorum yanıtsız kaldı. Siz sadece zaten bildiğim şeyi, yani hayatı ve onun kederlerini tarif ediyorsunuz. Ama kimin sorumlu olduğunu söylemiyorsunuz. Sizi sıkıştırdığımda ise, suçu Tanrı'ya, *karma*'ya ya da benim açgözlülüğüme ve korkuma atıyorsunuz ki bu da yeni soruları davet ediyor. Bana nihai yanıtı verin.

M: Nihai yanıt şudur: Hiçbir şey sorumlu değildir. Hepsi evrensel bilinç alanındaki anlık, geçici görünüşlerdir; isim ve form olarak süreklilik sadece -dağıtılması kolay olan- zihinsel bir oluşumdur.

S: Benim sorum en yakındaki, geçici olan görünüş hakkında. Bugünkü gazetede askerler tarafından öldürülmüş bir çocuğun fotoğrafı var. Bu size dik dik bakan bir olgu. Onu yadsıyamazsınız. Şimdi, bu çocuğun ölümünden kim sorumludur?

M: Hiç kimse ve herkes. Dünya içerdiği şeylerdir ve onların her biri diğerlerini etkiler. Çocuğu hepimiz öldürür ve hepimiz onunla birlikte ölürüz. Her olay sayısız nedene sahiptir ve sayısız sonuç üretir. Hesaplar tutmak yararsızdır, hiçbir şeyin izi sürülemez.

S: Sizin halkınız *karma*'dan ve cezadan söz ediyor.

M: O sadece kaba bir tahmindir. Gerçekte, hepimiz birbirimizin yaratıcısı ve yaratımıyız, birbirimizin yüküne neden oluyor ve birbirimizin yükünü taşıyoruz.

S: Öyleyse, masum olan, suçlu olan için ıstırap çeker.

M: Biz cehaletimizle masum, eylemlerimizle suçluyuz. Bilmeden günah işler ve anlamadan ıstırap çekeriz. Tek umudumuz, durmak, bakmak, anlamak ve belleğin tuzaklarından kurtulmaktır. Çünkü bellek imgelemeyi besler ve imgeleme de arzu ve korku üretir.

S: Biz neden imgeliyoruz?

M: Bilinç ışığı belleğin filmi içinden geçerek beyninize görüntüler yansıtır. Beyninizin kusurlu ve düzensiz halinden dolayı, algılarınız sempati ve antipati hisleri tarafından çarpıtılır ve renklendirilir. Düşünüşünüzü düzene soktuğunuzda ve duygusal etkilerden arındırdığınızda, berraklık ve sevecenlikle, insanları oldukları gibi göreceksiniz.

Doğumun, yaşamın ve ölümün tanığı bir ve aynıdır. O acının ve sevginin tanığıdır. Çünkü sınırlılık ve ayrılık içindeki varoluş keder verici olsa da, biz onu severiz. Onu hem sever hem de ondan nefret ederiz. Biz dövüşür, öldürür, hayatı yok ederiz, ama yine de sevecen ve özveriliyizdir. Bir çocuğa şefkatle bakıp besler, onu yetim de bırakırız. Hayatımız çelişkilerle doludur, ama ona sıkıca sarılırız. Bu sarılış her şeyin kökeninde vardır. Ama yine de o tamamen yüzeyseldir. Bir şeye ya da bir insana tüm gücümüzle tutunur, ama hemen sonra onu unuturuz; çamurdan kurabiyeler yapan, sonra da onları tasasızca terk eden çocuklar gibi. Kurabiyelere dokunduğunuzda çocuk öfkeyle bağıracaktır; onun dikkatini başka tarafa çektiğinizde ise kurabiyeleri hemen unutacaktır. Çünkü bizim hayatımız *şimdi*'dir, onun sevgisi de *şimdi*'dir. Biz çeşitliliği, acı ve zevk oyununu sever, zıtlıklar tarafından büyüleniriz. Bunun için zıtlara ve onların görünüşteki ayrılığına ihtiyacımız vardır. Bir süre onlardan zevk alır, sonra bıkar, saf var'lığın huzurunu ve sessizliğini şiddetle arzularız. Kozmik kalp durmadan çarpar. Ben hem tanık, hem de o kalbim.

S: Ben tabloyu görebiliyorum, ama ressam kim? Bu korkunç, ama hayranlık verici deneyimden kim sorumludur?

M: Ressam resmin içindedir. Siz ressamı resimden ayırıyor ve onu arıyorsunuz. Ayırmayın ve yanlış sorular sormayın. Her şey olduğu gibidir ve özellikle kimse sorumlu değildir. Kişisel sorumluluk fikri, fail (yapan biri) illüzyonundan kaynaklanır: "Birisi bunu yapmış olmalıdır, birisi sorumludur." Şimdiki toplum, yasalar ve adetler çerçevesiyle, ayrı ve sorumlu bir kişi fikrine dayanır, ama bu bir toplumun alabileceği tek form değildir. Ayrılık duygusunun zayıf olduğu ve sorumluluğun bütüne yayıldığı başka formlar da olabilir.

S: Zayıf bir kişilik duygusuna sahip olan bir birey kendini-idrake daha mı yakındır?

M: Örnek olarak küçük bir çocuğu alalım. Onda "Ben'im" duygusu henüz oluşmamış, kişilik gelişmemiştir. Kendini-idrakin önündeki engeller azdır, ama farkındalığın gücü, berraklığı, genişliği ve derinliği eksiktir. Yıllar geçtikçe farkındalık güçlenecek, ama aynı zamanda içte gizli kişilik ortaya çıkacak, belirsizlik ve karışıklık yaratacaktır. Tıpkı odun ne kadar sertse, ateşinin de o kadar kızgın olması gibi, kişilik ne kadar güçlüyse, onun yok olmasının ürettiği ışık da o kadar parlak olur.

S: Sizin hiçbir sorununuz yok mu?

M: Sorunlarım var. Size daha önce söyledim. Bir isim ve form ile var olmak acı verici, ama onu seviyorum.

S: Ama siz her şeyi seviyorsunuz!

M: Varoluş her şeyi içerir. Benim doğam sevmektir; acı verici olan bile sevilebilirdir.

S: Bu onu daha az acı verici kılmaz. Neden sınırsız olanda kalmamalı?

M: Beni varoluşa getiren şey keşif içgüdüsü, bilinmeyene duyulan sevgidir. "Bir şey oluş"ta serüven aramak saf varoluşun doğasında vardır; saf varoluşta, var'lıkta huzur aramak da "bir şey oluş" un doğasında vardır. Saf varoluş ile "bir şey oluş"un böyle birbirinin yerini alması kaçınılmazdır, ama benim yuvam onların ötesindedir.

S: Sizin yuvanız Tanrı'da mıdır?

M: Bir tanrıyı sevip ona tapınmak da cehalettir. Benim yuvam -ne kadar yüce olursa olsunlar- tüm kavramların ötesindedir.

S: Ama Tanrı bir kavram değildir! O varoluşun ötesindeki gerçektir.

M: Siz istediğiniz sözcüğü kullanabilirsiniz. Her neyi düşünebiliyorsanız, ben onun ötesindeyim. (Düşünebildiğiniz bir şey Tanrı'nın kendisi ve benim yuvam olamaz.)

S: Bir kez yuvanızı bildiğinizde, neden orada kalmazsınız? Sizi oradan ne çıkartır?

M: Varlık, bedenli varoluş için duyduğu sevgiden dolayı doğar ve bir kez doğunca da kadere bulaşır. Kader "bir şey oluş"tan ayrılamaz. Özel olma arzusu sizi, tüm kişisel geçmişi ve geleceği ile bir kişi haline getirir. Büyük bir adama bakın, o ne kadar harika bir insandı! Ama onun hayatı ne kadar sorunlu ve kısırdı (meyveleri ne kadar azdı). İnsanın kişiliği ne kadar bağımlı ve onun dünyası ne kadar sıradandır. Ama biz onu o önemsizliğiyle sever ve koruruz.

S: Savaş devam ediyor, kaos var ve sizden bir yiyecek dağıtım merkezini yönetmeniz isteniyor. Gerekli malzeme size verildi, geriye sadece o işi yürütmek kalıyor. Onu reddeder misiniz?

M: Çalışmak ya da çalışmamak benim için bir ve aynıdır. O görevi alabilirim de almayabilirim de. Bu tür görevler için benden daha yetkin kimseler olabilir. Ama benim tutumum farklıdır. Ben bir çocuğun doğumuna sevinmediğim gibi, ölüme de bir felâket olarak bakmam. Çocuk dert ve sıkıntı içine girmektedir, ölen ise bunlardan kurtulmuştur. Hayata bağlanmak, kedere bağlanmaktır. Biz, bize acı vereni severiz. Bizim doğamız böyledir.

Benim için ölüm anı bir korku anı değil, bir şenlik anı olacaktır. Ben doğarken ağladım ve gülerek öleceğim.

S: Ölüm anında bilinçte nasıl bir değişim olur?

M: Nasıl bir değişim bekliyorsunuz? Film projeksiyonu sona erdiğinde, her şey başladığı zamanki haliyle kalır. Doğmadan önceki haliniz, ölümden sonraki halinizdir.

S: Bu konuda hiçbir şey hatırlamıyorum.

M: Çünkü hiç denemediniz. Bu sadece zihni uyumlama meselesidir. Bu, elbette, eğitim gerektirir.

S: Neden sosyal hizmetlerde yer almıyorsunuz?

M: Ama ben her zaman bundan başka bir şey yapmıyorum ki! Ve benim yapmamı istediğiniz sosyal hizmet nedir? Uyduruk iş yapmak, yama yapmak bana göre değil. Benim duruşum bellidir: Dağıtmak için üretmek, yemeden önce yedirmek, almadan önce vermek, kendinden önce başkalarını düşünmek. Ancak paylaşmaya dayanan diğerkâm bir toplum istikrarlı, dengeli ve mutlu olabilir. Tek pratik çözüm budur. Eğer bunu istemiyorsanız, dövüşün.

S: Bu tümüyle bir *gunalar* meselesi. *Tamas*'ın ve *rajas*'ın hâkim olduğu yerde savaşın olması zorunludur. *Sattva*'nın hüküm sürdüğü yerde barış olur.

M: Bunu istediğiniz şekilde ifade edin, sonuç aynıdır. Toplum güdüler üstüne inşa edilir. Temele iyi niyet koyduğunuzda sosyal hizmet uzmanlarına ihtiyacınız olmaz.

S: Dünya daha iyiye gidiyor.

M: Dünyanın daima iyiye gitmesi gerekiyordu, ama gitmedi. Gelecek için ne umut var? Kuşkusuz, *sattva* yükselirken uyum ve barış dönemleri olmuştur ve olacaktır, ama şeyler kendi mükemmellikleri tarafından yıkılırlar. Mükemmel bir toplum ister istemez statiktir ve bu yüzden durgunlaşır ve bozulur. Zirvede tüm yollar aşağı doğru götürür. Toplumlar da insanlar gibidir; doğar, göreceli bir mükemmellik noktasına dek gelişir, sonra bozulur ve ölürler.

S: Bozulmayan bir mutlak mükemmellik hali yok mudur?

M: Her neyin bir başlangıcı varsa, bir sonu da olması zorunludur. Zamansız olanda her şey burada ve şimdi mükemmeldir.

S: Ama zamanı geldiğinde, zamansız-olana erişecek miyiz?

M: Zamanı geldiğinde hepimiz başlangıç noktasına döneceğiz. Zaman bizi zamanın dışına çıkaramaz, tıpkı uzayın da bizi uzayın dışına çıkaramayacağı gibi. Beklemekle elde edeceğiniz tüm şey daha fazla beklemektir. Mutlak mükemmellik yakın ya da uzak bir gelecekte değil, burada ve şimdidir. Sır, burada ve şimdi, eylemdedir. Sizi kendinize karşı kör eden kendi davranışınızdır. Ne olduğunuzla ilgili düşüncelerinizi önemsemeyin ve -mükemmellik fikriniz her ne ise- kesinlikle mükemmelmişsiniz gibi davranın. İhtiyacınız olan tek şey içinizde bulacağınız cesarettir.

S: Sizin inayetiniz de bana yardımcı olacaktır.

M: İnayetim şimdi size söylüyor: İçinize bakın. İhtiyacınız olan her şeye sahipsiniz. Onu kullanın. Bildiğiniz en iyi şekilde davranın, yapmanız gerektiğini düşündüğünüz şeyi yapın. Hatalardan korkmayın; onları her zaman düzeltebilirsiniz, sadece niyetler önemlidir. Olayların alacağı şekil size bağlı değildir; eylemlerinizin ardındaki güdüler ise size bağlıdır.

S: Mükemmel olmayandan doğan eylem nasıl mükemmelliğe götürebilir?

M: Eylem mükemmelliğe götürmez, mükemmellik eylem içinde ifade edilir. Kendinizi ifadelerinizle yargıladığınız sürece, onlara azami dikkati verirsiniz; kendi varlığınızı idrak ettiğinizde ise davranışınız kendiliğinden mükemmel olacaktır.

S: Eğer ben zamansız (ebedi) olarak mükemmelsem; neden doğdum? Bu hayatın amacı nedir?

M: Bu, altının süs eşyası yapılmasının altına yararı nedir diye sormaya benziyor. Süs eşyası altının rengini ve güzelliğini alır; altın zenginleşmez. Benzer şekilde, eylem içinde ifade edilen gerçek, eylemi anlamlı ve güzel kılar.

S: Gerçek, ifadeleri vasıtasıyla ne kazanır?

M: Ne kazanabilir ki? Hiçbir şey. Ama kendisini ifade etmek, onaylamak, zorlukları yenmek sevginin doğasında vardır. Siz dünyanın eylem halindeki sevgi olduğunu bir kez anladığınızda, ona çok farklı bir gözle bakacaksınız. Ama önce, ıstıraba karşı tutumunuz değişmelidir. Istırap öncelikle, dikkat çekmek için bir çağrıdır ve o çağrı bir sevgi hareketidir. Sevgi mutluluktan daha çok gelişmeyi, bilincin ve varlığın genişlemesini ve derinleşmesini ister. Bunu her ne engellerse acıya neden olur ve sevgi acıdan kaçınmaz. *Sattva*, yani doğruluk ve düzenli gelişme için çalışan enerji engellenmemelidir. Engellendiği zaman kendi aleyhine döner ve yıkıcı hale gelir. Her ne zaman sevgi esirgenir ve ıstırabın yayılmasına izin verilir, o zaman savaş kaçınılmaz olur. Komşumuzun kederine karşı kayıtsızlığımız ıstırabı kendi kapımıza getirir.

Gerçek Guru

Soran: Geçen gün, kendinizi idrak edişinizin kökeninde Gurunuz'a duyduğunuz güvenin olduğunu söylüyordunuz. O size, sizin zaten Mutlak Gerçek olduğunuzu söyledi ve yapılacak başka bir şey yoktu. Siz ona güvendiniz ve hiç zorlanmadan, hiç uğraşmadan orada bıraktınız. Şimdi sorum şu: Gurunuz'a güvenmeseydiniz de kendinizi idrak edebilir miydiniz? Sonuçta, zihniniz güvense de güvenmese de, siz neyseniz o'sunuz; ama kuşku Guru'nun sözlerinin etkisini engelleyip o sözleri işlevsiz kılar mıydı?

Maharaj: Dediğiniz gibi, bir süre için o sözler işlevsiz kılınırdı.

S: Peki, Guru'nun sözlerindeki enerjiye ya da güce ne olurdu?

M: O gizli halde, tezahür etmemiş olarak kalırdı. Ama tüm soru bir yanlış anlamaya dayanıyor. Üstat, öğrenci, onlar arasındaki sevgi ve güven birbirinden bağımsız birçok olgu değil, tek bir olgudur. Her biri diğerinin bir parçasıdır. Sevgi ve güven olmadan, ne Guru, ne öğrenci, ne de aralarında bir ilişki olurdu. Bu, elektrik lambasını yakmak için bir düğmeye basmak gibidir. Siz lamba, kablolar, transformatör, nakil hatları ve elektrik santrali tek bir bütün oluşturduğu için ışık elde edersiniz. Etkenlerden herhangi biri eksik olsa, ışık olmazdı. Ayrılamaz olanı ayırmamalısınız. Sözler olguları yaratmaz; onlar olguları ya tarif eder ya da çarpıtır. Olgu daima sözsüzdür.

S: Hâlâ anlamıyorum; Guru'nun sözü gerçekleşmeden kalır mı, yoksa o mutlaka gerçekleşecek midir?

M: Kendini idrak etmiş bir insanın sözü amacını asla kaçırmaz. O uygun koşulların ortaya çıkmasını bekler ki bu da bir zaman alabilir ve bu doğaldır, çünkü ekin ekmenin bir mevsimi, hasadın bir mevsimi vardır. Ama bir Guru'nun sözü telef olamayacak bir tohumdur. Elbette, Guru'nun, bedenin ve zihnin ötesinde, bilincin ötesinde, uzayın ve zamanın ötesinde, dualitenin ve birliğin ötesinde, anlayışın ve tarifin ötesinde gerçek bir Guru olması gerekir. Çok okumuş ve söyleyecek birçok şeyi olan iyi insanlar size birçok yararlı şey öğretebilirler, ama onlar, sözleri şaşmaz şekilde doğru çıkan gerçek Gurular değildirler. Onlar da size sizin en yüce gerçek olduğunuzu söyleyebilirler, ama bundan ne çıkar?

S: Benliği her bilen bir Guru olur mu, ya da insan -başkalarının kendilerini idrak etmelerini sağlayamadan- kendisi Gerçeği bilen olabilir mi?

M: Eğer ne öğreteceğinizi biliyorsanız, bildiğinizi öğretebilirsiniz. Burada, "görücü"lük ve öğretmenlik birdir. Ama Mutlak Gerçek her ikisinin de ötesindedir. Guruluk iddiasında olanlar, olgunluktan, çabadan, hak etmekten, başarmaktan, kaderden ve inayetten söz ederler; tüm bunlar sadece zihinsel yapımlardır; bağımlı bir zihnin projeksiyonlarıdır. Onlar -yardımcı olacaklarına- engeller.

S: Kimi takip etmem, kime güvenmemem gerektiğini nasıl anlayabilirim?

M: İkna oluncaya dek, hiç kimseye tam olarak güvenmeyin. Gerçek Guru sizi asla aşağılamayacak ve sizi kendinize yabancılaştırmayacak, kendinizden soğutmayacaktır. O sizi sürekli olarak doğal mükemmelliğinizi görmeye yönlendirecek ve gerçeği kendi içinizde aramaya teşvik edecektir. O sizin hiçbir şeye, kendisine bile ihtiyacınızın olmadığını bilir ve bunu size hatırlatmaktan hiç usanmaz. Ama Guruluk iddiasında olan biri öğrencilerinden çok kendisiyle ilgilidir.

S: Siz gerçeğin, gerçek-olanla ilgili bilgi ve öğretinin ötesinde olduğunu söylediniz. Gerçeğin bilgisinin kendisi en yüce değil midir ve onun öğretilmesi de ona erişildiğinin kanıtı değil midir?

M: Gerçek-olanın ya da benliğin bilgisi bir zihin halidir. Bir başkasına öğretmek dualite içindeki bir harekettir. Onlar yalnızca zihni ilgilendirir; *sattva* yine de bir *guna*'dır.

S: Öyleyse gerçek-olan nedir?

M: Gerçeği idrak etmiş ve etmemiş olan zihni bilen, cehaletin ve bilginin zihin halleri olduğunu bilen gerçek-olandır. Size çakıl ile karışık elmaslar verildiğinde, ya elmasları gözden kaçırır ya da bulursunuz. Önemli olan görmektir. Görme gücü olmadan, çakılın gri rengi ve elmasın güzelliği nerededir? Bilinen sadece bir şekildir, bilgi de sadece bir isimdir. Bilen ise sadece bir zihin halidir. Gerçek-olan ise ötededir.

S: Kuşkusuz, şeyler hakkındaki nesnel bilgi ve fikirler ile benlik-bilgisi bir ve aynı şey değildir. Birinin bir beyne ihtiyacı vardır, diğerinin ise yoktur.

M: Tartışma amacıyla sözcükleri bir araya getirip, onlara anlam verebilirsiniz, ama bu tüm bilginin bir cehalet şekli olduğu olgusunu değiştirmez. En doğru harita henüz kâğıt olandır. Tüm bilgi bellektedir; o sadece tanımaktır, gerçek ise bilen ve bilinen dualitesinin ötesindedir.

S: Öyleyse gerçek neyle bilinir?

M: Lisanınız ne kadar yanıltıcı! Siz gerçeğe de bilgi yoluyla ulaşılabileceğini varsayıyorsunuz! Ve sonra da gerçeğin ötesinden bir gerçeği-bileni getireceksiniz! Şunu anlamalısınız ki gerçeğin, *var olması* için, bilinmesi gerekmez. Cehalet ve bilgi gerçek-olanda değil, zihindedir.

S: Eğer gerçek-olanın bilgisi diye bir şey yoksa, o zaman ona nasıl erişebilirim?

M: Zaten sizinle olana erişmeye çalışmanız gerekmez. Erişmeye çalışmanız onu kaçırmanıza neden olur. Onu bulamadığınız fikrini bırakın ve zihne ait her şeyi ortadan kaldırarak, gerçek-olanın burada ve şimdi algı odağınıza girmesine izin verin.

S: Tüm gidebilecek şeyler gittiğinde, geriye ne kalır?

M: Boşluk kalır, farkındalık kalır, bilinçli varlığın saf ışığı kalır. Bu, içindeki tüm mobilya çıkarıldığında bir odadan geriye ne kalır diye sormak gibidir. Çok işe yarar bir oda kalır. Hatta duvarlar bile yıkılsa, boşluk kalır. Uzayın ve zamanın ötesin-

de gerçeğin *burada* ve *şimdi*'si vardır.
S: Tanık kalır mı?
M: Bilinç olduğu sürece, onun tanığı da vardır. İkisi birlikte görünür ve kaybolur.
S: Eğer tanık da geçiciyse, ona neden bu kadar önem veriliyor?
M: Sırf, bilinenin büyüsünü bozmak, ancak algılanabilenin gerçek olduğu illüzyonunu yok etmek için.
S: Algılama başta gelir, tanık ikinci derecededir.
M: Meselenin özü de budur. Siz sadece dış dünyanın gerçek olduğuna inandığınız sürece, onun kölesi olarak kalırsınız. Özgürleşmek için, dikkatinizi "Ben'im"e, tanığa yöneltmelisiniz. Elbette, bilen ile bilinen iki değil, birdir, ama bilinenin büyüsünü bozmak için, bilen ön plâna çıkarılmalıdır. Hiçbiri başta gelen değildir; her ikisi de daima yeni, daima şimdi ve zihinden daha hızlı olan o betimlenemez deneyimin bellekteki yansımalarıdır.
S: Efendim, ben kurtuluş arayışıyla bir Guru'dan bir Guru'ya dolaşan mütevazı bir arayıcıyım. Zihnim hasta, arzuyla yanıyor, korkuyla donuyor. Günlerim acıyla kırmızı, can sıkıntısıyla gri bir halde hızla geçiyor. Yaşım ilerliyor, sağlığım bozuluyor, geleceğim karanlık ve korkutucu. Bu gidişle keder içinde yaşayıp, umutsuzluk içinde öleceğim. Benim için herhangi bir umut var mı? Yoksa size çok geç mi geldim?
M: Sizde hiçbir yanlışlık yok, ama kendi hakkınızdaki fikirleriniz tümüyle yanlış. Arzulayan, korkan, ıstırap çeken siz değilsiniz, o bedeninizin temeli üstüne koşullar ve etkiler tarafından inşa edilmiş olan kişidir. Siz o kişi değilsiniz. Bunu zihninize iyice yerleştirmeli ve asla gözden kaçırmamalısınız. Normalde, bu sürecin uzun süreli bir *sadhana'ya,* yıllarca süren bir riyazete ve meditasyona ihtiyacı vardır.
S: Benim zihnim zayıf ve kararsız. *Sadhana* için ne gücüm ne azmim var. Durumum umutsuz.
M: Bir bakıma, sizinki en umutlu bir durum. *Sadhana*'nın bir

alternatifi vardır: İtimat. Eğer siz verimli arayıştan doğan inanca sahip olamayacaksanız, o zaman benim -sizinle paylaşmaya çok istekli olduğum- keşfimden yararlanın. Ben sizin gerçeğe asla yabancılaşmadığınızı ve yabancılaşmayacağınızı, burada ve şimdi tam mükemmellik olduğunuzu ve sizi bu mirasınızdan, gerçek varlığınızdan hiçbir şeyin yoksun bırakamayacağını çok açıkça görebiliyorum. Siz hiçbir biçimde benden farklı değilsiniz, sadece bunu bilmiyorsunuz. Ne olduğunuzu bilmiyorsunuz ve dolayısıyla kendinizi olmadığınız şey olarak imgeliyorsunuz. Arzuların, korkuların, kahredici çaresizlik duygusunun ve kaçmak için yapılan anlamsız faaliyetin nedeni budur.

Bana güvenin, sizi yanlış yönlendirmeyeceğim. Siz, dünyanın ve onun yaratıcısının, bilincin ve onun tanığının, tüm iddiaların ve inkârların ötesindeki En Yüce Gerçek'siniz. Onu hatırlayın, ona göre davranın. Tüm ayrılık duygusunu terk edin, kendinizi her şeyde görün ve ona göre davranın. Eylemle birlikte mutluluk, mutlulukla birlikte inanç gelecektir. Sonuçta, siz keder içinde olduğunuzdan dolayı kendinizden kuşku duyuyorsunuz. Doğal, spontane ve kalıcı olan mutluluk imgeleme yoluyla sağlanamaz. O ya vardır, ya yoktur. Dışsal nedenleri gerektirmeyen huzuru, sevgiyi ve mutluluğu deneyimlemeye bir kez başladığınızda, tüm kuşkularınız yok olacaktır. Yeter ki size söylediklerimi iyi kavrayın ve ona göre yaşayın.

S: Bana belleğime dayanarak yaşamamı söylüyorsunuz.

M: Siz zaten belleğinize dayanarak yaşıyorsunuz. Sizden sadece, eski anıların yerine size söylediklerimin anısını koymanızı istiyorum. Eski anılarınıza göre hareket ettiğiniz gibi, şimdi yeni anınıza göre hareket edin. Korkmayın. Bir süre eskisi ile yenisi arasında bir çatışma olacaktır, ama kararlı bir biçimde yeninin yanında yer alırsanız, mücadele kısa zamanda sona erecek ve siz kendiniz olmanın, illüzyondan doğan arzular ve korkular tarafından aldatılmamanın çabasız halini idrak edeceksiniz.

S: Birçok Guru, öğrencilerine inayetinin bir nişanesini -başörtüsünü, bastonunu, kâsesini ya da cüppesini- verme alışkanlığına sahiptir; böylece, onun öğrencilerine kendini-idraki aktardığına ya da onların kendilerini idrak ettiklerini tasdik ettiğine inanılır. Ben böyle uygulamaların bir değeri olduğunu düşünmüyorum. O nişanelerle aktarılan şey kendini-idrak değil, kendini beğenmişliktir. Size çok pohpohlayıcı olan, ama doğru olmayan bir şeyin söylenmesinin yararı nedir? Siz bir yandan, beni Guruluk iddiasındaki kişilere karşı uyarıyorsunuz, öte yandan da size itimat etmemi istiyorsunuz. Siz neden bir istisna olduğunuzu iddia ediyorsunuz?

M: Sizden bana güvenmenizi istemiyorum. Sözlerime güvenin ve onları hatırlayın; ben kendimin değil, sizin mutluluğunuzu istiyorum. Sizinle gerçek varlığınız arasına bir mesafe koyup, kendilerini bir aracı olarak takdim edenlere güvenmeyin. Ben böyle bir şey yapmam. Vaatlerde bile bulunmam. Sadece şöyle derim: Eğer sözlerime güvenir ve onları sınarsanız, onların kesinlikle doğru olduklarını kendiniz keşfedeceksiniz. Eğer girişimde bulunmadan önce bir kanıt isterseniz, size ancak şunu söyleyebilirim: Kanıt benim. Ben öğretmenimin sözlerine güvendim, onları zihnimde tuttum ve sonunda onun haklı olduğunu, benim her şeyi kucaklayan ve her şeyi aşan Sonsuz Gerçek olduğumu ve daima da olacağımı gördüm.

Uzun uygulamalar için gerekli zamana ve enerjiye sahip olmadığınızı söylediğiniz için size bir alternatif sunuyorum. Sözlerimi, güvene dayanarak kabul edin ve farklı bir biçimde yaşayın ya da keder içinde yaşayın ve ölün.

S: Söyledikleriniz gerçek olamayacak kadar güzel görünüyor.

M: Öğüdün basitliği sizi yanıltmasın. Çok az insan masum ve basit olana güvenme cesaretine sahiptir. Sizin zihninizin tutsağı olduğunuzu, kendi yarattığınız hayali bir dünyada yaşadığınızı bilmek, bilgeliğin şafağıdır. O dünyadan hiçbir şey istememek, onu tamamen terk etmeye hazır olmak, işte ciddiyet ve samimiyet dediğim şey budur. Ancak gerçek umutsuzluktan doğan böyle bir ciddiyet ve samimiyet sizin bana güvenmenizi sağlayacaktır.

S: Ben yeterince ıstırap çekmedim mi?

M: Istırap sizi donuklaştırmış, onun büyük kötülüğünü göremez hale getirmiş. İlk göreviniz, içinizdeki ve çevrenizdeki ıstırabı görmektir; sonraki göreviniz ise özgürleşmeyi yoğun bir biçimde özlemektir. Bu özlemin yoğunluğu size rehberlik edecektir, başka rehbere ihtiyacınız yoktur. İlk adım için yeterli enerjiniz var. Ve her adım bir sonraki adım için yeterli enerji üretecektir. Enerji güvenle birlikte gelir, güven ise deneyimle birlikte gelir.

S: Guru değiştirmek doğru mudur?

M: Neden değiştirmeyesiniz? Gurular kilometre taşları gibidirler. Birinden diğerine ilerlemek doğaldır. Her biri size yönü ve mesafeyi bildirir, *sadguru*, yani ebedi Guru ise yolun kendisidir. Yolun hedef olduğunu ve sizin daima yolda olduğunuzu, bir hedefe varmak için değil, ama onun güzelliğinden ve bilgeliğinden zevk almak için yolda olduğunuzu bir kez idrak ettiğinizde, hayat bir görev olmaktan çıkar, doğal ve basit bir hal alır, başlı başına bir vecit hali olur.

S: Öyleyse tapınmaya, dua etmeye, *Yoga* uygulamaya ihtiyaç yoktur.

M: Günlük küçük süpürmelerin, yıkamaların ve yıkanmaların bir zararı yoktur. Öz-farkındalık size her adımda ne yapılması gerektiğini bildirir. Her şey yapıldığında, zihin sessiz kalır.

Şimdi siz uyanıklık hali içindesiniz; ismi ve şekli, sevinçleri ve kederleri ile bir kişisiniz. Kişi siz doğmadan önce yoktu, siz öldükten sonra da olmayacaktır. Kişiyle onu olmadığı şey haline getirmek için mücadele etmek yerine, neden uyanıklık halinin ötesine geçerek kişisel hayatı tümüyle terk etmemeli? Bu kişinin yok olması anlamına gelmez; sadece onu doğru perspektiften görmek anlamına gelir.

S: Bir soru daha: Siz, benim doğmadan önce saf gerçek varoluşla bir olduğumu söylediniz; eğer öyleyse, doğmam gerektiğine kim karar verdi?

M: Gerçekte siz asla doğmadınız ve asla ölmeyeceksiniz. Ama şimdi bir beden olduğunuzu ya da bir bedene sahip olduğunuzu imgeliyor ve bu durumu neyin meydana getirmiş olduğunu soruyorsunuz. İllüzyonun sınırları içinde yanıt şudur: Bellekten doğan arzu sizi bir bedene çeker ve sizin onunla bir olduğunuzu düşünmenize neden olur. Ama bu ancak göreceli görüş noktasından doğrudur. Aslında, ne beden ne de onu içeren bir dünya vardır; sadece zihinsel bir durum, rüyamsı bir hal vardır ki o gerçekliği sorgulandığında kolayca dağıtılabilir.

84

Hedefiniz Gurunuzdur

Soran: Siz Guruluk iddiasında olan birçok kişinin bulunduğunu, ama gerçek Guru'nun çok nadir olduğunu söylüyordunuz. Kendini idrak ettiğini imgeleyen birçok *gnani* var, ama onların sahip oldukları tüm şey kitap bilgisi ve kendilerine verdikleri büyük önemdir. Bazen onlar öğrencileri etkiler, hatta onları büyüler ve onların yararsız uygulamalarla zamanlarını boşa harcamalarına neden olurlar. Birkaç yıl sonra, öğrenci kendisiyle ilgili bir durum değerlendirmesi yaptığında, hiçbir değişim görmez. Öğretmenine yakındığı zaman da, ondan, yeterince çok çalışmadığına dair olağan azarı işitir. Suç öğrencinin kalbindeki inanç ve sevgi eksikliğindedir, halbuki suç, öğrencileri kabul edip onların umutlarını kabartmış olan Guru'dadır. İnsan kendisini böyle Gurular'dan nasıl korumalı?

Maharaj: Başkalarıyla neden bu kadar çok ilgileniyorsunuz? Guru her kim olursa olsun, eğer kalbi safsa ve iyi bir inançla hareket ediyorsa, öğrencilerine hiçbir zarar vermez. Eğer hiçbir ilerleme yoksa, hata öğrencilerde, onların tembelliklerinde ve öz-kontrolden yoksun olmalarındadır. Öte yandan, eğer öğrenci ciddi ve samimiyse, *sadhana*'sını akıllıca ve şevkle yapıyorsa, onu daha ileri götürecek daha ehliyetli bir öğretmenle mutlaka karşılaşacaktır. Sizin sorunuz üç yanlış varsayımdan kaynaklanıyor: İnsanın başkalarıyla ilgilenmesinin gerekliliği; insanın başka birini değerlendirebileceği ve öğrencinin ilerlemesinin Guru'nun görevi ve sorumluluğu olduğu. Gerçekte, Guru' nun rolü sadece öğretmek, talimat vermek ve teşvik etmektir; öğrenci kendinden tümüyle sorumludur.

S: Bize, Guru'ya tam teslimiyetin yeterli olduğu, geri kalanını Guru'nun yapacağı söylendi.

M: Elbette, tam teslimiyet olduğunda, insan geçmişi, geleceği, fiziksel-spiritüel güvenliği ve konumu ile ilgilenmeyi tamamen bıraktığında, sevgi ve güzellik dolu yeni bir hayatın şafağı söker. O zaman Guru önemli değildir, çünkü öğrenci öz-savunma kabuğunu kırmıştır. Tam teslimiyet, aslında özgürlüğe kavuşmaktır.

S: Hem öğrenci hem de öğretmen yetersizse ne olur?

M: Uzun vadede her şey yoluna girer. Sonuçta, onların bir süre oynadıkları komediden her ikisinin de gerçek Benliği etkilenmez. Onlar ayılır, olgunlaşır ve daha yüksek bir ilişki düzeyine geçerler.

S: Ya da ayrılırlar.

M: Evet, ayrılabilirler. Sonuçta, hiçbir ilişki ebedi değildir. Dualite geçici bir haldir.

S: Sizinle karşılaşmam bir rastlantı mıdır ve bir başka rastlantı bizi bir daha asla buluşmamak üzere ayırabilir mi? Yoksa sizinle karşılaşmam kozmik plânın bir parçası, hayatlarımızın büyük oyunu içindeki bir bölüm mü?

M: Gerçek anlamlıdır ve anlamlı olan gerçekle ilintilidir. Eğer ilişkimiz sizin ve benim için anlamlı ise, o rastlantısal olamaz. Gelecek de geçmiş kadar şimdiyi etkiler.

S: Kimin gerçek bir ermiş olduğunu, kimin olmadığını nasıl ayırt edebilirim?

M: İnsanın kalbini görebilecek berrak bir içgörüye sahip olmadıkça ayırt edemezsiniz. Görünüşler aldatıcıdır. Berrak biçimde görebilmek için, zihniniz saf, bağsız ve tarafsız olmalıdır. Kendinizi iyice bilmedikçe, bir başkasını nasıl bilebilirsiniz? Ve kendinizi bildiğinizde, siz o başkası *olursunuz.*

Bir süre için başkalarını kendi hallerine bırakın ve kendinizi inceleyin. Kendi hakkınızda bilmediğiniz birçok şey var; örneğin, siz nesiniz, kimsiniz, nasıl oldu da doğdunuz, şimdi ne yapıyorsunuz ve neden yapıyorsunuz, nereye gidiyorsunuz, hayatınızın, ölümünüzün, geleceğinizin anlamı ve amacı nedir? Bir geçmişiniz var mı, bir geleceğiniz var mı? Tüm varlığınız mutluluk ve huzur isterken nasıl oldu da böyle karışıklık ve keder içinde yaşadınız? Bunlar ağır meselelerdir ve öncelikle ilgilenilmeleri gerekir. Kimin *gnani* olup, kimin olmadığını keşfetmeye ne vaktiniz, ne de ihtiyacınız vardır.

S: Ama Gurum'u doğru seçmeliyim.

M: Doğru insan olun, doğru Guru sizi kesinlikle bulacaktır.

S: Sorumu yanıtlamadınız: Doğru Guru'yu nasıl bulabilirim?

M: Sorunuzu yanıtladım. Bir Guru aramayın, hatta birini düşünmeyin bile. Hedefinizi Guru'nuz olarak kabul edin. Sonuçta, Guru bir amacın aracıdır, kendisi amaç değildir. O önemli değildir, sizin için önemli olan sizin ondan ne beklediğinizdir. Söyleyin, ne bekliyorsunuz?

S: Onun inayetiyle mutlu, güçlü ve huzurlu olmayı.

M: Ne emeller! Zaman ve uzayla sınırlı bir kişi, bir zihin-beden, doğum ile ölüm arasındaki bir acı soluması nasıl mutlu olabilir? Onun ortaya çıkışının koşulları mutluluğu imkânsız kılar. Huzur, güç ve mutluluk asla kişisel haller değildir, hiç kimse "benim huzurum," "benim gücüm" diyemez, çünkü "benim" ayrıcalıklılığı, genele açık olmamayı ima eder ki bu kırılgan ve güvensiz bir durumdur.

S: Ben yalnızca koşullu varoluşumu biliyorum; başka bir şey yok.

M: Kuşkusuz, böyle söyleyemezsiniz. Derin uykuda koşullanmış halde değilsiniz. Uykuya dalmak için ne kadar da hazır ve isteklisiniz, uykudayken ne kadar huzurlu, özgür ve mutlusunuz!

S: Ben o konuda hiçbir şey bilmiyorum.

M: Olumsuz bir biçimde koyalım: Siz uyurken acı çekmez, sınırlı ve huzursuz olmazsınız.

S: Ne demek istediğinizi anlıyorum. Uyanıkken kendimi biliyorum, ama mutlu değilim; uykudayken mutluyum, ama bunu bilmiyorum. Tüm ihtiyacım özgür ve mutlu olduğumu bilmek.

M: Tamamen öyle. İçinize yönelin, uyanık bir uyku haline benzer bir hale girin; bu haldeyken kendinizin farkında olur, ama dünyanın farkında olmazsınız. O haldeyken, en küçük bir kuşku olmadan, varlığınızın kökeninde özgür ve mutlu olduğunuzu bilirsiniz. Tek sorun sizin deneyime bağımlı olmanız ve anılarınıza çok değer vermenizdir. Gerçekte ise bunun tersidir; hatırlanan asla gerçek değildir, gerçek olan *şimdi*'dir.

S: Tüm bunları sözel olarak kavrıyorum, ama benimseyemiyorum. O zihnimde seyredilecek bir film gibi duruyor. Bir filme hayat vermek Guru'nun görevi değil midir?

M: Yine tam tersidir. Film canlıdır; ölü olan zihindir. Zihin sözlerden ve imgelerden oluşmuştur ve zihindeki her yansıma da öyledir. O, gerçeği söz kalabalığıyla örter ve sonra yakınır. Sizinle mucizeler yaratacak bir Guru'ya ihtiyaç olduğunu söylüyorsunuz. Siz sadece sözcüklerle oyun oynuyorsunuz. Guru ve öğrenci, mum ve alevi gibi, tek bir şeydir. Öğrenci ciddi ve samimi olmadıkça, ona bir öğrenci denilemez. Bir Guru sevgi ve özveri dolu değilse, ona bir Guru denilemez. Sadece gerçek gerçeği doğurabilir, yanılgı değil.

S: Yanılgı içinde olduğumu görebiliyorum. Beni kim düzeltecek?

M: Söylediğiniz sözler bunu yapacak. "Ben yanılgı içinde olduğumu görebiliyorum" cümlesi özgürleşmek için gereksindiğiniz her şeyi içermektedir. Onun üzerinde düşünün, ona derinlemesine girin, onun köküne inin, o iş görecek. Güç, sözün kendisindedir, kişide değil.

S: Sizi tam olarak kavrayamıyorum. Bir yandan, Guru'ya ihtiyaç vardır diyorsunuz, öte yandan da, Guru ancak öğüt verebilir, çaba göstermek size düşer diyorsunuz. Lütfen açıkça söyleyin, insan, bir Guru olmadan Benliği idrak edebilir mi, yoksa gerçek bir Guru bulmak şart mıdır?

M: Daha gerekli olan, gerçek bir öğrenci bulabilmektir. İnanın bana, gerçek bir öğrenci çok nadirdir, çünkü öyle biri, çok kısa bir sürede kendi benliğini bularak, bir Guru'ya olan ihtiyacın ötesine geçer. Aldığınız öğüdün sadece bilgiden mi, yoksa gerçek bir deneyimden mi kaynaklandığını anlamaya çalışarak zamanınızı boşa harcamayın! Sadece onu sadakatle uygulayın. Eğer başka bir Guru'ya ihtiyaç varsa, hayat size onu getirecektir. Ya da sizi tüm dışsal rehberlikten yoksun bırakarak, kendi içsel ışığınıza terk edecektir. Şunu anlamak çok önemlidir ki esas olan öğretidir, kişi ya da Guru değil. Siz sizi güldüren ya da ağlatan bir mektup alırsınız, bunun nedeni postacı değildir. Guru sadece size gerçek Benliğiniz ile ilgili müjdeyi verir ve sizi ona geri döndürecek yolu gösterir. Bir bakıma, Guru onun habercisidir. Birçok haberci olacaktır, ama mesaj birdir: "Gerçek benliğin ol." Ya da bunu farklı bir biçimde ifade edebiliriz: Siz kendinizi idrak edene dek, kimin gerçek Gurunuz olduğunu bilemezsiniz. Kendinizi idrak ettiğinizde ise, sahip olduğunuz tüm Gurular'ın uyanışınıza katkıda bulunmuş olduklarını görürsünüz. Sizin kendinizi idrak edişiniz Gurunuz'un gerçek olduğunun kanıtıdır. Dolayısıyla, onu olduğu gibi kabul edin, size söylediğini samimiyetle, gayretle yapın ve eğer bir şeyler ters giderse kalbinizin sizi uyaracağına güvenin. Eğer kuşkular ağır basarsa, onlarla savaşmayın. Kuşkusuz olana sarılın ve kuşkulu şeyleri kendi hallerine bırakın.

S: Bir Gurum var ve onu çok seviyorum. Ama onun benim gerçek Gurum olup olmadığını bilmiyorum?

M: Kendinizi izleyin. Eğer değiştiğinizi, geliştiğinizi görüyorsanız, doğru insanı bulmuşsunuz demektir. O güzel ya da çirkin, hoş ya da nahoş olabilir, sizi övebilir veya azarlayabilir; bunların hiçbiri önemli değildir; önemli olan tek olgu içsel gelişmedir. Eğer bu yoksa, eh, o sizin dostunuz olabilir, ama Gurunuz değildir.

S: Biraz öğrenim görmüş bir Avrupalı ile görüşürken bir Guru'dan ve onun öğretilerinden söz ettiğimde, onun tepkisi, "Böyle saçmalıklar öğreten bir adam deli olmalı" oluyor. Ona ne söylemem gerekir?

M: Onu kendisine götürün. Ona kendisini ne kadar az tanıdığını, kendisi hakkındaki en saçma bildirimleri nasıl kutsal gerçek gibi kabul ettiğini gösterin. Ona, bir beden olduğu, doğduğu, öleceği, ebeveynleri, görevleri olduğu söylenmiştir; o, başkalarının beğendiğini beğenmeyi, başkalarının korktuğundan korkmayı öğrenir. Tümüyle bir kalıtım ve toplum yaratığı olarak, bellekle yaşar ve alışkanlıklarla davranır. Kendinden ve gerçek hayrından habersiz, yanlış amaçların peşinde koşar ve daima düş kırıklığına uğrar. Onun hayatı ve ölümü anlamsız ve acı vericidir ve bir çıkış yolu yokmuş gibi görünür. Sonra siz ona kolayca erişebileceği bir çıkış yolunun bulunduğunu söyleyin; bunun başka bir fikir dizisi değil, tüm fikirlerden ve yaşam kalıplarından özgürleşmek olduğunu vurgulayın. Ona Gurular'dan ve öğrencilerden söz etmeyin, bu düşünme biçimi ona uygun değildir. Onunki içsel bir yoldur, o içsel bir dürtüyle hareket edecektir ve içsel bir ışık ona rehberlik edecektir. Onu başkaldırmaya davet edin, o buna karşılık verecektir. Falanca kişinin kendini idrak etmiş olduğunu ve bir Guru olarak kabul edebileceğini onun aklına sokmaya çalışmayın. O kendine güvenmediği sürece, başka birine güvenemez. Güven ise deneyimle gelir.

S: Ne garip! Ben Guru'suz bir hayat düşünemiyorum.

M: Bu bir mizaç meselesidir. Siz de haklısınız. Sizin için, Tanrı'ya övgüler terennüm etmek yeterlidir. Siz kendinizi idrak etmeyi ya da bir *sadhana* yapmayı arzulamıyorsunuz. Tanrı'nın adı sizin ihtiyacınız olan tek besindir. Onunla yaşayın.

S: Birkaç sözcüğü sürekli tekrarlamak bir tür delilik değil midir?

M: Deliliktir, ama kasıtlı bir deliliktir. Tüm tekrarlama *tamas*'dır, ama Tanrı'nın adını tekrarlamak, yüksek amacından dolayı, *sattva-tamas*'dır. *Sattva*'nın mevcudiyetinden dolayı, *tamas* yıpranır ve tam tutkusuzluk, tarafsızlık, bağsızlık, bırakma, uzaklık, değişmezlik halini alır. *Tamas,* üstünde bütünlenmiş bir hayatın yaşanabileceği sağlam bir temel haline gelir.

S: Değişmez-olan, ölür mü?

M: Ölen değişimdir. Değişmez-olan ne yaşar ne ölür; o hayatın ve ölümün ebedi tanığıdır. Ona ölü diyemezsiniz, çünkü o farkındadır. Ona canlı da diyemezsiniz, çünkü o değişmez. Ben olup biten her şeyi, sizinle konuşmamı da izlerim. Konuşan ben değilimdir, sözcükler benim zihnimde belirir ve sonra onların söylendiğini işitirim.

S: Herkes için durum böyle değil midir?

M: Öyledir, ama bana göre sadece düşünme ve konuşma varken, siz düşündüğünüzde ve konuştuğunuzda ısrar edersiniz.

S: İki olasılık var, ya Guru bulurum, ya bulmam. Her iki durumda yapılacak doğru şey nedir?

M: Siz asla Guru'suz değilsiniz, çünkü o ebediyen sizin kalbinizde mevcuttur. Bazen o kendini dışa vurur ve hayatınızda bir anne, bir eş, bir öğretmen olarak, yükseltici ve düzeltici bir etken olarak belirir; ya da doğruluğa ve mükemmelliğe yönelten içsel bir dürtü olarak kalır. Tüm yapmanız gereken ona itaat etmek ve size söylediklerini yapmaktır. Onun yapmanızı istediği şey basittir: Öz-farkındalığı, öz-kontrolü, teslim olmayı öğrenmeniz. Bu, çaba isteyen zor bir şey gibi görünebilir, ama eğer samimiyseniz, o kolaydır. Eğer değilseniz, imkânsızdır. Ciddiyet ve samimiyet hem gerekli, hem yeterlidir. Her şey samimiyete boyun eğer, yol verir.

S: İnsanı samimi kılan nedir?

M: Samimiyetin temeli şefkattir. Kendinizin ve başkalarının ıstırabından doğmuş, kendinize ve başkalarına duyduğunuz şefkat.

S: Samimi olmak için ıstırap mı çekmeliyim?

M: Eğer Buda'nın yaptığı gibi, başkalarının ıstırabına karşı duyarlı ve ilgili olursanız, ıstırap çekmeniz gerekmez. Ama eğer duygusuz, katı ve acımasızsanız, kendi ıstırabınız size kaçınılmaz soruları sorduracaktır.

S: Ben ıstırap çektiğimi görüyorum, ama yeterli değil. Hayat hoş değil, ama katlanılabilir. Küçük zevklerim küçük acılarımı telâfi ediyor ve genellikle, tanıdığım kişilerin çoğundan daha iyi durumdayım. Durumumun istikrarsız olduğunu ve her an bir felâketle karşılaşabileceğimi biliyorum. Beni gerçeğe giden yola koyması için bir krizin ortaya çıkmasını mı beklemeliyim?

M: Durumunuzun ne kadar kırılgan olduğunu gördüğünüz anda, zaten uyanıksınızdır. Uyanık kalın ve zihninizin ve bedeninizin hatalarına dikkat edin, onları araştırın, keşfedin ve onları terk edin.

S: Bedenime çok sıkı sarılmış olduğumu hissediyorum, öyle ki, "ben bedenim" fikrinden bir türlü vazgeçemiyorum. Bedenim yaşadığı sürece bu fikirden kopamayacağım. Bazıları yaşarken kendinizi idrak etmenizin mümkün olmadığını iddia ediyorlar, ben de onlarla aynı görüşü paylaşma eğilimindeyim.

M: Paylaşmadan ya da reddetmeden önce neden beden fikrini incelemiyorsunuz? Zihin mi bedende belirir, yoksa beden mi zihinde? Kuşkusuz, "ben bedenim" fikrini düşünen bir zihnin olması gerekir. Zihinsiz bir beden "benim bedenim" olamaz. Zihin askıya alındığında "benim bedenim" de mevcut değildir. Zihin düşüncelerle ve hislerle derin biçimde meşgulken de beden yine mevcut değildir. Bedenin zihne bağlı olduğunu, zihnin bilince bağlı olduğunu, bilincin ise farkındalığa bağlı olduğunu bir kez idrak ettiğinizde, sizin kendini-idrak için ölmeyi bekleme hakkındaki sorunuz yanıtlanır. Benliği idrak etmek için önce "ben bedenim" fikrinden kurtulmanız gerekmez. Bunun tam tersi geçerlidir, siz yanlış olana tutunuyorsunuz, çünkü doğru olanı bilmiyorsunuz. Kendini-idrakin önkoşulu mükemmellik değil, samimiyettir. Erdemler ve güçler kendini-idrakle birlikte gelir, daha önce değil.

85

"Ben'im": Tüm Deneyimin Temeli

Soran: Kendi hakkınızda "Ben zamansız, tüm niteliklerin ötesinde, değişmez olanım" gibi bildirimlerde bulunduğunuzu duyuyorum. Bu şeyleri nasıl biliyorsunuz? Ve onları size söyleten nedir?

Maharaj: Ben sadece "Ben'im" duygusu ortaya çıkmadan önceki hali tarif etmeye çalışıyorum, ama bu hal zihnin ve dilin ötesinde olduğundan, tarif edilemez.

S: "Ben'im" tüm deneyimin temelidir. Sizin tarif etmeye çalıştığınız da sınırlı ve geçici bir deneyim olmalı. Siz değişmez olduğunuzu söylüyorsunuz. Bu sözü işitiyorum, onun sözlükteki anlamını biliyorum, ama değişmez olmanın deneyimine sahip değilim. Bu bariyeri nasıl aşabilir ve değişmez olmanın ne anlama geldiğini kişisel olarak nasıl bilebilirim?

M: Sözcük bir köprüdür. Onu hatırlayın, onu düşünün ve araştırın, samimi bir sebatla onun içine dalın; tüm gecikmelere ve düş kırıklıklarına katlanın, ta ki zihin aksi yöne dönene, sözcüğün ötesindeki gerçeğe yönelene dek. Bu sadece adını bildiğiniz bir kişiyi aramaya benzer. Bir gün gelir, araştırmalarınız sizi ona ulaştırır ve isim yaşanan gerçek haline gelir. Sözcükler değerlidir, çünkü sözcükle onun anlamı arasında bir bağlantı vardır ve eğer insan sözcüğü dikkatle ve sebatla incelerse, kavramın ötesine geçerek, onun kökenindeki deneyime ulaşır. Aslında, sözcüklerin ötesine geçmek için tekrarlanan girişimlere meditasyon denir. *Sadhana* da sürekli olarak sözel olandan sözel-olmayana geçme girişiminde bulunmaktır. Bu görev umutsuz görünse de, bir an gelir, birdenbire her şey açık, basit ve çok kolay hale gelir. Ama siz şimdiki yaşam biçiminizle ilgilendikçe, bilinmeyene son atlayışı yapmaktan kaçınacaksınız.

S: Bilinmeyen beni neden ilgilendirsin? Onun yararı nedir?

M: Herhangi bir yararı yoktur. Ama sizi bilinenin dar çerçevesi içinde tutanın ne olduğunu bilmek yararlıdır. Sizi bilinmeyene götürecek olan şey, bilinenin tam ve doğru bilgisidir. Siz onu yararlar ve avantajlar açısından düşünemezsiniz; çok bağsız, tarafsız olmak, her türlü kişisel endişenin ve bencilce düşüncenin ötesinde olmak, özgürleşmenin kaçınılmaz bir koşuludur. Siz ona ölüm diyebilirsiniz; bana göre ise o en anlamlı ve yoğun biçimde yaşamaktır, çünkü ben bütünlüğü -yoğunluğu, anlamlılığı, uyumu- ile tüm hayatla birim; daha başka ne istersiniz?

S: Elbette, daha fazla bir şeye ihtiyaç yoktur. Ama siz bilinebilir olandan söz ediyorsunuz.

M: Bilinemez olan hakkında sadece sessizlik konuşur. Zihin ancak bildiği şey hakkında konuşabilir. Eğer bilinebilir olanı dikkatle ve sebatla incelerseniz, o dağılır ve geriye sadece bilinemez olan kalır. Ama ilk imgeleme ve ilgi titreşimiyle birlikte, bilinemez olan belirsizleşir ve bilinen ön plâna çıkar. Siz bilinenle, değişken olanla birlikte yaşarsınız, değişmez olan sizin işinize yaramaz. Ancak değişken olana iyice doyduğunuzda ve değişmez olanı özlediğinizde, zihin düzeyinden görüldüğünde boşluk ve karanlık olarak tarif edilebilecek olana girmeye hazır olursunuz. Çünkü zihin içeriği ve değişimi şiddetle arzular; ona göre, gerçek içeriksiz ve değişmezdir.

S: Bu bana ölüm gibi görünüyor.

M: Öyledir. Aynı zamanda her şeyi kaplayan, her şeyi fetheden, sözcüklerin ötesinde yoğun olandır. Sıradan bir beyin, parçalanmaksızın ona dayanamaz; işte bu yüzden *sadhana*'ya ihtiyaç vardır. Beden saflığı, zihin berraklığı, şiddetten kaçınmak ve diğerkâmlık, akıllı ve spiritüel bir varlık olarak yaşayabilmek için gereklidir.

S: Gerçek'te varlıklar var mıdır?

M: Kimlik Gerçek'tir, Gerçek kimliktir. Gerçek şekilsiz bir kütle, sözsüz bir kaos değildir. O güçlüdür, farkındadır, mutludur; onunla kıyaslandığında sizin hayatınız güneşin karşısındaki bir mum gibidir.

S: Siz Tanrı'nın ve öğretmeninizin inayetiyle tüm arzulardan ve korkulardan kurtularak değişmez hale eriştiniz. Benim sorum basittir: Siz halinizin değişmez olduğunu nasıl biliyorsunuz?

M: Sadece değişebilir olan düşünülebilir ve onun hakkında konuşulabilir. Değişmez olan ancak sessizlikte idrak edilebilir. Bir kez idrak edildiğinde, o değişebilir olanı derin biçimde etkileyecek, ama kendisi etkilenmeden kalacaktır.

S: Siz tanık olduğunuzu nasıl biliyorsunuz?

M: Bilmiyorum, tanığım. Çünkü *var olmak*, her şeye tanık olmayı gerektirir.

S: Varoluş, söylentilere dayanılarak da kabul edilebilir.

M: Yine de, en sonunda, direkt tanıklık ihtiyacını hissedersiniz. Tanıklık kişisel ve fiili olmasa bile, en azından mümkün, yapılabilir olmalıdır. Direkt deneyim nihai kanıttır.

S: Deneyim kusurlu ve yanıltıcı olabilir.

M: Evet, ama deneyim olgusu değil. Deneyim her ne olursa olsun, doğru ya da yanlış olsun, bir deneyimin vuku bulduğu olgusu yadsınamaz. O kendi kendinin kanıtıdır. Kendinizi yakından izlediğinizde, bilincin içeriği her ne olursa olsun, ona tanıklığın o içeriğe bağlı olmadığını göreceksiniz. Farkındalık kendisidir ve olayla birlikte değişmez. Olay hoş ya da nahoş olabilir, önemsiz ya da önemli olabilir, farkındalık hep aynıdır. Saf farkındalığın özgün doğasına, onun bireysel bir varlık olarak kendisinin farkında olmayan doğal öz-kimliğine dikkat edin ve onun kökenine inin; çok geçmeden, farkındalığın sizin gerçek doğanız olduğunu ve farkında olduğunuz hiçbir şeyin size ait olduğunu söyleyemeyeceğinizi idrak edeceksiniz.

S: Bilinç ve onun içeriği bir ve aynı değil midir?

M: Bilinç gökteki bir bulut gibidir ve su damlaları içeriktir. Bulutun görünür olması için güneşe ihtiyacı vardır, bilincin de farkındalık içinde odaklanmaya ihtiyacı vardır.

S: Farkındalık bir bilinç şekli değil midir?

M: İçerik (hoşlanıp hoşlanmama gibi) duygusal tercihlerden uzak olarak gözden geçirildiğinde, bunun bilincinde olmak farkındalıktır. Ama yine de bilince yansıyan farkındalık ile bilincin ötesindeki saf farkındalık arasında bir fark vardır. Yansımış farkındalık, "Ben farkındayım" duygusu tanıktır, ama saf farkındalık gerçeğin özüdür. Güneşin bir su damlasındaki aksi, hiç kuşkusuz, güneşin aksidir, ama güneşin kendisi değildir. Bilince tanık olarak yansıyan farkındalık ile saf farkındalık arasında -zihnin geçemeyeceği- bir boşluk vardır.

S: Bu sizin ona bakış biçiminize bağlı değil midir? Zihin bir fark var der, kalp hiçbir fark yok der.

M: Elbette hiçbir fark yoktur. Gerçek-olan, gerçek-olmayanda gerçek-olanı görür. Gerçek-olmayanı yaratan zihindir ve sahteyi sahte olarak gören de zihindir.

S: Anladığıma göre, sahteyi sahte olarak gördükten sonra gerçek-olan deneyimlenebiliyor.

M: Gerçek-olanın deneyimi diye bir şey yoktur. Gerçek-olan, deneyimin ötesindedir. Tüm deneyim zihindedir. Siz, ancak gerçeğin kendisi olduğunuzda gerçeği bilebilirsiniz.

S: Eğer gerçek-olan, sözcüklerin ve zihnin ötesindeyse, onun hakkında neden bu kadar çok konuşuyoruz?

M: Onun sevinci için, elbette. Gerçek en yüce mutluluktur. Ondan söz etmek bile mutluluktur.

S: Dinleyin Efendim, size geliyorum çünkü sıkıntıdayım. Ben anlamadığım bir dünyada kaybolmuş zavallı bir ruhum. Büyümemi, üremememi ve ölmemi isteyen Tabiat Ana'dan korkuyorum. Tüm bunların anlamını ve amacını sorduğumda, o bana yanıt vermiyor. İyi ve bilge olduğunuzu duyduğum için size geldim. Siz değişken olanın sahte ve geçici olduğunu söylüyorsunuz ve ben bunu anlayabiliyorum. Ama siz değişmez olandan söz ettiğinizde, kendimi kaybolmuş hissediyorum. "Bu değil, o değil, bilginin ötesi ve yararsız" ise ondan neden söz etmeli? O var mıdır, yoksa sadece bir kavram mıdır?

M: O vardır, sadece o *vardır*. Ama sizin mevcut halinizde onun size bir yararı yoktur. Tıpkı rüyanızda bir çölde susuzluktan ölmekte olduğunuzu görürken, başucunuzda duran bir bardak suyun size bir yararının olmaması gibi. Rüyanız her ne olursa olsun, ben sizi uyandırmaya çalışıyorum.

S: Lütfen bana rüya gördüğümü, yakında uyanacağımı söylemeyin. Keşke öyle olsaydı. Ama ben uyanığım ve acı içindeyim. Siz acısız bir halden söz ediyorsunuz, ama mevcut durumumda ona sahip olamayacağımı ekliyorsunuz. Kendimi kaybolmuş hissediyorum.

M: Kaybolmuş hissetmeyin. Ben sadece, değişmez ve mutluluk-verici olanı bulmak için, değişken ve acı verici olana sarılmayı bırakmalısınız diyorum. Siz kendi mutluluğunuzla ilgilisiniz ve ben size diyorum ki, böyle bir şey yoktur. Mutluluk asla kendinize ait bir şey değildir, o "ben"in olmadığı yerdedir. Onun erişemeyeceğiniz bir yerde olduğunu söylemiyorum; sizin sadece kendinizin ötesine uzanmanız gerekir, o zaman onu bulacaksınız.

S: Eğer kendimin ötesine gitmem gerekiyorsa, neden ilk anda "Ben'im" fikrini edindim?

M: Zihnin bir daire çizmek için bir merkeze ihtiyacı vardır. Daire genişleyebilir ve her genişlemeyle birlikte "Ben'im" duygusunda bir değişim olacaktır. Kendini ele alan bir insan, bir *Yogi* bir sarmal çizecektir, ama sarmal ne kadar genişlerse genişlesin, merkez kalacaktır. Bir gün gelir, bütün bu girişim yanlış olarak görülür ve bırakılır. O merkez nokta artık olmaz ve evren merkez haline gelir.

S: Evet, belki. Ama ben şimdi ne yapmalıyım?

M: Daima değişen hayatınızı dikkatle ve sebatla izleyin, eylemlerinizin ardındaki güdülerinizi derinlemesine araştırın; o zaman, çok geçmeden, içine hapsolduğunuz baloncuğu patlatırsınız. Bir civciv büyümek için kabuğa muhtaçtır, ama kabuğun kırılması gereken bir gün gelir. Eğer kabuk kırılmazsa, ıstırap ve ölüm olur.

S: Eğer *Yoga* uygulamazsam, yok olmaya mahkûm olduğumu mu söylemek istiyorsunuz?

M: Sizi kurtarmaya gelecek bir Guru var. Bu arada hayatınızın akışını izlemekle yetinin; eğer izleyişiniz derin, sürekli ve hep kaynağa yönelik olursa, o yavaş yavaş kaynak yönünde hareket edecek ve en sonunda birdenbire kaynak haline gelecektir. Zihninizi değil, farkındalığınızı çalıştırın. Zihin bu görev için doğru alet değildir. Zamansız (ebedi) olana ancak zamansız olanla erişilebilir. Bedeniniz ve zihniniz zamana tâbidir; sadece farkındalık -şimdide bile- zamansızdır. Farkındalıkta siz olgularla yüzleşirsiniz ve gerçek olguları sever.

S: Yani bu dönüş için Guru'ya ya da Tanrı'ya değil, tamamen benim farkındalığıma güveniyorsunuz.

M: Tanrı, bedeni ve zihni verir, Guru ise onları kullanma yolunu gösterir. Ama kaynağa geri dönüş sizin görevinizdir. Kurtuluş için ihtiyacınız olan zaten erişebileceğiniz yerdedir. Onu kullanın. Bildiğiniz şeyi sonuna dek inceleyin, varlığınızın bilinmeyen katmanlarına erişeceksiniz. O beklenmeyen, içinizde patlayacak ve her şeyi paramparça edecektir.

S: Bu ölüm mü demektir?

M: Bu hayat demektir -en sonunda!

86

Bilinmeyen, Gerçek-Olanın Yuvasıdır

Soran: Guru kimdir ve en yüce Guru kimdir?

Maharaj: Bilincinizde olup biten her şey sizin Gurunuz'dur. Bilincin ötesindeki saf farkındalık ise en yüce Guru'dur.

S: Benim Gurum Babaji'dir. Sizin onunla ilgili görüşünüz nedir?

M: Ne soru ama! Bombay'daki uzaya, Poona'daki uzay hakkındaki görüşü soruluyor. İsimler farklıdır, uzay değil. "Babaji" sözcüğü sadece bir adrestir. O adreste kim yaşıyor? Siz sıkıntıdayken sorular sorarsınız. Sıkıntıyı kimin kime verdiğini sorgulayın.

S: Anladığım kadarıyla, herkes kendini idrak etme yükümlülüğü altında. Bu kişinin bir görevi mi, yoksa kaderi mi?

M: Kendini idrak etmek sizin bir kişi olmadığınız olgusunun idrak edilmesidir. Dolayısıyla, bu kaderi yok olmak olan kişinin görevi olamaz. Bu, kendisini kişi olarak imgeleyen varlığın görevidir. Onun kim olduğunu bulun, imgeleme ürünü olan kişi yok olacaktır. Özgürleşme, bir şeyden özgürleşmedir. Sizin ne' den özgürleşmeniz gerekiyor? Besbelli ki, siz kendiniz olarak kabul ettiğiniz kişiden özgürleşmelisiniz, çünkü sizi esaret içinde tutan, sizin kendinizle ilgili fikrinizdir.

S: Kişi nasıl ortadan kaldırılır?

M: Azim ve kararlılıkla. Onun gitmesi gerektiğini anlayın ve gitmesini dileyin; eğer bu konuda ciddi ve samimiyseniz o gidecektir. Birisi size sizin bir beden-zihin değil, saf bilinç olduğunuzu söyleyecektir. Onu bir olasılık olarak kabul edin ve samimiyetle sorgulayın. Gerçekten, uzaya ve zamana bağlı bir kişi olmadığınızı keşfedebilirsiniz. Bunun yaratacağı farkı düşünün!

S: Eğer ben bir kişi değilsem, neyim?

M: Islak bir kumaş, ıslak kaldığı sürece farklı görünür, hissedilir ve kokar. Kuruduğunda yine normal bir kumaş olur. Su onu terk etmiştir ve kimse onun daha önce ıslak olduğunu anlamaz. Sizin gerçek doğanız da sizin göründüğünüz gibi değildir. Bir kişi olduğunuz fikrinden vazgeçin, yeter. Gerçek varlığınız haline gelmeniz de gerekmez. Kişi, gerçek kimliğinizin üzerine yerleştirilmiştir. Sizin tüm bildiğiniz, kişidir; kişi olmayan gerçek kimliğinizi bilmezsiniz, çünkü kendinize şu önemli soruyu asla sormadınız: "Ben kimim?" Gerçek kimlik, kişinin tanığıdır ve *sadhana* ise dikkati ve önemi yüzeysel ve değişken kişiden alıp, değişmez ve daima var olan tanığa aktarmaktır.

S: "Ben kimim?" sorusunun bana pek çekici gelmemesinin nedeni ne olabilir? Ben vaktimi ermişlerin zevkli eşliğinde geçirmeyi yeğliyorum.

M: Kendi varlığınızla birlikte olmak da kutsal bir beraberliktir. Eğer ıstırap ve ıstıraptan kurtulma sorununuz olmasa, gerçek kimliğinizi araştırmak için gerekli enerjiyi ve sebatı bulamazsınız. Siz bir krizi imal edemezsiniz. Onun hakiki olması gerekir.

S: Hakiki bir kriz nasıl meydana gelir?

M: O her an olur, ama siz yeterince uyanık değilsiniz. Komşunuzun yüzündeki bir gölge, varoluşun o muazzam, her yeri kaplayan kederi, sizin hayatınızda daimi bir etkendir, ama siz dikkate almayı reddediyorsunuz. Siz ıstırap çekiyor, başkalarının ıstırap çektiğini görüyor, ama karşılık vermiyorsunuz.

S: Söylediğiniz doğru, ama ben bu konuda ne yapabilirim? Durum gerçekten böyledir. Benim çaresizliğim ve donukluğum da onun bir parçasıdır.

M: Pekâlâ. Kendinize sürekli olarak dikkatle bakın, yeter. Sizi içeri hepsetmiş olan kapı, aynı zamanda sizi dışarı bırakacak olan kapıdır. "Ben'im" o kapıdır. O açılıncaya kadar önünde durun. Aslında, o açıktır, ama siz onun önünde değilsiniz. Siz asla açılmayacak olan, kapı gibi boyanmış, var olmayan kapıların önünde bekliyorsunuz.

S: Birçoğumuz, bazen belli ölçülerde uyuşturucular kullanıyorduk. Bazı insanlar bize daha yüksek bilinç düzeylerine geçebilmek için uyuşturucular kullanmamızı tavsiye etmişlerdi. Başkaları ise aynı amaç için bol bol seks yapmamızı önermişlerdi. Bu konuda sizin görüşünüz nedir?

M: Hiç kuşkusuz, uyuşturucu bir madde sizin beyninizi ve zihninizi etkileyebilir ve size vaat edilen tüm o garip deneyimleri yaşatabilir. Ama size bu en olağandışı deneyimi -doğma, gelmeyen veya kalıcı olmayan bir mutluluğu arayarak keder ve korku içinde yaşama deneyimini- sunan uyuşturucuya kıyasla tüm diğer uyuşturucular nedir ki? Siz bu uyuşturucunun doğasını sorgulamalı ve ona karşı bir panzehir bulmalısınız.

Doğum, yaşam, ölüm birdir. Onlara neyin neden olduğunu bulun. Doğmadan önce, zaten uyuşturucu almıştınız. O ne tür bir uyuşturucuydu? Siz tüm hastalıklarınızı iyileştirebilirsiniz, ama eğer hâlâ o ilk uyuşturucunun etkisi altındaysanız, yüzeysel tedavilerin ne yararı vardır?

S: Yeniden doğmaya neden olan şey *karma* değil midir?

M: Siz ismi değiştirebilirsiniz, ama olgu kalır. Sizin *karma* ya da kader dediğiniz uyuşturucu nedir? O sizi aslında olmadığınız bir şey olduğunuza inandırmış. O nedir ve siz ondan kurtulabilir misiniz? Daha ileri gitmeden önce, hiç olmazsa işe yarayan bir kuram olarak, sizin göründüğünüz gibi olmadığınızı, bir uyuşturucunun etkisi altında olduğunuzu kabul etmelisiniz. Ancak o zaman onun belirtilerini inceleme ve o belirtilerin ortak nedenini araştırma dürtüsüne ve sabrına sahip olabilirsiniz. Bir Guru'nun size tüm söyleyebileceği, "Sevgili Efendi, siz kendi hakkınızda çok yanılıyorsunuz. Siz olduğunuzu düşündüğünüz kişi değilsiniz"dir. Kimseye, kendinize bile güvenmeyin. Gerçeğe ulaşana dek her varsayımı araştırın ve reddedin. Siz o uyuşturucudan kurtuluncaya dek, inançlarınızın, biliminizin, dualarınızın ve *Yoganız*'ın size bir yararı olmaz, çünkü onlar bir hataya dayandıklarından, o hatayı daha da güçlendirirler. Ama eğer siz beden, zihin, hatta tanık olmadığınız, onların tamamen ötesinde olduğunuz fikrini benimserseniz, zihniniz berraklaşır, arzularınız saflaşır, eylemleriniz şefkatli ve sevecen olur; bu içsel arınma sizi başka bir dünyaya, bir gerçek ve korkusuz sevgi dünyasına götürecektir. Eski hissetme ve düşünme alışkanlıklarınıza direnin, kendinize şunu söylemeye devam edin: "Hayır, böyle değil, bu böyle olamaz; ben böyle değilim, benim ona ihtiyacım yok, ben onu istemiyorum." Ve bir gün gelecek, yanlışın ve umutsuzluğun tüm yapısı çökecek ve zemin yeni bir hayat için serbest kalacaktır. Sonuçta, şunu hatırlamalısınız ki kendinizle ilgili tüm zihin meşguliyetiniz sadece uyanık olduğunuz saatlerde ve kısmen de rüyalarınızdadır; uykuda her şey bir kenara bırakılır ve unutulur. Bu sizin uyanıklık hayatınızın kendiniz için bile ne kadar az önemi olduğunu gösterir, sadece yatıp gözlerinizi kapatmanız ona son verebilmektedir. Her uykuya dalışınızda, bunu, uyanacağınızdan hiç emin olmadan yaparsanız, ama yine de bu riski kabul edersiniz.

S: Siz uyurken bilinçli misiniz, yoksa bilinçsiz mi?

M: Bilinçli kalırım, ama belli bir kişi olduğum bilincinde değilimdir.

S: Kendini idrak etme deneyiminin tadını bize biraz tattırabilir misiniz?

M: Onun bütününü alın! Buradadır, istemeniz yeter. Ama istemezsiniz. İstediğinizde bile almazsınız. Almanızı neyin engellediğini bulun.

S: Neyin engellediğini biliyorum: Egom.

M: Öyleyse egonuzla ilgilenin, beni rahat bırakın. Siz zihniniz içinde hapis kaldıkça, benim halim sizin kavrayışınızın ötesindedir.

S: Soracağım başka sorumun olmadığını görüyorum.

M: Eğer egonuzla gerçekten savaşta olsaydınız, soracağınız daha birçok soru olurdu. Sorularınız kıt, çünkü gerçekten ilgilenmiyorsunuz. Halen siz zevk-acı prensibiyle hareket ediyorsunuz ki o egodur. Siz egoyla beraber gidiyorsunuz, onunla savaşmıyorsunuz. Kişisel düşünceler tarafından ne kadar çok etkilendiğinizin farkında bile değilsiniz. Bir insan daima kendine karşı başkaldırmalıdır; çünkü ego, çarpık bir ayna gibi daraltır ve bozar. O despotların en kötüsüdür, o size mutlak biçimde hükmeder.

S: Ben burada otururken, odayı, insanları görüyorum. Sizi görüyorum. Sizin yakadan bakıldığında bu nasıl görünür? Siz ne görüyorsunuz?

M: Hiçbir şey. Ben bakarım, ama yargılarla kaplı imajlar yaratma anlamında görmem. Tarif etmem, değerlendirme yapmam. Ben bakarım. Sizi görürüm, ama ne tutum ne de kanı benim görüşümü bulandırır. Ve gözlerimi başka tarafa çevirdiğimde zihnim, belleğin sallanmasına, oyalanmasına izin vermez; o hemen serbest kalır ve bir sonraki izlenime hazır olur.

S: Ben burada size bakarken, bu olayı uzaya ve zamana yerleştiremem. Şu anda gerçekleşmekte olan bilgelik aktarımında ebedi ve evrensel bir şey var. On bin yıl önce veya sonra, hiç fark etmez, olayın kendisi zamansızdır.

M: İnsan çağlar boyunca pek fazla değişmez. İnsan sorunları aynı kalır ve aynı yanıtları gerektirir. Sizin bilgelik aktarımı dediğiniz şeyin bilincinde olmanız, bilgeliğin henüz aktarılmamış olduğunu gösterir. Ona sahip olduğunuzda, artık onun bilincinde olmazsınız. Gerçekten sahip olduğunuz şeyin bilincinde olmazsınız. Bilincinde olduğunuz şey siz değilsinizdir ve o sizin değildir. Sizin olan, algılama gücünüzdür, algıladığınız şey değil. İnsanın bütünüyle bilinçli olduğunu varsaymak yanlıştır. İnsan bilinçsiz, bilinçli ve üstün-bilinçlidir, ama siz insan değilsiniz. Sizinki bir sinema perdesi, ışık ve görme gücüdür, ama film siz değilsiniz.

S: Ben bir Guru aramalı mıyım, yoksa kimi bulursam onunla mı kalmalıyım?

M: Kendinizi idrak edene dek, bir Guru'dan diğerine gideceksiniz, ama kendinizi bulduğunuzda, arayış bitecek. Bir Guru bir kilometre taşıdır. Siz yolda oldukça birçok kilometre taşını geçeceksiniz. Hedefinize eriştiğinizde, sadece son Guru önemlidir. Gerçekte hepsi kendi zamanında önemliydi, şimdi ise hiçbirinin önemi kalmamıştır.

S: Siz Guru'ya hiç önem vermez görünüyorsunuz. O sanki diğer olaylar arasında bir olaydır.

M: Her olayın bir katkısı vardır, ama hiçbiri çok önemli değildir. Yolda yürürken, her adım sizin hedefinize erişmenize yardımcı olur ve her biri, diğeri kadar önemlidir, çünkü her bir adım atılmalıdır, siz bir adımı atlayamazsınız. Eğer adım atmayı reddederseniz, saplanıp kalırsınız!

S: Herkes Guru'ya övgüler düzerken, siz onu bir kilometre taşıyla kıyaslıyorsunuz. Bizim bir Guru'ya ihtiyacımız yok mu?

M: Bizim bir kilometre taşına ihtiyacımız yok mu? Evet ve hayır. Eğer yoldan emin değilsek, evet; eğer yolu biliyorsak, hayır. Kendi içimizde emin olduğumuzda, Guru'ya -teknik konu dışında- artık ihtiyaç yoktur. Teknik konuya gelince, sonuçta, zihniniz bir araçtır ve onu nasıl kullanacağınızı bilmelisiniz. Bedeninizi nasıl kullanacağınızı bildiğiniz gibi, zihninizi de nasıl kullanacağınızı bilmelisiniz.

S: Zihnimi kullanmayı öğrenmekle ne kazanırım?

M: Tamamen zihnin yanlış kullanımlarından kaynaklanan arzudan ve korkudan kurtulursunuz. Sadece zihinsel bilgi yetmez. Bilinen rastlantısaldır, bilinmeyen ise gerçek-olanın yuvasıdır. Bilinende yaşamak esarettir, bilinmeyende yaşamak ise özgürleşmedir.

S: Tüm spiritüel uygulamanın kişisel benliğin ortadan kaldırılmasına yönelik olduğunu anladım. Bu çalışma büyük bir azim, kararlılık ve sürekli uygulama gerektirir. Böyle bir çalışma için gerekli dürüstlüğü ve enerjiyi nerede buluruz?

M: Siz onu bilgelerin beraberliğinde bulabilirsiniz.

S: Kimin bilge, kimin sadece zeki olduğunu nasıl bileceğiz?

M: Eğer sizin güdüleriniz safsa, eğer sadece gerçeği arıyorsanız, doğru insanları bulacaksınız. Onları bulmak kolaydır, zor olan, onlara güvenmek ve rehberliklerinden tam olarak yararlanmaktır.

S: Uyanıklık hali spiritüel uygulama için uyku halinden daha önemli midir?

M: Genelde, biz uyanıklık haline çok fazla önem atfediyoruz. Uyku olmasa uyanıklık hali imkânsız olurdu; uykusuz kalan insan ya çıldırır ya da ölür. Bilinçdışına bağlı olan uyanıklık bilincine neden bu kadar çok önem atfedilir? Spiritüel uygulamada sadece bilinçle değil, bilinçdışıyla da ilgilenilmelidir.

S: İnsan bilinçdışıyla nasıl ilgilenir?

M: "Ben'im"i farkındalık odağında tutun, sizin *var olduğunuzu* hatırlayın, kendinizi sürekli izleyin, böylece bilinçdışı sizin özel bir çaba harcamanız gerekmeden bilince akacaktır. Yanlış arzular, korkular ve fikirler, sosyal kısıtlamalar, bilinçdışının bilinçle serbest etkileşimini engeller. Onlar serbestçe birbirine karıştığında, ikisi bir olur ve bir her şey olur. Kişi tanığın içinde, tanık farkındalığın içinde, farkındalık ise saf var'lığın içinde erir; ama kimlik kaybolmaz, sadece onun sınırlılığı kaybolur. O yücelir ve gerçek Benlik, *sadguru,* ebedi dost ve rehber haline gelir. Siz ona ibadet ile yaklaşamazsınız. Hiçbir dışsal faaliyet içsel benliğe erişemez; ibadet ve dualar sadece yüzeyde kalır; daha derine gitmek için meditasyon şarttır; yani uyku, rüya ve uyanıklık hallerinin ötesine geçmek için çaba gerekir. Başlangıçta girişimler düzensizdir, sonra, onlar daha sıklaşır, düzenli hale gelir, daha sonra sürekli ve yoğun bir hale gelir, en sonunda tüm engeller aşılır.

S: Neyin önündeki engeller?

M: Kendini hatırlamanın önündeki engeller.

S: Hemen her şey beni meditasyon yapmaya itiyor. Meditasyonda bir zevk ve şevk bulmuyorum, ama başka birçok şeye ilgi duyuyorum; bazılarını çok istiyorum ve zihnim onlara kayıp duruyor; meditasyon girişimlerim çok isteksizce. Ne yapmalıyım?

M: Kendinize şöyle sorun: "Tüm bunlar kime oluyor?" Her şeyi içe yönelmek için bir fırsat olarak kullanın. Engelleri farkındalığın yoğunluğuyla yakarak yolunuzu aydınlatın. Bir arzu ya da korku duyduğunuzda, yanlış olan ve yok olması gereken şey arzu ve korku değil, arzulayan ve korkan kişidir. Tamamen doğal ve haklı olabilecek arzularla ve korkularla savaşmanın anlamı yoktur; geçmiş ve gelecek hataların nedeni, arzuların ve korkuların hükmettiği kişidir. Kişi dikkatle incelenmeli ve onun sahteliği görülmelidir; o zaman onun üzerinizdeki gücü sona erecektir. Zaten, her uykuya dalışınızda o da yatışıp dibe çöker. Derin uykuda siz kim olduğunun, bireyselliğinin kuvvetle farkında olan bir kişi değilsinizdir, ama canlısınızdır. Siz canlı ve bilinçli olduğunuzda, ama kim olduğunuzun farkında olmadığınızda, artık bir kişi değilsinizdir. Uyanıklık saatlerinde, sanki bir sahnedeymiş gibi bir rol oynarsınız, ama oyun bittiğinde siz ne olursunuz? Siz her neyseniz o'sunuzdur; oyun başlamadan önce ne idiyseniz, oyun bittikten sonra yine o olarak kalırsınız. Kendinize, hayat sahnesinde bir gösteri yapıyormuşsunuz gibi bakın. Gösteri harika ya da acemice olabilir, ama siz onun içinde değilsinizdir, siz sadece onu izlemektesinizdir; ilgiyle ve sempatiyle elbette, ama oyun -yani hayat- devam ederken sizin sadece izlemekte olduğunuzu sürekli hatırlayarak.

S: Siz hep gerçeğin bilişsel veçhesini vurguluyorsunuz. Sevgiden ve iradeden pek söz etmiyorsunuz. Neden?

M: İrade, sevgi, mutluluk, çabalama ve zevk alma kişisel-olan tarafından çok kirletilmiştir, bu yüzden onlara güvenilemez. Yolculuğun en başında sadece farkındalığın sağlayabileceği bir arınmaya ve berraklaşmaya ihtiyaç vardır. Sevginin ve iradenin de sırası gelecektir, ama önce zemin hazırlanmalıdır. Önce farkındalığın güneşi doğmalıdır, başka her şey onu izleyecektir.

87

Zihni Sessiz Tutun, Keşfedeceksiniz

Soran: Bir keresinde garip bir deneyim yaşadım. Ben yoktum, dünya da yoktu, sadece içte ve dışta büyük bir ışık ve huzur vardı. Bu dört gün sürdü ve sonra günlük bilince geri döndüm. Şimdi tüm bildiklerimin, inşa edilen bir binayı örten bir iskeleden ibaret olduğunu hissediyorum. Mimarı, tasarımı, plânları, amacı bilmiyorum; bir faaliyet sürüyor, bir şeyler oluyor; tüm söyleyebileceğim bu. Ben o yapı iskelesiyim, çok zayıf ve kısa ömürlüyüm; bina hazır olduğunda, iskele sökülüp kaldırılacak. "Ben'im" ve "Ben neyim" hiç önemli değil, çünkü bina bir kez hazır olduğunda "Ben" doğal olarak gidecek, ardında kendisiyle ilgili yanıtlanacak bir soru bırakmayacak.

Maharaj: Siz tüm bunların farkında değil misiniz? Farkındalık olgusu daimi etken değil midir?

S: Benim süreklilik ve kimlik duygum çok uçucu ve güvenilmez olan bellekten kaynaklanır. Yakın geçmişten bile ne kadar az şey hatırlıyorum! Bir ömür yaşadım ve şimdi benimle ne kaldı? Bir olaylar demeti, kısa bir öykü.

M: Tüm bunlar sizin bilincinizin içinde meydana geliyor.

S: İçinde ve dışında. Gündüz, içinde; gece, dışında. Bilinç her şey değil. Onun erişiminin ötesinde birçok şey oluyor. Bilincinde olmadığım bir şeyin var olmadığını söylemek tümüyle yanlıştır.

M: Söylediğiniz mantıklıdır. Ama aslında siz sadece bilincinizde olanı bilirsiniz. Sizin bilinçli deneyimin dışında var olduğunu iddia ettiğiniz şey sadece çıkarılmış bir sonuçtur.

S: O çıkarılmış bir sonuç olabilir, ama o duyusal algıdan daha gerçektir.

M: Dikkatli olun. Konuşmaya başladığınız anda sözel bir evren yaratırsınız; bu birbirine bağlı olan, birbirini üreten, destekleyen ve açıklayan, ama tümüyle özden yoksun olan, sadece zihnin yaratımları olan sözcüklerden, fikirlerden, kavramlardan oluşan bir evrendir. Sözler sözleri yaratır, gerçek ise sessizdir.

S: Eğer sözcükler gerçeği içermiyorsa, konuşmanın ne gereği var?

M: Sözcükler sadece kişiler arası iletişim amacına hizmet eder. Sözcükler olguları iletmez, onları işaret eder. Kişi ötesine geçtiğinizde, artık sözcüklere ihtiyacınız olmaz.

S: Beni kişinin ötesine ne geçirebilir? Bilincin ötesine nasıl geçebilirim?

M: Sözcükler ve sorular zihinden gelir ve sizi orada tutarlar. Zihnin ötesine geçmek için sessiz ve sakin olmalısınız. Huzur ve sessizlik öteye giden yoldur. Sorular sormayı bırakın.

S: Sorular sormayı bıraktıktan sonra ne yapacağım?

M: Beklemekten ve izlemekten başka ne yapabilirsiniz?

S: Neyi bekleyeceğim?

M: Var'lığınızın merkezinin bilinçte ortaya çıkmasını. Üç hal -uyku, rüya ve uyanıklık hali- bilinçte, tezahür etmiş olandadır; sizin bilinçdışı dediğiniz de zamanla tezahür edecektir; bilincin ötesinde, tezahür etmemiş olan yatar. Hepsinin ötesinde ve hepsini kaplayan ise var'lığın sürekli atan kalbidir: Tezahür etmiş, tezahür etmemiş; tezahür etmiş, tezahür etmemiş (*sa-*

guna-nirguna).

S: Sözel düzeyde bu doğru geliyor. Kendimi var'lığın tohumu olarak, bilinçte bir nokta olarak hayal edebilirim ve bu süreçte "Ben'im" duygusu bir nabız atışı gibi bir belirir, bir kaybolur. Ama onu bir olgu olarak idrak etmek, onun ötesine, değişmez, sözsüz gerçeğe girmek için ne yapmalıyım?

M: Hiçbir şey yapamazsınız. Zamanın getirdiğini yine zaman götürecektir.

S: Öyleyse *Yoga* uygulamaya ve gerçeği aramaya neden bu kadar çok teşvik ediliyoruz? Onlar kendimi güçlü ve sorumlu hissetmemi sağlıyor, ama aslında her şeyi yapan zamanmış.

M: Bu, yani bağımsızlığı idrak etmek, *Yoga*'nın sonudur. Olan her şey, zihnin içinde ve zihne olur, "Ben'im"in kaynağına değil. Her şeyin kendi kendine olduğunu idrak ettiğinizde (buna kader, Tanrı'nın iradesi ya da rastlantı diyebilirsiniz), sadece tanık olarak kalırsınız; anlayan ve zevk alan, ama tedirgin olmayan bir tanık olarak.

S: Her nedense, çevremde olup bitenlerden sorumlu olduğumu hissediyorum.

M: Siz sadece değiştirebileceklerinizden sorumlusunuz. Sizin değiştirebileceğiniz tek şey tutumunuzdur. Sizin sorumluluğunuz orada yatar.

S: Bana, başkalarının kederlerine kayıtsız kalmamı öğütlüyorsunuz!

M: Kayıtsız olmadığınız pek söylenemez. İnsanlığın tüm ıstırapları sizin sonraki yemeğinizin tadını çıkarmanızı engellemiyor. Tanık kayıtsız değildir. O tam bir anlayış ve şefkattir. Siz sadece tanık olarak başkalarına yardım edebilirsiniz.

S: Ben hayatım boyunca sözcüklerle beslendim. Milyarlarca sözcük duydum ve okudum. Bunun bana hiçbir yararı olmadı!

M: Zihin lisanı, lisan da zihni şekillendirir. Her ikisi de araçtır; onları kullanın, ama kötüye kullanmayın. Sözcükler sizi ancak kendi sınırlarına kadar götürebilir; öteye geçmek için onları terk etmelisiniz. Sadece sessiz tanık olarak kalın.

S: Nasıl kalabilirim? Dünya beni çok rahatsız ediyor.

M: Çünkü siz dünya tarafından etkilenecek kadar büyük olduğunuzu düşünüyorsunuz. Öyle değildir. Siz o kadar küçüksünüz ki hiçbir şey sizi saptayamaz. Yakalanan sizin zihninizdir, siz değil. Kendinizi *olduğunuz* gibi bilin, bilinç içinde boyutsuz ve zamansız bir nokta olarak. Siz bir kalemin ucu gibisiniz, sizinle temas ettiğinde, zihin dünyayla ilgili kendi tablosunu çizer. Siz tek ve sadesiniz, tablo ise karmaşık ve çok geniştir. Tablo sizi yanıltmasın, o küçük noktanın farkında kalın ki o tablonun her yanındadır.

Var olan yok olabilir; var olmayan var olabilir; ama ne var ne yok olan, ama olanın ve olmayanın ona bağlı olduğu şey saldırılamaz olandır; sizin arzunun ve korkunun nedeni olduğunuzu, ama her ikisinden de azade olduğunuzu bilin.

S: Ben nasıl korkunun nedeni olabilirim?

M: Her şey size bağlıdır. Dünya sizin rızanızla var olur. Onun gerçekliğine inanmayı bıraktığınızda, o bir rüya gibi dağılacaktır. Zaman dağları devirebilir; zamanın zamansız, ebedi kaynağı olan siz ise çok daha fazlasını yapabilirsiniz. Çünkü bellek ve beklenti olmadıkça zaman da olamaz.

S: "Ben'im" nihai nokta mıdır?

M: Sizin "Ben'im" diyebilmeniz için var olmanız gerekir. Varlığın kim olduğunun farkında olması, bir birey olarak kendisinin farkında olması gerekmez. Sizin var olmak için bilmeniz gerekmez, ama bilmek için *var olmanız* gerekir.

S: Efendim, ben bir sözcükler denizinde boğuluyorum! Her şeyin sözcüklerin nasıl bir araya getirildiğine bağlı olduğunu görebiliyorum, ama onları anlamlı bir biçimde bir araya getiren birisi olmalı. Sözcükleri gelişigüzel bir araya dizerek bir Ramayana, bir Mahabharata ve Bhagavad-Gita asla üretilemezdi. Rastlantısal ortaya çıkış kuramı savunulabilir bir kuram değildir. Anlamlı olanın kökeni onun ötesinde olmalı. Kaostan düzen yaratan kudret nedir? Yaşamak, var olmaktan daha fazla bir şeydir ve bilinç yaşamaktan daha fazla bir şeydir. Bilinçli canlı varlık kimdir?

M: Sorunuz yanıtı içeriyor: Bilinçli canlı bir varlık, bilinçli canlı bir varlıktır. Sözcükler çok uygundur, ama onların tüm önemini kavrayamıyorsunuz. Sözcüklerin anlamlarına derinlemesine girin: Varlık, canlı, bilinçli; o zaman sorular sorarak, ama yanıtlarını kaçırarak, aynı daire içinde dönüp durmayı bırakacaksınız. Kendi hakkınızda geçerli bir soru soramayacağınızı anlayın, çünkü kimin hakkında soru sorduğunuzu bilmiyorsunuz. "Ben kimim?" sorusunda "ben" bilinmiyor, dolayısıyla, soru şöyle sorulabilir: "'Ben' sözcüğü ile neyi kastettiğimi bilmiyorum." Ne olduğunuzu bulmalısınız. Ben size ancak ne olmadığınızı söyleyebilirim. Siz dünyadan değilsiniz, siz hatta dünyada değilsiniz. Dünya var değildir, sadece siz varsınız. Siz dünyayı hayalinizde bir rüya gibi yaratırsınız. Siz rüyayı kendinizden ayıramadığınız gibi, kendinizden bağımsız bir dış dünyanız da olamaz. Dünya değil, siz bağımsızsınız. Kendi yarattığınız bir dünyadan korkmayın. Bir rüyada mutluluğu ve gerçeği aramayı bırakın, o zaman uyanacaksınız. Tüm "neden"i ve "nasıl"ı bilmeniz gerekmez, soruların sonu yoktur. Tüm arzuları terk edin, zihninizi sessiz tutun, keşfedeceksiniz.

88

Zihnin Bilgisi Doğru Bilgi Değildir

Soran: Siz uyku, rüya ve uyanıklık halini bizim gibi mi deneyimliyorsunuz, yoksa başka türlü mü?

Maharaj: Bu üç hal de benim için uykudur. Benim uyanıklık halim onların ötesindedir. Ben size bakarken, hepiniz bana uyuyor ve kendi sözlerinizin rüyasını görüyor gibi görünüyorsunuz. Ben farkındayım, çünkü hiçbir şey imgelemem. Bu, bir tür uyku olan *samadhi* değildir. Bu sadece, zihinden etkilenmeyen, geçmişten ve gelecekten azade bir haldir. Sizin durumunuzda bu, arzular ve korkularla, anılar ve umutlarla çarpıtılmıştır; benimkinde ise o olduğu gibidir: Normal. Bir kişi olmak, uykuda olmak demektir.

S: Beden ile saf farkındalık arasında "içsel organ," yani *antahkarana* yer alır; ona "süptil beden" veya "zihinsel beden" de denir. Tıpkı hızla dönen bir aynanın gün ışığını, çeşitli ışınlardan ve renklerden oluşan bir desene dönüştürmesi gibi, süptil beden de parlak Benliğin sade ışığını, çeşitlilik içeren bir dünyaya dönüştürür. Ben sizin öğretinizi böyle anladım. Kavrayamadığım şey, bu süptil bedenin ilk anda nasıl ortaya çıktığı.

M: O, "Ben'im" fikrinin ortaya çıkışıyla birlikte yaratılmıştır. İkisi birdir.

S: "Ben'im" nasıl belirdi?

M: Sizin dünyanızda her şey bir başlangıca ve bir sona sahip olmak zorundadır. Eğer olmazsa, siz ona ebedi dersiniz. Benim görüşüme göre, başlangıç ya da son diye bir şey yoktur, bunların hepsi zamanla ilişkilidir. Zamansız, ebedi varlık tamamen *şimdi*'dedir.

S: *Antahkarana* veya "süptil beden" gerçek midir, değil midir?

M: O geçicidir. Varken gerçektir, sona erdiğinde ise gerçek değildir.

S: Ne tür bir gerçek? O geçici midir?

M: Ona deneyime dayanan, fiili ya da olgusal diyebilirsiniz. O, burada ve şimdi, direkt deneyimin yadsınamaz gerçeğidir. Siz olayın anlamını ve tarifini sorgulayabilirsiniz, ama olayın kendisini sorgulayamazsınız (onun olduğundan kuşku duyamazsınız). Var oluş ve olmayış birbirini izler ve onların gerçekliği anlıktır, geçicidir. Değişmez Gerçek ise uzayın ve zamanın ötesindedir. Var oluşun ve olmayışın geçiciliğini idrak edin ve her ikisinden de özgürleşin.

S: Şeyler ve olaylar geçici olabilir, ama onlar sonu gelmez bir tekrarla hep bizimle birlikteler.

M: Arzular güçlüdür. Tekrara neden olan arzudur. Arzunun olmadığı yerde tekrarlama da olmaz.

S: Korkuya ne dersiniz?

M: Arzu geçmişe, korku geleceğe yöneliktir. Geçmiş ıstırabın anısı ve onun yinelenmesi korkusu, insanı gelecek hakkında endişelendirir.

S: Bilinmeyenin korkusu da var.

M: Istırap çekmemiş olan korkmaz.

S: Biz korkmaya mahkûm muyuz?

M: Korkuyu kişisel varoluşun gölgesi olarak kabul edinceye kadar, kişiler olarak biz korkmaya mecburuz. Tüm kişisel denklemleri terk edin, o zaman korkudan kurtulacaksınız. Bu zor değildir. Arzunun sahte olduğu fark edildiğinde, arzusuzluk kendiliğinden gelir. Sizin arzuyla mücadele etmeniz gerekmez. Sonuçta o bir mutluluk dürtüsüdür ve keder var olduğu sürece de bu normaldir. Sadece, arzuladığınız şeyde hiçbir mutluluğun olmadığını görün.

S: Biz zevke razı oluruz.

M: Her zevk acıyla sarılıdır. Çok geçmeden, biri olmadan diğerine sahip olamayacağınızı keşfedersiniz.

S: Bir deneyimleyen, bir de onun deneyimi var. Bu ikisi arasındaki bağlantıyı ne yaratmıştır?

M: Onu hiçbir şey yaratmamıştır. O vardır. İkisi birdir.

S: Bir yerde bir takıntı olduğunu hissediyorum, ama nerede olduğunu bilemiyorum.

M: Takıntı, dualite olmayan yerde dualiteyi görmekte ısrar eden zihninizdedir.

S: Sizi dinlerken zihnim tümüyle şimdide; ve hiçbir sorum olmadığı için hayret ediyorum.

M: Ancak hayret ettiğiniz zaman gerçeği bilebilirsiniz.
S: Endişenin ve korkunun nedeninin bellek olduğunu anlayabiliyorum. Belleğe bir son vermenin yöntemleri nelerdir?
M: Yöntemlerden söz etmeyin, hiçbir yöntem yoktur. Sizin sahte olduğunu gördüğünüz şey dağılıp yok olur. İnceleme karşısında dağılıp yok olma illüzyonun doğasıdır. İnceleyin, hepsi bu. Siz sahte olanı yok edemezsiniz, çünkü onu hep yaratıyorsunuz. Ondan geri çekilin, onu görmezden gelin, onun ötesine geçin, onun varlığı son bulacaktır.
S: İsa da kötülüğü görmezden gelmekten ve çocuk gibi olmaktan söz ediyordu.
M: Gerçek herkes için birdir. Sadece sahte olan kişiseldir.
S: *Sadhakalar*'ı izlediğimde ve onların kuramlarını incelediğimde görüyorum ki onlar maddi arzuların yerine "spiritüel" ihtirasları geçirmişler. Sizin söylediklerinizden öyle anlaşılıyor ki "spiritüel" ve "ihtiras" sözcükleri bağdaşmaz. Eğer "spiritüellik" ihtirastan özgürleşmeyi gerektiriyorsa, arayışçıyı ne teşvik edecektir? *Yogiler*, özgürleşme arzusunun şart olduğunu söylüyorlar. Bu, ihtirasın en yüksek biçimi değil midir?
M: İhtiras kişiseldir, özgürleşme ise kişisel olandan özgürleşmedir. Özgürleşmede ihtirasın hem öznesi, hem nesnesi artık yoktur. Ciddiyet ve samimiyet, insanın çabalarının meyvelerini arzulaması değildir. O, ilginin sahte olandan, esas olmayandan, kişisel olandan içsel olarak uzaklaşmasının bir ifadesidir.
S: Geçen gün bize, kendimizi (benliğimizi) idrak etmeden önce, mükemmelliği hayal bile edemeyeceğimizi, çünkü tüm mükemmelliğin kaynağının zihin değil, Benlik olduğunu söylediniz. Eğer özgürleşme için gerekli olan şey erdemde mükemmellik değilse, nedir?
M: Özgürleşme, beceriyle uygulanan bazı yöntemlerin ya da koşulların sonucu değildir. O, nedensel sürecin ötesindedir. Onu hiçbir şey zorlayamaz, hiçbir şey engelleyemez.
S: Öyleyse burada ve şimdi neden özgür değiliz?

M: Ama "burada ve şimdi" biz özgürüz. Esareti imgeleyen sadece zihindir.

S: İmgelemeye ne son verir?

M: Ona neden son vermek isteyesiniz? Bir kez, zihninizi ve onun mucizevî güçlerini bildiğinizde ve onu zehirlemiş olandan -ayrı bir kişi olma fikrinden- kurtulduğunuzda, onu, çok uygun olduğu kendi alanında, kendi işini yapması için rahat bırakırsınız. Zihni kendi yerinde ve kendi işi üzerinde tutmak zihnin özgürleşmesidir.

S: Zihnin işi nedir?

M: Zihin kalbin karısıdır ve dünya da onların -aydınlık ve mutlu tutulması gereken- yuvalarıdır.

S: Henüz şunu anlamadım: Eğer hiçbir şey özgürleşmenin yolunu kesmiyorsa, o neden burada ve şimdi gerçekleşmiyor?

M: Özgürleşmenizin yolunu hiçbir şey kesmez ve o burada ve şimdi gerçekleşebilir, ama siz başka şeylerle daha çok ilgilenirsiniz. Ve siz ilgilerinizle savaşamazsınız. Onları incelemeniz, içyüzlerini görmeniz, kendilerini yargı ve değerlendirme hataları olarak gözler önüne serişlerini izlemeniz gerekir.

S: Gidip büyük ve kutsal (mübarek) bir insanla kalsam, bir yardımı olmaz mı?

M: Büyük ve kutsal insanlar her zaman sizin erişebileceğiniz yerdedirler, ama siz onları tanımazsınız. Kimin büyük ve kutsal olduğunu nasıl bileceksiniz? Kulaktan dolma bilgiyle mi? Bu konularda başkalarına, hatta kendinize güvenebilir misiniz? Kendinizi her türlü kuşkunun ötesinde ikna edebilmeniz için bir tavsiyeden, hatta geçici bir vecit halinden daha fazlasına ihtiyacınız vardır. Siz büyük ve kutsal bir insanla karşılaşabilir ve uzun süre bu şanslı durumun hiç farkında olmayabilirsiniz. Büyük bir adamın küçük yaşlardaki oğlu, babasının büyük bir adam olduğunu yıllar boyunca bilmeyecektir. Sizin büyüklüğü tanıyabilmek için olgunlaşmanız, kutsallık için kalbinizi arındırmanız gerekir. Aksi halde vaktinizi ve paranızı boşa harcamış ve hayatın size sunduklarını kaçırmış olursunuz. Dostlarınız arasında iyi insanlar var, onlardan çok şey öğrenebilirsiniz. Ermişlerin peşinden koşmak da oynanan başka bir oyundur. Onun yerine kendinizi hatırlayın ve günlük hayatınızı durmaksızın izleyin. Ciddi ve samimi olun, dikkatsizliğin ve imgelemenin bağlarını kopartmakta başarısız olmayacaksınız.

S: Tek başıma mücadele etmemi mi istiyorsunuz?

M: Siz asla yalnız değilsiniz. Size her zaman sadakatle hizmet eden güçler ve mevcudiyetler vardır. Onları algılasanız da algılamasanız da, onlar gerçek ve aktiftirler. Her şeyin sizin zihninizde olduğunu ve sizin zihnin ötesinde olduğunuzu, gerçekten yalnız olduğunuzu idrak ettiğinizde, her şey siz olursunuz.

S: Her-şeyi-bilen ne demektir? Tanrı her şeyi bilen midir? Siz her şeyi bilen misiniz? Evrensel tanık ifadesi ne anlama gelir? Kendini idrak etmek, her şeyi bilmeyi mi ima eder? Yoksa o bir özel eğitim meselesi midir?

M: Bilgiye karşı tüm ilgiyi tamamen yitirmek her şeyi bilmeyle sonuçlanır. O, bilinmesi gerekeni, hatasız eylem için, doğru anda bilme yeteneğidir. Sonuçta, bilgi eylem için gereklidir ve eğer siz bilinci devreye sokmadan doğru ve spontane biçimde davranıyorsanız, çok daha iyidir.

S: İnsan başka bir kişinin zihnini bilebilir mi?

M: Önce kendi zihninizi bilin. O tüm evreni içerir ve daha da yer kalır!

S: Sizin kuramınıza göre, uyanıklık hali temelde rüya ve rüyasız uyku halinden farklı değil. Bu üç hal esasen bedenle -yanlış- özdeşleşme vakasıdır. Bu belki doğrudur, ama bunun tüm gerçek olmadığını hissediyorum.

M: Gerçeği bilmeye uğraşmayın, çünkü zihin yoluyla edinilen bilgi doğru bilgi değildir. Ama neyin gerçek olmadığını bilebilirsiniz ki bu sizi sahte olandan kurtarmaya yeter. Neyin doğru olduğunu bildiğiniz fikri tehlikelidir, çünkü o sizi zihne hapseder. Siz bilmediğiniz zaman, inceleyip araştırmak için özgür olursunuz. Ve araştırma olmadan kurtuluş olamaz, çünkü araştırmamak esaretin esas nedenidir.

S: Siz dünya illüzyonunun "Ben'im" duygusuyla başladığını söylüyorsunuz, ama "Ben'im" duygusunun kökenini sorduğumda, onun bir kökeninin olmadığını, çünkü incelendiğinde onun dağılıp yok olduğunu söylüyorsunuz. Üstüne bir dünya kurulacak kadar somut olan bir şey sadece bir illüzyon olamaz. "Ben'im" bilincinde olduğum tek değişmez etkendir; o nasıl sahte olabilir?

M: Sahte olan "Ben'im" değil, sizin kendinizi ne sandığınızdır. Ben, en küçük bir kuşku olmaksızın, sizin olduğunuza inandığınız şey olmadığınızı görebiliyorum. Mantıklı ya da mantıksız, siz aşikâr olanı yadsıyamazsınız. Siz bilincinde olduğunuz hiçbir şey değilsiniz. Zihninizde kurmuş olduğunuz yapıyı yıkmak için gayretle işe koyulun. Zihnin kurduğunu, zihin yıkmalıdır.

S: Zihin olsun ya da olmasın, şimdiki anı yadsıyamazsınız. Şimdi olan vardır. Görünüşü sorgulayabilirsiniz, ama olguyu sorgulayamazsınız. Olgunun kökenindeki nedir?

M: "Ben'im" tüm görünüşün kökeninde olandır ve hayat denen o art arda sıralanan olayların arasındaki daimi bağlantıdır; ama ben "Ben'im"in de ötesindeyim.

S: Kendini idrak etmiş insanların, kendi hallerini genellikle dinlerinden ödünç aldıkları terimlerle tarif ettiklerini görüyorum. Siz Hindu'sunuz, böylece *Brahma, Vishnu* ve *Shiva*'dan söz ediyorsunuz, Hindu yaklaşımları ve benzetmeleri kullanıyorsunuz. Lütfen bize söyleyin, sözlerinizin ardındaki deneyim nedir? Onlar hangi gerçek hakkındadır?

M: Bu bana kullanmayı öğrettikleri bir lisandır, benim konuşma tarzımdır.

S: Ama lisanın ardında ne var?

M: Onları reddetme dışında nasıl sözcüklere dökebilirim? Bu nedenle zamansız, uzaysız, nedensiz gibi sözcükler kullanıyorum. Bunlar da sözcüklerdir, ama anlam yüklü olmadıkların-

dan benim amacıma uygundurlar.
S: Eğer anlamsız iseler, onları neden kullanıyorsunuz?
M: Çünkü hiçbir sözcüğün geçerli olmadığı bir yerde sözcükler kullanmamı istiyorsunuz.
S: Görüşünüzü anlıyorum. Yine sorumu elimden aldınız!

89

Spiritüel Hayatta İlerleme

Soran: Biz iki kız, İngiltere'den geldik. *Yoga* hakkında az şey biliyoruz ve bize, Hintlilerin hayatında spiritüel öğretmenlerin önemli bir rol oynadıkları söylendiği için buradayız.
Maharaj: Hoş geldiniz. Burada bulacağınız yeni bir şey yok. Yapmakta olduğumuz iş zamansızdır. O, on bin yıl önce de aynıydı. Yüzyıllar akıp geçer, ama insanın sorunu değişmez: Istırap çekme ve ıstıraba son verme sorunu.
S: Geçen gün, yedi yabancı genç Bombay'da ders vermekte olan Guruları'nı görmeye gelmişlerdi. Guru ile tanıştım, çok hoş görünüşlü genç bir adam, görünüşe göre çok gerçekçi ve etkili bir insan, ama bir huzur ve sessizlik atmosferiyle çevrelenmiş. Öğretisi geleneksel ve *karma Yoga* ağırlıklı; diğerkâm çalışma, Guru'ya hizmet vb. Gita'daki gibi, diğerkâm çalışmanın, kurtuluşla sonuçlanacağını söylüyor. Büyük plânları var: Birçok ülkede spiritüel merkezler açacak insanları eğitiyor. Öyle görünüyor ki onlara sadece yetki vermekle kalmayıp, onun adına çalışma yapmaları için güç de veriyor.
M: Evet, güç aktarımı diye bir şey vardır.
S: Ben onlarla birlikteyken, adeta görünmez hale geldiğimi hissettim. Öğrenciler Guruları'na büyük bir teslimiyet içindeydi-

ler. Onlar için her ne yaptıysam, onlara göre bunu yapan onların Guruları idi ve beni sadece bir alet olarak görüyorlardı. Ben sadece açılıp kapanacak bir musluk gibiydim. Herhangi bir kişisel ilişki yoktu. Onlar beni kendi inançlarına döndürmeyi biraz denediler, bir direnç hisseder etmez de beni dikkat alanlarından çıkardılar. Kendi aralarında bile birbirleriyle pek ilgili görünmüyorlardı. Onları bir arada tutan, Guruları'na duydukları ortak ilgiydi. Bu bana oldukça soğuk, neredeyse gayri-insani bir tutum gibi geldi. Kendimi Tanrı'nın elinde bir alet gibi görmek bir şeydir; ama "her şey Tanrı'dır" görüşüyle, her türlü dikkat ve anlayışın sizden esirgenmesi acımasızlığa varan bir ilgisizliğe götürebilir. Sonuçta, tüm savaşlar "Tanrı adına" yapılmıştır. Tüm insanlık tarihi birbiri ardından gelen "kutsal savaşlar"la dolu. İnsan asla savaşta olduğu kadar kişiliksiz olamaz!

M: *Var olma* iradesi ısrar etmeyi, direnmeyi içerir. *Var olma* iradesini kaldırın, ne kalır? Varoluş ve olmayış uzay ve zamanda bir şeyle ilişkilidir; burada ve şimdi, orada ve o zaman da yine zihindedir. Zihin bir tahmin oyunu oynar; o her zaman kararsızdır, endişe içinde ve huzursuzdur. Size sadece bir tanrının ya da bir Guru'nun aletiymişsiniz gibi davranılmasına içerliyorsunuz ve size bir kişi gibi davranılmasında ısrar ediyorsunuz, çünkü kendi varoluşunuzdan emin değilsiniz ve bir kişiliğin rahatlığından ve güvencesinden vazgeçmek istemiyorsunuz. Siz olduğunuza inandığınız şey olmayabilirsiniz, ama o size süreklilik veriyor, geleceğiniz, şimdiye akıyor ve sarsıntısızca geçmiş haline geliyor. Kişisel varoluşunuzun yadsınması korkutucudur, ama onunla yüzleşmeli ve tüm hayatla özdeşliğinizi görmelisiniz. O zaman kimin kim tarafından kullanıldığı sorunu kalmaz.

S: Görmüş olduğum tüm ilgi, beni kendi inançlarına döndürmek için bir girişimdi. Ben direnince, onlar bana olan tüm ilgilerini yitirdiler.

M: İnsan inanç değiştirmekle ya da tesadüfen bir öğrenci olmaz. Genellikle, birçok hayat boyunca sürdürülmüş, sevgi ve güven olarak çiçeklenmiş kadim bir bağlantı vardır ki onsuz hiçbir öğrencilik olmaz.

S: Bir öğretmen olmaya karar vermenize ne neden oldu?

M: Öyle adlandırılarak bir öğretmen yapıldım. Ben kim oluyorum öğretecek; ve kime öğreteceğim? Ben neysem siz o'sunuz ve siz neyseniz ben o'yum. "Ben'im" hepimiz için ortaktır, birdir; "Ben'im"in ötesinde ışığın ve sevginin enginliği vardır. Onu görmüyorsunuz, çünkü başka tarafa bakıyorsunuz; ben sadece gökyüzünü işaret edebilirim, yıldızları görmek sizin işinizdir. Bazıları yıldızları görmeden önce daha fazla oyalanır, bazıları ise daha az; bu onların görüşlerinin berraklığına ve arayışlarının samimiyetine bağlıdır. Onlar bu iki şeye sahip olmalıdırlar, ben sadece teşvik edebilirim.

S: Bir öğrenci olduğumda benden ne yapmam beklenir?

M: Her öğretmenin kendi yöntemi vardır ve bu genellikle onun kendi Gurusu'nun öğretilerine ve kendisinin kendini idrak etme yoluna ve kendi terminolojisine göre oluşturulmuştur. O çerçeve içinde, öğrencinin kişiliğine ayarlamalar yapılır. Öğrenciye tam bir düşünce ve araştırma özgürlüğü verilir ve o kendi kalbinin içeriğini sorgulamaya teşvik edilir. O Gurusu'nun konumundan ve yetkinliğinden kesinlikle emin olmalıdır, aksi takdirde, onun inancı mutlak ve eylemi tam olmayacaktır. Sizi sizin ötenizdeki mutlağa götüren şey kendi içinizdeki mutlaktır; mutlak gerçek, sevgi, diğerkâmlık kendini-idrakte belirleyici etkenlerdir. Ciddiyet ve samimiyetle bunlara erişilebilir.

S: Anladığıma göre insanın bir öğrenci olması için ailesinden, malından ve mülkünden vazgeçmesi gerekir.

M: Bu Guru'ya göre değişir. Bazıları olgun öğrencilerinin münzeviler ve zahitler olmalarını beklerler; bazıları ise aile hayatını ve görevlerini teşvik ederler. Çoğu, örnek bir aile hayatının vazgeçiş ve terkten daha zor olduğu ve olgun, dengeli bir kişilik için daha uygun olduğu görüşündedir. Erken aşamalarda manastır hayatının disiplini tavsiye edilebilir. Bu nedenle, Hindu kültüründe, öğrencilerin -onlara evlilik hayatının zorluklarını ve ayartmalarını göğüsleyebilecekleri bir karakter oluşturma şansı vermek için- yirmi beş yaşına kadar keşişler gibi, yani yoksulluk, cinsel perhiz ve itaat içinde yaşamaları beklenir

S: Bu odadaki insanlar kimlerdir? Öğrencileriniz mi?

M: Onlara sorun. İnsan sözel düzeyde değil, varlığının sessiz derinliklerinde bir öğrenci olur. Siz kendi seçiminizle bir öğrenci olmazsınız; o kişisel iradeden çok, bir kader meselesidir. Öğretmenin kim olduğu çok önemli değildir, onların hepsi sizin iyiliğinizi ister. Önemli olan öğrencidir, onun dürüstlüğü, ciddiyeti ve samimiyetidir. Doğru öğrenci daima doğru öğretmeni bulacaktır.

S: Yetkin ve sevecen bir öğretmenin gözetiminde gerçeği aramaya adanmış bir hayatın güzelliğini görebiliyor ve kutsanmışlığını hissedebiliyorum. Ne yazık ki, İngiltere'ye geri dönmek zorundayız.

M: Mesafe önemli değildir. Eğer arzunuz güçlü ve gerçekse, o hayatınızı kendini gerçekleştirme yönünde şekillendirecektir. Tohumu ekin ve işi mevsimlere bırakın.

S: Spiritüel hayatta ilerlemenin işaretleri nelerdir?

M: Endişeden kurtulmuşluk, bir rahatlık ve sevinç duygusu, içte derin bir huzur ve dışta bol enerji.

S: Bunu nasıl elde ettiniz?

M: Hepsini Gurum'un kutsal huzurunda buldum, kendi başıma hiçbir şey yapmadım. O bana sessiz olmamı söyledi, ben de elimden geldiği kadar öyle yaptım.

S: Sizin mevcudiyetiniz de onunki kadar güçlü mü?

M: Bunu nasıl bilebilirim? Benim için onunki tek mevcudiyet. Eğer siz benimleyseniz, onunlasınızdır.

S: Her Guru beni kendi Gurusu'na havale ediyor. Başlangıç noktası neresi?

M: Evrende aydınlanma ve özgürleşme için çalışan bir güç vardır. Biz ona *Sadashiva* deriz, o her zaman insanların kalbinde bulunur. O birleştirici etkendir. Birlik özgürleştirir. Özgürlük birleştirir. Sonuçta hiçbir şey benim ya da sizin değildir, her şey bizimdir. Sadece kendinizle bir olun, o zaman her şeyle bir olacaksınız, tüm evren yuvanız olacak.

S: Tüm bunların sadece "Ben'im" duygusu üzerinde durmakla geleceğini mi söylemek istiyorsunuz?

M: Kesin olan basit olandır, karmaşık olan değil. Her nedense, insanlar basit, kolay ve her zaman mevcut olana güvenmezler. Söylediklerimi neden dürüstçe denemiyorsunuz? O çok küçük ve önemsiz gibi görünebilir, ama o büyüyerek görkemli bir ağaç olacak bir tohum gibidir. Kendinize bir şans verin!

S: Birçok insanın burada sessizce oturduğunu görüyorum. Onlar ne için geldiler?

M: Kendileriyle buluşmak için. Evlerinde dünya onlarla çok fazla beraberdir. Burada hiçbir şey onları rahatsız etmez; günlük tasalarından, dertlerinden biraz uzaklaşıp, kendi içlerinde esas olanla temasa geçme şansı bulurlar.

S: Öz-farkındalık eğitimi nasıl yürütülür?

M: Eğitime ihtiyaç yoktur. Farkındalık daima sizinledir. Dışa yönelttiğiniz dikkati içe döndürün. Yeni veya özel bir farkındalık biçimi gerekmez.

S: İnsanlara kişisel olarak yardım eder misiniz?

M: İnsanlar sorunlarından söz etmek için gelirler. Görünüşe göre bir yardım alıyorlar, yoksa gelmezlerdi.

S: Her arandığınız zaman hazır bulunur musunuz, yoksa yapacağınız başka işiniz var mı?

M: Her zaman hazırım.

S: Anlıyorum ki hiçbir iş spiritüel öğretmenlik işinden daha önemli değildir.

M: Güdü en yüksek önemi taşır.

90
Kendi Benliğinize Teslim Olun

Soran: Ben Birleşik Devletler'de doğdum ve son on dört ayı Sri Ramana Aşramı'nda geçirdim; şimdi annemin beni beklediği Birleşik Devletler'e geri dönüyorum.
Maharaj: Plânlarınız nedir?
S: Bir hemşirelik ehliyeti alabilirim ya da evlenip çocuk sahibi olabilirim.
M: Evlenmek istemenizin nedeni nedir?
S: Spiritüel bir yuva sağlamak, düşünebildiğim en yüksek sosyal hizmet şeklidir. Ama elbette hayat başka türlü de şekillenebilir. Her ne gelirse ben hazırım.
M: Sri Ramana Aşramı'nda bu on dört ayda size ne verdiler? Buraya geldiğiniz zamanki halinizden hangi bakımdan farklısınız?
S: Artık korkmuyorum. Biraz huzur buldum.
M: Bu ne tür bir huzur? İstediğinize sahip olmanın huzuru mu, yoksa sahip olmadığınızı istememenin huzuru mu?
S: Her ikisinden de biraz, sanırım. Bu hiç kolay değildi. Aşramın çok huzur dolu bir yer olmasına karşın, içsel olarak azap içindeydim.
M: İç ve dış arasındaki ayrımın sadece zihinde olduğunu idrak ettiğinizde, artık korkmazsınız.
S: Bende bu idrak gelip gidiyor. Henüz mutlak tamlığın değişmezliğine erişemedim.
M: Eh, buna inandığınız sürece, *sadhananız*'a devam etmelisiniz; tamam olmadığınız yanlış fikrinden kurtuluncaya kadar. *Sadhana* üste eklenmiş olanları kaldırır. Siz kendinizi uzay ve zamanda bir noktadan daha küçük olarak, kesilemeyecek kadar küçük ve öldürülemeyecek kadar kısa ömürlü olarak idrak ettiğinizde, ancak o zaman tüm korku gider. Siz bir iğne ucun-

dan daha küçükseniz, iğne sizi delemez, siz iğneyi delebilirsiniz!

S: Evet, bazen öyle, yenilmez hissediyorum. Korkusuz olmaktan da öte, korkusuzluğun ta kendisi oluyorum.

M: Sizin aşrama gitmenize ne neden oldu?

S: Mutsuz bir aşk ilişkim oldu ve çok ıstırap çektim. Ne içki, ne uyuşturucular bana yardım edebildi. Körü körüne araştırırken, bazı *Yoga* kitaplarıyla karşılaştım. Kitaptan kitaba, ipucundan ipucuna derken, Ramana Aşramı'na geldim.

M: Şimdiki zihin halinizi dikkate aldığınızda, aynı trajedi tekrar başınıza gelseydi, önceki kadar çok ıstırap çeker miydiniz?

S: Hayır, tekrar ıstırap çekmeme izin vermezdim. Kendimi öldürürdüm.

M: Demek ölmekten korkmuyorsunuz!

S: Ölümün kendisinden değil, ama ölmekten korkuyorum. Ölüm sürecinin acı verici ve çirkin olduğunu düşünüyorum.

M: Nereden biliyorsunuz? Öyle olması gerekmez. O güzel ve huzurlu olabilir. Ölümün sizin değil, bedeninizin başına geldiğini bir kez bildiğinizde, bedeninizin çıkarılıp atılan bir giysi gibi düşüşünü izlersiniz.

S: Benim ölüm korkumun bilgiden değil, evhamdan kaynaklandığının tamamen farkındayım.

M: İnsanlar her saniye ölüyorlar, ölmenin korkusu ve azabı dünyanın üzerinde bir bulut gibi asılı duruyor. Sizin de korkmanızda şaşılacak bir şey yok. Ama sadece bedenin öldüğünü, belleğin sürekliliğinin ve onda yansıyan "Ben'im" duygusunun ölmediğini bir kez bildiğinizde, artık korkmazsınız.

S: Eh, ölelim de görelim.

M: Dikkat edin, göreceksiniz ki doğum ve ölüm birdir, hayat olmak ile olmamak arasında nabız gibi atar ve her biri tamam olmak için diğerine muhtaçtır. Siz ölmek için doğdunuz ve yeniden doğmak için öleceksiniz.

S: Bağsızlık, tarafsızlık bu süreci durdurmaz mı?

M: Bağsızlıkla korku gider, olgu değil.

S: Yeniden doğmaya zorlanacak mıyım? Ne kadar korkunç!

M: Zorlanma yoktur. İstediğiniz şeyi elde edersiniz. Kendi plânlarınızı kendiniz yapar ve onları gerçekleştirirsiniz.

S: Kendi kendimizi ıstırap çekmeye mahkûm eder miyiz?

M: Biz araştırma ve inceleme yoluyla büyürüz ve inceleme yapmak için deneyime ihtiyacımız vardır. Anlamamış olduğumuz şeyi tekrarlama eğilimi gösteririz. Eğer duyarlı ve zeki isek, ıstırap çekmemiz gerekmez. Acı dikkate davettir ve dikkatsizliğin cezasıdır. Zeki ve şefkatli eylem tek çaredir.

S: Zekâm geliştiği içindir ki yeniden ıstırap çekmeye katlanamam. İntiharda ne yanlışlık var?

M: Hiçbir yanlışlık yoktur, eğer sorunu çözerse. Eğer çözmezse ne olacak? Dış etkenlerin neden olduğu ıstırap -acı verici ve tedavi edilemez bir hastalık ya da dayanılmaz bir felâket- bir ölçüde haklı bir mazeret olabilirse de, bilgeliğin ve şefkatin olmadığı yerde intihar yardımcı olamaz. Aptalca bir ölüm yeniden doğan aptallık anlamına gelir. Ayrıca, dikkate alınması gereken *karma* sorunu vardır. Sabretmek ve dayanmak genellikle en bilgece yoldur.

S: İnsan -ne kadar had safhada ve umutsuz olsa da- ıstıraba katlanmalı mı?

M: Sabır ve dayanıklılık bir şeydir, çaresiz azap bir başka şeydir. Sabretmek, dayanmak anlamlı ve yararlıdır, azap ise yararsızdır.

S: *Karma* konusunda neden tasalanalım? O nasılsa kendi çaresine bakar.

M: *Karmamız*'ın çoğu kolektiftir. Biz başkalarının günahlarından dolayı ıstırap çekeriz, başkaları da bizim günahlarımızdan dolayı ıstırap çekerler. İnsanlık birdir. Bu olguyu bilmemek onu değiştirmez. Eğer başkalarının ıstıraplarına karşı umursamaz olmasaydık, çok daha mutlu insanlar olabilirdik.

S: Kendimi daha duyarlı hale gelmiş buluyorum.

M: İyi. Bunu söylerken zihninizdeki nedir? Bir kadın bedeni içinde duyarlı bir kişi mi?

S: Bir beden var, şefkat var, bellek var ve tutumlar var; kolektif olarak bunlara bir kişi denilebilir.

M: "Ben'im" fikri de dahil mi?

S: "Ben'im," bir kişiyi oluşturan birçok şeyi içeren bir sepet gibidir.

M: Ya da o daha çok, sepetin örüldüğü söğüttür. Kendinizi bir kadın olarak düşündüğünüzde, bir kadın olduğunuzu mu, yoksa bedeninizin bir dişi olarak tanımlandığını mı kastediyorsunuz?

S: O benim ruh halime göre değişir. Bazen kendimi sadece bir farkındalık merkezi olarak hissederim.

M: Ya da bir farkındalık okyanusu. Ama ne kadın, ne erkek olduğunuz, durumların ve koşulların neden olmadığı ve rastlantısal olmayan anlar var mı?

S: Evet, var, ama onlardan söz etmekten çekiniyorum.

M: Sadece bir ima yeter. Daha fazla söylemek zorunda değilsiniz.

S: Huzurunuzda sigara içmeme izin var mı? Biliyorum, bir bilgenin huzurunda sigara içmek adet değildir.

M: Elbette içebilirsiniz, kimse aldırmayacaktır.

S: Biraz sakinleşmeye ihtiyacım var.

M: Bu Amerikalılar ve Avrupalılar için çoğu zaman böyledir. Onlar uzun bir *sadhana*'dan sonra enerjiyle dolar ve bir boşalma yolu ararlar. Onlar cemaatler kurarlar, *Yoga* öğretmeni olurlar, evlenirler, kitap yazarlar; tükenmez gücün kaynağını bulma ve onu kontrol altında tutma sanatını öğrenmek için sessiz kalıp enerjilerini içe döndürmenin dışında her şeyi yaparlar.

S: Şimdi geri dönüp çok aktif bir hayat yaşamak istediğimi kabul ediyorum, çünkü kendimi enerji dolu hissediyorum.

M: Kendinizi beden ve zihin olarak kabul etmediğiniz sürece, istediğinizi yapabilirsiniz. Bu, bedeni ve onunla birlikte olan her şeyi fiilen bırakmaktan çok, sizin beden olmadığınızı berrak bir şekilde anlamanız meselesi ve bir uzak kalma ve duygusal olarak katılmama halidir.

S: Ne demek istediğinizi biliyorum. Dört yıl kadar önce, fiziksel dünyayı reddetme döneminden geçtim; kendime giysiler almıyor, en basit yiyecekleri yiyor, döşeme tahtası üstünde yatıyordum. Önemli olan yoksunlukları kabullenmektir, yoksa fiilen rahatsız bir biçimde yaşamak değil. Şimdi hayatı geldiği gibi hoş karşılamanın ve onun sunduğu her şeyi sevmenin en iyisi olduğunu idrak ettim. Her ne gelirse onu hoşnut bir kalple kabullenecek ve ondan en iyi şekilde yararlanacağım. Eğer birkaç çocuğa hayat ve doğru bir kültür vermekten daha fazla bir şey yapamazsam da, bu da yeterince iyi bir şeydir; kalbim tüm çocuklar için sevgiyle dolu, ama hepsine yetişemem.

M: Siz erkek-kadın farkındalığına sahipseniz, evlenir ve anne olursunuz. Kendinizi bir beden olarak kabul etmediğinizde ise, bedenin aile hayatı, ne kadar yoğun ve ilginç olursa olsun, sadece zihin ekranında oynanan bir oyun olarak görülür ve farkındalık ışığı oradaki tek gerçektir.

S: Tek gerçek-olanın farkındalık olduğunda neden ısrar ediyorsunuz? Farkındalığın nesnesi de, devam ettiği sürece o kadar gerçek değil midir?

M: Ama o devam etmez! Anlık gerçek zamansız (ebedi) olana bağlıdır.

S: Sürekli mi, yoksa kalıcı mı demek istiyorsunuz?

M: Varoluşta süreklilik olamaz. Süreklilik, geçmiş, şimdi ve gelecekte kimlik aynılığını gerektirir. Böyle bir aynılık mümkün değildir, çünkü tanımlama vasıtası durmadan değişir. Süreklilik, kalıcılık belleğin yarattığı illüzyonlardır; bir kalıbın olamayacağı yerde bir kalıbın zihinsel projeksiyonlarıdır. Tüm geçicilik-kalıcılık, beden-zihin, kadın-erkek fikirlerini terk ettiğinizde, geriye ne kalır? Tüm ayrılıktan vazgeçildiğinde sizin zihin haliniz nedir? Ben farklılıklardan vazgeçilmesini kastetmiyorum, çünkü onlarsız bir tezahür olmaz.

S: Ayırmadığım zaman mutlu ve huzurluyum. Ama her nasılsa tekrar tekrar yönümü kaybediyor ve mutluluğu dışsal şeylerde aramaya başlıyorum. İç huzurum neden kalıcı değil, anlayamıyorum.

M: Huzur da sonuçta zihnin bir durumudur.

S: Zihnin ötesinde sessizlik var. Ve onun hakkında söylenecek bir şey yok.

M: Evet, sessizlik hakkındaki tüm konuşma sadece gürültüdür.

S: Kendi doğal mutluluğumuzu tattıktan sonra bile neden hâlâ dünyevi mutluluğu arıyoruz?

M: Zihin bedene hizmet etmekle meşgulken, mutluluk kaybolur. Onu yeniden kazanmak için, zihin zevk aramaya başlar. Mutlu olma dürtüsü doğrudur, ama onu sağlama araçları yanıltıcıdır, güvenilmezdir ve gerçek mutluluğu yıkıcıdır.

S: Zevk her zaman yanlış mıdır?

M: Bedenin ve zihnin doğru hali ve doğru kullanımı yoğun biçimde zevk vericidir. Yanlış olan, zevk arayışıdır. Kendinizi mutlu etmeye çalışmayın, onun yerine mutluluk arayışınızı sorgulayın. Siz mutlu olmadığınız için mutlu olmak istiyorsunuz. Neden mutsuz olduğunuzu bulun. Siz mutlu olmadığınız için, mutluluğu zevkte ararsınız; zevk acı getirir, bunun için de ona dünyevi dersiniz; sonra, acısız olan ve tanrısal dediğiniz başka bir zevki ararsınız. Gerçekte, zevk acının geçici olarak ertelenmesidir. Mutluluk hem dünyevidir hem dünyevi olmayandır, vuku bulan her şeyin içinde ve ötesindedir. Ayrım yapmayın, ayrılamaz olanı ayırmayın ve kendinizi hayata yabancılaştırmayın.

S: Şimdi sizi çok iyi anlıyorum! Ramana Aşramı'nda kalışımdan önce vicdanım bana eziyet ediyordu, daima kendimi yargılıyordum. Şimdi tamamen rahatladım, kendimi olduğum gibi kabul ediyorum. Birleşik Devletler'e döndüğümde, hayatı geldiği gibi, Bhagavan'ın (Ramana Maharishi) inayeti olarak kabul edeceğim ve acı olandan da tatlı olan kadar zevk alacağım. Aşramda öğrendiğim şeylerden biri de budur, yani Bhagavan'a güvenmektir. Daha önce böyle değildim. Güvenemezdim.

M: Bhagavan'a güvenmek kendinize güvenmektir. Her ne olursa, sizin tarafınızdan, sizin vasıtanızla size olduğunu, sizin algıladığınız her şeyin yaratıcısı, zevk alanı ve yok edicisi olduğunuzu fark ettiğinizde, korkmayacaksınız. Korkmadığınızda mutsuz da olmayacak ve mutluluğu aramayacaksınız.

Zihninizin aynasında her türlü görüntü belirir ve kaybolur. Onların tamamen kendi yaratımlarınız olduklarını bilerek, gelişlerini ve gidişlerini sessizce izleyin; uyanık olun, ama tedirgin olmayın. Bu sessiz gözlem tutumu *Yoga*'nın temelidir. Siz görüntüyü görürsünüz, ama görüntü değilsinizdir.

S: Ölüm düşüncesinin beni korkuttuğunu, çünkü yeniden doğmak istemediğimi görüyorum. Kimsenin beni yeniden doğmaya zorlamayacağını biliyorum, ama tatmin edilmemiş arzuların baskısı karşı konulmazdır ve ben direnemeyebilirim.

M: Direnme sorunu ortaya çıkmaz. Doğan ve yeniden doğan siz değilsiniz. Onun olmasına izin verin, onun oluşunu izleyin.

S: Öyleyse neden ilgilenelim?

M: Ama ilgileniyorsunuz! Ve görüntü sizin gerçek, sevgi ve güzellik duygunuzla çatıştığı sürece de ilgileneceksiniz. Uyum ve huzur arzusu kökünden sökülüp atılamaz. Ama o bir kez tatmin olduğunda, ilgi biter ve fiziksel hayat çabasız ve dikkat düzeyi altında yürür. O zaman bedende de doğmazsınız. Bedenlenmiş veya bedensiz olmak sizin için aynı şey olur. Size hiçbir şeyin olamayacağı bir noktaya erişirsiniz. Bedensiz olduğunuzdan, öldürülemezsiniz; sahibi olduğunuz hiçbir şey bulunmadığından, soyulamazsınız; zihniniz olmadığından, aldatılamazsınız. Bir arzunun ya da bir korkunun kanca atabileceği hiçbir nokta yoktur. Size hiçbir değişiklik olamayacağına göre, başka ne sorun kalır?

S: Nedense, ölme fikrinden hoşlanmıyorum.

M: Çünkü çok gençsiniz. Kendinizi daha çok bildikçe daha az korkarsınız. Elbette, can çekişme hoş bir manzara değildir, ama ölmekte olan insan nadiren bilinçlidir.

S: O bilince geri döner mi?

M: Bu uykuya çok benzer. Bir süre için, kişi dikkat odağı dışına çıkar, sonra geri döner.

S: Aynı kişi mi?

M: Kişi, koşulların yarattığı bir şey olduğundan, onlarla birlikte değişir; alevin yakıtla birlikte değişmesi gibi. Sadece süreç -zaman ve uzay yaratarak- hep devam eder.

S: Eh, Tanrı beni gözetecektir. Her şeyi O'na bırakabilirim.

M: Tanrı inancı bile yoldaki bir aşamadır. Sonunda hepsini terk edersiniz, çünkü öyle basit bir şeye varırsınız ki onu ifade edecek hiçbir sözcük yoktur.

S: Ben daha yeni başlıyorum. Başlangıçta hiçbir inancım yoktu; olayları oluruna bırakmaktan korkardım. Dünya bana çok tehlikeli ve düşmanca bir yer gibi görünürdü. Şimdi, hiç olmazsa Guru'ya ya da Tanrı'ya güvenmekten söz edebiliyorum. Bırakın, gelişeyim. Beni ileri doğru zorlamayın. Bırakın, kendi hızımla, kendi adımlarımla ilerleyeyim.

M: Elbette ilerleyin, ama ilerleyemiyorsunuz. Hâlâ kadın ve erkek, yaşlı ve genç, hayat ve ölüm fikirlerine saplanıp kalmışsınız. Devam edin, öteye geçin. Tanınan bir şey, aşılan bir şeydir.

S: Efendim, gittiğim her yerde insanlar bende hatalar bulmayı ve beni dürtüklemeyi görev ediniyorlar. Ben bu spiritüel servet edinme işinden bıktım usandım. Şimdiki anımda ne yanlışlık var ki, ne kadar muhteşem olursa olsun, bir geleceğe feda edilmesi gereksin? Siz gerçeğin şimdide olduğunu söylüyorsunuz. Ben onu istiyorum. Gelişim düzeyim ve onun geleceği hakkında sürekli olarak endişelenmek istemiyorum. Daha fazlasını ve daha iyisini kovalamak istemiyorum. Bırakın, sahip olduğum şeyi seveyim.

M: Çok haklısınız, öyle yapın. Sadece, dürüst olun, neyi seviyorsanız onu sevin, uğraşıp zorlanmayın.

S: Ben buna Guru'ya teslim olmak derim.

M: Niye dışlaştırıyorsunuz? Kendi benliğinize teslim olun ki her şey onun bir ifadesidir.

91

Zevk ve Mutluluk

Soran: Bir arkadaşıma, yirmi beş yaşındaki genç bir adama, tedavi edilemez bir kalp hastalığı çektiği söylenmiş. O bana, yavaş bir ölüm yerine intiharı tercih ettiğini yazdı. Ben de ona yazarak, Batı tıbbı tarafından tedavi edilemeyen bir hastalığın başka bir şekilde iyileştirilebileceğini söyledim. İnsan bedeninde neredeyse bir anda değişiklik yaratabilen *yogik* güçler var. Tekrarlanan orucun etkileri de neredeyse mucizeler yaratabiliyor. Arkadaşıma, ölmek için acele etmemesini, başka yaklaşımları da denemesini yazdım.

Bombay yakınlarında yaşayan ve bazı mucizevî güçlere sahip olan bir *Yogi* var. O, bedeni yöneten yaşam güçlerini kontrol etmekte uzmanlaşmış. Onun bazı öğrencileriyle tanıştım ve onlar aracılığıyla kendisine arkadaşımın mektubunu ve fotoğrafını gönderdim. Bakalım ne olacak?

Maharaj: Evet, mucizeler sık sık olur. Ama yaşama iradesinin de olması gerekir. Onsuz mucize olmaz.

S: Böyle bir arzu aşılanabilir mi?

M: Yüzeysel arzu aşılanabilir. Ama o aşınacaktır. Esasen, hiç kimse bir başkasını yaşamaya zorlayamaz. Ayrıca, intiharın kabul edildiği ve saygı gördüğü kültürler de vardır.

S: İnsanın doğal ömrünü yaşayarak tamamlama yükümlülüğü yok mudur?

M: Doğal, kendiliğinden, kolay, evet. Ama hastalık ve ıstırap doğal değildir. Her ne gelirse ona sarsılmadan dayanmakta asil bir erdem vardır, ama anlamsız işkenceyi ve aşağılanmayı reddetmekte de asalet vardır.

S: Bana bir *siddha* tarafından yazılmış olan bir kitap verildi. *Siddha* bu kitapta birçok garip, hatta şaşırtıcı deneyimini anlatıyor. Ona göre, gerçek bir *sadhaka*'nın yolu, onun Gurusu'nu bulması ve ona bedeni, zihni ve kalbiyle teslim olmasıyla sona erer. Ondan sonra Guru idareyi ele alır ve öğrencinin hayatındaki en küçük olaydan bile sorumlu olur, ta ki ikisi bir olana dek. Buna özdeşleşme yoluyla kendini idrak etme denebilir. Öğrenci, kontrol edemediği ve direnemediği bir güç tarafından ele geçirilir ve kendisini fırtınadaki bir yaprak gibi çaresiz hisseder. Onu delirmekten ve ölümden koruyan tek şey, Gurusu'nun sevgisine ve gücüne olan inancıdır.

M: Her öğretmen kendi deneyimine göre öğretir. Deneyim inanç tarafından şekillendirilir ve inanç deneyim tarafından şekillendirilir. Guru bile öğrenci tarafından, kendi imajına göre şekillendirilir. Guru'yu yücelten öğrencidir. Bir kez Guru, hem içten hem dıştan çalışan özgürleştirici bir gücün temsilcisi olarak görüldüğünde, samimi teslimiyet doğal ve kolay hale gelir. Tıpkı acı içinde kıvranan bir adamın kendisini bir cerrahın ellerine bırakması gibi, öğrenci de kendisini hiç tereddüt etmeden Gurusu'na emanet eder. Had safhada bir ihtiyaç hissedildiğinde yardım aramak çok doğaldır. Ama Guru ne kadar güçlü olursa olsan, kendi iradesini öğrencisine empoze etmemelidir. Öte yandan, güvenmeyen ve tereddüt eden bir öğrenci doyumsuz kalmaya mahkûmdur ve bunda Guru'nun bir kusuru yoktur.

S: O zaman ne olur?

M: Her şeyin başarısız olduğu yerde, hayat öğretir. Ama hayatın derslerinin gelmesi uzun bir zaman alır. Güvenme ve itaat etmeyle epey gecikme ve sıkıntı önlenir. Ama böyle bir güven ancak kayıtsızlık ve huzursuzluk yerini berraklığa ve huzura bıraktığında gelebilir. Kendini küçük gören bir insan ne kendine ne de başkasına güvenebilir. Bu nedenle, başlangıçta öğretmen, öğrencisine yüce kökeni, asil doğası ve muhteşem kaderi konusunda güvence vermek için elinden geleni yapar. Ona, kendisinin ve bazı ermişlerin deneyimlerini anlatarak, öğrencinin kendisi ve sonsuz olanaklarıyla ilgili güven aşılar. Özgüven ve öğretmene itimat bir araya geldiğinde, öğrencinin karakterinde ve hayatında hızlı ve geniş kapsamlı değişimler meydana gelir.

S: Ben değişmek istemeyebilirim. Hayatım olduğu haliyle yeterince iyidir.

M: Böyle söylüyorsunuz, çünkü yaşadığınız hayatın ne kadar acı verici olduğunu görmediniz. Siz ağzında bir lolipopla uyuyan bir çocuk gibisiniz. Tamamen ben-merkezci olarak kendinizi bir an için mutlu hissedebilirsiniz, ama ıstırabın evrenselliğini algılamak için insanların yüzlerine iyice bakmak yeter. Kendi mutluluğunuz bile çok savunmasız ve kısa ömürlüdür, bir banka iflasının ya da bir mide ülserinin insafına kalmıştır. Bu mutluluk, iki keder arasında bir anlık soluk almadır, sadece bir aralıktır. Gerçek mutluluk incinmeye açık değildir, çünkü koşullara bağlı değildir.

S: Siz kendi deneyiminizden mi konuşuyorsunuz? Siz de mutsuz musunuz?

M: Benim kişisel hiçbir sorunum yoktur. Ama dünya hayatı korku ile arzu arasında sıkışmış insanlarla doludur. Siz mutlu olduğunuzu söylüyorsunuz. Gerçekten mutlu musunuz, yoksa kendinizi mutlu olduğunuza inandırmaya mı çalışıyorsunuz? Kendinize korkusuzca baktığınızda, mutluluğunuzun koşullara ve durumlara bağlı olduğunu, dolayısıyla gerçek değil, geçici olduğunu göreceksiniz. Gerçek mutluluk içten gelir.

S: Sizin mutluluğunuzun bana ne yararı var?

M: Siz sadece istemekle onun tümüne ve daha da fazlasına sahip olabilirsiniz. Ama istemiyorsunuz; ister görünmüyorsunuz.

S: Neden böyle söylüyorsunuz? Elbette mutlu olmak istiyorum.
M: Siz zevklerle tatmin oluyorsunuz. Mutluluğa yer yok. Kabınızı boşaltın ve temizleyin. O başka türlü doldurulamaz. Başkaları size zevk verebilir, ama asla mutluluk veremezler.
S: Zevk verici bir olaylar dizisi pekâlâ yeterlidir.
M: Çok geçmeden o, felâketle olmasa bile, acıyla sona erer. *Yoga*, kalıcı mutluluğu içte aramaktan başka nedir ki?
S: Siz sadece Doğu için konuşabilirsiniz. Batı'da koşullar farklıdır ve sizin söylediğiniz orada geçerli değildir.
M: Keder ve korku söz konusu olduğunda onun Doğu'su Batı' sı olmaz. Sorun evrenseldir: Istırap ve ıstırabın son bulması. Istırabın nedeni bağımlılık, çaresi bağımsızlıktır. *Yoga*, kendini-anlama yoluyla kendini özgürleştirme bilimi ve sanatıdır.
S: *Yoga* için uygun olduğumu düşünmüyorum.
M: Başka ne için uygunsunuz? Tüm gidiş gelişiniz, zevk arayışınız, sevişiniz ve nefret edişiniz sizin kendi koyduğunuz ya da kabullendiğiniz sınırlamalara karşı mücadele ettiğinizi gösteriyor. Cehaletiniz içinde hatalar yapıyor, kendinize ve başkalarına acı veriyorsunuz, ama o dürtüyü hissedersiniz ve onu yadsıyamazsınız. Doğumu, mutluluğu ve ölümü aratan aynı dürtü, anlayışı ve özgürleşmeyi de aratacaktır. O bir gemi pamuk yükü içindeki bir kıvılcım gibidir. Ondan habersiz olabilirsiniz, ama er ya da geç gemi alevler içinde kalacaktır. Özgürleşme doğal bir süreçtir ve sonuçta, kaçınılmazdır. Ama onu şimdiye getirmek sizin gücünüz dahilindedir.
S: Öyleyse dünyada neden bu kadar az sayıda özgürleşmiş insan var?
M: Bir ormanda, belli bir zamanda, ağaçların bazıları tam çiçek açmış olurlar, ama hepsinin sırası gelecektir.

Er ya da geç, sizin fiziksel ve zihinsel kaynaklarınız tükenecektir. O zaman ne yapacaksınız? Umutsuzluğa mı düşeceksiniz? Tamam, umutsuzluğa düşün. Ama sonra, umutsuzluktan bıkıp, sorgulamaya başlayacaksınız. İşte o zaman bilinçli

Yoga için uygun olacaksınız.

S: Tüm bu arayışı ve tefekkürü hiç doğal bulmuyorum.

M: Sizinki doğuştan sakat olan birinin doğallığıdır. Farkında olmayabilirsiniz, ama bu sizi normal yapmaz. Siz doğal ya da normal olmanın ne anlama geldiğini bilmiyorsunuz, bunu bilmediğinizi de bilmiyorsunuz.

Halen rastgele sürükleniyorsunuz, bu yüzden tehlikedesiniz, çünkü sürüklenen birinin başına her an her şey gelebilir. Uyanıp durumunuzu görmeniz daha iyi olurdu. Siz *var olduğunuzu* biliyorsunuz. Ne olduğunuzu ise bilmiyorsunuz. Ne olduğunuzu bulun.

S: Dünyada neden bu kadar çok ıstırap var?

M: Bencillik ıstırabın nedenidir. Başka bir neden yoktur.

S: Anladığıma göre ıstırap sınırlılığın doğasında var.

M: Kederin nedeni, farklılıklar ve ayrımlar değildir. Çeşitlilik içinde birlik doğaldır ve iyidir. Ancak, ayrılıkçılık ve çıkarcılık dünyada gerçek ıstırabın ortaya çıkmasına neden olur.

92

"Ben Bedenim" Fikrinin Ötesine Geçin

Soran: Biz boş kovalamalar içinde koşuşturan hayvanlar gibiyiz ve bunun sonu hiç gelmeyecek gibi görünüyor. Bir çıkış yolu var mıdır?

Maharaj: Size, sizi döndürüp dolaştırıp yine başlangıç noktanıza geri getirecek olan birçok yol sunulacaktır. Önce sizin sorununuzun sadece uyanıklık halinizde mevcut olduğunu, ne kadar acı verici olursa olsun, uykuya daldığınızda onu tamamen unutabildiğinizi idrak edin. Uyanıkken bilinçlisiniz; uyurken sadece canlısınız. Bilinci ve hayatı Tanrı olarak adlandırabilirsiniz; ama siz her ikisinin de ötesindesiniz, Tanrı'nın, olmanın ve olmamanın ötesindesiniz. Kendinizi her şey ve her şeyin ötesi olarak bilmenizi engelleyen şey, belleğe dayanan zihindir. Siz ona güvendiğiniz sürece, o sizin üzerinizde güce sahip olacaktır; onunla mücadele etmeyin, sadece ona aldırmayın. Dikkatten yoksun kaldığında o yavaşlayacak ve işleyiş mekanizmasını gözler önüne serecektir. Onun doğasını ve amacını bir kez anladığınızda ise, onun hayalî sorunlar yaratmasına izin vermeyeceksiniz.

S: Kuşkusuz, tüm sorunlar hayalî değildir. Gerçek sorunlar da vardır.

M: Zihnin yaratmadığı hangi sorunlar olabilir? Hayat ve ölüm sorunlar yaratmaz; acılar ve zevkler gelir ve gider, deneyimlenir ve unutulurlar. Sempatinin ve antipatinin renklendirdiği erişme ya da kaçınma sorunlarını yaratan bellek ve beklentidir. Gerçek ve sevgi insanın gerçek doğasıdır, zihin ve kalp onun ifade araçlarıdır.

S: Zihni nasıl kontrol altına almalı? Kalbe gelince, o ne istediğini bilmiyor.

M: Onlar karanlıkta çalışamazlar. Doğru biçimde işlev yapmak için saf farkındalığın ışığına ihtiyaçları vardır. Tüm kontrol çabası onları sadece belleğin diktasına tâbi kılacaktır. Bellek iyi bir hizmetkârdır, ama kötü bir efendidir. O, keşfi etkin bir biçimde engeller. Gerçekte çabaya yer yoktur. Bedenle özdeşleşmekten kaynaklanan bencillik esas sorundur ve tüm diğer sorunların nedenidir. Ve bencillik de çabayla değil, nedenleri ve sonuçları berrak bir içgörüyle görülerek ortadan kaldırılabilir. Çaba, bağdaşmayan arzular arasındaki çatışmanın işaretidir. Onlar oldukları gibi görülmelidir, ancak o zaman yok olurlar.

S: Ve geriye ne kalır?

M: Değişemez olan kalır. Büyük huzur, derin sessizlik, gerçeğin gizli güzelliği kalır. O sözlerle aktarılamaz, ancak sizin tarafınızdan deneyimlenebilir.

S: İnsanın kendini idrak etmesi için bu idrake uygun olması gerekmez mi? Bizim doğamız hayvanidir. O yenilmedikçe, biz gerçeğin doğmasını nasıl umut edebiliriz?

M: Hayvanı rahat bırakın. Siz sadece ne olduğunuzu anımsayın. Günün her olayını, tanık olarak siz olmadan, ne hayvanın ne de Tanrı'nın olacağını size hatırlatması için kullanın. Sizin her ikisi de olduğunuzu, tüm var olanın özü ve maddesi olduğunuzu anlayın ve bu anlayışta kalın.

S: Anlayış yeterli midir? Daha somut kanıtlara ihtiyacım yok mu?

M: Kanıtların geçerliliğine karar verecek olan sizin anlayışınızdır. Ama kendi varoluşunuzdan daha somut hangi kanıta ihtiyacınız vardır? Her nereye gitseniz, kendinizi bulursunuz. Zaman içinde ne kadar uzağa uzanırsanız uzanın, siz oradasınızdır.

S: Apaçık ki ben her yerde ve ebedi olan değilim. Ben sadece şimdi, buradayım.

M: Pekâlâ. "Burada" her yerdir ve "şimdi" her zamandır. "Ben bedenim" fikrinin ötesine geçin, göreceksiniz ki siz zamanın ve uzayın içinde değilsiniz, zaman ve uzay sizin içinizdedir. Bunu bir kez anladığınızda, kendini-idrakin önündeki esas engel kalkar.

S: Geçenlerde Bombay'da düzenlenen bir grup meditasyonuna katıldım ve katılan kişilerin taşkınlıklarına, kontrolsüz davranışlarına tanık oldum. İnsanlar neden bu tür davranışlara girerler?

M: Bunlar huzursuz bir zihnin, heyecan arayan insanlar için icat ettiği şeylerdir. Onların bazıları, bilinçaltının bastırılmış anıları ve özlemleri dışa vurmasına yardım ederek bir ölçüde rahatlama sağlayabilir. Ama sonuçta uygulamacıyı olduğu halde -ya da daha kötü bir halde- bırakırlar.

S: Geçenlerde, bir *Yogi*'nin kendi meditasyon deneyimleri üzerine yazdığı bir kitabı okudum. Bu deneyimler vizyonlar, sesler, renkler ve melodilerle doluydu; bu harika bir gösteri ve eğlenceydi! Sonunda hepsi giderek kayboldu ve geriye sadece tam bir korkusuzluk duygusu kaldı. Elbette, tüm bu deneyimlerden sağ salim geçen bir insanın herhangi bir şeyden korkmaması gerekir! Ama böyle bir kitabın bana ne yararı olacağını merak ediyordum.

M: O size ilgi çekici gelmediğine göre belki hiçbir yararı olmayacak. Başkaları etkilenebilirler. İnsanlar farklıdır. Ama hepsi kendi varoluşları olgusuyla yüz yüzedir. "Ben'im" nihai olgudur; "Ben kimim?" herkesin bir yanıt bulmak zorunda olduğu nihai sorudur.

S: Aynı yanıtı mı?

M: Farklı ifadeler içinde aynı özü. Her arayışçı kendine uygun bir yöntemi kabul ya da icat eder, onu belli bir samimiyet ve çabayla uygular, kendi mizacına ve beklentilerine göre sonuçlar alır, onları sözcüklerle ifade eder, bir sisteme dönüştürür, bir gelenek kurar ve başkalarını kendi "*Yoga* okulu"na kabul etmeye başlar. Bu tümüyle bellek ve imgeleme üzerine kurulur. Böyle okullar değersiz de değildir, vazgeçilmez de değil; her birinde insan bir noktaya kadar ilerleyebilir; o noktadan sonra daha da ilerleyebilmek için, tüm ilerleme arzusu terk edilmelidir. O zaman tüm okullar terk edilir, tüm çaba biter; yalnızlık ve karanlık içinde cehaleti ve korkuyu ebediyen sona erdiren büyük adım atılır.

Bununla birlikte, gerçek bir öğretmen öğrencisini saptanmış bir fikirler, hisler ve eylemler dizisi içine hapsetmeyecektir; tam tersine, o öğrencisine tüm fikirlerden ve yerleşik davranış kalıplarından kurtulması, daima uyanık, ciddi ve samimi olması, zevk almak ya da acı çekmek için değil, anlamak ve öğrenmek için, hayatın onu götürdüğü yere gitmesi gerektiğini sabırla gösterecektir.

Doğru bir öğretmenin gözetiminde öğrenci hatırlamayı ve

itaat etmeyi değil, öğrenmeyi öğrenir. *Satsang,* yani doğru ve bilge kişilerle beraberlik bir kalıba sokup şekillendirmez, özgürleştirir. Sizi bağımlı kılan her şeyden sakının. "Guru'ya teslimiyet" denen şey çoğu zaman düş kırıklığıyla, bazen de trajediyle sona erer. Neyse ki, ciddi ve samimi bir arayışçı kendisini vaktinde kurtarabilir ve o deneyimden daha bilgeleşmiş olarak çıkar.

S: Kuşkusuz, teslimiyetin bir değeri vardır.

M: Teslimiyet, insanın kendisiyle ilgili tüm kaygılarını teslim etmesidir. O uğraşarak gerçekleştirilemez, gerçek doğanızı idrak ettiğinizde o kendiliğinden olur. Sözel teslimiyet, ona his eşlik ettiğinde bile, çok az değer taşır ve stres altında bozulur. En fazla, o bir özlemi gösterir, fiili bir olguyu değil.

S: RigVeda'da, *pragna* ile *Prana*'nın evliliğinden oluşan *adhi yoga*'dan, yani *İlk Yoga'dan* söz edilir ki, anladığım kadarıyla, o bilgelik ile hayatın bir araya getirilmesi anlamına gelir. Onun ayrıca *Dharma* ve *Karma'*nın, yani doğruluk ve eylemin birliği anlamına da geldiğini söyleyebilir misiniz?

M: Eğer doğruluktan insanın gerçek doğasıyla uyumunu, eylemden de bencil olmayan ve arzudan arınmış eylemi kastediyorsanız, evet.

Adhi Yoga'da hayatın kendisi Guru'dur ve zihin de öğrencidir. Zihin hayata hükmetmez, hizmet eder. Hayat doğal ve çabasız bir biçimde akar ve zihin onun düzgün akışı önündeki engelleri kaldırır.

S: Hayat doğası gereği tekrarlayıcı değil midir? Hayatı takip etmek durağanlığa götürmez mi?

M: Kendi başına hayat son derece yaratıcıdır. Bir tohum, zaman içinde bir orman haline gelir. Zihin bir ormancı gibidir, varoluşun muazzam yaşam dürtüsünü korur ve düzenler.

S: Zihnin hayata hizmeti olarak görüldüğünde *adhi yoga* mükemmel bir demokrasidir. Herkes kendi azami kapasitesi ve bilgisi ölçüsünde bir hayat yaşar ve aynı Guru'nun öğrencisidir.

M: O potansiyel olarak böyle olabilir. Ama hayata sevgi ve güven duyulmadıkça, onun akışına şevkle ve zevkle uyulmadıkça, bilinçte bir hareket ve eylemde farkındalık olan *Yoga*'dan söz etmek gerçekçi olmaz.

S: Bir keresinde, bir dağdan çıkan bir derenin kaya parçaları arasından akışını izlemiştim. Her kayanın çevresinde suyun oluşturduğu gürültü ve karışıklık kayanın şekline ve büyüklüğüne göre değişiyordu. Bunun gibi, hayat bir ve sonsuz olduğu halde, her bir kişi bir beden çevresinde oluşan bir karışıklık değil midir?

M: Karışıklık ve su ayrı değildir. Sizin suyun farkına varmanızı sağlayan şey o karışıklıktır. Bilinç daima hareketle, değişimle ilgilidir. Değişmeyen bilinç diye bir şey olamaz. Değişmezlik bilinci hemen silip yok eder. Dışsal veya içsel duyumlardan yoksun kalan bir insan bomboş olur ya da bilincin ve bilinçdışının ötesine, doğumsuz ve ölümsüz hal içine girer. Ancak ruh (spirit) ve madde bir araya geldiğinde bilinç doğar.

S: Onlar (ruh ve madde) bir mi, iki midir?

M: Bu sizin kullandığınız sözcüklere bağlıdır: Onlar birdir ya da ikidir veya üçtür. İnceleme ile üç iki olur ve iki bir olur. Yüz-ayna-görüntü benzetmesini alın. Onlardan herhangi ikisi, ikisini birleştiren üçüncüyü gerektirir. *Sadhana*'da siz üçü iki olarak görürsünüz, ta ki ikinin bir olduğunu idrak edene dek. Dikkatinizi dünyaya verdiğiniz sürece kendinizi bilemezsiniz: Kendinizi bilmek için, dikkatinizi dünyadan ayırıp içinize yöneltmelisiniz.

S: Ben dünyayı yok edemem.

M: Buna gerek yok. Sadece gördüğünüzün var olan olmadığını anlayın. Görünüşler incelendiklerinde dağılıp yok olurlar ve altta yatan gerçek yüzeye çıkar. Bir evden çıkmak için onu yakmanız gerekmez. Sadece evden dışarı çıkarsınız. Ancak özgürce girip çıkamadığınız zaman ev bir hapishane haline gelir. Ben bilince kolayca ve doğal bir biçimde girer ve çıkarım, dolayısıyla benim için dünya bir hapishane değil, bir yuvadır.

S: Ama sonuçta, bir dünya var mıdır, yok mudur?

M: Gördüğünüz sizin benliğinizden başka bir şey değildir. Ona istediğiniz adı verin, bu olguyu değiştirmez. Kaderin filmi içinden geçen sizin kendi ışığınız perdede görüntüler oluşturur. Siz seyircisiniz, ışıksınız, filmsiniz ve perdesiniz. Kader *(prarabdha)* filmi bile kendi seçtiğiniz ve yüklendiğinizdir. Ruh bir sporcudur ve engelleri aşmaktan zevk alır. Görev ne kadar zor olursa, onun kendini idraki de o kadar derin ve engin olur.

93

İnsan Yapan Değildir

Soran: Hayatımın başlangıcından beri bir eksiklik duygusu beni kovaladı. Okuldan üniversiteye, çalışma hayatına, evliliğe ve zenginliğe kadar, hep sonraki şeyin bana huzur getireceğini hayal ettim, ama bir türlü huzura kavuşamadım. Yıllar geçtikçe de bu doyumsuzluk duygusu büyümeye devam ediyor.

Maharaj: Beden ve bedenle özdeşlik duygusu var olduğu sürece, düş kırıklığı kaçınılmazdır. Ancak kendinizi bedene tamamen yabancı ve ondan farklı bildiğinizde, "ben bedenim" fikrinden ayrılamaz korku ve şiddetli arzu karışımından bir kurtuluş soluğu alabilirsiniz. Yalnızca korkuları yatıştırmak ve arzuları tatmin etmek, kaçmaya çalıştığınız bu boşluk duygusunu yok etmeyecektir; sadece benlik-bilgisi size yardımcı olabilir. Benlik-bilgisi ile ne olmadığınızın tam bilgisini kastediyorum. Böyle bir bilgiye erişilebilir ve o nihaidir; ama ne olduğunuzu keşfetmenin bir sonu olamaz. Ne kadar çok keşfederseniz, keşfedilecek o kadar çok şey kalır.

S: Bunun için biz farklı ebeveynlere ve okullara sahip olmalıyız, farklı bir toplumda yaşamalıyız.

M: Siz koşullarınızı değiştiremezsiniz, ama tutumlarınızı değiştirebilirsiniz. Esas-olmayan şeylere bağlı olmayın. Sadece gerekli olan iyidir. Sadece esas-olanda huzur vardır.

S: Ben huzur değil, gerçeği arıyorum.

M: Siz huzurlu olmadıkça gerçeği göremezsiniz. Sessiz ve sakin bir zihin doğru algı için şarttır ki doğru algı da kendini-idrak için gereklidir.

S: Yapılacak çok işim var. Zihnimi sakin tutmam mümkün değil.

M: Bu sizin yapan olduğunuz illüzyonundan kaynaklanıyor. Gerçekte bir şeyler size yapılır, sizin tarafınızdan değil.

S: Eğer her şeyi oluruna bırakırsam, onların benim istediğim gibi olacaklarından nasıl emin olabilirim? Kuşkusuz, onları arzu ettiğim gibi yönlendirmeliyim.

M: Arzunuz ve onun yerine gelmesi ya da gelmemesi de size vaki olur. Siz ikisini de değiştiremezsiniz. Siz çabaladığınıza, uğraştığınıza, mücadele ettiğinize inanabilirsiniz. Ama her şey, çalışmanızın sonuçları da dahil olmak üzere, sadece vaki olur. Hiçbir şey sizin tarafınızdan ve sizin için yapılmaz. Her şey sinema perdesine yansıtılan filmde yer alır; kendiniz olarak kabul ettiğiniz kişi de dahil olmak üzere, hiçbir şey ışıkta değildir. Siz ise sadece ışıksınız.

S: Eğer ben sadece ışıksam, nasıl oldu da bunu unuttum?

M: Unutmadınız. Siz perdedeki filmde unutur ve sonra hatırlarsınız. Siz bir kaplan olduğunuzu hayal ettiğiniz için insan olmaktan çıkmazsınız. Benzer şekilde, siz perdede bir film olarak beliren ve onunla bir olan saf ışıksınız.

S: Her şey kendiliğinden vaki oluyorsa, ben neden üzülüp kaygılanayım?

M: Aynen öyle. Özgürlük üzüntü ve kaygıdan özgürleşmektir. Sonuçları etkileyemeyeceğinizi idrak etmiş olduğunuzdan, artık

arzularınıza ve korkularınıza dikkatinizi vermezsiniz. Onların gelip gitmelerine izin verirsiniz. Onları ilgi ve dikkatle beslemezsiniz.
S: Eğer dikkatimi olup bitenlere vermezsem, neyle yaşayacağım?
M: Bu şöyle sormaya benziyor: "Rüya görmeyi kesersem ne yapacağım?" Durun ve bekleyin. "Sonra ne var?" diye endişelenmeniz gerekmez. Her zaman sonrası vardır. Hayat başlamaz ve son bulmaz; değişmez -geçici olarak hareket eder- ve kalıcıdır. Işık, onunla sayısız film projekte edilse de, tükenmez. Böylece, hayat her formu ağzına kadar doldurur ve -form bozulduğunda- kaynağına geri döner.
S: Eğer hayat o kadar harikaysa, cehalet nasıl olabiliyor?
M: Siz hastayı görmeden hastalığı tedavi etmek istiyorsunuz! Cehalet hakkında soru sormadan önce, cahilin kim olduğunu neden sormuyorsunuz? Siz cahil olduğunuzu söylediğinizde, cehalet kavramını düşüncelerinizin ve hislerinizin fiili haline yüklemiş olduğunuzu bilmiyorsunuz. Onları oluşurken inceleyin, onlara tüm dikkatinizi verin, göreceksiniz ki cehalet diye bir şey yoktur, yalnızca dikkatsizlik vardır. Size üzüntü ve kaygı veren şeye dikkatinizi verin, o kadar. Sonuçta, üzüntü ve kaygı zihinsel acıdır ve acı her zaman dikkat isteyen bir çağrıdır. Ona dikkatinizi verdiğinizde, çağrı kesilir ve cehalet sorunu ortadan kalkar. Sorunuza bir yanıt beklemek yerine, soruyu kimin sorduğunu ve ona soru sorduranın ne olduğunu bulun. Çok geçmeden, soruyu soranın acı korkusu tarafından dürtülen zihin olduğunu göreceksiniz. Ve korkunun içinde anı ve beklenti vardır, yani geçmiş ve gelecek. Dikkat sizi şimdiki ana geri getirir ve şimdi'de mevcudiyet her zaman hazır olan, ama nadiren fark edilen bir haldir.
S: Siz *sadhana*'yı basit dikkate indirgiyorsunuz. Neden diğer öğretmenler uzun süren ve zor kurslar veriyorlar?
M: Gurular genellikle, hedefleri ne ise, o hedefe erişmelerini sağ-

lamış olan *sadhanalar*'ı öğretirler. Bu doğaldır, çünkü onlar kendi *sadhanaları*'nı iyi bilirler. Bana "Ben'im" duygusuna dikkatimi vermem öğretilmişti ve ben onu son derece etkili buldum. Bu nedenle ondan tam güvenle söz edebilirim. Ama bazen insanlar bedenleri, beyinleri ve zihinleri çok hor kullanılmış, saptırılmış ve zayıf olarak gelirler, bu durumda form'suz dikkat hali onları aşar. Böyle durumlarda, daha basit bazı samimiyet sembollerini kullanmak uygun olur. Bir *mantra*'nın tekrarı ya da bir resme sürekli bakmak, onların bedenlerini ve zihinlerini daha derin ve direkt bir arayışa hazırlayacaktır. Sonuçta, en önemli ve vazgeçilmez etken ciddiyet ve samimiyettir. *Sadhana* sadece, ağzına kadar samimiyetle doldurulması gereken bir taşıttır ki bu samimiyet de eylem halindeki sevgidir.

S: Biz sadece kendimizi severiz.

M: Eğer öyle olsaydı, harika bir şey olurdu! Kendinizi bilgece sevin, o zaman mükemmelliğin doruğuna ulaşırsınız. Herkes bedenini sever, ama çok az kişi gerçek varlığını sever.

S: Gerçek varlığımın benim sevgime ihtiyacı var mı?

M: Sizin gerçek varlığınız sevginin kendisidir, sizin birçok sevginiz ise onun -o andaki duruma göre- yansımalarıdır.

S: Biz benciliz, sadece kendimizi sevmeyi biliyoruz.

M: Başlangıç için yeterlidir. Elbette, kendinizin iyiliğini isteyin. Sizin için neyin gerçekten iyi olduğunu düşünün, derinden hissedin ve onun için samimiyetle uğraşın. Çok geçmeden göreceksiniz ki sizin için tek iyi olan gerçek-olandır.

S: Ama çeşitli Gurular'ın neden karmaşık ve zor *sadhanalar* önermekte ısrar ettiklerini anlamıyorum. Onlar daha iyi bir yol bilmiyorlar mı?

M: Önemli olan ne yaptığınız değil, ne yapmaktan vazgeçtiğinizdir. *Sadhanaları*'nı yapmaya başlayan insanlar öyle heyecanlı ve huzursuz bir haldedirler ki kendilerini bu yolda tutabilmek için çok meşgul olmaları gerekir. İnsanın tüm dikkatini toplayan bir rutin onlar için iyidir. Bir zaman sonra onlar sakinleşir ve çaba sarf etmeyi bırakırlar. Huzur ve sessizlik içinde "Ben" derisi erir, iç ile dış bir olur. Gerçek *sadhana* çabasızdır.

S: Bazen uzayın kendisi benim bedenimmiş hissine kapılıyorum.

M: Siz "Ben bu bedenim" illüzyonu tarafından sınırlandığınızda, sadece, uzayda bir nokta ve zamanda bir ansınızdır. Bedenle özdeşleşme bittiğinde, tüm uzay ve zaman sizin zihninizdedir, zihin bilinçte sadece bir dalgacıktır, bilinç ise doğaya yansımış farkındalıktır. Farkındalık ve madde, saf var'lığın aktif ve pasif veçheleridir ki saf var'lık hem ikisindedir, hem de ikisinin ötesindedir. Uzay ve zaman evrensel varoluşun bedeni ve zihnidir. Ben uzay ve zamanda vuku bulan her şeyin bana olduğunu, her deneyimin benim deneyimim olduğunu, her formun benim formum olduğunu hissederim. Kendimi ne olarak kabul edersem, o benim bedenim haline gelir ve o bedene olan her şey benim zihnim haline gelir. Ama evrenin kökeninde -uzayın ve zamanın ötesinde, şimdi ve burada- saf farkındalık vardır. Onu gerçek varlığınız olarak bilin ve ona göre davranın.

S: Benim kendimi ne olarak kabul ettiğim eylemde ne fark yaratacak? Eylemler koşullara göre oluşur.

M: Koşullar ve durumlar cahilleri yönetir. Gerçeği bilen, herhangi bir şeye zorlanmaz. Onun itaat ettiği tek yasa sevgi yasasıdır.

94
Siz Uzayın ve Zamanın Ötesindesiniz

Soran: Siz benim asla doğmadığımı ve asla ölmeyeceğimi söylüyorsunuz. Eğer öyleyse, nasıl oluyor da ben dünyayı, doğmuş ve ölecek olan biri olarak görüyorum.

Maharaj: Böyle inanıyorsunuz, çünkü siz doğmuş ve ölecek bir beden olduğunuz inancınızı asla sorgulamadınız. Beden canlıyken öylesine dikkati çeker ve büyüler ki insan gerçek doğasını nadiren algılar. Bu, okyanusun yüzeyini görüp de alttaki enginliği tümüyle unutmaya benzer. Dünya zihnin sadece yüzeyidir ve zihin sonsuzdur. Düşünceler zihnin yüzeyindeki dalgacıklardır sadece. Zihin sessiz ve sakin olduğunda gerçeği yansıtır. O tamamen hareketsiz olduğunda dağılır, geriye sadece gerçek kalır. Bu gerçek öylesine kesin, öyle hakiki, zihin ve maddeden öylesine daha çok somuttur ki, onunla kıyaslandığında elmas bile tereyağı kadar yumuşak kalır. Bu karşı konulmaz gerçeklik dünyayı rüyamsı, sisli ve konu dışı bir hale getirir.

S: İçinde bunca ıstırapla bu dünyayı nasıl konu dışı görebilirsiniz? Ne duyarsızlık!

M: Duyarsız olan sizsiniz, ben değil. Eğer dünyanız ıstırapla doluysa, bunun için bir şeyler yapın; açgözlülük veya tembellikle bu ıstırabı artırmayın. Ben sizin rüyamsı dünyanızla sınırlı değilim. Benim dünyamda ıstırap, arzu ve korku tohumları ekilmez ve ıstırap büyümez. Benim dünyam zıtlardan, karşılıklı ayırt edici çelişkilerden azadedir; uyum her yanı kaplar; onun huzuru asla bozulmaz; bu huzur ve sessizlik benim bedenimdir.

Kendiniz olarak imgelediğiniz kişiyi, zihninizde algıladığınız dünyanın bir parçası olarak görün ve zihne dışarıdan bakın, çünkü siz zihin değilsiniz. Sonuçta, sizin tek sorununuz algıladığınız her şeyle hevesle özdeşleşmenizdir. Bu alışkanlıktan vazgeçin, sizin algıladığınız şey olmadığınızı hatırlayın, uyanık uzaklık gücünüzü kullanın. Yaşayan her şeyde kendinizi görün, o zaman davranışınız görüşünüzü ifade edecektir. Bu dünyada benim diyebileceğiniz hiçbir şeyin bulunmadığını bir kez idrak ettiğinizde, onu sahnedeki bir oyunu ya da perdedeki bir filmi izler gibi dışarıdan izler, beğenir, zevk alır, ama gerçekte etkilenmezsiniz. Kendinizi zaman ve uzayda var olan elle tutulur, somut bir şey, şeyler arasında bir şey, kısa ömürlü ve savunmasız bir şey olarak imgelediğiniz sürece, doğal olarak, hayatta kalmaya ve üremeye hevesli olacaksınız. Ama kendinizi uzayın ve zamanın ötesi olarak bildiğinizde -onlarla ancak burada ve şimdi noktasında temasta olduğunuzu, bunun dışında her yeri kaplayan, her şeyi içeren, erişilemez, saldırılamaz, incitilemez olduğunuzu bildiğinizde- artık korkmazsınız. Kendinizi gerçekten olduğunuz gibi bilin, korkuya karşı bundan başka çare yoktur.

Bu şekilde düşünmeyi ve hissetmeyi öğrenmelisiniz, yoksa arzu ve korkunun kişisel düzeyinde süresiz olarak kalır, kazanır ve kaybeder, büyür ve çürürsünüz. Kişisel bir sorun kendi düzeyinde çözülemez. Mutlu olma özleminin kederin taslağı olması gibi, yaşama arzusu da ölümün habercisidir. Dünya bir acı ve korku, endişe ve umutsuzluk okyanusudur. Zevkler balıklar gibidir; az sayıda ve hızlıdır, seyrek olarak gelir, çabucak giderler. Düşük zekâlı bir insan, tüm kanıtlara rağmen, kendisinin bir istisna olduğuna, dünyanın ona mutluluk borçlu olduğuna inanır. Ama dünya sahip olmadığı bir şeyi veremez; kendisi gerçek olmadığından, gerçek mutluluk konusunda işe yaramaz. O başka türlü de olamaz. Biz gerçek-olmayan ile mutsuz olduğumuz için gerçek-olanı ararız. Mutluluk bizim gerçek doğamızdır ve onu bulana dek asla rahat etmeyeceğiz. Ama onu nerede arayacağımızı nadiren biliriz. Dünyanın gerçeğin yanlış algılanan bir görünümü olduğunu ve göründüğü gibi olmadığını bir kez anladığınızda, onun saplantılarından kurtulursunuz. Ancak gerçek varlığınızla bağdaşabilir olan sizi mutlu edebilir ve algıladığınız haliyle dünya düpedüz bir inkârdır.

Çok sessiz kalın ve zihnin yüzeyine çıkanları izleyin. Bilineni reddedin, şimdiye dek bilinmeyeni iyi karşılayın, sırası geldiğinde onu da reddedin. Böylece, hiçbir bilginin olmadığı, sadece var'lığın olduğu ve var'lığın kendisinin bilgi olduğu bir hale gelirsiniz. Olarak bilmek direkt bilgidir. O görenin ve görülenin aynılığına dayanır. Dolaylı bilgi ise duyuma ve belleğe, algılayan ile algılanan arasındaki yakınlığa dayanır; ikisi arasındaki zıtlıkla sınırlıdır. Mutluluk için de aynı şey geçerlidir. Genellikle sevinci bilmek için kederli, kederi bilmek için sevinçli olmanız gerekir. Gerçek mutluluk ise bir nedene dayanmaz ve bir uyarımın bulunmayışıyla da kaybolmaz. O kederin zıddı değildir, o tüm kederi ve ıstırabı da içerir.

S: İnsan bunca ıstırap arasında nasıl mutlu kalabilir?

M: Bu insanın elinde değildir, içsel mutluluk karşı konulmaz biçimde gerçektir. Gökteki güneş gibi, onun ifadeleri bulutla kaplanabilir, ama o asla yok olmaz.

S: Bir derdimiz olduğunda, ister istemez mutsuz oluruz.

M: Tek dert korkudur. Bağımsız olduğunuzu bilin, o zaman korkudan ve onun gölgelerinden kurtulursunuz.

S: Mutluluk ile zevk arasındaki fark nedir?

M: Zevk bir şeylere bağlıdır, mutluluk değildir.

S: Mutluluk bağımsız ise, neden her zaman mutlu değiliz?

M: Mutlu olmak için şeylere ihtiyacımız olduğuna inandığımız sürece, onların yokluğunun bizi mutsuz edeceğine de inanırız. Zihin kendisini daima inançlarına göre şekillendirir. İşte bu yüzden insanın mutluluğa doğru itilmesinin gerekmediğine; tam tersine, zevkin bir dikkat dağıtıcı ve huzur kaçırıcı olduğuna, çünkü insanın mutlu olmak için bir şeylere sahip olması ve bir şeyler yapması gerektiği yanlış inancını güçlendirdiğine ikna olması önemlidir.

Ama mutluluktan neden söz ediyoruz? Siz mutsuz olmadıkça mutluluğu düşünmezsiniz. "Şimdi mutluyum" diyen bir insan, geçmiş ve gelecek iki keder arasındadır. Bu mutluluk sadece acıdan kurtulmanın neden olduğu heyecandır. Gerçek mutluluk "ben" ile ilgili değildir. O en iyi şekilde olumsuz biçimde ifade edilir: "Benim bir derdim yok. Endişeleneceğim bir şey yok" gibi. Sonuçta, tüm *sadhana*'nın nihai amacı, bu inancın lâfta kalmayıp, daima yaşanan bir deneyime dayandığı bir noktaya erişmektir.

S: Hangi deneyim?

M: Boş olma, anılar ve beklentilerle dolu olmama deneyimi; bu açık alanlarda olmanın, genç olmanın, bir şey yapmak için, keşif ve serüven için tüm zamana ve enerjiye sahip olmanın mutluluğu gibi bir şeydir.

S: Geriye keşfedilecek ne kalır?

M: Dıştaki evreni ve içteki enginliği, gerçekte oldukları gibi, Tanrı'nın büyük zihninde ve kalbinde oldukları gibi tanımak. Varoluşun anlamı ve amacı, ıstırabın sırrı, hayatın cehaletten kurtarılması...

S: Eğer mutlu olmak korkudan, üzüntüden, kaygıdan kurtulmuş olmakla aynı ise, dertsiz olmak mutluluğun nedenidir denilemez mi?

M: Bir yokluk, bir var-olmayış hali bir neden olamaz; bu görüş bir nedenin önceden-varoluşunu ima eder. İçinde hiçbir şeyin var olmadığı doğal haliniz, bir hale-gelmenin nedeni olamaz; nedenler belleğin büyük ve gizemli gücünde gizlidir. Ama sizin gerçek yuvanız hiçliktedir, tüm içerikten boşalmışlıktadır.

S: Boşluk ve hiçlik -ne kadar korkutucu!

M: Uykuya dalışınızı çok neşeyle karşılıyorsunuz! Uyanık uyku halini keşfedin, onu gerçek doğanız ile çok uyum içinde bulacaksınız. Sözler size sadece fikir verebilir, ama fikir deneyim değildir. Tüm söyleyebileceğim, gerçek mutluluğun bir nedeninin olmadığı ve nedeni olmayanın değişmez olduğudur. Bu onun zevk olarak algılanabileceği anlamına gelmez. Algılanabilir olan acı ve zevktir, kederden azade olma hali sadece olumsuz biçimde tarif edilebilir. Onu direkt olarak bilmek için, nedenselliğe bağımlı olan zihnin ve zamanın zorbalığının ötesine geçmelisiniz.

S: Eğer mutluluk bilinçli değilse ve bilinç mutlu değilse, ikisi arasındaki bağlantı nedir?

M: Bilinç koşulların ve durumların bir ürünü olduğundan, onlara bağlıdır ve onlarla birlikte değişir. Bağımsız, yaratılmamış, zamansız ve değişmez, ama hep yeni ve taze olan, zihnin ötesindedir. Zihin onu düşündüğünde dağılır ve geriye sadece mutluluk kalır.

S: Her şey gittiğinde, geriye hiçbir şey kalır.

M: Bir şey olmadan, hiçbir şey nasıl olabilir? Hiçbir şey bir fikirdir, o bir şeyin anısına dayanır. Saf var'lık, tanımlanabilir ve tarif edilebilir olan varoluştan tamamen bağımsızdır.

S: Lütfen söyleyin bize, zihnin ötesinde bilinç devam eder mi, yoksa o da zihinle birlikte sona mı erer?

M: Bilinç gelir ve gider, farkındalık ise değişmez biçimde parlar.

S: Farkındalıkta farkında olan kimdir?

M: Bir kişi olduğunda, bilinç de vardır. "Ben'im" bilinci aynı hali ifade eder. Siz "Ben farkındayım" dediğinizde, bu sadece, "Ben farkında olma hakkında düşündüğümün bilincindeyim" anlamına gelir. Farkındalıkta bir "Ben'im" yoktur.

S: Tanıklığa ne dersiniz?

M: Tanıklık zihne aittir. Tanık, tanık olunan ile birlikte gider. Dualitesiz halde ise tüm ayrılık sona erer.

S: Siz ne durumdasınız? Farkındalıkta mı devam ediyorsunuz?

M: Kişi, "Ben bu bedenim, bu zihinim, bu anılar zinciriyim, bu arzular ve korkular yumağıyım" gibi kabuller kaybolur, ama sizin kimlik diyebileceğiniz bir şey kalır. Bu, benim gerektiği zaman bir kişi olmamı sağlar. Sevgi kendi gereksinimlerini -bir kişi olmayı bile- kendi yaratır

S: Gerçeğin kendini varoluş-bilinç-mutluluk olarak tezahür ettirdiği söylenir. Onlar mutlak mıdır, göreceli mi?

M: Onlar birbirine göreceli ve bağlıdır. Gerçek ise kendi ifadelerinden bağımsızdır.

S: Gerçek ile onun ifadeleri arasındaki ilişki nedir?

M: Hiçbir ilişki yoktur. Aslında her şey gerçektir ve aynıdır.

Bizim deyimimizle, *saguna* ve *nirguna Parabrahman*'da birdir. Sadece En Yüce vardır. Hareket halindeyken, o *saguna*'dır. Hareketsizken ise, o *nirguna*'dır. Ama hareket eden ya da etmeyen sadece zihindir. Gerçek-olan onun ötesindedir, siz onun ötesindesiniz. Algılanabilir ya da düşünülebilir hiçbir şeyin kendiniz olamayacağını bir kez anladığınızda, imgelemelerinizden kurtulursunuz. Her şeyi arzudan doğmuş imgeleme olarak görmek kendini-idrak için gereklidir. Biz dikkat eksikliğiyle gerçek-olanı kaçırır ve imgeleme aşırılığıyla gerçek-olmayanı yaratırız.

Sizin kalbinizi ve zihninizi bu şeylere vermeniz ve onlar üzerinde tekrar tekrar düşünmeniz gerekir. Bu, yemek pişirmek gibidir. Hazır olması için onu bir süre ateşin üstünde tutmanız gerekir.

S: Ben kaderin, *karma*'mın hükmü altında değil miyim? Ona karşı ne yapabilirim? Benim ne olduğum ve ne yapacağım önceden belirlenmiştir. Hatta benim sözde özgür seçimim bile önceden belirlenmiştir; sadece bunun farkında değilim ve özgür olduğumu hayal ediyorum.

M: Yine, bu tümüyle ona nasıl baktığınıza bağlıdır. Cehalet bir humma gibidir, orada olmayan şeyleri görmenize yol açar. *Karma*, ilahî bir biçimde belirlenmiş bir tedavidir. Onu iyi karşılayın ve onun talimatlarına sadakatle uyun, iyileşeceksiniz. Bir hasta iyileştikten sonra hastaneyi terk edecektir. Hemen seçim ve eylem özgürlüğüne sahip olmakta ısrar etmek sadece iyileşmeyi geciktirecektir. Kaderinizi kabul edin ve onu yerine getirin; kaderden kurtuluşun en kısa yolu budur. Arzu ve korkuyla hareket etmek esarettir, sevgiyle hareket etmek ise özgürlüktür.

95

Hayatı Geldiği Gibi Kabul Edin

Soran: Geçen yıl buradaydım. Şimdi yine karşınızdayım. Beni buraya getiren nedir, gerçekten bilmiyorum, ama her nedense sizi unutamıyorum.
Maharaj: Kaderlerine -veya şanslarına- göre bazıları unutur, bazıları da unutmazlar.
S: Şans ile kader arasında temel bir fark var.
M: Sadece sizin zihninizde. Aslında, neyin neye neden olduğunu bilmezsiniz. Kader, sadece cehaletinizi örten bir örtüdür. Şans da başka bir sözcüktür.
S: Nedenlerin ve sonuçların bilgisi olmadan özgürlük olabilir mi?
M: Nedenler ve sonuçlar sonsuz sayıda ve çeşitliliktedir. Her şey her şeyi etkiler. Bu evrende, bir şey değiştiğinde, her şey değişir. İnsanın kendini değiştirerek dünyayı değiştirme gücü bundan kaynaklanır.
S: Sizin kendi sözlerinize göre, siz Gurunuz'un inayetiyle, kırk yıl önce kökten bir değişim geçirdiniz. Ama dünya daha önce olduğu gibi kaldı.
M: Benim dünyam tamamen değişti. Sizinki aynı kalıyor, çünkü siz değişmediniz.
S: Nasıl oldu da sizin değişiminiz beni etkilemedi?
M: Çünkü aramızda bir birleşim ve paylaşım yoktu. Kendinizi benden ayrı görmeyin, o zaman ortak hali hemen paylaşırız.
S: Birleşik Devletler'de bir mülküm var, onu satıp Himalayalar'da bir toprak alma niyetindeyim. Bir ev ve bir bahçe yapacağım, birkaç inek alıp sessiz bir hayat yaşayacağım. İnsanlar bana, mal mülk ile sessizliğin bağdaşabilir olmadığını, çünkü hemen yetkililerle, komşularla ve hırsızlarla başımın derde gireceğini söylüyorlar. Bu kaçınılmaz mıdır?

M: Bekleyebileceğiniz asgari şey evinizi açık ve bedava bir konukevi haline getirecek olan bir ziyaretçi akınıdır. En iyisi, hayatınızı kendiliğinden şekillendiği haliyle kabul edin, evinize dönün ve karınızı sevgi ve şefkatle gözetin. Başka hiç kimsenin size ihtiyacı yoktur. Şan ve şeref hayalleriniz başınızı daha çok derde sokabilir.

S: Aradığım şan ve şeref değil, gerçektir.

M: Bunun için düzenli ve sakin bir hayata, zihin huzuruna ve muazzam bir samimiyete ihtiyacınız vardır. Her an siz istemeden size her ne gelirse, Tanrı'dan gelir ve eğer ondan tam olarak yararlanabilirseniz, size kesinlikle yardımcı olur. Sadece kendi imgelemeniz ve arzunuz doğrultusunda uğraşıp çabalamanız sizin için sorun yaratır.

S: Kader inayetle aynı şey midir?

M: Kesinlikle. Hayatı geldiği gibi kabul edin, onun bir nimet, bir kutsama olduğunu göreceksiniz.

S: Ben kendi hayatımı kabul edebilirim. Başkalarının yaşamaya zorlandıkları hayat türlerini nasıl kabul edebilirim?

M: Nasılsa kabul ediyorsunuz. Başkalarının kederleri sizin zevklerinizi engellemiyor. Eğer gerçekten şefkatli olsaydınız, uzun zaman önce tüm kişisel kaygıları terk edip, başkalarına gerçekten yardım edebileceğiniz o tek hale girerdiniz.

S: Eğer büyük bir evim ve yeterli toprağım olursa, bir aşram kurabilirim; tek kişilik odaları, ortak meditasyon salonu, kantini, kütüphanesi, çalışma odası vb. olan bir aşram.

M: Aşramlar kurulmaz, kendiliğinden oluşurlar. Siz onları ne başlatabilir ne de durdurabilirsiniz, bir nehri başlatıp durduramayacağınız gibi. Başarılı bir aşramın yaratılmasında birçok etken yer alır ki, sizin içsel olgunluğunuz onlardan sadece biridir. Elbette, eğer kendi gerçek varlığınızdan habersizseniz, yaptığınız her şey küle dönmek zorundadır. Siz bir Guru'yu taklit ederek paçayı kurtaramazsınız. Tüm ikiyüzlülük felâketle sonuçlanacaktır.

S: İnsanın bir ermiş olmadan önce bir ermiş gibi davranmasının ne zararı var?

M: Ermişlik provası yapmak *sadhana*'dır. Bu pekâlâ doğrudur, yeter ki liyakat iddiasında bulunulmasın.

S: Bir aşram başlatmayı denemedikçe, bunu yapıp yapamayacağımı nasıl bilebilirim?

M: Siz kendinizi yaşam akımından ayrı, kendi iradesi olan, kendi hedefleri peşinde koşan bir kişi, bir beden ve zihin olarak kabul ettiğiniz sürece, sadece yüzeyde yaşamaktasınızdır ve yaptığınız her şey kısa ömürlü ve az değerli -sadece kibir ve gösteriş alevlerini besleyen bir saman- olacaktır. Siz gerçek bir şey bekleyebilmek için önce ortaya gerçek bir değer koymalısınız. Sizin değeriniz nedir?

S: Onu hangi ölçüyle ölçmeliyim?

M: Zihninizin içeriğine bakın. Siz ne düşünüyorsanız o'sunuz. Siz çoğu zaman, kendiniz olarak gördüğünüz o küçük kişi ve onun günlük ihtiyaçlarıyla meşgul değil misiniz?

Düzenli meditasyonun değeri, onun sizi günlük rutinin tekdüzeliğinden ve sıkıcılığından uzaklaştırması ve size olduğunuza inandığınız şey olmadığınızı hatırlatmasıdır. Ama hatırlamak bile yeterli değildir, inancı eylem izlemelidir. Ayrıntılı bir vasiyetname hazırlayan, ama ölmeyi reddeden bir zengin adam gibi olmayın.

S: Tedricilik hayatın yasası değil midir?

M: Hayır. Yalnızca hazırlık tedricidir (aşamalıdır), değişim bir anda ve tam olur. Tedrici değişim sizi yeni bir bilinçli varlık düzeyine götürmez. Sizin bırakmak, koyuvermek için cesarete ihtiyacınız vardır.

S: Kabul ediyorum ki bende eksik olan cesarettir.

M: Bu sizin tam olarak ikna olmamanızdan dolayıdır. Tam bir inanç hem arzu hem cesaret üretir. Ve meditasyon anlama yoluyla inanca erişme sanatıdır. Meditasyonda siz, alınmış öğretiyi tüm veçheleriyle tekrar tekrar düşünürsünüz; sonunda berraklıktan güven doğar ve güvenle birlikte eylem gelir. Sağlam inanç ve eylem birbirinden ayrılmaz. Eğer eylem inancı izlemiyorsa, inançlarınızı inceleyin, kendinizi cesaretsizlikle suçlamayın. Kendinizi değersizleştirmek, yetersiz görmek sizi hiçbir yere götürmez. Anlayış berraklığı ve duygusal kabul olmadan, iradenin ne yararı vardır?

S: Duygusal kabulden neyi kastediyorsunuz? Arzularıma karşı hareket etmem gerekmiyor mu?

M: Arzularınıza karşı hareket etmeyeceksiniz. Anlayış berraklığı yeterli değildir. Enerji sevgiden gelir, sevginizin şekli ve hedefi ne olursa olsun, eylemde bulunmayı sevmelisiniz. Berraklık ve sevecenlik olmadan, cesaret yıkıcı olur. Savaştaki insanlar çoğu zaman fevkalade cesurdurlar, ama neye yarar ki?

S: Tüm istediğim, içinde huzurla yaşayacağım bir ev ve bir bahçe. Neden bu arzuma göre davranmayayım?

M: Elbette, bunu yapın. Ama kaçınılmaz ve beklenmedik olanı unutmayın. Yağmur yağmazsa bahçeniz gelişmez. Serüvene atılmak için cesarete ihtiyacınız vardır.

S: Cesaretimi toplamak için zamana ihtiyacım var, beni sıkıştırmayın. Bırakın eylem için olgunlaşayım.

M: Bu yaklaşım tümüyle yanlış. Ertelenen eylem terk edilmiş eylemdir. Başka eylemler için başka fırsatlar çıkabilir, ama şimdiki an bir daha ele geçmez biçimde kaybedilir. Tüm hazırlık gelecek içindir, siz şimdiki an için hazırlanamazsınız.

S: Gelecek için hazırlanmakta ne yanlışlık var?

M: Hazırlıklarınız şimdi'de eylemde bulunmaya pek yardımcı olmaz. Berraklık şimdidir, eylem şimdidir. Hazır olmayı düşünmek eylemi engeller. Eylem ise gerçeğin mihenk taşıdır.

S: İnanmadan eylemde bulunduğumuzda bile mi?

M: Siz eylemsiz yaşayamazsınız ve her eylemin ardında bir korku ya da arzu vardır. Nihai olarak, yaptığınız her şey, dünyanın gerçek ve sizden bağımsız olduğu inancınıza dayanır. Bunun aksine inansaydınız, davranışınız çok farklı olurdu.

S: Benim inançlarımda bir yanlışlık yok; eylemlerimi koşullar şekillendiriyor.

M: Başka bir deyişle, siz koşullarınızın ve içinde yaşadığınız dünyanın gerçek olduğuna inanıyorsunuz. Dünyayı kaynağına kadar izlediğinizde göreceksiniz ki siz dünya var olmadan önce de vardınız ve dünya yok olduktan sonra da var olmaya devam edeceksiniz. Zamansız (ebedi) kimliğinizi bulun ve eylemleriniz ona tanıklık edecektir. Onu buldunuz mu?

S: Hayır, bulmadım.

M: Öyleyse yapacağınız başka ne var? Kuşkusuz, bu en acil görevdir. Siz her şeyi bırakmadıkça, desteksiz ve tanımsız kalmadıkça, kendinizi her şeyden bağımsız göremezsiniz. Bir kez kendinizi bildiğinizde, ne yaptığınız önemli değildir, ama bağımsızlığınızı idrak etmek için, onu, bağlı olduğunuz her şeyi bırakarak sınamalısınız. Kendini idrak etmiş insan mutlaklar düzeyinde yaşar; onun bilgeliği, sevgisi ve cesareti tamdır, onda göreceli bir şey yoktur. Bu nedenle o kendisini daha sıkı sınavlarla kanıtlamalı, daha zorlu sınamalardan geçmelidir. Sınayan, sınanan ve sınanma sahnesi içtedir; bu hiç kimsenin bir taraf olamayacağı içsel bir dramdır.

S: Çarmıha gerilme, ölüm ve yeniden diriliş -tanıdık zemindeyiz! Bu konuda çok şey okudum, duydum ve konuştum, ama bunu yapmaya gelince, kendimi güçsüz buluyorum.

M: Sessiz ve sakin kalın, bilgelik ve güç kendiliğinden gelecektir. Onları şiddetle arzulamanız gerekmez. Kalbin ve zihnin sessizliğinde bekleyin. Sessiz olmak çok kolaydır, ama gönüllülük nadirdir. Siz insanlar bir gecede Süpermen olmak istersiniz. Hırssız, arzusuz, açık, savunmasız, korunmasız, belirsiz ve yalnız kalın, hayatın akışına -maddi ve manevi bencilce beklentilerden yoksun olarak- tamamen açık olun.

S: Söylediklerinizi olumlu karşılıyorum, ama onun nasıl yapılacağını bir türlü göremiyorum.

M: Eğer onu nasıl yapacağınızı bilirseniz, onu yapmayacaksınız. Her girişimi terk edin, sadece olun; çabalamayın, mücadele etmeyin, her desteği bırakın, başka her şeyi silkip atarak var' lığın kör duygusuna sarılın.

S: Bu silkip atmak nasıl yapılır? Ne kadar silkelersem, o kadar yüzeye çıkıyor.

M: Dikkatinizi vermeyi reddedin, bırakın şeyler gelsinler ve gitsinler. Arzular ve düşünceler de şeylerdir. Onları umursamayın. Çok eski zamandan beri, olayların tozu zihninizin temiz aynasını örtüyordu, böylece siz sadece anıları görebiliyordunuz. Tozun yerleşmesine zaman bırakmadan onu silkeleyip atın; bu eski katmanların ortaya çıkmasını sağlayacak, zihninizin gerçek doğası keşfedilene kadar böyle devam edecektir. Bu tümüyle çok basit ve nispeten kolaydır; ciddi, samimi ve sabırlı olun, o kadar. Tutkusuzluk, bağsızlık, tarafsızlık; arzudan, korkudan, kaygıdan, bellekten ve beklentiden azade olmak, sadece farkında olmak: Keşfin yapılabileceği zihin hali budur. Sonuçta, özgürleşme keşfetme özgürlüğüdür.

96

Anıları ve Beklentileri Terk Edin

Soran: Ben Amerikalı'yım ve son bir yılı Madhya Pradesh'de bir aşramda, birçok veçhesiyle *Yoga*'yı inceleyerek geçirdim. Bir öğretmenimiz vardı, onun Gurusu büyük Sivananda Saraswati'nin öğrencisiydi. Ben Ramana Aşramı'nda da kaldım. Orada birkaç İngiliz'den ve *gnana yoga*'nın Hintli bir takipçisinden dersler aldım. Bombay'dayken, bir Goenka tarafından yönetilen bir Burma meditasyonu kursuna katıldım. Ama huzur bulamadım. Öz-kontrolde ve günlük disiplinde bir gelişme oldu, ama hepsi o kadar. Neyin neye neden olduğunu tam olarak söyleyemem. Birçok kutsal yeri ziyaret ettim. Her birinin üzerimde nasıl bir etki yaptığını da söyleyemem.

Maharaj: İyi sonuçlar er ya da geç gelecektir. Plânlarınız nelerdir?

S: Vize zorlukları yüzünden Birleşik Devletler'e dönmek zorundayım. Doğal Tedavi öğrenimimi tamamlamak ve onu mesleğim haline getirmek istiyorum.

M: İyi bir meslek hiç kuşkusuz.

S: *Yoga* yolunu her ne pahasına olursa olsun izlemenin bir tehlikesi var mıdır?

M: Ev yanarken bir kibritin bir tehlikesi var mıdır? Gerçeği aramak, üstlenilen tüm işler arasında en tehlikeli olandır, çünkü o sizin içinde yaşadığınız dünyayı yıkar. Ama eğer güdünüz gerçek sevgisi ve hayat sevgisi ise, korkmanıza gerek yoktur.

S: Ben kendi zihnimden korkuyorum. O çok istikrarsız!

M: Zihninizin aynasında imajlar belirir ve kaybolur. Ayna kalır. Hareket edenin içinde hareketsiz olanı, değişenin içinde değişmez olanı ayırt etmeyi öğrenin, ta ki tüm farklılıkların sadece görünüşte olduğunu ve bir'liğin bir olgu olduğunu idrak edene dek. Tanrı, *Brahman* ya da matriks (*Prakriti*) diyebileceğiniz bu temel kimlik sadece her şeyin bir olduğunun idrakidir. Siz bir kez, direkt deneyimden kaynaklanan bir güvenle, "Ben dünyayım, dünya kendimim" diyebildiğinizde, bir yandan tüm arzu ve korkudan kurtulur, öte yandan da tüm dünyadan tamamen sorumlu hale gelirsiniz. İnsanlığın anlamsız kederi sizin ilgilendiğiniz tek şey haline gelir.

S: Öyleyse bir *gnani*'nin bile sorunları var!

M: Evet, ama onlar artık onun kendi yaratımı değildir. Onun ıstırabı bir suçluluk duygusuyla zehirlenmez. Başkalarının günahları için ıstırap çekmekte yanlış bir şey yoktur. Sizin Hıristiyanlığınız buna dayanır.

S: Tüm ıstırabı kendimiz yaratmaz mıyız?

M: Evet, onu yaratacak ayrı bir benlik olduğu sürece. Sonunda bilirsiniz ki ne günah vardır, ne suç, ne de ceza; sadece sonsuz dönüşümleri içinde hayat vardır. Kişisel "ben"in dağılıp yok olmasıyla kişisel ıstırap da yok olur. Geriye kalan ise şefkatin büyük hüznü ve gereksiz acının dehşetidir.

S: Tasavvur olunan düzende gereksiz bir şey var mıdır?

M: Hiçbir şey gerekli ve kaçınılmaz değildir. Alışkanlık ve tutku kör eder ve yanlışa götürür. Şefkatli farkındalık iyileştirir ve yanlıştan kurtarır. Bizim yapabileceğimiz bir şey yoktur, biz sadece her şeyin kendi doğasına göre vuku bulmasına izin veririz.

S: Tam pasifliği mi savunuyorsunuz?

M: Berraklık ve sevecenlik eylemdir. Sevgi tembel değildir ve berraklık yönetir. Sizin eylem konusunda kaygılanmanız gerekmez, zihniniz ve kalbinizle ilgilenin. Aptallık ve bencillik yegâne kötülüktür.

S: Tanrı'nın adını tekrarlamak (*mantra*) mı daha iyidir, meditasyon mu?

M: Tekrarlama nefesinizi stabilize eder. Derin ve sakin solunumla canlılık artar, bu da beyni etkiler ve zihnin arınmasına, stabil olmasına ve meditasyona uygun hale gelmesine yardımcı olur. Canlılık olmadan çok az şey yapılabilir, onun korunmasının ve artırılmasının önemi bundan dolayıdır. Duruş ve solunum *Yoga*'nın bir parçasıdır, çünkü beden sağlıklı ve kontrol altında olmalıdır, ama beden üzerinde aşırı konsantrasyon kendi amacına ters düşer ve aksi sonuç verir, çünkü başlangıçta zihnin öncelikli olması gerekir. Zihin sakinleştiğinde ve artık içsel uzayı *(chidakash)* rahatsız etmediğinde, beden yeni bir anlam kazanır ve onun dönüşümü hem gerekli hem mümkün hale gelir.

S: Tüm Hindistan'da, birçok Guru'yla tanışarak ve birkaç *Yoga* yönteminden bir nebze bir şeyler öğrenerek dolaştım. Her şeyin tadına bakmak iyi midir?

M: Hayır, bu sadece tanışmadır. Siz, kendi yolunuzu bulmanıza yardımcı olacak bir insanla karşılaşacaksınız.

S: Kendi seçeceğim bir Guru'nun benim gerçek Gurum olamayacağını hissediyorum. Gerçek Gurum olması için onun beklenmedik bir şekilde gelmesi ve karşı konulmaz olması gerekir.

M: Beklentide olmamak en iyisidir. Sizin karşılık verme biçiminiz belirleyicidir.

S: Ben verdiğim karşılıkların efendisi, hâkimi miyim?

M: Şimdi uygulanan ayırt etme ve tutkusuzluk, zamanı geldiğinde meyvelerini verecektir. Eğer kökler sağlıklıysa ve iyi sulanıyorsa, meyveler elbette tatlı olacaktır. Saflaşın, dikkatli ve uyanık olun, hazır bulunun.

S: Dünyevi zevkleri feda etmenin ve kefaretin herhangi bir yararı var mıdır?

M: Hayatın tüm değişikliklerini göğüslemek yeterli bir kefarettir! Dert icat etmeniz gerekmez. Hayatın getirdiği her şeyi neşeyle karşılamak, ihtiyacınız olan tüm fedakârlıktır.

S: Kendini feda etme konusunda ne dersiniz?

M: Sahip olduğunuz her şeyi, her kimin ihtiyacı varsa, onunla severek paylaşın, kendinize zulmetmek için yollar icat etmeyin.

S: Teslimiyet nedir?

M: Geleni kabul etmektir.

S: Kendimi, kendi ayaklarım üzerinde duramayacak kadar zayıf hissediyorum. Bir Guru'nun ve iyi insanların kutsal eşliğine ihtiyaç duyuyorum. Sakin ve ölçülü olmak beni aşıyor. Geleni geldiği gibi kabul etmek beni korkutuyor. Birleşik Devletler'e dönüşümü düşünmek bana dehşet veriyor.

M: Geri dönün ve fırsatlarınızdan en iyi şekilde yararlanın. Önce eğitiminizi tamamlayın. Doğal Tedavi incelemeleriniz için her zaman Hindistan'a dönebilirsiniz.

S: Birleşik Devletler'deki fırsatların farkındayım. Beni korkutan şey yalnızlıktır.

M: Siz daima kendi benliğinizin eşliğindesiniz, kendinizi yalnız hissetmeniz gerekmez. Ona yabancılaştığınızda, Hindistan'da bile kendinizi yalnız hissedersiniz. Tüm mutluluk, benliği hoşnut etmekten kaynaklanır. Onu hoşnut edin, Birleşik Devletler'e döndükten sonra, kalbinizdeki muhteşem gerçeğe lâyık olmayan hiçbir şey yapmayın, o zaman mutlu olacak ve mutlu kalacaksınız. Ama benliğinizi aramalı, bulunca da onunla kalmalısınız.

S: Tam yalnızlığa çekilmek yararlı olur mu?

M: Bu sizin mizacınıza bağlıdır. Sizi donuklaştıracak veya zihninizin sonu gelmez gevezeliğinin insafına bırakacak bir yalnızlık yerine, uyanık ve dostane biçimde başkalarıyla ve başkaları için çalışabilir ve daha iyi gelişebilirsiniz. Çaba harcayarak değişebileceğinizi hayal etmeyin. Şiddet, dünyevi zevkleri feda etme ve kefaret ödeme biçiminde kendinize yöneltildiğinde bile verimsiz olacaktır.

S: Kimin kendini idrak edip kimin etmediğini kestirmenin bir yolu yok mudur?

M: Sizin tek kanıtınız kendi içinizdedir. Eğer altına dönüştüğünüzü görürseniz, bu sizin simyacının taşına dokunmuş olduğunuzun bir işareti olacaktır. Kişiyle birlikte kalın ve size neler olduğunu izleyin. Başkalarına sormayın. Onların adamı sizin Gurunuz olmayabilir. Bir Guru özünde evrensel olabilir, ama ifadelerinde öyle değildir. O öfkeli, açgözlü ya da aşramına ve ailesine aşırı düşkün görünebilir ve bu görünüşler -başkalarını değil- sizi yanıltabilir.

S: İçsel ve dışsal olarak tam bir mükemmellik beklemek hakkım değil midir?

M: İçsel mükemmellik, evet. Ama dışsal mükemmellik koşullara, bedenin durumuna, kişisel ve sosyal etkenlere bağlıdır.

S: Bana, ondan *gnana*'ya ulaşma sanatını öğrenebilmem için bir *gnani* bulmam söylenmişti; şimdi ise tüm bu yaklaşımın yanlış olduğu, bir *gnani*'yi tanıyamayacağım ve *gnana*'ya uygun yollardan ulaşamayacağım söyleniyor. Bu çok kafa karıştırıcı!

M: Bu sizin gerçeği tamamen yanlış anlamanızdan kaynaklanıyor. Zihniniz değer biçme ve elde etme alışkanlığına batmış halde ve kıyas kabul etmez ve elde edilemez olanın, kendi kalbiniz içinde tanınmak için beklediğini kabul etmeyecektir. Yapmanız gereken tek şey, tüm anıları ve beklentileri terk etmektir. Sadece, kendinizi tam bir çıplaklık ve hiçlik içinde hazır tutun.

S: Terk etmeyi kim yapacak?

M: Tanrı yapacak. Siz sadece terk etmenin gerekli olduğunu görün. Direnmeyin, kendiniz sandığınız kişiye tutunmayın. Kendinizi bir kişi olarak hayal ettiğiniz için, *gnani*'yi de -sadece biraz farklı, daha bilgili ve güçlü- bir kişi olarak kabul ediyorsunuz. Siz onun daima bilinçli ve mutlu olduğunu söyleyebilirsiniz, ama bu, bütün gerçeği ifade etmekten çok uzaktır. Tanımlamalara ve tariflere güvenmeyin, onlar çok yanıltıcıdır.

S: Ne yapmam ve onu nasıl yapmam gerektiği bana söylenmedikçe, kendimi kaybolmuş hissederim.

M: Elbette, kaybolmuş hissedin! Kendinizi yeterli ve emin hissettiğiniz sürece, gerçek sizin erişemeyeceğiniz yerdedir. Siz içsel serüveni bir yaşam biçimi olarak kabul etmedikçe, keşif yapmanız mümkün olmaz.

S: Neyin keşfi?

M: Varlığınızın -tüm yönlerden, araçlardan ve amaçlardan azade olan- merkezinin.

S: Her şey ol, her şeyi bil, her şeye sahip ol mu?

M: Hiçbir şey olma, hiçbir şey bilme, hiçbir şeye sahip olma. Bu, yaşanmaya değer tek hayat, sahip olmaya değer tek mutluluktur.

S: Bu hedefi kavrayamadığımı itiraf etmeliyim. Hiç olmazsa yolu bileyim.

M: Yolunuzu kendiniz bulmalısınız. Onu kendiniz bulmadıkça o sizin kendi yolunuz olmayacak ve sizi hiçbir yere götürmeyecektir. Kendi gerçeğinizi, kendi bulduğunuz gibi, samimiyetle yaşayın, gerçekten anladığınız şeye göre davranın. Sizi hedefinize ulaştıracak olan şey zekâ değil, ciddiyet ve samimiyettir.

S: Hatalardan korkuyorum. Birçok şeyi denedim, hiçbir sonuç alamadım.

M: Kendinizden pek az şey verdiniz, siz ciddi ve samimi değil, sadece meraklıydınız.

S: Daha iyisini bilmiyorum.

M: Hiç olmazsa bu kadarını biliyorsunuz. Onların yüzeysel olduklarını bilmek, deneyimlerinize değer kazandırmaz; onları sona erdikleri anda unutun. Temiz ve diğerkâm bir hayat yaşayın, o kadar.

S: Ahlâk o kadar önemli midir?

M: Aldatmayın, incitmeyin -bu önemli değil mi? Her şeyden çok sizin içsel huzura ihtiyacınız var ki bu iç ve dış arasında uyumu gerektirir. İnandığınız şeyi yapın ve yaptığınız şeye inanın. Başka her şey bir enerji ve zaman israfıdır.

97
Zihin ve Dünya Ayrı Değildir

Soran: Burada bazı ermişlerin resimlerini görüyorum ve bana, onların sizin spiritüel atalarınız oldukları söylendi. Onlar kimlerdir ve tüm bu süreç nasıl başladı?

Maharaj: Bize toplu olarak "Dokuz Üstatlar" deniliyor. Efsaneye göre, ilk öğretmenimiz -Brahma, Vishnu ve Shiva üçlüsünün bir enkarnasyonu olan- Rishi Dattatreya idi. "Dokuz Üstatlar" (*Navnath*) bile mitolojiktir.

S: Onların öğretilerinin özelliği nedir?

M: Hem teori hem pratik bakımdan sadeliğidir.

S: Bir insan nasıl bir *Navnath* olabilir? İnisiyasyonla mı, verasetle mi?
M: Hiçbiri. "Dokuz Üstatlar" geleneği, *Navnath Parampara,* bir nehir gibidir, o gerçek okyanusuna akar ve kim o nehre dalarsa, birlikte taşınır.
S: Bu, aynı geleneğe bağlı ve yaşayan bir üstat tarafından kabul edilmeyi kapsar mı?
M: Zihinlerini "Ben'im" üzerinde odaklama *sadhanası*'nı uygulayanlar, aynı *sadhana*'yı uygulamış ve başarılı olmuş olanlarla ilişkili olduklarını hissedebilirler. Onlar bu yakınlık duygusunu kendilerini *Navnathlar* olarak adlandırarak ifade etmeye karar verebilirler. Bu onlara kurulu bir geleneğe mensup olma zevkini verir.
S: Onlar böylece bir güç ve inayet kaynağına sahip olurlar mı?
M: Güç ve inayet herkes içindir ve isteyen herkes ona sahip olabilir. Kendine özel bir isim vermek hiçbir şeyi değiştirmez. Kendinize istediğiniz adı verin, kendinizin yoğun bir biçimde farkında olduğunuz sürece, kendini-bilişin önündeki engeller yok olmak zorundadır.
S: Eğer sizin öğretinizi beğenir ve rehberliğinizi kabul edersem, kendimi bir *Navnath* olarak adlandırabilir miyim?
M: O sözcük-bağımlısı zihninizi memnun edin! İsim sizi değiştirmeyecektir. En çok, o size iyi davranmayı hatırlatabilir. Bir Gurular ve onların öğrencileri silsilesi vardır ki o öğrenciler de kendi öğrencilerini eğitirler, böylece o çizgi sürdürülür. Ama gelenek resmi olarak değil, gönüllü olarak sürdürülür. Bu bir aile adı gibidir, ama burada aile spiritüeldir.
S: *Sampradaya*'ya katılmak için kendinizi idrak etmiş olmanız gerekir mi?
M: *Navnath Sampradaya* sadece bir gelenektir, bir öğreti ve uygulama yoludur. O bir bilinç düzeyini ifade etmez. Eğer bir *Navnath Sampradaya* öğretmenini Gurunuz olarak kabul ederseniz, onun *Sampradayası*'na katılırsınız. Genellikle, ondan ina-

yetinin bir işaretini -bir bakış, bir dokunuş, bir söz, bazen canlı bir rüya veya güçlü bir anı olarak- alırsınız. Bazen inayetin tek işareti, karakter ve davranışta anlamlı ve hızlı bir değişimdir.

S: Sizi birkaç yıldan beri tanıyorum ve sizinle düzenli olarak buluşuyorum. Sizi sık sık düşünüyorum. Bu beni sizin *Sampradayanız*'a ait kılar mı?

M: Sizin neye ait olduğunuz kendi hissiniz ve inancınızla ilgili bir şeydir. Sonuçta, bu sadece sözel ve şekilsel bir şeydir. Gerçekte ne Guru vardır ne öğrenci, ne kuram vardır ne uygulama, ne cehalet vardır ne de kendini idrak etmek.

S: Kendimi doğru bir şekilde bildiğimi gösterecek hangi kanıta sahip olacağım?

M: Hiçbir kanıta ihtiyacınız yoktur. Deneyim kendinize özgüdür ve kolayca tanınır, yanlış anlaşılmaz. Engeller bir ölçüde kalktığında, o bir anda anlaşılıp kavranır. Bu yıpranmış bir ipin kopuşu gibidir. Size düşen, ipin lifleri üzerinde çalışmaktır. Kopuş gerçekleşecektir. O geciktirilebilir, ama önlenemez.

S: Sizin neden-sonuç ilişkisini reddetmeniz kafamı karıştırıyor. Bu, dünyanın bugünkü halinden kimsenin sorumlu olmadığı anlamına mı gelir?

M: Sorumluluk fikri sizin zihninizdedir. Siz olup biten her şeyden bir şeyin ya da birisinin tek başına sorumlu olması gerektiğini düşünüyorsunuz. Çoklu evren ile tek bir neden arasında bir çelişki var. Ya biri ya da diğeri yanlış olmalı. Veya her ikisi de yanlış olmalı. Benim görüşümle, bu tümüyle bir hayal kurmaktır. Fikirlerde bir gerçeklik yoktur. Gerçek şu ki, siz olmasanız, ne evren ne de onun nedeni var olabilirdi.

S: Benim evrenin yarattığı mı, yoksa yaratıcısı mı olduğumu bir türlü anlayamıyorum.

M: “Ben'im” her zaman var olan bir olgudur, ama “Ben yaratıldım” sadece bir fikirdir. Ne Tanrı, ne de evren gelip de size sizi yarattıklarını söylemediler. Nedensellik fikrini saplantı haline getirmiş olan zihin, yaratma olayını icat eder ve sonra "yaratan kimdir?" diye merak eder. Zihnin kendisi yaratandır. Hatta bu bile tam doğru değildir, çünkü yaratılan ile onun yaratıcısı birdir. Zihin ve dünya ayrı değildir. Şunu anlayın ki dünya olarak düşündüğünüz şey sizin kendi zihninizdir.

S: Zihnin ötesinde ya da dışında bir dünya var mıdır?

M: Tüm uzay ve zaman zihindedir. Bir zihin-üstü dünyayı nereye yerleştireceksiniz? Zihnin birçok düzeyi vardır ve her biri kendi versiyonunu projekte eder, ama hepsi zihindedir ve zihin tarafından yaratılmıştır.

S: Sizin günah karşısındaki tutumunuz nedir? Bir günahkâra, içsel ve dışsal yasaları çiğneyen birine nasıl bakarsınız? Onun değişmesini ister misiniz, yoksa ona sadece acır mısınız? Ya da günahları yüzünden ona ilgisiz ve kayıtsız mı kalırsınız?

M: Ben ne günah bilirim, ne de günahkâr. Sizin ayırt etmeniz ve değer biçmeniz beni bağlamaz. Herkes kendi doğasına göre davranır. Buna çare bulunamaz, esef edilmesine de gerek yoktur.

S: Başkaları ıstırap çekerler.

M: Hayat hayatla beslenir. Doğada bu süreç zorunludur, toplumda ise gönüllü olmalıdır. Fedakârlık olmadan hayat olamaz. Bir günahkâr, fedakârlığı reddederek ölümü davet etmiş olur. Bu olduğu gibidir ve kınama ya da acıma için bir neden oluşturmaz.

S: Kuşkusuz, günaha batmış bir insan gördüğünüzde hiç olmazsa şefkat hissedersiniz.

M: Evet, benim o insan olduğumu ve onun günahlarının da benim günahlarım olduğunu hissederim.

S: Doğru, ya sonra?

M: Ben onunla bir olunca o da benimle bir olur. Bu bilinçli bir süreç değildir, tamamen kendiliğinden olur. Hiçbirimiz bunun için bir şey yapamayız. Değişmesi gereken nasılsa değişecektir; kendini burada ve şimdi bir olarak bilmek yeter. İnsanın zihnini yoğun ve yöntemli bir biçimde incelemesi *Yoga*'dır.

S: Günahın perçinlediği kader zincirlerine ne dersiniz?

M: Günahın anası olan cehalet yok olduğunda, tekrar günah işleme zorlaması olan kader de son bulur.

S: Hak edilen, çekilmesi gereken cezalar vardır.

M: Cehaletin son bulmasıyla hepsi sona erer. O zaman her şey olduğu gibi görünür ve onlar iyidirler.

S: Eğer bir günahkâr, bir yasa çiğneyen gelip de sizden inayetinizi istese, yanıtınız ne olurdu?

M: O istediğini alacaktır.

S: Çok kötü bir insan olmasına rağmen mi?

M: Ben kötü insanları bilmem, sadece kendimi bilirim. Ben ermişler ve günahkârlar görmem, sadece yaşayan varlıklar görürüm. Ben inayet dağıtmam. Sizin zaten sahip olmayıp da benim size verebileceğim veya vermeyi reddedebileceğim hiçbir şey yoktur. Yeter ki zenginliklerinizin farkında olun ve onlardan tam olarak yararlanın. Siz benim inayetime muhtaç olduğunuzu imgelediğiniz sürece, benim kapımda onu dilenmekte olacaksınız. Oysa biz ayrı değiliz, gerçek-olan ortaktır.

S: Bir anne acıklı bir öyküyle size gelir. Biricik oğlu uyuşturucu ve seks bağımlısı olmuştur ve durumu gittikçe daha da kötüleşmektedir. Kadın sizin inayetinizi dilemektedir. Ona yanıtınız ne olur?

M: Belki ona her şeyin yoluna gireceğini söylediğimi duyabilirim.

S: Hepsi bu mu?

M: Hepsi bu. Daha fazla ne bekliyorsunuz?

S: Ama kadının oğlu değişecek mi?

M: Değişebilir de, değişmeyebilir de.

S: Çevrenize toplanan ve sizi yıllardır tanıyan insanlar siz "İyi olacak" dediğinizde, her zaman dediğiniz gibi olduğunu iddia ediyorlar.

M: Aynı şekilde, anne kalbinin çocuğu kurtardığını da söyleyebilirsiniz. Her şeyin sayısız nedeni vardır.

S: Bana söylendiğine göre, kendisi için hiçbir şey istemeyen insan "her şeye kadir" olurmuş. Bütün evren onun emrine amade olurmuş.

M: Eğer buna inanıyorsanız, ona göre hareket edin. Tüm kişisel arzularınızı terk edin ve böylece tasarruf edilen gücü dünyayı değiştirmek için kullanın!

S: Tüm Buda'lar ve Rishi'ler dünyayı değiştirmeyi başaramadılar.

M: Dünya değiştirilmeye yatkın değildir. Doğası gereği o acı verici ve geçicidir. Onu olduğu gibi görün ve kendinizi tüm arzulardan ve korkulardan kurtarın. Dünya sizi tutup bağlamadığı zaman, bir sevinç ve güzellik yurdu olur. Siz ancak dünyadan özgürleştiğinizde, dünyada mutlu olabilirsiniz.

S: Doğru ve yanlış nedir?

M: Genelde, ıstıraba neden olan yanlıştır, onu gideren ise doğrudur. Beden ve zihin sınırlıdırlar, onun için de incinmeye açıktırlar; onların korunmaya ihtiyaçları vardır ve bu da korkuya neden olur. Kendinizi onlarla özdeşleştirdiğiniz sürece ıstırap çekmeye mahkûmsunuz; bağımsızlığınızı idrak edin ve mutlu kalın. Size söylüyorum, mutluluğun sırrı budur. Mutluluğunuzun nesnelere, olaylara ve insanlara bağlı olduğuna inanmak, gerçek doğanızla ilgili cehaletinizden kaynaklanır; mutlu olmak için kendinizi bilmekten başka bir şeye ihtiyacınız olmadığını bilmek ise bilgeliktir.

S: Hangisi önce gelir, var'lık mı, arzu mu?

M: Var'lık bilinçte ortaya çıktığında, ne olduğunuz ve ne olmanız gerektiğiyle ilgili fikirler zihninizde ortaya çıkar. Bu, arzuya ve eyleme neden olur ve "bir şey olma" süreci başlar. Bunun görünüşte ne başlangıcı ne de sonu vardır, çünkü o her an yeniden başlar. İmgeleme ve arzunun son bulmasıyla birlikte "bir şey olma" da sona erer ve o -tarif edilemez, sadece deneyimlenebilir olan- saf var'lıkla birleşir.

Dünya size çok gerçek görünür, çünkü siz her zaman onu

düşünürsünüz; onu düşünmeyi bırakın, o sis içinde dağılıp yok olacaktır. Unutmanız gerekmez; arzu ve korku bitince, esaret de biter. Esareti yaratan, duygusal katılımdır, karakter ve mizaç dediğimiz -sempati ve antipatilerin oluşturduğu- davranış kalıplarıdır.

S: Arzu ve korku olmazsa, eylem için hangi güdü hissedilir?

M: Eğer siz yaşam, doğruluk ve güzellik sevgisini yeterli bir güdü olarak görmüyorsanız, hiçbir güdü yoktur. Arzudan ve korkudan azade olmaktan korkmayın. Bu, tüm bildiğinden çok farklı, çok daha yoğun ve ilginç bir hayat yaşamanızı sağlar, öyle ki siz her şeyi kaybederek her şeyi kazanmış olursunuz.

S: Siz spiritüel soyunuzun Rishi Dattatreya'dan geldiğini kabul ettiğinize göre, sizin ve tüm atalarınızın Rishi'nin enkarnasyonları olduğunuza inanabilir miyiz?

M: İstediğiniz şeye inanabilirsiniz ve eğer inancınıza göre davranırsanız, onun meyvelerini elde edersiniz; ama bana göre bunun hiç önemi yoktur. Ben neysem oyum ve bu benim için yeterlidir. Kendimi ne kadar ünlü ve şanlı da olsa kimseyle özdeşleştirme arzum yok. Efsaneleri gerçek olarak kabul etme ihtiyacı da duymuyorum. Ben sadece cehaletle ve cehaletten kurtuluşla ilgileniyorum. Bir Guru'nun doğru rolü, öğrencilerinin kalplerindeki ve zihinlerindeki cehaleti yok etmektir. Öğrenci bir kez anladığında, o anlayışı doğrulayan biçimde davranmak da ona düşer. Hiç kimse bir başkası adına davranamaz. Ve eğer öğrenci doğru biçimde davranmazsa, bu sadece onun anlamamış ve Guru'nun işinin henüz bitmemiş olduğunu gösterir.

S: Bazı umutsuz vakalar da olmalı.

M: Hiçbiri umutsuz değildir. Engeller aşılabilir. Hayatın onaramadığını ölüm sona erdirecektir, ama Guru başarısızlığa uğrayamaz.

S: Bu güveni size veren nedir?

M: Guru ve insanın içsel gerçeği aslında birdir ve aynı hedefe -zihnin kurtarılması hedefine- doğru birlikte çalışır. Onlar başarısız olamaz. Onlar, yollarını kesen kaya parçalarından köprülerini inşa eder. Bilinç var'lığın bütünü değildir, insanın çok daha işbirlikçi olduğu başka düzeyler vardır. Guru tüm düzeylerde yuvasında gibidir ve onun enerjisi ve sabrı tükenmez.

S: Bana, rüya görmekte olduğumu ve artık uyanma vaktimin geldiğini söyleyip duruyorsunuz. Nasıl oluyor da rüyalarımda bana gelmiş olan Maharaj beni uyandırmayı başaramadı? O dürtmeye ve hatırlatmaya devam ediyor, ama rüya da devam ediyor.

M: Çünkü rüya görmekte olduğunuzu gerçekten anlamadınız. Esaretin özü de budur: Gerçek olan ile olmayanı birbirine karıştırmak. Sizin mevcut halinizde sadece "Ben'im" duygusu gerçeğe ilişkindir; "neyim" ve "nasılım" ise kaderin veya rastlantının empoze ettiği illüzyonlardır.

S: Rüya ne zaman başladı?

M: O başlangıçsız gibi görünür, ama aslında o sadece şimdidir. Siz anbean onu yenilemektesiniz. Rüya gördüğünüzü anladığınızda, uyanacaksınız. Ama anlamazsınız çünkü rüyanın sürmesini istersiniz. Bir gün gelecek, rüyanın sona ermesini tüm kalbiniz ve zihninizle isteyecek ve bunun için her türlü bedeli ödemeye gönüllü olacaksınız; bedel, tutkusuz, bağsız ve tarafsız olmak, rüyaya duyduğunuz ilgiyi yitirmek olacaktır.

S: Ne kadar çaresizim! Varoluş rüyası devam ettikçe, onun sürmesini isteyeceğim. Ben onun sürmesini istedikçe de o sürecek.

M: Onun sürmesini istemek kaçınılmaz değildir. Durumunuzu berrak bir biçimde görün, bu berraklık sizi serbest bırakacaktır.

S: Sizinle birlikte olduğum sürece, söylediğiniz her şey bana çok aşikâr görünüyor. Ama sizden uzaklaşır uzaklaşmaz, huzursuz ve endişeli bir halde koşuşturuyorum.

M: Benden uzak durmanıza gerek yok, hiç olmazsa zihninizde. Ama zihniniz dünyevi refah peşinde!

S: Dünya dertlerle dolu, benim zihnimin de onlarla dolu olmasında şaşılacak bir şey yok.

M: Dertsiz bir dünya hiç olmuş mudur? Sizin bir kişi olmanız, başkalarına karşı şiddete dayanır. Sizin ölüler ve ölenlerle dolu bedeniniz bir savaş alanıdır. Varoluş şiddeti ima eder.

S: Bir beden olarak, evet. Bir insan olarak, kesinlikle hayır. İnsanlık için şiddetsizlik hayat yasasıdır, şiddet ise ölüm yasası.

M: Doğada şiddetsizlik çok azdır.

S: Tanrı ve doğa insan değildir ve insancıl olmak zorunda değildir. Ben yalnızca insanla ilgileniyorum. İnsan olmak için kesinlikle şefkatli olmalıyım.

M: Siz farkında mısınız ki, savunacak bir benliğiniz olduğu sürece şiddet kullanmak zorundasınız?

S: Farkındayım. Gerçekten insan olmak için diğerkâm olmalıyım. Bencil olduğum sürece, ben sadece bir insan-altıyım, bir insanımsıyım.

M: Öyleyse hepimiz insan-altıyız ve sadece çok azımız insan. Az ya da çok, bizi insan yapan yine berraklık ve yardımseverliktir. İnsan-altı olanlar *tamas*'ın ve *rajas*'ın hâkimiyeti altındadırlar; insanlar ise *sattva*'nın. Berraklık ve yardımseverlik zihni ve eylemi etkilerken *sattva*'dır. Ama gerçek-olan *sattva*'nın ötesindedir. Ben sizi tanıdığımdan beri, siz hep dünyaya yardım etmenin peşindesiniz. Ne kadar yardım edebildiniz?

S: Hiç edemedim. Ne dünya değişti, ne ben. Dünya ıstırap çekiyor ve ben de onunla birlikte ıstırap çekiyorum. Istıraba karşı mücadele etmek doğal bir tepkidir. Uygarlık, kültür, felsefe ve din ıstıraba karşı başkaldırıdan başka nedir ki? Kötülük ve kötülüğün sona erdirilmesi sizin de esas meşguliyetiniz değil mi? Siz ona cehalet diyebilirsiniz, ama aynı anlama gelir.

M: Peki, sözcükler önemli değildir, sizin şimdi ne şekilde olduğunuz da önemli değildir. İsimler ve şekiller durmadan değişirler. Kendinizi değişken zihnin değişmez tanığı olarak bilin. Bu yeterlidir.

98

Kendini Özdeşleştirmekten Kurtuluş

Maharaj: Soracağınız bir soru var mı? Sormanız gerekmez, sessiz de kalabilirsiniz. Olmak, yalnızca *olmak* önemlidir. Ne bir şey sormanız ne de bir şey yapmanız gerekir. Böyle, görünüşte tembelce zaman geçirmeye Hindistan'da çok değer verilir. Bu, o an için, "sonra ne olacak" saplantısından kurtulduğunuzu gösterir. Siz telaş içinde olmadığınızda ve zihin endişelerden azade olduğunda, zihin sessizleşir ve sessizlikte genelde algılanamayacak kadar çok süptil olan bir şey işitilebilir. Zihin, görebilmek için açık ve sessiz olmalıdır. Burada yapmaya çalıştığımız şey, gerçek-olanı anlamak için zihnimizi uygun hale getirmektir.

Soran: Kaygılarımızı kesmeyi nasıl öğreniriz?

M: Kaygılarınız için kaygılanmanız gerekmez. Sadece *olun*. Sessiz olmaya çalışmayın; "sessiz olmayı" yerine getirilmesi gereken bir görev haline getirmeyin. "Sessiz olmak" uğruna huzursuz olmayın, "mutlu olmak" uğruna mutsuz olmayın. Sadece var olduğunuzun farkında olun ve farkında kalın; "Evet, Ben'im, peki sonra ne olacak?" demeyin. "Ben'im"de sonrası yoktur. O zamansız, ebedi bir haldir.

S: Eğer o zamansız bir halse, kendini zaten öne sürecektir.

M: Siz neyseniz, ebediyen o'sunuz, ama siz bunu bilmedikçe ve buna göre hareket etmedikçe, bunun size ne yararı vardır? Sizin yemek tasınız altın olabilir, ama siz bunu bilmediğiniz sürece bir yoksul olursunuz. Siz içsel değerinizi bilmeli, ona güvenmeli, günbegün arzularınızı ve korkularınızı feda ederek onu ifade etmelisiniz.

S: Eğer kendimi bilirsem, hiçbir şeyi arzulamaz ve hiçbir şeyden korkmaz mıyım?

M: Bir zaman için zihinsel alışkanlıklar -bilinen geçmişi özleme ve bilinmeyen gelecekten korkma alışkanlığı- yeni vizyona rağmen varlığını sürdürür. Bunların sadece zihne ait olduklarını bildiğinizde, onların ötesine geçebilirsiniz. Kendi hakkınızda her türlü fikre sahip olduğunuz sürece, kendinizi bu fikirlerin sisi arasından görürsünüz; kendinizi olduğunuz gibi bilmek için, tüm fikirlerden vazgeçin. Siz saf suyun tadını hayal edemezsiniz, ancak tüm tatları terk ederek onu keşfedebilirsiniz.

Mevcut yaşam biçiminizle ilgilendiğiniz sürece, onu terk etmeyeceksiniz. Siz aşina olana sıkıca sarıldığınız sürece keşif gerçekleşemez. Ancak siz hayatınızın muazzam kederini tam olarak idrak ettiğinizde ve ona başkaldırdığınızda, bir çıkış yolu bulunabilir.

S: Şimdi görebiliyorum ki Hindistan'ın ebedi hayatının sırrı, Hindistan'ın her zaman koruyucusu olduğu bu varoluş boyutlarında yatmaktadır.

M: Bu açık bir sırdır ve onu paylaşmaya gönüllü ve hazır olan insanlar her zaman vardı. Birçok öğretmen vardır, korkusuz öğrenciler ise çok azdır.

S: Ben öğrenmeye çok istekliyim.

M: Sözcükleri öğrenmek yetmez. Kuramı bilebilirsiniz, ama kendinizi kişisel-ötesi ve niteliklerden arı varoluş, sevgi ve mutluluk merkezi olarak gerçekten deneyimlemeden, salt sözel bilgi kısırdır.

S: Öyleyse ne yapmalıyım?

M: *Olmaya*, sadece *olmaya* çalışın. En önemli sözcük "çalışmak"tır. Her gün yeterli zaman ayırarak sessizce oturun, bağımlılıkları ve saplantılarıyla kişiliğin ötesine geçmeye çalışın. Nasıl diye sormayın, o açıklanamaz. Sonunda başarana dek bunu denemeye devam edin. Eğer sebat ederseniz, başarısızlık olamaz. En önemli şey ciddiyet ve samimiyettir; siz bir kişi olmaktan gerçekten bıkmış ve bir anılar ve alışkanlıklar yumağıyla bu gereksiz özdeşleşmeden kurtulmanızın gerekli olduğunu görüyor olmalısınız. Gereksiz olana karşı bu sürekli ve kararlı direniş başarının sırrıdır.

Sonuçta, siz hayatınızın her anında aslında olduğunuzsunuz, ama bunun -uykudan uyanış anı hariç- asla bilincinde değilsiniz. Tüm ihtiyacınız, var'lığın, sözel bir bildirim olarak değil, daima mevcut bir olgu olarak farkında olmaktır. *Var olduğunuzun* farkındalığı, gözlerinizi olduğunuz şeye açacaktır. Bu çok basittir. Her şeyden önce, benliğinizle daimi bir bağlantı kurun, her zaman kendinizle olun. Öz-farkındalığa, tüm nimetler ve kutsamalar akar. Bir gözlem merkezi olarak, farkında olma niyetiyle başlayın ve eylem halindeki bir sevgi merkezine dönüşün. "Ben'im," çok doğal biçimde, hiç çaba göstermeden güçlü bir ağaca dönüşecek olan küçük bir tohumdur.

S: Kendi içimde çok fazla kötülük görüyorum. Onu değiştirmek zorunda değil miyim?

M: Kötülük dikkatsizliğin gölgesidir. Öz-farkındalığın ışığında o dağılıp yok olacaktır.

Başkalarına bağımlılık boşunadır, çünkü başkalarının verebildiklerini başkaları alıp götürecektir. Ancak başlangıçta sizin olan sonda da sizin olarak kalacaktır. Kendi içinizden gelenden başka bir rehberliği kabul etmeyin, o zaman bile, tüm anıları ayıklayın, çünkü onlar sizi yanlış yönlendirecektir. Yollar ve araçlar konusunda çok cahil olsanız bile, sessiz kalın ve kendi içinize bakın; rehberlik mutlaka gelecektir. Sizin bir sonraki adımınızın ne olması gerektiğini bilmeniz daima sağlanır. Sorun şu ki siz ondan kaçınabilirsiniz. Guru kendi deneyimi ve başarısı sayesinde size cesaret vermek için oradadır. Ama sadece kendi farkındalığınız ve çabanızla keşfettiğiniz şey size daima yararlı olacaktır.

Hatırlayın, algıladığınız hiçbir şey size ait değildir. Değerli hiçbir şey size dışarıdan gelmez; konuyla ilgili ve açıklayıcı olan sadece sizin kendi hissiniz ve anlayışınızdır. İşitilen veya okunan sözler sadece zihninizde imgeler yaratır, ama siz zihin-

sel bir imge değilsiniz. Siz imgenin ardında ve ötesinde olan algı ve eylem gücüsünüz.
S: Siz bana bencillik noktasına varacak derecede ben-merkezci olmamı öğütler görünüyorsunuz. Başka insanlara duyduğum ilgiye de kapılmamalı mıyım?
M: Sizin başkalarına duyduğunuz ilgi bencilcedir, çıkarcıdır, benliğe yöneliktir. Siz başkalarıyla kişiler olarak değil, sadece onlar sizin kendinizle ilgili imajınızı zenginleştirdikleri veya yükselttikleri ölçüde ilgilenirsiniz. Ve bencilliğin son kertesi, insanın sadece kendi bedenini korumayı, sürdürmeyi ve -üreyerek-çoğaltmayı önemsemesidir. Beden derken sizin isminiz ve şeklinizle ilişkili her şeyi -ailenizi, kabilenizi, ülkenizi, ırkınızı vb.- kastediyorum. İnsanın ismine ve şekline bağlı olması bencilliktir. Kendisinin beden ve zihin olmadığını bilen bir insan bencil olamaz, çünkü bencillik nedeni olabilecek bir şeye sahip değildir. Ya da onun karşılaştığı herkes adına eşit ölçüde "bencil" olduğunu söyleyebiliriz; herkesin esenliği onun esenliğidir. "Ben dünyayım, dünya kendimim" hissi çok doğal hale gelebilir; o bir kez yerleştiğinde, bencil olmanın yolu da kalmaz. Bencil olmak, parçanın adına ve bütünün zararına, göz koymak, elde etmek, biriktirmek anlamına gelir.
S: İnsan miras, evlilik ya da şans yoluyla zengin olabilir.
M: Eğer onu sıkı tutmazsanız, elinizden alınacaktır.
S: Şimdiki halinizde siz başka bir kişiyi bir kişi olarak sevebilir misiniz?
M: Ben o başka kişiyim, başka kişi kendimdir; isim ve şekil bakımından farklıyız, ama hiçbir ayrılık yoktur. Varlığımızın kökeninde biz biriz.
S: İnsanlar arasında sevgi olduğunda bu böyle değil midir?
M: Böyledir, ama onlar bunun bilincinde değildirler. Onlar çekimi hisseder, ama nedenini bilmezler.
S: Sevgi neden seçicidir?
M: Sevgi seçici değildir, arzu seçicidir. Sevgide yabancılar yok-

tur. Bencillik merkezi yok olduğunda, tüm zevk arzusu ve acı korkusu biter; insan artık mutlu olmakla ilgilenmez; mutluluğun ötesinde, saf yoğunluk, tükenmez enerji ve sonsuz bir kaynaktan vermenin coşkusu vardır.

S: Kendim için doğru ve yanlış sorununu çözerek başlamam gerekmez mi?

M: İnsanlar hoş, zevkli olanı iyi, acı verici olanı ise kötü olarak kabul ederler.

S: Evet, bu bizim gibi sıradan insanlar için böyledir. Ama sizin için, "bir"lik düzeyinde bu nasıldır? Sizin için ne iyidir ve ne kötüdür?

M: Istırabı artıran şey kötüdür ve onu gideren şey iyidir.

S: Öyleyse siz ıstırabın iyi bir şey olduğunu yadsıyorsunuz. Bazı dinlerde ıstırap iyi ve asil bir şey olarak görülür.

M: *Karma* ya da kader, yararlı bir yasanın ifadesidir: Denge, uyum ve birliğe doğru evrensel yönelim. Her an her ne olursa, en hayırlı yöndedir. O, acı verici, çirkin ve anlamsız görünebilir, ama geçmiş ve gelecek dikkate alındığında, o feci bir durumdan tek çıkış yolu olarak en hayırlısıdır.

S: İnsan sadece kendi günahları için mi ıstırap çeker?

M: İnsan kendini ne olarak düşündüğüne göre ıstırap çeker. Eğer kendinizi insanlık ile bir hissediyorsanız, insanlıkla birlikte ıstırap çekersiniz.

S: Ve siz ıstırap çekenlerle bir olduğunuzu iddia ettiğinize göre, zaman ve uzay içinde sizin ıstırabınızın sınırı yoktur!

M: Olmak ıstırap çekmektir. Özdeşleşme çemberim ne kadar darsa, arzunun ve korkunun neden olduğu ıstırap da o kadar şiddetli olur.

S: Hıristiyanlık ıstırabı arındırıcı ve yükseltici bir unsur olarak kabul eder; Hinduizm ise ona hoşnutsuzlukla bakar.

M: Hıristiyanlık, sözcükleri bir araya getirmenin bir şekli, Hinduizm bir başka şeklidir. Gerçek-olan ise sözlerin ardında ve ötesindedir, iletilemez, direkt olarak deneyimlenir, zihindeki etkisi patlayıcıdır. Başka hiçbir şey istenilmediğinde ona kolayca ulaşılır. Gerçek-olmayan, imgeleme tarafından yaratılır ve arzu tarafından sürdürülür.

S: Gerekli ve iyi olan bir ıstırap olamaz mı?

M: Rastlantı veya kaza eseri olan acı kaçınılmaz ve geçicidir; en iyi niyetle bile olsa, kasıtla sebep olunan acı anlamsız ve zalimcedir.

S: Bir suçu cezalandırmaz mıydınız?

M: Ceza sadece yasallaştırılmış suçtur. Cezalandırma yerine önleme üzerine kurulmuş bir toplumda çok az suç işlenirdi. Az sayıdaki istisnalar da hasta bir zihin ve beden olarak tıbben tedavi edilirdi.

S: Din ile pek ilginiz yok gibi.

M: Din nedir? Gökteki bir bulut. Ben gökte yaşıyorum, bulutların içinde değil, ki onlar bir araya getirilmiş bir yığın sözcüktür. Laf kalabalığını ortadan kaldırın, geriye ne kalır? Gerçek kalır. Benim yuvam -zıtların sürekli bağdaştırılması ve bütünleştirilmesi hali gibi görünen- değişmez olandadır. İnsanlar buraya, böyle bir halin gerçekten var olduğunu, onun ortaya çıkmasının önündeki engelleri ve bir kez algılandığında, onu bilinçte stabilize etme sanatını öğrenmek, böylece, onu anlama ile yaşama arasında bir çatışma olmamasını sağlamak için gelirler. Bu hal zihnin ötesindedir, bu nedenle de öğrenilmesi gerekmez. Zihin sadece engeller üzerinde odaklanabilir; bir engeli engel olarak görmek etkilidir, çünkü bu zihnin zihni etkilemesidir. En baştan başlayın: Dikkatinizi *var olduğunuz* olgusuna verin. Siz hiçbir zaman "Ben yoktum" diyemezsiniz, tüm söyleyebileceğiniz, "Ben hatırlamıyorum" olabilir. Belleğin ne kadar güvenilmez olduğunu bilirsiniz. Küçük, kişisel işlerle meşgul olup, gerçek varlığınızı unutmuş olduğunuzu kabul edin; bilineni eleyerek, unuttuğunuz gerçeği geri getirmeye çalışın. Ne olacağı size söylenemez, bu arzu edilebilir de değildir; beklenti illüzyonlar yaratacaktır. İçsel arayışta beklenmeyenin ortaya çıkması kaçınılmazdır; keşif her zaman tüm imgelemenin ötesindedir. Tıpkı doğmamış bir çocuğun -zihninde onunla geçerli bir film oluşturacak hiçbir şey olmadığı için- doğumdan sonraki hayatı bilemeyeceği gibi, zihin de gerçek-olanı, gerçek-olmayanın terimleriyle düşünemez; o gerçek-olanı sadece "Bu değil, o değil" şeklinde bir olumsuzlamayla düşünebilir. Gerçek-olmayanı gerçek olarak kabul etmek bir engeldir; sahte olanı sahte olarak görmek ve sahte olanı terk etmek gerçeği getirir. Tam bir berraklık, sınırsız sevgi, tam bir korkusuzluk hali; bunlar halen sadece sözcüklerdir, renksiz ana çizgilerdir, ipuçlarıdır. Siz -ameliyattan kaçınmamak koşuluyla- bir ameliyatın sonucunda görmeyi bekleyen kör bir insan gibisiniz. Benim içinde bulunduğum halde sözcüklerin hiçbir önemi yoktur, sözlere bağımlılık da yoktur. Sadece olgular önemlidir.

S: Sözcükler olmadan bir din de olamaz.

M: Yazılı dinler sözcükler yığınıdır. Dinler gerçek yüzlerini sessiz eylem içinde gösterirler. Bir insanın neye inandığını bilmek için, onun nasıl davrandığını izleyin. Çoğu insan için, bedenine ve zihnine hizmet, onun dinidir. Onların dinî fikirleri olabilir, ama o fikirlere göre hareket etmezler. O fikirlerle oynarlar, onlara genelde pek düşkündürler, ama o fikirlere uygun davranmazlar.

S: İletişim için sözcüklere ihtiyaç vardır.

M: Haber ve bilgi alışverişi için, evet. Ama insanlar arasındaki gerçek iletişim sözel değildir. Bir ilişki kurmak ve sürdürmek için, direkt eylemle ifade edilen sevecen bir farkındalık gereklidir. Ne söylediğiniz değil, ne yaptığınız önemlidir. Sözcükler zihin tarafından oluşturulur ve sadece zihin düzeyinde anlamlıdırlar. "Ekmek" sözcüğünü ne yiyebilir ne de onunla yaşayabilirsiniz; o sadece bir fikir aktarır. O ancak yeme fiili ile bir anlam kazanır. Aynı anlamda, size diyorum ki Normal Hal sözel değildir. Onun eylemle ifade edilen bilge sevgi olduğunu söyleyebilirim, ama bu sözcükler, siz onları tam olarak ve tüm güzelliğiyle deneyimlemedikçe, çok az şey iletirler.

Sözlerin sınırlı bir yararı vardır, ama biz onlara sınır koymayarak kendimizi felâketin eşiğine getiririz. Yüksek fikirlerimiz aşağılık eylemlerle pek güzel dengelenirler. Tanrı'dan, Gerçek'ten ve Sevgi'den söz ederiz, ama direkt deneyim yerine tanımlamalara sahibizdir. Eylemi genişletmek ve derinleştirmek yerine, tanımlamalarımızı yontarız. Ve tanımlayabildiğimiz şeyi bildiğimizi hayal ederiz!

S: İnsan deneyimi, sözcükler dışında nasıl aktarabilir?

M: Deneyim sözcüklerle aktarılamaz. O eylemle gelir. Yoğun bir deneyim yaşayan insan güven ve cesaret yayacaktır. Diğerleri de eyleme geçecek ve eylemden doğan deneyimi kazanacaklardır. Sözel öğretinin yararı vardır, o zihni birikintilerini boşaltmaya hazırlar.

Dışsal hiçbir şey değerli olmadığı ve kalp her şeyi bırakmaya hazır olduğu zaman, zihinsel bir olgunluk düzeyine erişilmiştir. O zaman gerçek-olanın bir şansı vardır ve zihin onu kavrayabilir. Eğer gecikmeler olursa, buna zihnin görmeyi ya da bırakmayı istememesi neden olur.

S: Biz bu kadar, tamamen yalnız mıyız?

M: Hayır, değiliz. Kendilerinde olanlar, verebilirler. Ve böyle vericiler çoktur. Dünya sevecen fedakârlık tarafından sürdürülen yüce bir armağandır. Ama uygun alıcılar, bilge ve alçakgönüllü olanlar çok azdır. "İsteyin, o size verilecektir" sözü bu ebedi yasayı ifade eder.

Siz birçok sözcük öğrendiniz, birçok sözcük söylediniz. Her şeyi biliyorsunuz, ama kendinizi bilmiyorsunuz. Çünkü benlik sözcüklerle bilinemez, sadece direkt içgörü onu ortaya çıkaracaktır. İçinize bakın, içinizi arayın.

S: Sözcükleri bırakmak çok zor. Bizim zihinsel hayatımız sürekli bir sözcükler akışıdır.

M: Bu bir zorluk, kolaylık meselesi değildir. Sizin bir alternatifiniz yoktur. Ya denersiniz ya denemezsiniz. Bu size kalmıştır.

S: Ben birçok kez denedim, ama başaramadım.
M: Tekrar deneyin. Denemeye devam ederseniz, bir şeyler olabilir. Ama denemezseniz, saplanıp kalırsınız. Bütün uygun sözcükleri bilebilirsiniz, kutsal metinlerden alıntılar yapabilirsiniz; parlak bir tartışmacı olabilirsiniz, ama bir kemik torbası olarak kalabilirsiniz. Veya göze çarpmayan, alçakgönüllü, önemsiz bir kişi olabilir, ama sevecen iyilik ve derin bir bilgelikle ışıldarsınız.

99

Algılanan Algılayan Olamaz

Soran: Bir yerden bir yere giderek, uygulayabileceğim çeşitli *Yoga* yöntemlerini inceliyordum, ama hangisinin bana uygun olduğuna karar veremedim. Yetkili bir öneri için minnettar olurdum. Halen, tüm bu arayışın bir sonucu olarak, gerçeği bulma fikrinden bezdim. Bu bana hem gereksiz hem de zor görünüyor. Hayat olduğu haliyle zevk verici görünüyor ve onu düzeltmek için bir neden görmüyorum.
Maharaj: Bu hoşnutluk hali içinde kalmanız iyi, ama kalabilir misiniz? Gençlik, canlılık, para sizin beklediğinizden daha çabuk geçip gidecektir. Şimdiye kadar uzak durduğunuz keder sizi kovalayacaktır. Eğer ıstırabın ötesinde olmak istiyorsanız, onu yarı yolda karşılayıp kucaklamalısınız. Alışkanlıklarınızı ve bağımlılıklarınızı bırakın, sade ve ölçülü bir hayat yaşayın, hiçbir canlıyı incitmeyin; *Yoga*'nın temeli budur. Gerçeği bulmak için en küçük günlük eylemde bile gerçek olmalısınız; gerçeği arayışta yalan ve hile olamaz. Hayatınızı zevk verici bulduğunuzu söylüyorsunuz. Belki şu anda öyledir. Ama ondan zevk

alan kimdir?

S: İtiraf edeyim ne zevk alanı, ne de zevk vereni biliyorum. Sadece zevki biliyorum.

M: Doğru. Ama zevk, haz bir zihin halidir, o gelir ve gider. Onu algılanabilir kılan da onun geçiciliğidir. Siz değişmeyenin bilincinde olamazsınız. Tüm bilinç değişim bilincidir. Ama değişim algısı değişmez bir zemini, bir fonu gerektirmez mi?

S: Hiç de değil. Geçmiş halin anısı şimdiki halle kıyaslandığında değişim deneyimini verir.

M: Hatırlanan an ile yaşanan an arasında anbean gözlemlenebilen temel bir fark vardır. Hiçbir zaman noktasında, yaşanan an hatırlanan an olmaz. İkisi arasında sadece yoğunluk değil, tür farklılığı da vardır. Yaşanan an kuşku götürmez ve yanlış anlaşılamaz bir biçimde öyledir. Hiçbir irade ve imgeleme zorlamasıyla o ikisine yer değiştirtemezsiniz. Peki, yaşanan ana bu özgün niteliği veren nedir?

S: Yaşanan an gerçektir, halbuki hatırlanan anda bir hayli belirsizlik vardır.

M: Tam öyle, ama neden? Hatırlanan an, daha bir an önce yaşanan an idi, bir an sonra da yaşadığımız an, hatırlanan an olacak. Yaşanan anı eşsiz, özgün kılan nedir? Tabii ki sizin orada mevcut olma duygunuz. Bellekte ve beklentide, onun gözlem altındaki zihinsel bir hal olduğu şeklinde açık bir his vardır; yaşanan anda ise bu orada mevcut ve farkında olma hissidir.

S: Evet, görebiliyorum. Yaşanan an ile hatırlanan an arasındaki farkı oluşturan şey farkındalıktır. İnsan geleceği veya geçmişi düşünebilir, ama insan *şimdi*'de mevcuttur.

M: Her nereye giderseniz, burada ve şimdi duygusunu her zaman beraberinizde taşırsınız. Bu sizin zamandan ve uzaydan bağımsız olduğunuz anlamına gelir; sizin zamanın ve uzayın içinde değil, zamanın ve uzayın sizin içinizde olduğu anlamına gelir. Size sınırlılık hissini veren şey, zaman ve uzayla sınırlı bir bedenle özdeşleşmenizdir. Gerçekte, siz sınırsız ve ebedisiniz.

S: Bu sınırsız ve ebedi benliğimi nasıl bileceğim?

M: Bilmek istediğiniz benlik, ikinci bir benlik midir? Siz birkaç benlikten mi oluşuyorsunuz? Kuşkusuz, sadece bir benlik vardır ve siz o benliksiniz. Kendinizle ilgili yanlış fikirlerden kurtulduğunuzda, onun orada tüm ihtişamıyla durduğunu görürsünüz. Kendinizi bilmeyi engelleyen şey sadece sizin zihninizdir.

S: Zihinden nasıl kurtulacağım? Ve insan düzeyinde zihin olmadan yaşamak mümkün müdür?

M: Zihin diye bir şey yoktur. Fikirler vardır ve onların bazıları yanlıştır. Yanlış fikirleri terk edin, çünkü onlar asılsızdır ve kendinizi görmenizi engellerler.

S: Hangi fikirler yanlış, hangileri doğrudur?

M: Genellikle, öne sürülen, iddia edilenler yanlış, reddedilenler doğrudur.

S: İnsan her şeyi ret ve inkâr ederek yaşayamaz!

M: İnsan ancak reddederek yaşayabilir. İddia etmek esarettir. Sorgulamak ve reddetmek gereklidir. Bu, başkaldırının özüdür ve başkaldırı olmadan özgürlük olamaz.

Arayacağınız ikinci ya da daha yüksek bir benlik yoktur. Siz en yüksek benliksiniz, sadece kendi hakkınızdaki asılsız fikirlerden kurtulun. Hem inanç hem mantık size söylüyor ki siz ne bedensiniz ne onun arzuları ve korkularısınız, ne hayali fikirleri ile zihinsiniz ne de toplumun sizi oynamaya zorladığı rol ve olduğu varsayılan kişisiniz. Sahte olandan vazgeçin, gerçek olan kendi yerini bulacaktır.

Siz benliğinizi bilmek istediğinizi söylüyorsunuz. Siz kendi benliğinizsiniz, siz olduğunuzdan başka bir şey olamazsınız. Biliş oluştan ayrı mıdır? Zihninizle bilebileceğiniz her şey zihne aittir, o siz değildir; kendi hakkınızda ancak şunu söyleyebilirsiniz: "Ben'im, farkındayım, bundan hoşlanıyorum" (var' lık-farkındalık-mutluluk).

S: Hayatta olmayı acı verici bir hal olarak görüyorum.

M: Siz hayatta olamazsınız, çünkü siz hayatın kendisisiniz. Istırap çeken sizin kendiniz olduğunu hayal ettiğiniz kişidir, siz değil. Onu farkındalık içinde eritin. O sadece bir anılar ve alışkanlıklar yumağıdır. Gerçek-olmayanın farkındalığı ile gerçek doğanızın farkındalığı arasında bir uçurum vardır ki saf farkındalık sanatında ustalaştığınızda onu kolayca geçeceksiniz.

S: Bütün bildiğim, kendimi bilmediğimdir.

M: Benliğinizi bilmediğinizi nasıl biliyorsunuz? Sizin direkt içgörünüz size önce kendinizi bildiğinizi söyler, çünkü siz bir şeyin varoluşunu deneyimlemek üzere orada olmadıkça, sizin için hiçbir şey var olmaz. Siz kendi benliğinizi bilmediğinizi imgeliyorsunuz, çünkü benliğinizi tarif edemiyorsunuz. Siz daima "Ben var olduğumu biliyorum" diyebilirsiniz ve "Ben yokum" bildirimini yanlış diye reddedersiniz. Ama tarif edilebilen bir şey sizin benliğiniz olamaz, siz tarif edilemezsiniz. Siz ancak kendiniz *olmakla* kendinizi bilebilirsiniz. Siz, algılanabilir ya da düşünülebilir bir şey olmadığınızı, bilinç alanında beliren hiçbir şeyin sizin benliğiniz olamayacağını bir kez anladığınızda, sizi benliğinizin daha derin bir idrakine götürebilecek tek yol olarak tüm özdeşleşmeden kurtulma sürecine gireceksiniz. Siz gerçekten reddederek ilerlersiniz. Beden ve zihin içinde olmadığınızı, ama her ikisinin de farkında olduğunuzu bilmek, zaten kendini-bilmektir.

S: Eğer ben beden ve zihin değilsem, onların nasıl farkında olurum? Bana tamamen yabancı bir şeyi nasıl algılayabilirim?

M: "Hiçbir şey ben değilim," ilk adımdır. "Her şey ben'dir" ikinci adımdır. Her ikisi de "Bir dünya vardır" fikrine asılıdır. Bundan da vazgeçildiğinde, siz neyseniz o olarak kalırsınız: Dualitesiz Benlik. Siz şimdi ve burada *o'sunuz,* ama görüşünüz benliğiniz hakkındaki yanlış fikirlerle perdelenmiştir.

S: Pekâlâ, kabul ediyorum ki ben varım, vardım ve var olacağım; en azından doğumdan ölüme dek. Şimdi burada oluşumdan da hiç kuşku duymuyorum. Ama bunun yeterli olmadığını görüyorum. Hayatımda iç ve dış arasındaki uyumdan doğan sevinç eksik. Eğer sadece ben varsam ve dünya bir projeksiyondan ibaretse, o zaman neden uyumsuzluk var?

M: Siz uyumsuzluk yaratıyor, sonra da yakınıyorsunuz! Siz arzuladığınız, korktuğunuz ve kendinizi hislerinizle özdeşleştirdiğinizde, keder ve esaret yaratırsınız. Sevgi ve bilgelikle yarattığınız ve yaratımlarınıza bağlı olmadığınızda ise sonuç uyum ve huzurdur. Ama zihninizin durumu her ne ise, o size ne şekilde yansır? Sizi mutlu ya da mutsuz eden sadece zihninizle özdeşleşmenizdir. Zihninizin kölesi olmaya başkaldırın, zincirlerinizi sizin yarattığınızı görün ve o bağlılık ve nefret zincirlerini kırın. Özgürlük hedefinizi zihninizde sürekli tutun, ta ki zaten özgür olduğunuzu, özgürlüğün uzak bir gelecekte ve acı verici çabalarla kazanılacak bir şey olmadığını, onun her zaman -kullanılmak üzere- sizin olduğunu anlayana dek! Özgürleşme bir elde etme, kazanma meselesi değil, bir cesaret meselesidir; zaten özgür olduğunuza inanma ve ona göre davranma cesaretidir.

S: Eğer içimden geldiği gibi davranırsam, ıstırap çekerim.

M: Bununla birlikte, özgürsünüzdür. Eyleminizin sonuçları, içinde yaşadığınız topluma, onun geleneklerine ve adetlerine bağlı olacaktır.

S: Pervasızca davranabilirim.

M: Cesaretle birlikte bilgelik, şefkat ve eylemde beceri de ortaya çıkacaktır. Ne yapacağınızı bileceksiniz ve her ne yaparsanız, bütünün hayrına olacaktır.

S: Çeşitli veçhelerimin birbirleriyle savaştıklarını görüyorum ve içimde hiç huzur yok! Özgürlük ve cesaret, bilgelik ve şefkat nerede? Eylemlerim, içinde bulunduğum boşluğu ancak büyütüyor.

M: Bu tümüyle böyledir, çünkü siz kendinizi bir kimse ya da bir şey olarak kabul ediyorsunuz. Durun, bakın, inceleyin, doğru soruları sorun, doğru sonuçlara varın, onlara göre hareket etme cesaretini gösterin ve ne olduğunu görün. İlk adım büyük bir kargaşa yaratabilir, ama çok geçmeden kargaşa bitecek, huzur ve sevinç hâkim olacaktır. Siz kendi hakkınızda çok şey biliyorsunuz, ama bileni bilmiyorsunuz. Bilinenin bilenini, yani gerçek kimliğinizi bulun. İçinize dikkatle ve sabırla bakın, algılananın algılayan olamayacağını hatırlayın. Her ne görür, işitir ya da düşünürseniz şunu hatırlayın: Siz vaki olan değil, vaki olanın muhatabısınız. "Ben'im" duygusunu derinlemesine araştırdığınızda, algılama merkezinin -dünyayı aydınlatan ışık kadar- evrensel olduğunu keşfedeceksiniz. Evrende vaki olan her şey size, sessiz tanığa vaki olur. Öte yandan, yapılan her şey, sizin tarafınızdan, yani evrensel ve tükenmez enerji tarafından yapılır.

S: İnsanın hem sessiz tanık ve hem de evrensel enerji olduğunu işitmesi, kuşkusuz çok hoşnut edici bir şey. Ama insan sözel bir bildirimden direkt bilgiye nasıl geçecek? İşitmek bilmek değildir.

M: Bir şeyi direkt ve sözsüz olarak bilebilmek için, sizin bileni bilmeniz gerekir. Şimdiye kadar siz zihni bilen olarak kabul ettiniz, ama öyle değildir. Zihin sizi imajlarla ve fikirlerle tıkar ve onlar bellekte yara izleri bırakırlar. Siz hatırlamayı bilgi sanıyorsunuz. Gerçek bilgi her zaman taze, yeni ve beklenmediktir. O kendi içinizden gelir. Ne olduğunuzu bildiğinizde, aynı zamanda bildiğiniz olursunuz. Bilmek ile olmak arasında bir ayrılık yoktur.

S: Ben zihni ancak zihinle inceleyebilirim.

M: Elbette, zihninizi bilmek için zihninizi kullanın. Bu tamamen meşru bir şeydir ve zihnin ötesine geçebilmek için en iyi hazırlıktır. Olmak, bilmek ve zevk almak size aittir. Önce kendi varlığınızı idrak edin. Bu kolaydır, çünkü "Ben'im" duygusu daima sizinledir. Sonra kendinizle -bilinenden ayrı- bilen olarak tanışın. Kendinizi bir kez saf var'lık olarak bildiğinizde, özgürlüğün coşkusunu yaşarsınız.

S: Bu hangi *Yoga*'dır?

M: Neden merak ediyorsunuz? Sizi buraya getiren şey bildiğiniz hayattan, bedeninizin ve zihninizin hayatından hoşnutsuz olmanızdır. Siz onları kontrol ederek ve bir ideale uydurmaya uğraşarak düzeltmeye çalışabilir ya da özdeşleşme düğümünü kesip atarak, bedeninize ve zihninize, sizi herhangi bir biçimde bağlamadan vaki olan şeyler olarak bakabilirsiniz.

S: Kontrol ve disiplin yoluna *raja yoga* ve bağsızlık yoluna *gnana yoga* mı demeliyim? Ve bir ideale tapmaya *bhakti yoga*?

M: Eğer bu sizi hoşnut ediyorsa. Sözcükler işaret eder, ama açıklamazlar. Benim öğrettiğim, anlayış yoluyla özgürleşme olan kadim ve basit bir yoldur. Kendi zihninizi anlayın, o zaman onun sizin üzerinizdeki bağlayıcılığı son bulacaktır. Zihin yanlış anlar, yanlış anlama onun doğasıdır. Doğru anlayış tek çaredir, ona istediğiniz adı verin. O en ilk ve en son öğretidir, çünkü o zihnin gerçek doğasıyla ilgilenir.

Yaptığınız hiçbir şey sizi değiştirmeyecektir, çünkü değişmeye ihtiyacınız yoktur. Zihninizi ya da bedeninizi değiştirebilirsiniz, ama değişmiş olan siz değil, sizin dışınızdaki bir şeydir. Bedeninizin, zihninizin, hatta bilincinizin siz olmadığını idrak edin ve bilincin ve bilinçdışının ötesindeki gerçek doğanızda tek başınıza durun. Hiçbir çaba sizi oraya götüremez, sadece anlayış berraklığı götürebilir. Yanlış anlamalarınızı ortaya çıkarın ve onları terk edin, hepsi bu kadar. Aranacak ve bulunacak hiçbir şey yoktur, çünkü kaybedilmiş bir şey yoktur. Gevşeyin, rahatlayın ve "Ben'im"i izleyin. Gerçek hemen onun ardındadır. Sakin ve sessiz kalın; o ortaya çıkacaktır, daha doğrusu, sizi içine alacaktır.

S: Önce bedenimden ve zihnimden mi kurtulmalıyım?

M: Bunu yapamazsınız, çünkü bu fikrin kendisi sizi onlara bağlar. Sadece anlayın ve önemsemeyin.

S: Önemsememezlik edemiyorum, çünkü bütünlük içinde değilim.

M: Tamamen bütünlük içinde olduğunuzu, düşüncenizin ve eyleminizin tamamen eşgüdümlü olduğunu hayal edin. Bu size nasıl yardım edecek? Bu sizi kendinizi beden ve zihin sanmaktan kurtarmayacak. Onları doğru biçimde, yani "siz olmayan" olarak görün, hepsi bu kadar.

S: Siz benim unutmayı hatırlamamı istiyorsunuz!

M: Evet, öyle görünür. Ama durum umutsuz değildir. Bunu yapabilirsiniz. Sadece ciddiyet ve samimiyetle girişin. Sizin körü körüne arayışınız vaat doludur. Sizin arayışınız bulmanın ta kendisidir. Başarısız olmanız mümkün değildir.

S: Bütünlüğümüzü yitirdiğimiz için ıstırap çekiyoruz.

M: Düşüncelerimize ve eylemlerimize arzular ve korkular neden olduğu sürece ıstırap çekeceğiz. Onların boşuna ve yararsız olduklarını görün, o zaman onların yarattığı tehlike ve kaos dinecektir. Kendinizi düzeltmeye çalışmayın, tüm değişimin boşuna olduğunu görün. Değişmez-olan beklerken, değişken-olan değişmeye devam eder. Değişken-olanın sizi değişmez-olana götürmesini beklemeyin, bu asla olamaz. Ancak değişme fikrinin yanlış olduğu görüldüğünde ve o terk edildiğinde, değişmez-olan kendiliğinden yerini bulur.

S: Her gittiğim yerde bana, gerçek-olanı görebilmem için önce derin bir biçimde değişmem gerektiği söyleniyor. İnsanın kendi kendine empoze ettiği bu maksatlı ve plânlı değişim sürecine *Yoga* deniliyor.

M: Tüm değişim sadece zihni etkiler. Gerçek benliğiniz olmak için, zihnin ötesine geçmeli, kendi varlığınızı bulmalısınız. Geride bıraktığınız zihnin ne olduğu önemsizdir, yeter ki onu kesin olarak geride bırakmış olun. Bu da kendini-idrak olmadan mümkün değildir.

S: Hangisi önce gelir, zihni terk etmek mi, yoksa kendini-idrak mi?

M: Kendini-idrak kesinlikle önce gelir. Zihin kendi başına kendi ötesine geçemez. O patlamalıdır.

S: Patlamadan önce hiçbir araştırmaya ve keşfe gerek yok mudur?

M: Patlayıcı güç gerçek-olandan gelir. Zihninizi ona hazırlamanız iyi olur. Korku onu daima erteleyebilir -başka bir fırsat çıkana dek.

S: Ben her zaman bir fırsat vardır diye düşünüyordum.

M: Teoride, evet. Pratikte ise, kendini-idrak için gerekli tüm etkenlerin mevcut olduğu bir durumun ortaya çıkması gerekir. Bu sizin cesaretinizi kırmamalı. "Ben'im" olgusu üzerinde durmanız çok geçmeden başka bir fırsat yaratacaktır. Çünkü tutum fırsatı kendine çeker. Sizin tüm bildikleriniz ikinci eldendir, yalnızca "Ben'im" birinci eldendir ve hiçbir kanıta ihtiyacı yoktur. Onunla kalın.

100

Anlayış Özgürlüğe Götürür

Soran: Dünyanın birçok ülkesinde soruşturma görevlileri, kurbanlarından bir itiraf almak ve gerekirse onların kişiliklerini değiştirmek amacıyla belirli uygulamalarda bulunurlar. Akıllıca seçilmiş bazı fiziksel ve moral yoksunluklara ve ısrarlara tâbi tutarak, eski kişiliğin parçalanması ve onun yerine yeni bir kişiliğin oluşması sağlanır. Soruşturma altındaki insan kendisinin bir devlet düşmanı ve vatan haini olduğunu tekrar tekrar işitir ve sonunda bir gün gelir, onun içinde bir şey kırılır ve o bir vatan haini olduğuna, aşağılanmayı ve en büyük cezayı hak ettiğine inanır. Bu süreç beyin-yıkama olarak bilinir.

Ben dinî ve *Yogik* uygulamaların "beyin-yıkama"ya çok benzediğini düşünüyorum. Aynı fiziksel ve zihinsel yoksunluklar, yalnızlık, güçlü bir günah duygusu, umutsuzluk ve kefaret ve dine dönüş yoluyla kurtuluş arzusu, kendisiyle ilgili yeni bir imajı benimseme ve o imaja bürünme. Hazır formüllerin tekrarlanması: "Tanrı iyidir"; "Guru bilir"; "İnancım beni kurtaracak." *Yogik* veya dinî uygulamalarda da aynı mekanizma işler. Zihin -tüm diğer fikirleri dışlayarak- belirli bir fikir üzerinde konsantre edilir ve konsantrasyon katı disiplinle ve acı verici perhizlerle güçlendirilir. Hayat ve mutluluk bakımından yüksek bir bedel ödenir ve karşılığında elde edilen de, bu nedenle, çok önemli gibi görünür. Bu önceden-düzenlenmiş değişim, aşikâr ya da gizli olsun, dinî veya siyasi olsun, törel veya sosyal olsun hakiki ve kalıcı görünebilir, ama tüm bu işte bir yapaylık hissi vardır.

Maharaj: Çok haklısınız. Bu kadar çok zorluktan geçen zihin sarsılır ve hareketsizleşir. Onun durumu istikrarsız ve dengesiz hale gelir; üstlendiği her şey daha derin bir esaretle sona erer.

S: Öyleyse neden *sadhana*'lar tavsiye edilir?

M: Siz muazzam çabalar harcamadıkça, çaba harcamanın sizi hiçbir yere götürmeyeceğini anlamayacaksınız. Benlik öylesine kendinden emindir ki cesareti tümüyle kırılmadıkça vazgeçmeyecektir. Sadece sözel inanç yeterli değildir. Ancak katı olgular öz-imajın mutlak hiçliğini gösterebilir.

S: Beyin-yıkayıcı beni delirtir, Guru ise akıllandırır. Yönetme benzerdir, ama güdü ve amaç tümüyle farklıdır. Benzerlikler belki sadece sözeldir.

M: Istırap çekmeye davet veya zorlama şiddet içerir ve şiddetin meyvesi tatlı olamaz.

Hayatta kaçınılmaz biçimde acı verici olan belirli durumlar vardır ve onlarla başa çıkmanız gerekir. Ayrıca bilerek ya da ihmal yüzünden, kendi yaratmış olduğunuz belirli durumlar da vardır. Bunlardan da dersler çıkarmanız gerekir ki tekrarlanmasınlar.

S: Öyle görünüyor ki acıyı yenmeyi öğrenmek için ıstırap çekmemiz gerekiyor.

M: Acıya dayanmak gerekir. Acıyı yenmek diye bir şey yoktur ve bunun eğitimine de gerek yoktur. Gelecek için eğitim, tutumlar geliştirmek bir korku işaretidir.

S: Acıyı nasıl göğüsleyeceğimi bilirsem, ondan korkmam, böylece ondan kurtulurum ve dolayısıyla mutlu olurum. Bir mahpus için de böyledir. O cezasını adil ve uygun bulur ve hapishane yetkilileri ve devletle barış içinde olur. Tüm dinler kabul ve teslimiyetten başka bir şey vaaz etmezler. Biz suçumuzu kabul etmeye, dünyadaki tüm kötülüklerden kendimizi sorumlu hissetmeye teşvik ediliriz. Benim sorunum şu: Ben beyin-yıkama ile *sadhana* arasında büyük bir fark göremiyorum; sadece, *sadhana*'da insan fiziksel olarak kısıtlanmıyor. Zorlayıcı telkin unsuru her ikisinde de var.

M: Sizin de söylediğiniz gibi, benzerlikler yüzeyseldir. Onları ısrarla belirtmeniz gerekmez.

S: Efendim, benzerlikler yüzeysel değil. İnsan karmaşık bir varlık ve o aynı zamanda hem suçlayan hem suçlanan, hem de yargıç, gardiyan ve cellat olabilir. "Gönüllü" olarak yapılan bir *sadhana*'da gönüllü olan pek bir şey yok. İnsan kendi görüş alanı ve kontrolü ötesindeki kuvvetler tarafından zorlanır. Ben, fiziksel metabolizmam kadar zihinsel metabolizmamı da, uzun ve acı verici çabalar -ki bu *Yoga*'dır- dışında pek az değiştirebilirim. Tüm sorduğum şu: Siz de benim gibi *Yoga*'nın şiddet içerdiği görüşünde misiniz?

M: *Yoga*'nın, sizin anlattığınız şekliyle şiddet içerdiğini kabul ediyorum ve ben şiddetin hiçbir şeklini savunmam. Benim yolum tümüyle şiddetten azadedir. Bunun ne olduğunu kendiniz bulun.

S: Ben sözcükleri yanlış kullanmıyorum. Bir Guru bana hayatımın sonuna kadar günde on altı saat meditasyon yapmamı söylerse, ben kendi üzerimde aşırı derecede şiddet uygulamadıkça bunu yapamam. Böyle bir Guru doğru mu, yanlış mı yapmaktadır?

M: Siz öyle bir eğilim hissetmedikçe, kimse sizi günde on altı saat meditasyon yapmaya zorlamaz. Bu sadece, "kendinizle baş başa kalın, başkalarının arasında kaybolmayın" demenin bir yoludur. Öğretmen bekleyecektir, ama zihin sabırsızdır.

Şiddet gösteren öğretmen değil, zihindir ve kendi şiddetinden kendi korkan da zihindir. Zihne ait olan göreceli olandır, onu bir mutlak haline getirmek bir hatadır.

S: Eğer pasif kalırsam, hiçbir şey değişmeyecektir. Eğer aktif olursam, şiddete başvurmak zorundayım. Hem verimsiz olmayan hem de şiddetsiz olan ne yapabilirim?

M: Elbette, şiddet içermeyen ve verimsiz olmayan, ama son derece etkili olan bir yol vardır. Sadece, kendinizi olduğunuz gibi görün, olduğunuz gibi kabul edin ve durmadan kendinizde derinleşin. Şiddet ve şiddetsizlik sizin başkalarına karşı tutumunuzu tanımlar; benlik kendisiyle ilişkisinde ne şiddetlidir ne de şiddetsiz, o kendinin ya farkındadır ya da değildir. Eğer o kendini biliyorsa, yaptığı her şey doğru olacaktır; eğer bilmiyorsa, yaptığı her şey yanlış olacaktır.

S: "Ben kendimi Ben'im olarak biliyorum" derken ne demek istiyorsunuz?

M: Zihinden önce, "Ben'im." "Ben'im" zihindeki bir düşünce değildir; zihin bana vaki olur, ben zihne vaki olmam. Zaman ve uzay zihinde olduklarından, ben zamanın ve uzayın ötesindeyim, ebedi ve her yerde hazır olanım.

S: Ciddi misiniz? Siz gerçekten de her yerde ve her zaman mevcut olduğunuzu mu kastediyorsunuz?

M: Evet. Sizin için hareket özgürlüğü ne kadar aşikârsa, bu da benim için o kadar aşikârdır. Bir ağacın bir maymuna, "Bir yerden bir yere gidebildiğini söylerken ciddi misin?" diye sorduğunu ve maymunun da "Evet, ciddiyim" dediğini düşünün.

S: Siz neden-sonuç ilişkisinden de azade misiniz? Mucizeler yapabilir misiniz?

M: Dünyanın kendisi bir mucizedir. Ben mucizelerin ötesindeyim, ben kesinlikle normalim. Benim için her şey olması gerektiği gibi olur. Ben yaradılışa müdahale etmem. En büyük mucize her zaman vuku bulurken, küçük mucizelerin bana ne yararı olur? Her ne görürseniz, gördüğünüz daima kendi varlığınızdır. Kendi içinizde her zaman derinleşin, içinizi arayın, kendini-keşifte ne şiddet vardır ne şiddetsizlik. Sahte olanın yıkımı şiddet değildir.

S: Kendimi soruşturduğumda ya da bana şu veya bu şekilde yararlı olacağını düşünerek içime yöneldiğimde, hâlâ gerçek benliğimden kaçıyor olurum.

M: Çok doğru. Gerçek soruşturma daima bir şeyin içine doğru yapılır, dışına doğru değil. Ben bir şeyi nasıl elde edeceğimi ya da bir şeyden nasıl kaçınacağımı soruşturduğumda, gerçekten araştırıp soruşturuyor olmam. Herhangi bir şeyi bilmek için onu tamamen kabul etmem gerekir.

S: Evet, Tanrı'yı bilmek için Tanrı'yı kabul etmeliyim -ne kadar korkutucu!

M: Tanrı'yı kabul edebilmeden önce, kendinizi kabul etmelisiniz ki bu daha da korkutucudur. Kendini, benliğini kabul etmenin ilk adımları pek hoş değildir, çünkü insanın gördüğü mutluluk verici bir görüntü değildir. İnsan daha ilerleyebilmek için epey cesarete muhtaçtır. Size yardım edecek olan sessizliktir. Kendinize tam bir sessizlik içinde bakın, kendinizi tarif etmeyin. Kendiniz olduğuna inandığınız varlığa bakın ve hatırlayın: Siz gördüğünüz şey değilsiniz. "Bu ben değilim, ben neyim?" kendini soruşturma hareketidir. Özgürleşmenin başka yolu yoktur, tüm diğer yollar geciktirir. Olmadığınız şeyi kararlı bir biçimde reddedin, ta ki gerçek Benlik muhteşem hiçliğiyle, bir "şey" olmayışıyla ortaya çıkana dek...

S: Dünya hızlı ve kritik değişimlerden geçiyor. Bunu, diğer ülkelerin yanı sıra, Birleşik Devletler'de büyük bir açıklıkla görebiliyoruz. Bir yandan, suç oranlarında artış var, diğer yandan da gerçek kutsallıkta. Topluluklar kuruluyor ve bazıları çok yüksek düzeyde bir dürüstlük ve riyazet sergiliyorlar. Görünüşe göre, kötülük sanki kendi başarılarıyla -yakıtını tüketen bir ateş gibi- kendini yok ediyor; buna karşın iyilik de, hayat gibi, kendi kendini sürdürüyor.

M: Olayları iyi ve kötü diye ayırdığınız sürece, haklı olabilirsiniz. Aslında, yerine getirildiklerinde, iyi kötü hale, kötü de iyi hale gelir.

S: Sevgiye ne dersiniz?

M: Şehvete dönüştüğünde yıkıcı hale gelir.

S: Şehvet nedir?

M: Hatırlamak, hayal etmek, beklentide olmak. O duyusal ve sözeldir. Bir bağımlılık şeklidir.

S: *Yoga*'da *brahmacharya,* yani kendini-tutma zorunlu mudur?

M: Kısıtlama ve bastırma içeren bir hayat *Yoga* ile bağdaşmaz. Zihin arzulardan azade ve rahat olmalıdır. Bu, belleğin başka bir şekli olan azim ve kararlılıkla değil, anlayışla gelir. Anlayan bir zihin arzulardan ve korkulardan azadedir.

S: Anlayışı nasıl kazanabilirim?

M: Meditasyonla, ki bu dikkatinizi vermek anlamına gelir. Sorununuzun tam olarak farkında olun, ona her yönünden bakın, onun hayatınızı nasıl etkilediğini izleyin. Sonra onu kendi haline bırakın. Bundan daha fazlasını yapamazsınız.

S: Bu beni özgürleştirecek mi?

M: Anladığınız şeyden kurtulursunuz. Özgürlüğün dışsal ifadelerinin ortaya çıkması zaman alabilir, ama onlar zaten oradadır. Mükemmelliği beklemeyin. Tezahürde mükemmellik yoktur. Ayrıntılar çarpışacaktır. Hiçbir sorun tamamen çözülmez, ama siz onun etki etmediği bir düzeye çekilebilirsiniz.

101

Gnani Kavramaz ve Tutmaz

Soran: *Gnani* bir şeyin yapılmasına ihtiyaç duyduğunda nasıl davranır? O plânlar yapar, ayrıntılara karar verir ve onları yerine getirir mi?

Maharaj: *Gnani* bir durumu tam olarak anlar ve ne yapılması gerektiğini hemen kavrar. Hepsi o kadar. Gerisi -büyük ölçüde bilinçdışı olarak- kendiliğinden olur. *Gnani*'nin tüm var olanla özdeşliği öylesine tamdır ki, o evrene nasıl karşılık veriyorsa, evren de ona öyle karşılık verir. O şundan son derece emindir: Bir durum bir kez bilindiğinde, olaylar yeterli ve uygun bir karşılık vermek üzere harekete geçecektir. Sıradan insan kişisel olarak ilgilenir, risklerini ve fırsatlarını hesap eder, *gnani* ise her şeyin olması gerektiği gibi olacağından emin olarak uzak kalır; ve ne olacağı o kadar önemli değildir, çünkü en sonunda dengeye ve uyuma geri dönüş kaçınılmazdır. Her şeyin merkezi huzur içindedir.

S: Anladım ki kişilik bir illüzyondur ve kimlik kaybı olmadan uyanık bağsızlık, tarafsızlık bizim gerçek ile temas noktamızdır. Lütfen bana söyler misiniz, şu anda siz bir kişi misiniz, yoksa kendinin farkında olan bir kimlik mi?

M: Her ikisiyim. Ama gerçek benlik -onun ne olmadığı şeklinde, kişi tarafından sağlanan terimler dışında- tarif edilemez. Kişi hakkında tüm söyleyebileceğiniz, onun benlik olmadığıdır ve benlik hakkında da kişiye ilişkin olmayan hiçbir şey söyleyemezsiniz. Tüm nitelikler kişiseldir. Gerçek-olan ise tüm niteliklerin ötesindedir.

S: Siz bazen benlik, bazen de kişi misiniz?

M: Nasıl olabilirim? Kişi diğer kişilere görünendir. Kendim için ben, içinde sayısız kişinin sonu gelmez bir biçimde belirip kaybolduğu sonsuz bilinç alanıyım.

S: Size göre tamamen hayali olan kişi nasıl oluyor da bize gerçek görünüyor?

M: Siz (benliğiniz) tüm var'lığın, bilincin ve sevincin kökeni olduğunuzdan, algıladığınız her şeye kendi gerçekliğinizi verirsiniz. Bu gerçeklik veriş her zaman *şimdi*'de vuku bulur, başka hiçbir zamanda değil; çünkü geçmiş ve gelecek sadece zihindedir. "Var'lık" sadece şimdide geçerlidir.

S: Ebediyet de sonsuz değil midir?

M: Zaman sınırlı olsa da sonsuzdur, ebediyet ise *şimdi* anındadır. Onu kaçırırız, çünkü zihin daima geçmiş ve gelecek arasında mekik dokumaktadır. O *şimdi*'ye odaklanmak için durmayacaktır. Eğer ilgi uyandırılırsa, bu nispeten kolayca yapılabilir.

S: İlgiyi ne uyandırır?

M: Olgunluğun işareti olan ciddiyet ve samimiyet.

S: Olgunluk nasıl meydana gelir?

M: Zihninizi berrak ve temiz tutarak, hayatınızı her anın tam farkında olarak yaşayarak, korkularınızı ve arzularınızı ortaya çıktıkları anda inceleyerek ve gidererek.

S: Böyle bir konsantrasyon hiç mümkün olabilir mi?

M: Deneyin. Her seferinde bir adım atmak kolaydır. Enerji ciddiyet ve samimiyetten kaynaklanarak gelir.

S: Kendimi yeterince ciddi ve samimi bulmuyorum.

M: Kendine ihanet çok büyük bir sorundur. O, zihni kanser gibi kemirip çürütür. Devası, düşünüş berraklığında ve bütünlüğünde yatar. Bir illüzyonlar dünyasında yaşadığınızı anlamaya çalışın, onları inceleyin ve köklerini açığa çıkarın. Bunu yapmaya çalışmanız bile sizi ciddi ve samimi kılacaktır, çünkü doğru çabada aşkın bir mutluluk vardır.

S: Bu beni nereye götürür?

M: O sizi kendi mükemmelliğinden başka nereye götürebilir? Bir kez, *şimdi*'de iyice yerleştiğinizde, ebediyen olduğunuz ve ebediyen ifade ettiğiniz yerden başka gideceğiniz bir yer olmaz.

S: Siz bir misiniz, birçok mu?

M: Ben birim, ama birçok gibi görünürüm.

S: İnsan neden belirir?

M: Olmak ve bilinçli olmak iyidir.

S: Hayat kederli.

M: Cehalet kedere neden olur. Mutluluk anlayışı takip eder.

S: Cehalet neden acı verici olsun?

M: O acı verici haller ve sonu gelmez yanılgıların kaynağı olan tüm arzunun ve korkunun kökeninde bulunur.

S: Ben kendini idrak etmiş olması gereken insanların güldüklerini ve ağladıklarını gördüm. Bu, onların arzudan ve korkudan azade olmadıklarını göstermez mi?

M: Onlar koşullara göre gülebilir ve ağlayabilirler, ama içsel olarak, sakin ve berrak bir biçimde, kendi spontane tepkilerini -tarafsızca- izlemekte olabilirler. Görünüşler yanıltıcıdır, özellikle bir *gnani*'nin durumunda bu daha çok böyledir.

S: Sizi anlamıyorum.

M: Zihin anlayamaz, çünkü zihin kavramak ve tutmak üzere eğitilmiştir, *gnani* ise kavramaz ve tutmaz.

S: Ben neyi tutmaktayım, sizin tutmadığınız?

M: Siz anıların bir yaratığısınız; en azından kendinizi öyle imgeliyorsunuz. Ben tamamen imgelemesizim. Ben neysem o'yum, herhangi bir fiziksel veya zihinsel hal ile tanımlanamaz olanım.

S: Bir kaza sizin sakinliğinizi yok edebilir.

M: Garip olan olgu şu ki yok etmiyor. Kendim de hayretle görüyorum ki olduğum gibi kalıyorum: Olup biten her şeye karşı uyanık, saf farkındalık.

S: Ölüm anında bile mi?

M: Bedenin ölümünden bana ne?

S: Dünya ile temas kurmak için ona ihtiyacınız yok mu?

M: Benim dünyaya ihtiyacım yok. Bir dünya içinde de değilim. Sizin düşündüğünüz dünya kendi zihninizin içinde. Ben onu sizin gözlerinizle ve zihninizle görebilirim, ama onun bir anılar projeksiyonu olduğunun tamamen farkındayım; o sadece far-

kındalık noktasında gerçekle temas eder ki bu da sadece *şimdi* olabilir.
S: Öyle görünüyor ki aramızdaki tek fark, ben gerçek benliğimi bilmediğimi söyleyip dururken, sizin ise onu iyi bildiğinizi iddia etmenizdir; aramızda başka bir fark var mı?
M: Aramızda hiçbir fark yok; ne de ben kendimi bildiğimi söyleyebilirim, ben tarif edilemez ya da tanımlanamaz olduğumu biliyorum. Zihnin en uzak erimlerinin ötesinde bir enginlik, bir sonsuzluk var. O sonsuzluk benim yuvamdır; o sonsuzluk ben' im. Ve o sonsuzluk aynı zamanda sevgidir.
S: Siz her yerde sevgi görüyorsunuz, ben ise nefret ve ıstırap görüyorum. İnsanlık tarihi bireysel ve kolektif işlenen cinayetler tarihidir. Başka hiçbir canlı varlık öldürmekten bu kadar zevk almaz.
M: Eğer güdüleri derinlemesine araştırırsanız, orada sevgi bulacaksınız, kendini ve kendininkileri sevmek. İnsanlar sevdiklerini hayal ettikleri şeyler için savaşırlar.
S: Uğrunda ölümü göze aldıklarına göre, onların sevgileri yeterince gerçek olmalı.
M: Sevgi sınırsızdır. Az insanla sınırlı olana sevgi denilemez.
S: Böyle sınırsız sevgi biliyor musunuz?
M: Evet, biliyorum.
S: O nasıl bir his veriyor?
M: Her şey sevilir ve sevilebilirdir. Hiçbir şey dışlanmaz.
S: Çirkin ve ağır suçlu olanlar bile mi?
M: Hepsi benim bilincimin içindedir; hepsi benimdir. İnsanın kendi kendisini sempati ve antipatilerle bölmesi çılgınlıktır. Ben her ikisinin de ötesindeyim. Yabancılaşmış da değilim.
S: Sempati ve antipatiden azade olmak bir kayıtsızlık halidir.
M: O başlangıçta öyle görünebilir ve öyle hissedilebilir. Öyle bir kayıtsızlık halini sürdürmekte sebat edin ve o her yanı saran ve her şeyi kucaklayan bir sevgiye dönüşecektir.
S: Zihnin bir çiçek, bir alev haline geldiği bazı anlar yaşıyo-

rum, ama onlar uzun sürmüyor ve hayat günlük griliğine geri dönüyor.

M: Somut olanla meşgul olduğunuzda, devamsızlık yasadır. Devamlı-olan deneyimlenemez, çünkü onun hiçbir sınırı yoktur. Bilinç birbirinin yerine geçişi içerir, değişim değişimi izler, bir şey ya da bir hal sona erdiğinde, bir başkası başlar; hiçbir sınır çizgisi olmayan şey deneyimlenemez. İnsan sadece, bilmeden, o olabilir, ama insan ne olmadığını bilebilir. O, daima hareket halinde olan bilincin tüm içeriği kesinlikle değildir.

S: Eğer değişmez olan bilinemezse, onu idrak etmenin anlamı ve amacı nedir?

M: Değişmez-olanı idrak etmek, değişmez-olan olmak demektir. Amaç ise yaşayan her şeyin, bütünün hayrıdır.

S: Hayat harekettir. Hareketsizlik ölümdür. Ölümün hayata yararı nedir?

M: Ben değişmezlikten söz ediyorum, hareketsizlikten değil. Siz sessiz kalmakta değişmez olursunuz. Her şeyi düzelten bir güç haline gelirsiniz. Bu yoğun bir dışsal faaliyeti içerebilir ya da içermeyebilir, ama zihin derin ve sessiz kalır.

S: Ben zihnimi izlerken, onun durmadan değiştiğini, sonsuz çeşitlilikte duygu-durumlarının birbirini izlediğini görüyorum, oysa siz sürekli neşe ve iyimserlik hali içinde görünüyorsunuz.

M: Duygu-durumları zihindedir ve önemli değildir. İçinize yönelin, öteye geçin. Bilincinizin içeriği tarafından büyülenmeyi bırakın. Gerçek varlığınızın derin katmanlarına eriştiğinizde, zihnin yüzeydeki oyunun sizi çok az etkilediğini göreceksiniz.

S: Oyun yine de olacak mı?

M: Sessiz ve sakin bir zihin ölü bir zihin değildir.

S: Bilinç daima hareket haindedir, bu gözlemlenebilen bir olgudur. Değişmez bilinç bir çelişkidir. Sessiz ve sakin bir zihin nedir? Zihin bilinçle aynı değil midir?

M: Sözcüklerin, içeriğe göre, birçok biçimde kullanıldıklarını hatırlamalısınız. Gerçek şu ki bilinç ile bilinçdışı arasında küçük bir fark vardır, onlar esasen aynıdır. Uyanıklık hali tanığın mevcudiyetinde derin uykudan farklıdır. Bir farkındalık ışını zihnimizin bir bölümünü aydınlatır ve o bölüm bizim rüya ya da uyanıklık bilincimiz haline gelir, farkındalık ise tanık olarak belirir. Tanık, çoğunlukla, sadece bilinci bilir. *Sadhana,* tanığın önce kendi bilincine, sonra kendi farkındalığı içinde kendine dönüşünden oluşur. Öz-farkındalık *Yoga*'dır.

S: Eğer farkındalık her yanı kaplayıcıysa, kör bir adam, kendini idrak ettiğinde, görebilir mi?

M: Siz duyumu farkındalıkla karıştırıyorsunuz. *Gnani* kendisini olduğu gibi bilir. O, bedeninin sakatlanmış olduğunun ve zihninin duyusal algıların bir bölümünden yoksun kalmış olduğunun da farkındadır. Ama o görme duyusunun varlığından ya da yokluğundan etkilenmez.

S: Benim sorum daha spesifik; kör bir adam bir *gnani* haline geldiğinde, o tekrar görmeye başlayabilir mi?

M: Onun gözleri ve beyni bir yenilenme geçirmedikçe, o nasıl görebilir?

S: Ama onun gözleri ve beyni bir yenilenme geçirir mi?

M: Bu olabilir de, olmayabilir de. Bu tümüyle kadere ve inayete bağlıdır. Ama bir *gnani* doğal, duyusal-olmayan bir algıya hükmeder ki bu onun her şeyi duyuların aracılığı olmadan bilmesini sağlar. O, algısal ve kavramsal olanın ötesindedir; zaman ve uzay, isim ve şekil kategorilerinin ötesindedir. O ne algılanandır, ne de algılayan; o, algılamayı mümkün kılan basit ve evrensel etkendir. Gerçek bilinç içindedir, ama o bilinç ya da onun içeriklerinden herhangi biri değildir.

S: Yanlış, sahte olan nedir, dünya mı, yoksa benim onunla ilgili bilgim mi?

M: Sizin bilginizin dışında bir dünya var mıdır? Siz bildiğiniz şeyin ötesine geçebilir misiniz? Siz zihnin ötesinde bir dünya varsayabilirsiniz, ama o kanıtlanmamış ve kanıtlanamaz bir kavram olarak kalacaktır. Sizin deneyiminiz sizin kanıtınızdır ve o sadece sizin için geçerlidir. Başka bir kişi sadece sizin deneyiminizde göründüğü kadar gerçekken, o sizin deneyiminize nasıl sahip olabilir?

S: Ben o kadar umutsuzca yalnız mıyım?

M: Bir kişi olarak öylesiniz. Gerçek varlığınızda ise siz bütünsünüz.

S: Siz benim bilincimdeki dünyanın bir parçası mısınız, yoksa bağımsız mısınız?

M: Sizin gördüğünüz sizin, benim gördüğüm ise benimdir. İkisi çok az ortak yana sahiptir.

S: Bizi birleştiren ortak bir etken olmalı.

M: Ortak etkeni bulmak için tüm ayrımları terk etmelisiniz. Sadece evrensel olan ortaktır.

S: Bana son derece garip gelen, sizin bana benim sadece anılarımın bir ürünü olduğumu ve acınacak kadar sınırlı olduğumu söylerken, benim siz ve öğretiniz de dahil olmak üzere her şeyi içeren geniş ve zengin bir dünyayı yaratmamdır. Küçüklüğümün bu genişliği nasıl yarattığını ve içerdiğini anlamakta zorlanıyorum. Belki siz bana bütün gerçeği veriyorsunuz, ama ben onun ancak küçük bir kısmını kavrayabiliyorum.

M: Ama bu bir olgudur, küçük olan bütünü yansıtır, ama bütünü içeremez. Sizin dünyanız ne kadar büyük ve tamam da olsa, o kendisiyle çelişkide, geçici ve tümüyle hayalidir.

S: O hayali olabilir, ama harikadır. Ben baktığımda ve dinlediğimde, dokunduğumda, kokladığımda ve tattığımda, düşündüğümde ve hissettiğimde, hatırladığımda ve imgelediğimde, bu mucizevî yaratıcılığım karşısında hayrete düşüyorum. Bir mikroskop ya da teleskopla bakıyor ve harikalar görüyorum. Bir atomun yolunu izliyor ve yıldızların fısıltısını duyuyorum. Eğer ben tüm bunların tek yaratıcısıysam, o zaman ben gerçekten de Tanrı'yım! Ama eğer ben Tanrı'ysam, neden kendime bu kadar küçük ve aciz görünüyorum?

M: Siz Tanrısınız, ama bunu bilmiyorsunuz!

S: Eğer Tanrı'ysam, yarattığım dünyanın doğru olması gerekir.

M: O özde doğrudur, ama görünüşte değildir. Arzulardan ve korkulardan kurtulduğunuzda görüşünüz hemen berraklaşacak ve siz her şeyi olduğu gibi göreceksiniz. Ya da siz, dünyayı *satoguna*'nın yarattığını, *tamoguna*'nın belirsizleştirdiğini ve *rajoguna*'nın çarpıttığını söyleyebilirsiniz.

S: Bu bana pek bir şey söylemiyor, çünkü eğer *gunalar*'ın ne olduklarını sorsam, yanıt, yaratan-belirsizleştiren-çarpıtan olacak. Şu olgu kalır: Bana inanılmaz bir şey oldu ve ben ne olduğunu, nasıl ve neden olduğunu anlamıyorum,

M: Eh, hayret ve merak bilgeliğin şafağıdır. Sürekli ve tutarlı biçimde hayret ve merak etmek *sadhana*'dır.

S: Ben anlamadığım bir dünyadayım ve bu yüzden ondan korkuyorum. Bu herkesin deneyimidir.

M: Siz kendinizi dünyadan ayırmışsınız, bu yüzden o size acı veriyor ve korkutuyor. Hatanızı keşfedin ve korkudan kurtulun.

S: Siz benden dünyadan vazgeçmemi istiyorsunuz, halbuki ben dünyada mutlu olmak istiyorum.

M: Eğer siz imkânsız olanı isterseniz, size kim yardım edebilir? Sınırlı olanın sırayla acı ve zevk verici olması kesindir. Eğer siz saldırılamaz ve değiştirilemez olan gerçek mutluluğu ararsanız, acıları ve zevkleri ile dünyayı ardınızda bırakmalısınız.

S: Bu nasıl yapılır?

M: Fiziksel vazgeçiş ve terk sadece bir ciddiyet ve samimiyet belirtisidir, ama ciddiyet ve samimiyet tek başına özgürleştirmez. Uyanık bir algılama, istekli bir araştırma ve derin bir incelemeyle gelen bir anlayış olmalıdır. Günahtan ve kederden kurtulmak için durmaksızın çalışmalısınız.

S: Günah nedir?

M: Sizi kısıtlayan ve sınırlayan her şey.

***

Nisarga Yoga

Sri Nisargadatta Maharaj'ın mütevazı konutunda, elektrik ışığı ve sokaktaki trafik gürültüsü dışında, insan insanlık tarihinin hangi döneminde bulunduğunu bilemez. Onun odasında bir zamansızlık atmosferi vardır; tartışılan konular her zaman için geçerli olan zamansız konulardır; onların yorumlanışı ve incelenişi de zamansızdır; yüzyıllar, binyıllar geçer ve insan son derece kadim ve ebediyen yeni olan meselelerle meşgul olur.

Yapılan tartışmalar ve verilen öğretiler on bin yıl önce de aynı olabilirdi ve on bin yıl sonra da aynı olacaktır. Bilinçli olma olgusunu merak eden ve onun nedenini ve hedefini araştıran bilinçli varlıklar her zaman olacaktır. Ben nereden geldim? Kimim? Nereye gidiyorum? Böyle soruların ne başlangıcı vardır ne de sonu. Ve yanıtları bilmek çok önemlidir, çünkü insan hem zamanda hem de zamansızlıkta kendini tam olarak anlamadıkça, hayat bilmediğimiz güçler tarafından, kavrayamadığımız amaçlar için bize empoze edilmiş bir rüyadan başka bir şey değildir.

Maharaj okumuş bir adam değildir. Onun sade ve basit Marathisi'nin ardında okuma ve araştırmayla edinilmiş engin bir bilgi yoktur; o, otoritelerden alıntılar yapmaz, kutsal yazılardan nadiren söz eder. Hindistan'ın çok zengin spiritüel miras birikimi onda dışa vurulmuş olmaktan çok, zımnîdir. Onun çevresinde hiçbir zaman zengin bir aşram inşa edilmemiştir ve takipçilerinin çoğu, zaman zaman onunla bir saat geçirme fırsatına değer veren mütevazı emekçilerdir.

Sadelik ve alçakgönüllülük onun hayatının ve öğretilerinin temel ilkeleridir; fiziksel ve içsel olarak o kendini asla yüksek bir yere oturtmaz; hakkında konuştuğu varoluşun özünü, kendisinde gördüğü kadar berrak biçimde başkalarında da görür. Kendisinin bunun farkında olduğunu, başkalarının ise henüz farkında olmadıklarını kabul etmekle birlikte, ona göre bu fark geçicidir ve az önem taşır. Onun *Yoga*'sı hakkında soru sorulduğunda, sunabileceği ya da önerebileceği bir sistemin, teolojinin, kozmolojinin, psikolojinin veya felsefenin olmadığını söyler. O, kendisinin ve dinleyicilerinin gerçek doğasını bilir ve onu gösterir. Dinleyici onu göremez, çünkü o, aşikâr olanı basit bir biçimde ve direkt olarak göremez. Dinleyici, tüm bildiğini duyuların uyardığı zihniyle bilir. Zihnin kendi içinde bir duyu olduğunu hiç bilmez.

Maharaj'ın "doğal" *Yoga*'sı, *Nisarga Yoga* şaşırtıcı şekilde basittir: Hep olmakta-olan zihin kendi varlığını tanımalı ve ona nüfuz etmelidir; o kendini şu ya da bu, şurada ya da burada, o zamanki ve şimdiki olarak değil, sadece zamansız, ebedi var'lık olarak tanımalıdır.

Bu zamansız var'lık hem hayatın, hem bilincin kaynağıdır. Zaman, uzay ve nedensellik açısından o, nedeni olmayan neden olarak her şeye kadirdir; başlangıçsız, sonsuz ve daima mevcut olma anlamında her şeyi kaplayandır ve ebedidir. Nedeni bulunmadığından, özgürdür; her şeye nüfuz ettiğinden, bilendir; bölünmemiş olduğundan, mutludur. O yaşar, sever ve sonsuz bir neşeyle evreni şekillendirir ve yeniden şekillendirir. Her insan ona sahiptir, her insan *o'dur*, ama hepsi kendini aslında olduğu gibi bilmez ve bu yüzden kendini ismi, bedeninin şekli ve bilincinin içeriği ile özdeşleştirir.

İnsanın, gerçekle ilgili bu yanlış anlayışını düzeltmek için tek yol, zihnin yollarını tam olarak tanımak ve onu bir kendini-keşif aracına dönüştürmektir. Zihin başlangıçta, biyolojik yaşam mücadelesinde kullanılan bir aletti. Onun doğanın yasalarını ve yollarını öğrenmesi gerekiyordu, böylece doğayla el ele çalışarak hayatı daha yüksek bir düzeye yükseltebilirdi. Ama bu süreçte zihin sembolik düşünme ve iletişim sanatını, lisan sanatını ve becerisini edindi. Sözcükler önemli hale geldi. Fikirler ve soyutlamalar bir gerçeklik görünümü kazandı, kavramsal olan gerçek olanın yerini aldı ve bunun sonucunda, insan şimdi sözcüklerle dolu ve sözcüklerin hükmettiği sözel bir dünyada yaşıyor.

Elbette, insanlarla ilişkilerde sözcükler son derece yararlıdır. Ama onlar bizim tamamen sembolik, dolayısıyla gerçekdışı bir dünyada yaşamamıza neden oluyor. Sözel zihnin bu hapishanesinden kurtulup gerçeğe ulaşmak için, insan dikkat odağını sözcüğe değil, sözcüğün işaret ettiği şeye yöneltmelidir.

Herkesçe en çok kullanılan, hislerle ve fikirlerle en çok dolu olan sözcük "Ben"dir. Zihin ona -bedenden Mutlak'a kadar- herhangi bir şeyi ve her şeyi dahil etme eğilimindedir. Pratikte, o direkt, en yakın ve son derece önemli bir deneyimi işaret eder. *Var olmak* ve *var olduğunu* bilmek, en önemli şeydir. Ve bir şeyin insanı ilgilendirmesi için, o şey, insanın -her arzunun ve her korkunun odak noktası olan- bilinçli varoluşuyla ilgili olmalıdır. Çünkü her arzunun nihai hedefi, bu varoluş duygusunu güçlendirmek ve yoğunlaştırmaktır, her korku ise, özünde, benliğin yok olması korkusudur.

Çok gerçek ve hayati olan "Ben" duygusunu, onun kaynağına erişmek için derinlemesine araştırmak *Nisarga Yoga*'nın özüdür. Sürekli olmadığından, "Ben" duygusu, akıp geldiği ve yine ona döndüğü bir kaynağa sahip olmalıdır. Bilinçli varlığın bu zamansız, ebedi kaynağını Maharaj benlik-doğası, benlik, *swarupa* olarak adlandırıyor.

İnsanın benlikle yüce özdeşliğini idrak etme yöntemleriyle ilgili olarak Maharaj olağandışı bir biçimde tarafsızdır. O, her insanın gerçeğe giden kendi yoluna sahip olduğunu, bu konuda genel bir kuralın olamayacağını söyler. Ama insan ona hangi yoldan ulaşırsa ulaşsın, gerçeğin giriş kapısı "Ben'im" duygusudur. İnsan "Ben'im"in önemini kavrayarak ve onun ötesine geçip kaynağına erişerek en yüce hali idrak edebilir ki o aynı zamanda başlangıç ve sondur. Başlangıç ile son arasındaki fark sadece zihinde bulunur. Zihin karanlık ya da karışıklık içinde olduğunda, kaynak algılanmaz. Zihin berrak ve aydınlıkken, o kaynağın sadık bir yansıması haline gelir. Kaynak -karanlığın ve ışığın, hayatın ve ölümün, bilincin ve bilinçdışının ötesinde- daima aynıdır.

Bu, "Ben'im" duygusu üzerinde durmak kolay ve doğal *Yoga*'dır: *Nisarga Yoga*. Onda bir gizlilik ve bağlılık yoktur; ne hazırlığa, ne inisiyasyona gerek vardır. Her kim bilinçli bir varlık olarak varoluşu üzerinde düşünür ve kendi kaynağını bulmayı içtenlikle isterse, her zaman mevcut olan "Ben'im" duygusunu kavrayabilir ve -zihni karartan bulutlar dağılıp, varlığın özü tüm ihtişamıyla görülünceye dek- onun üzerinde dikkatle ve sabırla durabilir.

Nisarga Yoga, azimle sürdürüldüğünde, insanın hep bilinçsiz ve pasif olduğu bir konuda bilinçli ve aktif hale gelmesiyle sonuçlanır. Türde değil, sadece tarzda bir fark olur; bir altın külçesi ile ondan şekillendirilmiş görkemli bir süs eşyası arasındaki fark gibi. Hayat devam eder, ama o spontane, özgür, anlamlı ve mutlu bir hal alır.

Maharaj bu doğal hali çok anlaşılır bir biçimde tarif ediyor, ama kör doğmuş bir insanın renkleri gözünde canlandıramaması gibi, aydınlanmamış bir zihin de böyle tariflere anlam veremez. Tutkusuz mutluluk, sevecen bağsızlık, varoluşun zamansızlığı ve nedensizliği gibi ifadeler çok yabancı gelir ve bir karşılığa neden olmaz. Sezgisel olarak onların derin bir anlama sahip olduklarını hissederiz, hatta onlar içimizde betimlenemez olan için garip bir özlem -gelecek şeylerin bir habercisini- yaratır, ama hepsi o kadar. Maharaj'ın dediği gibi, sözcükler işaretlerdir, onlar yönü gösterir, ama bizimle birlikte gelmezler. Gerçek ise samimi eylemin meyvesidir.

Maurice Frydman

Navnath Sampradaya

Hinduizm birçok mezhebi, tarikatı ve inancı kapsar ve onların çoğunun kökeni eski çağlar içinde kaybolmuştur. Daha sonra Navnath Sampradaya (Dokuz Üstatlar Geleneği) olarak anılan Nath Sampradaya onlardan biridir. Bazı din âlimleri, bu geleneğin, Brahma, Vishnu ve Shiva kutsal üçlüsünün birleşik bir enkarnasyonu olduğuna inanılan efsanevi Rishi Dattatreya'nın öğretileriyle başladığı görüşündedirler. Bu efsanevi üstadın eşsiz spiritüel yeteneklerinden Bhagavata Purana'da, Mahabharata'da ve Upanişadlar'da söz edilir. Bazıları ise bunun Hatha Yoga'nın bir dalı olduğu görüşünü savunurlar.

Kökeni her ne ise, Nath Sampradaya öğretileri, yüzyıllar içinde labirentimsi bir karmaşıklığa bürünmüş ve Hindistan'ın çeşitli yerlerinde çeşitli formlar almıştır. Bazı Sampradaya Guruları adanmışlığa *(bhakti)*, bazıları bilgiye (*gnana*), bazıları ise nihai olanla birliğe (*yoga*) ağırlık vermişlerdir. On dördüncü yüzyılda, büyük Hathayogi, Svatmarama Svami, "görüşlerin çokluğundan karanlığın ortaya çıktığını" söyleyerek, o karanlığı dağıtmak için ünlü "Hathayogapradipika" adlı eseriyle bir ışık yakmıştır.

Bazı bilgili yorumculara göre, Nath Gurular, tüm yaradılışın ilahi prensip *nada* (ses) ve fiziksel prensip *bindu* (ışık)'tan doğduğunu ve bu iki prensibin kaynaklandığı En Yüce Gerçeğin ise Shiva olduğunu ileri sürüyorlardı. Onlara göre özgürleşme, ruhun *laya* süreci -insan egosunun, ben'lik duygusunun ayrışması süreci- sonunda Shiva ile birleşmesiydi.

Ancak, öğrencilerine verdikleri günlük derslerde Nath Gurular, âlimlerin onların öğretilerinde keşfettikleri metafizikten nadiren söz ederlerdi. Aslında, onların yaklaşımları tamamen gayri-metafiziksel, basit ve direkt idi. Kutsal ilahiler ve dinî şarkılar söylemek, ilah tasvirlerine saygı göstermek bu mezhebin geleneksel bir özelliği olsa da, onun öğretisi, En Yüce Gerçeğin ancak kalben idrak edilebileceğini vurgular.

Nath Sampradaya, uzak bir geçmişte mezhebin takipçileri, eski Guruları'nın dokuzunu öğretilerinin örnek temsilcileri olarak seçtikleri zaman Navnath Sampradaya olarak bilinmeye başladı. Ama bu Dokuz Üstat'ın adları hakkında bir fikir birliği yoktur. Bununla birlikte, en geniş kabul görmüş olan liste şöyledir:

1. Matsyendranath, 2. Gorakhnath, 3. Jalandharnath, 4. Kantinath, 5. Gahininath, 6. Bhartrinath, 7. Revananath, 8. Charpatnath, 9. Naganath.

Bu Dokuz Üstat'tan Gahininath ve Revananath'ın, Sri Nisargadatta Maharaj'ın yaşadığı Maharashtra Eyaleti de dahil olmak üzere Hindistan'ın güney bölgesinde çok sayıda takipçileri vardı. Revananath'ın kendine ait bir alt-mezhep kurduğu ve Kadasiddha'yı da baş öğrencisi ve halefi olarak seçtiği söylenir. Kadasiddha ise Lingajangam Maharaj'ı ve Bhausahib Maharaj'ı inisiye etmiş ve aşramını ve öğretisini yayma işini onlara emanet etmişti. Bhausahib Maharaj daha sonra, geleneksel cemaat içinde Inchegeri Sampradaya olarak bilinen yeni bir hareket başlattı. Onun öğrencileri arasında, Amburao Maharaj, Girimalleshwar Maharaj, Siddharameshwar Maharaj ve ünlü filozof Dr. R. D. Renade vardır. Sri Nisargadatta Maharaj, Siddharameshwar Maharaj'ın direkt öğrencisi ve halefidir.

Burada, Navnath Sampradaya'nın Inchegeri kolunun şimdiki resmî Gurusu olsa da, Sri Nisargadatta'nın -kendisininki de dahil- mezheplere, tarikatlara ve inançlara fazla önem atfetmediği söylenebilir. Navnath Sampradaya'ya katılmak isteyen bir soru sahibine yanıt olarak o şöyle demişti: "Navnath Sampradaya sadece bir gelenektir, bir öğretme ve uygulama yoludur. O bir bilinç düzeyini göstermez. Eğer siz bir Navnath Sampradaya öğretmenini Gurunuz olarak kabul ederseniz, onun

Sampradayası'na katılırsınız. Sizin ait oluşunuz kendi hissinize ve inancınıza bağlı bir şeydir. Sonuçta, bu tümüyle sözel ve biçimsel bir şeydir. Gerçekte ne Guru vardır ne öğrenci, ne teori vardır ne pratik, ne cehalet vardır ne de idrake ulaşmak. Bu tümüyle sizin kendinizi ne olarak kabul ettiğinize bağlıdır. Kendinizi doğru olarak bilin. Kendini-bilişin yerine geçirilebilecek bir şey yoktur."

Nath Sampradaya öğretisi, arayana, özgürleşmeye götüren asil yolu sunar; bu, içinde dört tali yolun, *bhakti, gnana, karma, dhyana* yollarının birleştiği bir yoldur. Tanrı Shiva'nın bir tezahürü olduğu söylenen Adinath Bhairava, "Nathlingamrita" adlı yaşam öyküsünde Nath mezhebinin gösterdiği yolun tüm yollar içinde en iyisi olduğunu ve doğrudan doğruya özgürleşmeye yönlendirdiğini bildirir.

Akaşa Yayınları'nın Notu: Sri Nisargadatta Maharaj, 8 Eylül 1981'de vefat etmiştir.

Sözlük

Adhar: Taşıma, destekleme, dayanak.
Adhi Yoga: En Yüce *Yoga*.
Ahimsa: Zararsızlık; başkalarını düşünce, söz ve hareketle incitmemek.
Akash: Boşluk. Uzayın, göğün bir unsuru olarak eter. Evrenin aslî, eterik özü.
Ananda: Mutluluk.
Anirvachaniya: Tarif edilemez olan.
Antahkarana: Psişe, zihin. Zihin, kolektif anlamda, zekâyı (*buddhi*), egoyu (*ahamkara*) ve zihni (*manas*) içerir.
Anubhava: Direkt algılama, deneyimleme. Bir eylemin sonunda edinilen deneyim. Algı, his ve düşünce *anubhava*'dır. Bütün deneyimlerde "Ben"den başka deneyimci yoktur. Böylece tüm *anubhava* "Ben" prensibine götürür: "Ben'im."
Atma, Atman: En Yüce Benlik, bireysel ruh. *Atman, Prakriti*' nin üç *guna*'sından ötedir. Eylemi yapan *atman* değil, sadece *Prakriti*'dir.
Atma-Bhakti: En Yüce Olan'a ibadet.
Atma-Prakash: Benliğin ışığı.
Atmaram: Benliğin sevinci.
Avatara: Enkarnasyon, bedenlenme.
Avyakta: Tezahür etmemiş. Karşıtı *vyakta*'dır.
Bhajan: Sadakat uygulaması, dua, tapınma.
Bhakti: Kendini adama, tapınma. *Bhakta* ise kendini adayan kişidir.
Bhoga: Dünyevi sevinçler ve kederler deneyimi.
Bhoga, Bhogi: Dünyevi sevinçler ve kederler deneyimi. *Bhoga Marga,* dünyevi şeylerin -sevinçlerin ve kederlerin- peşinde olma yolu. *Bhogi*, dünyevi sevinç ve kederlerle hemhal olan kişi.
Brahma: Hindu üçlü birliğinin (teslis'in) tanrılarından biri: (*Brahma,* yaratıcı; *Vishnu*, koruyucu; ve *Shiva,* yok edici).

Brahmacharya: Perhizkârlık, bekâr olarak din öğrenciliği. *Brahmacharya* en geniş anlamıyla, sadece cinsel zevkler değil, tüm duyusal zevkler için arzu beslememeyi öngörür.

Brahman: Mutlak, Nihai Gerçek; onun özellikleri: Mutlak var'lık *(sat)*, mutlak bilinç *(chit)* ve mutlak mutluluk *(ananda)*'dır. Sankaracharya'ya göre Mutlak'ın beş farklı aşaması vardır: *Hiranyagarbha*, Kozmik Varlık; *İshvara*, bir Avatar şeklindeki kişisel tanrı; *Jiva,* bireysel ruh; *Prakriti*, fani Doğa; ve *Shakti*, yaratıcı güç.

Brahmasmi: Ben En Yüce'yim. "Ben'im" *(asmi)* var'lığın saf farkındalığını temsil eder ve bu nedenle, saf bilincin ya da *Purusha*'nın ifadesidir. Saf bilinç madde ile haşır neşir olduğunda saf "Ben'im," "Ben buyum, ben şuyum"a dönüşür.

Buddhi: Zekâ, gerçeğin zihindeki yansıması. *Buddhi,* zihnin fenomenler dünyasında nesneleri algılamasını sağlayan yetidir. *Buddhi* zihin aracılığıyla işlev yaptığı sürece, saf bilinci bilmek mümkün değildir.

Chetana: Bilinç, iç uyanış (*chit*, idrak etmek).

Chidakash: Brahman'ın sınırsız bilgi yönü, farkındalık alanı. Hem bireysel, hem evrensel bilinç anlamında da kullanılır.

Chidananda: Bilinç-Mutluluk, ruh sevinci.

Chidaram: Bilinç sevinci.

Chit: Evrensel Bilinç.

Chitta: Bireysel bilinç. *Chitta*, maddesel olmayan, ama madde tarafından etkilenen bilinç doğasındadır. O her ikisinin, bilinç ve maddenin ürünü olarak tarif edilebilir. *Chitta* zihnin bütün düzeylerini kapsar, en alt düzey *manas*'dır.

Deha: Fiziksel beden.

Deha-Buddhi: Benliği fiziksel bedenle özdeşleştiren zihin, düşünme yetisi.

Digambara: Çıplak, gökyüzünün veçhelerini giyinmiş.

Gnana: Bilgi. Özellikle, meditasyon yoluyla edinilen yüksek (spiritüel) bilgi: *Gnani,* bilen. *Gnana*, her şeyin *Brahma*'da bir olduğunun idrak edilişidir.

Gunalar: Nitelikler. Samkhaya felsefesinde Kozmik Madde' nin (*Prakriti*'nin) üç niteliği şunlardır: Aydınlatan *(sattva)*, aktive eden *(rajas)*, engelleyen, durduran *(tamas)*.

Guru: Spiritüel öğretmen, rehber.

Jagrat-sushupti: Uyanık uyku.

Jiva, Jivatman: Bireysel ruh. Vedanta'ya göre *Jiva, atman*'ın beden, duyular ve zihinle özdeşleşme yanılgısı sonucu olarak varlık kazanır. *Atman*+yapan kişi olma, *jiva*'dır.

Kalpana: İmgeleme, hayal, fantezi.

Karma: Eylem, özellikle sorumluluğu olan iyi ya da kötü eylem. *Karma* üç türlüdür: *Sanchita* (geçmiş enkarnasyonlardan birikmiş olanlar), *pararabdha* (*karma*'nın şimdiki hayatta çözümlenmesi gereken bölümü), *agami* (gelecekte meyvesini verecek olan *karma*).

Karana: Neden, bir sonuca şaşmaz biçimde öncülük eden ilk neden; gerektiğinde görünen etki şekline bürünen, tezahür etmemiş potansiyel neden; evrenin maddi nedeni. *Karana*, potansiyel haldeki kozmik enerjidir.

Lila: Oyun, şaka, bir ilahî oyun olarak bakılan kozmos. *Lila, Brahman*'ın Mutlak gerçeğini temsil etmez. O ancak kısmi gerçektir ki gerçek olmayandan farklı değildir. Örneğin, buz bazıları tarafından su, bazıları tarafından ise buhar olarak tanımlanır, ama her iki bildirim de kısmen doğrudur.

Mahadakash: Varoluşun engin alanı, madde ve enerji evreni.

Maha-Karta: Büyük yapıcı. Zihin büyük yapıcıdır, çünkü o her zaman uğraşır, her zaman bir şeyle ya da bir başka şeyle meşguldür.

Maha-Mantra: Büyük büyü, efsun, sihir.

Maha-Maya: Büyük İllüzyon. Gerçek-dışılık. *Maya* gerçeği örtüp gizleyen aldatıcı güçtür. *Maya*'nın doğası aldatıp yanlış yola sevk etmektir. O tüm zihinsel projeksiyonların bütünüdür.

Maha-Mrityu: Nihai çözülme, tüm yaradılışın büyük ölümü.

Maha-Sattva: En Yüce Uyum.

Maha-Tattva: Büyük Gerçek, En Yüce Bilinç.

Maha-Vakya: Yüce söz, ifade. En üstün Vedanta gerçeklerini ifade eden dört Upanişad *Mahavakya*'lar olarak bilinir. Onlar: *Prajnanam Brahman* (Bilinç Brahman'dadır), *Aham Brahmasmi* (Ben Brahman'ım), *Tat Tvam asi* (Sen O'sun), *Ayam Atma Brahma* (Benlik Brahma'dır)

Mana, Manas: Zihin, anlayış. *Manas,* düşünme, ayırt edebilme yetisidir. Nyaya felsefesinde *manas*, *Atman*'dan (ruhtan) farklı bir öz olarak kabul edilir.

Manana: Meditasyon, tefekkür.

Mantra: Efsun, ilahî bir düşünce aracı, harfler halinde göz önüne getirilen ve telaffuz edilen ideal sesler. *Mantra*, sürekli tekrarlanışı kendine özgü sonuçlar doğuran bir sözcükler topluluğudur.

Marga: Yol.

Moksha: Dünyevi varoluştan kurtuluş, özgürleşme. *Mukta,* kurtulmuş insan.

Moksha-Sankalpa: Sahte olandan kurtulma azmi.

Mumukshattva: Doğru arzu. Nihai Prensip'i bilme ve böylece özgürlüğe erişme yolundaki samimiyet, ciddi istek. *Vedanta*'da gerçek arayıcısının sahip olması gereken dört nitelikten biridir: Doğru ayırt edebilme *(viveka),* doğru tutkusuzluk *(vairagya)*, doğru davranış *(sat-sampat)*, doğru arzu *(mumukshattva)*.

Neti-Neti: O değil, bu değil. Ebedi ve nihai gerçeğe ulaşmak amacıyla, dünyayı oluşturan tüm isimlerin ve formların *(namarupa)* sürekli, adım adım ilerleyen ret ve inkârı şeklindeki çözümsel süreç.

Nirguna: Koşulsuz, niteliği bulunmayan.

Nirvana: Hayat ışığının nihai eriyişi ve sönüşü. Maddeden kurtuluş, En Yüce Ruh *(Brahman)* ile yeniden birleşme.

Nirvani: *Nirvana*'yı arayan.

Nirvikalpa: Tasavvur ya da kavrayış yeteneğinden azade, zihinsel değişiklikler geçirmeyen.

Nisarga: Doğal, yaratılıştan olan.

Nivritti: Dünyevi varoluştan kurtuluş, vazgeçiş, terk.

Parabrahman: En Yüce Gerçek.

Paramakash: Büyük enginlik, zamanı ve uzayı olmayan Ger-

çek. Yani, Mutlak Var'lık.
Paramartha: Yüce Gerçek.
Pragna: Benlik duygusuyla sınırlı olmayan yaşam bilgisi, kavrayış, bilinç, saf farkındalık. *Prajna* olarak da yazılabilir. *Prajna* üstün bilinç hali anlamına gelir.
Prakriti: Kozmik madde, fenomenal varoluşun ilk, kendisi nedensiz olan nedeni; şekli, sınırı olmayan, değişmez, hareket etmez, ebedi ve her şeyi saran, kaplayan. Ona *Avyakta* da denilir.
Pralaya: Kozmos'un, En Yüce Gerçeğin Tezahür Etmemiş Mutlağı içine katılmasıyla gerçekleşen tam eriyiş, dağılış.
Prana: Hayat nefesi, hayati prensip.
Prarabdaha: Üstlenilen bir iş olarak başlayan kader. Böylece, *sanchita karma*'nın (geçmiş yaşamların *karma*'sı) birikiminden oluşan bu hayatın kaderi.
Pravritti: Devam eden faaliyet, dünyevi hayata eğilim.
Premakash: *Brahman,* sınırsız sevgi yönüyle. Bu *Chidakash*'ın bir başka adıdır, ama bilgi yönünden çok sevgi yönüne ağırlık verir. Sevgi, benliğin kalp yoluyla ifadesidir.
Puja: Tapınma, ibadet.
Purna: Dolu, tamam, mutlak, sonsuz; *Brahman* için kullanılır.
Purusha: Kozmik Ruh, bütün maddi tezahürlere *(prakriti)* bilinç görünümü veren, evrenin ebedi ve etkin nedeni. *Purusha*'nın madde içindeki esareti, sayısız arzulara yol açan *Chittavrittis*'den doğan "Ben" bilincinden ötürüdür.
Rajas: Hareket gücü, faaliyet, enerji. Kozmik maddenin üç unsurundan *(sattva, rajas, tamas)* biri ki onsuz diğer ikisi tezahür edemezdi. *Yoga*'da, egoizm.
Sadanubhava: Ebedi Gerçeğin deneyimi.
Sadashiva: Daimi güzellik, daimi refah.
Sad-Chit: Evrensel potansiyelin aşkın hali.
Sadcitananda: Mutlak mükemmellikteki üç niteliğe (*sat*, var'lık+*chit*, bilinç+*ananda*, mutluluk) sahip en Üstün Prensip.
Sadguru: Gerçek spiritüel öğretmen.

Sadhana: Başarı sağlayan uygulama.
Sadhu: Dünya zevklerinden elini çekmiş kişi, zahit.
Saguna: Üç *guna (sattva, rajas* ve *tamas)* ile tezahür etmiş hal. En Yüce Mutlak'ın, *Advaita Vedanta*'nın tarifi mümkün olmayan Mutlak'ından farklı olarak, sevgi, merhamet vb. niteliklere bürünmüş olarak betimlenmesi.
Samadhi: Üstün bilinç hali, derin meditasyon, trans vecit hali. *Yoga* uygulamasında arayıcının *(sadhara)* meditasyon nesnesi, konusu *(sadhya)* ile bir olması, böylece tarifsiz ve koşulsuz mutluluğa ermesi. *Samadhi*'nin beş tipi vardır: *Savikalpa,* dualistik âlemde bir duyusal nesne (genellikle bir ideal veya bir tanrı) tasavvur etmek; *nirvikalpa,* tüm kuşkuların, şekillerin ve isimlerin ötesi; *nissankalpa,* tüm arzuların *sankalpa* şeklindeki gelişlerinin durması, *nirvrittik*, hatta istemsiz tasavvurlar (*vritti*'ler) durur; *nirvasana,* yani *vasanalar*'ın içgüdüsel kabarışı bile durur.
Samskara: Zihinsel izlenim. Anı. *Vasana*, artakalan izlenim olarak da adlandırılır.
Samvid: Gerçek farkındalık.
Sat: Aktif durumdaki Nihai Prensip'in aşkın veçhesi. Karşıtı, *asat*.
Sat-Sang: Doğru ve bilge kimselerle beraberlik.
Sattva: Varoluş, uyum, gerçek öz. *Yoga*'da saflık ya da iyilik niteliği. *Sattvik*, saf, doğru.
Sattvanubhava: Evrenin gerçek uyumunu *(sattva)* duyma, yaşama deneyimi *(anubhava).*
Satyam-Shivam-Sundaram: Doğru, iyi, güzel - *satyam* (doğruluk), *shivam* (lütufkâr ve hayırkâr *shiva*), *sundaram* (güzel).
Satyakama: Yüce Gerçeği özleyen. Kutsal arzu.
Shiva: Hindu teslisindeki tanrılardan biri - *Brahma*, yaratıcı; *Vishnu*, koruyucu; *Shiva*, yok edici. *Shiva* aslında kerem ve lütuf sahibidir, maksadı hayırlıdır. Kozmos'un *Shiva* tarafından yok edilmesi bir hayır ve rahmet eylemidir, çünkü yaratılıştan önce yıkım gereklidir. *Shiva* insandaki "Ben-prensibi" nin mutlak sevgisidir. Bir "yıkıcı" olarak o, insan egosunun

tam yok edilmesini gerçekleştirir.
Shravana: Kutsal metinleri dinlemek, dinleme eylemi.
Siddha: Kendini idrak etmiş, mükemmelliğe ulaşmış kişi.
Smarana: Anımsama, zihinsel ezber.
Soham: Ben O'yum.
Sutratma: Tüm varlıklar arasındaki bağlantı halkası. Tezahür âlemlerini bir arada tutan iplik, yani tüm varlıkların destekleyicisi olan Saf Bilinç. Maharaj, bu sözcüğü hayattan hayata birikmiş *karma* anlamında kullanır.
Swarga: Semavî âlemler.
Swarupa: Bireyin gerçek benliği, doğası, karakteri.
Tamas: Karanlık, atalet, pasiflik. Kozmik Madde'nin oluşturduğu üç nitelikten *(gunalar)* biri (*sattva, rajas* ve *tamas).*
Tat-Sat: Gerçek O'dur. Kutsal metin *Om, Tat Sat*'dır. Onda *Brahman* bu üç sözcüğün her biriyle tanımlanır.
Tattva: Gerçek, Benlik.
Turiya: *Samadhi*'nin üstün-bilinç hali (*turiya,* dördüncü). Ruhun *Brahman* ile bir olduğu, en yüksek farkındalık olan, (ruhun) dördüncü hali.
Turiyatita: En yüksek farkındalık halinin ötesi.
Tyaga: Ret, terk. *Tyaga* bütün çalışmaların meyvelerini ret ve terk etmektir. Örneğin, *tyaga, karma*'yı tutkusuzca ve sonuçları hakkında hiçbir arzu taşımaksızın yerine getirmelidir.
Uparati: Dinlenme, sakin kalma, hoşgörü ve tüm mezhepsel kuralları ret ve terk etme. *Vedanta*'da ulaşılması öngörülen altı nitelikten biri: *Sama*, sükûnet, iç huzuru; *dama,* ego kontrolü, kendini dizginleme; *uprati*, hoşgörü; *titiksha,* tahammül; *sraddha,* inanç ve *samadhana,* denge hali.
Vairagya: Dünyevi arzuların yokluğu. Gerçek olmayana, geçici olana karşı kayıtsızlık. Yani zevk verici olan nesnelere yönelik hiçbir çekimin hissedilmemesi.
Vishnu: Hindu teslisinin tanrılarından biri - *Brahma, Vishnu, Shiva.*
Viveka: Doğruyu yanlıştan, gerçeği gerçek-dışından ayırt edebilme, doğru ayırt edebilme. *Viveka,* zihnin gerisinde gizli olan

spiritüel bilincin ifadesidir. *Viveka, vairagya*'ya iletir.

Vyakta: Tezahür halindeki madde, tekâmül etmiş doğa. Yani tekâmül etmiş, meshedilmiş ürün. Karşıtı, *Avyakta* (tezahür etmemiş).

Vyakti: Kişi, dış benlik.

Vyaktitva: Kişilik, beden ile özdeşleşmişlik.

Yoga: Hindu felsefesindeki altı sistemden biri. *Yoga,* bireysel ruhun *(jivatma)* Evrensel Ruh (*Paramatma*) ile birleşebilme yollarını öğretir. *Yoga* sisteminin Patanjali tarafından kurulduğuna inanılır.

Yoga-Bhrasta: Yüksek *Yoga* mertebesinden düşen kişi.

Yoga-Kshetra: *Yoga* sahası, felsefi anlamda fiziksel beden.

Yoga-Sadhana: Spiritüel *Yoga* uygulamaları.

Yogi: *Yoga* uygulayan.

***